Paul Grote
Die Weinprobe von Lissabon

AF203306

Paul Grote

Die Weinprobe von Lissabon

Kriminalroman

dtv

Von Paul Grote
sind bei dtv u. a. erschienen:
Der Portwein-Erbe
Ein Riesling zum Abschied
Königin bis zum Morgengrauen
Verschwörung beim Heurigen
Pinot Grigio stand nicht im Testament
Ein Weingut für sein Schweigen
Verbrannte Reben

Originalausgabe 2020
4. Auflage 2024
© 2020 dtv Verlagsgesellschaft mbH & Co. KG, München
Umschlaggestaltung: Alisa Sakkaravej
Karte: www.landkarten-erstellung.de
Satz: C.H.Beck.Media.Solutions, Nördlingen
Gesetzt aus der Minion 10/11·
Druck und Bindung: Druckerei C.H.Beck, Nördlingen
Printed in Germany · ISBN 978-3-423-21936-5

Da fließt ein Strom unter den
großen Städten durch, ein Strom,
der in Südamerika entspringt,
Afrika durchquert und sich
überallhin verteilt.
Roberto Saviano

Personen

Andreas Fechter, *Logistiker, Lissabon*
Johanna Breitenbach, *Umweltingenieurin, Geisenheim*
Nicolas Hollmann, *Winzer am Rio Douro*

Berthold Henke, *Fechters Vorgesetzter*
Ronaldo Malvedos, *Fechters Mann fürs Grobe*
Aparecida Barroso *führt Fechters Geschäfte*
Rosalie, *Fechters Geliebte, Finanzexpertin*

Quinta da Lua
Herbert Vollmer, *Winzer, Ex-Finanzexperte*
Karin Vollmer, *seine Frau, Eventmanagerin*
Eduardo Tavares, *Kellermeister auf da Lua*

Quinta da Tia Joana
Flávio dos Santos, *Winzer*
Sofia dos Santos, *seine Frau*
Joana, *ihre Tochter*
Alvaro, *ihr Sohn*

Quinta da Fonte
Paulo Oliveira, *Winzer*
Pedro Oliveira, *sein Bruder*

Henry Meyenbeeker, *Journalist aus La Rioja*
José Maria Salgado, *spanischer Privatermittler*

Andreas Fechter

Als Strohmann war er nützlich

Fehler? Nein – er machte keine Fehler, niemals. Er nannte das still lächelnd seinen ganz persönlichen Stil. Wenn er etwas in Angriff nahm, ging er extrem gründlich vor, jeden noch so kleinen Schritt durchdachte er genau und schloss von vornherein jedes Risiko aus. Fehler konnte er sich nicht erlauben. Diese Strategie funktionierte, sie war das Geheimnis seines Erfolgs, da er genau wusste, was er erreichen wollte, was er sich zutraute und wie weit er gehen durfte.

Er kannte seine Reichweite. Die Ziele stimmte er grundsätzlich mit seinen Fähigkeiten ab. Und die wuchsen. Annahmen und Wahrscheinlichkeiten gab es in seinem Denken nicht. Imponderabilien, unvorhergesehene Zwischenfälle, blieben zwar nie ausgeschlossen, aber sogar sie kalkulierte er in ihrer möglichen Wirkung und den Konsequenzen bereits ein.

Sowohl für Situationen wie für Menschen hatte er einen untrüglichen Instinkt. Er hatte bereits in der Schulzeit begriffen, dass das Risiko zu groß war, sich auf etwas wie Worte zu verlassen; jedes Versprechen war heikel. Nie hatte er sich einer Prüfung gestellt, wenn er nicht sicher war, sie zu bestehen. Er empfand es als lächerlich, wenn andere von »Bauchgefühlen« sprachen. Der Bauch war zum Essen da und der Kopf zum Denken. So einfach.

Er wusste nicht immer sofort, wen er vor sich hatte, Freunde – wenn es sie denn gab – oder einen Feind. War sein Gegenüber nicht einzuschätzen, so mied er jede Nähe, jeden persönlichen Kontakt, bis er sich aus der Distanz ein klares und eindeutiges Bild gemacht hatte. Konnte er ihm oder ihr nicht aus dem Wege gehen, blieb von seiner Seite her alles im Vagen, gab es mit dem Betreffenden weder eine Verabredung, noch traf er eine Absprache. Er stand grundsätzlich auf der richtigen, auf seiner Seite.

Auch das Verlieren war genau geplant. Strategisch eingesetzt, konnte es ihm nützlich sein, es täuschte den Gegner. Doch damit trumpfte er niemals auf. Das wäre ein schwerer Fehler gewesen. Misstrauen und Verschwiegenheit waren Charakterzüge, die er an sich besonders schätzte.

Er ließ sein Gegenüber stets so nah wie nötig an sich heran, um sich Klarheit zu verschaffen. Manch einer verwechselte es mit Nähe – wie lächerlich. Sie war lediglich erforderlich, um den anderen zu riechen. Er besaß eine ausgezeichnete Nase, in jeder Hinsicht, besonders in Bezug auf Wein. Als Prüfer wäre er bestens geeignet gewesen, doch noch fehlte ihm das Vokabular, Weine richtig zu beschreiben.

Das alles hatte ihm sehr geholfen, als er nach Lissabon gekommen war und die Stelle in der Reederei OSC als Abteilungsleiter angetreten hatte. Susanne und Tochter Helena hatte er sechs Monate später nachkommen lassen. Er hatte das Terrain sondieren müssen, ohne sich von der Familie ablenken und einschränken zu lassen.

Die wenigen Wochen Sprach-Intensivkurs in Hannover waren bei Weitem nicht ausreichend gewesen. So hatte er den Unterricht hier in Lissabon fortgesetzt: täglich eine Stunde allein mit einem Lehrer. Im Radio hörte er nur portugiesische Sender, beim Fernsehen halfen die Bilder und Szenen, die Worte in den richtigen Kontext zu stellen. Innerhalb eines halben Jahres hatte er die Sprache erlernen wollen. Er hatte das Ziel erreicht, zur Verblüffung aller Kollegen, aber für ihn war es eine Selbstverständlichkeit. Was er sich vornahm, setzte er grundsätzlich im Rahmen eines selbst gesteckten Zeitplans um. Er konnte sich auf sich selbst verlassen. Sonst auf niemanden, geschweige denn auf Susanne. Sie war launisch.

Dass das Gesagte hier in Portugal und in diesem Umfeld längst nicht das Gemeinte war, anders als in Deutschland, hatte ihm, im Gegensatz zur portugiesischen Grammatik, niemand beibringen müssen. Ein Nein gab es nicht, und ein Ja bedeutete noch lange keine Zustimmung. Er wusste, wer ihm etwas einbrachte, mit wem er ein Stück des Wegs teilen musste, um weiter voranzukommen.

Und er wusste genau, wer seinen Aufstieg in der Reederei behinderte, ob gewollt oder nicht. Wer stärker war, zumindest einstweilen, den analysierte er, äußerst sachlich, man hätte seine Warte als durchaus objektiv bezeichnen können. Das war für seine schnelle und steile Karriere enorm nützlich gewesen, auch die vermeintliche Loyalität Vorgesetzten gegenüber. Dann kam der Moment, an dem sich alle Schwachstellen seines Gegenübers offenbarten, er den berühmten wunden Punkt kannte – jeder war damit behaftet. Das war das Blatt des Siegfried.

Die Sagen der Germanen hatten ihn als Jungen enorm beeindruckt. Doch neben dem Wissen um die verletzliche Stelle zwischen den Schulterblättern war es notwendig, sich über den Zeitpunkt Gewissheit zu verschaffen, an dem er den Speer werfen musste. Jetzt war der Zeitpunkt gekommen …

Langsam schob er sich mit dem Bürostuhl vom Schreibtisch zurück, stand in Anbetracht des vor ihm liegenden Feierabends in aller Ruhe auf und trat an das Panoramafenster seines Büros. Seit drei Jahren genoss er die grandiose Aussicht über den tiefblauen Tejo. Ein wenig weiter rechts überspannte die im Abendrot leuchtende Brücke des 25. April den Strom, an ihrem Ende die Cristo-Rei-Statue vor Almada am jenseitigen Ufer. Eine eilige Personenfähre hinterließ in den blassblauen Wellen einen Streifen weißes Kielwasser. Linker Hand wich das Ufer zurück, von Lissabon war genauso wenig zu sehen wie von der flachen Vasco-da-Gama-Brücke.

Bevor er dieses Büro bezogen hatte, war ihm lediglich die

traurige Aussicht auf die Rua da Cintura vergönnt gewesen, auf billige graue Lagerhäuser und die Parkplätze – eine Aussicht, geteilt mit drei Kollegen, die mittlerweile unter ihm arbeiteten. Der jetzt anstehende Schritt hinauf in die oberste Etage des Reedereigebäudes als Junior Executive Officer, als JEO, war lediglich eine Frage von Tagen. Der Plan stand. Nach dem CEO werde ich der zweite Mann in unserer Lissaboner Niederlassung sein, sagte er sich und gefiel sich in der neuen Rolle. Damit werde ich mein Ziel erreicht haben, den strategisch notwenigen Posten für den nächsten Schritt. Von dieser Position aus lassen sich meine Vorhaben am besten verwirklichen. Der CEO wird nichts tun, ohne mich zu informieren, und die Mitarbeiter kommen nur über mich an ihn heran. Dafür werde ich sorgen. So habe ich beide Seiten unter Kontrolle und gewinne Einfluss auf sämtliche Entscheidungen.

Wieder betrachtete er die Brücke des 25. April. Sie faszinierte ihn. Sie war das Sinnbild für die Verbindungen, die er mit seiner Arbeit schuf. Aber die wahren Brücken waren die Schiffe und letztlich das, was sie transportierten. Auf der Pier von Alcântara unter ihm stapelten sich die Container hoch übereinander, auf den Metallwänden las er die Namen der Reedereien, die sie über die Meere beförderten: MAERSK, Südkoreas Hanjin, Hamburg-Süd, ach, die gehörte mittlerweile auch zu MAERSK, und dann gab es noch die chinesische COSCO und hundert andere.

Auf die brasilianische Aliança verließ er sich besser nicht, Brasilianer waren unzuverlässig, obwohl Aliança zur Oetker-Gruppe gehörte und für seine Transporte hilfreich gewesen wäre. Dann war da noch die Overseas Shipping Company, kurz und prägnant OSC, schwarz auf weiß die Buchstaben. Das waren die firmeneigenen Container, meine Verfügungsmasse, sagte er sich, und ein befriedigtes Lächeln spielte um seine Lippen. Der Weg hierher war weit gewesen – und er würde noch viel weiter gehen …

Als Junge hatte er Schiffe gebastelt, sie mit allem Möglichen beladen und davon geträumt, sie über die Ozeane zu schicken. Dass man das zum Beruf machen und damit Geld verdienen konnte, sehr viel Geld, war ihm später in den Sinn gekommen, vorausgesetzt, man verfügte über eine kostbare Fracht, vermied schwierige Fahrwasser, steuerte die richtigen Häfen an und bekleidete eine entsprechende Position im Management der Macht. Als Erster Offizier hatte man sowohl die Mannschaft wie auch den Kapitän im Blick. Bald, sehr bald sogar …

Andreas Fechter trat näher an die getönte Scheibe seines klimatisierten Büros, so nah, dass sein Atem das Glas beschlug. Zufrieden sah er den Portalhubwagen nach, die, hochbeinigen Insekten gleich, über die Pier eilten und die Container von der Verladebrücke zu den Stellplätzen brachten. Der breite Radstand und die hohen Aufbauten erinnerten ihn an die Vollernter, die in wenigen Tagen wieder in den Weinbergen unterwegs sein und sich breitbeinig über die Weintrauben hermachen würden. Die Weinlese begann in diesem Jahr später als gewöhnlich. Das Frühjahr war kalt und nass gewesen, zumindest in der Region Lissabon, riesigen Schaden allerdings hatten die jüngsten Hitzetage angerichtet. Doch für seine Zwecke gab es auf der Quinta da Fonte genügend Wein.

Gedämpft von der dicken Glasscheibe, hörte er das schrille Warnsignal der langsam vorrückenden Verladebrücke, sie hob die Container vom Schiff und setzte sie auf der Pier ab. Seit dem Morgen wuchsen die Aufbauten des dort festgemachten Containerfrachters langsam aus dem Wasser, je weiter er entladen wurde. Oder hatte die Tide ihn angehoben? Richtig, der höchste Wasserstand war jetzt erreicht.

Die Welt vor ihm war die Welt, die er sich immer gewünscht hatte, und er blickte in kühler Erwartung dem Schiff entgegen, das fast bedächtig im weiten Fahrwasser vom Atlantik heraufkam. Es wird die City of Ikorodu sein, endlich, sie wird vor dem Frachter festmachen, dachte er und griff mit Genugtuung nach seinem Fernglas. Mit jeder ihrer Ladungen, die hier an Land gebracht und sicher weitertransportiert wurde, wuchs sein Vermögen. Das war entscheidend, denn auf dieser Welt zählte nichts außer Geld. Mit diesem Stoff ließ sich alles erreichen und ein jeder bewegen (eine jede sowieso).

Er hielt sich für kaltblütig, Furcht kannte er nicht, Angst hingegen war hilfreich, denn sie warnte vor Gefahren. Nur schwache Charaktere ließen sich davon lähmen. Zutiefst erschrocken war er allerdings gewesen, als er zum ersten Mal auf einem schmalen Wirtschaftsweg im Weinberg einem dieser Vollernter begegnet war. Ihm war es vorgekommen, als würde ein Kampfroboter auf ihn zufahren und ihn mit seinen Greifarmen einfangen und zerfetzen. Womöglich eine Methode, sich gewisser Gegner zu entledigen? Nein, viel zu spektakulär, das rief Entsetzen und Aufruhr hervor. Es gab einfachere Methoden, weniger dramatisch, lautlos, schnell und sicher. Ein Lieferwagen war immer ein nützliches Werkzeug, und Ronaldo verstand es, ihn richtig zu handhaben. Ronaldo war ein guter Mann.

Fechter hätte gern länger den Aktivitäten auf der Pier zugesehen, besonders jetzt, da die City of Ikorodu von einem Schlepper an die Pier geschoben wurde und die Leinen flogen … Nicht mehr lange, und er würde sich das Schauspiel von ganz oben ansehen können, vielleicht schon, wenn sie das nächste Mal aus Lagos kam? Er dachte kurz an Lagos, an Dreck, Gestank und Menschenmassen und an die Nächte, die allemal ihr Geld wert gewesen waren.

Er setzte sich wieder, erledigte einige Telefonate und arbeitete weiter, bis das Licht des Nachmittags weich und warm wurde. Das tiefe Blau des Himmels über Barreiro am jenseitigen Ufer verblasste, ein rosafarbener Hauch legte sich über den Tejo. Es war an der Zeit, sich den letzten täglichen Überblick über die Position ihrer Schiffe zu verschaffen. Dank des

Global Positioning Systems brauchte er dazu nur ins Internet zu gehen. Diese Technik war eingeführt worden, als er seine Lehre als Reedereikaufmann begonnen hatte.

Die City of Ikorodu hatte inzwischen festgemacht, die richtigen Leute waren auf der Pier, sie wussten, was zu tun war, ohne dass sie zu viel wussten. Wer zu viel fragte, tat es nur einmal. Wer nicht fragte, verdiente besser und behielt den Job. So lautete die Regel. Der Zoll würde die üblichen Kontrollen durchführen. Sein Vertrauensmann hätte ihn längst informiert, falls etwas nicht nach Plan lief und andere sich überraschend einmischten. Ging eine Ladung verloren, so gab es eine nächste zur Kompensation. Aber das war ausgeschlossen.

Fechter schaltete seinen Rechner ab, nachdem er seinen Chef informiert hatte, dass er einen Geschäftstermin im Zentrum wahrnehmen müsse. Henke glaubte ihm alles, obwohl er kein Dummkopf war. Henke kannte das Geschäft und seine Schliche, trotzdem genoss Fechter sein volles, nein, sein vollstes Vertrauen. Henke hatte viel von sich preisgegeben, er war wie ein offenes Buch, hatte ihm sogar erzählt, dass er kein treuer Ehemann war. In dieser Hinsicht war er ein Dummkopf, der Angeber. Fechter hingegen war sich sicher, dass er nicht einmal im Vollrausch etwas preisgeben würde. Nur würde es zu einem Vollrausch niemals kommen.

Von seiner Geliebten wusste niemand, keiner kannte die Wohnung, die er für Rosalie (eigentlich für sich) gekauft hatte, ganz unauffällig in einem Hochhaus im Bairro da Boavista, sechste Etage. Über kurz oder lang würde Rosalie sich ein solches Apartment selbst leisten können, denn sie war brillant in ihrem Job als seine Finanzberaterin. Einstweilen finanzierte er noch ihren aufwendigen Lebensstil, denn was sie für ihn tat – seine Einnahmen international zu verteilen, bevor sie das europäische oder US-Bankensystem erreichten –, war Gold wert. Er wusste sehr gut, was er an ihr hatte! Es war erstaunlich, wie schnell Rosalie sich in die internationale Finanzwelt eingefunden und sich an den Luxus gewöhnt hatte. Seiner Frau war es gleichgültig, wofür er sein Geld ausgab, solange für sie und ihre Tochter genug vorhanden war.

Wenn er allein unterwegs war, vermied er Fahrstühle. Er nahm die Treppe, egal, in welches Stockwerk er sich bemühen musste, und wenn es das sechste war. Das hielt ihn fit und beweglich. Wäre der Verkehr in der Stadt nicht eine Zumutung für Nerven und Lunge, er nähme für die Fahrt zum Arbeitsplatz lieber sein Rennrad. Leichtfüßig trabte er die Stufen hinab, verließ das Gebäude zur Rua da Cintura hin, warf im Vorbeigehen einen kurzen Blick auf seinen alten silbergrauen Mercedes, steckte dem Lagerarbeiter, der ihn gewaschen hatte, einen Zehn-Euro-Schein in die Brusttasche seines Overalls und wandte sich den Kaianlagen zu. Im Vorbeigehen grüßte er den Mann am Tor, der sich mit zwei Zöllnern unterhielt. Der Kleinere der beiden Uniformierten war ihm gut bekannt, ein Mann mit viel Verständnis für die Interessen Dritter und mit Offenheit für finanzielle Zuwendungen.

Die City of Ikorodu lag inzwischen sicher vertäut an der Pier. Irgendwo im Gewühl dieser an Deck aufgetürmten Container stand der eine, den speziell er erwartete: Kaffee aus Angola! Robusta, eine Seltenheit. Nur er und Aparecida wussten, dass es brasilianischer Kaffee war und das Ursprungszeugnis auf Angola umgeschrieben worden war. Alles deutete darauf hin, dass die Ladung auch diesmal reibungslos gelöscht wurde. Sein Container würde dann wie immer ins Lagerhaus gebracht und ausgeräumt werden. Ronaldo wartete bereits. Er selbst würde sich morgen darum kümmern.

Fechter ging zurück zum Wagen und quälte sich durch den Feierabendverkehr hinauf zur Praça Camões. Glücklicherweise gab es im Hof der Rösterei den für ihn reservierten Parkplatz. Er hatte Aparecida nichts von seinem Kommen gesagt, erschien wie immer unangekündigt. Niemand durfte sich sicher fühlen, er tauchte zu den unmöglichsten Zeiten in der Confeitaria auf, auch auf das Risiko hin, Aparecida nicht anzutreffen. Oder er meldete sich an und fuhr nicht hin. Anfangs hatte sie aufbegehrt, aber schließlich eingesehen, dass ihr Protest nichts half. Jetzt murrte sie nur unhörbar.

Aparecidas Eltern waren vor vielen Jahren aus Angola gekommen, hatten die portugiesischen Truppen auf ihrem Rückzug nach der Nelkenrevolution begleitet. Damals hatte die Befreiungsorganisation MPLA unter Agostinho Neto die Macht übernommen, und der Bürgerkrieg mit der Unita begann. Danach war Eduardo dos Santos als Präsident gefolgt und an der Macht kleben geblieben, bis vor Kurzem. Die achtunddreißig Jahre hatten gereicht, um sein Töchterchen Isabel zur reichsten Frau Afrikas zu machen. Papa hatte ihr die richtigen Türen und Ölquellen geöffnet, und sie hatte sich geschickt angestellt. Ganze dreieinhalb Milliarden Dollar nannte sie ihr Eigen. Für sie hatte sich der Befreiungskampf gelohnt, bei dem hunderttausend Angolaner und zehntausend kubanische Waffenbrüder gestorben waren. Was waren die Menschen dumm. Und für die Krüppel der Landminen gab es nicht einmal Prothesen. Dafür hatte er im letzten Jahr zehntausend Dollar von einem seiner schwarzen Konten überweisen lassen.

Aparecidas bewunderte Isabel, zu gern hätte sie mit ihr getauscht. Aber auch sie hatte Talente, war eine ausgezeichnete Verwalterin, hatte einen ähnlichen Sinn für Geld wie er und führte die Konditorei sowie die Rösterei, die Fechter ihr eingerichtet hatte, mit sicherer Hand. Auch bei der Verwaltung seiner Wohnungen stellte sie sich geschickt an und zeigte bei der Auswahl des Personals Weitblick.

Die beiden adretten Verkäuferinnen am Tresen der Confeitaria blickten Fechter erwartungsvoll lächelnd entgegen. Sie hatten das Jungmädchenalter gerade hinter sich, er hätte sie beide haben können, sie legten es geradezu darauf an. Aber zu jung durften sie nicht sein, das könnte Ärger geben. Ein rascher Blick über die Terrasse und den Gastraum zeigte ihm, dass sämtliche Tische besetzt waren. Auch der Tresen war dicht umlagert, hauptsächlich von älteren Männern, die gierige Blicke auf die beiden schwarzen Schönheiten warfen und mit ihnen zu flirten versuchten. Aber sie hatten keine Chance. Mehr befremdeten ihn die drei Schmeißfliegen. Es war nicht ihre Hautfarbe, die ihn störte, vielmehr die Tatsache, dass sie Dealer waren.

»Die Chefin ist im Büro?«, fragte Fechter und zeigte sein charmantes Lächeln.

Das gehauchte »Ja« konnte weit mehr bedeuten, als dass Aparecida an ihrem Schreibtisch saß. Fechter bemerkte es an den neidischen Blicken der Espresso schlürfenden Männer und den feindseligen der Afrikaner. Sie würden in wenigen Minuten verschwunden sein, er duldete keine Dealer hier. Sie zogen Ermittler an. Das war schlecht fürs Geschäft.

Fechter stieß die Schwingtür auf, die den Gastraum von dem Büro und der am Ende des Korridors liegenden Rösterei trennte. Der wunderbare Duft des gerösteten Kaffees empfing ihn, und er atmete mit geschlossenen Augen tief und langsam durch die Nase ein, ähnlich, wie er es bei einem großen Wein tat. Er wusste, dass Aparecida ihn dabei beobachtete, denn sie hielt die Jalousie vor ihrem Bürofenster ein wenig offen. Erst als Fechter sich satt gerochen hatte, betrat er ihr Büro, ohne anzuklopfen. Eigentlich gehörte hier alles ihm, er hatte Aparecida die Confeitaria und die Rösterei eingerichtet, um sie zu besänftigen, als er ihre kurze, dafür aber umso heftigere Liaison beendet hatte. Inzwischen war sie ihm eine wertvolle und verschwiegene Stütze.

Sie hatte ein ovales Gesicht und große Augen, die ihm immer noch gefielen, und nicht zu wulstige Lippen – da wird irgendwann mal ein weißer Kolonialherr dazwischen gewesen sein, vermutete er. Das glänzende schwarze Haar kämmte

Aparecida nach hinten, die Krause war kaum mehr bemerkbar, und alles war zu einem engen Knoten gesteckt. Die weißen Perlen in den Ohren waren echt, er hatte ihr seinerzeit den Schmuck geschenkt, und sie hatte sich von da an klaglos in das Schicksal der Exgeliebten gefügt. Es ging ihr nicht schlecht dabei. Sie war vom gleichen Schlag wie Fechter, sie wusste jeden Vorteil zu nutzen und verdiente gut, besser als die meisten Frauen in Portugal. Sie hatte von ihm gelernt, wusste schnell, wer zuverlässig und wer zu neugierig war, wer zu viel redete und überflüssige Fragen stellte. Hielt sich eine ihrer Hilfskräfte nicht strikt an ihre Anweisungen, so wurde sie rigoros ausgesondert. Die Härte, mit der sie dabei vorging, war ihr nicht anzusehen, was auch wenig hilfreich gewesen wäre. Fechter schätzte sie. Jemanden wie sie aufzubauen, dauerte Jahre.

Aparecida stand auf, umarmte ihn und verharrte mit ihrem Mund kurz vor seinem. Doch er schob sie sanft und entschieden von sich.

»Vorne sind Leute, die dort nicht hingehören. Wer mag sie eingeladen haben?«

Aparecida tippte auf die Tastatur ihres Computers, bis sich das Bild der Terrasse auf dem Bildschirm öffnete. »Dass die immer wieder auftauchen, ist kein Wunder, wenn du die Confeitaria ›Luanda‹ nennst. Ich würde den Laden umbenennen.«

»Ich nehme an, es sind Angolaner.«

»Dann haben sie Heimweh. Ich seh's mir mal in natura an.« Damit verließ Aparecida den Raum und kam nach einer Minute zurück. »Dein Blick ist gut. Es sind Angolaner. Und es sind Schmeißfliegen. Verfahren wir wie beim letzten Mal – oder soll ich ihnen die passenden Worte sagen?«

»Ich regle das!« Draußen warf Fechter einen Blick auf die Männer. Er kannte diesen Typ. Sie durften sich nicht an den Ort gewöhnen. Sie gefährdeten seine Geschäfte, sie mussten verschwinden. Er hatte schon einige bei der Polizei gemeldet. Die drei auf der Terrasse hatten wohl noch nicht davon gehört.

Fechter war nicht besonders groß, aber er wirkte kräftig, durchtrainiert und äußerst überzeugend, wenn er etwas sagte. Er ging um den Tresen der Konditorei herum, blickte stirnrunzelnd auf den Tisch mit den drei Männern und schritt betont langsam über die Stufen zu ihnen hinab. Die drei versuchten, mit harten, der Situation wenig angemessenen Blicken zu kontern, doch dahinter verbarg sich ihre Unsicherheit.

»Es wurde bereits für Sie bezahlt, meine Herren! Sie können gehen. Wir möchten Sie hier nicht mehr sehen. Sollten Sie das nicht verstehen, so werden Sie bezahlen. Ist das klar? Sie haben mich verstanden? Im Übrigen sollten Sie sich bei allem, was Sie tun, vorher vergewissern, von wo aus die Kameras auf Sie gerichtet sind. Und sparen Sie sich Ihre Tiraden über weiße Rassisten.«

Dass sie wiederkämen und die Confeitaria verwüsteten oder Aparecida oder ihr Personal belästigten, schien Fechter unwahrscheinlich. Die drei Burschen waren keine Leuchten, so wie sie auf seine letzten Worte reagierten. Provozierend langsam erhoben sie sich, nannten Fechter dennoch ein »Rassistenschwein« und drohten damit, dass er von ihnen hören werde. Ohne ihnen nachzublicken, kehrte Fechter zum Tresen zurück, wo ihn die bewundernden Blicke der beiden Grazien empfingen. Er zahlte die Rechnung der drei Figuren (die Kasse musste schließlich stimmen) und ging ins Büro.

»Es ist ein Container eingetroffen. Er steht morgen früh im Lagerhaus. Ich will, dass er abends entladen ist. Wir brauchen ihn schnellstmöglich wieder. Ronaldo weiß Bescheid.« Mehr musste Aparecida nicht wissen.

»Um die Frachtpapiere kümmerst du dich, wie immer?«

»Ja, sicher doch.« Fechter wandte sich zum Gehen.

»Gehen wir noch zusammen essen?« Aparecida wäre gern zu dem Zustand zurückgekehrt, wie er vor zwei Jahren bestanden hatte. Sie liebte ihn und schien sich nicht sicher, ob das, was sie tat, für ihn war oder wirklich für sich selbst.

Er zuckte mit den Achseln. »Leider keine Zeit. Ich muss mich um meine Familie kümmern.«

»So wie immer?«

»Ja, sicher doch.« Er warf ihr ein Lächeln und eine Kusshand zu und fuhr zum Fitnesscenter.

Auf dem Laufband machte er sich warm, auf dem Speedbike kam er ins Schwitzen, danach war das Krafttraining an der Reihe, anschließend wechselte er zum Multitrainer, und als er nass vor Schweiß immer schwerere Gewichte stemmte, trat Hector zu ihm, der Besitzer des Centers.

»Mach Pause, Andres, es reicht, du bist zu ehrgeizig. Mach dich nicht kaputt. Ein Muskelriss ist kein Vergnügen.«

Hector war Fechter dankbar, er hielt ihn für einen Freund, da er ihm bereits mehrmals aus finanziellen Schwierigkeiten herausgeholfen hatte. Ohne ihn gäbe es das Fitnesscenter nicht mehr. Fechter hatte sich damit einen weiteren Abhängigen verschafft, da Hector ihm das Geld weder kurzfristig noch auf lange Sicht zurückzahlen konnte. Irgendwann würde Fechter ihn aus dem Geschäft drängen, denn hier wie auch mit den Wohnungen und in der Confeitaria ließen sich seine Einnahmen waschen. Seine größten Projekte waren der Neubau eines Hotels – der Rohbau stand bereits – und die Ferienanlage bei Peniche. Bauherr war eine seiner Scheinfirmen in Übersee. Nur eine halbe Million hatte er für die Wohnung in Hannover Kleefeld hingelegt, einen Teil davon in bar. Deutschland war ein Eldorado für Immobilienkäufe mit Schwarzgeld.

Eigentlich fehlte Fechter zu seinem Glück nur noch ein Weingut. Er hatte sich in der Estremadura umgesehen, in der Região de Lisboa, wie das Weinbaugebiet neuerdings hieß. Er hatte eines in Aussicht, die Besitzer waren alt, und mit einem der beiden Söhne war er geschäftlich aufs Engste verbunden. In ein Weingut ließ sich unendlich viel investieren, denn das verdiente Geld musste der normalen Wirtschaft zugeführt und versteuert werden, damit es legal wurde.

Hector jedoch war sowohl sein Vorname wie auch sein Status als vermeintlicher Unternehmer zu Kopf gestiegen, er gab mehr Geld aus, als er einnahm, und so verschoben sich langsam die Besitzverhältnisse. Als Strohmann war er mit seiner Naivität allerdings recht nützlich.

Und genau, wie Fechter vermutet hatte: Hector – so athletisch er gebaut war, so klein war sein Gehirn – brauchte mal wieder dringend Geld. Um es ihm nicht zu leicht zu machen, ließ Fechter ihn zappeln, erfand Einwände und Hinderungsgründe wie einen augenblicklichen Engpass, um schließlich so zu tun, als brächte er große Opfer. Hector musste es als seinen Erfolg begreifen und nicht als einen weiteren Schritt hin zum Totalverlust seines Unternehmens. Das würde er erst merken, wenn es zu spät war.

Hector war noch in anderer Hinsicht nützlich gewesen – durch ihn hatte Fechter Ronaldo kennengelernt, und Ronaldo löste für ihn die wirklich ernsten Probleme. Außerdem versorgte er Hector mit Stoff, und mit dem Koks im Kopf hielt sich Hector für den Größten. Es war gut, dass es Ronaldo gab, Fechter würde demnächst wieder auf ihn zurückgreifen. Es war spannend, zu verfolgen, dass sich für jedes neue Problem jemand anbot, der es für ihn löste.

»Wann brauchst du das Geld?«, fragte Fechter und wischte sich den Schweiß mit dem Muskelshirt aus dem Gesicht. »Reicht nächste Woche? Vorher kriege ich das nicht hin, ich müsste ein paar Papiere verkaufen«, log er mit zerknirschter Miene und seufzte. »Aber für 'nen Freund tue ich es gern. Du musst dich mehr um den Laden kümmern, *meu caro amigo*, du solltest renovieren, mein lieber Freund, und neue Geräte anschaffen. Ich bringe dir mal einen Katalog mit, dann überlegen wir gemeinsam …«

»Und das Geld dazu, wo kriege ich das her?«, unterbrach ihn Hector und zog verstört den Kopf ein, was gar nicht zu seiner massigen Erscheinung passte. »Es geht schließlich nicht um Kleingeld, bei fünfhundert Euro geht es los ...«

»Mach dir darüber keine Sorgen.« Beruhigend klopfte Fechter ihm auf die Schulter und legte sich sein Handtuch um den Hals. »Wir kriegen das hin.«

Dankbar und zuversichtlich sah ihm Hector nach, als Fechter, ohne geduscht zu haben, sich anzog und das Fitnesscenter verließ. Seine Klamotten sollten nach Schweiß riechen, dann hatte er zu Hause eine gute Ausrede, sofort unter die Dusche zu gehen, und Susanne bekam nichts von Rosalies Parfüm mit.

Von unterwegs kündigte er Rosalie sein Kommen telefonisch an. Die Brasilianerin würde ihn wie gewünscht unter der Dusche erwarten. Sie war eine *morena*, keine Mulattin wie Aparecida, längst nicht so dunkel wie ein Espresso, nach Fechters Farbskala eher wie ein Crema. Er mochte dieses Schauspiel, wenn Rosalie sich hinter dem nassen Glas räkelte, die Tür beiseiteschob und ihm dann die Arme um den Hals legte. Allein die Vorstellung erregte ihn maßlos. Er stellte den Wagen in der Tiefgarage ab und lief in den sechsten Stock, schloss die Wohnungstür auf und sah im Kühlschrank nach, ob sie den Champagner kalt gestellt hatte. Dann warf er seine verschwitzte Kleidung auf den Teppich der *sala*, betrat nackt das Badezimmer und schob die Glastür beiseite ...

Während sie sich später hingebungsvoll mit dem Haartrockner und mehreren Cremes beschäftigte, warf er sich im Bademantel in einen der Ledersessel – das Apartment hatte er eingerichtet, Stil hatte sie nur im Bett – und dachte nach. Rosalie wusste, woher sein Kapital kam, wie er die Wohnung bezahlte. Er war Logistiker, sie wusste, womit er handelte. Von jeder Transaktion bekam sie das, was er die »Transaktionssteuer« nannte. Ob sie an die Zukunft dachte, etwa daran, an Susannes Stelle zu treten, war bislang nie Thema gewesen, obwohl sie jüngst gewisse Andeutungen gemacht hatte. Aber sie hielt sich zurück. Bis zu welchem Maß und wie gekonnt sie ihre Eifersucht versteckte, war Fechter nicht klar. Sollte sie Ansprüche stellen, müsste er ihr deutlich machen, sich besser um ihre Angelegenheiten zu kümmern, oder sie wäre ein Fall für Ronaldo. Doch sie kannte nun die Gepflogenheiten der Branche bei Leuten, die den Mund nicht hielten.

So wie Aparecida war Rosalie nicht einzusetzen, damit wäre sie unterfordert. Sie lebte vom Umgang mit Zahlen mit möglichst vielen Nullen dahinter. Würde er die beiden Frauen zusammenbringen, würden sie sich gegenseitig die Augen auskratzen. Irgendwann würde er nicht mehr zu Rosalie unter die Dusche kommen, und das nicht nur, weil er kürzlich im Jachtclub eine junge blonde Frau entdeckt hatte, die ihm besonders gefiel und die er haben wollte. Womöglich war sie verheiratet, das machte vieles leichter.

Aber jetzt war nicht die Zeit, darüber nachzudenken. Er erinnerte sich lieber an den Ausblick aus seinem Büro und sah vor sich die weißen Segel der Jachten, ihre geblähten bunten Spinnacker. So ein Segelboot würde er gern besitzen, er konnte es sich locker leisten. Den Umgang damit würde er sich zeigen lassen, Segelschulen gab es genug, einen Bootsmann oder Skipper konnte man kaufen. Nur wo bekam man eine Mannschaft her? War der Eintritt in einen Jachtclub unabdingbar? Vielleicht wäre es auch geschäftlich sinnvoll, sich in der hiesigen Gesellschaft mehr zu integrieren.

Rosalie trat von hinten an ihn heran, unhörbar, und fuhr ihm mit ihrer kleinen Hand unter dem Bademantel über die nackte Brust.

Fechter sprang mit einem Satz auf und ging in Abwehrstellung. »Erschreck mich nie wieder, mein Schatz, nie wieder!«, sagte er drohend und sah sie an, als hätte er einen Gegner vor sich.

»Aber ich liebe dich doch«, entgegnete sie verängstigt.

»Mach das nie wieder«, wiederholte er, »und zieh dich

endlich an, du erkältest dich!« Er ließ sich zurück in den Sessel fallen. »Lass mein Zeug da am Boden liegen«, herrschte er sie an, als er sah, wie sie sich über seine verschwitzte Kleidung beugte.

»Dir kann man auch gar nichts recht machen«, seufzte sie und war sichtlich verstört.

»Doch. Hol den Champagner und zwei Gläser und setz dich her zu mir. Wir sollten besprechen, ob wir am Sonnabend wieder nach Foz do Arelho zum Windsurfen fahren … Oder willst du lieber nach Praia do Baleal? Ich könnte dir das Kiten beibringen.« Fechter wusste genau, wie er bei ihr wieder für gut Wetter sorgen konnte.

»Wo kommst du denn jetzt her?« Susanne Fechter hatte schlaftrunken die mit der Kette gesicherte Haustür geöffnet und wickelte sich fröstelnd in ihren Morgenrock. »Es ist zwei Uhr in der Nacht.«

Geschmeidig wechselte Fechter vom Portugiesischen ins Deutsche. »Wer ernsthaft Karriere machen will, kann sich seine Arbeitszeiten kaum aussuchen.« Jetzt schlug er einen versöhnlicheren Ton an und ging auf sie zu, als wollte er sie in die Arme schließen. »Bei deinen Ansprüchen bleibt mir wenig anderes übrig.«

Sie wich zurück und rümpfte die Nase. »Du warst wieder beim Fitness. Aber so spät noch? Bleib mir vom Leib, du stinkst erbärmlich. Wenn du geduscht hast, kannst du gern ins Bett kommen. Ich geh wieder schlafen. Und mach nicht so viel Krach, sonst weckst du Helena auf.« Sie wandte sich ab und verschwand im Schlafzimmer.

Fechter grinste. Wieder war es gelungen, sie von sich fernzuhalten, bis sein Körper keine Spuren der vorangegangenen Ereignisse mehr aufwies. Er schlich hinüber zum Kinderzimmer, öffnete vorsichtig die Tür und trat ans Bett seiner Tochter. Helena schlief fest, er strich ihr leise über den Kopf. Er liebte sie über alles, für sie würde er alles tun. Zweifellos war sie die schwächste Stelle in seinem System. Aber er wusste genau, wie er sie blitzschnell in Sicherheit bringen konnte, falls es Ärger gab. Darüber sprach er nicht einmal mit Ronaldo. Ob ihm ein Sohn lieber gewesen wäre, wusste er nicht, außerdem wollte Susanne keine weiteren Kinder.

Fechter schloss lautlos die Tür und ging ins Bad. Unter der Dusche kam ihm Rosalie in den Sinn, doch als er im Bett lag und Susannes Atem hörte, dachte er daran, dass er bei OSC in zwei Wochen an zweiter Stelle stehen würde. Sein Plan war perfekt. Für die Mexikaner stand er hier sowieso an erster Stelle. Diese Position konnte ihm nur ein anderes Syndikat streitig machen, aber derartige Signale würde er früh genug erkennen.

Johanna Breitenbach

Algorithmen der Zerstörung

Sie durfte ihm ihre Einstellung keinesfalls zeigen, nicht einmal durchschimmern lassen. Das konnte sie den Job kosten. Das war schon einmal geschehen, allerdings unter gänzlich anderen Vorzeichen. Obwohl es zehn Jahre her war, erinnerte sich Johanna noch gut an den Rausschmiss. Letztlich hätte sie als Umweltingenieurin mit dem Dozentenjob, der daraus entstanden war, sehr zufrieden sein können. Es hatte sie wieder auf den Boden der Realität gestellt, ihrer ganz persönlichen Realität.

Obwohl ihre Situation jetzt eine ganz andere war und sie wieder nicht mehr an das glaubte, was sie tat, wuchs ihr Unbehagen. Sie mochte da sein, wo es ihr gefiel und wo sie hingehörte, aber die Welt bewegte sich weiter, die Umstände veränderten sich. Sie empfand ihre Arbeit, die sie bisher ausgefüllt hatte, in immer stärkerem Maße als nutzlos, wenn nicht sogar als überholt. Sie kam mit den Entwicklungen nicht mehr mit, was nicht an ihr lag. Je länger sie sich mit den drängenden Fragen beschäftigte, je tiefer sie in die Materie eindrang, desto weniger schien ihr ein Erfolg gegeben, ja geradezu unmöglich. Mit dem Gedanken, der einsame Rufer (oder die Ruferin) in der Wüste zu sein, ließ sich schlecht leben, wenn sie bereits in den Morgennachrichten von brennenden Amazonaswäldern und der Zunahme des Artensterbens hörte.

Die Lösungen hielten bei Weitem nicht mit dem Wachstum und den daraus entstehenden Problemen Schritt. Sie wollte in aller Offenheit darüber sprechen, doch wenn sie das, was sie wusste und wovon sie überzeugt war, im Hörsaal vor den Studenten ausbreitete, nahm sie den jungen Menschen dann nicht den Mut? Gerade jenen, die in der Lage waren – oder es sein könnten –, Einfluss zu nehmen. Sollte sie ihnen das »Weiter so« predigen, da es für alles andere sowieso zu spät war? Menschen zu belügen, war ihr verhasst.

Sie starrte aus dem Fenster des kleinen Restaurants, in dem sie mit ihrem Kollegen Stefan, dem Bodenkundler, saß, auf die weite, sich leicht bewegende Wasserfläche des Rheins. Sie wäre viel lieber dort unterwegs, auf ihrem Surfboard, weit zurückgelehnt, beide Hände fest am Gabelbaum, dem Wind entgegen, über die Wellen rutschend, das Rauschen des Wassers im Ohr und alles vergessend, bis auf die Schiffe, denen sie ausweichen musste und auf deren Bug- oder Heckwelle sie manchmal surfte.

»Du hörst mir gar nicht zu, Johanna!« Der Vorwurf in der Stimme ihres Kollegen war nicht zu überhören.

»Du irrst, Stefan«, antworte sie entschieden, ohne dem kritischen Blick auszuweichen. »Ich bin mittendrin.« Was nicht einmal gelogen war, nur in anderem Sinne gemeint, als der Dozent es vermutete. Wahrscheinlich viel zu weit drin, hätte sie eigentlich sagen müssen. »Soweit ich weiß, haben die Phönizier vor mehr als zweitausend Jahren den Weinbau nach Portugal gebracht. Im 16. Jahrhundert haben die Portugiesen bereits Wein nach England exportiert, während die Zisterzienser hier gerade mal begonnen haben, rings ums Kloster Eberbach Reben aus dem Burgund anzupflanzen. Die portugiesischen Winzer sind kaum auf unsere Ratschläge angewiesen, sie werden besser wissen, was dem Land beziehungsweise ihren Weingütern guttut. Was soll ich da? Sie kennen die Wetterverhältnisse, die Zahl ihrer Sonnenstunden, den Boden, ihre Reben, sie wissen, was Strom und Diesel kosten und welche Bausubstanz ihre Quintas haben, ganz im Gegensatz zu mir. Das alles ist fürs Energiemanagement

entscheidend. Aber wer will sich schon das Dach seines spätbarocken Landgutes durch Solarkollektoren verschandeln?«

»Dann stellt sie in den Weinberg«, erwiderte Stefan. »Außerdem stammen die wenigsten Gebäude noch aus dem
Barock. Stell die Kollektoren vor eine Mauer, oder pflanz ein
paar Bäume als Sichtschutz davor. Aber darum geht es nicht.
Nimm meinen Freund Flávio dos Santos: Sein Weingut liegt
zwischen Hügeln, keine fünfzig Kilometer von Lissabon entfernt. Er hat an irgendeinem Ökokongress teilgenommen,
und seitdem will er sein Weingut zukunftsfähig machen. Damit setzt er ein Zeichen, und die Nachbarn schauen sehr
genau hin, was die anderen treiben, allein aus Neid. Und wer
will kein Geld sparen?«

»Erst mal kommen die Investitionen, später …«

Stefan stöhnte und winkte ab. »Ich habe Flávio erzählt,
dass du jetzt bereits im achten Jahr bei uns an der Hochschule die angehenden Winzer und Önologen mit Energiemanagement vertraut machst, damit, wie sie durch sinnvol-
leren Umgang mit Energie Geld sparen, weniger Dreck
machen, weniger Wasser verbrauchen und CO_2 einsparen.
Er war begeistert, er wollte sofort, dass du kommst und ihn
berätst. Er würde sogar Seminare mit anderen Winzern
organisieren. Ich kenne niemanden, der mehr als du davon
versteht, Johanna. Dein Fachwissen kombiniert mit nachhal-
tigem oder biologischem Weinbau, das ist die einzige Perspektive für den naturnahen Weinbau! Wenn Flávio jemanden in Portugal kennen würde, der ihm helfen könnte, säßen
wir nicht hier. Sieh es als Chance, dich international zu orientieren. Täglich kommen Berichte, wo überall Klimakatastro-
phen herrschen: Kälteeinbrüche, Schneestürme, Hitzewel-
len. Eine Konferenz jagt die nächste.«

»Ja, Konferenzen, Öko-Gelaber mit Tausenden von Teil-
nehmern«, ereiferte sich Johanna. »Aber nichts passiert.
Jedes Jahr UN-Klimakonferenzen, gleichzeitig Treffen zum
Kyoto-Protokoll und zum Paris-Abkommen. Jedes Mal prü-

geln sich die Teilnehmer vorher darum, wer hinfahren darf, wer Spesen und Karriere macht, wer das Tagegeld kassiert, und dann reisen dreißigtausend mit dem Flugzeug an. Wie viele tausend Liter Kerosin werden verbrannt? Wie viele Tonnen Papier bedruckt? Wie viele Kaffeebecher weggeschmissen?«

»Da kommen sicher etliche mit der Bahn …«

Johanna ließ den Einwand nicht gelten. »Sechzigtausend Taxifahrten vom und zum Flughafen, dreißigtausendmal Bettwäsche und Handtücher in den Hotels waschen, dreißigtausend Leute müssen verpflegt und dreißigtausend Smartphones täglich aufgeladen werden, und alle gehen mehrmals täglich auf die Toilette! Wie viele Liter sauberen Wassers werden verbraucht?«

»Etwa hundertdreißig Liter pro Person und Tag«, sagte Stefan Gerlach und schien sich seinem grimmigen Gesichtsausdruck nach zu ärgern, dass er darauf eingegangen war. »Die würden sie zu Hause auch verbrauchen – aber wieso bist du nur so defätistisch?«

»Was ist das, defätistisch?«

»Du siehst alles schwarz, siehst keine Aussicht auf Erfolg, alles wird schlechter …«

»Ist es ein Wunder bei dem, was uns täglich serviert wird? Noch nie haben so viele Leute über Umweltschutz geredet, noch nie gab es so viele Institute und Konferenzen – und der Müll nimmt täglich weiter zu, die Temperatur steigt weiter an, so wie die CO_2-Emissionen, und ein Gletscher nach dem anderen schmilzt weg. Und wenn du diesen Sommer betrachtest«, fuhr Johanna ungerührt fort, »ist der nicht schon an sich eine Katastrophe?«

»Das ist relativ.« Der Dozent für Bodenkunde ging nicht darauf ein. »Dieser Sommer, Johanna? Der war fantastisch. Die Trauben bei uns im Rheingau, ach, überall in Deutschland waren bestens, die Keller sind übervoll, ganz im Gegensatz zu den vorherigen Jahren, und die Weinstöcke sind gesund! Allerdings weiß keiner, aus welcher Tiefe die Reben das Wasser hergeholt haben.«

»Und in Portugal? Fantastisch? Ein Drittel der Trauben sollen im August an den Stöcken verbrannt sein. Stell dir vor, du müsstest auf ein Drittel deines Gehalts verzichten, ein ganzes Jahr lang. Wie viele Weinstöcke dabei geschädigt wurden, weißt du auch nicht. Das siehst du erst beim Austrieb im Frühjahr. Die Schäden bei vielen Bäumen zeigen sich im nächsten oder übernächsten Jahr. Und wie das Wetter im kommenden Jahr wird, kannst du auch nicht vorhersehen. Bauernregeln gelten nicht mehr.«

»Deshalb sollst du ja hinfahren, verdammt! Außerdem muss man nicht immer mit dem Schlimmsten rechnen. Was macht dich so pessimistisch? Steckt was anderes dahinter? Stimmt in deiner Ehe was nicht?«

Jetzt wurde Johanna zornig und ihre Stimme leise. »Meine Ehe, lieber Stefan, geht dich gar nichts an, die ist ganz in Ordnung. Aber meinen Ärger darüber, was offen zutage tritt, auf eine persönliche Ebene zu schieben, finde ich ziemlich frech von dir.«

»Es tut mir leid, ich wollte …«

»Du brauchst dich nicht zu entschuldigen. Jeden Tag muss ich mir derartige Argumente anhören«, unterbrach ihn Johanna. »Alle stecken die Köpfe in den Sand, denn wenn sie's nicht täten, müssten sie ihren Lebensstil ändern. Köpfen im Sand entspringen keine Lösungen, das müsstest doch besonders du als Bodenkundler wissen. Im Sand kommt nicht einmal die Reblaus voran. Diejenigen, die was ändern oder es zumindest vorhaben, werden von den anderen als Spinner abgetan, abschätzig als ›Ökos‹ bezeichnet, als Gutmenschen abqualifiziert und beschimpft. Wieso machst du die Augen zu? Du müsstest doch sehen, wie die Böden versiegelt werden, hundert Quadratkilometer pro Jahr, dann die durch Gülle und Überdüngung und industrielle Schadstoffe degenerierten Böden. Muss jeder Wirtschaftsweg asphaltiert werden, damit bloß kein Wasser mehr hindurchkommt und der Gasaustausch zwischen Boden und Atmosphäre unterbunden wird?«

»Ich dachte immer, du wärst Dozentin für Energiemanagement«, wagte Stefan ihren Redefluss zu unterbrechen.

»Energiemanagement heißt, Energie zu reduzieren. Aber Industrie und Politik und die Agrarkonzerne reden nur von Wachstum. Ich hoffe, sie ersticken an ihrem Profit! Aber wir ersticken leider vorher, an ihrem Dreck«, fügte sie leiser hinzu.

Sie hatte sich in Rage geredet, was sie selten tat. Sie musste sachlich bleiben, polemisch durften nur die Studierenden werden. Reden konnte sie allerding, sie tat es täglich mehrere Stunden lang, hier an der Hochschule in Geisenheim und drüben, auf der anderen Rheinseite, an der Fachhochschule in Bingen. Abends hielt sie zusätzlich Vorträge, vor einem Fachpublikum, bei Umweltgruppen, vor Interessierten der Volkshochschule Mainz sowie Zweiflern und jenen, die das Gerede über den Klimawandel für Humbug hielten.

Sie würde der Reise zustimmen, sie wusste es, es war die Hoffnung, dass sich doch noch etwas bewirken ließ, dass es nicht längst zu spät war ... Für sie sah es so aus, als wollten alle noch so viel mitnehmen wie möglich vor dem Untergang, bevor die Ökosysteme endgültig umkippten, bevor die Luft knapp wurde und Hamburg wegen steigender Wasserstände verlassen werden musste. Leider war die Arche zu klein. In eine Raumkapsel passten nur vier Mann. Ob den Enkelkindern noch sauberes Trinkwasser zur Verfügung stehen würde, war ihnen egal. Sie würden erst Ruhe geben, wenn der letzte Streifen indonesischen Urwalds in eine Palmölplantage verwandelt worden war und im letztem Fjord Lachse gemästet wurden. Ja, es musste unbedingt Lachs sein, auch bei Aldi.

Sie warf ihr Haar mit einer raschen Bewegung in den Nacken, als wollte sie die Gedanken abschütteln und den

Kopf wieder freikriegen. Wer Untergangsszenarien an die Wand warf, machte sich unbeliebt. Die Leute hörten weg. Das hatte sie oft genug bemerkt, und das hatte sie schon einmal auf einen falschen Weg geführt.

»Du kriegst die Reise selbstverständlich bezahlt, Spesen, Hotel, Honorar und so.« Stefan gab nicht auf. Er kannte Johanna und ihre temporären fatalistischen Anwandlungen. Und spielte seinen letzten Trumpf aus: »Portugals Atlantikküste eignet sich hervorragend zum Windsurfen. Es soll auch ein Kite-Paradies sein. Tolle Wellen, grandiose Strände ganz in der Nähe, keine vierzig Kilometer vom Weingut meines Bekannten. Die Surferszene magst du doch.«

»Du willst mich bestechen«, vermutete Johanna und sah wieder aus dem Fenster. »So geht das nicht, Stefan.« Aber ihre Fantasie war bereits angesprungen. Es war tatsächlich etwas anderes und verdammt reizvoll, nicht von den Ufern eingezwängt, von Fallböen überrascht und in der Strömung ständig vor den Frachtkähnen auf der Flucht zu sein. Die Wellen reizten sie, das Brandungssurfen, das war hohe Kunst, die Dünung nutzend oder sich vom Schirm an der Küste entlang ziehen zu lassen, die meterhohen Sprünge dabei waren, als flöge man. Sie hätte sich wegträumen können …

Wieder auf dem Boden bat sie sich Bedenkzeit aus »… bis Samstag. Ich möchte nicht anderen, die gutgläubig sind, etwas vermitteln, woran ich selbst …« Den Rest des Satzes schluckte sie hinunter.

Surfboard und Segel brauchte sie nicht mitzunehmen, beides konnte man in jedem Surfrevier ausleihen. Nur ihren Neoprenanzug würde sie einpacken … Sie merkte, wie sie sich mehr und mehr mit dem Gedanken an die Reise anfreundete. Bis zum Beginn des Wintersemesters war noch unendlich viel Zeit. Praktische Überlegungen brachen sich Bahn, legten sich wie eine durchsichtige, matt schimmernde Folie über ihre Bedenken. Eigentlich hatte sie den Achenbachs in Ellerstadt bei der Weinlese helfen wollen, aber Manuel, Thomas und sein Vater kämen auch ohne sie klar.

»Wenn sich alle verweigern so wie du«, gab Stefan zu bedenken, »dann geht hier alles noch viel schneller den Bach runter. Also, was ist nun?«, fragte er, müde vom Argumentieren. »Spielt es für dich gar keine Rolle, wenn ein Freund dich um etwas bittet? Und auch wenn du selbst nicht mehr daran glaubst – andere jedenfalls tun es! Die denken anders. Und diejenigen, die für den Dreck verantwortlich sind, freuen sich über jeden, der untätig bleibt.«

»Denen ist das völlig egal. Aber komm mir nicht mit der Moralkeule, Stefan! Ich habe gesagt, ich brauche Bedenkzeit …« Johanna stand auf. Unentschieden zwischen Wut und Mutlosigkeit ging sie zu ihrem Wagen.

Was sie auf dem kurzen Heimweg nach Oestrich-Winkel, wo sie eine kleine Zweizimmerwohnung gemietet hatte, am meisten ärgerte, waren Stefans letzte Worte. Es war frech von ihm, zu behaupten, dass sie sich verweigerte. Bereits während ihres Studiums hatte sie protestiert, gegen Atomanlagen demonstriert, an Sitzblockaden in Gorleben teilgenommen, war verhaftet worden, hatte Nächte im sogenannten »Polizeigewahrsam« verbracht – als wäre es ein Gewahrsam, ein Schutzraum, gewesen, Tritte und Nackenschläge von Männern und besonders von Polizistinnen verabreicht zu bekommen, die einen Eid auf die Bundesrepublik geleistet hatten. Damals hatte sie begriffen, was von einem Eid auf den Staat – und nicht auf seine Bürger – zu halten war.

Jahre später war die unrühmliche Episode bei Environment Consult & Partners gefolgt, ihr Mann Carl hatte es damals »ihre Machenschaften« genannt und die Katastrophe vorausgesehen. Daran war ihre Ehe fast zerbrochen. Zumindest hatte sie dadurch die Arbeit der Gegenseite kennengelernt und viel Geld damit verdient, Umweltgutachten an die Gesetze anzupassen und sie so umzuschreiben, dass mögliche Kläger der Bürgerinitiativen vor Gericht kein Recht erhielten. Deren Einwände vorauszusehen, war ihr Job gewesen.

Mit viel Glück und Carls Hilfe hatte sie gerade noch die Kurve gekriegt und sich wieder auf die richtige Seite gestellt. Und je mehr sie wusste, je mehr sie tagtäglich über Artensterben und Mikroplastik, Feinstaub und Versteppung, Smog im indischen Delhi erfuhr, desto auswegloser erschien ihr die Situation. Aber der Gedanke, an den Widersprüchen zu ersticken, war auch nicht erbaulich. Die Kunst der Verstellung hatte sie bei Environment Consult & Partners gelernt, aber diese Kunst war ihr zuwider, sie verursachte Kopfschmerzen und Übelkeit und ein schlechtes Gewissen. Dass andere keines besaßen oder bestens damit lebten, war ihr gleichgültig. Sie jedenfalls konnte es nicht. Dann eben untergehen …

Als der Wagen vor ihr an der Ortseinfahrt plötzlich scharf bremste, brauchte sie einen Moment, um zurück ins Hier und Jetzt zu gelangen, so sehr war sie in ihren Gedanken gefangen. Gerade einen Zentimeter hinter dem Geländewagen kam sie zum Stehen. Am Steuer saß eine Frau, die jetzt mitten auf der Straße hielt und ihr Mobiltelefon ans Ohr presste. Mutti brauchte den SUV mit Allradantrieb dringend, um zum Friseur zu fahren. Genau *das* war das Problem!

Die letzten Meter bis zu ihrem Wohnhaus schlich Johanna fast, schleppte sich entnervt die Treppe hinauf und riss sämtliche Fenster auf. In ihrer Dachwohnung war es zum Ersticken heiß, kaum zum Aushalten. Dieser Sommer war gnadenlos.

Nach dem Duschen schlang sie ein Badetuch um sich und setzte sich auf ihren winzigen Balkon. Heute fehlte ihr Carl besonders. Der trieb sich wieder in Südtirol herum, möglicherweise auf einem kühlen Berg, weit weg von allen Sendemasten. Aber er wanderte nicht gern, besonders dann nicht, wenn es bergauf ging. Er saß lieber auf seinem Rennrad und fuhr mit Rückenwind bergab. Oder war er mit seinem Surfboard auf dem Kalterer See unterwegs? Wäre sie jetzt allein in ihrer gemeinsamen Wohnung in Stuttgart, wäre das Gefühl der Einsamkeit noch stärker. Hier war sie es gewohnt. Sie griff zum Telefon und rief ihn an, doch es war, wie sie befürchtet hatte, er war momentan nicht zu erreichen.

Sie schaute nervös auf die Uhr. Das Gespräch mit Kollege Stefan ging ihr nicht aus dem Kopf. Es bewegte sie, wie sie an ihrem Herzklopfen bemerkte, mehr, als sie angenommen hatte. Argumente gab es für alles, es kam auf den jeweiligen Blickwinkel und die Interessen jedes Einzelnen an – und natürlich auf die Menge an Informationen, über die man verfügte und an sich heranließ. Bei ihr trafen täglich neue Informationen ein, aus der Energiewirtschaft, ihrer Lobby und der Politik. Die Landwirtschaft war ein weites Feld. Die Chemiekonzerne taten ihr Bestes, die Menschen (für sie: die Verbraucher) zu verwirren, ähnlich wie die Lebensmittelindustrie und deren Methoden, ihre Kunden in die Irre zu führen. Greenwashing und Werbekampagnen mussten permanent hinterfragt werden. Und seit Johanna wusste, dass der Weinbau bei 0,8 Prozent der landwirtschaftlichen Fläche dreizehn Prozent aller in Deutschland verwendeten Spritzmittel einsetzte – waren ihre beruflichen Bemühungen dagegen nicht nur grotesk, geradezu lächerlich und zum Scheitern verurteilt?

Sie kannte sich, sie kannte diese Stimmung, in die sie an manchen Tagen hineinstürzte. Es war das Gefühl, am Rande einer Depression zu stehen, nicht nur ihren Beruf, sondern auch ihr eigenes Leben als sinnlos betrachtend. Nur mit Arbeit konnte sie sich da rausholen, sich ablenken, auch beim Surfen oder in Carls Armen befreite sie sich davon. Aber der blieb einstweilen unerreichbar, obwohl sie es alle zehn Minuten erneut versuchte.

Erschöpft warf sie sich aufs Bett, fiel in einen kurzen, wenig erholsamen Schlaf, kam schweißüberströmt wieder zu sich und trat erneut unter die Dusche. Automatisch griff sie zum Föhn, und als sie ihn einschaltete, kam ihr der Gedanke, dass ihr langes Haar auch von allein trocknete. Frustriert legte sie den Föhn beiseite und bearbeitete wütend ihr Haar mit einer Bürste. Früher habe ich auch keinen Föhn benutzt, sagte sie sich und bürstete grimmig weiter. Muss ich mich an eine neue Frisur gewöhnen?

Sie kam sich eingekesselt vor, von Verboten umgeben, neue Regeln waren aufgestellt, und neue Gebote galt es zu befolgen. Und an alldem wirkte sie selbst mit. Jetzt wuchs es ihr über den Kopf. Dabei ging es nur darum, sich umzustellen, alte, lieb gewonnene Gewohnheiten abzustreifen. Nur das, nichts weiter. Weniger zu essen, war außerdem gesünder. Tote Tiere waren sowieso ekelhaft. Was war daran so schwer zu verstehen?

Sie griff zum Augenbrauenstift und hielt ihr Gesicht nah an den Spiegel. War der Eyeliner auch giftig? Und der Lidschatten? Enthielt das Zeug nicht auch Mikroplastik?

Sie stieß einen verzweifelten Schrei aus. Wie konnte man noch leben, ohne die Welt zu verdrecken? Sie wollte nicht so werden wie die Ökomädchen in ihrem Kurs, die in offenen Sandalen in die Vorlesung kamen, die Baumwollkleidchen ungebügelt, ihr Ökotum anklagend vor sich hertragend. Und die anderen, die wöchentlich mit einem neuen Shirt kamen, genäht von KiK- und Gucci-Sklaven in Bangladesch? Nein, das war auch kein Weg.

Ich werde mich beim Hersteller erkundigen, sagte sie sich, als sie die Augenbrauen nachzog und sich langsam beruhigte. Oder einfach einen ungiftigen Augenbrauenstift kaufen, und mit dem Eyeliner mach ich's genauso. Und wie man bei einem Shirt auf dem Etikett nach der Größe schaute, konnte man sich auch über die Herkunft und die Inhaltsstoffe Klarheit verschaffen. Das ist alles ganz einfach, sagte sie sich, als sie den Lippenstift in die Hand nahm, das ist nur eine Frage der Gewohnheit.

Gleich traf sie den Kollegen von der Technischen Hochschule in Mainz. Es ging um ein erweitertes Konzept für den Masterstudiengang in Agrarwirtschaft und Umwelt sowie Energie- und Betriebsmanagement. Doch bevor sie das Haus verließ, griff sie zum Telefon und wählte Thomas Achenbachs Nummer. An einem Mittwoch wie diesem vermutete sie ihn zu Hause und nicht bei seiner Freundin Simone in Bordeaux.

Thomas meldete sich sofort und freute sich auf ihren Besuch. Mit ihrem ehemaligen Studenten verband Johanna eine intensive Freundschaft, in der auch mütterliche Gefühle eine Rolle spielten, ganz anders als mit seinem Kompagnon Manuel, der ihr in seiner Art immer fremd geblieben war. Das Gästezimmer sei frei, meinte Thomas, Riesling sowie Weißburgunder stünden kalt, und sein Vater nebst Frau Verena seien auch zu Hause. Man werde also mit dem Essen warten.

Johanna Breitenbach hatte sich daran gewöhnt, ihren Wagen an der Wallbox vor dem Haus abzustellen, um die Batterien aufzuladen. Allerdings hatte sie die Box selbst zahlen müssen. Aber wer Energiemanagement lehrte, musste auch ein Elektroauto fahren – oder das Rad nehmen. Mit den Fahreigenschaften ihres ZOE von Renault war sie zufrieden, für ihre Ansprüche reichte der Wagen, auch von der Reichweite her. Zwar war der ZOE teuer gewesen, zumindest für ihre Verhältnisse, aber sie musste ein Beispiel geben. Ob es irgendwem außer dem Autokonzern nutzte, war fraglich. Die Herstellung der Batterien war der Schwachpunkt, ebenso die kurze Reichweite, dann die hohen Produktionskosten, neue Rohstoffe. Oh Gott! Und ob es innen richtig warm wurde, würde der nächste Winter zeigen – wenn es im Rheingau denn einen gäbe.

Von Oestrich-Winkel zur Hochschule war es nicht weit, nach Bingen durchaus. Trotzdem nahm sie gewöhnlich auch dorthin das Rad, denn im Auto auf die Rheinfähre zu fahren, machten ihre Nerven nicht mehr mit, seit jemand versucht hatte, sie in ihrem Wagen in den Rhein zu schieben. Acht Jahre waren seitdem vergangen, und noch immer griff die Panik nach ihr. Zu Fuß hingegen, die Hände am Lenker ihres Rades, konnte sie entspannt hinübergehen.

Doch heute nahm sie den Wagen und würde nach ihrem Termin in Mainz zu den Achenbachs fahren. Die drei Männer, Vater Philipp, Sohn Thomas und Freund Manuel, hatten auf ihrem Weingut bei Ellerstadt schwere Krisen durchlebt, sie halbwegs heil überstanden, doch andere würden folgen, auch die galt es zu meistern. Johanna war überzeugt, dass sie es schafften, und dieser Gedanke richtete sie auf.

Zerberus sprang zur Begrüßung jaulend an ihr hoch, mit seinem Gewicht warf er sie fast um. Thomas schloss sie freundlich in die Arme, und Philipp Achenbach drückte sie fest. Seine Frau Verena hatte noch in ihrer Galerie in Bad Dürkheim zu tun, und Manuel war wie immer sehr zaghaft. Auf ihn musste man zugehen, und schnell zog er sich in die Küche zurück.

Als Vorspeise hatte er Rucola-Salat mit Geflügelstreifen und einer pikanten Vinaigrette zubereitet. Die Röschen des Broccoli in dem Auflauf, den er anschließend servierte, hatten genau die richtige Bissfestigkeit und den Eigengeschmack behalten. Trotzdem bezeichnete Manuel seinen Broccoli-Kartoffel-Auflauf mit Crème fraîche, Gorgonzola und Schinken als ein Alltagsgericht.

»So kocht er beileibe nicht immer«, kommentierte Thomas die Kochkunst seines Freundes. »Das kriegt er so nur hin, weil er sich verliebt hat.«

»Hoffentlich diesmal in die Richtige«, meinte Johanna, die von dem Drama wusste, das vor zwei Jahren beinahe zum Zusammenbruch des gemeinsamen Projekts geführt hatte.

Manuel verzog das Gesicht, stand rasch auf und verschwand wieder in der Küche.

»Ist er beleidigt?« Schon taten Johanna ihre Worte leid.

Doch Philipp Achenbach beruhigte sie, indem er lächelnd den Kopf schüttelte.

Manuel kam mit der noch heißen Quitten-Blätterteig-Tarte zurück. Dazu servierte er die Beerenauslese des Hauses, die von ihm wie ein Heiligtum gehütet und niemals verkauft wurde, sondern nur besonderen Gästen oder dem Eigenverbrauch, vielmehr -genuss vorbehalten blieb. Davon waren leider nur noch wenige Flaschen übrig.

Die Temperatur im Esszimmer war trotz der tagsüber herrschenden Hitze erträglich. Man hielt es hier wie in Spanien: Tagsüber blieben sämtliche Fenster geschlossen und die Fensterläden zugeklappt, die dicken Mauern des zweihundert Jahre alten Hauses hielten die Hitze ab, abends hingegen wurden die Fenster aufgerissen und blieben die Nacht über geöffnet. Wenn es mit den Mücken zu arg wurde, holte man die Moskitonetze hervor, aber niemals die chemische Keule. Das oberste Gebot galt auch für den Weinberg. Nur Bordelaiser Brühe gegen falschen Mehltau, die musste sein.

Schon vom Esszimmertisch aus hatte Johanna den Blick über den Garten hinweg in die Weinberge genossen. Jetzt wollte sie nach draußen, den Sonnenuntergang und die Stille des Abends genießen und endlich mit Thomas allein reden. Das, was sie wirklich bewegte, tief in ihrem Inneren, vertraute sie – außer Carl – nur ihm an. Ihr Verhältnis war so eng, dass man ihnen nicht nur einmal eine intime Beziehung unterstellt hatte. Nahe standen sie sich, zweifelsohne, er, der Draufgänger, sie die vorsichtig Abwägende, aber Gefühle, die über reine Freundschaft hinausgingen, waren beiden fremd. Die enge Beziehung war in der Zeit entstanden, als sie darum gekämpft hatten, Manuel von der Mordanklage zu befreien und aus dem Gefängnis zu holen.

Anschließend hatte Johanna in den Jahren des Aufbaus maßgeblich die energiewirtschaftliche Seite des Weinguts betreut, nachdem Thomas mit Vater und Manuel das ein wenig heruntergekommene Anwesen gekauft, umgebaut und modernisiert hatten. Gemeinsam mit den Männern hatte sie Solarkollektoren auf dem Dach verschraubt, mit den Handwerkern die Pläne für die Kühlanlagen überarbeitet und Wärmetauscher eingebaut. Die Investitionen hatten ein Vermögen gekostet. Der Schuldenberg würde erst in zwanzig Jahren abgetragen sein.

Dass es ihr nicht gut ging trotz des wunderbaren Essens, musste Thomas ihr angesehen haben, sie entnahm es seinem besorgten Blick. Deshalb verzichtete er auf den Kaffee, als sie ihn heimlich nach draußen bat. Sie gingen nach unten und betraten vom Keller aus den Garten, um den Manuel sich maßgeblich kümmerte.

»Hat er denn endlich wieder eine Freundin?«, fragte Johanna am Ende der Besichtigung.

»Es bahnt sich was an«, antwortete Thomas. »Hast du es nicht am Essen bemerkt?« Er steuerte die Sitzgruppe in der äußersten Ecke des Gartens an, dort, wo hinter dem Zaun die Rebzeilen begannen. »Aber deshalb bist du nicht hergekommen. Worum geht's wirklich?«

Manchmal empfand sie Thomas in seiner direkten Art zu ruppig und schroff, manchmal war sie ihm dankbar dafür, man kam schnell zum Wesentlichen, und Johanna berichtete von dem Gespräch mit Stefan, von dem Angebot, portugiesische Winzer zu beraten, und ihren massiven Zweifeln. Thomas kannte den Bodenkundler noch aus seiner Zeit als Student.

»Der Mann hat völlig recht«, sagte Thomas ungerührt. »Was willst du, Wein oder Wasser?«

Es dauerte einen Moment, bis Johanna begriff, was er meinte. »Na, was wohl, wenn ich schon mal hier bin.«

Thomas ging zurück ins Haus und kam mit beidem zurück, stellte Gläser, Karaffe und Flasche auf den von der Sonne ausgebleichten Holztisch. Es schien, als hätte er die Zeit zum Nachdenken gebraucht.

»Versteh mich bitte nicht falsch, Johanna, wenn ich nicht in das Lamento über den Zustand der Welt einstimme. Und deine Selbstzweifel kenne ich, Zweifel habe ich auch. Menschen, die keine haben, halte ich für gefährlich, Leuten, die nur von sich überzeugt sind, sollte man besser aus dem Wege gehen. Aber das Angebot von Stefan bestätigt doch nur dich und deine Arbeit. Es zeigt, wie ernst du genommen wirst und dass andere das Thema als ähnlich brennend empfinden wie du!«

»Wenn sie es täten, sähe die Welt ein wenig anders aus.«

»Rom wurde auch nicht an einem ...«

»Ja, ja«, unterbrach ihn Johanna, »ich weiß, was du sagen willst. Alles braucht seine Zeit. Aber die haben wir nicht. Täglich geht mehr kaputt, täglich zerstören wir mehr von unserer Welt, täglich sterben unwiderruflich etliche Arten aus, und die Forscher streiten, ob es fünfzig oder einhundertfünfzig sind. Wale ersticken an Plastiksäcken, und die IG Metall kämpft für Arbeitsplätze in der Rüstungsindustrie. Autokonzerne betrügen ihre Kunden und die Politiker ihre Wähler. Mutti fährt im SUV zum Einkaufen, sie ist mir heute erst begegnet. Angeber, Aufschneider, Großtuer und Blender. Schau dir diese Agrarministerin an, eine Weinkönigin als Lobbyistin, sie glaubt, sie verstünde was von Landwirtschaft. Nichts als menschliche Sprechblasen ...«

»Aber ihr Vorgänger war auch nicht besser«, warf Thomas ungerührt ein.

»Und die Bauern kippen weiter Glyphosat auf unser Essen, als hätte es nie eine Debatte gegeben. Wie dumm sind die eigentlich? Oder sind sie dreist und unverschämt? Oder zu faul zum Nachdenken? Und ich soll da was ausrichten?«

»Du wirst nie alle überzeugen.«

»Ja, höchstens eine Minderheit«, warf Johanna ein, »eine, die nicht gehört wird, die nichts zu sagen hat.«

»Die Mehrheit hat andere Sorgen, Johanna. Schlechter Lohn, keine Wohnung, die Kinder, ausgefallener Unterricht ...«

»Das hängt alles damit zusammen. Die Welt ist nur noch dazu da, Geld zu machen, alles in Zahlen zu verwandeln, in Algorithmen der Zerstörung.« Johanna verstummte. Sie sah Thomas an, der ihr scheinbar ungerührt zuhörte. »Wie kannst du dabei so ruhig bleiben?«, fragte sie empört. »Ihr unternehmt hier alles Menschenmögliche, um …«

»Sicher, ich sehe es ähnlich wie du. Aber das tut die Mehrheit nicht, denen fehlt sowohl die Fähigkeit zum Nachdenken wie auch die Zeit.«

»Ja, weil sie nur noch aufs Smartphone starren, als würde die App es richten. Wenn sie sich am Nachdenken hindern lassen, sind sie selbst schuld.«

Thomas schwieg, lehnte sich zurück und faltete die Hände hinter dem Kopf. »Was willst du? Du hast eine Einladung zu helfen, anderen Menschen – Winzern, unter denen du dich gern bewegst – was beizubringen. Und dafür wirst du sogar noch bezahlt! Mit deinem riesigen Wissen trägst du Verantwortung, deine Arbeit wird geschätzt. Du zeigst denjenigen, die unsere Weingüter eines Tages übernehmen werden, einen richtigen, einen besseren Weg. Du hast uns hier auf den Ökotrip gebracht, den wir inzwischen für richtig halten, und jetzt willst gerade du dich zurückziehen? Was willst du denn noch? Niemand hat gesagt, dass es einfach wird, die Wirtschaft umzustellen. Wenn man Coca-Cola, Pepsi und Nestlé ans Eingemachte geht, wenn man ihnen Knüppel zwischen die Beine wirft, werden sie letztlich mit Waffengewalt reagieren.

Erinnere dich, was du mir über Brokdorf II erzählt hast, da sind sie mit Hubschrauberstaffeln gekommen wie in Vietnam, und am AKW-Bauplatz in Grohnde haben sie ihre Reiterstaffeln mit den langen Knüppeln eingesetzt. Schau dir an, wie sie in Frankreich mit den Gelbwesten umgehen: zweitausend Verletzte bisher. Übrigens, unser Freund Pascal, der Kommissar, macht da auch mit, in gelber Weste. Wir haben keine Chance, sagte er mir am Telefon, also nutzen wir sie.

Auf 'ner einsamen Insel hast du's auch nicht besser, Johanna, wenn die toten Delfine an den Strand treiben … So, jetzt trink endlich, der Riesling wird warm!« Thomas reckte den Kopf. »Außerdem höre ich Verenas Auto. Meine Stiefmutter wird sich bestimmt freuen, dich zu sehen.«

Thomas grinste, drückte Johanna ihr Weinglas in die Hand und stieß mit ihr an. »Hör endlich auf, mit dir zu hadern, und schreib mir 'ne Postkarte aus Lissabon. Wann fliegst du?«

Nicolas Hollmann

Warten auf den ersten Schimmer des Morgens

Schweißgebadet wachte er auf. Es war immer der gleiche Traum, seit damals. Zuerst fesselten sie ihm die Füße, während zwei der Männer seine Handgelenke über dem Kopf festhielten. Besonders an diese gewaltigen Hände erinnerte er sich, sie waren wie Schraubzwingen und so real, dass er sich nach dem Aufwachen die schmerzenden Handgelenke rieb. Was dann kam, war auch immer gleich: Ausgestreckt lag er auf der Plastikplane, wie sie bei der Lese verwendet wurde, um die Trauben auf den Hängern abzudecken und vor der Sonne zu schützen. Bewegungslos lag er da, in die Länge gezogen, und dann kam, was kommen musste … Das ließ ihn stets wach werden.

Diesen Schrecken erlebte er zwar immer seltener, aber leider häufig genug, sodass er sich manchmal vor dem Einschlafen fürchtete. Das Grauen hatte einen Namen: Doktor Veloso alias de Lima. Vor ihm fürchtete er sich, nicht vor den Männern, die seinen Befehlen gehorcht hatten. Sie gehorchten sicher längst anderen; diese Männer taten immer, was ihnen befohlen wurde. Einst hießen sie SS, dann Pide, später waren sie bei Blackwater, heute bei Constellis. Söldner hatte es immer gegeben und würde es weiterhin geben. Nur Ritas Nähe und der Duft ihrer zarten Haut im Nacken, an den er sein Gesicht schmiegte, ließen ihn den Schrecken des Traums vergessen.

Nicolas stand leise auf. Er wollte seine Frau, auch wenn er sie in diesem Moment dringend gebraucht hätte, nicht aufwecken und mit seinen alten Geschichten belasten. Dabei verstand sie sehr gut, was in ihm vorging. Geräuschlos öffnete er die Tür des Schlafzimmers, deren Scharniere er extra aus diesem Grund geölt hatte. Es reichte, wenn nur er unter den Folgen seines Traumas litt. Er ging ins Badezimmer, machte kein Licht, griff nach einem Handtuch und rieb sich den Angstschweiß von der Haut.

Rebeccas Zimmer lag gleich nebenan. Leise öffnete er die Tür und trat ans Bett seiner Tochter, zog das verrutschte Laken wieder über sie. Auch heute würde er sie nicht nach Régua zur Schule bringen müssen, noch waren Ferien. Sie lernte gern, sie lernte schnell, doch lieber begleitete sie ihn bei der Arbeit im Weinberg, saß neben ihm im Pick-up, juchzte auf den schlechtesten Wegen vor Vergnügen und lief mit ihm durch die Rebzeilen. Sie freute sich bereits auf die Weinlese, die in Kürze begann, denn dann durfte sie auf dem Trecker mitfahren, wenn die Trauben aus dem Weinberg in den Keller gebracht wurden. Sie kannte bereits sämtliche Abläufe wie auch die Namen der Rebsorten für den Portwein.

Beim Roten waren es Tinta Barroca, Touriga Nacional und Francesca sowie Tinta Roriz und Aragonez. Die Basis des weißen Portweins bildeten Rabigato und Malvasia Fina. Vor zwei Jahren hatten sie auch Donzelinho gepflanzt, aber der Ertrag ließ auf sich warten. Im Erkennen der Rebsorte am Blatt war Rebecca besser als er. In wenigen Jahren könnte sie ohne Weiteres das Kommando auf der Quinta übernehmen. Und seine Mannschaft würde es ihr lächelnd gestatten. Das waren alles ihre Freunde. Doch um die Reife der Trauben zu beurteilen, fehlte ihr noch viel, obwohl er sie auf seinen Touren mitnahm, um die physiologische Reife der Beeren zu prüfen. Ihr Geschmack war noch zu kindlich. Und an den fertigen Wein ließ er sie nur mit der Nase heran. Sie würde alles lernen, es war für sie ein Spiel, viel leichter, als es für ihn gewesen war. Eines Tages würde er ihr das alles hier übergeben, sein Königreich, sein Refugium, wie er es im Stillen nannte, hoch über dem Rio Douro.

So leise, wie er gekommen war, verließ er den Raum, schlich durchs Wohnzimmer und nahm den leichten Duft des im Kamin verbrannten Holzes wahr. Noch immer zutiefst erschüttert vom verblassenden Traum stieß er die Tür zur Terrasse auf und sog erleichtert die kühle Luft der nahen Dämmerung ein. Da war es, das Meer der Sterne über ihm, so nah, als müsste man nur die Hände ausstrecken, um sie einzusammeln. Und sie verdoppelten sich unten in dem von ihrem Licht schimmernden Rio Douro, der sich zwischen den steilen Bergen hindurchwand, es war ein Flimmern, fast einem Meeresleuchten gleich. Der Mond war längst untergegangen, daher waren die Berge schwarz, von schwach zu unterscheidenden Linien durchzogen, Rebzeilen, mal schräg den Hang hinablaufend, mal waagerecht oder terrassiert. Aber alle Stöcke, die dort wuchsen, warteten auf die Sonne. Einige Tage fehlten ihnen noch zur endgültigen Reife.

Nicolas setzte sich auf die Brüstung der Terrasse und wartete auf den ersten Schimmer des Morgens.

Es war die Umgebung, die weiche und kühle Luft, die nahe Erde, das Licht hier draußen, das ihm die Kraft gab, diese grauenvollen Nächte durchzustehen, in denen er den Sonnenaufgang ähnlich herbeisehnte, wie es die Rebstöcke der Touriga Franca und der Aragonez taten, die vor und links neben der Quinta wuchsen.

Er hörte ein leises Geräusch, Schritte nackter Füße. Rita war aufgewacht. Sie setzte sich hinter ihn und schmiegte sich an ihn.

»Irgendwann ist es vorbei, Nic«, sagte sie, ihre Stimme voller Zuversicht.

Eines Tages war Pereira, sein Anwalt, vorbeigekommen, einige Tage, nachdem er mal wieder jenen schrecklichen Traum gehabt und ihm davon erzählt hatte. Er hatte ihm ein Dokument zur Unterschrift vorgelegt, und erst bei näherem

Hinsehen hatte Nicolas erkannt, dass es sich um den Antrag für einen Waffenschein handelte. Mehr erschrocken als verärgert hatte er Pereira gefragt, was das solle, ob er verrückt geworden sei, und Pereira hatte allen Ernstes erklärt, dass er es für nötig halte, dass Nicolas eine Waffe im Hause habe.

»Falls Dr. Veloso etwas gegen dich unternimmt, dauert es Stunden, bis die Polizei eintrifft, wenn sie überhaupt kommt. Du weißt um seine Verbindungen in den Sicherheitsapparat. Es dauert lange, bis die alten Seilschaften verschwunden sind. Und es bilden sich immer neue. Es ist der Antrag auf ein Jagdgewehr. Das hört sich sehr plausibel an. Und ich werde dafür sorgen, dass du damit umgehen lernst!«

Auch Rita war dafür gewesen, also hatte er sich gefügt. Pereira mit seiner wenn auch nur geringen Erfahrung als ehemaliger Offizier hatte aus ihm einen leidlich guten Schützen gemacht.

Ein Silberstreif zeigte sich am Horizont, der böse Traum verblasste im heller werdenden Tag. Rita und Nicolas blieben aneinandergeschmiegt sitzen, bis die Sonne dort aufging, wo der Rio Douro herkam, und die finsteren Nachtgedanken endgültig vertrieb. Wieder einmal bestätigte sich, dass sein Onkel, der das Weingut die »Quinta do Amanhecer« genannt hatte, das Weingut der Morgendämmerung, den Namen gut gewählt hatte.

Unter der Dusche wusch Nicolas sich den Schmutz ab, den sein Unterbewusstsein nach oben gespült hatte. Wie lange würde das noch so gehen?

Jetzt bekam er den Kopf wieder frei, er konnte darüber nachdenken, was an diesem Tag zu geschehen hatte. Routine: zuerst das gemeinsame Frühstück, dann kamen die Mitarbeiter wie an jedem Montag zur Arbeitsbesprechung. Nicolas schätzte den Alltag, sich stets wiederholende Handlungen, die doch immer anders abliefen: der Papierkram, das Kellerbuch, die Dokumentation der Arbeitsschritte im Weinberg. Die härtesten Wochen des Jahres kamen auf sie zu, da gab es nicht einen freien Tag. Die überbordenden Regeln der EU und die damit verbundene Dokumentation hinderten ihn daran, seine Weine mit dem Bio-Etikett zu versehen, obwohl man sich im Weinberg an alle entsprechenden Regeln hielt. Auf seiner Homepage sagte er ganz klar, dass er so vorging. Mittlerweile beschäftigte er sich – mehr nebenbei – auch mit den möglichen Vorteilen der Biodynamik. Er dachte daran, eine Fläche nach der Rudolf-Steiner-Methode zu bearbeiten, die danebenliegende ganz konventionell. Nur seine Mitarbeiter sollten davon wissen. Später würden sie gemeinsam darüber entscheiden, das Experiment auf andere Flächen auszudehnen. Aber es war sicher ein Prozess von Jahren, bis greifbare Resultate vorlagen.

Allerdings war mit immer extremeren Wetterlagen zu rechnen, die jedes messbare Ergebnis verfälschten. Es galt, sich darauf einzustellen. Im März hatte es geregnet wie nie zuvor, viel guter Boden war ins Tal abgeschwemmt worden; Nicolas jedenfalls hatte einen derartigen Starkregen hier noch nicht erlebt, aber er war ja auch erst zehn Jahre hier. Gegenwärtig war die Hitze kaum zu ertragen, und überall im Land loderten wieder Waldbrände auf. Tote hatte es gegeben, im letzten Jahr waren es einhundert gewesen, die Zahlen für dieses Jahr lagen noch nicht vor.

Die Toten hielt er für ein Ergebnis einer völlig verfehlten Waldwirtschaft. Sie setzte seit Jahrzehnten auf schnell wachsende Pinien und Eukalyptus. Beide Baumarten waren für das regenarme Portugal völlig ungeeignet, und besonders der Eukalyptus entzog allen anderen Pflanzen auch auf größere Entfernung das Wasser. Wie angerissene Streichhölzer loderten die Bäume mit ihren ölhaltigen Blättern auf, und brannten sie erst einmal, platzte die Rinde ab, flog, vom Feuersturm getrieben, weiter und schuf neue Brandherde. Doch Eukalyptus wuchs schnell, was die Papierindustrie wachsen ließ, was Devisen und Dividenden wachsen ließ und dann wieder die Berge aus Papiermüll und die Warteschlange beim Therapeuten. Deutschland war Portugals bester Kunde.

Auf seinem Land hatte Nicolas, seit er das wusste, keinen einzigen der aus Australien stammenden Bäume stehen lassen, sorgfältig mussten sogar die Wurzeln ausgegraben werden. Stattessen hatte er die dreifache Menge an Obstbäumen pflanzen lassen. Jetzt bombardierten er und einige andere Winzer die Regionalverwaltung mit entsprechenden Eingaben. Andere Winzer protestierten, da er mit seinen Obstbäumen Vögel anlocke, die dann die Trauben fräßen.

Dona Firmina rumorte unten in der Küche und klapperte mit Geschirr. Sie lebte seit Jahrzehnten in diesem Haus, sie hätte es nicht ertragen, anderswo und ohne Aufgabe zu leben. Je älter sie wurde, desto weniger schlief sie, und desto mehr wuselte sie auch nachts im Haus herum. Sie war eigenartig geworden im Laufe der Jahre, fast entrückt, manchmal schien es ihm auch, als suchte sie Streit und grantelte mit allen, mit ihm, mit Rita, sogar mit Lourdes und allen anderen Mitarbeitern der Quinta, die er zu Mitgliedern der Sociedade por Quotas gemacht hatte, einer Art GmbH. Aber um Rebecca kümmerte sie sich voller Hingabe. Sie war geradezu eifersüchtig auf Rita, denn ihr waren eigene Kinder verwehrt geblieben. Und seit ihr Mann sich über Nacht auf und davon gemacht hatte, damals, nach den schrecklichen Ereignissen, hielt sie sich in ihrer groben Art Männer vom Leib. Mit Nicolas ging sie ganz leidlich um, vertraulich wurde sie nur, wenn weit und breit niemand anderes zu sehen war. Schließlich verband sie seit dem ersten Tag seines Erscheinens hier auf der Quinta do Amanhecer eine gemeinsame Geschichte, und sie hatte wesentlich dazu beigetragen, dass er sich hatte einleben können.

Dona Firmina ließ es sich nicht nehmen, für die Familie das Frühstück zu bereiten, weigerte sich aber, sich mit an den Tisch zu setzen. Das tat sie nur, wenn Nicolas allein war.

Gegen acht Uhr waren alle Mitarbeiter im Büro versammelt. Lourdes, die inzwischen zur Geschäftsführerin aufgestiegen war und mit ihrem Mann das ehemalige Haus seines Onkels oberhalb der Quinta bewohnte, hatte den kürzesten Weg. Rita hatte im Hof neben der Gärhalle ihr eigenes Büro, von dort aus organisierte sie ihre Weinreisen. Und Rebecca pendelte zwischen beiden Büros, wenn sie nicht in der Schule war, stets bewacht von Guardião. Der Hund wich nie von ihrer Seite.

Mit ernstem Gesicht und den Worten »du musst dringend mal mit raufkommen« unterbrach Rita die Arbeitsbesprechung.

Besorgt folgte ihr Nicolas ums Haus und über den Hof. »Was ist passiert?« Er konnte sich nicht daran erinnern, dass Rita ihre Montagssitzung jemals unterbrochen hätte.

Sie ging zum Telefon, wählte eine Nicolas unbekannte Nummer und reichte ihm den Hörer: »Karin Vollmer hat angerufen, ihr Mann ist krank …«

»Schlimm?«

»Sieht so aus, als bräuchten sie dich …«

Nicolas hatte die Vollmers vor einigen Jahren beim Kauf ihrer Quinta da Lua in der Region Lissabon beraten – zu der Zeit war die Küstenregion westlich und nördlich der Hauptstadt bis hinauf nach Leiria noch »Estremadura« genannt worden.

Ehe Nicolas weiter fragen konnte, meldete sich Karin Vollmer. »Hallo Nic, Gott sei Dank, dass du da bist«, sagte sie aufatmend.

»Was ist passiert? Ist was mit Herbert?« Nicolas seufzte unhörbar. In den letzten Monaten war alles gut gelaufen, die Regenfälle des Frühjahrs hatten sie einigermaßen überstanden, sogar die Hitzewelle war bisher halbwegs glimpflich verlaufen, die Trauben waren in passablem Zustand, neue Probleme brauchte er wahrlich nicht.

»Herbert hat einen Bandscheibenvorfall! Wir mussten ihn ins Krankenhaus nach Lissabon bringen, in eine Spezialklinik. Wie mir der Arzt sagte, fällt er für einige Wochen aus. Um eine Operation kommt er nicht herum, danach muss er stramm liegen. Und wie lange die Reha dauert, kann keiner wissen.« Karin Vollmer schwieg, nur ihr schwerer Atem war zu hören. »Und bei uns steht die Lese bevor.«

»Das hört sich …« Nicolas suchte nach den richtigen Worten, es fiel ihm schwer, denn sofort rasten ihm die Fragen durch den Kopf, was er damit zu tun hatte und was jetzt von ihm erwartet wurde. »Schrecklich« war das richtige Wort, ihm schwante Schreckliches. »Das hört sich ziemlich schlimm an«, wiederholte er ein wenig abwesend, »der arme Kerl. Starke Schmerzen? Was kann ich tun, wie können wir helfen?« Er blickte Rita zweifelnd an. Sie hörte über den Telefonlautsprecher mit und verzog das Gesicht.

»Ich wage es kaum zu sagen, ich weiß selbst, dass bei euch die Lese längst begonnen hat, oder?« Karin fuhr, ohne die Antwort abzuwarten, fort: »Du kennst hier alles, Nic, du hast die Quinta damals mit Herbert zusammen ausgesucht, ihm sogar zum Kauf geraten, weil hier die gleichen Rebsorten kultiviert werden wie bei dir, du kennst unsere Weinberge …«

»… längst nicht so gut wie unsere hier«, warf er ein. »Und euer Kellermeister?«

»Wenn man nicht hinter ihm her ist, macht er Pause. Ach, keiner weiß so gut Bescheid wie du. Außerdem kannst du mit seinen Landsleuten viel besser umgehen als wir, kennst unsere Arbeit, die Mentalität, das Klima …«

»Das ist bei euch recht anders als hier. Ihr habt den Atlantik vor der Tür, wir sind deutlich kontinentaler, andere Luftfeuchte, anderer Boden, Schiefer …«

»Nicolas, ich verstehe davon gar nichts, absolut nichts.«

»Ihr seid immerhin vier Jahre dort …«

»Vier Jahre sind nichts im Weinbau, hast du selbst gesagt. Du lebst bereits zehn Jahren da oben. Außerdem hast du eine tolle Mannschaft. Unsere Leute, na ja, wenn man spät kommt, kriegt man nicht die Besten. Ich habe mich so gut wie nie um den Weinbau gekümmert, das war Herberts Sache. Ich habe immer nur mit unseren Veranstaltungen zu tun gehabt, das war Arbeit genug. Ich komme aus dem Hotelgewerbe, Kongresse, Catering …«

»Eigentlich bin ich Architekt.«

»Aber deine Quinta läuft, deine Mannschaft funktioniert, ist eingespielt, du verkaufst gut, hast keine Schulden – bei uns ist das alles anders.«

»Du hast mir erst vor Kurzem gesagt, dass der Öno-Tourismus bei euch hervorragend läuft, ihr wart den Sommer über ausgebucht.«

»Ja, das stimmt, sonst sähe es beim Wein wirklich finster aus. Aber ich habe noch nie eine Lese organisiert. Die vielen Hilfskräfte, der Transport … Nicolas, wir bezahlen dich auch gut!«

»Ums Geld geht's mir nicht. Was ist mit den Nachbarn, mit der Quinta da Tia Joana und der anderen, der Quinta da Fonte?«

»Die Oliveiras sind alte Leute …«

»So viel ich weiß, haben die zwei Söhne, zumindest einer von denen, Paulo Oliveira, arbeitet ständig dort, der kennt sich bestens aus. Vielleicht könnte er einen Teil der Arbeit übernehmen, seine Trauben und eure werden zur selben Zeit reif. Und die anderen Nachbarn? Auf der Quinta da Joana? Das scheinen mir vernünftige Leute zu sein, so habe ich sie zumindest in Erinnerung.«

»Die sind mit sich selbst beschäftigt, die wollen auf Ökoweinbau umstellen …«

Für einen Moment hörte Nicolas nicht zu, denn ihm schauderte bei dem Gedanken, sich zwischen der Quinta da Lua und seiner eigenen zu zerreißen, hin- und herrasen zu müssen. Es waren immerhin dreihundertfünfzig bis vierhundert Kilometer. Gut, über die Autobahn waren das vier Stunden, und hier würde alles auch ohne ihn weiterlaufen. Jeder kannte seinen Platz, jeder wusste, was sie oder er zu tun hatte und wie alles ineinandergriff.

Um das zu erreichen, hatte er zuerst die Gewinnbeteiligung eingeführt, dann den privaten vom geschäftlichen Teil getrennt und schließlich die Sociedade por Quotas gegründet, eine Art Gesellschaft mit beschränkter Haftung, und die Mitarbeiter daran beteiligt. Deshalb sahen sie das Weingut mittlerweile als ihren eigenen Laden an, was die Motivation deutlich erhöhte. Lourdes, seine rechte Hand, und Adão, der in Deutschland gearbeitet hatte und hier zum Kellermeister aufgestiegen war, waren mit die treibenden Kräfte gewesen.

Ein wenig war es so gekommen, wie sein Onkel Friedrich es sich gewünscht hatte. Nicolas sollte das Weingut nur erben, wenn er es selbst bewirtschaftete, andernfalls sollte es den Mitarbeitern zufallen. Jetzt taten sie es alle zusammen, selbstverständlich erst, nachdem die Quertreiber gekündigt worden waren. Und wer neu hinzukam und sich nicht fügte, trollte sich bald wieder. Inzwischen gab es fast täglich neue Bewerbungen, denn viele Portugiesen kehrten wegen der prekären Wirtschaftslage und den hohen Mietpreisen den Städten den Rücken. Die Landflucht drehte sich um.

»Ich möchte dich trotzdem bitten, herzukommen.« Karin Vollmer ließ nicht locker. »Nic, bitte, lass uns in die Klinik fahren, damit du mit Herbert wenigstens die anstehenden Aufgaben besprechen kannst. Glaub mir, wir wären dir unendlich dankbar. Er kann dir genau erklären, welche Mitarbeiter ... Du findest dich bestimmt schnell zurecht, ich mach das alles, ich brauche dabei nur Unterstützung, jemanden, der den Überblick behält.«

Herbert Vollmer war ehemaliger Investmentbanker. Eigentlich konnte Nicolas Banker nicht leiden, er hielt sie allesamt für Betrüger. Aber Vollmer hatte erklärt, dass er in der zweiten Lebenshälfte mal was »Anständiges« arbeiten wolle. Rita hatte ihn angeschleppt, sie kannte ihn von einer ihrer Weinreisen, und da seine Frau aus dem Hotelfach kam, wollte sie aus der Quinta einen Ort für Veranstaltungen machen. Weil dann auch Rita dafür plädierte, den Vollmers zu helfen, war es Nicolas nicht möglich, abzulehnen. Und Herbert Vollmer hatte so ziemlich alle seine Vorschläge ernst genommen. Jetzt war es ähnlich. Wenn jemand seine Hilfe so dringend brauchte, konnte er kaum Nein sagen. Aber er bat sich Bedenkzeit aus. »Ich werde mit Rita und den Mitarbeitern sprechen, ob ich abkömmlich bin. Ich rufe dich später wieder an.«

»Du solltest zumindest auf ihren letzten Vorschlag eingehen«, sagte Rita, nachdem Nicolas aufgelegt hatte, und setzte sich an ihren Schreibtisch. Er hatte den Eindruck, als würde sie sich dahinter verschanzen. Aber im Grunde genommen gefiel es ihr nicht, dass er ging. »Wenn du morgen früh um sechs losfährst, bist du um zehn Uhr dort. Du könntest am späten Nachmittag zurückfahren. Dann bist du um zehn zu Hause.«

Er sah sie nachdenklich an. So einfach war es nicht. »Ein Tag wird kaum ausreichen. Den brauche ich allein, um von der Quinta und dem augenblicklichen technischen Stand einen Eindruck zu gewinnen. Wir müssen nach Lissabon ins Krankenhaus, da geht mindestens ein halber Tag drauf, ich muss die Weinberge sehen, den Zustand der Trauben, mit allen Mitarbeitern sprechen ...«

»Du sollst den Betrieb nicht übernehmen, Nic, nur helfen. Also drei Tage«, seufzte sie.

Andererseits schien es für Rita selbstverständlich, dass er die Vollmers unterstützte. Sie waren keine Freunde, eher gute Bekannte, und sie waren Kunden. Rita verdiente Geld damit, der Quinta da Lua Weintouristen zuzuführen und dort Veranstaltungen wie Hochzeiten, Jubiläen und Tagungen abzuhalten. Dafür erhielt sie eine Provision. Hinzu kamen internationale Gäste, die Wert auf besonderes Ambiente legten, denn die Quinta da Lua war im barocken Stil gehalten und damit ein bauliches Kleinod. Und wenn Vollmers eigener Wein für die Events nicht reichte, so kauften sie den Rest bei Nicolas. Sechs Paletten à 560 Flaschen hatten sie bereits in diesem Jahr geordert.

»Und wenn du deine Ruhe haben willst, dann geh in unser altes Apartment in Lissabon.«

Die winzige Wohnung in der Altstadt stammte aus der Zeit, als Rita, arbeitslose Romanistin, als Reiseleiterin gearbeitet hatte. Der Weintourismus, später ins Repertoire aufgenommen, hatte sie auf die Quinta do Amanhecer und in Nicolas' Arme geführt. Auch sie nutzte das Lissabon-Apartment, wenn sie Reisegruppen in der Hauptstadt empfing. In der Einzimmerwohnung mit der übergroßen Terrasse schliefen beide sehr gern, denn dort hatte Nicolas Rita zum ersten Mal besucht.

Die Mitarbeiterbesprechung wurde jetzt mit einem anderen Thema fortgesetzt. Besonders Adão murrte vernehmlich, sonst scheute er die Verantwortung nicht, jedoch hatte er noch nie eine Lese allein durchgeführt.

»Das brauchst du auch nicht, ich werde nur vier Stunden entfernt sein.« Nicolas musste ihn beruhigen. »Außerdem bin ich erst mal nur drei Tage weg. Wenn Messen stattfinden, bin ich auch nicht da.«

»Die finden aber zu anderen Jahreszeiten statt. Wieso macht das nicht deren Freund, Louís Lacerda, er ist schließlich Önologe, er kennt die Quinta da Lua. Hat er nicht dort den Umbau geleitet?«

»Louís hat einen neuen Job«, sagte Lourdes, die ihn gut kannte. »Er ist dort nicht der Chef, er kann nicht einfach weg.«

War das als stiller Vorwurf gedacht?, fragte sich Nicolas. Lourdes widersprach ihm niemals vor den Kollegen, da gab sie nur zu bedenken. Wenn jedoch alle gegangen waren, sagte sie ihm klar die Meinung. Aber Nicolas' Entscheidung war gefallen. Er fühlte sich verpflichtet.

»Lourdes, Adão, macht euch fertig, packt die Karten der Weinberge ein und genügend Reagenzgläser für die Proben. Wir nehmen heute einen genauen Status sämtlicher Lagen vor.«

»Dann sind wir den ganzen Tag unterwegs?« Lourdes schien besorgt.

»Ja, vor heute Abend sind wir kaum zurück. Alles andere bleibt liegen. Ich lade euch natürlich zum Mittagessen ein.« Was war mit Lourdes los? Sie war doch sonst nicht zimperlich. Oder hatte sie wieder Krach mit ihrem Mann, weil sie zu viel arbeitete? Was konnte sie dafür, dass er seinen Job hasste? Sollte er sich einen besseren besorgen – oder sie sich einen besseren Mann. Den hatte sie sowieso verdient.

»Will sonst noch jemand mitkommen?« Nicolas sah sich in der Runde seiner zehn Mitarbeiter um. Nur Fabião meldete sich, er war der Jüngste und erst seit einem halben Jahr im Betrieb. Egal, um welche Arbeit es sich handelte, Fabião meldete sich. Nie zuvor hatte Nicolas jemanden erlebt, der wissbegieriger war als er. Guardião musste unbedingt mit, sein Hütehund, ein portugiesischer Rafeiro. Dr. Pereira hatte dieses Tier der selten gewordenen Rasse angeschleppt, als Nicolas sich geweigert hatte, Schießübungen zu veranstalten, und der alt gewordene Peruss gestorben war.

Als Welpe war Guardião noch klein und niedlich gewesen, inzwischen überragte er einen ausgewachsenen Schäferhund, und selbst sein nur angedeutetes Zähnefletschen ließ jeden erstarren. Er war kein Kampfhund, er war eine Kampfmaschine. In seiner Nähe konnte Rebecca spielen, wo immer sie wollte. Dieses Tier fraß auch ihm aus der Hand, und in seiner Nähe existierte kein Dr. Veloso alias de Lima mehr. Guardião war Nicolas' Ansicht nach mehr wert als jedes Gewehr.

»Wenn der Hund mitkommt, will ich auch mit«, meuterte Rebecca, und gemeinsam machten sie sich auf den Weg.

Nicolas hatte sich vorgenommen, am nächsten Morgen um sechs Uhr loszufahren, doch bereits um fünf Uhr war er hellwach. Als er aus dem Bad kam, war der Frühstückstisch bereits gedeckt. Rebecca und Rita setzten sich zu ihm, das gemeinsame Frühstück war ein Ritual, auf das keiner von ihnen verzichten wollte.

Rebecca verlangte, Guardião hierzubehalten. »Wer soll

sonst auf mich aufpassen? Außerdem haben andere Leute nur Angst vor ihm, und keiner traut sich, mit ihm zu spielen.«

Seine Tochter hatte vollkommen recht. Aber Nicolas hatte nicht eine Minute daran gedacht, den Hund mitzunehmen. Er hätte ihn während seines Aufenthalts auf der Quinta da Lua an die Leine legen müssen. Hier hatte das Tier seine Freiheit und tat nichts anderes, als unauffällig die Quinta do Amanhecer zu umkreisen, als gehörten alle Mitarbeiter zu seiner großen Herde.

Frau und Tochter blieben in einer Staubwolke zurück, vor Nicolas lag jetzt der unangenehmste Teil seiner Reise: die Autobahn. Man musste bei der portugiesischen Fahrweise höllisch aufpassen, und gleichzeitig langweilte ihn die Autobahn zu Tode. Nach Lissabon fuhr er meistens mit der Bahn. Das war bequem, er konnte lesen oder arbeiten, es gab Kaffee, Sandwiches und Süßigkeiten. Die Portugiesen waren gesprächig, anders als die stumm reisenden Deutschen, und außerdem ging es zuerst entlang der wunderschönen Flusslandschaft des Rio Douro.

Aber jetzt, beim Fahren über die A24 an Coimbra vorbei, ertappte Nicolas sich immer wieder, dass er auf dieser hügeligen und kurvenreichen Strecke unkonzentriert war. Er dachte an die bevorstehende Aufgabe, an das, was alles zu tun war, an seine Verantwortung und daran, ob Karin Vollmer in Sachen Wein wirklich so unbedarft war, wie sie tat. Das Problem, das durch Herberts Bandscheibenvorfall und seine lange Abwesenheit entstanden war, war allerdings nicht leicht zu lösen. Auf einem Weingut kam es immer auf die Mannschaft an. Selbstverständlich auch auf die Führung. Bei seinem eigenen Betrieb machte Nicolas sich keine Sorgen. Es gab einen Spezialisten für alles. Dass Vollmers Nachbarn nicht halfen, fand er merkwürdig, da sie doch selbst Weinbau betrieben. Aber manchmal war der Spruch berechtigt, dass wer Nachbarn hatte, keine Feinde mehr brauchte.

Ohne sich von Rasern beeindrucken zu lassen, fuhr er an

Leiria vorbei, einer Stadt, in der er noch nie gewesen war, aber er hatte dort auch nie etwas zu tun gehabt. Das nächste Ziel war Santarém, und bei Carregado verließ er die Autobahn in Richtung der Nationalstraße 115.

Arruda dos Vinhos.

Hier war er richtig, er erinnerte sich. Jetzt wurde es interessant. Die Landschaft rückte näher, das spätsommerliche staubige Braun wich zurück, das Grün übernahm die Farbgebung, und Rebzeilen in heller oder dunkler Schattierung begleiteten die Straße. Weinberge stülpten sich über die Hügel, mal enger oder großzügiger bestockte Flecken und Flächen durchzogen das nächste Tal und rahmten die verstreuten Weiler ein.

Diese Weingärten machten einen winzigen Teil der dreißigtausend Hektar Rebland der Região de Lisboa aus, ein Drittel der hunderttausend Hektar deutscher Flächen, die dortigen Reben erbrachten mehr als das Doppelte an Wein. Aber das war für Nicolas kein Maßstab.

Hinter einem Wäldchen, das aus der Senke herauswuchs, zogen sich die nach Süden ausgerichteten Rebzeilen in topografischen Linien am Hang entlang. Nicolas hielt und betrachtete die dunkel verfärbten Weinstöcke. Die Schäden waren offensichtlich, die Weinstöcke abgestorben, die Blätter braun, welk, die Trauben schwarz verschrumpelt. Insbesondere die nicht beschatteten Rebzeilen an den Rändern der Flächen hatten unter der hier besonders heftigen Hitzewelle extrem gelitten: fünfundvierzig Grad bei Tag, knapp vierzig bei Nacht, und das für drei lange Tage!

Die Kurven wurden enger, Aufmerksamkeit war gefragt, Schlaglöcher zwangen zum Ausweichen, und den Dränglern hinter ihm fuhr er nicht schnell genug. Es fiel ihm schwer, sich an den Weg zu erinnern. Den Hügeln mangelte es an markanten Punkten, und die Windräder waren zu verstreut, um sich an ihnen zu orientieren. Da blieben ihm nur die Ortsnamen.

Die Dörfer selbst hatten in den vergangenen zwei Jahren ihr Gesicht verändert: Verfall und Neubau in stetigem Wechsel, entweder Ruinen oder Villen mit verschlossenen Läden, deren Bewohner man in den Vororten Lissabons vermutete, dazwischen baufällige Bauernhäuser. Für Nicolas war es ein Zeichen für die Verarmung der Landbevölkerung.

Am Straßenrand standen alte, schlecht rasierte Männer in zerschlissenen Anzugjacken, und Frauen in Kittelschürzen kamen mit einem Bund Zwiebeln aus dem nahen Gärtchen. An ihnen war der europäische Aufschwung vorbeigegangen, die Digitalisierung sowieso, aber nicht die Krise des Landes. Die Kinder waren längst über alle Berge. Dem angeblichen Aufschwung traute Nicolas nicht, den Wirtschaftsdaten noch weniger. Wer wollte von einem Mindestlohn von 680 Euro leben? Aber damit wurde eine hohe Beschäftigung erreicht.

Er hoffte, dass Vollmer seine Leute weiter anständig bezahlte, andernfalls hätte er Schwierigkeiten, ihm zu helfen. Wie sollte er als Fremder Anweisungen erteilen, wenn die Mitarbeiter von ihrem eigenen Chef nicht respektiert wurden und daher keine Lust hatten, seinen Anordnungen zu folgen? Aber wozu sich bereits jetzt Gedanken machen, die vielleicht gar nicht nötig waren?

Dass er die Einfahrt zur Quinta da Lua verpasst haben musste, bemerkte Nicolas erst einen Kilometer später. Ein schlechtes Zeichen? Er wendete und fuhr suchend zurück. Die schattige Einfahrt war leicht zu übersehen, hohe Bäume, natürlich Eukalyptus, rahmten sie ein, Blätter bedeckten den staubig-braunen Boden. Obwohl die drei nebeneinanderliegenden Quintas seit mindestens zweihundert Jahren existieren mussten, hatte bislang niemand die Zufahrt zu den Weingütern gekennzeichnet oder asphaltiert. So schlingerte Nicolas durch tiefe Spurrillen zur nächsten Abzweigung. Dort nahm er den rechts liegenden Weg. Geradeaus führte er zur Quinta da Fonte und links zur Quinta da Tia Joana.

Die Betreiber der letzteren kannte er ein wenig, sie waren angenehme Zeitgenossen. Das alte Ehepaar aus der Quinta da Fonte kannte er nicht, einen der beiden Söhne, Paulo, hatte er nur kurz zu Gesicht bekommen. Er hatte sich ihm gegenüber mürrisch und abweisend verhalten. Der Betrieb schien lieblos geführt und ziemlich runtergekommen, die Weine hingegen sollten recht gut sein, was vielleicht mehr an natürlichen Gegebenheiten als an Paulos Fähigkeiten lag. Nicolas würde die Weine bei Gelegenheit probieren, um sich das Geschmacksbild der Weine dieser Region wieder einzuprägen.

Die barocke Toreinfahrt mit den zwei schmiedeeisernen Türflügeln war zu Nicolas' Überraschung verschlossen. Doch das verhinderte lediglich, mit dem Wagen weiterzufahren, denn die geweißte Mauer, die das Grundstück umschloss, war leicht zu übersteigen. Aber es gab – und das war neu – eine Kamera und Gegensprechanlage, aus der sich sogleich jemand meldete. Das Tor schwang auf.

Karin Vollmer kam Nicolas über die Freitreppe ihres Hauses entgegen. Die Art, wie die große blonde Frau stolz die Stufen herunterschritt, vorbei an den lilafarbenen Bougainvilleas, die das Haus auf der Südseite einrahmten, war filmreif, so, als wäre sie eine Gräfin, die ihr ganzes Leben auf eben diesem Anwesen verbracht hatte. Nicolas lächelte bei dem Auftritt.

Als Karin den Fuß der Treppe erreichte und ihn umarmte, war das keine freundschaftliche Geste, sondern mehr ein verzweifeltes Sich-Festklammern. Als wäre sie ihm zu nahe gekommen, trat sie erschrocken zurück und sah ihn erschöpft aus blauen Augen an.

»Du kannst dir nicht vorstellen, Nicolas, wie erleichtert ich bin, dass du hier bist. Es ist alles zu viel für mich. Die Quinta, der Wein, die Angestellten, außerdem kommen heute Gäste, vierzig Personen, eine Firma aus Lissabon, die feiern hier ihr Sommerfest. Dann das Personal! Ich habe, was ich sonst nie tue, eine Catering-Firma bestellt, du weißt, ich koche eigentlich lieber selbst. Aber jetzt muss das passieren …«

»Wie geht es deinem Mann?«

Der nächste Seufzer entfuhr Karin. »Es ist beim Aufladen von Kartons passiert, Zwölferkisten. Herbert ist eingesprungen, weil ein Arbeiter fehlte, unentschuldigt, ist einfach nicht erschienen. Wie es Herbert geht? Schlecht, miserabel. Um eine Operation kommt er nicht herum.«

»Das heißt, er wird lange ausfallen?«

»Das ist sicher. Ich habe ihm immer gesagt, dass er seinen Rücken schonen soll, aber du weißt, wie er ist. Er muss alles mitmachen, selbst anpacken, in der Erde wühlen, Traktor fahren, sich unter der Sonne die Haut verbrennen, Trauben schneiden, als wäre er jahrelang eingesperrt gewesen und endlich frei. «

Ausgebrochen aus dem selbst gewählten Gefängnis des Geldmachens, dachte Nicolas, aber das brauchte er Karin nicht zu sagen. Geld verdarb den Charakter, die Seele, den Körper – doch zu wenig Geld hatte einen ähnlichen Effekt. Jetzt erst bemerkte Nicolas die Fältchen in Karins Gesicht. Die hatte es nicht gegeben, als sie und ihr Mann hier eingetroffen waren und die Quinta gekauft hatten. Der Anfang war schwer, vor allem wenn man nicht wusste, was notwendig war, was man selbst tun musste und was man anderen überlassen konnte.

»Er bleibt im Krankenhaus – in Lissabon?«

»Ja, in einer Spezialklinik für Rückenverletzungen. Er darf sich kaum bewegen, er muss ein Korsett tragen. Außerdem hat er beginnende Osteoporose, das macht die Ärzte noch vorsichtiger, aber das ist nicht das Problem. Na gut, ich will nicht jammern, ihr am Rio Douro habt eure eigenen Sorgen.«

»Nein, die haben wir eigentlich nicht«, sagte Nicolas. »Frau und Kind sind wohlauf, die Mitarbeiter wissen, was zu tun ist, also kann ich mich euch widmen. Drei Tage habe ich eingeplant.«

»Das ist ungeheuer großzügig von dir, das vergesse ich dir nie.« Karin hakte sich bei ihm unter und zog ihn die Treppe hinauf. »Lass uns einen Kaffee trinken, dann reden wir, machen einen Plan. Sieh dich um, im Wesentlichen kennst du dich aus. Ich sage den Mitarbeitern, dass sie auf dich hören sollen.«

»Euer Kellermeister wird sich eher nicht reinreden lassen. Soweit ich weiß, macht er hier die Ansagen. Ich kann nur so was sein wie der Mittler zwischen dem Chef und ihm.«

Hier sah Nicolas das größte Problem. Niemand war auf einen externen Berater erpicht, besonders nicht der Kellermeister. Keiner ließ sich gern von jemandem etwas sagen, der neu in der Firma war. Nicolas konnte nur dafür sorgen, dass die Organisation der Lese sachgemäß durchgeführt wurde, und bereits da waren Kontroversen nicht auszuschließen. Weinbau war ein Bündel aus Ansichten, Vorstellungen, Erfahrungen und Wissen.

»Du kannst viel mehr sein, in erster Linie eine Stütze für uns. Wart's ab, morgen in der Klinik wird Herbert dir erklären, wie die Mitarbeiter ticken – besonders Senhor Tavares.«

Die Betonung des letzten Namens ließ Nicolas aufhorchen. »Ist das euer Kellermeister? Er ist neu hier?«

Karin Vollmers bedächtiges Nicken bestätigte Nicolas' Verdacht.

Nach dem Kaffee gingen sie hinüber zur Gärhalle, einem hohen Gebäude auf der westlichen Seite des Grundstücks. Senhor Tavares war mit der Wartung oder Reparatur der Abbeermaschine beschäftigt, der löchrige Zylinder aus Edelstahl stand neben ihm. Als Nicolas dem Mann gegenüberstand, der ihn einerseits neidisch, andererseits feindlich anstarrte, nachdem er als langjähriger Chef einer erfolgreichen Quinta vorgestellt worden war, war Nicolas klar, dass er eine schier unlösbare Aufgabe vor sich hatte. Wie diplomatisch auch immer er vorging, seine Einmischung war unerwünscht und handfester Streit unvermeidlich.

Andreas Fechter

Der goldene Kopf des Jaguars

»Ich habe dir mehrmals gesagt, du sollst diese Scheißklamotten nicht mehr anziehen! Es ist das letzte Mal, dass du mir so unter die Augen kommst.« Andreas Fechter hatte die Stimme nicht erhoben, er wusste, dass genügend Gewicht in seinen Worten lag, wenn er sie klar und kalt aussprach. »Du siehst aus wie ein Gangster, nein, das wäre geprahlt, mehr wie ein Kleinkrimineller. Eine Katastrophe.«

Ronaldo stand vor ihm in blauen, verwaschenen Jeans, Sneakers und einem schwarzen Kapuzenpullover und war schlecht rasiert.

»Leg dir 'ne anständige Frisur zu! Lass dein Haar wachsen, ich will keine Glatze mehr sehen. Du siehst zu brutal aus, das macht dich verdächtig.«

Ronaldo hob unwillig den Kopf. »Glatze ist modern, du hast selbst eine.«

»Das ist etwas anderes. Die Persönlichkeit muss mit den Aufgaben wachsen. Wir werden dein Outfit in Angriff nehmen. Du wirst sehen, man wird dir mit deutlich mehr Respekt begegnen. Eigentlich wundert's mich, dass ich erst jetzt darauf komme«, sagte Fechter mehr zu sich selbst.

»Das Zeug wird dreckig – bei der Arbeit!«

»Bei der Arbeit machen wir uns eben nicht nur die Hände schmutzig. Das weißt du selbst. Na und? Gib's in die Reinigung, kauf dir was Neues, fertig. Besorge dir anständige weiche Lederhandschuhe, nicht diese billigen aus dem Baumarkt. Du wirst es merken, ein ganz anderes Gefühl.«

»Die kosten aber …«

Fechter griff nach seiner Brieftasche und reichte Ronaldo einige Fünfzig-Euro-Scheine, er zählte sie nicht einmal ab. »Kauf dir einen Anzug, ein weißes Hemd und vernünftige Lederschuhe. Du musst aussehen wie der Boss und nicht wie der Hiwi. Aparecida sieht das genauso, nicht wahr, *não é, meu bem*?« Er drehte sich nach ihr um.

»Andres hat vollkommen recht, außerdem werden die Mädels lange Hälse machen bei einem so gut aussehenden Mann, der auch noch gut angezogen ist.« Aparecida blickte Ronaldo mit einem langen Augenaufschlag an.

»Das machen sie sowieso«, antwortete er selbstgefällig.

Fechter wusste, dass Ronaldo scharf auf Aparecida war, ihn störte es nicht, er war mit ihr durch. Aber Ronaldo hatte nicht ihr Niveau, das konnte auch der teuerste Anzug nicht kaschieren. Fechter hatte stets ein Auge darauf, mit wem seine Leute Umgang pflegten, schon aus Sicherheitsgründen. Er hatte sich mit den Methoden der Stasi vertraut gemacht, und die hatte junge Männer sehr erfolgreich auf Sekretärinnen angesetzt. Auch Ronaldo war über eine Sekretärin an einen Abteilungsleiter des Verkehrsministeriums gekommen, eine überaus nützliche Verbindung.

»Außerdem solltest du den Stadtteil wechseln; wenn du anders auftrittst, wundern sich die Leute.«

»Weg aus meinem *barrio*? In meinem Viertel bin ich sicher.«

»Wenn du mehr Geld hast, merken das die Leute, die Nachbarn quatschen. Neid ist gefährlicher als die Drogenfahndung. Aus den Arbeitervierteln bist du rausgewachsen, begreif das endlich und stell dich auf den Mittelstand ein, mein Junge. Es wird Zeit, größere Aufgaben, mehr Geld … Sieh dir Aparecida an, sie hat's richtig gemacht. Und? Hast du's bereut, *querida*?«

»Nicht eine Minute«, sagte sie, erfreut, mit »Liebes« angesprochen zu werden. »Nur meine Hautfarbe kann ich nicht ändern. Sie kann aber auch von Vorteil sein.«

Fechter wandte sich ab, um ihren schmachtenden Blick nicht aufzufangen. »Überprüf mal bitte die Lage.«

Aparecida schaltete nacheinander auf die diversen Kameras, deren Aufnahmen auf ihrem Bildschirm erschienen. In der Confeitaria war eine Kamera auf den Gästebereich, eine zweite auf das Personal und den Tresen gerichtet. Die Dritte erfasste die gesamte Rösterei, die vierte das, was vor der Einfahrt zum Lager geschah. Nirgends war jemand im Bild, der dort nicht hingehörte.

»Ich habe letzte Nacht den Container entladen«, sagte Ronaldo.

»War alles so wie angekündigt?« Aparecida rief eine Datei auf, in der die Warenlieferungen aus Angola erfasst waren. »Fünfhundert Pakete, einzeln originalverpackt? Fünfhundert Kilo? Jedes einzelne mit Stempel?«

»Korrekt.«

»Wir sollten alles nachwiegen. Hinterher sind wir die Dummen«, gab Aparecida zu bedenken.

»Macht ihr beide das morgen Abend.« Fechter würde sich zwar die Lieferung genau ansehen und mit Ronaldo im Labor anhand von Stichproben den Reinheitsgehalt überprüfen, doch das monotone Wiegen überließ er seinen Mitarbeitern. Ein Prozent der Lieferung zweigten sie für sich ab, das waren fünf Kilo, *handling fee* nannte Fechter das, fünfmal zwanzigtausend Euro Transportspesen oder Bearbeitungsgebühr. Die Hälfte davon stand seinen Mitarbeitern zu. Das war mit dem Lieferanten so vereinbart. Und erst, wenn die Charge komplett bei den Empfängern eingetroffen war, würde seine Provision auf verschiedene Offshore-Konten überwiesen. Bis dahin hatten sie noch ein Stück Arbeit vor sich.

»Morgen werden wir früh unterwegs sein«, sagte Fechter leise zu Ronaldo, als Aparecida das Büro für einen Augenblick verließ. »Ich habe einen Wagen besorgt und hole dich ab, dann übernimmst du das Steuer. Hast du die Nummernschilder?«

Ronaldo nickte.

»Hast du den Container gecheckt? Ist er sauber?«

»Sonst hätte ich dich doch längst informiert.«

Nach jeder Lieferung, noch im Hafen, überprüfte Ronaldo, ob irgendwo außen am Container ein Sender angebracht war, der sich anpeilen ließ. Aus der Metallummantelung des Containers würde nie ein Signal nach außen dringen, und eine Stromquelle war nötig. Sollte jemand einen GPS-Peilsender im Kaffee versteckt haben, so würden sie ihn beim Ausladen finden, jeder einzelne Sack wurde gescannt, bevor er die Metallhülle verließ. Ronaldos IMSI-Catcher stand angeblich nur Sicherheitsdiensten zur Verfügung (schön, wenn sie es glaubten), doch es kam wie immer darauf an, was man dafür auszugeben bereit war und dass man über entsprechende Kontakte zu eben diesen Sicherheitsdiensten verfügte.

»Alles klar, Chef, Vorsicht! Sie kommt zurück.«

Aparecida kannte ziemlich viele Details, Fechter arbeitete gern mit ihr, überhaupt mit Frauen, sie waren zuverlässiger und prahlten weniger mit ihren Großtaten als Männer. Doch sie durfte absolut nichts davon wissen, was Ronaldo und er morgen vorhatten. Die beiden Männer verließen die Rösterei durch den hinteren Ausgang.

»Dann geh ich jetzt Klamotten kaufen«, sagte Ronaldo missmutig, da er auf seinen geliebten Kapuzenpullover verzichten sollte.

»Ich sehe dich morgen – total elegant.« Fechter klopfte Ronaldo auf die Schulter. »Wirst schon sehen, dann klappt's auch mit Aparecida.« Fechter winkte ihm im Gehen lachend zu.

Es war seine erste große Reise mit Susanne gewesen. Er hatte sie nach Acapulco eingeladen. Acapulco war – nach dem Besuch von Palenque und der Pyramiden von Chichén Itzà – die Krönung für sie gewesen: ein Traum unter Palmen, die große Glitzerwelt, reich und schön. Er hatte die Schnauze voll davon gehabt, in Hannover der kleine Junge aus miefigen Verhältnissen zu sein, der zu ihren Eltern in die Villa in Hamburg-Winterhude kam und von ihren Freunden schief angesehen oder gar nicht bemerkt wurde. Er musste etwas darstellen, koste es, was es wolle. Leistung zählte nicht in deren Augen, nicht einmal, dass er während der Ausbildung zum Reedereikaufmann in Abendkursen das Abitur nachgeholt hatte. Dass er es in kürzester Zeit zum Bereichsleiter gebracht und nebenbei ein Fernstudium der Betriebswirtschaft abgeschlossen hatte. Man musste ihm ansehen, wie weit er es gebracht hatte. Eine gefälschte Rolex aus Thailand war sein erstes Statussymbol, danach kamen die teuren Schuhe, dann lieh er sich ein Porsche Cabrio, mit dem er sie von der Uni abholte. Das waren die Symbole des Erfolgs. Und auch mit einer Reise ins mexikanische Acapulco konnte man angeben, mit dem Freund, der das ermöglichte, dem großen Gönner. Und er war verrückt nach ihr gewesen. Wieso? Das wusste er längst nicht mehr.

Sie saßen draußen unter Palmen und Sternen, nah am Swimmingpool, im Hintergrund der Pazifik, und das leichte Rauschen der sich am Strand brechenden Wellen mischte sich mit afro-kubanischen Klängen der Combo. Sie glühten noch von der Hitze des Tages, er selbst auch vor Verlangen. Er hatte alles richtig gemacht, und die sonst so spröde Hamburger Eisente schmolz im weichen Wind dieser Nacht.

Auf der anderen Seite des Pools saß eine reiche mexikanische Großfamilie. Alte und junge stattliche Männer in Anzügen, schöne Frauen in luxuriösen Kleidern. Wie teuer sie waren, hätte Susanne besser beurteilen können. Die jungen Männer kümmerten sich liebevoll um die Frauen, etwas entfernt standen finster blickende Bodyguards, die Rechte unter dem Sakko, im Schatten mannshoher rot blühender Hibisken, und unerzogene Kinder wuselten unter den Tischen herum. Man war guter, nein, bester Dinge, tafelte, trank importierten Champagner, und Trinksprüche wurden laut. Fechter hielt es zumindest dafür, denn außer *gracias, noche* und *amor* hatte er damals kein Wort Spanisch verstanden.

Susanne hatte fasziniert hinübergestarrt, die Augen waren ihr fast aus dem Kopf gefallen, er selbst blieb wesentlich diskreter. Er war froh, sich hier überhaupt ein Abendessen zu zweit leisten zu können. Damals wusste er nicht, wie er seine Schulden wieder loswerden sollte. Auf dem WC sprach ihn dann einer der Mexikaner an, fragte in mittelmäßigem Englisch nach seiner Herkunft, erkundigte sich nach seiner Freundin und dem, was er beruflich mache, und nachdem das Wort »Spediteur« gefallen war, lud er sie beide an den Tisch seiner Familie ein.

Miguel, einfach nur Miguel, setzte sich zu ihm und fragte ihn weiter aus, über seine Arbeit, seine Tätigkeit in der Spedition, seine Position und seine Kontakte, wollte wissen, was er über Häfen und die Schifffahrt wusste, zeigte sich an allem überaus interessiert, auch an der Familie und seinem beruflichen Aufstieg, während die anderen Männer Susanne anschmachteten. Sie war die einzige echte Blondine am Tisch. Doch Miguel beruhigte ihn. Anschauen sei doch erlaubt, er verbürge sich persönlich für den Anstand seiner Männer und legte dabei die Hand aufs Herz. Irgendwann, spät in der Nacht, quasi aufgenommen in die große Familie und nach weiteren Gläsern Champagner und Tequila, kam Miguels entscheidende Frage: ob man irgendwann einmal auf seine Dienste zurückgreifen könne.

Selbstverständlich könne man, Fechter hatte bereits früh eine Nase für Geschäfte, die ihm nebenbei gute Provisionen einbrachten. Selbstverständlich könne man …

Als sie drei Tage später aus dem Hotel auscheckten und er mit dunklen Gedanken über die Deckung seiner Kreditkarte an den Hoteltresen trat, war zu seiner Überraschung, zu seiner Freude und Erleichterung die gesamte Rechnung bereits bezahlt. Die Rezeptionistin drückte ihm eine kleine Schachtel in die Hand. Darin lag daumengroß der goldene Kopf eines Azteken-Jaguars mit gefährlich aufgerissenem Maul. Die beiliegende Mitteilung musste die Rezeptionistin übersetzen, sie stammte von Miguel:

»Wir würden uns freuen, dich und deine Frau in unserem Kreis begrüßen zu dürfen.«

Mit bester Laune trat Fechter die Rückreise ins kalte und verregnete Hamburg an.

Erst ein Jahr später kam der Anruf von Miguel. Ob Fechter ihm nicht helfen könne, eine etwas heikle und sehr wichtige Lieferung diskret und ohne Aufsehen seinen italienischen Geschäftsfreunden in Genua zukommen zu lassen? Es handle sich um keine große Sache.

Selbstverständlich konnte er und stellte keine Fragen, flog wieder nach Mexiko und lernte Spanisch. Bei der dritten Reise bereits unter falschem Namen mit einem mexikanischen Pass.

Um Punkt sechs Uhr morgens stieg Ronaldo zu Andreas Fechter in den blauen Toyota. Davon gab es Hunderttausende. Ronaldo war geschniegelt, aus dem eleganten Anzug mit weißem Oberhemd schaute der Kopf eines Gangsters raus.

»Siehst toll aus«, meinte Fechter mit gespielter Bewunderung, »aber lass dir das Haar wachsen, am besten trägst du auch noch einen gepflegten Bart. So wird noch was aus dir.«

»Leck mich doch«, knurrte Ronaldo. »Dann brauche ich eine Strumpfmaske, denn wenn mir später die Haare ausfallen, finden sie meine DNA.«

»Brenn künftig die Autos einfach ab, dann finden sie gar nichts.« Fechter wusste, dass Ronaldo seinen Rat befolgen würde.

Gemeinsam fuhren sie zu einem Ruinengrundstück am Stadtrand, wo hinter einer Plastikplane der Lieferwagen stand, den sie für ihre Aktion benötigten. Ronaldo hatte ihn vorgestern gestohlen. Jetzt tauschte er die Nummernschilder am Toyota aus. Jedes noch so kleine Risiko musste ausgeschlossen werden, auch wenn am Morgen stadtauswärts nicht mit Kontrollen zu rechnen war. Das bedeutete auch, Lissabon auf Nebenstraßen zu verlassen und Schnellstraßen zu vermeiden, die mit Kameras überwacht wurden. Mautpflichtige Autobahnen waren aus demselben Grund von vornherein ausgeschlossen, obwohl sie auf diesem Weg ihr Ziel schneller erreicht hätten. Das war die Gemeinde Ribas de Cima und dort das Haus von Berthold Henke. Sie erreichten es gegen sieben Uhr.

Es war ein Neubau an einem Hang inmitten eines großen Gartens, und sie parkten einige Meter weiter am Straßenrand, um die schräg zur Garage führende Auffahrt im Auge zu behalten. Dort stand Henkes grüner BMW. Er machte einen stabilen Eindruck. Von ihrer Position hatten sie auch die Haustür im Blick, aus der Henke bald treten und sich von seiner Frau verabschieden würde. Werktags traf er gegen neun Uhr in der Reederei ein, die Fahrt würde bei dem üblichen Verkehrsaufkommen etwa eine Dreiviertelstunde dauern. Um sich mit den Örtlichkeiten besser vertraut zu machen, fuhren Fechter und Ronaldo ein Stück der Strecke ab, die Henke für gewöhnlich nahm, wobei Ronaldo nach Stichstraßen oder Wirtschaftswegen außerhalb des Ortes Ausschau hielt. Von dort würde er ungesehen anfahren können, um Henkes Wagen zu rammen. Ideal wäre ein steiler Abhang auf der rechten Seite der Landstraße.

An einer entsprechenden Einmündung bog er ab und hielt an einer Stelle, von der aus er die Landstraße im Blick hatte und auch den Gegenverkehr einsehen konnte. Die Sicht aus dem niedrigen Toyota war schlecht, von dem gestohlenen Lieferwagen, den er später fahren würde, hätte er einen besseren Überblick. Rechts stand eine niedrige Mauer, dahinter ein verfallenes, unbewohntes Gebäude. Linker Hand lag eine Wiese voll mit vertrocknetem Gestrüpp. Zeugen würde es also nicht geben, und zu dieser Zeit war die Landstraße kaum befahren. Sie kehrten zu Henkes Haus zurück und stoppten die Zeit, die er vermutlich brauchen würde: eine Minute und achtunddreißig Sekunden bergauf. Dann warteten sie auf Henke.

Die Formation des Geländes hatte Fechter auf die Idee zu dieser Maßnahme gebracht, als Henke ihn nebst Frau und Kind zu seinem Sommerfest eingeladen hatte: die nicht einsehbare Nebenstraße, der abschüssige Hang rechts. Henke würde lediglich einer der mehr als sechshundert Verkehrstoten des laufenden Jahres sein. Fahrerflucht war weit verbreitet. Henke musste beiseitetreten, sonst würde er noch Jahre auf seinem Posten sitzen, und Fechter hätte keine Chance, weiter aufzusteigen, gerade jetzt, da sich die Handelswege ausbauen ließen und er weitere Mittel für seine Investitionen brauchte. Die Ferienanlage bei Praia do Baleial verschlang Unsummen, Hectors Fitness-Center musste konsolidiert werden, die Pläne mit dem Hotel und dem Restaurant gediehen, hinzu kam immer die eine oder andere neue Wohnung. Für Nachschub aus Mexiko war gesorgt, Kolumbien produzierte genug Stoff, und die Zahl der Abnehmer in Europa wuchs beständig.

Mittlerweile war sieben Uhr vorbei, und schon erschien der stellvertretende Niederlassungsleiter. Vor dem Haus verabschiedete Henke sich von seiner Frau. Fechter wusste von ihr, dass sie irgendetwas mit Kunst studiert hatte und in einer deutschen Kulturinstitution oder bei der Ebert-Stiftung beschäftigt war.

Susanne geht vormittags lieber Tennisspielen, dachte er, das Geldverdienen überlässt sie mir. Das war auch besser so, denn er empfand es als lächerlich, ja geradezu absurd, dass sich die Frau eines leitenden Angestellten für Arbeitnehmerrechte einsetzte. So waren sie, die Sozialdemokraten, ein wenig Sozialismus, ein wenig Kapitalismus, von allem etwas und nichts richtig und bloß nicht konsequent. Einen Moment lang fragte er sich, welche der beiden Frauen es besser hatte, aber es war nur ein kurzer, ein überflüssiger Gedanke. Er betrachtete ohne jedes Gefühl die kleine Gestalt seines Vorgesetzten an der Auffahrt. Dann stieg Henke ein und fuhr los. Seine Frau winkte ihm nach wie an jedem Morgen, wenn er zur Reederei fuhr, bevor sie sich umdrehte und im Haus verschwand. Eine gute Witwenrente war ihr sicher. Doch auch das war Fechter im Grunde gleichgültig.

Ronaldo fuhr an, folgte dem BMW in sicherem Abstand bis zur ausgewählten Einmündung.

»Eine Minute und zweiundzwanzig Sekunden«, sagte Fechter und sah sich um. Sie waren allein auf der Landstraße, Henke war ein Stück voraus hinter der nächsten Biegung verschwunden. »Du kennst jetzt ungefähr seine Abfahrtszeit. Sollte es Gegenverkehr geben, geh kein Risiko ein, mein Freund.«

»Du hast den Toyota für länger gemietet?«

»Wenn es vorbei ist, geb ich ihn zurück. Hier!« Damit drückte er Ronaldo ein Walkie-Talkie in die Hand. »Die Reichweite beträgt zehn Kilometer. Das reicht. Kein Mobiltelefon, kein Wagen mit Navi, damit könnte nachträglich die Position geortet werden.«

»Das weiß ich selbst …«

»Dann ist es ja gut. Hat der Lieferwagen, den du besorgt hast, ein Navi?«

»Nein, es ist ein älteres Modell.«

»Perfekt, aber noch fahrtüchtig? Nicht, dass er im fraglichen Moment nicht anspringt?«

»*Tu me levas por estúpido*? Hältst du mich für bescheuert?«

Nein, das tat Fechter nicht, er glaubte sogar, dass Ronaldo sich bewusst dümmer stellte, als er war. Er wusste verdammt viel, irgendwann würde es möglicherweise sogar zu viel sein.

Doch darüber brauchte er sich momentan noch keine Gedanken zu machen.

Ronaldo hatte den Container aus Luanda in der Lagerhalle hinter der »Confeitaria Luanda« bereits aufgebockt und schräg gestellt. Nur von unten gelangte man an die Kammer unter dem Stahlboden, in der die Ware die Reise von São Paulo über Luanda bis nach Lissabon gut überstand. Fünfhundert Barren, eingeschweißt in dünne Folie, darauf das Prägesymbol eines Jaguarkopfes. Die Barren mussten sie in einer der nächsten Nächte in der Quinta da Fonte einzeln umpacken und erneut auf die Reise schicken. Ihre neue Transportmethode im Wein hatte sich bewährt, alle Kartons waren beim Kunden angekommen, nicht ein Barren hatte eine Beschädigung aufgewiesen, das hätte man an der roten Färbung des weißen Kokains sofort bemerkt. Und wenn die Papiere in Ordnung waren, gab es keine Probleme an den Grenzen. Außerdem war die Spedition, die den Transport nach Deutschland bewerkstelligte, über jeden Verdacht erhaben.

Der alte Winzer oben bei Santo Quintino, Fechter erinnerte sich nicht mehr an den Namen, hatte ihn darauf gebracht, als er in seiner Klitsche einen vorzüglich schmeckenden Wein in fast archaischer Weise in die Bags gefüllt und diese in aller Ruhe in die Umkartons gesteckt hatte. Genau dieses Bag-in-Box-System hatten sie mit den entsprechenden Geräten quasi industrialisiert. Eigentlich hätte dem Alten aus Santo Quintino als Ideengeber ein Teil des Profits zugestanden. Doch es gab schon genug Beteiligte, die mit *olhos grandes*, mit neidischen Blicken partizipieren wollten und die unter Kontrolle gehalten werden mussten, obwohl Fechter den Kreis gnadenlos klein hielt. Das brachte ihm selbst zwar mehr Arbeit ein, war aber sicherer, und es blieb für alle Beteiligten mehr übrig. Was Geld anging, gab es nach oben keine Grenze.

Fechter zog sich Gummihandschuhe über und machte

sich selbst ans Zählen. Dazu nahm er jeden einzelnen Barren in die Hände, achtete auf das Jaguarsymbol und schichtete sie auf einer Plastikbahn in Türmen zu zehn auf, um den Überblick zu behalten. Ein Barren, das waren zwanzigtausend Euro. In Deutschland angekommen, würden es dreißig-, dann im Straßenverkauf vierzigtausend sein. Aber das fiel nicht in seinen Aufgabenbereich. Er sah sich als Logistiker, der einen Transportauftrag ausführte, und nicht als Händler.

Gemeinsam mit Ronaldo steckte er jeweils fünfzehn Barren so in einen Plastiksack, dass sie genau in einen Sechser-Weinkarton mit dem Logo der Quinta da Fonte passten. Die Kartons luden sie hinten in Ronaldos Sprinter und schichteten eine Lage echte Weinkartons darüber.

»Hast du die Mannschaft zusammen? Dieselbe wie beim letzten Mal?«, fragte er Ronaldo.

»Keine Sorge, alles bleibt wie gewohnt. Wir sind zu fünft, dich ausgenommen.«

»Hast du die Bags vorbereitet? Sind die Kartons gekennzeichnet? Nicht, dass sie vertauscht werden.«

»Chef!«, Ronaldo wirkte beleidigt. »Ich weiß, was ich tue, und ich mach's nicht zum ersten Mal.«

»Ich würde es dir auch nicht übelnehmen, wenn du das bei mir abfragen würdest. Unsere Sicherheit ist oberstes Gebot. Pass auf, dass die Nummer des Containers geändert wird, wenn wir ihn wieder auf die Reise schicken.« Der Hinweis war an Aparecida gerichtet, die sich zu ihnen gesellt hatte und ergeben nickte. Auf dem Rückweg füllten sie den Container mit portugiesischem Wein für eine Agentur in Luanda, die einer von Fechters Briefkastenfirmen gehörte. Von dort wurde der Wein weiter nach Brasilien verkauft, nachdem der Container wieder unter einer neuen Nummer registriert war.

Brasilien bezog von Jahr zu Jahr mehr Wein aus Portugal, Portugals Kaffeekäufe in Angola hingegen wuchsen nicht in dem gewünschten Maß. Vor dem Bürgerkrieg zwischen

MPLA und Unita war Angola Afrikas größter Kaffeeproduzent gewesen, doch mit Ende der Kolonialzeit hatten die meisten Farmer das Land verlassen, und im Bürgerkrieg war der Anbau fast überall eingestellt worden. Seit Kriegsende traute sich wegen der überall vergrabenen Landminen kaum mehr jemand in die alten Pflanzungen. Und neue wurden nicht angelegt. Robusta aus Brasilien war süßlicher und besaß deutlich weniger Säure als die angolanische Bohne, aber wegen der geringen Liefermenge war Fechter vorsichtig, um die São Paulo-Luanda-Lissabon-Route nicht zu überlasten.

Aparecida war längst nach Hause gegangen, der Abend senkte sich über Lissabon, Ronaldo startete mit seinem Motorrad eine Minute vor Fechter, der ihm mit dem Sprinter folgte. So hatten es ihm die Mexikaner nahegelegt, wo bei ähnlichen Transporten immer jemand mit einer Maschine vorausfuhr, um über Funk mögliche Straßensperren oder Kontrollen zu melden und gegebenenfalls blitzartig die Route zu ändern oder den Transport abzubrechen. Anders als die Mexikaner, die einen derartigen Konvoi bis an die Zähne bewaffnet begleitet hätten, verzichtete Fechter auf große Bewaffnung. Hier eine Ballerei anzufangen, wäre Selbstmord. Nur seine automatische Pistole steckte wie immer griffbereit in der Verkleidung unterm Lenkrad.

Kontrollen waren im Feierabendverkehr nicht zu befürchten, zumal sie nicht die frequentierten Ausfallstraßen in Richtung Bucelas benutzten und danach die Landstraße über Arruda dos Vinhos, um zur Quinta da Fonte zu kommen. Dort würden sie wie üblich die Barren transport- und hundesicher verpacken. Wenn Ronaldo die Räumlichkeiten auf der Quinta gut vorbereitet hatte, würden sie in wenigen Stunden damit fertig sein.

Sie waren gerade in Sobral rechts abgebogen, als sich plötzlich Fechters Walkie-Talkie mit einem Knarren meldete, gefolgt von Ronaldos verzerrter Stimme.

»He, Chef, hier stimmt was nicht. Ich bin kurz vor der Quinta. In dem Wäldchen steht ein fremder Wagen, und Paulo Oliveira redet mit dem Fahrer. Ich glaube, es ist sein Bruder Pedro, der immer nur Ärger macht. Ich halt's für besser, wenn du wartest, hier liegen dicke Steine als Wegbegrenzung, hier kann man nicht wenden.«

»Gut, beobachte weiter, was passiert. Haben sie dich gesehen?«

»Glaube nicht. Ich melde mich, wenn's vorwärtsgeht. Oder soll ich nachsehen? Könnte sein, dass es späte Besucher sind.«

Fechter vermutete, dass es sich um einen privaten Besuch bei der Familie des Winzers handelte, aber er durfte kein Risiko eingehen. Deshalb wartete er in der Einfahrt zu einem Feldweg auf weitere Hinweise von Ronaldo. Er stieg aus, steckte das Walkie-Talkie ein, nahm den Feldstecher und begann, die Umgebung zu observieren. Um diese Zeit – das Tageslicht war im Schwinden – war hier kaum noch jemand unterwegs, und die Pendler waren längst zu Hause. Er stieg wieder ein und fuhr an der Einfahrt vorbei. Es war möglich, dass weitere Fahrzeuge in entgegengesetzter Richtung standen. Dann hätte er in großem Bogen um die Quinta herumfahren und über Alenquer und Vila Franca nach Lissabon zurückkehren können. Aber Ronaldo gab Entwarnung. Also wendete er und fuhr zurück.

Plötzlich stand ein silberner Wagen im Weg. Das war anscheinend der Wagen, den Ronaldo gesehen hatte. Und hinter dem Steuer saß eine Frau.

Fechter hielt, schaltete das Abblendlicht ein und stieg aus, da die Frau keine Anstalten machte, zurückzusetzen. Er musste wissen, wen er vor sich hatte. Es war durchaus möglich, dass sie eine Frau, die unbedarft schien, zum Spionieren hergeschickt hatten. Heutzutage war jede Methode erlaubt, den Gegner auszuschalten, es war zum Kotzen, man war vor nichts und niemandem mehr sicher. Ständig mussten neue Wege und kreative Lösungen gefunden werden.

Er ging auf den Wagen zu, das Fenster auf der Fahrerseite stand offen. Eine recht gut aussehende Frau mit dunklem Haar, nur eine Spur zu alt für ihn (oder war es das Licht?), sah ihm aufgelöst und auch ein wenig ängstlich entgegen.

»I want to go to Quinta da Joana«, sagte sie, und er begriff, dass er weder eine Portugiesin noch eine Engländerin vor sich hatte. Der Akzent war eindeutig, am Steuer saß eine Deutsche.

»Da haben Sie Glück, dass Sie gerade mich hier treffen. Ich kann Ihnen gern weiterhelfen.« Fechter sagte es auf Deutsch, ließ all seinen Charme spielen, sein Lächeln mit dem tiefen Blick. Nein, niemand würde eine deutsche Drogenfahnderin auf ihn ansetzen. Eine Französin ja, möglich, eine Spanierin vielleicht, eine schwarze US-Amerikanerin eventuell, aber keinesfalls eine Deutsche. Die waren in Fechters Augen viel zu unbeholfen. »Ich kenne mich hier einigermaßen aus. Was treibt Sie zu so später Stunde in diese gottverlassene Gegend? Haben Sie sich verfahren?«

Er musste wissen, weshalb die Fremde im Dunkeln mit ihrem Wagen im Wald herumstand, ausgerechnet an dem Tag, an dem er den Sprinter mit fünfhundert Kilo beladen hatte.

»Ich bin auf dem Weg zur Quinta da Joana«, wiederholte sie und blickte Fechter offen an, zugleich hilfesuchend und erfreut.

»Nicht auf dem Weg zur Quinta da Lua? Dort finden häufiger Events statt, die Quinta ist sehr frequentiert.«

»Nein, ich bin nicht zum Feiern hier, ich komme zum Arbeiten.«

»Ah, das ist gut. Ich zeige Ihnen gleich den Weg, aber verraten Sie mir freundlicherweise vorher, was eine Frau wie Sie«, er ließ seinen Blick aufmerksam durch ihren Wagen gleiten, »hier in der Nacht arbeitet?« Klang es zu anzüglich?

Nein, die Frau lachte, sie nahm ihm die Frage nicht übel. »Normalerweise bin ich bei Tageslicht unterwegs. Ich berate Weingüter in Energiefragen.«

»Oh, wie spannend, ich interessiere mich sehr für Weingüter. Wir sollten uns ein andermal in Ruhe unterhalten. Ich heiße Andreas, Andreas Fechter.« Er reichte ihr die Hand.

»Johanna Breitenbach.«

Ihr Lächeln gefiel ihm. »Wir sehen uns noch, bestimmt.« Dann erklärte er ihr, wie sie zur Quinta da Joana komme, es sei nicht kompliziert, es gebe den Hauptweg, von dem die Nebenwege zu den einzelnen Weingütern abzweigten. In fünf Minuten sei sie dort. Er sprang behände in den Wagen, setzte rückwärts zur Abzweigung zurück und wies der Dame den richtigen Weg. Ja, es war eine Dame, sie dankte es ihm winkend mit einem Lachen.

Mit dieser Johanna werde ich mich näher befassen, dachte er und setzte seinen Weg fort. Und dabei etwas über Energiemanagement zu lernen, würde ihm zugutekommen, sollte er sich eines Tages tatsächlich ein Weingut anschaffen … Verkehrt wäre das jedenfalls nicht.

Ronaldo erwartete ihn an der Einfahrt, eine Taschenlampe in der Hand, denn Fechter war das letzte Stück ohne Licht gefahren. Er kannte den Weg. Außerdem brauchten die alten Besitzer der Quinta da Fonte nicht zu wissen, dass sie hier waren. Allerdings wusste Sohn Paulo, was sie taten, er gehörte zum Team, schließlich stellte er ihnen als der eigentliche Betreiber der Quinta die Räumlichkeiten zur Verfügung. Paulo hätte sie ihm wahrscheinlich liebend gern verkauft, wenn sein überkorrekter Bruder Pedro und seine Eltern nicht wären, die den Familienbesitz erhalten wollten. Aber Pedro war gierig, darin sah Fechter seine Chance.

Ich werde sie noch zum Verkauf bringen, sagte er sich, irgendein Druckmittel wird sich finden lassen. Er suchte ständig nach unverdächtigen Projekten, wo er sein Geld waschen, vielmehr in offiziellen materiellen Besitz umwandeln konnte. Es würde nicht immer so gut laufen wie jetzt. Denn wenn die Mexikaner diese Route nicht mehr für sicher hielten, wenn die Nigerianer einen besseren Vorschlag machten oder die Italiener nicht mehr zahlten, was jederzeit denkbar war, dann war er raus aus dem Geschäft. Bis dahin musste sein Vermögen auf soliden Beinen stehen.

Als das Motorrad und der Wagen vor dem Labor standen, schloss Ronaldo das Tor ab. »Eine Deutsche? Was macht die hier?«

»Halt dich da raus, Ronaldo, die Frau arbeitet hier. Sieh lieber nach, welche Autos bei Oliveira vor der Tür stehen.« Eine Kopfbewegung in Richtung Wohnhaus unterstrich seinen Befehl. Es wäre fatal, sich von dem strebsamen Pedro bei der Arbeit überraschen zu lassen.

Die unterkellerte Gärhalle bildete einen Teil der Mauer, die den privaten Teil der Quinta von den Kellereigebäuden trennte.

Das Labor, in dem sie jetzt Stichproben bezüglich des Reinheitsgehaltes vornehmen wollten, diente auch dem Weingut als Labor zur Prüfung des Reifegrades der Trauben. So baufällig das Weingut von außen wirkte, so gut war das, was sie aus ihren Weinbergen herausholten, und auch vom Weinmachen verstanden der alte und der junge Oliveira viel.

»Der Vater und Paulo sind da. Paulo wird gleich rüberkommen, wohl eher, um seine Neugier zu befriedigen.«

»Das kann ich mir gut vorstellen. Dich im Anzug zu sehen, ist schon bemerkenswert, besonders auf deiner Yamaha und mit dem Helm auf dem Kopf. Solltest du von jetzt an immer tragen. Los, fass mit an!«

Fast im Dauerlauf brachten sie die Kartons in die Gärhalle und einen davon ins Labor, wo sie die Proben nehmen würden. Zuvor legten sie den Platz um die Waage mit einer großen Plastikfolie aus, falls etwas verschüttet wurde.

Der Reinheitsgehalt des Kokains lag zwischen neunzig und fünfundneunzig Prozent, brillant, also konnten sie ihren Anteil gut mit zwanzig Prozent Milchpulver strecken. Aus fünf Kilo mach sechs. Das waren zwanzigtausend Euro mehr. Ronaldo verkaufte nur en gros an Zwischenhändler. Das nutzte ihnen und schadete sonst keinem.

Johanna Breitenbach

Gimme Hope, Jo'anna

Sie war sehr erleichtert, diesen Mann getroffen zu haben, und das bei zunehmender Dunkelheit mitten im Wald. Wie hieß er? Andreas? Ein recht sympathischer Kerl, bestimmt zehn Jahre jünger als sie, und dann auch noch ein Deutscher. Was machte so jemand hier mitten im Wald?

Dass sie sich nicht mitten im Wald befand, merkte sie nach wenigen Metern. Zwar lagen auch hier dicke Bruchsteine am Wegrand, aber die hohen dunklen Bäume wichen nach und nach zugunsten von Rebzeilen zurück, die nun den Weg flankierten. Aufatmend erblickte sie endlich ihr Ziel, nach einem langen Tag, an dem so ziemlich alles schiefgegangen war. Da waren die hohe weiße Mauer und das barocke Portal, genau wie auf der Homepage der Quinta da Tia Joana, des Weingutes von Tante Johanna.

Die Maschine der portugiesischen Fluggesellschaft, die sie gewählt hatte, weil sie Billigflieger hasste, vor allem die schlecht erzogenen Leute, zwischen denen man eingepfercht war, war in Frankfurt bereits mit Verspätung gestartet. Natürlich standen nach der Landung in Lissabon weder die Vertreter der Mietwagenfirma noch deren Autos wie verabredet am Meeting-Point. Die Firma war gar nicht am Flughafen ansässig und musste erst verständigt werden. Widerwillig machte sich von dort jemand auf den Weg, um sie und andere Passagiere abzuholen. Wieder stand sie eine halbe Stunde herum. Dann fanden nicht alle, die einen Wagen bestellt hatten, in dem Kleinbus Platz, mit dem sie zur Garage gebracht wurden. Dass es kein Elektrofahrzeug gab, hatte sie vorher gewusst, aber dass sie auch den bestellten Golf nicht bekam, stattdessen einen zu großen Audi, machte sie nicht fröhlicher. Der Wagen mochte für Autobahnen oder Rennstrecken geeignet sein, aber nicht, um sich auf Feldwegen durch Weinberge zu bewegen. Außerdem war die Umsicht schlecht. Und dass der Wagen tiefer gelegt war, hatte sie an einem der Begrenzungssteine feststellen müssen. Irgendetwas unter dem Auto war jetzt lose. Für die Reparatur würde sie selbst aufkommen müssen. Diese Reise nahm keinen guten Anfang.

Umso glücklicher war sie, als auf ihr Klingeln hin das große Flügeltor der Quinta in der strahlend weißen Mauer aufschwang, ein junger Mann erschien und fragte, ob sie Johanna Breitenbach sei, sie daraufhin herzlich auf Englisch begrüßte und ihr den Weg zum Parkplatz wies. Das Parkgelände sei eingezäunt, und damit sei der Wagen sicher. Der junge Mann versprach, das Gepäck ins Apartment zu bringen, in dem sie die nächsten zwei Wochen wohnen würde.

Durch eine seitliche Pforte betraten sie das Gelände der Quinta, und als sie den in lichtem Blau leuchtenden Pool sah, hätte sie sich am liebsten sofort hineingestürzt, um sich im Wasser treiben zu lassen, alle viere von sich gestreckt, die Unbilden und die Hitze des Tages vergessend. Jenseits des blauen Wassers saßen ein paar Gäste rings um eine winzige Bar, von dort schwebten auch die Klänge eines bekannten Bossa Nova herüber, was ihre Stimmung weiter hob.

Der junge Mann dirigierte sie zum Gästehaus und begleitete sie zu ihrem Apartment im Obergeschoss, stellte den Koffer ab und öffnete die Tür zum Balkon. Ein schöner Blick bot sich über den Pool hin zur Bar, auf die mit Wein bewachsenen Mauern und eine Reihe von Bäumen, hinter denen sich anscheinend die Wirtschaftsgebäude des Gutes verbargen. Von hier oben bemerkte sie sofort, dass sich auf sämtliche Dächer der nach Süden weisenden Seite Kollektoren wie auch Solarzellen montieren ließen. Dann wäre der Betrieb des Weingutes sowohl mit Solarthermie möglich, um Wärme zu gewinnen, wie auch mit Photovoltaik zur Stromerzeugung. Das waren beste Voraussetzungen, der erste den meisten verständliche Schritt.

Jetzt verstand Johanna, wieso die Familie dos Santos auf den Hinweis ihres Kollegen Stefan angesprungen war. Es wäre schön, zumindest halb geöffnete Türen einzurennen, und ihr innerer Widerstand schwand ein wenig. Aber dass sich die Besitzer dieser Quinta Gedanken um den verantwortungsbewussten Umgang mit Energie, Rohstoffen und der Natur machten, musste nichts heißen. Beim Nachbarn schon konnte sie auf taube Ohren stoßen. Doch falls ich als Beraterin nicht viel erreichen kann, verbringe ich hier zumindest eine gute Zeit, sagte sie sich und dachte ans Surfen an der Atlantikküste.

»Wenn Sie sich akklimatisiert haben, würden meine Eltern Sie gerne in unserem Haus begrüßen.« Mit diesen Worten und einer angedeuteten Verbeugung verabschiedete sich der junge Mann. Johanna war es peinlich, ihn für einen Angestellten gehalten zu haben, bereits das Portemonnaie fürs Trinkgeld in der Hand. Also war leider nichts mit Pool, stattdessen musste ein Sprung unter die Dusche genügen. Hoffentlich hatte ihr rotes Sommerkleid im Koffer nicht zu sehr gelitten.

Ja, es hatte gelitten, der beigefarbene Hosenanzug weniger, und er war auch nicht zu leicht für den Abend. Das verknitterte schwarze Top darunter wurde von der Jacke verdeckt.

Auf dem Tisch neben dem Bett lag eine Broschüre dieses Hauses auf Portugiesisch und Englisch mit dem Titel ›Nur eine Welt‹. Sie griff danach. Es ging darum, dass die Menschheit, falls sie auf dem gleichen Standard wie bisher weiterleben wollte, die Rohstoffe weiterer dreier Welten benötigte. Also schien hier durchaus ein Bewusstsein für Umweltfragen vorhanden zu sein.

Der Weg durch den offen und großzügig angelegten Garten war ein Beweis für den guten Geschmack ihrer Auftraggeber. Flávio dos Santos und seine Frau Sofia begrüßten sie, als wäre sie einer der zahlenden Gäste, die am Pool die laue Nacht und den Bossa Nova genoss.

»Hatten Sie eine gute Anreise?«, fragte Dona Sofia und bot frisch gepressten Orangensaft an, während ihr Mann eine Flasche Weißwein in den Flaschenkühler stellte. Dona Sofia war deutlich jünger als er, hatte ein geschäftsmäßiges Lächeln im Gesicht, das vom offen fallenden schwarzen Haar eingerahmt war. Der Blick, der Johanna aus den dunklen Augen traf, war taxierend, skeptisch und nicht unbedingt freundschaftlich. Sie trug eine rot geblümte, weit über die Hüften fallende Bluse und Jeans, dazu Ballerinas, was ihre Jugendlichkeit betonte. Sie musste jung geheiratet haben, wenn sie einen fast erwachsenen Sohn hatte.

Johanna hätte sich lieber ausgeruht und dem Wein zugesprochen. Heute hätte sie gut und gerne eine ganze Flasche leeren können, um den Frust der Reise runterzuspülen, aber sie musste einen klaren Kopf behalten und entschied sich für den Saft.

»Nein, meine Reise war von allerlei Unbilden getrübt«, antwortete sie. Hier wollte sie keine Diplomatie betreiben, hier wollte sie sagen, was sie dachte. Deshalb war sie hier. Sie zählte auf, was alles schiefgegangen war, und erwähnte auch den Nachbarn, dem sie unterwegs begegnet war.

»Wie alt, sagten Sie, war der Mann?« Dona Sofia blickte sie verwundert an. »Er hatte eine Glatze? Nein, das muss ein Fremder gewesen sein. Weder Alves Oliveira noch sein Sohn Paulo haben eine Glatze. Aber wir haben wenig Kontakt zu den Oliveiras, mehr zu den Deutschen, den Vollmers, die vor vier Jahren die Quinta da Lua gekauft haben. Die liegt jenseits von Fonte. Der andere Sohn, Pedro, taucht hier ohnehin selten auf. Der arbeitet in Lissabon und schaut höchstens mal bei der Lese vorbei. Der Fremde, sagten Sie, kannte sich aus?«

»Das war mein Eindruck, er wies mir den Weg und schien selbst unterwegs zu den Oliveiras zu sein.«

»Vielleicht ein Kunde, der Wein kaufen wollte«, sagte Flávio dos Santos, den es wenig interessierte, wer bei Einbruch der Nacht noch unterwegs war. Rasch kam er auf sein Anliegen zu sprechen. Er war Agronom und hatte sich, wie er zu seiner Schande gestand, während des Studiums kaum Gedanken darüber gemacht, ob man ein Weingut überhaupt zukunftssicher umgestalten müsse. Das sei seinerzeit weder Thema gewesen, noch habe es zum Lehrstoff gehört.

Zu Johannas großer Erleichterung sprach er gut Englisch. Er war ein rundlicher Mann, nicht größer als Johanna, mit einem freundlichen Gesicht, vollen Lippen und einer großen Nase. Er machte den Eindruck, als könnte er zupacken und auch genießen. Sie betrachtete seine Hände, die im Vergleich zum Körper ziemlich groß geraten waren. Mit ihm würde sie sich gut verstehen, aber mit ihr? Hoffentlich stellte sie sich seinen oder ihren Plänen nicht quer. Oder gab es eine strenge Arbeitsteilung auf dieser Quinta? Sie war diejenige, die sich als elegante Gastgeberin um die internationalen Gäste kümmerte und für deren Wohl sorgte. Er war der Weinbauer, der Bodenständige, der sich mit Zukunftsfragen beschäftigte.

»Damals befasste man sich noch nicht mit dem Klimawandel«, redete dos Santos weiter, »obwohl der Club of Rome bereits 1968 von den Grenzen des Wachstums sprach. Außerdem entschied zu der Zeit noch mein Vater, mit welchen Mitteln und Methoden hier gearbeitet wurde. Und die waren konservativ. Umweltschutz, das war kommunistische Propaganda, den Klimawandel bezeichnete er als Erfindung derer, die Portugal schaden wollten.«

Den entscheidenden Anstoß, so erzählte er, habe letztes Jahr eine Konferenz in Porto über die Auswirkungen der Erderwärmung auf den Weinbau gegeben. »Das hat mir die Augen geöffnet. Die Organisation unserer Gesellschaft und die Gewohnheiten der westlichen Welt sind die wichtigsten

Ursachen für den Klimawandel. Die Folgen betreffen zum größten Teil die Länder, die am wenigsten entwickelt sind und sich nicht wehren können. Ich kenne Ihren Kollegen Sebastian von einem Besuch bei uns, er hat mit seiner Frau hier Ferien gemacht, wir haben die ganze Zeit nur über Wein geredet und sind in den Weinbergen herumgefahren. Seine Frau war ziemlich …«, Flávio suchte nach dem richtigen Wort, »verärgert, ja, das war sie. Mir aber haben unsere Ausflüge viel gebracht, ich habe unseren Boden – Sebastian ist ja Bodenkundler – danach mit anderen Augen betrachtet. Vorher war das für mich ein Feld, das bestellt werden musste und das Wasser brauchte. Danach war es für mich ein lebendiger Organismus, der gepflegt sein wollte.«

Johanna blieb bei derartigen Erklärungen skeptisch. Zu häufig hatte sie ähnliche Lippenbekenntnisse gehört, doch praktische Schritte waren nicht gefolgt.

»Es muss vieles geschehen«, fuhr Flávio fort. »Wir haben Trockenheit zu erwarten, wie in diesem Jahr, ein instabiles Klima und extreme Temperaturen. Die Trauben werden überreif, ohne die phenolische Reife zu erreichen. Diese orientiert sich an den geschmacklich und chemisch messbaren Entwicklungen der Beeren, was den Geschmack des Weins bestimmt.« Eine Prognose für dieses Jahr mochte Flávio dos Santos nicht abgeben. Er befürchtete aber, dass die Roten zu hart und zu krautig ausfielen. »Morgen führe ich Sie durch unsere Weinberge, wir sehen uns die Trauben an, und wenn die Kerne noch grün sind, dürfen wir nicht ernten. Aber es kann sein, dass die Säure absinkt und stattdessen der Zucker und damit der Alkoholgehalt steigt, dann wirkt der Wein zu fett. Bei den Weißen – da sind wir in der Lese – ist es grenzwertig.«

Johanna musste sich enorm konzentrieren, um den engagiert vorgebrachten Worten auf Englisch zu folgen. Dona Sofia musterte sie ständig kritisch, und wenn Johanna den Blick erwiderte, setzte sie ihr Gastgeberlächeln auf, warf dann aber wieder ihrem Mann fragende Blicke zu. Ging es ihr darum, wie Johanna auf ihn wirkte? Eifersüchtige Ehefrauen waren das Letzte, was sie hier gebrauchen konnte. Sie verdarben einem den Tag und machten das gemeinsame Arbeiten schwer. Sie würde bedeutend mehr Zeit mit ihm verbringen müssen als mit ihr.

»Global denken – und lokal handeln, das ist für mich in Porto herausgekommen, das muss unsere Devise sein.«

»Und Sie, Dona Sofia, sehen Sie das ähnlich?« Johanna musste sich von dem misstrauischen Blick befreien.

»Ich wüsste nicht, in welcher Weise mich das betreffen sollte.«

Flávio dos Santos war anzusehen, wie peinlich ihm die Antwort seiner Frau war. »Es dauert immer etwas länger, bis Entwicklungen hier in Portugal ankommen. Wir müssen jetzt handeln, wir dürfen nicht warten, bis die Politiker oder die internationalen Organisationen bei ihren Konferenzen zu irgendwelchen Abkommen gelangen, die letztlich wieder gekippt werden.«

Johanna kannte diese Umweltkonferenzen zur Genüge: Hinterher stellten sich wichtige Minister in gewichtiger Pose den noch wichtigeren Fotografen, während die Staatssekretäre um den unverbindlichen Wortlaut der Abschlusserklärung rangen.

»Wozu, das frage ich euch, brauchen wir an Weihnachten Erdbeeren? Wozu Trauben aus Südafrika, und weshalb werden Nelken aus Kolumbien eingeflogen?«

»Vielleicht, weil es anderswo Arbeitsplätze sichert, mein Liebling.«

Glaubte Dona Sofia dos Santos das wirklich? Wenn es so wäre, hätte Johanna noch ein gewaltiges Stück Überzeugungsarbeit zu leisten.

Flávio dos Santos blieb verbindlich. »Arbeitsplätze, meine Liebste, richtet man nur ein, wenn man selbst die Arbeit nicht mehr schafft oder wenn es einem mehr Geld einbringt, als die Arbeitskraft kostet. Erstens schmecken die Erdbeeren an Weihnachten nicht, zweitens ist Südafrika ein durch und durch korruptes Land, und drittens macht man mit Nelken aus Kolumbien lediglich Fluggesellschaften reich. Die Gewächshäuser gehören den Drogenbaronen, die da ihr schmutziges Geld reinstecken.«

»Was hat das mit uns zu tun, Flávio? Rein gar nichts. Wieso sollten wir uns um andere sorgen? Jeder ist sich selbst der Nächste.«

Johanna sah Flávio dos Santos an, wie viel Überwindung es ihn kostete, wieder einen vermittelnden Ton anzuschlagen. »Bevor es zu politisch wird – meine Frau liebt das Thema –, sollten wir essen. Wir haben extra auf Sie gewartet, Dona Joana. Ich darf Sie doch so nennen? Wahrscheinlich sterben Sie längst vor Hunger.« Der Blick, den er von seiner Frau für die konziliant gemeinten Worte erntete, war alles andere als freundlich. »Dann lernen Sie auch unsere Kinder kennen. Mein Sohn Alvaro ist Ihnen bereits bekannt, aber unsere Tochter Joana nicht. Eigentlich ist sie diejenige, die hier am meisten Druck macht, die Quinta da Tia Joana zukunftssicher zu machen. Joana, so hieß meine Großmutter, die nach dem frühen Tode ihres Mannes diese Quinta übernahm und nach ihren Vorstellungen umgestaltete.«

»Wahrscheinlich glaubt unsere Tochter Joana allein deshalb, dass sie hier bereits das Sagen hat.«

Was lief da zwischen Mutter und Tochter, fragte sich Johanna. Wurde da ein Dauerkonflikt ausgetragen? Oder ging es um Konkurrenz? Sie war jedenfalls gespannt auf diese widerspenstige Tochter. Möglich, dass die Mutter recht hatte und ihre Tochter genau wusste, was sie wollte.

Dieser Eindruck wurde während des Essens bestätigt. Joana war ein großes, schlaksiges Mädchen auf der Schwelle zur Frau, etwas ungelenk in den Bewegungen, etwas zu direkt in ihren Fragen, aber Johanna war das recht. Sie war den Umgang mit jungen Leuten von der Hochschule her gewohnt und konnte in gleicher Weise darauf eingehen oder kontern. Joana war ein ziemlich intelligentes Mädchen, ihrer Mutter sehr ähnlich, wahrscheinlich ließ sie sich deshalb nichts von ihr sagen. Vater und Bruder mussten immer wieder mäßigend eingreifen. Dabei drehte sich die Unterhaltung lediglich um Johannas familiären Hintergrund, ob sie einen Ehemann habe, wo der sei und was der von ihren Reisen halte. Bei der Frage, weshalb sie keine Kinder habe, griff Dona Sofia ein, die Frage erschien ihr einfach zu indiskret. Nicht aber Johanna. Sie war leicht zu beantworten.

»Weil ich keine bekommen habe.«

»Und – haben Sie nichts unternommen, keine Ärzte aufgesucht?« Ein derartiges Verhalten schien Dona Sofia unverständlich.

»Es waren damals nicht die Zeiten, in denen man über die Gründung einer Familie nachdachte. Ich hatte einen Freund, meinen späteren Mann Carl, und dann gab es die Umwelt- und Anti-Atomkraft-Bewegung, die hat mich mehr interessiert, als Kinder in diese ungerechte Welt zu setzen.«

Da leuchteten Joanas Augen auf, geradezu triumphierend blickte sie ihre Mutter an, und Johanna wusste sofort, dass sie eine Freundin gewonnen hatte. Dann bin ich hier richtig, sagte sie sich, innerlich aufatmend, auf der Quinta da Joana.

»Gimme Hope, Jo'anna, Gimme Hope« – der Reggae-Song des schwarzen Eddy Grant aus Guyana kam ihr in den Sinn, und die Spannung, die sie seit der Begegnung mit Dona Sofia empfand, schwand zusehends.

»Ich habe meinem Vater gesagt, dass ich Ihnen heute auf unserer Quinta alles zeige.« Joana hatte sich in den Frühstücksraum für die Gäste geschlichen und vorsichtig gefragt, ob sie sich zu Johanna an den Tisch setzen dürfe, keinesfalls wolle sie stören. »Manche Leute hassen es, wenn sie morgens schon reden müssen. Die kommen erst so gegen zehn Uhr zu sich. Ich bin meistens um sechs Uhr munter.«

Während Johanna das Frühstücksei aufklopfte, ließ Joana sich den Beruf der Umweltingenieurin genau erklären.

»Wir versuchen, Technik und umweltschonende Produktion von Gütern mit der Umwelt in Einklang zu bringen. Ich habe mich auf Energiemanagement auf Weingütern spezialisiert, also, was muss ich machen, damit weniger Energie verbraucht wird und gleichzeitig Kosten eingespart werden …« Jetzt zögerte sie, weil der Automatismus nicht mehr funktionierte. Sie hatte sagen wollen, nur so könne man den Klimawandel aufhalten, und korrigierte sich, er würde nur verschoben, eine Generation später würde dann darunter zu leiden haben.

»… und wir wollen den Klimawandel aufhalten.« Diese Formulierung klang weniger – wie hatte Stefan es genannt – defätistisch? »Abfall gibt es nicht, es gibt nur Rohstoff, alles lässt sich wiederverwenden, sogar alter Straßenbelag oder Rinderkot. Wir suchen nach technischen Lösungen, um das zu schaffen. Dann messen wir Schadstoffe im Boden, im Wasser oder der Luft und analysieren, was für uns und für Pflanzen und Tiere schädlich ist, und wie wir es da herausbekommen. Schließlich helfen wir Unternehmen dabei, innerhalb dieser sehr komplexen Systeme ihre Produkte herzustellen.«

»Macht Ihnen diese Arbeit Spaß? Oder ist das nur frustrierend?«

Johannas Hand mit dem Ei auf dem Löffel zum Munde erstarrte in der Bewegung. Wieso fragten junge Leute so direkt, dass einem kaum Platz zum Ausweichen blieb?

Sie musste lachen. »Ja und nein. Je mehr man weiß, desto mehr Probleme sieht man überall, die nicht erst heute entstehen, sondern auch aus der Vergangenheit resultieren. Das bringt unsere Wirtschaftsweise mit sich.« Den Begriff Kapitalismus an dieser Stelle zu gebrauchen, verbot sie sich. Einerseits wollte sie sich nicht nachsagen lassen, die Kinder ihrer Auftraggeber zu indoktrinieren, andererseits hatte es die angeblich sozialistische Gesellschaft der Sowjetunion ähnlich gemacht wie die Kapitalisten, und die sich kommunistisch nennende Partei Chinas folgte dem gleichen Modell. »Je mehr man über chemische und physikalische Zusammenhänge weiß«, fuhr Johanna fort, »desto mehr Lösungen lassen sich finden.«

»Man kann aber auch die Augen zumachen, so wie meine Mutter, und sich die Ohren zuhalten …«

»So? Tut sie das?« Johanna würde sich jedweder Äußerung über die Familie enthalten. »Das ist schade. Und wieso hat dein Vater mich dann engagiert?«

»Sie kennt nur ihre Gäste, die sollen sich wohlfühlen …«

»Das ist doch sehr … lobenswert.«

»Ja, aber brauchen sie dazu täglich frische Handtücher? Drei pro Person? Ich musste ihr biologisch abbaubares Waschmittel geradezu aufdrängen. Die Putzmittel sind sämtlich Gift. Sie macht sich auch keine Gedanken darüber, wie es bei uns auf dem Land mit der Kanalisation aussieht. Entweder Sickergruben oder lecke Rohrleitungen. Unsere Regierung wurde vom europäischen Gerichtshof bereits dafür verurteilt.«

Johanna musste von dem Thema wegkommen, denn wenn die Tochter ihre Argumente gegen die Mutter verwendete, waren ihre Tage hier gezählt, noch bevor sie ihre Arbeit aufgenommen hatte.

»Das Umweltthema interessiert dich sehr? Das ist gut, aber wir starten gleich, dann zeigst du mir alles und kannst deine Vorschläge machen. Ich würde mich freuen, wenn du uns in den nächsten Tagen begleitest, während ich so etwas wie eine Bestandsaufnahme von eurem Weingut mache. Dein Vater hört bestimmt auf dich.«

»Der soll auf Sie hören. Auf mich hört er nur heimlich, weil meine Mutter sonst Theater macht.«

Kaum war das Frühstück beendet, zog Johanna ihre junge Studentin mit auf den Balkon des Frühstücksraums. »Hast du mal ausgerechnet, wie groß die gesamte Dachfläche eurer Quinta ist, wie viele Quadratmeter es sind? Hast du mittags mal die Dachpfannen angefasst?«

Joana sah sie verstört an. »Was wollen Sie damit sagen?«

»Licht ist Energie und auch Wärme. In Deutschland haben sie Atomkraftwerke gebaut, um beides zu erzeugen. Bei eurem Wetter habt ihr ganz andere Möglichkeiten. Wärme lässt sich in Kälte verwandeln und Licht in Energie, um zum Beispiel den Wein zu kühlen, die Keller mit Ventilatoren zu belüften, Pumpen anzutreiben und die Batterien von Elektroautos aufzuladen. Deiner Mutter wird es sicher gefallen, wenn eure Anlage tagsüber die Energie aufnimmt, die ihr dann abends euren Gästen zur Verfügung stellt, um Musik zu machen und den Pool von innen zu beleuchten.« So gab sie Joana ein Argument, die Mutter auf ihre Seite zu ziehen. »Es gibt bereits Kläranlagen, die mehr Energie erzeugen als sie verbrauchen, doch euch würde ich eine biologische Kläranlage über ein Teichsystem empfehlen. Ihr habt sicher genügend eigenen Grund und Boden.«

»Dreißig Hektar Wein und zehn Hektar Wald und Brachland und dann das Grundstück hier. Aber was soll ich jetzt tun, die Dachfläche ausrechnen?«

»Genau. Sie kann mit Kollektoren und Solarzellen bestückt werden. Und in Zukunft betreibt ihr das Weingut sowohl mit Solarthermie – dadurch gewinnt ihr warmes Wasser für die Gäste und die Küche – als auch mit Photovoltaik für den Strom. Ihr besitzt eine riesige Fläche und nutzt sie nicht.«

Joana seufzte und verzog die Lippen. »Da wird Mama nicht mitmachen. Die will nichts ändern, niemals. Früher ging's auch so, sagt sie immer.«

»Man muss es trotzdem versuchen«, meinte Johanna und wandte sich ab, damit das junge Mädchen nicht sah, dass sie sich auf die Lippen biss. Was sollte man versuchen? Was versuchen, wenn man selbst nicht mehr daran glaubte? Was predigte sie hier für Unsinn?

»Ich finde es sehr schön, dass mein Vater Sie zu uns eingeladen hat. Vielleicht schaffen wir es ja gemeinsam, meine Mutter zu überzeugen. Am besten geht es mit Geld. Man muss ihr vorrechnen, wie viel man mit den Maßnahmen sparen kann.«

Unten vor dem Gästehaus war Flávio dos Santos erschienen, um Johanna für den Rundgang abzuholen, und seine Tochter winkte ihm zu. So gut sich die beiden verstanden, so konfliktreich war die Beziehung Joanas zur Mutter. Und Johanna glaubte nicht, dass ihr Wort der Frau gegenüber irgendetwas bewegen würde.

Das als Weingut genutzte Grundstück glich einem Rechteck, das auf einem nach Nordwesten ansteigenden Plateau angelegt war. Links davon hatte Johanna gestern ihren Wagen abgestellt. Vorn, an der Schmalseite des Rechtecks mit dem barocken Portal, stand ein einstöckiges Bürogebäude, dessen größter Raum auch für Weinproben und Seminare genutzt wurde. Rechts daneben, durch eine Pergola getrennt, erhob sich das zweigeschossige Wohnhaus der Familie, strahlend weiß die Wände, in sattem Gelb die Absätze und Simse. Im Garten, der den Gästen nicht offen stand, plätscherte ein alter Springbrunnen, rann das Wasser über mehrere Stufen in ein tiefes Becken. Hohe Hecken und Laubbäume dienten als Sichtblenden und trennten die Kellerei vom touristischen Bereich.

»Das wollten wir strikt auseinanderhalten«, erklärte Flávio dos Santos. »Zum einen brauchen wir unseren privaten Raum, zum anderen wollen wir die Gäste aus der Produktion heraushalten, außer bei Führungen. Niemand soll über einen Schlauch stolpern, und wir müssen für den Rest seines Lebens Rente zahlen. Außerdem wird man dann bei der Arbeit nicht abgelenkt.«

»Sie müssen wissen«, fügte Joana hinzu, »Mama und Papa haben ihre Bereiche strikt voneinander getrennt. So kann sie ihm auch vorwerfen«, raunte sie Johanna zu, als sie ein wenig zurückblieben, »dass sie mit ihren Gästen sein Weingut am Leben erhält.«

Das kann ja heiter werden, dachte Johanna; zuerst hört sich alles so vielversprechend an, hinterher sieht's anders aus. Aber jetzt war sie hier und musste mit den Verhältnissen klarkommen, mit den Wölfen heulen. Da war ihr der Anblick der Landmaschinen unter dem Dach der Remise lieber: das Förderband, mit dem die Gärtanks befüllt wurden, der schmalspurige Traktor mit dem Spritzgebläse oder die Abbeermaschine. Es waren vertraute Maschinen, deren Funktion sich ihr sofort erschloss.

Nicht anders erging es ihr mit den Gärtanks, der größte Edelstahlzylinder fasste bis zu zehntausend Liter, der kleinste rund fünfhundert. Gegenüber stand die Reihe der mächtigen Holzfässer, in denen der Wein nach der Gärung reifte. Sie waren seit Jahrzehnten in Gebrauch.

»Die kleinen Barriques tauschen wir selten aus, anders als die Franzosen, wir wollen eine langsame Oxidation des Weins und keinen Holzgeschmack«, wie Flávio dos Santos erklärte. Er ging voran in den weitläufigen Keller.

Die kleineren Barriques lagen in Reihen, jeweils zwei einander gegenüber. Die gegenüberliegende Wand war geschlossen, jedoch in gemauerte Tanks unterteilt und innen mit Epoxid-Harz ausgekleidet.

Auch Joana steuerte ihr Wissen bei: »Viele Kellereien haben diese Tanks abgerissen, wir hingegen nutzen sie weiter. Der Wein behält darin mehr Frische, und es herrscht eine andere Thermik. Der Wein kommt zur Ruhe, die Schwebeteilchen setzen sich ab, und wir brauchen ihn nicht zu filtern.« Mit einem kurzen Seitenblick versicherte sie sich bei ihrem Vater, dass sie auch in seinem Sinn gesprochen hatte.

»Das wird für Sie, Johanna, sicher kein Neuland sein.« Flávio dos Santos stieß das Tor der seitlichen Einfahrt auf. »Aber mit unseren Rebsorten dürften Sie kaum vertraut sein.

Das können wir schnell ändern.« Er wies auf das Panorama der Weinberge, das sich vor ihnen öffnete. Von der Landstraße und der Zufahrt aus waren die Rebanlagen nicht zu sehen gewesen, jetzt stand Johanna vor einem grünblättrigen Meer. Die Rebzeilen begannen direkt zu ihren Füßen, zogen sich ins Tal hinab, stiegen am jenseitigen Hang wieder hinauf und erstreckten sich auch nach Osten über die Hügel.

Johanna wies ins Tal. »Wo haben Sie Ihre nächsten Nachbarn? Dort unten wird es einen Bach geben …«

»Ja, jetzt ist er leider ausgetrocknet …«

»… dort ließe sich die biologische Kläranlage einrichten. Sie wäre von zwei Kellereien zu nutzen, so könnten Kosten eingespart werden. Sie müssten dazu allerdings das gesamte Gut, auch den Gästebetrieb, auf Bio umstellen. Bei einem der besten Winzer Italiens, bei Angelo Gaja im Piemont, habe ich eine derartige Anlage in Betrieb gesehen. Er wird Sie sicher gern herumführen.«

Das war im Moment nicht Flávio dos Santos' Thema. »Wer keine Feinde hat, hat Nachbarn!« Er grinste seine Tochter vielsagend an.

»Das können Sie nicht verstehen«, wandte das Mädchen sich an Johanna. »Erstens haben wir auf dieser Seite keine direkten Nachbarn, und zweitens kann man mit denen auf der anderen Seite nichts anfangen. Die Besitzer sind alt, sie wollen keine Veränderungen, und die Söhne haben das Wort Zusammenarbeit noch nie gehört. Die leihen uns nicht mal ne Schippe.«

»Man gelangt zu dem Eindruck, dass sie auf der Quinta da Fonte sogar gegeneinander arbeiten, zumindest die beiden Brüder.«

Dos Santos winkte ab: »Der eine, Paulo, erscheint mir ziemlich lustlos, Pedro, der Ältere, macht irgendwas in Lissabon und kommt nur selten hier raus, und wenn, dann wird gestritten. Und was die Alten sagen, ist beiden egal. Und dann und wann tauchen auf der Quinta ein paar merkwürdige

Gestalten auf, aber wir kümmern uns nicht darum. Aber sehr zu unserem Erstaunen läuft der Laden, unsere Nachbarn verkaufen ihre Weine palettenweise, sogar bis nach Deutschland. Die kaufen sogar Wein dazu, ähnlich wie wir. Wir sehen die Spediteure, die Lkws, die den Wein abholen.«

»Und wie entsteht dann diese, wie Sie sagen, gute Qualität der Weine?« Schlecht geführte Betriebe, so Johannas Erfahrung, machten selten guten Wein.

Für dos Santos gab es mehrere Gründe: »Das liegt am Boden, an den guten Lagen, sie haben sehr viele alte Reben, und die bringen komplexere Weine hervor, vielschichtig, aromatisch. Ohne großes Zutun gelingt ihnen, was wir mit Mühe erreichen. Deren Trauben sind einfach genial. Sie haben als eine der Ersten begonnen, den Wein in Plastikschläuche abzufüllen, die sogenannte Bag-in-Box-Verpackung. Wir verzichten darauf. Qualität gehört meiner Meinung nach in Flaschen! Aber viele Weinhändler und deren Kunden fragen inzwischen danach.«

Johanna kannte diese Gebinde, sie erfreuten sich immer größerer Beliebtheit. »Ich halte diese Aufbewahrungsart nicht für falsch. Ich hätte es Ihnen im Rahmen meiner Arbeit vorgeschlagen. Man spart Arbeitsschritte durch Drei-, Fünf- und Zehn-Liter-Gebinde und damit Energie, Transportgewicht, Raum auf dem Lkw und letztlich Kosten. Kommt es nicht darauf an, was in den Schläuchen drin ist? Soweit ich weiß, sind sie lebensmittelhygienisch, also geschmacksneutral, und einmal angebrochen, oxidiert der Wein nicht.«

»Wein, Dona Johanna, ist nicht nur ein Getränk.«

»Da hat meine Tochter recht«, sagte dos Santos, »aber um genau diese Fragen zu diskutieren, haben wir Sie hergebeten. Wein steht immer in einem kulturellen Zusammenhang. Eine Flasche zu öffnen oder an einem Plastikverschluss zu drehen, macht einen gewaltigen Unterschied. Die Flasche zu entkorken, wird zelebriert, man betrachtet das Etikett, spricht vielleicht über die Gelegenheit, bei der man die Flasche kaufte, von welchem Winzer sie stammt, der Jahrgang wird diskutiert, zumindest unter Experten …«

»… oder unter Leuten, die sich dafür halten«, unterbrach Joana vorlaut und verdrehte die Augen.

»Besonders wenn es sich um einen außergewöhnlichen, einen seltenen Tropfen handelt. Aber einen Pappkarton bei Tisch herumreichen? Niemals.«

»*Pai!* Du wolltest unsere Rebsorten erklären, oder soll ich das machen?«, unterbrach Joana ihren Vater. Ihr ging das alles offenbar zu langsam.

Dos Santos streckte den Arm aus und wies nach rechts. »Wir sind hier in der DOC-Region Arruda, einem kontrollierten Herkunftsgebiet, der Denominação de Origem Controlada. Daher sind wir an den hier zugelassenen Rebsortenspiegel gebunden. Unter uns im Tal wächst Tinta Roriz, in Spanien kennt man diese Rebsorte als Tempranillo. Wir nennen sie aber auch Aragonez. Weiter links haben wir Castelão, das wird Ihnen wenig sagen, und was sich dort drüben bis an den Waldrand hinaufzieht, ist Touriga Nacional. Cabernet Sauvignon pflanzen wir auch, nehmen ihn aber nur zum Verschneiden. Wir haben hauptsächlich lehm- und kalkhaltige Böden, dadurch fallen unsere Weine natürlich anders aus, als wenn sie im Sand wachsen, wie unten an der Küste bei Lissabon oder im Flusstal des Tejo mit seinen Schwemmböden. Zumindest bringt uns das atlantische Klima die nötige Frische. Die Weißen Sorten sind am Hang jenseits des Wäldchens, nach Norden und Westen ausgerichtet, sie brauchen am wenigsten Sonne. Rabo de Ovelha, Arinto und Fernão Pires sind bei uns zugelassen und noch etliche andere, deren Bedeutung ist für uns jedoch geringer. Wir werden das alles am Abend probieren, damit Sie eine geschmackliche Vorstellung gewinnen.«

Johanna hatte längst bemerkt, dass die Blätter der an den Rändern der Rebzeilen stehenden Weinstöcke braun verfärbt waren, dass dort Trauben hingen, die allesamt vertrocknet schienen, schwärzer als Rosinen. Trockenbeeren, aus denen man eine Auslese gewann, hatte sie anders in Erinnerung. »Sind die Trauben krank?«, fragte sie vorsichtig.

»Ja! Alle verbrannt. Ein Drittel unserer Trauben ist verbrannt. Wir hatten bis vor Kurzem eine Hitzewelle, drei Tage und drei Nächte über vierzig Grad. Angeblich stammte die Hitzewelle aus der Sahara.«

»Das erzählt man uns«, warf Joana ein, »damit wir uns nicht über den Klimawandel aufregen, damit die Aktionäre, die Autofahrer und Kreuzfahrtschiffe weiter so viel Dreck machen können wie bisher.«

»Vielleicht stimmt's ja mit der Sahara, aber das gab es hier noch nie.« Dos Santos wandte sich ein wenig peinlich berührt ab und ging ein Stück voraus.

Joana war stehen geblieben und hielt Johanna am Arm zurück. »Hinter dem Hügel stoßen übrigens unsere Weißweinflächen an die der Nachbarn, und deshalb gibt es immer Streit, seit Jahren, sogar vor Gericht. Mein Großvater erzählte, dass sie die Grenzsteine versetzt hätten.« Joanas Mimik sprach Bände. »Irgendwann tue ich diesem Paulo was an.«

Johanna sah dem Mädchen nach, wie sie ihrem Vater folgte und ihre Hand auf seine Schulter legte, als suchte sie Schutz. Da steckt mehr dahinter als nachbarlicher Streit, dachte Johanna und folgte den beiden.

Nicolas Hollmann

Für die Arbeit nicht geboren

Karin Vollmer hatte alle Mitarbeiter zu einer Art zweitem Frühstück auf die Terrasse vor dem Gästehaus gebeten, auch die Köchin, die Hausdame und den Gärtner, um gut Wetter zu machen. Nicolas hatte nicht damit gerechnet, mit offenen Armen empfangen zu werden, doch dass die Stimmung derart schlecht sein würde, hatte er nicht erwartet.

Nur zwei der Mitarbeiter kannte er noch aus der Zeit, als er Karin und Herbert Vollmer beim Kauf, dem Umbau und der Modernisierung der Quinta beraten hatte. Sein ursprünglicher Beruf als Architekt war dabei nützlich gewesen, er hatte diese Kenntnisse mit denen des Weinbaus und den Anforderungen an ein modernes Eventzentrum gut kombinieren können. Die Vollmers würden ihm bis ans Ende seiner Tage dankbar sein. Er hatte auch bei der Auswahl des Personals geholfen, war bei Einstellungsgesprächen dabei gewesen. Leider schien sich in den letzten beiden Jahren einiges verändert zu haben, besonders seit Eduardo Tavares, so der Name des neuen Kellermeisters, das Kommando übernommen hatte. Die gegenseitige Ablehnung war sofort spürbar.

Tavares hatte den Betrieb seinen Vorstellungen entsprechend umgemodelt. Inwieweit sie sich mit denen Herbert Vollmers deckten, würde Nicolas klären. Vollmer hatte sich zwar nicht direkt beklagt, doch bei ihren Telefonaten schwang stets ein Grundton der Unzufriedenheit und Kritik mit.

Tavares sei von ihr ausdrücklich darauf hingewiesen worden, so Karin Vollmer, dass Nicolas Hollmann ihren Mann vertreten und über alle Arbeitsabläufe mitbestimmen werde. Sie meinte, dass damit genug gesagt sei. Den heraufziehenden Konflikt um Kompetenzen übersah sie geflissentlich. Bislang war der Weinbau die Domäne ihres Mannes gewesen, und sie hatte sich überwiegend dem Weintourismus und ihren Events gewidmet.

Nicolas hatte bereits auf der Fahrt hierher darüber nachgedacht, welche Schwierigkeiten auf ihn zukamen. Er vermutete, dass Vollmer dem Kellermeister bislang zu viel freie Hand gelassen hatte, da er selbst kaum Weinverstand mitbrachte und alles für bare Münze nehmen musste, was sein wichtigster Mitarbeiter von sich gab. Außerdem, das machte den erneuten Einstieg für Nicolas schwieriger, wurde die Quinta da Lua hierarchisch geführt, während bei ihm auf der Quinta do Amanhecer Entscheidungen gemeinschaftlich getroffen wurden, falls nötig, nach längerem Ringen um Lösungen, die dann aber von allen getragen wurden. Das bedeutete, dass hier die Mitarbeiter auf Anweisungen, wenn nicht auf Befehle warteten und keine Eigeninitiative entwickelten.

Schon allein Tavares' Haltung signalisierte weder Neugier noch Interesse. Er war die Abwehr in Person. Er saß auf dem Stuhl wie der vorsitzende Richter, das dunkle Gesicht mit den scharfen Zügen finster, die Augen ein wenig zusammengekniffen. Die Arme waren abwehrend vor der Brust verschränkt, der Kopf zurückgebogen, als ginge ihn das alles nichts an. Seine Haltung schien seine Kollegen zu verunsichern, besonders die Sekretärin. Es gefiel Tavares nicht, auf den zweiten Platz verwiesen zu werden, denn Karin Vollmer machte deutlich, dass jede Anordnung von »Senhor Hollmann« zu befolgen sei, jeder Hinweis seine Berechtigung habe und jeder Rat ernst genommen werden müsse. Während sie über die Krankheit ihres Mannes sprach und über die Folgen für den Betrieb und Nicolas' Verdienste herausstellte, dachte er über eine Strategie nach, wie er den Kellermeister knacken könnte, wie Tavares zur Kooperation zu bewegen sei.

Doch vielleicht ging es gar nicht oder nicht nur um die Chefrolle. Vielleicht wollte sich Tavares einfach nicht in die Karten sehen lassen. Woher dieses Gefühl kam, wusste Nicolas nicht, aber er hatte sich, als er nach Portugal gekommen war und kein Wort verstanden hatte, gänzlich auf sein Gefühl verlassen müssen. Doch jetzt, zehn Jahre später, fühlte er sich einer solchen Herausforderung gewachsen. Mit Tavares würde er schon fertigwerden. Es gab nur zwei Möglichkeiten: entweder Kooperation oder Abfindung. Das war er dem Mann schuldig, der jetzt im Krankenhaus lag und einer gefährlichen Operation an der Wirbelsäule entgegensah. Wenn es schiefging, würde Herbert Vollmer gelähmt bleiben, ein Leben im Rollstuhl verbringen. Aus der Traum vom Weingut, und sein vieles Geld würde nicht in Weinberge investiert werden, sondern in Arzt- und Pflegekosten.

Was hatte Karin gerade gesagt? Dass er Autodidakt sei und über großartiges Wissen verfüge? Ein Fehler, der Tavares Oberwasser geben würde, ein gewaltiger Fehler. Das gab ihm, dem gelernten Weinbautechniker die Chance, Nicolas als Hobbywinzer abzutun. Aber hinter Tavares stand mehr, etwas, aus dem sich sein Selbstbewusstsein nährte. Als ehemaliger Sargento der Armee – das hatte Karin Nicolas erzählt – kannte Tavares nur Befehl und Gehorsam. Feldwebel – waren das nicht Männer, die Rekruten zusammenschissen und auf Kasernenhöfen herummarschieren ließen? Die Haltung eines Offiziers jedenfalls besaß er nicht. Tavares mochte etwas von Wein verstehen, technisch gesehen, und er konnte sicher einen Traktor in der Spur halten, möglich, dass er auch eine Kühlanlage reparieren konnte, aber er machte nicht den Eindruck, als liebte er die Reben, als respektierte und schätzte er sie, er sah sie nicht als seine Freunde.

Die Liebe zu den Reben hatte Nicolas der alte Otelo gelehrt, bis zu seinem Tod vor drei Jahren war er sein Lehrer gewesen, sein Freund, sein Meister und *Provador*, Probierer. Otelo hatte zuvor über Jahrzehnte den Charakter der Weine der Quinta do Amanhecer bestimmt, zusammen mit seinem Onkel Friedrich. Wieso denke ich jetzt an Otelo, fragte sich Nicolas, wo ich diesen Tavares vor mir habe? Otelo hatte ein gutes Gespür für Menschen gehabt, ein besseres als sein Onkel. Wie hätte er diese Situation eingeschätzt, wie hätte Otelo sich verhalten? Von Friedrich hatte er das Weingut übernommen, aber nicht mehr von ihm lernen können, er war bereits tot. Auch die Mitarbeiter der Quinta waren seine Lehrer gewesen. Die Arbeiter im Weinberg hatten ihm gezeigt, was Rebschnitt war, der Kellermeister wusste, wie lange ein Wein auf der Hefe zu liegen hatte, Otelo kannte sich mit dem Alkohol aus, mit dessen Zugabe sie die Gärung des Weins stoppten, damit es Portwein wurde.

Hier, in dieser neuen Situation, hätte Otelo ihm zur Besonnenheit geraten. Fragen stellen, das war die richtige Strategie. Wer fragt, der führt …

»Ich hoffe, Senhor Tavares, Sie werden mir alles zeigen, was nötig ist!«, sagte Nicolas neutral. »Sie stehen kurz vor der Lese, also beginnen wir im Weinberg. Zeigen Sie mir die Analysen hinsichtlich des Zuckers und der Säure, ich möchte wissen, wie die Kurven verlaufen. Bei der katastrophalen Hitze der letzten Wochen dürften die Säurewerte stark abfallen, dafür wird der Zucker sehr hoch sein, wir werden sehr alkoholische Weine bekommen. Dann werden wir uns den Grad der physiologischen Reife anschauen und gemeinsam den Lesezeitpunkt bestimmen. Die Lesehelfer sind bereits mit dem Weißwein beschäftigt? Ist es dieselbe Mannschaft wie in den Vorjahren?«

»Nein …«

»Aber Sie kennen die Leute?«

Das waren alles Fragen zu Verfahren, denen Tavares sich nicht verweigern durfte, vor allem nicht im Beisein seiner Chefin.

»Gehen wir!« Nicolas stand auf. »Das Frühstück ist beendet! Wir dürfen keine Zeit verlieren. Heute sind wir im Weinberg, morgen werde ich Senhor Vollmer im Hospital besuchen und ihm berichten. Übermorgen schauen wir uns die Keller an, wie weit alles für die Aufnahme der Trauben vorbereitet ist.« Wieder wandte er sich speziell an Tavares, der sich ein wenig Mühe gab, Zustimmung zu heucheln. »Ich hatte seinerzeit einen Lageplan sowie eine Liste der einzelnen Lagen angefertigt, auch mit Angaben zu den topografischen Gegebenheiten. Bitte, Senhor Tavares, nehmen Sie die Karte mit, damit wir die entsprechenden Einträge vornehmen.«

Nicolas winkte zwei Arbeiter zu sich, von denen er meinte, dass sie seinen Worten mit Interesse und Offenheit zugehört hatten. Einer von ihnen arbeitete im Weinberg, der andere unterstützte den Kellermeister. »Sie beide begleiten uns.« Er hoffte, dass sie den Mut besaßen, ihre Meinung zu sagen, auch wenn sie der von Tavares widersprach.

Karin Vollmer verabschiedete sich, sie sah sich bei dem Ausflug wenig hilfreich, »außerdem muss ich für übermorgen eine Veranstaltung mit vierzig Gästen vorbereiten«. Sie verschwand eilig mit der Köchin und der Hausdame im Seminarraum, während Nicolas Tavares ins Büro folgte.

Der nahm ihn beiseite. »Ich würde lieber zwei andere … Kollegen mitnehmen, die beiden sind noch nicht ganz eingearbeitet.«

»Das machen wir bei der nächsten Tour«, sagte Nicolas mit einem Lächeln. »Jeder kommt dran. Wie soll ich die Leute sonst kennenlernen? Hauptsache ist, dass Sie dabei sind. Vergessen Sie die Reagenzgläser und die Klebeetiketten nicht. Ich will von jeder Lage eine aktuelle Probe.«

Tavares kramte lange in den Schränken, bis er die Listen gefunden und hervorgeholt hatte. Er schien gar nicht damit zu arbeiten, was Nicolas selbst bei dreißig Hektar und zehn Rebsorten als unerlässlich erachtete.

Die Sekretärin war mit zittrigen Fingern bemüht, ein Klemmbrett zu finden. Sie schien sich zu fürchten, doch statt Nicolas anzusehen, suchte ihr Blick immer wieder den von Tavares, als müsste sie sich seiner Zustimmung versichern. Der Kellermeister aber tat so, als bemerke er es nicht. Ein Verhältnis hatten die beiden nicht miteinander, das war Nicolas klar, aber da lief irgendetwas anderes.

Keller und Büro: Er verfügte über den Wein und verpackte ihn, sie erfasste Bestände und rechnete ab. Nicolas nahm sich vor, schnellstmöglich eine Inventur machen zu lassen. Aber Vollmer und seiner Frau gegenüber würde er erst einmal nichts von seinem unguten Gefühl verlauten lassen. Herbert musste erst wiederhergestellt werden, und Karin hatte zusätzlich noch die Sorge um ihre Events.

Tavares fuhr, sie nahmen den Pick-up, der war bequem und geländegängig, und verließen die Quinta durch das westliche Tor. Sofort ging es bergab, aber hier war es nirgends so steil wie zu Hause am Rio Douro. Es ging auch schon mal heftig hinauf, sodass die Reifen in den Spurrillen durchdrehten und Steine gegen das Chassis prasselten. Zumindest hatte Tavares beim Militär das Fahren gelernt. Er wurde gesprächig und gab sich plötzlich überaus kooperativ. Die Region Lissabon sei in neun DOC-Gebiete aufgeteilt, erklärte er, und alle hätten unterschiedliche Rebsortenspiegel. Er beschrieb die jeweilige Lage, erläuterte, wie sich an diesem Hang die Rebsorte Trincadeira entwickle, an jenem Hügel die Castelão, zwei Rebsorten, die Nicolas gut kannte. So war es auch mit der Tinta Miúda, die in Spanien unter dem Namen Graciano bekannt war und hier hauptsächlich auf den kärgsten Böden angepflanzt wurde.

Die eingesetzten Spritzmittel erwähnte Tavares nicht, aber am tot gespritzten Bewuchs direkt unter den Stöcken zeigte sich, dass er Unkrautvernichter einsetzte, Glyphosat vermutlich, die entsprechenden Lieferantenrechnungen mussten in der Buchhaltung zu finden sein. Allem Anschein nach war Tavares zu faul, mit der Maschine zur mechanischen Unterstockpflege durch die Rebzeilen zu fahren. Der Schwund an Insekten war auch hier deutlich. Sicher arbeitete der Bayer-Konzern mit Monsanto längst daran, Drohnen für die künstliche Bestäubung in der Landwirtschaft zu entwickeln. Die Reben brauchten die Bienen nicht, die Zwitterblüten bestäubten sich selbst, aber für den Bewuchs zwischen den Rebzeilen und die Biodiversität waren sie unerlässlich.

»Wir verwenden Graciano hauptsächlich für die Weine, die nicht den DOC-Regeln entsprechen«, erklärte Tavares, dem Nicolas' Gedanken natürlich verborgen blieben. »Die bieten wir, wie andere auch, unter der Bezeichnung Vinho Regional Lisboa an.«

»Damit ist jetzt Schluss!«

Tavares blickte seinen Begleiter an, als hätte er einen Schwachsinnigen neben sich. »Was sagen Sie? Wir sollen die Weine nicht mehr verkaufen?«

»Mit Glyphosat ist jetzt Schluss, ich sehe, dass Sie es einsetzen. Das war so nicht geplant. Wir wollen Bayer nicht reich machen.«

»Und was sollen wir stattdessen machen?« Tavares kochte vor Wut.

»Bauen Sie an den Traktor einfach die Aufsätze für die mechanische Unterstockpflege an. Der Boden muss stärker angereichert werden, das sollten Sie bemerkt haben. Besorgen Sie eine Saatgutmischung für tiefe Durchwurzelung, die Böden hier enthalten viel Lehm, das heißt, sie sind verdichtet.« Nicolas wandte sich um und ging ein Stück weiter, während Tavares wütend Weinbeeren pflückte und sie in die Reagenzgläser stopfte.

Die Tinta Roriz erkannte Nicolas am tief gebuchteten und dem spitz gezackten Blatt, bei der Touriga Nacional überlappten sich die Teile nicht, und die Zacken waren runder, die Traube selbst kürzer und kompakter. Beides waren Edelreben, Nicolas kannte sie aus eigener Produktion. Doch wie sie in diesem Hügelland geschmacklich ausfielen, gewachsen auf kalkhaltigem Lehm, ob sie hier mehr Farbe lieferten und wie sich Touriga Nacional bei der Alterung verhielt, war ihm unbekannt. Seine Reben wuchsen auf verwittertem Schiefer. Nicolas brach eine Beere auf und betrachtete den Kern. Er war noch zu grün, was auf die ungenügende physiologische Reife hindeutete, auch löste er sich nicht vom Fruchtfleisch. Dann probierte er die Beere. Eine Woche noch – vermutete er.

Der Zustand der Rebanlagen hätte deutlich besser sein müssen, Nicolas würde mit Vollmer ein ernstes Wort reden, wenn er wieder gesund war. Er brauchte dringend einen versierten und engagierten Önologen, der die Weinberge wirklich in Schuss hielt und mit dem Herzen dabei war. Sein Freund Carlos wäre der richtige Mann gewesen, aber der hatte jetzt einen Job.

Es gab andere Weinberge, wie an dieser Weggabelung, die Nicolas' Vorstellungen weitaus mehr entsprachen. Daran hätte Tavares sich ein Beispiel nehmen sollen. Sie waren gepflegt und sauber, die tragenden Ruten gut aufgebunden, die Zwischenräume gleichmäßig bewachsen, obwohl die Gräser längst vertrocknet waren. Der Unterschied war offensichtlich. Das musste auch Tavares auffallen. Wahrscheinlich war es ihm gleichgültig und er für die Arbeit nicht geboren, um nicht zu sagen faul.

»Wem gehören diese Flächen?« Sie standen an einem nördlich ausgerichteten Weinberg, die beste Lage für Weißwein. Nicolas konnte vom Ansehen der Blätter und der breit gewachsenen Traube nicht auf die Rebsorte schließen.

Aber Tavares wusste Bescheid. »Es ist Fernão Pires, die bei uns am weitesten verbreitete Weißweinsorte«, gab er in einer Mischung aus Triumph und Arroganz von sich.

»Wer ist Besitzer dieser Rebstöcke, wer arbeitet hier?« Es musste Tavares klar sein, dass Nicolas diese Frage wiederholen würde. Wenn er den Unterschied zwischen den Weinbergen nicht bemerkte, sollte der ehemalige Feldwebel besser auf den Kasernenhof zurückkehren.

Unwillig antwortete er, wohl wissend, worauf Nicolas hinauswollte. »Genau weiß ich es nicht, es könnte die Quinta da Joana oder die Quinta da Fonte sein, die gehört der Familie Oliveira.«

»Was sind das für Leute, die Oliveiras? Gibt's da Möglichkeiten zur Kooperation?«

»Nein, hier werkelt jeder für sich.«

»Kennen Sie die Familie?«

»Nein.«

Wieso glaubte ihm Nicolas nicht? »Aber die werkeln anscheinend recht gut«, meinte er, eine der Zeilen abschreitend. »Betreibt inzwischen hier jemand Bioweinbau?«

Tavares stieß verächtlich die Luft aus. »Man muss sich mit dem modernen Kram ja nicht lächerlich machen. Wo ist der Unterschied? Im Geschmack bestimmt nicht. Kein Mensch gibt einen Euro mehr aus, nur weil Bio auf dem Etikett steht. Das mit dem Klimawandel ist sowieso Unsinn! Den hat diese englische Premierministerin Maggie Thatcher erfunden. Die wollte damals mit der sauberen Atomkraft die starken Kohlegewerkschaften niederkämpfen. Außerdem finden sich immer Wissenschaftler, die für jede irrige These Beweise finden. Für Geld kriegt man alles.«

Soweit Nicolas sich erinnerte, hatten die Briten den ersten Reaktor bereits in den Fünfzigerjahren ans Netz geklemmt, da hatte noch nie jemand von der Eisernen Lady gehört. Er ist dumm, dachte Nicolas, statt mich zu testen, meine Position zu erfragen und mir dann nach dem Munde zu reden, vertieft er die Gräben. Wieso fühlt er sich so stark? »Mehr und mehr Winzer stellen ihre Methoden um, allein um das Klima zu schonen, dem Boden wiederzugeben, was man ihm mit der Chemie genommen und angetan hat. Man muss den Boden sozusagen reanimieren. Und wenn ich in die Runde

schaue …«, Nicolas ließ den Blick über das Tal und die gegenüberliegenden Hügel schweifen, drei, vier Kilometer allemal,
nichts als Eukalyptus, Kiefern, einige Eichen, »dann nenne
ich das eine ungesunde Monokultur.«

»Das sieht doch in allen Weinbaugebieten ähnlich aus!
Wir sind mit dem, was der Boden uns gibt, vollauf zufrieden.
Und was Sie herablassend Monokultur schimpfen, lässt uns
wirtschaftlich arbeiten. Für uns ist das hier kein Hobby.«
Wieder trat der verächtliche Zug um Tavares' Mund. »Wir
müssen schließlich Geld verdienen!« Er sagte es in einer
Weise, als würde Nicolas sein doppelt so großes Weingut als
Spielerei ansehen. »Auch die von der Quinta da Joana faseln
neuerdings davon, dass sie umstellen wollen – hört man zumindest in der Gegend. Sollen sie die Mode mitmachen,
meinen Segen haben sie. Wir hätten einen Konkurrenten
weniger.« Er lachte hässlich. »Ganz anders die Familie Oliveira, unsere direkten Nachbarn, sie machen großartige
Weine, ganz kommerziell eben, sehr engagiert und technisch
innovativ, die sind ein wenig größer als wir, kaufen sogar
noch Trauben dazu.«

Also hatte er doch Kontakt zu den Nachbarn! Warum log
Tavares ihn ständig an? »Sehr engagiert und technisch innovativ« – das waren die üblichen, viel genutzten Phrasen der
Weingüter, fehlte nur noch, dass sie »der Tradition verpflichtet« waren. Und auf der Titelseite des Prospekts der Quinta
stand die ganze glückliche Winzerfamilie (mindestens drei
Generationen) vor dem Portal des Hauses und strahlte. Das
war es, was Nicolas hier erlebt hatte, eben weil er genau hin-
sah.

Tavares kam in Fahrt. »Es gibt immer wieder Hitzeperioden wie in diesem Jahr. Der Klimawandel ist eine Erfindung
von Wissenschaftlern, die sich Arbeitsplätze geschaffen haben. Eine ganze Industrie lebt davon, mit Expeditionen,
Kongressen, Treffen auf der ganzen Welt, da werden immer
neue Klimamodelle entwickelt, und wir müssen den Mist

bezahlen, Sie und ich!« Sein Blick heischte um Zustimmung. »Zu viele Faktoren bestimmen das komplexe energetische Zusammenspiel von Sonnenstrahlung, Atmosphäre, Landfläche und Ozeanen. Diese Faktoren sind kaum bekannt, alles nur Annahmen. Kosmische Strahlungen wirken auf den Wasserdampfgehalt der Atmosphäre ein, und der Meeresspiegel steigt, weil sich die Erdplatten langsam verschieben. Daran liegt's. Ja, ich habe mich intensiv mit diesen Fragen beschäftigt.«

Dummerweise hat er die falschen Lehrbücher gelesen, dachte Nicolas. Wahrscheinlich hat er seine Verschwörungstheorien aus dem Internet direkt ins Gehirn runtergeladen. »Ja, zu diesem Thema gibt es die merkwürdigsten Ansichten«, sagte er vieldeutig, weil es ihm zu dumm war, sich mit Tavares über ernste Fragen auseinanderzusetzen. »Wir fahren zurück, wir werden uns jetzt mit dem technischen Teil der Lese befassen.« Tavares würde ihn hassen, das wusste Nicolas, erst recht, wenn er sich die einzelnen Personen der Lesemannschaft vornehmen würde. Ihn hatte da nämlich ein bestimmter Verdacht beschlichen.

Während des Mittagessens mit Karin Vollmer vermied Nicolas jede Andeutung auf das am Vormittag Erlebte. Der Zustand der Kellerei war ausreichend bis befriedigend, er würde versuchen, durch seinen Einfluss das Niveau noch in diesem Herbst auf gut anzuheben. Aber der offensichtlich bessere Zustand der nachbarlichen Weinberge beschäftigte ihn doch, und so steuerte er vorsichtig auf das Thema zu.

Karin Vollmer hatte kurz nach dem Kauf der Quinta Kontakt zu den dos Santos' von der Quinta da Joana aufgenommen, ihn aber nicht ausgebaut. Die Quinta da Fonte lag näher, aber auch der Kontakt zur Familie Oliveira beschränkte sich auf eine knappe Begrüßung, wenn man sich zufällig begegnete, die von den Söhnen ignoriert und nur widerwillig von dem alten Ehepaar erwidert wurde, das sich für die neuen deutschen Nachbarn so gut wie gar nicht interessierte. Einer der Söhne, so war ihr hinterbracht worden, habe geäußert, dass reiche Ausländer portugiesische Ländereien aufkauften, ihnen das Land wegnahmen, »nur um ihren Spaß zu haben«.

»Da war anfangs auch die sprachliche Hürde«, das habe für Karin Vollmer die Kontaktaufnahme erschwert, »und später gab es keinen Anlass mehr für irgendwelche Gespräche. Es gab mal ein Wegeproblem, aber das konnte Tavares für uns lösen.«

Die Rebflächen der Nachbarn beschrieb Nicolas als deutlich besser gepflegt. »Sieht aus, als verstünden sie wirklich was vom Weinbau. Daher wundert es mich, dass sie sich abschotten. Bio ist bei denen nicht angesagt?«

»Das macht hier in der Gegend kaum jemand. Ob sich der eine oder andere Winzer mit derartigen Plänen trägt, kann ich nicht sagen.«

»Und ihr, habt ihr das irgendwann vor?«

Karin lachte. »Wir müssen erst einmal mit konventionellem Weinbau erfolgreich sein, und zuallererst muss Herbert gesund werden; ich bin froh, wenn ich meinen Laden hier am Laufen halte. Alles andere überlasse ich lieber dir. Zur Quinta da Joana, mit ihnen teilen wir auch die Zufahrt, hat sich leider ein gewisses Konkurrenzverhältnis eingeschlichen«, gestand sie, fast ein wenig kleinlaut, »da auf ihrer Quinta schon mal das eine oder andere Event stattfindet, allerdings nicht in der bei uns praktizierten Größenordnung.«

Es war für Nicolas unverständlich, dass man nicht zusammenarbeitete, sich unterstützte und gegenseitig beriet. Das war am Rio Douro anders, wenn er an die dortigen Zusammenschlüsse von Winzern dachte. Vielleicht schuf die Nähe zur Großstadt mehr Distanz, strahlte die Individualisierung bis hierher aus, sodass jeder Produzent oder Veranstalter glaubte, sein Geschäft allein nach vorn bringen zu können. Es war ihm rätselhaft, dass es sich nicht längst herumgesprochen hatte, dass Modelle, die auf Kooperation beruhten, für alle Beteiligten zu besseren Ergebnissen führten. Und das betraf nicht nur die Wirtschaft.

»Mit den Betreibern der Quinta da Fonte verbindet uns rein gar nichts«, wiederholte Karin Vollmer, »obwohl deren Ländereien direkt an unsere grenzen. Die Alten leben total abgeschottet, und Sohn Paulo macht aus allem ein Geheimnis, er hat Herbert quasi vom Hof gejagt.« Karin Vollmer rührte sinnierend in ihrem Kaffee. »Das ist eine alteingesessene Familie – sie haben nach und nach Land verkauft, vielmehr verkaufen müssen, wie es heißt. Die *fonte*, die Quelle, nach der das Weingut benannt wurde, ist längst versiegt. Herbert hat den Eindruck, sie wären nicht in der Lage, sich auf neue Zeiten und entsprechende Anforderungen einzulassen. Ihren Wein habe ich bislang nicht probiert. Geh du mal vorbei, Nico, einfach so, verschaff dir selbst einen Eindruck. Aber erwähne besser nicht, dass du von hier kommst.«

Nicolas nahm es nicht so ernst, er lachte. »Ich werde mich als Kunde ausgeben.« Er versprach, bei sich bietender Gelegenheit das Gespräch mit Paulo Oliveira zu suchen.

Von seinem grundsätzlichen Misstrauen gegenüber Tavares ließ er nichts durchblicken, und für den Nachmittag entschuldigte er sich, ohne einen Grund zu nennen. Er wollte die Quinta do Monte d'Oiro besuchen, er wollte es so machen wie damals, als er selbst mit dem Wein begonnen hatte.

Damals hatte er sämtliche Weingüter der Umgebung aufgesucht, mit den Besitzern, mit Kellermeistern und Önologen gesprochen, hatte die riesige Fachbibliothek seines Onkels nutzen können, der wie er Autodidakt gewesen war. Mit seinem Freund Carlos, dem studierten Önologen, hatte er nächtelang diskutiert und sich durch die Portweine und die Stillweinproduktion des Rio Douro probiert. »Die Leber wächst mit ihren Aufgaben«, war Carlos' Motto. Besonders unterhaltsam war es, wenn der »olle Happe«, sein bester Freund aus Berlin, kam, was er häufig tat, und sei es nur für ein Brückenwochenende. Sein ökologischer Fußabdruck wuchs sich mittlerweile zur Katastrophe aus. »Was wir an Gift im Weinbau sparen, verballerst du mit deinen Flugzeugen.«

»Ob ich nun mitfliege – bei weltweit zweihunderttausend Flugbewegungen am Tag –, ist sowieso egal, einer von fünfzig Millionen Passagieren zu sein. Die hält der stärkste Planet nicht aus; das Ding ist sowieso gelaufen, glaub mir, deshalb lass uns einen trinken!« Dafür fand Happe immer einen Grund. Er hatte es als Einziger geschafft, eine gute Anstellung in ihrem ursprünglichen Beruf als Architekt zu finden. Nicolas spürte, dass etwas wie Heimweh in ihm aufkeimte, dabei war er nicht einmal einen halben Tag von zu Hause fort.

Hier in der Region Lissabon wehte ein anderer Wind, saß man näher aufeinander, meinte, sich abgrenzen zu müssen, und schien weniger gelassen. Etwas hatte sich seit seiner ersten Zeit hier verändert, musste sich grundsätzlich gewandelt haben. War es die fehlende Aufbruchsstimmung? Fehlte das Neue, das alle Beteiligten in Euphorie versetzt hatte? War es Herbert Vollmers Krankheit oder Karins Sorge, der neuen Aufgabe nicht gewachsen zu sein? Dazu verströmte Tavares seinen unguten Geist. Nicolas hatte zugestimmt, zu helfen, und er war nicht der Mensch, der ein Versprechen brach, also konnte er nicht zurück. Sah er zu schwarz? Dabei hatte er schon ganz andere Situationen gemeistert, jedoch nicht ohne Blessuren davonzutragen.

Er richtete sich nach dem Navi, denn ohne dieses Gerät wäre er bei den verschlungenen Landstraßen, die scheinbar zweimal um denselben Hügel führten – einmal vorn herum, einmal hinten vorbei –, verloren gewesen. Das erste Dorf der weißen Häuser war Carnota, dann ging es weiter über Estalagem auf der N9 nach Merceana, wo er rechts nach Freixial de Cima abbog. Einige Serpentinen, dann Wald, brach liegende Felder und weiter hinten Windräder, schließlich eine Brücke, auf der ihm der Überlandbus, der selten fuhr, entgegenkam.

Die schmale Straße hinauf nach Monte d'Oiro war vor der örtlichen Kneipe fast zugeparkt, eine Frau fegte den Gehweg mit einem Reiserbesen, und der Hund, der ihr zusah, trottete nur langsam zur Seite, wo er sich – vom Ausruhen überanstrengt – in den Sand fallen ließ.

Der Gegensprechanlage vertraute Nicolas seine Wünsche an, und nachdem man ihn mittels Kamera beäugt hatte, rollte das schwere Eisentor zur Seite. Auf dem Parkplatz standen einige Bäume, in deren Schatten er den Wagen parken konnte. Die größte Hitze war vorüber, es ging auf sechzehn Uhr zu, und das Licht wurde wärmer, ließ die weißen Fassaden der Quinta zwar noch strahlen, doch man konnte die spätbarocken Gebäude in dem großzügig angelegten Areal betrachten, ohne geblendet zu sein.

Nicolas hatte dieses Weingut ausgewählt, da die Weine zum einen ausgezeichnet sein sollten, zum anderen wurden sie biologisch erzeugt: kein Kunstdünger, Begrünung der Rebzeilen, was ein Habitat für Insekten und wichtige Bakterien über und im Boden schuf. Hinzu kam die Stärkung der Pflanzen statt der Behandlung mit Pestiziden, ein Begriff, den die Chemieindustrie tunlichst vermied und stattdessen von Pflanzenschutz sprach. Nicolas ging einen Schritt weiter und sprach von Agrogiften, den *agrotóxicos*. Das einzige Problem war Mehltau, der falsche sowohl wie der echte. Da halfen auch im Bioweinbau nur kupferhaltige Mittel und Schwefelbrühe, doch wenn die Pilze die Pflanze befallen hatten, war der Kampf so gut wie verloren. Hier in diesen Breiten war der Kampf leichter zu führen, denn das trocken warme Klima behinderte die Ausbreitung der Sporen, hinderlich hingegen waren der feuchte Wind und Nebel vom Atlantik her. Doch wenn die Rebzeilen ausreichend belüftet waren, die Stöcke nicht zu eng standen, so wie hier – das sah

Nicolas auf den ersten Blick –, trocknete der Wind die Reben rasch, und es ließ sich relativ giftfrei arbeiten – relativ eben, aber ganz ohne ging es nicht. Wenn er sich vor Augen führte, dass im europäischen Weinbau jährlich neunzigtausend Tonnen Schädlingsbekämpfungsmittel eingesetzt wurden, konnte einem jedoch die Lust am Wein vergehen.

José Bento dos Santos, nicht mit den dos Santos der nachbarlichen Quinta da Joana verwandt, war die Lust nicht vergangen, im Gegenteil. Der ehemalige Präsident der Internationalen Akademie der Gastronomie ließ seine Weine eigens als Begleiter für ein gutes Essen kreieren.

»Nachdem er die Quinta 1986 gekauft hatte«, erklärte die junge Önologin, Graça Gonçalves, die Nicolas herumführte, »ließ unser Chef die Böden analysieren und je nach Ergebnis die entsprechenden Rebsorten pflanzen.«

Sie waren unter einem Dach am Rande eines Abhangs stehen geblieben, von dem aus man einen Großteil der vierundzwanzig bestockten Hektar überblicken konnte. Durch unterschiedliche Führung der Rebzeilen, mal schräg, mal gerade den jenseitigen Hang hinauflaufend oder quer dazu, ließen sich die einzelnen Parzellen unterscheiden.

»Hier wachsen sowohl die klassischen portugiesischen Rebsorten wie auch seit fünfzehn Jahren französische, es sind Viognier, Petit Verdot und Syrah. Letzteres ist dos Santos' Lieblingsrebe. Wir haben zehn gänzlich unterschiedliche Flurstücke, und jeder Shiraz oder Syrah fällt anders aus.«

Für Nicolas war es bei der Beurteilung einer Quinta wichtig, wie hoch die Erträge je Hektar waren. Hohe Erträge bedeuteten viel Wasser in den Trauben, damit einen verwässerten Extrakt und damit die Menge der nicht flüchtigen Substanzen. Sie waren auch ein Indiz für Massenweine. Dagegen waren niedrige Erträge eine Voraussetzung für Qualität. Hier lag die Quinta Monte d'Oiro mit drei- bis fünftausend Kilo auf dem gleichen Niveau wie sein Weingut am Rio Douro. Vielleicht würde ihm die Weinprobe einen Hinweis geben, was aus Vollmers Weinen herauszuholen war – doch kaum mit dem gegenwärtigen Kellermeister.

Francisco, der Sohn des Besitzers, hatte die Leitung der Quinta übernommen. Der Mittvierziger war ein angenehmer Mensch und schien Freude an der Arbeit zu haben. Nicolas wusste es sehr zu schätzen, wenn man sich auf einer Ebene traf, sowohl in Bezug auf fachliches Wissen wie geschäftliche Belange. Die Weinprobe arrangierte Francisco selbst in der ehemaligen Scheune, zum Vortragssaal und Verkostungsraum umgebaut. Für die sechs Weine, die er ausgesucht hatte, sowie die sechs Gläser reichte ein kleiner Tisch. Die lange Tafel blieb an diesem Tag ungenutzt wie auch der riesige offene Kamin an der Stirnseite, groß genug, um über offenem Feuer eine Ziege zu braten, für einen Ochsen jedoch ein wenig zu klein.

Wie üblich wurde mit einem Weißwein begonnen, einem Verschnitt aus den französischen Reben Viognier und Marsanne mit der portugiesischen Traube Arinto. Ein gelungener Wein, typisch für die südeuropäischen Weißen, nichts Dünnes und Saures, stattdessen Volumen, Struktur und mit fruchtigen Aromen. Erstaunlich deutlich war die Säure bei der hier herrschenden Sommerhitze.

»Die bringt uns der nahe Atlantik«, so der Winzer.

Das hörte Nicolas hier immer wieder, und er erinnerte sich an die Herbstnebel, die der Wind vom Meer bis weit ins Hinterland trug. Die Viognier Reserva war klar akzentuierter, elegant und fein und dabei sehr gehaltvoll mit einem Geschmack, der lange im Mund blieb. Die Hälfte des Weins war sechs Monate im großen Holzfass gereift, hatte sich ganz allmählich durch die Poren des Holzes mit Sauerstoff angereichert, und die Trauben stammten von der besten Parzelle der Quinta. Er wirkte voller und kräftiger als der vorherige. Es freute Nicolas immer, wenn er auf Winzer traf, die ihr Handwerk verstanden.

Der Syrah erinnerte tatsächlich an französische Weine, so

wie Nicolas sie kannte, sicher auch, weil der Geschmack des Barriques (dreißig Prozent reiften im neuen Holz) deutlich war. Die leichtere Note kam daher, dass ein kleiner Teil eines Weißweins hinzugegeben worden war, eine ungewöhnliche Methode, die Nicolas nur vom Chianti her kannte. Am besten gefiel ihm die Cuvée aus Touriga Nacional und Syrah – ein Wein internationaler Klasse mit einem riesigen Reifepotenzial. Dieser hier war bereits vierzehn Jahre alt und konnte gut noch ein Jahrzehnt vertragen. Ob es ihn allerdings noch besser machen würde, war fraglich. Ähnliches galt für den Têmpera, rebsortenrein aus Tinta Roriz gekeltert, der ein wenig härter wirkte und mit seinem eindeutig erdigen Aroma perfekt jedes kräftige Wildgericht begleiten konnte.

Diese Weine zu probieren, war ein schönes Erlebnis, dachte Nicolas auf dem Rückweg. Aber es hatte ihm nicht gezeigt, was die Winzer der Region an Typischem hervorbrachten, ihm keine Orientierung gegeben. Am Abend würde er sich mit den Weinen der Quinta da Lua beschäftigen und morgen in der Klinik mit Herbert das weitere Vorgehen besprechen. Er würde sich mit der Buchhaltung auseinandersetzen müssen und die Bestände kontrollieren. Er musste rasch handeln. Das tat er am besten, wenn sich niemand mehr im Büro und im Keller aufhielt. Es würde eine lange Nacht werden.

Als er sich versichern wollte, dass sich niemand mehr dort aufhielt, sah er Tavares aus dem Büro kommen. Nicolas trat hinter eine Tür und schaute auf die Uhr: Es war Viertel nach sieben. Eigentlich hatte der Mann längst Feierabend.

Tavares blickte sich nach allen Seiten um, sich versichernd, dass ihn niemand beobachtete. Dann ging er zu seinem Wagen, holte eine schwere, in Packpapier eingewickelte Rolle aus dem Kofferraum, schulterte sie und verließ das Grundstück durch die Zufahrt für die Landmaschinen. Nicolas trat aus der Deckung und folgte ihm.

Tavares war bereits zwischen den Reben auf dem Weg bergab. Er ging schnell, Nicolas musste sich beeilen, ihn nicht aus den Augen zu verlieren, denn am Fuß der Rebfläche begann ein Wäldchen. An der Stelle, an der Tavares zwischen den Bäumen verschwunden war, begann ein Pfad, der in Schlangenlinien wieder bergauf führte. Tavares mochte zwar jünger sein als Nicolas, war aber längst nicht so in Form wie er, der seine Weinberge bei teils extremer Steigung zu begehen hatte. Schnell schloss er auf, bis er Tavares' hellgrüne Fleecejacke wiedersah. Der mühte sich mit der Rolle ab, die ihm immer wieder von der Schulter rutschte.

Wieso war Nicolas nicht erstaunt, dass er nach zwanzig Minuten schweißtreibenden Marsches die Umfassungsmauer und die Gebäude der Quinta da Fonte vor sich sah? In der Einfahrt stand ein Mann, der Tavares die Rolle abnahm und hinter ihm das Tor abschloss.

Der Rückweg war leicht zu finden und weniger anstrengend, und Nicolas fragte sich, weshalb Tavares vorgab, es gäbe keinen Kontakt mit der Quinta da Fonte. Was verband ihn mit den Betreibern? Woraus bestand die Rolle, dass er sie mühsam zu Fuß hinbrachte, statt bequem seinen Wagen zu benutzen?

Andreas Fechter

Kommunisten sind auch nur Menschen

Gemeinsam rollten die beiden Männer hinter dem Lieferwagen die Steine auf den Weg. Damit war die Zufahrt zur
Quinta versperrt, und sie konnten die Nacht über in Ruhe
arbeiten. Es geschah leider zu oft, dass sich Gäste der benachbarten Weingüter hierher verirrten, wenn dort größere
Events stattfanden. Entsprechende Termine waren über die
jeweilige Homepage leicht einzusehen, auch Tavares wusste
meist über den Charakter der Veranstaltungen Bescheid, er
diente Fechter als Ohr und Auge für alles, was in der Nachbarschaft geschah. Ich muss ein Auge auf ihn haben, sagte
sich Fechter, zum einen weiß er zu viel, zum anderen neigt
der krumme Hund zu Alleingängen.

Hier auf der Zufahrt eine Schranke einzurichten, hielt
Fechter für ungewöhnlich und damit zu auffällig; auch der
alte Oliveira, der glaubte, auf der Quinta noch immer das
Sagen zu haben, verwahrte sich strikt dagegen. Ihm war
schon die Mauer zu viel, die das gesamte Grundstück umfasste, aber sein Sohn hatte Fakten geschaffen und die Mauer
erhöhen und ausbessern lassen. Fechter reichten die Steine
auf dem Weg allemal. Sie bewahrten ihn und seine Mannschaft vor Überraschungen, obwohl sie in Nächten wie diesen
zusätzlich zwei Posten in dem wuchernden schilfartigen Ge-
büsch an der Landstraße postierten, der ihnen jede auffällige
Bewegung meldete.

Das Umpacken der Lieferung und das Aufteilen nach
Empfängern geschah jeweils nach Eintreffen. Ronaldo war

immer dabei, Paulo und Tavares kamen hinzu, dann noch zwei Mann und die beiden Wachen am Weg. Bislang war alles in geregelten Bahnen abgelaufen, jeder Schritt war bedacht und in seinen Konsequenzen durchleuchtet. Sich deshalb in Sicherheit zu wiegen, war nicht Fechters Art. Jede Nachlässigkeit konnte zum Zusammenbruch der Lieferkette führen, mit fatalen Folgen. Er würde nicht ewig so weitermachen, das war ihm klar. Er war jetzt schon damit befasst, einen neuen und noch weniger durchschaubaren Lieferweg auszuknobeln, worüber er seine Auftraggeber, die Mexikaner, im Unklaren ließ. Ronaldo scannte bereits jetzt jedes Kilo mit dem GPS-Tracker, für den Fall, dass in einem der Pakete ein Sender steckte.

Fechter hatte den ganzen Tag über mit Schiffen, Routen, Frachtpapieren, Zollformalitäten und Lieferketten zu tun gehabt, und wenn Henke ausgeschaltet wäre, würde er sich nicht mehr mit diesem Kleinkram beschäftigen müssen. Er würde einen genaueren Überblick gewinnen, seine Aufgaben wären dann mehr strategischer Natur, und der Zugang zu den Behörden würde einfacher. Man würde dann ihn statt Henke zu Sicherheitskonferenzen einladen, bei denen sowohl Gefahren-, wie auch Drogentransporte thematisiert wurden, und er würde die wichtigen Beamten des Zolls und der Capitania dos Portos kennenlernen. Dann war es seinem Gespür überlassen, diejenigen Männer der Hafenbehörde herauszufiltern, die finanziellen Zuwendungen nicht abgeneigt waren. Damit bekam er sie in die Hände, sie wurden erpressbar, und er erweiterte seinen geschäftlichen Radius. In zwei Jahren, so kalkulierte er, waren seine Unternehmungen finanziell derart stabil, dass er auf Kapitalzuflüsse von außen verzichten konnte.

Man muss wissen, wann man aufzuhören hat, dachte er.

Bislang hätten seine Eltern nichts von den nächtlichen Aktionen mitbekommen, so jedenfalls Paulo Oliveira, und Bruder Pedro auch nicht. Er war der Einzige, der Fechter gegenüber reserviert blieb. Fechter hatte Pedros Sympathien verspielt, als er ihn nach dem Kaufpreis der Quinta gefragt hatte.

»Wollen Sie meinen Eltern das Liebste nehmen, das sie in ihrem Leben haben? Sollen sie in irgendeinem Altersheim bis zu ihrem Ableben vor sich hinvegetieren?«, war seine schroffe Antwort gewesen, obwohl der Weinbau ihn nicht im Geringsten interessierte. »Und mein Bruder lässt sich irgendwo als Kellermeister anstellen?« Dann hatte er sich brüsk abgewandt. Misstrauen war ein gefährlicher Stoff, ähnlich wie Neid. Auch das Argument, dass sie sich mit dem Geld einen wunderbaren Lebensabend machen könnten, verfing nicht.

Paulo hingegen, der jüngere Sohn, hätte ihm noch in dieser Nacht die Quinta verkauft, er war immer klamm. Ronaldo würde herausfinden müssen, wofür er sein Geld ausgab. Sollte Paulo auf den Gedanken kommen, sie zu erpressen, wäre das sein letzter. In diesem Geschäft machte sich niemand Illusionen, hier ging es um Geld, das man wog, und nicht um Geld, das man zählte, und da wog ein Paulo Oliveira nicht besonders viel. Die Brüder gegeneinander auszuspielen, verbot sich von selbst, das würde Pedro nur misstrauisch machen. Dann hätten sie wirklich ein Problem. Also blieb Fechter nur, auf die Zeit zu hoffen, der Alte war ganz und gar nicht mehr gut auf den Beinen. Irgendwann würde ihm die Quinta gehören, davon war er überzeugt, dann würde hier nicht mehr nachts gearbeitet, außer zur Zeit der Weinlese. Aber die Schiffe, die würde er schon vermissen, und vor allem den Blick über den Tejo, die heraufziehenden Frachter …

Fechter zog wie alle anderen den weißen Overall über und stülpte sich die Kapuze über den Kopf. Das Material war atmungsaktiv, aber gleichzeitig so dicht, dass man es zur Asbestbeseitigung nutzte. Dann kam die Atemmaske. Der Anblick seiner Männer ließ ihn schmunzeln. Sie erinnerten an die Leute der Spurensicherung nach einem Mord. Hier würde niemand etwas finden, die Reinigung ihres Arbeitsplatzes dauerte bis zum Morgengrauen, sie hinterließen keinerlei Spuren. Der Raum, in dem die Männer die Kartons mit dem Material stapelten, war bis in zwei Meter Höhe mit trittfester Malerfolie ausgekleidet, die Ronaldo nach jeder Aktion verbrannte. Die Fenster waren abgedunkelt, und das Auffüllen der Bags mit Wein geschah nicht mittels Druckluft, sondern geräuschlos über eine mechanisch betriebene Pumpe.

»Alles fertig?« Fechter sah sich um. Alle nickten. Von den fünf Männern, die hier arbeiteten, kannten ihn nur Ronaldo und Paulo, Tavares hatten sie als zusätzlichen Wachtposten eingeteilt. Wegen der anderen beiden Helfer trug Fechter eine Perücke und Bart, wie immer, wenn er sich persönlich um die praktische Seite des Geschäfts kümmerte. Ronaldo warb die Helfer an, er bezahlte sie auch.

Fechter trat an den Stapel der vorbereiteten Bags. Sie benutzten nur das festeste Material. Nichts durfte reißen oder platzen. Es war das gleiche Material wie für die Drei-Liter-Bags der Quinta. Das Ventil befand sich am oberen Ende des undurchsichtigen silbernen Plastikschlauchs, am unteren Ende war er offen. Das Paket mit dem Material wurde hineingeschoben und dann der Beutel sorgfältig verschweißt. Anschließend wurde er mit zwei Litern Rotwein aufgefüllt. Sie nahmen nicht die schlichte Qualität, den Vinho Regional Lisboa, nein, stattdessen die Reserva da Fonte, einen DOC-Wein mit Touriga Nacional und Castelão, ein oftmals mit Goldmedaille prämiertes Gewächs, für den die Quinta bekannt war, zumindest bei den Liebhabern portugiesischen Weins.

Die Lieferung aus Mexiko wurde nach einem vorgegebenen Schlüssel in vier Partien aufgeteilt, für Weinläden in Berlin, Frankfurt, München und Hamburg, die von Italienern geführt wurden. Bis zum Maximalgewicht und in Übereinstimmung mit den Lieferpapieren wurden andere Bag-in-Box-Verpackungen sowie normale Weinkartons um die Ware herum angeordnet und transportsicher verpackt. Von der Reserva, die im Barrique ausgebaut wurde, war bisher immer genügend Wein vorhanden gewesen, um jährlich vier bis fünf Transporte abzuwickeln, nur in diesem Jahr könnte es der Witterung wegen kompliziert werden.

Fechter ließ es sich nicht nehmen, jeden gefüllten Beutel selbst zu kontrollieren und ihn auch zusammenzuquetschen. Fehler waren unverzeihlich, ein ausgelaufener Beutel war eine weithin sichtbare Spur, das Wort »Betrug« schnell bei der Hand, die Konsequenzen hinlänglich bekannt, besonders bei den schießwütigen Empfängern. Die hatten weder Humor, noch verstanden sie Spaß. Aber sie zahlten korrekt, wie er von den Mexikanern wusste. Darauf kam es schließlich an. Es war gut, dass er mit der direkten Abwicklung des Zahlungsverkehrs nichts zu tun hatte, denn die Mexikaner griffen im eigenen Land zu Methoden, die ihn schaudern ließen, dabei hielt er sich nicht für zimperlich. Sie holten sich immer einen aus der entsprechenden Familie, der bis zur erfolgten Zahlung bei ihnen als Gast (oder als Geisel) blieb. Aber glücklicherweise lebte man hier nicht in der Dritten Welt, hier ging es zivilisiert zu. Jeder Gewaltakt konnte einer zu viel sein und zeigte lediglich das unprofessionelle Vorgehen der Beteiligten und alarmierte die Behörden. Leider ging es manchmal nicht anders, aber das musste bis zum Ende durchdacht sein …

In dieser Nacht wurde wie immer schnell und schweigend gearbeitet, Anweisungen gab Fechter nur im Flüsterton. Die gefüllten Beutel kamen in die mit Rebenornamenten und dem Logo der Quinta bedruckten Umkartons. Sie unterschieden sich von denen, die nur mit Wein gefüllt waren, durch einen nur Eingeweihten bekannten Fehldruck der Ornamente. Nicht einmal die Fahrer der Spediteure, die auch Grossisten in Leipzig, Duisburg, Köln und Stuttgart belieferten, wussten, was sie da transportierten.

Vier gepackte Paletten standen nach Mitternacht vor der Wand, für jede Stadt eine, auf jede Palette kam die festgelegte

Anzahl von Boxes mit Fehldruck, danach die ausschließlich mit Wein gefüllten Schläuche, sodass man auf die Zahl von insgesamt zweihundertvierzig Kartons kam. Zuletzt umwickelte Ronaldo jeden einzelnen Stapel mit Klarsichtfolie und blies mit einem Fön Heißluft über die Folie, die sich dabei zusammenzog und die Kartons unverrückbar zusammenpresste. Transportsicher! Übermorgen schon würden sie abgeholt werden und auf die Reise gehen. Die Frachtpapiere waren ausgefüllt.

Jetzt aber begann die schwierigste Arbeit. Die ihm als Teil der Provision überlassenen fünf Kilo mussten mit dem Streckmittel gemischt und neu verpackt werden. An die Aufgabe ließ Fechter nur Ronaldo heran. Der stellte die Kitchen Aid auf den Arbeitstisch, eine bessere Rührmaschine war kaum zu finden, und setzte sich seine Atemmaske wieder auf, um das Pulver und die beigemischte Chemikalie nicht einzuatmen. Andernfalls hätte er ihn in dieser Nacht nicht heil nach Hause gebracht. Der Konsum von Kokain war in diesem Kreis absolut verboten, und jeder, der mit ihm arbeitete, wusste, dass die Übertretung des Verbotes zu ernsthaften Gesundheitsschäden führte. Darüber war einmal gesprochen worden und danach nie wieder.

Sie verwendeten das weiße Streckmittel Lidocain, durch seine lokalanästhetische Wirkung entstand der Eindruck besonders hochwertigen Kokains, hinzu kamen ungefährlicher Milchzucker und aufputschendes Koffein. Das vielfach verwendete neurotoxische Levamisol lehnte Fechter entschieden ab, weil es zu Lungenödemen und Anämie führte. »Wir wollen unsere Kunden ja nicht umbringen. Ein Toter kauft nichts mehr.«

Ronaldo kümmerte sich um den Verkauf en gros, die Mindestmenge betrug zweihundertfünfzig Gramm zu achttausend Euro. Seine Abnehmer hielten sich in Bezug aufs Strecken zurück, sie belieferten einen festen Kundenstamm in einem gehobenen Milieu. Fechter sah sich in diesem Geschäft wie auch im konventionellen Frachtgeschäft lediglich als Logistiker, der für den sicheren Transport zu sorgen hatte.

Während man sich gemeinsam ans Aufräumen machte, trat Tavares zu Fechter. Es war das erste Mal in dieser Nacht, dass er ihn ansprach. »Es könnte sein, dass es ein Problem gibt.«

Fechter rümpfte die Nase. »Mit was anderem kannst du nicht kommen?« Der Mann ging ihm auf den Wecker, besonders intelligent war er nicht, er dachte zu langsam und zu kompliziert. Fechter beobachtete ihn seit geraumer Zeit. Tavares war nicht offen, er suchte ständig nach einem Vorteil für sich, statt das Ganze im Auge zu behalten wie Ronaldo. »Es wäre mir lieber, Tavares, du kämst mit einer Lösung. Wer ein Problem aufwirft, sollte bereits über mögliche Lösungen nachgedacht haben. Hast du das?«

Umgehend machte der Kellermeister der Quinta da Lua einen Rückzieher. »Ich bin mir nicht ganz sicher, ob es überhaupt ein Problem wird.«

»Na, dann ist ja alles gut.«

»So war das nicht gemeint.«

»Nein? Wie denn?«

Tavares wand sich. »Unser Chef, drüben, von der Quinta da Lua, ist im Hospital – mit Bandscheibenvorfall. Deshalb hat die Chefin einen Winzer vom Rio Douro hergebeten. Der soll ein Auge auf den Betrieb haben.«

»Du meinst, da hat man dir jemanden vor die Nase gesetzt? Und das passt dir nicht? Und was geht mich das an?«

»Der Kerl hat die Quinta mit aufgebaut, in den ersten beiden Jahren, als Vollmer noch keinen Durchblick hatte. Der kennt jede Ecke und ist superneugierig. Ein Deutscher, wie ein Schäferhund. Der checkt alles, jede Rebzeile, jeden Gärtank und jeden Karton. Und er tut dabei ganz freundlich.«

»Und jetzt hast du Angst, dass er dir auf die Schliche kommt? Ist es so? Dann lass ganz einfach das Klauen.« Angewidert wandte Fechter sich ab. Er mochte Tavares nicht, aber vielleicht war das gar kein schlechter Hinweis. Tavares würde ihm von allem berichten, was dieser Mann tat. Einen Vorwand für ein Treffen zu finden, war nicht schwer. Er musste sich den Mann ansehen. Vielleicht war dieser Winzer brauchbar, ganz sicher zeigte er mehr Weinverstand als Tavares, und er war ein Landsmann. Deutsche mussten zusammenhalten. »Wie heißt der Kerl?«

»Nicolas Hollmann.«

»Und sein Weingut?«

»Quinta do Amanhecer, am Douro bei ... Ich hab's vergessen, er macht hauptsächlich Portwein. Was soll ich tun? Was rätst du mir?«

»Ganz einfach. Hast du einen Computer zu Hause? Finde raus, was sich über den Mann in Erfahrung bringen lässt. Alles, verstehst du?! Hör ihm gut zu. Ansonsten verhalt dich ruhig, lass ihn machen und tu so, als würdest du jede seiner Anweisungen ganz genau befolgen. Ich komme bald rüber und sehe mir den Kerl an. Eure Quinta darf man doch besichtigen?«

»Die freuen sich sogar.« Tavares schien erleichtert zu sein. »Sag einfach, du würdest ein Event planen ...«

»Was ich sage, darfst du gern mir überlassen! Jetzt los, *baratas cascudas*, an die Arbeit, ihr faulen Hunde ...«

Fechter nahm die neuen Pakete entgegen, aus fünfen waren sechs geworden, das waren circa achtzigtausend Euro zusätzlich, wenn sie alle Pakete um zwanzig Prozent streckten – mehr als genug, um seine Leute gut zu bezahlen.

Die Nacht war viel zu kurz gewesen. Und der grantige Ton, in dem Susanne beim Frühstück fragte, wieso er erst um drei Uhr nach Hause gekommen sei, gefiel Fechter nicht. Debatten mit ihr waren nichts für ihn, besonders wenn er unausgeschlafen war. Entsprechend unwirsch fiel seine Antwort aus. Es habe eine Kollision mit einem ihrer Schiffe gegeben.

Bis tief in die Nacht habe er mit den Chefs der anderen Reederei darüber diskutiert, wie mit den Havaristen umzugehen sei, er habe mit den Kapitänen telefoniert, um zu klären, welches Bergungsunternehmen zu beauftragen sei, ob die Fracht beschädigt sei und umgeladen werden müsse, welche Firma dafür infrage komme und wer von ihnen hinfliegen solle, um die Arbeiten zu leiten, und so weiter … Fechter erschlug seine Frau fast mit den Einzelheiten, sodass sie kaum noch wagte, weiter nachzufragen.

»Sind denn Menschen dabei umgekommen, sind Matrosen ertrunken? Hat es Verletzte gegeben?«

»Weiß ich nicht«, sagt Fechter, überrascht von so viel Mitgefühl. Das hatte er bei ihr noch nicht erlebt, und er überlegte, welche Zahl an Verletzten oder Toten er ihr anbieten sollte.

»Du weißt nicht, Papa, ob Matrosen ertrunken sind?« Seine Tochter Helena sah ihn mit großen Augen an. »Das ist doch schrecklich, Papa. Dann können die heute gar nicht mit ihren Kindern frühstücken?«

»Nein, aber das können sie sowieso nicht, weil sie ja auf See sind«, antwortete er unwillig, verwundert darüber, wie sehr seine Worte das Kind bewegten. Seit wann interessierte sie sich für das Leben der Matrosen oder für ertrunkene Seeleute? »Es sind drei«, log er. »Ja, drei sind es, man sucht nach ihnen mit Flugzeugen und Schiffen. Die Matrosen können alle schwimmen, man wird sie aus dem Wasser fischen …«

»Das ist gut«, freute sich Helena. »Dann können sie wieder zu Hause frühstücken. Haben die Kinder, die Matrosen?«

Susanne hatte offenbar bemerkt, wie verärgert Fechter auf die Fragen ihrer Tochter reagierte. Um einem Streit aus dem Weg zu gehen, schickte sie Helena auf ihr Zimmer, damit sie ihre Schultasche holte, und stand auf. »Beeil dich, sonst kommen wir zu spät.«

»So was hat sie mich noch nie gefragt. Seit wann interessiert sie sich für meine Arbeit?«

»Sie wäre glücklich, wenn du sie mal mit zum Hafen nehmen würdest.«

»Container entladen ist langweilig, da gibt's nichts zu sehen.«

»Langweilig für dich vielleicht, aber nicht für ein siebenjähriges Mädchen, das die Welt entdeckt. Schiffe sind spannend, das waren sie auch für dich, falls du dich erinnerst. Das Meer ist spannend, Reisen in ferne Länder, Abenteuer. Wir haben uns den Film »Schiffbruch mit Tiger« im Shoppingcenter in der Barata Salgueiro angesehen.«

»Im Zeitalter der Container und der langfristigen Wetterprognosen ist an der Seefahrt nichts mehr spannend«, sagte Fechter genervt, obwohl er es anders empfand, zumindest den Teil, der ihn reich machte. »Beladen, rüberfahren, entladen, wieder beladen, rüberfahren, entladen, wieder beladen und so weiter.«

»Anscheinend kennst du den Film nicht, er ist wunderbar, und Helena interessiert sich sehr für Schiffe, falls du … das nicht mitgekriegt hast, wenn du überhaupt noch mitkriegst, was hier bei uns zu Hause passiert.« Susanne hatte sich gerade aufgerichtet, sie war der Vorwurf in Person. »Außerdem handelt es sich um die Arbeit ihres Vaters, und der ist nun mal ihr Held, verstehst du? Ach, wahrscheinlich nicht.« Seufzend trat sie in den Flur und nahm ihre Handtasche vom Garderobenschränkchen. »Du bist sicher nicht mehr hier, wenn ich zurückkomme.« Sie streckte die Hand nach ihrer Tochter aus.

Die aber lief in die Küche zurück und fiel ihrem Vater um den Hals. »Heute Abend erzählst du mir, ob sie die Matrosen gerettet haben, ja?«

Mit übelster Laune, wie er sie selten bei sich erlebte, fuhr Fechter zum Hafen. Eigentlich hätte er zufrieden sein können, die Aktion der letzten Nacht hatten sie perfekt durchgezogen, ohne Fehler, Unstimmigkeiten oder Reibungsverluste.

Die Paletten würden demnächst abgeholt. Rührte seine Verärgerung daher, dass Susanne und Helena sich seiner Kontrolle entzogen? Er setzte sich an seinen Schreibtisch und rief im Internet »Schiffbruch mit Tiger« auf. Er musste wissen, was in den Köpfen seiner Frau und seiner Tochter vorging, musste sich auf die mögliche Fortsetzung des Gesprächs vom Morgen vorbereiten. An Ausreden mangelte es ihm nie, in der Beziehung hatte Rosalie ihn fit gemacht.

»*Brasileiras são as rainhas das desculpas.*« Mit dem Satz, dass Brasilianerinnen die Königinnen der Ausreden seien, hatte sie ihn anfangs verwirrt. Er konnte nicht damit umgehen, keine klare Antwort zu bekommen. Er hatte ihr drastisch klarmachen müssen, dass sie zwar als Geliebte und im Bett seine *rainha* war, seine Königin (wenn auch nur augenblicklich, er dachte an die Blonde aus dem Jachtclub), aber sollte sie ihn ein einzige Mal anlügen, würde er sofort die Beziehung beenden.

Kaum hatte er begonnen, sich mit den Hintergründen des Films »Schiffbruch mit Tiger« zu beschäftigen, rief ihn Henke nach oben. Das wird in absehbarer Zeit Geschichte sein, dachte Fechter, böse in sich hineingrinsend, während er langsam die Stufen hinauf in die bessere Etage nahm. Leutselig begrüßte er die dortigen Kollegen, noch waren sie Kollegen, noch fügte er sich, aber in Kürze hätte er hier das Sagen. Der anstehenden Aufgabe sah er sich vollkommen gewachsen. Er war der perfekte Organisator, ein guter Stratege, er kannte das Geschäft, und er wurde niemals persönlich, was neben seiner Großzügigkeit ein Grund für seine Beliebtheit war. Direkt nach dem Anklopfen betrat er seinen zukünftigen Arbeitsplatz. Da saß einstweilen noch Berthold Henke: ein Mittfünfziger, eigentlich zu alt fürs Geschäft, ein wenig zu dick, schütteres Haar, schlaffer Händedruck und auf diesem Sessel rostend. Er hatte nichts gegen ihn persönlich, doch Henke stand genau auf der Sprosse, die ihm zustand, und ließ ihn nicht vorbei.

Es habe in der vergangenen Nacht vor dem Hafen von Santos eine Havarie mit einem ihrer Schiffe gegeben, so der JEO, der Junior Executive Officer. Drei Seeleute seien über Bord gegangen, sie würden vermisst, und man suche noch nach ihnen. Die Vermissten seien Philippinos und stammten nicht von einer ihrer Besatzungen, und die Schuldfrage sei eindeutig: »Es waren die anderen. Da stand wohl ein Schiffsjunge am Ruder.«

Sie diskutierten eine Weile den Hergang des Unglücks, soweit es ihre Informationen zuließen und bis Fechter genug wusste, um seiner Tochter eine plausible Geschichte zu erzählen. Mit sich zufrieden verließ er das Büro, nicht ohne einen Blick aus dem Fenster geworfen zu haben, das noch ein wenig größer war als seines. Ich habe mal wieder die richtige Eingebung gehabt, sagte er sich beim Hinausgehen und lächelte zufrieden.

Da der Sonntag der Familie gehörte, rief er von seinem Büro aus in der Bank an und verabredete sich für Samstag mit Rosalie. Er würde sie morgen mit nach Praia do Baleal nehmen. Foz do Arelho hatte zwar die höheren Wellen und war weniger besucht, doch Praia do Baleal würde zu dieser Jahreszeit nicht so überlaufen und mit seiner Bucht ein besseres Revier für Anfänger wie Rosalie sein. Direkt am Wasser war es kühl, der Spätsommer brachte Nebel mit und damit die Zeit für die Neoprenanzüge. Er würde von jetzt an auf den Anblick Rosalies im Tanga auf dem Surfbrett leider verzichten müssen.

Der nächste Anruf, bevor er sich seiner Arbeit widmete, galt Aparecida. Er gab ihr den Auftrag, sich mit dem Bürgermeister von Baleal in Verbindung zu setzen. »Du hast das portugiesische diplomatische Gelaber besser drauf als ich. Ich will mit ihm die Baustelle der Feriensiedlung besuchen, dann sehen wir auch gleich, wie weit es mit seinem Häuschen und den anderen Neubauten steht. Ich muss mich revanchieren, das erwartet er.«

Aparecida wusste, was mit Revanchieren gemeint war. Fechter hatte sie zu den ersten Verhandlungen mitgenommen, zum einen, um ihn auf mögliche Fehler hinzuweisen, zum anderen, um die Absichten der Gesprächspartner besser auszuloten. Sie beurteilte manchmal besser, was ernst gemeint und was als höfliche portugiesische Floskel aufzufassen war. Aparecida wusste auch, dass Fechter den Bürgermeister für seine Verdienste ums Türöffnen beim Gemeinderat und dem Liegenschaftsamt mit einem Häuschen in der Feriensiedlung belohnte. Im Grundbuch war ein Cousin als Eigentümer eingetragen, und niemand konnte ihm den Vorwurf der Korruption machen. Träger der Siedlung war Fechters Stiftung mit Sitz in Liechtenstein.

Um diese Konstruktion hatte sich Rosalie gekümmert, sie wurde in Bezug auf die Bankgeschäfte immer besser. Sie tat es nicht nur für ihn, nein, ihr machte es geradezu Freude, die Sicherungen nicht zu umgehen, vielmehr sie auszudribbeln, wie sie es nannte, seit ihr Bruder sich in der Segunda Divisão als Stürmer bei einem Lissaboner Verein versuchte. Allerdings musste Fechter all sein diplomatisches Geschick aufbringen, um die beiden Frauen auf Distanz zu halten, damit sie sich nicht aus Eifersucht gegenseitig die Augen auskratzten. Wenn er erst das Verhältnis zu Rosalie auf rein geschäftliche Füße gestellt hätte, wäre viel geholfen.

Kurz verschaffte sich Fechter einen Überblick über die an diesem Freitag zu erledigenden Aufgaben, dann gab er den Namen »Nicolas Hollmann« über das Darknet ein. Auf diese Weise wurde seine IP-Adresse bis zur Unkenntlichkeit verstümmelt, und niemand würde wissen, dass er diese Anfrage gestartet hatte. Es dauerte länger als bei Google, doch schließlich fand er Informationen über den Mann, der Tavares vor die Nase gesetzt worden war. Im Grunde war diese Maßnahme verständlich, denn er hielt Tavares beileibe nicht für einen Stern am Önologenhimmel, wenn auch nicht für ein schwarzes Loch.

Nicolas Hollmann war der Sohn des Frankfurter Bauunternehmers Hollmann, Hauptaktionär der Hollmann AG, und damit der Erbe eines gewaltigen Vermögens. So sah es zumindest aus. Im Internet war alles schön, daher die andere Option: Hatte der Vater dem Sohn das Weingut gekauft, um den nichtsnutzigen Erben aus dem Betrieb zu drängen? Oder hatte der Sohn sich mit dem Vater überworfen und kein Interesse an seinen Geschäften? Aber dieser Hollmann war Architekt – vielleicht waren sie sich über die Herangehensweise an Bauprojekte in die Haare geraten? Bauwirtschaft hieß Korruption, hieß Schwarzgeld und Subunternehmer, also war es genauso gut möglich, dass der Mann sich im Dschungel der Frankfurter Bauwirtschaft auskannte und daher gegebenenfalls auch für ihn ansprechbar wäre? Es geht nichts über den persönlichen Kontakt und den ersten Eindruck, sagte sich Fechter und surfte zur Homepage der Quinta.

Was er dort über Hollmann sah und las, brachte ihn zu einem ganz anderen Urteil. Der Winzer Hollmann schien recht erfolgreich zu sein, hatte eine moderne Art, den Betrieb zu führen, und stellte sich selbst in den Hintergrund. *Men at work* – auf den Fotos wurden die Menschen bei der Arbeit im Weinberg gezeigt, beim Pflanzen, beim Rebschnitt, gleichzeitig wurde erklärt, was diese oder jene Methode dem Wein brachte, was bei der Gärung und der Reife im Holzfass geschah. Es wunderte Fechter nicht, dass Tavares sich nicht mit Hollmann vertrug. Viele Winzer südlicher Breiten glaubten noch immer, mit Fotos am Swimmingpool, am liebsten noch mit den Enkeln im Arm, den eigenen Reichtum darstellen zu müssen, statt sich auf dem Traktor ablichten zu lassen.

Diesen Hollmann musste er so bald wie möglich treffen, und auf die Bewegungen dieses Mannes musste er achten. Jeder, der in seiner Nähe auftauchte und ein waches Auge besaß, was bei diesem Hollmann nicht auszuschließen war, konnte ein potenzieller Gefährder seiner Geschäfte sein. Fechter dachte daran, unangemeldet auf der Quinta da Lua vorbeizuschauen und ihn in ein Gespräch zu verwickeln, dann könnte er ihm anbieten, seine Portweine günstig nach Angola und Brasilien zu exportieren.

Die drei vermissten Matrosen kamen ihm wieder in den Sinn. Helena würde ihn bestimmt darauf ansprechen. Er durfte sie nicht unterschätzen. Sie war kein Kleinkind mehr, sie lernte rasch, seit sie die Deutsche Schule in Lissabon besuchte, begriff schnell und hatte ein ausgezeichnetes Gedächtnis. Bei ihm war es ähnlich – wen oder was er einmal gesehen oder wovon er gehört hatte, vergaß er nicht mehr. Mit einfachen Erklärungen war seine Tochter selten abzuspeisen. Bevor er die Reederei verließ, brachte er sich in Bezug auf die Havarie auf den neuesten Stand. Schwein gehabt, sagte er sich. Alles, was man erfand, sollte so nah wie möglich an der Wirklichkeit sein.

»Die Hafeneinfahrt von Santos musst du dir vorstellen wie einen engen Trichter.«

»So einen wie Mama ihn in der Küche hat?« Helena sprang auf, verließ das Zimmer und kam mit einem weißen Plastiktrichter zurück, den sie ihrem Vater vor die Nase hielt.

»Ja, so einen, nur dass der schmale Teil unten gebogen ist.« Fechter versuchte, den dünnen Zapfen rechtwinklig zu biegen.

»Du machst ihn noch kaputt«, sagte Susanne und wollte ihm den Trichter wegnehmen.

Rasch zog er seine Hand zurück. »Und in diesem schmalen Teil sind sich die Schiffe begegnet. Ich bin dort mal durchgefahren.« Da hatte er die aktuelle Route daraufhin geprüft, ob sie für sein Vorhaben geeignet wäre, denn das kolumbianische Material gelangte über das bolivianische Puerto Suárez nach São Paulo und weiter zum Hafen Santos. »Die Einfahrt ist so eng, dass man an beiden Seiten das Ufer sehen kann. Da hat der Kapitän wohl einen Fehler gemacht, er hat nicht aufgepasst und das andere Schiff gerammt. Dabei sind die Matrosen über Bord gefallen. Wie man jetzt weiß, sind zwei ertrunken, einen konnten sie retten.«

»Dann kann wenigstes der eine morgen zu Hause frühstücken. Ich finde es immer schön, wenn wir alle zusammen frühstücken.«

»Dann kannst du morgen aber nicht so lange schlafen. Ich will früh nach Praia do Baleal fahren, ich habe da geschäftlich zu tun, und dann will ich surfen.«

»Papa, ich will mit, bitte, nimm mich mit ans Meer! Da ist es auch nicht so gefährlich wie in Foz. »

»Du wirst dich bestimmt langweilen, ich weiß nicht, wie lange die Besprechung dauert. Wir sind da auf einer Baustelle. Fahr lieber mit Mama in den Tennisclub ...«

Helena verzog das Gesicht. »Immer der Tennisclub, die Leute da sind so langweilig, auf einer Baustelle ist es bestimmt viel besser ...«

»Wenn du fleißig trainierst, wirst du mal ein großer Champion und kannst ganz viel Geld verdienen und dir alles kaufen, was du dir wünschst«, sagte Susanne mit Blick auf Fechter.

Glaubte sie tatsächlich, dass Geld ein Anreiz für ihre Tochter wäre, oder war das ihr Sarkasmus? Er nahm es mit Gleichmut hin. Ähnlich verfuhr er mit ihren Geldausgaben. Das war der Preis, den er zu zahlen hatte – neben ihrem Tennistrainer. Ob sie mit ihm ins Bett ging? Oder nach dem Match unter die Dusche?

Am Samstagmorgen war der Verkehr in Lissabon erträglich. Fechter holte Rosalie wie versprochen ab, er hatte sie angerufen, nachdem er zu Hause losgefahren war, und doch war sie nicht fertig. »Ich warte unten im Wagen, wenn du in fünfzehn Minuten nicht hier bist, fahre ich allein.« Das würde er tun, denn der Termin mit dem Bürgermeister war ihm wichtiger als Rosalies Gesellschaft. Und er wollte in Ruhe fahren.

Aufgelöst und wütend erschien Rosalie nach vierzehn Minuten, schleuderte ihren Neoprenanzug auf den Rücksitz, musste sich im Wagen noch kämmen, die Augenbrauen nachziehen und sich die Nägel lackieren. Fechter merkte, wie ihn in ihrer Gegenwart die Lust überkam. Vielleicht ließ sich auf dem Rückweg eine kleine Siesta in einem Hotel einlegen?

Rosalie hatte als Bankangestellte weitaus mehr drauf als ihre Kolleginnen, obwohl sie ihr Wirtschaftsstudium abgebrochen hatte. Lag es daran, dass sie gierig war, gierig nach schnellem Erfolg? Gierig auch nach ihm als Liebhaber oder nur, weil er Geld besaß, ihr das nötige Spielgeld bot, das sie brauchte, um auf dem Bildschirm mit großen Zahlen zu jonglieren, Beträge unbemerkt zwischen verschiedenen Konten und Kontinenten hin- und herzuschieben und manchmal auch das Geld anderer (vielleicht auch seines?) dazu zu verwenden, ihren geheimen Kontostand aufzubessern? Der Posten in seinem geschäftlichen Gefüge war ihr sicher. Sie brachte das nötige Wissen um die Strukturen des internationalen Bankenverkehrs mit, kannte sich mit Fonds, Aktien und Rohstoffen so gut aus wie mit Optionen, Derivaten und Immobilienpreisen – und mit den Richtlinien des internationalen Überweisungsverkehrs zur Vermeidung von Geldwäsche!

Von Susanne hielt er sie fern, anders als Aparecida, die einen Weg gefunden hatte, seine Frau, die das Kaffeegeschäft und die Confeitaria natürlich kannte, zu umgarnen; sie trat ihr als Gattin des Chefs gegenüber unterwürfig auf und wog Susanne so in Sicherheit.

Aber Rosalie bereitete ihm auch Sorge: Er verlor langsam die Lust an ihr, denn ihm spukte diese Blonde aus dem Jachtclub im Kopf herum. Irgendetwas musste er sich für Rosalie einfallen lassen. Der Zeitpunkt, sie mit der Verwaltung der Ferienanlage zu betrauen, war noch nicht gekommen, er könnte sie mit der Finanzplanung eines Luxushotels belohnen, das er als nächstes Projekt in Angriff nehmen würde. Sowohl durch den Bau als auch mit dem späteren Betrieb könnte er die Erträge aus seinen Geschäften waschen und der realen, um nicht zu sagen: legalen Wirtschaft zufügen. Dann hätte er endlich Zeit und genügend Kapital für seinen Traum: das Weingut.

Bei all dem durfte er keine Fehler begehen: Ein auffälliger Lebensstil gehörte dazu, der hatte vor einigen Jahren den ehemaligen portugiesischen Premier in den Knast gebracht. Die hiesige Strafverfolgung fürchtete er nicht, da waren die italienischen Mafia-Jäger bei Weitem professioneller; aber die größte Gefahr ging von seinen mexikanischen Partnern aus. Im Zweifel würden sie vor keiner Maßnahme zurückschrecken, um ihn davon abzuhalten, eine Aussage zu machen.

Fechter und Rosalie kamen relativ zügig aus der Stadt heraus und fuhren auf der A8 bis nach Torres Vedras, unterwegs ließ er sich über die aktuellen Geldbewegungen informieren. Auf den Kuppen des Höhenzugs vor ihnen hatten einst die Wachtürme der Linhas de Torres Vedras gestanden. An ihnen war die Invasion der napoleonischen Truppen gescheitert. Jetzt drehten sich zwischen Ruinen die Rotoren der Windkraftanlagen in der frischen Atlantikbrise. An dem Tempo der Umdrehungen erkannte Fechter, was ihn und Rosalie auf dem Wasser erwartete.

Kurz hinter der Kleinstadt Torres Vedras verließ er die Autobahn. Die Landstraße war ihm lieber. Fechter mochte diese Strecke, zersiedelte Dörfer und fast menschenleere Neubausiedlungen wechselten einander ab, dann folgte ein Waldstück, umgeben von Feldern, aufgegebene Bauernhöfe, die Ruinen der Stallungen, Zeugen einer verfehlten Agrarpolitik. Aber Fechters Kommentare interessierten Rosalie wenig. Sie hackte auf ihrem Smartphone herum, offenbar waren ihr die Wirtschaftsnachrichten und Aktienkurse des Diário Económico wichtiger.

Im ausklingenden Sommer war Braun die vorherrschende

Farbe, lediglich die dunkelgrünen Kiefern, die braungrünen Eukalyptusbäume und die ausgedehnten Weingärten hoben sich erfrischend davon ab. Diese vermeintliche Strukturlosigkeit hätte jeden deutschen Landschaftsplaner zur Verzweiflung getrieben, der die Ordnung im Chaos nicht erkannte.

Kurz vor Baleal lagen rechter Hand die beiden Surfhotels, die ihn auf die Idee zu der Ferienanlage gebracht hatten. Er hatte sich seinerzeit für zwei Tage einquartiert, um den Betrieb von innen kennenzulernen und dann ein besseres Objekt aufzuziehen. Diesem Ziel käme er mit dem heutigen Besuch wieder einen Schritt näher. In Bauvorhaben ließ sich jede Menge freies Kapital investieren, wie er es nannte, denn hier war jedermann bereit, schwarz zu arbeiten. Und der Bürgermeister mit guten Beziehungen zur Baubehörde warnte vor Kontrollen. Stand die Anlage im nächsten Jahr, ließ sie sich mit fingierter Belegung zu fünfundneunzig Prozent auslasten. So wurde aus dem freien Kapital steuerpflichtiges.

Davon wusste der Bürgermeister nichts, von der Schwarzarbeit durchaus, er war in seinem Amt recht wohlhabend geworden, besaß neben einem eigenen Haus ein kleines Hotel und hatte seinem Sohn eine Pension in Strandnähe geschenkt. Er war ein geachteter Mann. Und da er das Grundstück am äußeren Rand der Anlage akzeptiert hatte – die Videoaufzeichnung davon war gut verwahrt –, war der Bürgermeister ihm ausgeliefert. Er würde sich keinen Gefallen tun, wenn er den Mund aufmachte.

Sie trafen ihn in Ferrel in der »Riclé Bar«, einer typisch portugiesischen, ziemlich dunklen Bar mit langem Tresen, etlichen Tischen mit unbequemen Stühlen und Spielautomaten an den Wänden, wo die Pensionäre ihre Rente durchbrachten. Der Billardtisch war erst jüngst hinzugekommen. Hierher verirrten sich selten Touristen, sie blieben draußen auf der Veranda, während die Einheimischen vor der Sonne nach drinnen flohen.

Den grobschlächtigen Bürgermeister in seinem abgeschabten Anzug von undefinierbarer Farbe hätte ein Außenstehender leicht für einen einfältigen Bauern gehalten. Der Mann war unrasiert erschienen und zeigte offen seine Bewunderung für Rosalies Schönheit. Sie hatte an Fechters Seite Platz genommen. Fechter machte nicht den Fehler, das »Bäuerlein« zu unterschätzen, schließlich hatte er es in dieses Amt geschafft. Er stellte Rosalie als seine Bankberaterin und zukünftige Verwalterin der Ferienanlage vor. Rosalie nahm es mit versteckter Befriedigung zur Kenntnis und gab sich, als würde sie diese Tätigkeit bereits jetzt ausüben. Dabei hatte Fechter sie erst auf der Herfahrt mit den Einzelheiten des Projekts vertraut gemacht, die sie kennen durfte. Als Schauspielerin war sie gut, elegant und glaubwürdig, sie mischte sich ins Gespräch ein und umgarnte den Bürgermeister, der Mann hätte ihr aus der Hand gefressen.

Nach einem Kaffee und einem Sandwich brach man zur Anlage auf, die in einem Gebiet unweit vom Strand lag, das erst kürzlich zu Bauland erklärt worden war.

Es waren achtzehn Häuser mit Terrasse, jeweils neun auf jeder Seite der schmalen Straße. Die Rohbauten waren abgeschlossen, im kommenden Winter würde der Innenausbau erfolgen, sodass man im nächsten Frühjahr mit den Vermietungen von Vila Atlântica beginnen konnte.

»Ein kleines Licht«, bemerkte Rosalie, nachdem sie den Bürgermeister vor seinem Haus abgesetzt hatten, das zwei oder mehr Familien als Domizil hätte dienen können, »aber nicht dumm, das Kerlchen, und nützlich.« Sie lächelte Fechter an. So weit wie heute hatte er ihr noch nie Einblick in seine Methoden gewährt. Ihre Laune hatte sich beträchtlich gebessert. »Hier kannst du jeden zweiten Bürgermeister kaufen, sogar den Premierminister.«

»Auch den neuen?« Er hatte den Weg zum Strand eingeschlagen, wenigstens heute wollte er sich einige Stunden lang von seinem Schirm durch die Brandung ziehen lassen. Wenn die Winterstürme nahten, war es damit vorbei.

»Da habe ich meine Zweifel, es sind auch Kommunisten in der Regierung.«

»Das muss nichts heißen, Kommunisten sind auch nur Menschen.« Fechter lachte, er war überzeugt, bei jedem, mit dem er Geschäfte machte, das Siegfriedsblatt zu finden. »Wenn sie lange genug an der Macht lecken, passen auch sie sich an.« Er hatte sich genauestens über die Operation Marquês informiert, den größten Korruptionsskandal in Portugals jüngster Geschichte, der Premier Sócrates wegen Steuerhinterziehung, Geldwäsche und Korruption ins Gefängnis gebracht hatte. Seit der Veröffentlichung der Panama Papers waren in Amerika neben den Cayman Islands noch die Bahamas, Dubai und ehemalige Sowjetrepubliken sicher. Luxemburg und Liechtenstein waren Wackelkandidaten. Die britischen Jungferninseln und Bermuda waren auch nicht mehr sicher. Man müsste nach Asien ausweichen. Sein Schritt nach Angola und Katar war auf jeden Fall richtig gewesen.

»Wir bemerken es in der Bank, dass man sich weniger Sorgen machen muss, seit Joana Marques Vidal, unserer ehemaligen Generalstaatsanwältin, das Mandat nicht verlängert wurde. Sie brachte Sócrates ins Gefängnis …«

»Wozu spritzt der Spinner auch mit Champagner um sich und kauft die teuersten Wohnungen in Paris? Das ist auffällig, dumm und kindisch.«

»Schau, Andres, das sind lediglich Kavaliersdelikte«, sagte Rosalie mit ihrer sanften Stimme, »es mag Spaß machen, aber ich stimme dir zu, es war ziemlich infantil …«

Fechter staunte immer wieder über ihre Ansichten sowie ihre Bereitschaft, jenseits der Legalität zu operieren – und es machte ihn gleichzeitig hellhörig.

»… oder siehst du das anders? Sogar die britischen Behörden waren hinter Sócrates her. Dabei halten sie selbst Steueroasen, Jersey, Guernsey und die Isle of Man. Und die Regierung schützt sie. Übrigens, um den Drogenhandel hat sich diese Generalstaatsanwältin auch gekümmert.«

Der letzte Satz ließ Fechter stutzen. In welche Richtung verlief ihre Unterhaltung? Hatte Rosalie das Thema bewusst angeschnitten? Ahnte sie etwas? Von seinen Drogentransporten wusste sie nichts, lediglich vom Kaffee und den Geldbewegungen. Sicher hatte sie sich – aber niemals ihn – gefragt, woher das viele Geld stammte. Seine Gedanken überschlugen sich. Blitzschnell musste eine unverfängliche Antwort her. »Da wäre sie besser bei den Drogen geblieben, statt sich mit politischer Korruption zu beschäftigen. Damit macht man sich Feinde und wird nicht wiedergewählt. Werden solche Leute eigentlich ernannt oder gewählt?«

»Ernannt, der Premierminister gehört der stärksten Partei an.«

Rosalie erklärte ihm die Zusammensetzung des aktuellen Parlaments, aber dafür fehlte Fechter jetzt der Sinn. »Nimm mal dein Smartphone zur Hand. Wie wird der Wind heute? Mir scheint, als würde er zunehmen. Der Nebel hat sich schon verzogen.«

Während sie mit ihrem Finger auf dem Smartphone herumfuhr, dachte er darüber nach, ob er Rosalie nicht für weitere Recherchearbeit gewinnen konnte. Es kostete ihn zu viel Zeit, die Forderungen von Transparency International zu verfolgen, ein Auge auf die Korruptionsindizes und die Bankenaufsicht zu haben, die Arbeit des Zolls sowie die Maßnahmen der Capitania in Bezug auf polizeiliche Ermittlungen und den internationalen Drogenhandel zu verfolgen. Gleichzeitig würde er Ronaldo bitten, ein Bewegungsprotokoll von Rosalie anzufertigen – nein, bei dem Gedanken lächelte er still: Er sollte Aparecida auf sie ansetzen. Eine verschmähte Frau würde mit ihrer Nachfolgerin gnadenlos umgehen, ihr absolut nichts durchgehen lassen. Aparecida war genau die

Richtige für diesen Job. Und wenn sie nichts fand? Umso besser. Dann war sein Finanzmanagement sicher.

Gegen elf Uhr erreichten sie den Strand. In dieser Jahreszeit war er längst nicht so überlaufen wie im Hochsommer oder zur Ferienzeit. Fechter fand einen Parkplatz in Strandnähe und hob den Koffer mit seiner Kite-Ausrüstung aus dem Kofferraum, während Rosalie ihre Sachen auf dem Rücksitz zusammensuchte und in einen großen Sack stopfte, den Fechter vorsichtshalber mitgenommen hatte. Er war nicht zum ersten Mal mit ihr hier. So penibel sie mit Zahlen umging, so achtlos war sie mit anderen Dingen.

Der Wind war nicht kalt, aber es hatte aufgebrist, die Vorfreude auf die Wellen und der Umstand, dass das Treffen mit dem Bürgermeister besser verlaufen war als erwartet, trug zu seiner Euphorie bei. Es würde ein anstrengender und gleichzeitig erfüllter Tag auf dem Wasser werden. Gegen den Wind stapfte er neben Rosalie durch den Sand zu der Hütte, wo er wie üblich das Surfbrett für sie mietete.

Vor der Hütte verhandelte eine Frau auf Englisch mit dem jungen Mann, der heute dort bediente. Neugierig betrachtete Fechter die Frau, ihre schlanke Figur, das dunkle Haar war im Nacken zusammengebunden, und über dem Arm trug sie einen Neoprenanzug, der ziemlich abgeschabt wirkte. Er sah es als Zeichen, dass er eine Expertin vor sich hatte.

Er trat näher, wollte hören, was geredet wurde. Da erkannte er sie. Er irrte sich nicht. Wen er einmal gesehen hatte, vergaß er nicht. Es war neulich nachts gewesen, sie hatte sich verfahren, und er hatte ihr den Weg zur Quinta da Joana gewiesen. Was tat sie hier? War ihr Zusammentreffen zufällig oder womöglich arrangiert? War sie ihm gefolgt? Wer konnte davon wissen, dass er ans Meer wollte? Er hatte sich am Telefon mit Rosalie verabredet. War er abgehört worden? War diese Frau auf ihn angesetzt? Nein, für einen solchen Auftrag hätten sie eine Jüngere gewählt, die Deutsche war bestimmt schon Ende vierzig. Aber sie sah ziemlich gut aus, sehr sympathisch, sportlich, eine Frau mit Persönlichkeit, nicht so ein junges Ding wie …

Die Frau drehte sich um, blickte ihn an, sah Rosalie, schaute den jungen Mann vor sich fragend an, dann blickte sie wieder zu Fechter, runzelte die Stirn, versuchte, sich zu erinnern.

Er half ihr auf die Sprünge. »Sie hatten sich verfahren, neulich nachts auf dem Weg zur Quinta da Joana.«

Das Lachen des Erkennens legte sich auf ihr Gesicht. Da war kein Zögern, kein Ausweichen, dieser Blick war ehrlich. Sie ergriff die ausgestreckte Hand.

Nein, die haben sie nicht auf mich angesetzt, sagte sich Fechter und hielt ihre Hand eine Sekunde zu lang in der seinen. Die Frau gefiel ihm, sie gefiel ihm ziemlich gut.

»Ja, ich erinnere mich, Sie waren es.« Genauso freundlich und mit angenehmer Stimme wandte sie sich an die reserviert wirkende Rosalie und schüttelte auch ihr die Hand. »Sind Sie auch zum Surfen hier? Ach, was für eine dumme Frage, was könnte man sonst hier machen?«

»Meine Freundin spricht kein Deutsch, aber sehr gut Englisch.« Sie wechselten einige Worte über den Zufall, der sie zusammengeführt habe, und dass sie zusammen surfen könnten. Fechter stellte sich und Rosalie mit Vornamen vor. »Und wie war noch mal Ihr Name?«

»Johanna, Johanna Breitenbach – aus Oestrich-Winkel oder Stuttgart, wie es Ihnen lieber ist.« Es war unübersehbar, dass sie sich über das Wiedersehen freute.

Fechter nahm es als Zeichen, dass sie Anschluss suchte. Jetzt betrachtete er Johanna Breitenbachs Neoprenanzug genauer. »Sie verstehen einiges von diesem Sport?«

»Ich mach's seit dreißig Jahren, mein Revier ist der Rhein, am liebsten bei Sturm.«

Fechter war hingerissen, doch sein Misstrauen blieb wach. »Dann können Sie Rosalie sicher einiges zeigen. Ich kite lieber, ich kenne das Revier gut, ich werde auf euch beide Acht geben.«

Wenn die beiden Frauen weit draußen auf dem Wasser wären, ließe sich Johannas Gepäck und ihr Mobiltelefon auf verdächtige Kontakte hin untersuchen. Er musste sichergehen.

Als Johanna vor ihm herging, Brett und Segel wie selbstverständlich unter den Armen, betrachtete er sie genüsslich und strich sich lustvoll übers Kinn. Erfahrene Frauen hatten auch ihren Reiz, besonders, weil sie wussten, was sie nicht wollten.

Johanna Breitenbach

Des Teufels Anwalt

Es würde nicht allzu stürmisch werden, wie Rosalie meinte, die junge Begleiterin von diesem Fechter. Mit der App ihres Smartphones rief sie das Wetter exakt für diese Bucht ab. Vier bis fünf Windstärken waren vorausgesagt, momentan waren es eher drei. Das war gerade genug, um sich mit der Welle und der vorherrschenden Strömung vertraut zu machen und sich bei zunehmendem Wind und stärkerer Brandung langsam mehr zuzumuten.

Johanna war froh, auf jemanden getroffen zu sein, der ihre Sprache sprach, denn auf der Quinta da Joana fühlte sie sich fremd, was eindeutig an der Frau des Besitzers lag. Dona Sofía war nicht direkt feindselig eingestellt, trat ihr gegenüber aber ziemlich distanziert auf. Hatte das damit zu tun, dass ihre Tochter Joana sich gleich auf Johannas Seite geschlagen hatte?

Fechters hübsche Freundin verhielt sich ähnlich ablehnend. Sie würde sich von Johanna hinsichtlich des Surfens kaum etwas sagen lassen. Für eine engagierte Sportlerin und eine überzeugte Surferin war ihr Neoprenanzug zu neu und sie eine Spur zu schick angezogen.

Fechter machte einen anderen Eindruck. Bei dem Mann mit dem kantigen Gesicht und dem rasierten Schädel ließ sich schwer beurteilen, ob er ein smarter, erfolgreicher Geschäftsmann oder mehr der Typ windiger Gebrauchtwagenverkäufer war. Für seine Kleidung gab er Geld aus: Markenjeans, weiche Lederslipper, die er im Sand sofort auszog, ein leichtes hellblaues Sakko über dem weißen T-Shirt. Fechters blaue Augen waren sehr wach, ob das Lächeln, das den großen Mund umspielte, spitzbübisch oder eher verschlagen war, konnte sie nicht sagen. Was er dachte, war ihm nicht anzusehen, sein Lächeln überspielte alles.

Mit dem Blick des Kenners suchte er das Surfboard und das Segel für seine Begleiterin aus, überprüfte die Schlaufen des Boards auf Haltbarkeit und fuhr mit den Händen am Gabelbaum entlang, um festzustellen, wie griffig er war. Rosalie stand wie überflüssig daneben und warf Johanna kalte Blicke zu. Johanna merkte, dass Fechter sie beobachtete, mal sah er sie an, dann das von ihr ausgewählte Segel. Er schien körperlich ziemlich fit zu sein, spielend trug er seine eigene Ausrüstung und klemmte sich noch Rosalies Surfbrett unter den Arm. Männer wie er gefielen ihr, sie schaute ihnen gerne nach, so wie jetzt.

»Wo zieht man sich hier um, und wo lässt man sein Gepäck?«

Fechter zeigte ihr den Weg zu den Kabinen und den Schließfächern.

»Sie kennen sich hier allem Anschein nach gut aus«, vermutete Johanna. »Was ist mit ablandigen Strömungen? Bleibt die Windrichtung den Tag über konstant? Dass der Wind zunehmen wird, hat uns Ihre Begleiterin ja bereits mitgeteilt.« Johanna schenkte ihr einen anerkennenden Blick. »Sind Sie schon länger hier, ich meine, in Portugal?« Bislang hatte sie Fechter zwar nicht für einen Touristen gehalten, dazu war sein Portugiesisch zu gut, seine Antwort erstaunte sie trotzdem.

»Einige Jahre sind es, genau genommen vier.«

»Also leben Sie ständig hier? Arbeiten Sie?«

Fechter blickte Rosalie an, beide lachten, als wäre das auch ein Thema für sie. »Für ein Leben als Pensionär auf den Bahamas reicht es noch nicht – leider«, antwortete er und erklärte Rosalie etwas auf Portugiesisch. Dann wandte er sich wieder Johanna zu: »Aber Sie, Johanna, was genau machen Sie hier?«

»Heute mache ich frei«, sagte sie knapp. Sie wollte zu den Kabinen, sich endlich umziehen, lossurfen, sich in den Wellen wiegen, ihr stand nicht der Sinn nach Smalltalk, jedenfalls jetzt nicht. Außerdem war ihr Fechter eine Spur zu überheblich. »Lassen Sie uns später plaudern, gern bei einem Drink zum Sonnenuntergang oder beim Essen, sicher kennen Sie ein passables Restaurant. Ich bin in Bezug aufs Essen ziemlich verwöhnt, mein Mann Carl kocht ausgezeichnet.« So, damit war auch das ausgesprochen, die Linie gezogen, es gab einen Ehemann.

Fechter störte das offenbar gar nicht. Er schien sehr an einem Gespräch interessiert, war neugierig und verstellte ihr mit seinem Gleitschirmkoffer, den er scheinbar absichtslos abgesetzt hatte, den Weg. »Sagten Sie nicht, dass Sie Winzer in Energiefragen beraten?«

Sein Lächeln war derart freundlich, dass Johanna nicht um eine Antwort herumkam. »Ich bin Umweltingenieurin und kümmere mich um Energiemanagement auf Weingütern. Das ist mein Auftrag.« Das reichte fürs Erste.

»Umweltingenieurin – wie spannend! Oh, da gibt es für Sie in Portugal sicher allerhand zu tun, ich kenne eine Menge Weingüter, die ziemlich rückständig sind, ich meine, konservativ ... Sie verstehen demnach sicherlich viel von Wein und Weinbau? Dann könnten Sie ...«

»Lieber Herr Fechter, ich erzähle Ihnen gern mehr, nachher«, unterbrach ihn Johanna, »wenn wir zurück sind, bei einem Glas Wein, falls Ihre Freundin damit einverstanden ist.«

»Das ist sie, ganz bestimmt, nicht wahr, Rosalie?«

Fechters Begleiterin zeigte sich an weiteren Gesprächen ähnlich desinteressiert wie Johanna, wenn auch aus anderen Gründen. Ihr Gesicht versteinerte zusehends. »*Follow me*«, sagte sie mürrisch und machte eine einladende Handbewegung hin zu den Kabinen.

Eine halbe Stunde später hatte Johanna aufgeriggt, wobei Fechter sie aufmerksam beobachtete und ihr mehr zur Hand gehen wollte als seiner Freundin. Immer wieder suchte er Johannas Blick und lächelte einladend. Nur wusste sie nicht, wofür diese Einladung stand.

»Haben Sie es mal mit dem Schirm probiert?« Fechter breitete seinen Kiteschirm im Sand aus, ordnete die Steuerschnüre und brachte die Steuerstange an. Dann pumpte er den Wulst auf, der dem Schirm an der Oberseite Stabilität verlieh.

Jetzt sah Johanna ihm dabei zu, alle Handgriffe saßen präzise, als hätte er sie bereits hundert Mal ausgeführt. War er ein Pedant oder ein Könner? »Sie kiten schon seit Langem?«

Fechter richtete sich selbstbewusst auf. »Wenn Sie mich siezen, fühle ich mich so alt. Ich heiße Andreas. Hatte ich mich neulich nachts nicht auch so vorgestellt? Und du bist ...«

»Johanna.« Sie sagte es zögerlich, sie tat sich schwer, Fremde zu duzen, besonders ihren Studenten bot sie ungern das Du an, um die nötige Distanz und Autorität zu wahren. Außerdem war es einfacher, Studenten zu kritisieren, wenn man sie förmlich ansprach. In dieser Situation ging es ihr mehr darum, sich den aufdringlichen Mann vom Leib zu halten, auch weil Rosalie das Geschehen mit Argusaugen beobachtete, statt sich auf ihr Board zu schwingen. Dabei war der Wind ideal.

»Bist du freiberuflich tätig, oder arbeitest du für ein ...«, Fechter zögerte kurz, schien einen Moment nachzudenken, »... ein Beratungsunternehmen?«, fragte er und schnallte sich den Trapezgurt um. »Vielleicht brauche ich mal jemanden wie dich. Ich möchte ein Weingut kaufen, und es gibt Leute, die davon deutlich mehr verstehen als ich. Ich bin nur Logistiker und habe lediglich eine gute Nase für – Wein«, fügte er hinzu.

»Ich arbeite als Dozentin an einer Hochschule für Weinbau. Aber was, bitte, macht ein Logistiker?«

»Er sorgt dafür, dass eine Ware möglichst unbeschädigt, schnell und preisgünstig an ihren Bestimmungort gelangt. Ich benutze dafür Schiffe. Wie du schon sagtest, wir plaudern nachher weiter.« Er grinste sie an, hakte den Trapezgurt ein, warf den Schirm auf, sodass der Wind ihn blähte und Fechter sich dagegenstemmen musste, um nicht mitgerissen zu werden. Das Board hatte er unter den Arm geklemmt, und vom Schirm gezogen, lief er aufs Wasser zu, warf das Board hinein, sprang hinauf und jagte los.

Versonnen blickte Johanna ihm nach. Sportliche Männer gefielen ihr, leider waren sie meistens jünger, und mit denen hatte sie seit dem Debakel am Neusiedler See ein Problem. Sie merkte, dass Rosalie sie weiter anstarrte, inzwischen weniger ablehnend als deutlich hasserfüllt. Was diese Rosalie tat, ob sie einen Beruf ausübte oder als seine Freundin von ihm ausgehalten wurde – was ging es sie an? Wieso hatte Fechter sie überhaupt mitgebracht, wenn er ihr jetzt so wenig Aufmerksamkeit schenkte? Etwas ungeschickt hantierte Rosalie einige Meter weiter mit ihrem Segel herum. Soll ich ihr helfen?, fragte sich Johanna. Ach, was habe ich damit zu tun?, sagte sie sich und schob ihr Surfboard durch die ersten seichten Brandungslinien ins Wasser, schwang sich hinauf und zog den Mast hoch. Kaum hatte sie den Gabelbaum in Händen, füllte sich das Segel, und als sich das Surfboard in Bewegung setzte, vergaß sie diesen Fechter und seine Rosalie.

Gewohnheitsmäßig steuerte sie auf eine Gruppe anderer Windsurfer zu. Sie war in einem unbekannten Revier ungern allein, noch dazu mit fremdem Material. Möglich, dass sie auf Hilfe angewiesen wäre, obwohl sie nie ohne Schwimmweste surfte und eine Notrakete vom Verleiher mitbekommen hatte.

Der Wind hatte zugenommen, die Welle hatte sich hingegen noch nicht weiter aufgebaut, das machte es ihr leicht, rasch ihr Gleichgewicht zu finden. Der Wind kam vom Meer, und das war gut so, er würde sie später sicher zurückbringen, und sie konnte entspannt ausprobieren, wie sie mit der Dünung zurechtkam.

Erschrocken wandte sie sich um, als ein großes Etwas von hinten flach über dem Wasser heranraste. Dass Fechter dranhing, erkannte sie erst, als er eine Runde um sie drehte. Ein großer Junge, der ihr imponieren wollte? Möglich, dass es nett gemeint war, doch sie hätte lieber ihre Ruhe gehabt. Sie hob lediglich einen Arm zum Zeichen des Erkennens und blieb auf ihrem Kurs.

Je weiter sie ins offene Meer gelangte, je mehr die zackige Linie des Steilufers zurückblieb, desto freier fühlte sie sich. Jetzt war sie angekommen, über die See fand sie den Zugang zu diesem Land, zu diesem Volk der Seefahrer. Waren sie das noch? Ihre Gedanken wanderten zu Flávio dos Santos von der Quinta da Tia Joana, der sie hergebeten hatte und sie bezahlte. Der Weg zum Vater führte über die Tochter, aber die Mutter konnte alles torpedieren. Warum dachte sie hier auf dem Wasser daran? Probleme ließen sich auch an Land wälzen. Doch da wartete der – Logistiker? Er transportierte irgendetwas, aber was? Oder war das dem Logistiker egal? Wurde Schiffsfracht eigentlich nach Gewicht oder nach Raum berechnet?

Da war er bereits wieder, rauschte heran, ließ sich vom Schirm in die Luft ziehen, der tollkühne Sprung gelang ihm. Auch wenn er vor ihr angeben wollte, schlecht war er nicht, im Gegenteil. Sie hatte das Kiten einige Male versucht, aber es ging ihr zu schnell, sie brauchte mehr Zeit für die Dinge, auch oder besonders auf dem Wasser. Sie war beim Windsurfen geblieben, am Board konnte man sich notfalls festhalten. Und als Wellenreiter wie ein paddelnder Seehund auf einem Surfbrett zu liegen und auf die richtige Welle zu warten, war mehr etwas für supercoole Beachboys.

Zu weit durfte sie sich nicht vom Land entfernen, sie legte immer wieder einen Schlag ein, der sie zurück in brusttiefes Wasser brachte. Der Wind nahm zu, das Surfbrett bewegte sich schneller, die Wellen wurden höher, jetzt hakte sie ihrerseits den Trapezgurt ein. Aber nach mehreren rasanten Gleitfahrten fehlte ihr die Kraft, sie musste verschnaufen und ließ sich vom auflandigen Wind in Ruhe zurücktreiben.

Rosalie war längst zurück am Strand. Johanna zog ihr Surfboard auf den Sand und setzte sich zu ihr. Das Gespräch musste sie beginnen, Rosalie hätte dickköpfig weitergeschwiegen, in völliger Verkennung der Situation. Auf Fechter sollte sie sauer sein, der ging pausenlos mit seinen Augen fremd. Johanna zog den Neoprenanzug aus und wickelte sich in ein großes Frotteetuch.

»Ich habe noch ein zweites«, sagte Johanna, als sie die frierende Rosalie sah. Als Dank bekam sie den ersten freundlichen Blick.

»Ihr Begleiter«, Johanna wählte den neutralen englischen Begriff *companion* statt Freund, »hat mir erklärt, er sei Logistiker. Sind Sie in derselben Branche tätig?« Es war der Versuch, ein Gespräch zu beginnen, die verharschte Stimmung aufzubrechen.

»Nein, ich arbeite bei einer Bank im Bereich für Kapitalanlagen, ich beschäftige mich mit internationalem Geldverkehr.«

»Sie sagen also den Leuten, wie sie ihr Geld am besten vermehren können?«

»Ich stehe eher in der zweiten Reihe, ich analysiere und prüfe die Entwicklung und Veränderung von Zahlen beziehungsweise Kursen.«

»Ist das nicht sehr trocken, immer nur mit Zahlen umzugehen und dabei andere reich oder arm werden oder untergehen zu sehen? Oder nur das Ihren Kunden vorzuschlagen, was die eigene Bank emittiert?«

»Ich habe das gelernt, ich kann es recht gut, und wenn man den Beruf mit der nötigen Verantwortung ausübt, dann sieht man auch niemanden untergehen.«

»Aber wenn einem keiner zuhört?«

»Ich bin auch nicht untergegangen, und unsere neue Freundin hier auch nicht.« Fechter stand tropfnass vor ihnen, glänzend wie ein Frosch in seinem grünen Anzug. »Du bist verdammt gut auf dem Brett, Johanna.« Er hatte das strahlende Jungenlächeln aufgesetzt, glücklich wie jemand, der gerade ein Abenteuer bestanden hatte. Er legte seinen Schirm zusammen, Rosalie hielt ihm das Handtuch hin, doch er setzte sich neben Johanna, was Rosalie mit einem bösen Blick quittierte. Aber diesmal galt er nicht Johanna.

»Eine Professorin, die derart sensationell surft, habe ich bislang nirgends getroffen.« Fechter schälte den muskulösen Oberkörper aus dem Neoprenanzug, der ihm jetzt lose um die Hüften baumelte. »Du musst verdammt viel Übung haben.«

»Wenn ich an der Uni bin, wohne ich fast mit Blick auf den Rhein, an einer der breitesten Stelle. Da geht man auch nach Feierabend mal für eine Stunde los, besonders bei der Hitze dieses Sommers. Wir surfen in der sogenannten Mittelheimer Bucht.«

»Und der Schiffsverkehr stört dich nicht?«

»Doch, sogar erheblich, aber ich glaube, wir stören mehr. Allerdings lernt man unter extremen Bedingungen, mit seinem Board richtig umzugehen.«

»Bist du immer so mutig?« Das war Rosalies erste Frage und sehr zaghaft gestellt, doch gleichzeitig provokant, mit einem Hintergedanken, wie es Johanna sah.

»Ich bin nicht mutig, ich bin vorsichtig. Und Surfen ist für mich das, was für meinen Mann das Rennradfahren ist.«

»Da haben dein Mann und ich ja was gemeinsam«, witzelte Fechter. »Wo fährt er?«

»Zurzeit in Südtirol, er baut dort an der Uni Bozen einen neuen Studienzweig auf.«

»Ach, er ist auch Dozent oder Professor? Also ein ganz beschlagenes Paar?« Was schwang da mit in seiner Stimme, ein kleinbürgerlicher Bildungskomplex oder die Hochachtung vor dem Professor? »Arbeitet er im gleichen Bereich wie du?«

»Nein, er befasst sich mit Literatur.«

»Kommt er auch so viel herum wie du?«

Fragte Fechter sie aus? Johanna war sich darüber immer weniger im Klaren. »Nein, er ist mehr ortsgebunden, ich hingegen bin sehr viel zu den Weingütern unterwegs.«

»Was genau lehrst du? Was bringst du den jungen Leuten bei? Womöglich kann auch ich von dir was lernen für mein zukünftiges Weingut.« Er rückte ein wenig näher an Johanna heran, was Rosalies Miene endgültig einfrieren ließ. »Was ist man, wenn man deine Hochschule absolviert hat?«, schob er nach.

»Es gibt sowohl Master- wie auch Bachelorstudiengänge. Man eignet sich die wissenschaftliche Grundlagen für Weinbau und Önologie an, das sind die Studiengänge eher für die Praktiker. Ein anderer Studiengang ist Internationale Weinwirtschaft, da geht's mehr um Marketing. Getränketechnologie gibt's auch und Lebensmittellogistik. Wäre das nichts für dich? Man braucht Experten für die Versorgungsketten, um global ausgerichtete Produktions- und Beschaffungsprozesse zu optimieren. Hört sich gut an, nicht wahr? Qualitätsmanagement entlang der Wertschöpfungskette gehört ebenfalls dazu.«

»Ich mache seit Jahren nichts anderes und werde dafür recht gut bezahlt.«

Wen wollte er damit beeindrucken, sie oder Rosalie? Johanna war sich nicht sicher.

Fechter warf Rosalie das Handtuch zu, ähnlich wie der Boxer seinem Betreuer, wenn der Gong zur nächsten Runde rief. »Eigentlich stamme ich aus einfachen Verhältnissen, ich habe mich hochgearbeitet, Stufe um Stufe.« Er beschrieb knapp seinen Werdegang und seine gegenwärtige Arbeit bei der Overseas Shipping Company sowie seine Position in der

Hierarchie. »Aber was du, Johanna, über Energiemanagement zu sagen hast, gilt das nur für den Weinbau?«

»Es geht uns um weit mehr, es geht um Perspektiven, um den Wechsel zu erneuerbaren Energien und den schonenden Umgang mit Ressourcen, kurz gesagt, um ein sinnvolles Verhalten der Erde gegenüber.«

»Das heißt, du bist Gegnerin des Wachstums?«

»Es kommt darauf an, was da wächst. Sind es die Schulden, ist es Getreide, der Verbrauch von Biogemüse oder die Müllberge? Der Klimawandel betrifft alle, früher oder später …«

»Sag nicht, dass du zu der Gruppe von Wissenschaftlern gehörst, die inzwischen vom Klimawandel leben? Ist doch lächerlich. Ihr habt da was erfunden, ein einträgliches Geschäft für Hunderte von Fachleuten. Inzwischen hält sich jedes Schulmädchen für eine Expertin für Klimafragen. Das Klima schwankt eben, es ist mal heiß, mal kalt, das pendelt sich in Jahrzehnten oder Jahrhunderten immer ein, und Hitzeperioden oder Eiszeiten haben sich in der Weltgeschichte immer abgewechselt.«

Hatte sie hier einen Idioten wie diesen Trump vor sich? Johanna schaute Fechter an, als zweifle sie an seinem Geisteszustand. Nein, Trump hatte es längst begriffen, aber ihm ging es um Geschäfte, um das Wachstum der Milliarden. War Fechter vom gleichen Kaliber?

»Man muss lernen, damit umzugehen, sich darauf einstellen. Was wäre, wenn wir keine Öltanker mehr hätten? Wie sollten wir unsere Autos und Lastwagen antreiben? Unser Fabriken, unsere Heizung?«

»Die braucht man in Portugal bei der Sonne kaum, es ist immer warm. Und zu Hause fahre ich ein Elektroauto.« Johanna wusste, dass sie Fechter damit provozierte.

»Oje, voll auf Öko? Ohne Schiffe wäre ich brotlos. Millionen Menschen leben von der Seefahrt. Hast du dich mal gefragt, wie viel Energie bei der Herstellung dieser Autos und ihrer Batterien gebraucht wird und was man später damit macht?« Jetzt zögerte Fechter, offenbar hatte er bemerkt, dass er bei ihr damit auf Ablehnung stieß, dann lachte er laut. »Es gefällt mir, wenn eine Frau ihre Position entschieden verteidigt, wenn sie zu Widerspruch auffordert. Nein, nein, ich bin da ganz deiner Meinung. Wir müssen unsere Zukunft gestalten, wir müssen viel dafür tun. Ich spiele nur den Advocatus Diaboli, ich fordere andere gern heraus.«

»Ich verstehe, was du meinst«, sagte Johanna, »du spielst des Teufels Anwalt.« Sie nahm ihm den plötzlichen Schwenk nicht ab. »Es kann ein zweischneidiges Schwert sein, für etwas gehalten zu werden, das man nicht ist. Was als Spiel anfängt, kann sich leicht in bitteren Ernst verwandeln.«

»Aber das ist ja gerade der Reiz an der Sache«, entgegnete Fechter ungerührt und sprach mit Rosalie wieder Portugiesisch, die mit ernstem Gesicht und anschließendem Kopfnicken auf das Gesagte einging.

Es war zu dumm, dass Johanna nicht verstand, worüber die beiden redeten, denn bei allem, was Fechter sagte, blieben Zweifel. Nicht die Worte verstörten sie, es war die Schwingung, die in ihnen lag, und die Art, wie er seine Fragen stellte. Es war mehr ein Ausfragen.

»Wenn du hier arbeitest, kannst du einfach so von deiner Hochschule weg, gibt man dir dafür Urlaub?«

»Es sind gegenwärtig Semesterferien, und während des Semesters arbeite ich nebenbei freiberuflich.«

»Hier hat man dich engagiert, um Energiefragen zu klären? Auf dem Weingut Quinta da Tia Joana?«

»Genau. Was muss oder kann ein Winzer tun, um Energie zu sparen oder zu gewinnen? Wie stark muss der Reifen eines Traktors aufgepumpt sein, um den steilen Hang mit dem richtigen Gripp zu bearbeiten? Was macht man mit der bei der Gärung entstehenden Wärme? Wie sind Keller zu belüften, wie berechnet man den Durchmesser des Belüftungsschachts und die Stärke des Ventilators in Relation zum Rauminhalt des Kellers? Wie wird Wasser aufbereitet? Wie lassen sich Transporte optimieren? Zum Beispiel, indem man auf schwere Flaschen verzichtet und Transporte zusammenführt ...«

»Logisch, dazu könnte ich einiges beisteuern.«

»Also werden wir uns ein andermal zusammensetzen und das genauer besprechen? Ich mache am liebsten konkrete Vorschläge. Deutschland ist der drittgrößte Abnehmer portugiesischer Weine, alles kommt per Lastwagen, nur nach Frankreich und Angola wird mehr exportiert.«

Bei der Nennung Angolas hob Fechter leicht den Kopf, schwieg einen Moment, sein Blick wandte sich nach innen. Johanna kam es vor, als hätte er wie ein Hund Witterung aufgenommen, und Rosalie blickte ihn an, als wäre sie auf seine Antwort gespannt.

»Hast du etwas mit Angola zu tun?«, fragte Johanna unbefangen.

Fechter zögerte, als müsste er nach einer Antwort suchen. »Lagos ist ein wichtiger Hafen, ich importiere von dort Kaffee. Portugals Wirtschaftsbeziehungen sind seit der Kolonialzeit nicht abgebrochen. Es ist der größte Investor in Angola, und Angola investiert viel in Portugal.«

Ja, in Banken und Immobilien, vor der Reise hatte sie sich über die wirtschaftliche Lage schlau gemacht. Und dabei war sie auf die Meldung gestoßen, dass die Tochter des ehemaligen angolanischen Präsidenten die reichste Frau Angolas war. Woher kam das Geld? Alles zusammengeklaut? Alles in die eigene Tasche gesteckt? Und dafür hatten Tausende im Befreiungskampf ihr Leben gelassen, nur um jetzt von Schwarzen statt von Weißen ausgebeutet zu werden? Johanna verschloss ihren Mund mit einem Lächeln. Sie musste zum Wein zurückkehren. »Ich werde mich in den nächsten zwei Wochen viel auf Weingütern umsehen, erst einmal, um mir einen Eindruck zu verschaffen, und dann, um entsprechende Vorschläge zu unterbreiten.«

»Du probierst natürlich auch?«

»Selbstverständlich.«

»Ist sie nicht zu beneiden?« Wieder richtete Fechter einige Worte an Rosalie, die lediglich mit den Achseln zuckte. »Uns Normalsterblichen bleiben nur andere Gelegenheiten, und wir müssen dafür bezahlen, zum Beispiel demnächst bei der Weinprobe von Lissabon. Die findet auf der Straße statt, unter dem Arco da Rua Augusta, das ist gleich an der Praça do Comércio, falls du die kennst, unten am Hafen. Von dort aus hat man einen grandiosen Blick über die Bucht. Die Winzer schenken selbst aus. Da muss man einfach dabei sein. Wir könnten zusammen hingehen …«

»Wann ist das genau?« Für Johanna war es eine Möglichkeit, Kontakte aufzunehmen, aber sie sollte besser Flávio dos Santos begleiten als Fechter, das würde ihr die Gespräche erleichtern.

»Die Probe findet nächsten Samstag statt, ich schicke dir die Daten. Gib mir deine E-Mail-Adresse. Oder kann man dich über Facebook erreichen?«

»Da mache ich nicht mit.«

»Das ist vernünftig. Also, dann treffen wir uns spätestens am nächsten Samstag, wie schön. Wir könnten vorher hierherfahren, auch wenn ich lieber nach Foz do Arellio gehe, es liegt nur einige Kilometer weiter nördlich. Die Küste ist offener, man wird mehr gefordert, aber Rosalies wegen sind wir hierhergekommen.«

In der Sonne war es heiß, doch Johanna wollte noch einmal ins Meer und zog den Neoprenanzug wieder an, denn der Atlantik war kalt, und bei dem kräftigen Wind kühlte man schnell aus. Alle drei machten sich zugleich startbereit. Fechter war als Erster auf dem Wasser und jagte wieder davon. Der Wind war stark geworden, es bereitete Rosalie große Mühe, durch die Brandung zu kommen. Johanna blieb bei ihr und gab ihr Tipps, wie sie sich verhalten und das Segel handhaben musste. Weiter draußen ließ sie die junge

Frau nicht aus den Augen. Vielleicht half das ja, die Stimmung zu entkrampfen.

Johanna hatte nach dem ermüdenden Tag eine Stunde in ihrem Apartment geschlafen. Am Abend hatte sich der Wind gelegt. Das gemeinsame Essen mit Fechter und seiner Begleiterin – Johanna hatte sich für diese Bezeichnung entschieden – war in ähnlichen Bahnen verlaufen wie das Gespräch am Strand. Fechter hatte gefragt, in der üblichen insistierenden Weise, und ihre Fragen an ihn einsilbig beantwortet. Zumindest wusste Johanna, dass Rosalie zukünftig eine Ferienanlage hier in der Nähe verwalten würde. Was Fechter damit zu tun hatte, war ihr nicht klar geworden, ob er selbst dort investierte oder Rosalie bei einem Geschäftsfreund untergebracht hatte. Jedenfalls hatte sie erfahren, dass er als Reedereikaufmann in leitender Stellung bei der OSC arbeitete, in der zweitgrößten Auslandsniederlassung des deutschen Unternehmens. Sie hatte sich auf der Homepage sein Profil angesehen: Er war zuständig für Südamerika und die westafrikanischen Häfen.

Fechter hatte beim Abschied angedeutet, in den nächsten Tagen auf der Quinta da Joana vorbeizuschauen, dann könne sie ihm vor Ort erklären, was optimales Energiemanagement bedeute und wie die Maßnahmen mit dem Umweltschutz kombinierbar seien. Er war nicht direkt aufdringlich, hielt es aber für selbstverständlich, dass sie ihn empfing und seine Fragen beantwortete, wie sehr er sich auch in Bezug auf seine Angelegenheiten bedeckt hielt.

Ein einziger Tisch zwischen Pool und Bar war noch frei, als Johanna hinunterging, um bei einem Glas Weißwein der brasilianischen Musik zu lauschen. Ein wenig beneidete sie die anderen Gäste, die recht ausgelassen ihr Abendessen genossen und wahrscheinlich mehr als sonst dem Wein zugesprochen hatten. Entsprechend laut war der Geräuschpegel, hauptsächlich die Stimmen der Frauen, die sich aufgekratzt von Tisch zu Tisch unterhielten. Auch die Männer, ansonsten weniger kommunikativ, reckten die Hälse zu den Nachbartischen. Johanna hätte sich auch gern unterhalten, damit sie die Erinnerung an Fechters lästige Fragerei aus dem Kopf bekam. Sie erinnerte sich nicht, jemals auf diese Weise und derart schnell ausgefragt worden zu sein – außer von der Polizei am Neusiedler See, und das war lange her. Doch was hatte sie über ihn erfahren? Mehr als technische Daten eines gewöhnlichen Managerdaseins hatte er nicht preisgegeben. Und sein Verhältnis zu dieser Rosalie war alles andere als verständlich. War sie nun seine Geliebte? Oder eine junge Kollegin, mit der er das Wochenende verbrachte? Doch dann hätte er sich mehr um sie bemüht.

Eine jugendliche Stimme schreckte sie aus ihren Gedanken auf. »*May I sit here beside you?*« Es war Joana, die zukünftige Chefin des Weingutes. Es würde zwar einige Jahre dauern, bis sie de facto den Betrieb übernahm, doch Johanna war sich sicher, dass sie und nicht der Bruder die Nachfolge des Vaters antreten würde – außer die Mutter stellte sich in den Weg. Aber Flávio dos Santos machte nicht den Eindruck, als ließe er sich in seinen Teil des Betriebs hineinreden. An sich hatte das Ehepaar die Zuständigkeiten gut aufgeteilt, doch Johanna wusste, dass ein von Eheleuten geführter Betrieb nur so lange gut funktionierte, wie auch die Ehe hielt.

Auf Joanas Frage, ob sie den Tag am Strand genossen habe, ließ Johanna sich lobend über das wunderbare Surfrevier aus, erzählte von Fechter und seinen Kite-Kunststücken und dass sie ihn bereits bei ihrer Ankunft getroffen habe. »Als ich mich an der Weggabelung verfahren habe, wies er mir den Weg zu Ihrer Quinta, und mir schien, als wäre er auf dem Weg zur Quinta da Fonte. Vielleicht kennen Sie ihn.« Sie beschrieb sein Äußeres, so gut sie konnte.

»Ein Mann mit Glatze? Nein, an so einen würde ich mich erinnern. Ich mag Glatzköpfe nicht, die sehen mir zu brutal aus. Ich habe mal gelesen, dass man Männern in Gefangenschaft das Haar abschneidet. Und Soldaten wird der Kopf geschoren. Neulich habe ich einen Film über mexikanische Drogenbanden gesehen, da hatten die Männer auch alle eine Glatze und schreckliche Tattoos. Ich finde langes Haar bei Männern viel schöner, so wie mein Bruder es trägt. Aber ein Tattoo habe ich auch.« Sie zog den Kragen ihrer bunten Bluse zur Seite und zeigte lächelnd auf einen kleinen Stern auf der Schulter. »Der ist für meinen Großvater, der leider vorletztes Jahr gestorben ist. Von ihm habe ich das meiste gelernt, wir waren tagelang in unseren Weinbergen unterwegs und auch in denen der Nachbarn. Wir haben über das Leben gesprochen, und er hat mir erzählt, wie die Menschen so sind.« Sie verdrehte die Augen und wies auf die anderen Tische. »Mit meiner Mutter möchte ich nicht tauschen. Mit den Reben umzugehen, ist leichter als mit den Gästen, es macht viel mehr Spaß. Die Gäste kriegen nie genug, alles ist zu teuer, und dann meckern sie an unserem Wein herum und meinen, sie hätten eine Ahnung.«

Es schien Johanna, als hätte Joana in ihr jemanden gefunden, bei dem sie sich aussprechen konnte. Das Mädchen gefiel ihr. Sie kannte viele junge Leute, hatte sie an der Hochschule und auch bei den Abendkursen um sich. Häufig kamen Studenten zu ihr, um Rat zu suchen, und dabei ging es um mehr als um fachliche Fragen. Da war ein Streit auf dem heimischen Weingut zu schlichten, da waren Beziehungsprobleme oder sich trennende Eltern, Eifersüchteleien im Kurs oder Geldsorgen wegen steigender Mieten. Und sie, die selbst keine Kinder hatte, galt als ansprechbar und geduldige Zuhörerin.

Aber jetzt war sie an der Reihe, Fragen zu stellen. »Wie gut kennen Sie Ihre Nachbarn, die anderen Winzer? Wie steht es mit der Kommunikation? Hilft man sich gegenseitig?«

Joana schüttelte den Kopf mit den langen schwarzen Locken. »Eigentlich weniger, aber welchen Wein trinken Sie da eigentlich? Sie müssen unbedingt meine Cuvée probieren, darin habe ich Alvarinho und Viognier kombiniert und nur einen Teil Viognier im gebrauchten Barrique vergoren. Sie kennen diese Rebsorten?« Sie stand auf, ging zur Bar und kam mit zwei Gläsern und einer Flasche wieder, an der glitzernde Kondenswassertropfen feine Spuren hinterließen. Gekonnt entkorkte sie die Flasche, stellte sie in einen tönernen Kühlbehälter, schnüffelte diskret am Korken und schenkte ein.

Vom Typ her war dieser Weißwein fruchtig und harmonisch, Süße und Säure hielten sich die Waage, und der Geschmack des Barriques blieb im Hintergrund. Eigentlich ist es ein Wein zum Essen, dachte Johanna, aber auch, um sich an einem Abend wie diesem daran festzuhalten.

»Wir sind eine von drei Quintas«, erklärte Joana, »drei Quintas, die quasi auf einer Linie zwischen den Hügeln liegen. Wir sind ganz im Süden, unser direkter Nachbar im Norden ist die Quinta da Fonte. Die Fonte, die Quelle, ist inzwischen ausgetrocknet, so wie die Besitzer, die Familie Oliveira. Die scheut jeden Kontakt und schrumpelt vor sich hin«, sagte sie glucksend, »jedenfalls die Alten. Der ältere Sohn, Paulo, etwas jünger als mein Vater, arbeitet da. Aber von dem kann man nichts erwarten, der lässt keinen auf seine Quinta, der macht aus allem ein Geheimnis. Warum nur? Ich glaube, die machen sich nur wichtig.« Jetzt schmunzelte Joana schelmisch. »Wenn Sie wollen, kann ich Ihnen alles zeigen. Ich kenne hier jeden Weg, jeden Pfad durch den Wald und die Weinberge, auch bei Nacht. Mein Bruder und ich haben als Kinder alles ausgekundschaftet.«

»Und wie sind die Weine?«, fragte Johanna und spürte, wie dieses Mädchen ihr immer sympathischer wurde.

»Das ist etwas, das ich nicht verstehe. Die Leute sind so merkwürdig, dabei sind ihre Weine gut, besonders die Reserva da Fonte«, sagte Joana nachdenklich. »Wenn Sie nächste Woche mit nach Lissabon kommen, zur Weinprobe, können wir deren Weine zusammen probieren. Letztes Jahr haben die Oliveiras auch teilgenommen. Ihre Reserva ist ein DOC-

Wein, er entspricht genau den Vorschriften für die Region Lissabon. Es ist ein Verschnitt aus Touriga Nacional und Castelão von ihren besten Lagen. Das sagt Ihnen wohl wenig?«

»So ist es«, antwortete Johanna. »Mit den Rebsorten und ihren Eigenschaften und Besonderheiten mache ich mich gerade erst vertraut. Mein Thema ist ...«

»Ich weiß, ich habe mit meinem Vater alles besprochen. Eigentlich bin ich schuld, dass Sie hier sind. Ich habe ihn so lange gequält, bis er Sie eingeladen hat. Und jetzt will ich alles über Energiesparen wissen und über Umweltschutz. Ich würde den Betrieb sofort auf Bio umstellen, in Portugal sind es noch viel zu wenige. Die Leute hier sind verbohrt – wie meine Mutter«, fügte sie leiser hinzu. »Sie meint, wenn wir das täten, käme keiner mehr her, weil sie uns für Spinner hielten.«

»Diese Ansichten sind längst überholt.«

»Nicht in Portugal!«

»Sicher, dieselben Gäste werden es nicht sein, einige springen ab, andere kommen dazu.« Das war eine Erfahrung, die Johanna in Deutschland gemacht hatte. »Für viele ist gerade ein ökologisch ausgerichtetes Weingut reizvoll, ähnlich wie für die Nachbarn, wenn es nicht gerade die Qinta da Fonte ist.« Sie hatte die letzten Worte so dahingesagt, dabei glaubte sie selbst nicht mehr daran, wenn sie an die halbherzigen Maßnahmen zum Klimaschutz dachte. »Und das andere Weingut ist die Quinta da Lua, sagten Sie?«

»Nennen Sie mich bitte Joana, sonst fühle ich mich so alt.«

Das hatte sie heute schon einmal gehört. »Aber nur, wenn du mich Johanna nennst.« Was sie sich bei den Studenten verbat, war ihr bei Joana sogar angenehm, und das nicht nur, weil sie in ihr eine Verbündete gefunden hatte. Erstaunt stellte sie fest, dass bei der Unvoreingenommenheit dieser jungen Frau ihre Skepsis der eigenen Arbeit gegenüber schwand, dass die Welt ein anderes Gesicht bekam, dass sich etwas wie Zukunft abzeichnete. Doch Joana war nur eine Stimme im Heer der Schweigenden.

»Ein deutsches Ehepaar hat die Quinta da Lua vor vier Jahren gekauft, die heißen Vollmer. Kontakt haben wir zu denen auch kaum, es heißt, sie hätten ihr Vermögen mit Spekulationen verdient.«

»Es ist aber auch möglich, dass die Vollmers mit ihrem Geld etwas Sinnvolles anfangen wollen.«

»Kann man mit Geld aus krummen Geschäften etwas Sinnvolles anfangen? Hebt nicht das Schlechte das Gute auf?«

Dieser Einwand brachte Johanna zurück auf den Boden der Wirklichkeit. Sie kannte Unternehmer, Fernsehstars und Finanzjongleure, die sich aus Gründen des Prestiges ein Weingut zulegten, aber weder davon leben mussten, noch darin arbeiteten. »Kennst du diese Vollmers persönlich?«, fragte sie, ein vorschnelles Urteil vermeidend.

»Kennen? Nein. Ich weiß nur, dass sie vom Weinbau keine Ahnung haben. Da Lua war ziemlich heruntergewirtschaftet, deshalb haben sie die Quinta billig gekriegt, und beim Aufbau hat ein Deutscher geholfen, einer vom Rio Douro. Du musst seine Website ansehen. Wenn nicht alles gelogen ist, macht der das richtig gut. So ähnlich wünsche ich mir unseren Betrieb in ein paar Jahren. Alles Bio«, lachte sie.«

Dann besteht ja eine gewisse Hoffnung, sagte sich Johanna. Diese Quinta sollte sie sich auf jeden Fall ansehen.

»Der soll übrigens gerade hier sein, der Deutsche, habe ich zumindest gehört. Der kommt jetzt wieder öfter, der Vollmer ist nämlich im Krankenhaus.«

»Was hältst du davon, wenn wir zusammen hingehen?«

»Zum Vollmer? Nein. Zum deutschen Winzer, sehr gerne, aber zuerst machen wir einen Plan.«

Die Quinta do Pinto stand am nächsten Tag auf Johannas Programm. Sie zu finden, war nicht einfach. Allein der Name des Dorfes war kompliziert – Aldeia Galega do Merceana. Ihr Tablet zeigte die Quinta zwar an, doch dort, wo sie hätte abbiegen müssen, wies ein Pfeil nur auf eine Quinta do Anjo hin. Sie fuhr zurück ins Dorf und radebrechte sich durch, und immer wieder wies man ihr denselben Weg.

Von der winzigen Asphaltstraße führte eine Orangenallee an einer weiß gekalkten Mauer entlang. Dahinter lag das Weingut. Der Hügel auf der anderen Seite war komplett von Wein bestanden. Das Tor stand offen, linker Hand erstreckte sich das Herrenhaus mit Freitreppe und einer breiten Veranda, rechts umschlossen die Gebäude mit den weintechnischen Anlagen einen weiten Hof.

Auf der Freitreppe kam ihr Rita Cardoso Pinto entgegen, eine resolute und sympathische Enddreißigerin, eine Frau, der man ansah, dass sie anpacken und sicher auch einiges einstecken konnte, denn das gehörte dazu, wenn man einen derart großen Betrieb zu leiten hatte. Rita bat Johanna, auf der Veranda Platz zu nehmen, unter dem von Säulen getragenen Vordach, und ging den Wein holen. Man wolle ja schließlich probieren. Neben dem Wein interessierten Johanna aber auch die baulichen Gegebenheiten, der Maschinenpark sowie der Energieeinsatz. Schließlich war sie Ingenieurin und nur eine halbe Önologin. Nicht einen Sonnenkollektor hatte sie bei der Einfahrt auf einem der vielen Dächer entdecken können, nicht eine Photovoltaikanlage, dabei stand hier die Sonne mehrere Tausend Stunden im Jahr an dem auch heute strahlend blauen Himmel. In Westfalen war mancherorts jedes zweite Haus mit den dunklen Platten bestückt. Befanden sich die Kollektoren womöglich am Rande der Rebflächen? Das hätte Fläche beansprucht, Leitungen gekostet und zu Transportverlusten geführt.

Da die Gastgeberin eine Weile fortblieb, konnte Johanna sich ungestört umsehen. Bewundernd betrachtete sie die Ausgestaltung der Terrassenwände mit wunderbaren Kacheln, eine Dekoration, die sich im repräsentativen und altmodisch eingerichteten Salon rings um den großen offenen Kamin fortsetzte. Der geschmiedete Kronleuchter und die Gemälde mit christlichen Motiven wiesen einmal mehr auf Tradition.

Das Haus, wusste Johanna, war im 17. Jahrhundert gebaut und von der Krone auf ihren Reisen von Lissabon zu den nördlichen Besitztümern als Quartier genutzt worden.

Rita Cardoso Pinto kam mit nur vier Flaschen zurück, die vier Gruppen von Weinen repräsentierten, obwohl neunzehn Rebsorten angebaut und diese in neunundsechzig Weinen ihren Widerhall fanden. Zuerst kam der rebsortenreine Arinto ins Glas, ein Wein von hellem Gelb mit leichtem Grünton und frischem Zitrusaroma. Die nächste Gruppe trug den Namen Lasso, ein Rosé aus den Rebsorten Castelão und Aragonez. Hier herrschten Himbeere und rote Johannisbeere vor. Der Wein hatte mehr Körper, wirkte voller, die Süße war nicht überhöht, und sein Geschmack blieb länger im Mund. In der nächsten Kategorie vereinten sich Bordeaux und das Mittelmeer, die internationalen Rebsorten Merlot und Syrah zu gleichen Teilen zu einem nach Früchtekuchen, Feige und Rumtopf duftenden Aroma. Der wuchtigste Wein setzte sich aus drei portugiesischen Rebsorten und Syrah zusammen, fast schwarz in der Farbe, robust und warm, Gewürze und schwarze Beeren im Geschmack.

Johanna, sich der Wirkung der Weine wohl bewusst, hatte lediglich tröpfchenweise probiert und hauptsächlich die Nase benutzt, sie hatte es in den vielen Jahren gelernt, fast zwangsläufig, seit sie in Geisenheim lehrte. Trotzdem war sie froh, dass Rita Cardoso Pinto sie in ihrem Geländewagen zur Rundfahrt einlud. Am höchsten Punkt des Reblandes stiegen sie aus. Die Quinta war, wie sie von oben nun sehen konnte, von allen Seiten vom Rebland eingefasst, es reichte von der Hügelkuppe im Norden bis zur Waldgrenze im Süden, fast ein flach liegender Hohlspiegel, gleichmäßig bepflanzt, hervorragend gepflegt – an integrierter Produktion ausgerichtet, auf biologische Produktion zusteuernd. Letzteres waren Worte, die Johanna zu oft gehört hatte, das waren geschriebene Sätze im Prospekt, Sprechblasen der Volksvertreter im TV und Bits und Bytes auf den Homepages.

Hier ist noch verdammt viel zu tun, seufzte Johanna, als sie wieder im Auto saß, und das braucht Zeit, sehr viel Zeit, Jahrzehnte, die wir nicht haben. Der Meeresspiegel stieg weiter, die Hitze nahm zu, das Eis schmolz täglich, Ernteerträge nahmen ab, weitere Flächen wurden zugebaut, die Wüsten dehnten sich aus, Sand und Wasser wurden knapp, mehr und mehr Plastik kam in Umlauf, der Verkehr explodierte, die Atemluft wurde schlechter, doch am schwierigsten würde es sein, die auf Wachstum konditionierten Menschen zum Einhalten zu bewegen – es würde nicht gelingen. Wie sollte sie dabei nicht verzweifeln?

Es war Abend geworden, und Johanna war seit etwa einer Stunde zurück auf der Quinta. Nun war sie auf dem Weg nach unten zur Bar, um eine Kleinigkeit zu essen, als jemand energisch an die Tür ihres Apartments klopfte.

Draußen stand Dona Sofia dos Santos. Ihre Miene verhieß nichts Gutes. »Haben Sie extra den weiten Weg hierher gemacht, um Zwietracht zu säen?«, fragte sie mit schneidender Schärfe in der Stimme. Ihr Englisch war zu Johanna Erstaunen nahezu perfekt. »Ich glaubte, Sie wären gekommen, um uns zu helfen, und nicht, um Unruhe zu stiften und einen Keil zwischen mich und meine Tochter zu treiben.«

»Das würde ich mir nie erlauben, Senhora dos Santos«, antwortete Johanna verblüfft. »Dazu gibt es weder einen Anlass noch einen Grund. Wie kommen Sie darauf?«

»Ich werde nicht mit Ihnen darüber diskutieren. Nur so viel: Halten Sie sich in Zukunft von meiner Tochter fern!« Abrupt drehte sich Dona Sofia um und stakste die Treppe hinunter. Auf halber Höhe blieb sie stehen und wandte nur den Kopf. »Eines sage ich Ihnen ganz klar: Meine Dächer werden Sie mir nicht mit Ihren Sonnenkollektoren oder sonst etwas verschandeln! Meine Gäste kommen her, um sich zu erholen, und nicht, um indoktriniert zu werden!«

Nicolas Hollmann

Ein kaltes Lächeln der Befriedigung

Nicolas hatte mit Karin Vollmer und Lourdes bis tief in die Nacht Akten durchgesehen. Er war jetzt zum dritten Mal hier und hatte eigens seine Sekretärin mitgebracht, um die Betrügereien aufzudecken, für die er Hinweise gefunden hatte. Um herauszufinden, wie das System genau funktionierte, war Lourdes besser geeignet. Sie konnte mit Zahlen umgehen, sie wusste Bescheid über Geldeingänge und Ausgaben, über offene Rechnungen, Warenbestände und Rabatte. Er selbst konnte Wein machen, sah dem Weinstock an, was er brauchte oder ob er krank war. Er bestimmte die unterschiedlichen Lesezeitpunkte der verschiedenen Rebsorten, entschied gemeinsam mit Kellermeister Adão über Gärzeiten und Fassreife, aber Zahlen waren ihm ein Gräuel. Statistische Berechnungen waren ihm als Architekten immer schwer von der Hand gegangen. Auf die Unstimmigkeiten in den Abrechnungen der Quinta da Lua war er nur durch Vergleich der im Kellerbuch eingetragenen Erntemengen der Vorjahre gekommen und durch die geringere Belegung der einzelnen Tanks im letzten Jahr. Das hatte ihn stutzig werden lassen, denn Vollmer hatte von etwa gleichbleibenden Erntemengen in den Vorjahren gesprochen.

Als Nicolas vor zehn Jahren seine Quinta übernommen hatte, war er durch zwei hohl klingende *pipas*, Fünfhundertfünfzig-Liter-Fässer, auf den Diebstahl von eintausendeinhundert Liter besten Tawnys gestoßen, eine Schadensumme von mehr als zwanzigtausend Euro. Auch hier war er jetzt wieder von Fass zu Fass gegangen, hatte dagegengeklopft und auf den Klang geachtet. Er wusste längst, wie ein halb volles und ein zu zwei Dritteln gefülltes Holzfass klingen musste.

Hier hatte es den Anschein, als wäre deutlich mehr geerntet worden als im Kellerbuch vermerkt, demnach waren auch die Meldungen ans Weininstitut falsch, was Herbert Vollmer als Betrug ausgelegt werden konnte. Weiterhin stimmten die tatsächlichen Bestände an Korken und Kapseln sowie Flaschen nicht mit den Buchbeständen überein. Die Differenz dürfte Aufschluss geben, welche Mengen an Trauben und Flaschen gestohlen worden waren. Es war eindeutig, dass Keller und Büro zusammengearbeitet hatten. Nicolas hegte einen Verdacht, gleichzeitig war er überzeugt, dass Karin Vollmer an dem Betrug unbeteiligt war, sonst hätte sie sich nie so engagiert um Aufklärung bemüht. Ihren Mann würden sie davon aber vorerst nicht in Kenntnis setzen.

Die Operation an der Wirbelsäule war für heute angesetzt. Nach Karins Ansicht hatte er sich eindeutig übernommen. »Erst das tagelange Stillsitzen am Bildschirm oder Telefon, danach der fast bruchlose Übergang zu harter körperlicher Arbeit hier auf der Quinta, das war für ihn zu heftig. Zum ersten Mal in seinem Leben würde er richtig arbeiten, hat er immer gesagt. Ich hab's kommen sehen.« Da sie darauf bestand, dass Nicolas sie ins Hospital begleitete, war die Nacht sehr kurz. Er hatte eingewilligt, da er wusste, wie sehr sie sich um Herbert sorgte, und es würde kein einfacher Eingriff werden.

Lourdes hingegen durfte ausschlafen, Karin hatte sie aus Sicherheitsgründen auf der Quinta da Joana untergebracht. Ihre detektivische Arbeit würde Lourdes erst in der kommenden Nacht fortsetzen, denn niemand auf der Quinta da Lua durfte von ihren Aktivitäten erfahren. Anhand der manipulierten Daten würde sie herausfinden, wer an dem Betrug beteiligt war. In ihren Augen kamen nur zwei Personen dafür infrage.

Bereits um sieben Uhr fuhren Karin und Nicolas nach Lissabon. Karin hatte Nicolas gebeten, sich ans Steuer zu setzen, sie selbst sei zu nervös.

Herbert war bereits für die Operation vorbereitet und sah ihnen, bis zum Hals zugedeckt, aus seinem Krankenhausbett ruhig lächelnd entgegen. Die Wirkung des Beruhigungsmittels hatte wohl schon eingesetzt. Nicolas ging der Krankenhausgeruch entsetzlich auf die Nerven, vielmehr auf die Nase. Diese Luft zu atmen, war eine Qual. Dann wurde Herberts Bett aus dem Zimmer gerollt, gemeinsam fuhren sie mit dem Fahrstuhl nach unten zum Operationssaal. Herbert verschwand in seinem Bett hinter einer Milchglastür, Karin und Nicolas setzten sich im Flur auf eine der Bänke für wartende Angehörige.

Um Karin abzulenken, fasste Nicolas noch einmal die in der letzten Nacht gewonnenen Erkenntnisse zusammen. In Kellermeister Tavares sah er eindeutig den Drahtzieher des Betrugs. Und als Karin erwähnte, dass auf sein Betreiben hin vor zwei Jahren seine Bekannte als Bürokraft eingestellt worden sei, war der Fall klar.

»Lourdes wird die entsprechenden Dokumente kopieren. Und wenn wir die nötigen Beweise beisammen haben, einigen wir uns über das weitere Vorgehen. Wir werden die Behörden einschalten müssen, damit die Sache nicht auf euch zurückfällt. Aber vorher beraten wir uns mit einem Anwalt.«

»Am liebsten würde ich Tavares und unsere Sekretärin heute Abend noch rausschmeißen!«

»Das wäre ein Fehler, wir sollten uns zuvor unbedingt mit Dr. Pereira besprechen. Der Anwalt hat mir damals sehr geholfen. Er ist zwar nicht mehr ganz jung, aber sehr klar im Kopf.«

Als Nicolas Karin gerade das hiesige Kündigungsrecht erläutern wollte, hörten sie eine sich nähernde Sirene, Autotüren schlugen, laute Stimmen ertönten, Fußgetrappel wies auf eine größere Gruppe hin, und im Eiltempo wurde ein

Mann auf einer Rettungstrage an ihnen vorbei auf die Milchglastür zum OP geschoben. Eine Krankenschwester hielt die Tür auf und wandte sich dann an Karin Vollmer. »Das Unfallopfer hat immer Vorrang, ein Schwerverletzter, Autounfall«, erklärte sie. »Ihr Mann muss leider warten.«

»Kann ich derweil zu ihm?«

Mit geübtem Lächeln wies die Schwester auf ein Schild, wonach Besuchern der Zugang nicht gestattet sei. Im Laufschritt und mit fliegenden Kitteln stellten sich weitere Ärzte ein, der Fall schien ernst zu sein. Das Unfallopfer schwebte allem Anschein nach in Lebensgefahr.

Karin Vollmers Stimmung erreichte einen Tiefpunkt. Dem Nichtstun ausgesetzt zu sein, war auch für Nicolas kaum auszuhalten. Er konnte stundenlang Weinstöcke betrachten, von ihrer Terrasse in den Himmel oder auf den Rio Douro schauen oder seiner Tochter beim Spielen zusehen. Aber weiße Krankenhauswände waren ätzend, auch wenn Fotos von portugiesischen Berglandschaften an den Wänden hingen, Motive aus der Serra da Estrela. Fahrig blätterte Karin in einer der ausgelegten Zeitschriften. Nicolas hielt sich nur mühsam wach, immer wieder kippte ihm der Kopf nach vorn, bis er irgendwann tatsächlich wegdämmerte.

Es waren fremde Stimmen und deutsche Wörter, die ihn weckten, und sich den schmerzenden Nacken massierend, blickte er auf. Ihm gegenüber auf der Bank hatten sich zwei Manager in Edelzwirn niedergelassen: teure dunkle Anzüge, hellblaue Hemden, Manschettenknöpfe, polierte schwarze Lederschuhe, nur einer der beiden trug eine Krawatte. Nicolas kannte diese Art Männer, sie kamen zu ihm auf die Quinta und fragten nach Portwein, dem zehn oder zwanzig Jahre gelagerten, selbstverständlich zu Sonderpreisen, »ex cellar«, da sie ihn selbst abholten. Der Krawattenträger mit dem grauen Haar war eindeutig älter und wohl auch der Vorgesetzte des Mannes mit dem kantigen Gesicht und dem rasierten Schädel, bei dem das dunkle Haar durch die Kopfhaut schimmerte. Er wirkte mit seiner sportlichen Figur und dem gebräunten Gesicht, als käme er geradewegs vom Strand. Während Karin weiterhin gelangweilt durch die Zeitschriften blätterte, tat Nicolas, als schliefe er, und konzentrierte sich dabei auf die Unterhaltung der Manager. Das hielt ihn wach.

Das beinahe flüsternd auf Deutsch geführte Gespräch der beiden drehte sich um Schiffe und Transatlantikrouten, um Ladungen, Ankunftstermine und Ladekapazitäten. Daneben wurden Firmen erwähnt, von denen einige in der Wirtschaftspresse auftauchten. Dann wechselten sie das Thema.

»Sie werden sich schnell einarbeiten«, sagte die Krawatte zu seinem Nebenmann, der die Beine weit von sich gestreckt und die Arme vor der Brust verschränkt hatte, »da bin ich mir absolut sicher. Ihr Engagement ist auch dem Vorstand bekannt.«

War das eine Forderung oder eine Feststellung?, fragte sich Nicolas, der solche Floskeln kannte, und blinzelte zu den Männern hinüber.

»Ich bin da ganz bei Ihnen, zumal sich unsere Arbeitsbereiche dann zum Teil überlappen«, war die Antwort des Glatzköpfigen. »Bleibt die Frage, wer uns für die Tagesarbeit zur Verfügung steht. Henke sah seinen Schwerpunkt mehr im Bereich des New Business und der strategischen Planung ...«

»Dann sind Sie genau der Richtige. Jemand wie Sie betrachtet das doch als hochwillkommene Herausforderung, als einen Karrieresprung. Bei der Schwere des Unfalls ist kaum damit zu rechnen, dass unser lieber Henke bald wiederhergestellt ist, wenn überhaupt. Wir können es nur hoffen.« Der Krawattenträger faltete die Hände. »Und niemand weiß, welche Spätfolgen sich ergeben ...«

»Malen Sie nicht den Teufel an die Wand, Herr Willbrand!« Die Glatze duckte sich wie unter einer drohenden Gefahr.

»Ich würde mich an Ihrer Stelle darauf einstellen«, unterbrach der Willbrand Genannte, »dass die Übernahme seiner Verpflichtungen nicht nur temporär ist. Ich tu's auch nicht, sosehr ich es auch bedauere. Aber ich arbeite gern mit Ihnen zusammen. Ich spreche gleich morgen mit dem Vorstand, mein Placet haben Sie sowieso. Und wer weiß, ob Henke unter diesen … diesen … Bedingungen in Lissabon bleiben will oder ob er sich lieber in Deutschland weiterbehandeln lässt.«

Da lag ein schwer verletzter Kollege unter dem Skalpell der Ärzte, sie kämpften um sein Leben – und die Nachfolger wetzten bereits die Messer? Ja, so tickten sie in vielen Chefetagen, wo der Umgang untereinander ähnlich gnadenlos war wie der mit den Arbeitskräften. Nicolas konnte froh sein, dass ihn das Schicksal in einen landwirtschaftlichen Betrieb verschlagen hatte und er sich nicht im Konzern seines Vaters mit derartigen Haifischen auseinandersetzen musste.

»Ich kann mir gut vorstellen, dass er die Zeit seiner Genesung lieber in Deutschland verbringt, wir haben auch die besseren Ärzte.« Der Glatze schien der Gedanke zu gefallen.

»Soweit ich weiß, ist Henke in Bremen zu Hause. Haben Sie seine Frau verständigt, Herr Fechter?«

»Selbstverständlich.« Der Glatzkopf schaute auf seine teure Armbanduhr. »Sie wohnen hinter Bucelas, in einer kleinen Gemeinde, Sie erinnern sich an sein Gartenfest im Juli? Bei dem Verkehr braucht seine Frau mindestens eine Stunde bis hierher. Sie könnte jeden Moment eintreffen. Ich hoffe, sie nimmt es gefasst auf. Jammernde Ehefrauen sind gar nicht mein Fall.«

Eine Schwester trat aus der verbotenen Zone, Karin sprach sie an, vermischte in ihrer Aufregung deutsche und portugiesische Wörter, sodass sich schließlich Nicolas nach dem Befinden ihres Mannes erkundigte. Jetzt blickten die beiden Manager sie an.

Herbert Vollmer sei guter Dinge, erklärte die Schwester und lachte. »Er hat schon alle auf seine Weine heißgemacht. Eine Kiste ist dem Oberarzt sicher.«

»Dann geht's ihm gut«, sagte Karin aufatmend zu Nicolas und lehnte sich beruhigt zurück. Als sie bemerkte, wie die beiden Männer sie anstarrten, schlug sie die Augen nieder.

»Sie haben mit Wein zu tun?«, fragte die Krawatte. »Sind Sie Winzerin?« Er schaute sie offen an und lächelte.

Karin schüttelte den Kopf. »Nein, ich nicht, aber mein Mann ist Winzer«, sagte sie und fügte quasi entschuldigend hinzu: »Der Herr hier an meiner Seite ist unser Berater. Momentan müssen Sie sich an ihn wenden, wenn Sie etwas über unsere Quinta wissen wollen.« Offensichtlich stand ihr nicht der Sinn nach Fachsimpelei.

Nicolas wandte sich flüsternd an Karin. »Gib ihm doch eine Visitenkarte.«

»Ich habe keine dabei.«

»Solltest du aber. Dann geb ich ihm meine.« Er kramte eine Karte aus seiner Brieftasche, notierte die Webadresse der Kellerei auf der Rückseite und reichte sie hinüber.

Die Glatze griff schnell zu, bedankte sich lächelnd und las. »Sie führen ein Weingut am Rio Douro, Herr Hollmann? Oh, wie interessant.« Er sah Nicolas durchdringend an. »Und Sie beraten Madame … Vollmer? Ihnen, gnädige Frau, gehört die Quinta da Lua? Wie schön! Ich bin ein … äh, Bewunderer portugiesischer Weine, ich liebe Touriga Nacional. Bei den Weißen ist es Alvarinho. Ich wäre zu gern Winzer geworden, aber die Weichen werden meist in der Jugend gestellt, und wenn der Zug einmal in Fahrt ist«, mit Blick auf seinen Nebenmann zuckte er die Achseln, »kann man schlecht umsteigen.«

»Ja, ja, damit fällt er uns alle naselang auf die Nerven«, bemerkte die Krawatte mehr im Spaß, stand auf, reichte Karin Vollmer die Hand und stellte sich mit einem Lächeln als »Justus Willbrand« vor. »Ich leite die hiesige Niederlassung der OSC, eine deutsche Reederei, die Overseas Shipping Company. Und der Herr neben mir«, er wies auf die Glatze, »ist Andreas Fechter. Leider haben wir momentan andere

Sorgen, als uns mit Wein zu beschäftigen.« Er blickte zur Milchglastür. »Unser zweiter Mann hatte einen schweren Autounfall. Gar nicht weit von seinem Haus kam er mit seinem Wagen von der Straße ab und stürzte einen Abhang hinunter.«

»Ein schwerer Schlag für das Unternehmen«, ergänzte die Glatze, »und selbstverständlich für seine Familie«, fügte er rasch hinzu.

Nach dem, was Nicolas bis jetzt vernommen hatte, schien ihm diese Betroffenheit ziemlich geheuchelt zu sein.

»Nun muss geklärt werden, wie es zu diesem Unfall kommen konnte. Er fährt diesen Weg tagtäglich ins Büro, aber im Verkehr weiß man ja nie, wer oder was auf einen zukommt ...« Zustimmung heischend sah er Nicolas an, erhob sich und wies auf den freien Platz auf der Bank neben ihm. »Sie gestatten?« Bevor er sich setzte, schüttelte er Karin Vollmer die Hand und erkundigte sich nach dem Grund ihres Hierseins.

Doch der schien ihn weit weniger zu interessieren als Nicolas' Tätigkeit. Er beugte sich vertraulich ihm zu. »Sind Sie häufiger in Lissabon? Wo liegt Ihr Weingut genau?«

»Zwischen Arruda dos Vinhos und Alenquer.« Mehr wollte Nicolas nicht sagen. Er war an Tagen wie diesen, wenn er unausgeschlafen war, der Fragerei von Weinenthusiasten überdrüssig. Wie viel Hektar? Wo genau? Welche Weine? Welche Rebsorten? Mit oder ohne Rappen vergoren? Sind die Weine gefiltert? Temperaturkontrolliert? Wie viele Flaschen? Wie viele Barriques – neu oder gebraucht? Er hatte diese Fragen oft genug selbst gestellt. Dann folgten die Fragen nach dem Boden, und wenn die beantwortet waren, kam der Moment, das eigene Wissen anzubringen, womit der Fragende sich als Kenner ausweisen wollte.

Er wollte dem Mann nicht Rede und Antwort stehen, während im Operationssaal, durch dünne Wände getrennt, die Ärzte um das Leben seines Kollegen kämpften. Ein Autounfall war nichts Ungewöhnliches, er konnte sich jederzeit und überall ereignen, besonders bei der Fahrweise der Portugiesen und den unübersichtlichen und maroden Landstraßen. So leidenschaftlich sie bei Formel-1-Rennen vor der Glotze hängen, so leidenschaftlich fahren sie Auto, dachte Nicolas böse. Glücklicherweise war die Verkehrsdichte bei ihnen am Rio Douro minimal, was sie nicht davon abhielt, halsbrecherisch über schlechte Landstraßen zu preschen und vor unübersichtlichen Kurven rasch noch zu überholen.

»Was habe ich unter einem Berater zu verstehen?«, fragte Fechter, Nicolas' Gedanken unterbrechend.

Nicolas holte Luft, suchte nach einer möglichst kurzen Antwort. »Ich schaue mir die Kellerei an und mache Vorschläge zur Optimierung.«

»Nur für den Kellerbereich oder auch hinsichtlich des Weinbaus?«

Der Kerl ließ nicht locker. Nicolas stöhnte innerlich. »Mein eigenes Weingut führe ich nach biologischen Gesichtspunkten, obwohl es offiziell kein Bioweinbau ist.« Das war bereits zu viel, dachte Nicolas erschrocken, jetzt würden sich weitere Fragen anschließen. Und genau das geschah. Er hätte besser den Mund gehalten.

»Wieso ist es offiziell kein Bioweinbau?«

Merkte dieser Fechter nicht, dass er ihm auf den Wecker ging? Aber die Höflichkeit gebot eine Antwort, und der Mann konnte ein Kunde werden, er durfte ihn nicht verprellen.

»Für Bioweinbau gibt es Statuten. Aber solange wir mit Kupfer und Schwefel den falschen und richtigen Mehltau bekämpfen, also den Boden permanent mit Schwermetall vergiften – wenn auch mit geringsten Dosen –, ist das für mich kein Bio!«

»Sehen nur Sie das so – radikal?«

»Mehr oder weniger«, brummelte Nicolas vor sich hin, ohne Fechter anzusehen. Hoffentlich kapierte der endlich, dass er störte. Oder was wollte er?

»Wenn Sie als Berater Erfahrung haben und selbst Winzer

sind, wäre es dann vermessen, Sie zu fragen, ob Sie mich gegebenenfalls auch beraten?«

»Wobei könnte ich Ihnen nützlich sein?« Nicolas wahrte
die Form, dabei könnte Fechter ihm nützlich sein, wenn er
einfach nur den Mund hielte. Sehen, riechen, schmecken
und fühlen, das war sein Universum, sowohl im Keller wie im
Weinberg, aber das Reden fiel ihm immer schwerer. Mund-
faul sei er geworden, hatte Rita ihm kürzlich vorgeworfen.

»Ich würde gern – ja, es mag aus dem Munde eines Schiffs-
maklers ungewöhnlich klingen – ein …«, Fechter versicherte
sich, dass sein Vorgesetzter, der sich zum Telefonieren entfernt hatte, nicht zuhörte, »… ich möchte ein Weingut kaufen! Tatsächlich, das ist nicht nur eine fixe Idee. Portugal gefällt mir gut, die Weine ebenfalls, ich mag die Menschen, ich
spreche ihre Sprache, verstehe was vom Verkaufen und vom
Transport. Und wann, wenn nicht bald, lieber Herr Hollmann, sollte man sich seinen Lebenstraum erfüllen? Wann
haben Sie den Entschluss dazu gefasst, Winzer zu werden?«

»Ich bin mehr als Opfer der Umstände Winzer geworden.
Denken Sie an ein bestimmtes Objekt?«

»Ja, das tue ich.«

»Und wo soll das sein?«

»Na, selbstverständlich hier in der Nähe der Hauptstadt …« Fechter blickte auf, denn jetzt stürzte eine Frau mit
dunkelblondem, hochgestecktem Haar auf sie zu, eine Krankenschwester im Schlepptau, die sie aufzuhalten versuchte.
Die Frau eilte mit ängstlich aufgerissenen Augen auf Fechter
zu. Der war aufgestanden und wandte sich ihr zu. »Frau
Henke …«

Also war die Frau des Unfallopfers eingetroffen. Das
Drama nimmt weiter Gestalt an, dachte Nicolas, der von
dem Geschehen unberührt blieb. Willbrand steckte sein
Mobiltelefon in die Jackentasche und ließ Fechter bei der
Begrüßung den Vortritt.

Frau Henke überschüttete ihn mit einem Schwall von Fragen, die so schnell hintereinander kamen, dass weder Fechter noch Willbrand Zeit für eine Antwort blieb. Von Nicolas, Karin und der Krankenschwester, die ihren Arm gepackt hatte und sie so daran hinderte, durch die Milchglastür zu laufen, nahm sie keine Notiz, sodass Nicolas die Szene ungeniert beobachten konnte.

Fechter schob Willbrand beiseite, der sich sichtlich unwohl fühlte, und ergriff theatralisch die Hände der Frau. Dabei rutschte ihr der Riemen ihrer Handtasche von der Schulter, beide Männer bückten sich gleichzeitig und stießen mit den Köpfen zusammen. Fechter fasste sich als Erster und hob die Handtasche auf.

»Meine liebe Marie, es tut mir unendlich leid, was passiert ist, es tut mir so leid. Die Ärzte tun alles Menschenmögliche, davon sind wir überzeugt.« Auch Willbrand spendete einen mitfühlenden und besorgten Blick. »Leider wissen wir nichts Genaues. Dein Mann ist seit einer Stunde im OP. Ein ganzer Schwarm von Ärzten kümmert sich um ihn, wir warten und hoffen. Andere müssen zurückstehen …« Fechter deutete mit dem Kopf auf Karin Vollmer. »Der Mann dieser Dame sollte bereits operiert werden, da wurde dein Mann eingeliefert und vorgezogen.«

»Kann mir denn hier niemand Auskunft geben?« Hilfesuchend sah die Frau sich um.

»Nun setzen Sie sich doch, Frau Henke!« Nicolas hatte den Eindruck, dass der Krawatte die Situation besonders unangenehm war, peinlich geradezu, während dieser Fechter sowohl mit der Situation wie auch mit Frau Henke gelassen umging. Sicher war das in dieser Situation richtig, nur klangen seine Versicherungen und seine Anteilnahme wie eingeübt. Er musste ein sehr kontrollierter oder gefühlskalter Mensch sein.

»Bist du auf der Herfahrt an der Unfallstelle vorbeigekommen?« Es war eine rein sachliche Frage.

Frau Henke nickte, starrte vor sich hin und knetete die

Hände. Dann sah sie hilfesuchend auf. »Ja, ich habe die Kinder zur Schule gebracht, es gab einen Stau, Polizei war da, es dauerte, bis ich an der Absperrung vorbei war, ich wusste ja nicht, dass er …« Sie presste die Lippen aufeinander und fuhr sich mit der Hand über den Mund, um das Unaussprechliche nicht sagen zu müssen. »Als ich die Kinder in der Schule abgeliefert hatte, bekam ich den Anruf. Steht es sehr schlimm um ihn?« Um eine beruhigende Antwort flehend, sah sie von Fechter zur Krawatte und zur Krankenschwester. Letztere breitete hilflos die Arme aus und wies zur Milchglastür.

»Ich will nicht drumherum reden«, sagte Fechter mit ernster Miene, »aber ich befürchte, dass wir mit allem rechnen müssen, Marie. Doch man darf die Hoffnung nicht aufgeben. Wissen die Kinder …?«

»Bitte, bitte sprich nicht weiter.« Frau Henke schluckte und kramte kopflos in ihrer Handtasche. Karin Vollmer reichte ihr ein Taschentuch, was ihr einen dankbaren Blick eintrug und einen Strom von Tränen auslöste. Fechter rückte etwas von den Frauen ab, als wären ihm Tränen zuwider.

Nicolas hatte das Unglück anderer Menschen noch nie so hautnah miterlebt, und auch wenn er in keiner Weise selbst betroffen war, war er dennoch berührt. Jeder dieser drei Menschen ging gänzlich anders mit dem Unglück um. Der Ehefrau zerriss es das Herz, der Krawatte war es peinlich, und dieser Fechter (war das Nomen ein Omen?) behandelte den Unfall seines Vorgesetzten ähnlich emotionslos wie einen Geschäftsvorgang auf der Reederei.

»Ich brauche dringend einen Kaffee, wenn es hier so was gibt«, sagte Karin Vollmer. Ihre Augen sprachen eine andere Sprache, darin hieß es: Lass uns schleunigst verschwinden, ich halte das hier nicht länger aus. Sie fragte die Krankenschwester nach der Kantine und bat, sie zu informieren, wenn ihr Mann aus dem OP entlassen werde.

Als sie zurückkamen, saß Frau Henke blass und stocksteif

zwischen den beiden Männern und rang die Hände. Die Krankenschwester bat sie mitzukommen, um ihr ein Beruhigungsmittel zu geben. Kurz darauf trat eine Gruppe von Ärzten mit ernsten Gesichtern leise debattierend durch die Milchglastür. Ein älterer Arzt fragte nach den Angehörigen von Senhor Henke, und als Willbrand sich meldete, ergriff er seine Hand.

»Es tut uns unsäglich leid, wir haben wirklich alles versucht! Aber der Patient ist unter unseren Händen gestorben.«

Unwillkürlich sah Nicolas in diesem Moment zu Fechter hinüber. Täuschte er sich, oder glitt tatsächlich ein kaltes Lächeln der Befriedigung über dessen Gesicht? Es war wie der Spiegel seines tiefsten Inneren, bevor sich die Miene der Betroffenheit darüberlegte.

Als er Nicolas sah, trat er auf ihn zu. »Sehen wir uns bei der Weinprobe in Lissabon? Nehmen Sie daran teil? Es würde mich freuen. Ich könnte die Weine probieren, die unter Ihrer Ägide entstanden sind, und wir sprechen über mein Projekt.« Jetzt wurde Fechter jovial: »Selbstredend stelle ich Ihnen ein gutes Beraterhonorar in Aussicht.«

Die Operation von Herbert Vollmer verlief zur Zufriedenheit der Ärzte. Der Patient müsse allerdings noch mindestens eine Woche hierbleiben und sich auch nach dem Klinikaufenthalt noch eine geraume Weile schonen. Körperliche Arbeit sei ihm strengstens verboten.

Nicolas würde sich also noch mehrmals auf den Weg vom Douro zur Quinta da Lua machen müssen, eine Belastung, die ihn wenig erfreute. Andererseits war er beruhigt, dass Herbert Vollmer die Aussicht auf vollständige Genesung hatte und dass Karin die Abwesenheit ihres Mannes nicht allzu schwer nahm. Als weitaus belastender empfand Nicolas jedoch die bevorstehende Aufgabe, die Unregelmäßigkeiten in den Abrechnungen zu klären. Immerhin wusste er Lourdes dabei an seiner Seite. Auf sie hatte er sich verlassen können, seit sie sich zum ersten Mal begegnet waren. Doch sie würde es wie immer als sportliche Herausforderung nehmen, den Machenschaften des Kellermeisters und seiner Fatima, der Sekretärin des Hauses, auf die Schliche zu kommen.

Bereits auf der Rückfahrt zur Quinta empfahl er Karin, sich dringend nach neuen Mitarbeitern umzusehen, denn mit der Anzeige wegen Betrugs und Unterschlagung würde Tavares und Fatima fristlos gekündigt. Tavares brauchte er einstweilen noch, denn wer außer ihm sollte die Lese koordinieren und die Weinprobe in Lissabon bestreiten?

Nach ihrer Rückkehr auf den Hof erkundigte sich Kellermeister Tavares leutselig nach dem Befinden des Chefs und zeigte sich zufrieden. »Dann haben Sie, Senhor Hollmann, endlich wieder Zeit für Ihre eigenen Weine, nicht wahr? Auch Frau und Töchterchen freuen sich bestimmt darüber.« Es gelang ihm nicht, den zynischen Unterton zu unterdrücken. Der Kerl wollte ihn schleunigst loswerden.

»Bis dahin gibt es allerdings einiges zu klären, Senhor Tavares.« Nicolas' bedächtiges Kopfnicken unterstrich die Bedeutung seiner Worte. »Jetzt ruhe ich mich erst mal ein wenig aus und sehe mir später die Weinberge an. Steht das Team für die Lese bereit?«

»Zwei Leute fehlen noch, aber ich bin dran.«

»Das hoffe ich. Es könnte jedoch sein, dass wir noch drei oder vier Tage warten müssen.«

»Der Ansicht bin ich nicht, wir sollten morgen mit Fernão Pires beginnen, es ist die am frühesten reifende …«

»Ich habe die Karte, die Lage ist eingezeichnet, ich werde es mir ansehen und dann entscheiden.«

»Ich glaube nicht, dass Sie das beurteilen können.« Tavares ging auf Kollisionskurs.

»Und wieso nicht, Senhor Tavares?« Nicolas blieb verbindlich, einstweilen musste er die Konfrontation vermeiden.

»Ganz einfach, Senhor, weil Sie aus einer völlig anderen

Gegend kommen. Ihre Schieferböden da oben am Douro haben mit unserem kalkhaltigen Lös und dem atlantischen Klima hier nichts zu tun. Das können Sie kaum beurteilen. Auf den benachbarten Quintas wird bereits gelesen.«

»Die Nachbarn haben uns in diesem Fall wenig zu interessieren.«

»Die weiße Fernão Pires wird als Erste gelesen, sie muss fruchtig und duftig sein, die Zitrusaromen bringen die Frische. Die Zuckerwerte sind ausreichend. Außerdem habe ich im Gegensatz zu Ihnen Weinbautechnik studiert.«

Ein dümmeres Argument fiel diesem Kellermeister nicht ein, dachte Nicolas. »Schon mal was von physiologischer Reife gehört? Das hat sehr viel damit zu tun, wie ich den Wein haben will ...« Hätte Tavares etwas mehr Grips, dann hätte er sich daran erinnert, dass Nicolas das Weingut der Vollmers ausgesucht und maßgeblich mit aufgebaut hatte.

»Ich entscheide, wie der Wein wird«, unterbrach Tavares ärgerlich, »schließlich bin ich ...«

»... da interessieren mich die Zuckerwerte weniger, stattdessen, wie Zucker und Säure sich zueinander verhalten. Und bei kühlerem Wetter wie jetzt und schwächerer Sonneneinstrahlung werden die Säurewerte nur sehr langsam zurückgehen.«

»Das ist mir durchaus klar ...«

»Außerdem habe ich mit Senhor Vollmer sämtliche Lagen eingehend begutachtet, auch haben wir Bodenproben nehmen und analysieren lassen, bevor er gekauft hat. Als Sie eingestellt wurden, waren die wichtigsten Entscheidungen längst getroffen.« Nicolas hielt inne. Vielleicht sollte er sich Tavares gegenüber vorsichtiger äußern. Wenn der Mann keine Skrupel besaß, seinen Chef zu beklauen, dann war er auch bereit, dem Weingut anderweitig Schaden zuzufügen. Also mäßige dich, Nic!, sagte er sich im Stillen. »Ich mache zuerst allein eine Runde, Sie tun das Gleiche, danach machen wir einen gemeinsamen Rundgang und tragen unsere Erkenntnisse zusammen. Einverstanden?« War das jetzt verbindlicher?

Was blieb Tavares anderes übrig als zuzustimmen? Doch als der Kellermeister ihm bedeutete, noch einen Augenblick zu bleiben, rechnete Nicolas mit einem Einwand.

»Da war am Vormittag eine Dame hier, eine Deutsche, an den Namen erinnere ich mich nicht, sie wollte zu Ihnen. Da sie kein Portugiesisch spricht, musste Fatima übersetzen. Und ich wusste nicht, wann Sie wiederkommen. Es wäre sinnvoll, Sie würden mich zukünftig über Ihre Verabredungen in Kenntnis setzen.«

Den Teufel werde ich tun, sagte sich Nicolas, außerdem war er mit niemandem verabredet. Mit seiner inneren Ruhe war es nach dem Gespräch mit Tavares vorbei, der Appetit auf ein Essen war ihm vergangen, und auch auf den Schlaf verzichtete er, obwohl er ihn nach der kurzen Nacht dringend gebraucht hätte. Er machte sich direkt auf den Weg in die Weinberge.

Der Anblick der Weinstöcke beruhigte seine Nerven. Er betrachtete die Rebzeilen vor sich. Dort, wo Reben wuchsen, fühlte er sich niemals fremd. Sein Ehrgeiz war allein darauf gerichtet, dass es den Weinstöcken, die ihm anvertraut waren, gut ging. Zu Hause wusste er genau, mit welchen Reben seine diversen Weinberge bestockt waren. Er erkannte fast jede Rebsorte an der Form ihrer Blätter. Die ungeheure Vielfalt der Pflanzen faszinierte ihn, ihre Formen, rund oder gezackt, spitz und gebuchtet, in farblichen Schattierungen voneinander abgesetzt und sich verbindend, sich stützend, sich überlappend, die Blätter an den Unterseiten mit Härchen oder Haken bewehrt. Angeblich sollten die Stöcke miteinander kommunizieren, über Botenstoffe sollte das geschehen. Als er Rebecca vor dem Einschlafen davon erzählt hatte, meinte seine Tochter, dass die Reben höchstwahrscheinlich nur nachts miteinander sprachen, wenn die Menschen schliefen, damit sie ihre Geheimnisse nicht erfuhren.

Über Botenstoffe kommunizierten auch die Leute ringsum: Bodylotion und Aftershave. Man roch lieber nach Versace, nach Dolce & Gabbana als nach sich selbst. Das wäre zu ehrlich gewesen. Wer roch schon nach sich selbst?

Die Pflanzen in ihrer Vielfalt und die Mineralien lassen uns leben, dachte er und schaute den Weinberg hinab, ein Bild des Friedens, die Sonne war bereits im Sinkflug. Und wie gehen wir mit ihnen um? Er kannte die Antwort. Was sollte man von einer Spezies halten, die ein Drittel ihrer Lebensmittel wegwarf? Einmal mehr war er glücklich, dieses Refugium gefunden zu haben, einen Schutzraum, in dem er und seine Mitarbeiter bestimmten. Wie anders diese bewusstlose Horde, die all jenen glaubte, die von pausenlosem Wachstum redeten, davon, nicht nachlassen zu dürfen, den Finanzjongleuren und Bankern, den Öl und Chemiekonzernchefs, den Autobossen und Zuckerbaronen. Auch hier, direkt vor seinen Augen, wuchs und grünte alles, wenn auch nicht ganz so, wie er es sich wünschte, bei zu viel Monokultur, zu wenig Vielfalt. Wenn die Vorstellung der Apologeten einer künstlichen Intelligenz sich bewahrheiteten und Maschinen den Wein pflanzten, ernteten, auf Fässer füllten und ihn vertrieben, wäre der Mensch endgültig überflüssig. George Orwell und Aldous Huxley hätten recht behalten …

Er dachte an die beiden Edelzwirne vorhin im Krankenhaus. Ihm schauderte bei dem Gedanken daran, wie die beiden Manager mit dem Tod ihres Kollegen umgegangen waren, besonders die Glatze mit dem offenen Oberhemd. War der scharf auf die Position seines Vorgesetzten? Der Tod hielt ihm die Karriereleiter. Wie hieß der Mann noch? Fechter?

Andreas Fechter

Der größte Fehler, den man begehen kann

Der Kaffee, den Aparecida vor ihn auf den Schreibtisch stellte, war wieder großartig. Früher hätte es geheißen, den sie gekocht hatte, aber davon war längst keine Rede mehr. Sie hatte lediglich auf einen Knopf drücken müssen, den Rest erledigte die Maschine. Der Kaffee war noch ein wenig zu heiß, um ihn zu trinken, aber bereits der Duft der »angolanischen« Mischung war köstlich. Andreas Fechter lächelte still vor sich hin und beglückwünschte sich zu der Lösung, die ihm doppelten Nutzen brachte: den Transport des Kaffees mit dem Transport jener Ware zu kombinieren, die den größtmöglichen Gewinn abwarf – bei geringen Kosten. Auch die jüngste Lieferung nach Deutschland hatte wieder ihre Bestimmungsorte erreicht, und die Italiener hatten gezahlt. Damit hatte auch er seinen Anteil erhalten und in alle Winde, vielmehr auf unzählige Konten verteilt.

Alles, was er bisher in Angriff genommen hatte, war ihm geglückt. Er hatte, seit er dieses Geschäft betrieb, darauf geachtet, die Zahl der Mitwisser so gering wie möglich zu halten. Auch die Mexikaner wussten bei Weitem nicht alles. Wirklich eingeweiht waren nur Aparecida, Ronaldo und Paulo Oliveira. Rosalie kannte ihn nur als Kaffeeimporteur und reichen Investor, Tavares wusste nichts von den Finanztransaktionen, trotzdem war er die Schwachstelle. Sie alle an der langen Leine zu führen, wäre ein Fehler. In diesem Geschäft durfte er niemandem trauen. Am gefährlichsten konnte ihm Ronaldo werden, sie hatten sich jedoch gegenseitig in der Hand, und Fechter wusste, dass er ihn kaum würde ersetzen können. In diesem Geschäft verriet der Sohn den Vater, die Schwester den Bruder, die Frau den Erzeuger ihrer Kinder. Nur bei den Italienern nicht. Bei ihnen wäre Verrat das Todesurteil.

Fechter würde lieber den Teufel zu Tisch bitten als Aparecida von seiner jüngsten Maßnahme zu erzählen. Doch sie kam selbst darauf zu sprechen, sie hatte im Diário de Notícias von Henkes Unfall gelesen. Und auch im Internet war eine Meldung darüber erschienen. Er hatte sie genau durchgelesen, aber weder die Polizei noch die Journalisten äußerten einen Verdacht.

»Wieso ist sein Wagen überhaupt den Abhang hinuntergestürzt?«, fragte Aparecida, während sie sich auf ihren Schreibtisch setzte und die Beine übereinanderschlug. Das tat sie immer dann, wenn sie ein Kleid trug. Sie wusste, dass es Fechter gefiel. »Es heißt, er habe die Kontrolle über den Wagen verloren?«

»Bisher weiß ich lediglich, dass er mit einem anderen Wagen kollidiert ist. Die Tiefe der Kratzer an seinem Wagen deuten auf ein größeres Fahrzeug hin. Außerdem gibt es Spuren von weißem Lack an Henkes grünem BMW.«

»Woher weißt du das so genau? Und war er nicht dein direkter Vorgesetzter?«

»Das war er, ja. Die Details kenne ich über Willbrand, er ist schließlich der CEO von OSC und verfügt über gute Kontakte zum Polizeiapparat.«

»Der Fahrer ist also einfach abgehauen? Demnach ist es eindeutig Fahrerflucht, so ein Lump.« Nichts wies darauf hin, dass Aparecida daran zweifelte, dass unglückliche Umstände zum Unfall geführt hatten. »Fatalerweise wundert es mich gar nicht«, sagte sie kopfschüttelnd. »Ich kenne die Fahrweise der Portugiesen zur Genüge, und wenn etwas passiert, will es hinterher keiner gewesen sein, niemand übernimmt Verantwortung. Das beginnt in der Politik und endet in der

Familie. Wer kriegt denn jetzt seinen Job? Rückst du eine Etage auf?«

Schwang da ein gewisses Misstrauen in ihren Worten mit? So abgebrüht, wie Aparecida war, würde sie ihm eine derartige Tat zutrauen. Oder sah sie es mehr von der Warte, dass das Unglück des einen dem anderen zum Glück verhalf? An Fechters Unglück war sie wohl kaum interessiert, und auch wenn sie ihn nicht mehr liebte, so begehrte sie ihn doch. Eine neutrale Antwort war nötig.

»Ich war nach dem Unfall mit Willbrand im Hospital, wo Henke den Ärzten unter den Händen weggestorben ist.« Fechter erzählte ihr, dass er nach Willbrands Ansicht ab sofort Henkes Aufgaben übernehmen solle. »Ich sei der nächste in der Reihe, der Vorstand der Reederei sei von mir überzeugt, was immer das heißt, und die Zentrale sei einverstanden.«

Aparecida fand es angebracht, solche Aussagen mit einer gewissen Skepsis zu betrachten. »Was diese Typen wirklich denken, weiß niemand. Sie setzen die Leute ein, die sie am besten kontrollieren können oder von denen sie sich den größten Vorteil für sich und ihre Karriere versprechen, nicht wahr, mein Liebster?« Sie stand auf, ging um den Schreibtisch herum, umarmte Fechter und drückte ihm einen Kuss auf die Wange. »Das, was dem Unternehmen nützt, kommt erst an zweiter Stelle, anders als bei uns, nicht wahr?«

Fechter ließ sie gewähren. »Die Situation im Krankenhaus war ziemlich unangenehm, vor allem diese Ungewissheit, als die Ärzte noch um sein Leben kämpften. Und kaum war Henkes Frau eingetroffen, kam die Nachricht von seinem Ableben. Gut nur, dass wir in dem Moment für sie da waren.« Es machte ihm Spaß, den Betroffenen überzeugend zu spielen. »Sie ist mit den Nerven am Ende, überaus verständlich, sie haben zwei schulpflichtige Kinder. Aber die Firma wird sie unterstützen. Dem Vorstand von OSC ist das Menschliche immer wichtig gewesen, sagen sie jedenfalls. Henke hat sich verdient gemacht, wir beide haben gut zusammengearbeitet. Mit ihm als Vorgesetztem gab es nie ein Problem und kaum Meinungsverschiedenheiten, die wir nicht hätten ausräumen können.«

Fechter hätte niemals den Fehler begangen, über irgendjemanden in der Reederei ein böses Wort zu verlieren. Er zeigte sich immer loyal und gesprächsbereit und an Kompromissen interessiert. Dieses Image hatte er sich sehr zielgerichtet und bewusst geschaffen. Aber er hatte es auch verstanden, die Dinge in seinem Sinne zu beeinflussen.

Aparecida war zu ihrem Schreibtischsessel zurückgekehrt und schaltete ihren Rechner auf die Überwachungskameras um. »Sieh an, Ronaldo ist eingetroffen. Er steht am hinteren Tor. Was will er? Bist du mit ihm verabredet?«

Aparecida war immer ein bisschen eifersüchtig auf Ronaldo, sie war sich nicht klar darüber, wer von beiden für ihn wichtiger war. Sie wollte die Wichtigere sein. Es war gut, sie im Zweifel zu lassen.

»Es gibt immer was zu besprechen«, meinte er vieldeutig. »Es ist eine Zwischenlieferung aus Luanda angekündigt, was mir gar nicht gefällt, angeblich auf Drängen der Italiener. Die kriegen den Hals nicht voll.«

»Aber unsere Mexikaner anscheinend auch nicht, sonst würden sie sich nicht darauf einlassen.«

»Jedenfalls müssen wir schnell sein, so viel abwickeln wie möglich, bevor sie unsere Route übernehmen, denn darauf läuft es irgendwann hinaus. Die Italiener sind richtig hungrig. Und ihnen fehlen die viereinhalb Tonnen, die im Hamburger Hafen beschlagnahmt wurden«, frotzelte Fechter.

»Wo ist der Lieferwagen?« Fechter tastete mit prüfendem Blick die Umgebung ab, während Ronaldo das Tor zur Lagerhalle von außen schloss.

»Wir reden gleich weiter«, antwortete Ronaldo und wollte sich die Hände an der Hose abreiben, als er merkte, dass er die neue feine Anzughose statt der üblichen Jeans trug.

Die beiden Männer trennten sich, jeder schlenderte auf einem anderen Weg um den Häuserblock zum vereinbarten Treffpunkt. Die schmuddelige Bar, längst nicht so modern eingerichtet wie Fechters Confeitaria, lag an einer Ecke und ließ sich von zwei Seiten aus betreten.

»Alles sauber«, sagte Ronaldo knapp.

»Die Gegend oder das Auto?«, fragte Fechter.

»Beides. Bei dir auch?«

»Alles bestens.« Es war Fechter recht, dass Ronaldo auch ihn hinsichtlich der vereinbarten Sicherheitsmaßnahmen kontrollierte. Das war eine Hilfe und so abgesprochen. Sie trafen sich selten in der Öffentlichkeit, wählten für jedes Treffen einen anderen Ort und verabredeten sich niemals per Telefon oder übers Internet – der Algorithmus war der unsichtbare Spitzel, es galten jeweils die mündlichen Absprachen. Gegenwärtig arbeitete Rosalie sich via etaSuite von Ethon in die Ende-zu-Ende-Verschlüsselung ein. Fechter verstand es kaum. Ver- und Entschlüsselung erfolgten auf dem Endgerät, das allerdings frei von Trojanern sein musste. Rosalie würde sie in der nächsten Woche briefen.

Man musste den Feind in Bewegung halten, digital wie physisch, aber derart, dass er die Absicht dahinter nicht bemerkte. Besser, man machte sich gar keine Feinde, dachte Fechter, aber das war in diesem Geschäft unmöglich. Am schlimmsten war es in Mexiko, da brachten sich die Mitglieder der Kartelle gegenseitig um.

In Italien Ware an Land zu bekommen, war nahezu unmöglich. Deutschland hatte gut überwachte Küsten, da blieb nur der Landweg. Inzwischen hatten die Importeure erkannt, dass nach Aufdeckung vieler Routen auch Spanien als neues europäisches Zielland auf den Schirm gerückt war. Die Konkurrenten wussten es meist lange, bevor die Drogenfahndung davon Wind bekam. Aus welcher Richtung er blies, würde Fechter von nun an in seiner neuen Position besser mitbekommen. Portugal war bisher nicht aufgefallen.

»Würdest du meine Frage bitte etwas genauer beantworten?« Fechter versuchte zu überspielen, dass er sich über Ronaldos knappe Antwort geärgert hatte.

»Der Wagen ist nur noch verbranntes, verbogenes Blech.«

»Hat keiner was gecheckt? Keine Zeugen aus der Nachbarschaft, niemand hat etwas gesehen? Kein Bauer hat zufällig die Rauchsäule bemerkt?«

»Ich verstehe mein Handwerk, mein lieber Andres, das solltest du wissen.« Ronaldo schien ärgerlich zu sein. »Die Seite mit den Schrammen habe ich weiter verbeult, der Zusammenprall ist den Kratzspuren nach nicht mehr … wie heißt das? … rekonstruierbar? Nummernschilder gibt's nicht. Zufrieden, Chef?« Der aggressive Ton war kaum zu überhören.

»Sehr gut, danke. Wie bist du da weggekommen?«

»Mit meiner Maschine, hatte ich im Wagen.«

»Mit offiziellem Kennzeichen?«

Ronaldos Zögern war die Antwort.

»Das war ein Fehler, *amigão*. Ein Idiot fährt dir in die Karre, und die Tarnung ist futsch.«

»Hab's kapiert.«

Das war das Gute an Ronaldo, dachte Fechter, er musste ihm nur ein einziges Mal was sagen, und er merkte es sich.

»Hast du die zweite Hälfte?«

»Sicher.« Fechter sah sich um und gab Ronaldo unter dem Tisch den Umschlag. »Noch mal zehntausend. Zählen kannst du anderswo. Weißt du, wer von Fonte zur Weinprobe geht? Wer hinter dem Tisch steht?«

»Paulo Oliveira selbstverständlich und ein Angestellter.«

»Sein Bruder Pedro macht wieder nicht mit?«

»Der kommt höchstens mal zur Kontrolle vorbei, auch auf der Quinta. Das macht er in letzter Zeit häufiger. Wir müssen uns darauf einstellen. Ich gehe ihm aus dem Weg.«

»Gut, dass du es sagst. Hat sich jemand über die Nachbarn geäußert?«

»Nein. Gibt es einen Grund dazu?«

»Auf beiden Quintas sind Deutsche aufgetaucht. Die sind als superkorrekt bekannt. Du weißt, wohin die Lieferungen gehen. In Deutschland gibt es angeblich keine 'Ndrangheta, keine Mafia, darüber spricht man nicht, die halten sich für Saubermänner. Zusätzlich sind denen die Hände durch den Datenschutz gebunden, und ihr Pressekodex verbietet die Nennung von Namen. Die haben erst jetzt die arabischen Clans entdeckt, dabei sind die seit Jahren aktiv. Lächerlich. Und beschlagnahmen dürfen sie auch nichts.«

»Schön für uns, dass sie so bescheuert sind.«

»Vorsicht. Der größte Fehler den man begehen kann …«

»… ist es, den Gegner zu unterschätzen«, unterbrach Ronaldo. »Ich weiß. Was ist jetzt mit den beiden Deutschen hier?«

Fechter erklärte, wer von beiden welcher Quinta zuzuordnen war. »Über beide weiß ich nur das, was im Internet zu finden ist, aber beide haben mit Wein zu tun. Ich bin mit beiden im Gespräch, unabhängig voneinander. Sie, die Frau, gehört zum Lehrkörper einer Hochschule, ich glaube, sie ist sauber. Allerdings geht sie bei vier oder mehr Windstärken aufs Wasser, dazu braucht es viel Mumm. Könnte sein, dass sie … Immerhin arbeitet sie für den Staat.«

»Ah, daher weht der Wind. Bist du scharf auf sie?« Ronaldo kannte Fechters Hang zu immer neuen Frauen. »Die Weiber bringen dich noch mal um den Verstand.«

»Unsinn, sie ist viel zu alt.«

»Dann bin ich beruhigt«, sagte Ronaldo, obwohl er nicht so ausah. »Und der Mann?«

»Er ist tatsächlich Winzer am Rio Douro – aber das muss nichts bedeuten. Jeder wählt seine Tarnung. Die Amis sind am härtesten, ihre Drug Enforcement Agency infiltriert jedes Kartell.«

Ronaldo kratzte sich nachdenklich am Kinn. »Ist schon sehr merkwürdig, dass sie Fonte quasi eingekessel haben.

Überwachung von zwei Seiten? Ganz unauffällig durch die Weinberge? Wir müssen noch wachsamer sein. Die Weinlese hat begonnen, es sind zu viele fremde Gesichter in den Weinbergen unterwegs, Leute, die wir nie gesehen haben. Ich werde sofort alle Zufahrten auf Kameras hin überprüfen.«

»Weißt du, wer bei Lua die Leseteams zusammenstellt? Etwa Tavares?«

»So ist es, Chef. Der Hurensohn wird zusehends gefährlich. Er lässt sich von den Arbeitern den Lohn rückvergüten, das heißt, sie müssen ...«

»Ich weiß, was das heißt. Wie viel?«

»Zwanzig Prozent müssen sie abgeben, dann dürfen sie für ihn arbeiten.«

»Wir müssen uns auf Dauer für Tavares was einfallen lassen.«

»Vielleicht helfen ja noch gute Worte, sonst ... Ich werde darüber nachdenken.«

»Tu das, sehr gut. Spielst du noch Fußball mit deinem Freund Gonçalo von der Drogenfahndung?«

»Es ist eine wirklich intensive Freundschaft, ich mag den Kerl. Wir kommen aus demselben Viertel, kennen uns von früher und gehen auch zusammen mal ein Bier trinken.« Ronaldo grinste hinterhältig. »Er hat mich erst kürzlich zu seiner Familie nach Hause eingeladen. Für euch Deutsche mag das normal sein, aber wir Portugiesen tun das selten. Ins Haus kommt nur die Familie. Aber da Gonçalo weiß, dass ich geschieden bin und allein lebe, nimmt er sich meiner an. Seine Frau kenne ich auch, sie hat Mitleid mit mir, dem armen, einsamen Mann, und ich spiele brav mit ihren Kindern, das macht sogar Spaß. Später plaudern wir über den Beruf und so weiter ...«

Es war Abend geworden, die Sonne versank dramatisch in den Wassern des Tejo. Der Tag war anstrengend gewesen, Fechter reckte sich, ihm dröhnte der Kopf. Willbrand hatte ihm lediglich eine Woche zugestanden, um sich einzuarbeiten. Er hatte sich den neuen Job ein wenig einfacher vorgestellt. Den gesamten Vormittag über hatte er mit Willbrand konferiert, der ihm seine Vorstellung über die Führung der Niederlassung dargelegt hatte, was in fast allen Punkten nachvollziehbar war, eine gute Perspektive. Sie hatten in der Nähe gemeinsam zu Mittag gegessen, anschließend hatte sich Fechter über die Akten gebeugt, offene Vorgänge zusammengestellt und sich mithilfe seiner neuen Sekretärin, die er mit niemandem mehr teilen musste, über den jeweiligen Stand der Verhandlungen mit Neukunden schlau gemacht. Er hatte Henkes Terminkalender übernommen und auf den aktuellen Stand gebracht. Seine frühere Tätigkeit würde er an seinen Nachfolger übergeben, den die Zentrale aussuchen und ihnen schicken würde. Bei ihm war es anders gewesen, ihn hatte die Zentrale nicht ausgesucht, er hatte sich seinerzeit in Hinblick auf seine »Nebentätigkeit«, wie er sie insgeheim nannte, ganz bewusst für diesen Posten beworben. Er hatte sich immer bemüht, um einiges besser zu sein, als es von ihm erwartet wurde, und das auch erreicht. Das gab ihm die Freiheit für seine eigenen Unternehmungen. Zwei Jahre brauchte er die OSC noch, vielleicht nicht mal so lang. Vom nächsten Monat an wäre er jedoch mit einem deutlich besseren Gehalt dabei und mit einer Tantieme, über die demnächst verhandelt wurde. Dabei wusste er Willbrand auf seiner Seite.

Die Aussicht aus dem fünften Stock über den Tejo reichte nicht unbedingt weiter als die aus dem dritten, die breite Mündung des Flusses war nicht blauer, der Himmel darüber nicht weiter, aber das Büro war deutlich besser und vor allem eleganter eingerichtet, die Möbel aus massivem Holz, der Teppichboden neu. Über Besprechungen außerhalb des Hauses war er niemandem mehr Rechenschaft schuldig. Dass seine Sekretärin direkt nebenan saß, störte ihn nicht, seiner Nebentätigkeit ging er niemals vom Büro aus nach. Ein einziges falsches Wort, eine unklare Telefonverbindung, eine zu häufig gewählte Nummer oder E-Mails mit zweideutigem Inhalt, zufällig von einem OSC-Mitarbeiter gesehen, konnten Gerede erzeugen und Ermittlungen in Gang setzen.

Die Ermittler hatte er von hier aus besser im Blick als aus dem dritten Stock. Es waren die Zöllner, die unten auf der Pier zwischen den Containern herumgeisterten, wenn sie sich nicht gerade in ihrer Dienstbaracke über das letzte Spiel von Benfica gegen Porto ereiferten, was ihnen weitaus wichtiger war als Stichproben durchzuführen.

Als Fechter am Tor vorbei zu seinem Wagen ging, kam einer der Uniformierten auf ihn zu. Anscheinend hatte er ihn abgepasst und begrüßte ihn ein wenig zu kumpelhaft. Fechter ahnte, dass es ein unangenehmes Gespräch werden würde. Krampfhaft versuchte er, sich an den Namen des Mannes mit dem riesigen Schnauzbart zu erinnern. Ja, richtig, Jorge do Amaral da Silva.

»Ich habe gehört, Sie haben Ihren Chef beerbt.«

»Sie sind bestens informiert, Senhor Jorge, Respekt.« Wozu quatschte der Kerl ihn an, was wollte er? Er war nichts als ein kleines Licht, aber gleichzeitig recht nützlich. Er tat, was man ihm sagte, und schloss, falls nötig, die Augen. Schließlich konnte nicht jeder Container kontrolliert werden.

»Muss man in meiner Position auch sein, gut informiert, Senhor Andres. Ich als Staatsdiener muss wissen, was im Hafen abläuft, wer ein und aus geht, was reinkommt und was rausgeht. Es treibt sich allerlei Gesindel hier herum. Erben Sie auch seinen grünen BMW?«

»Ich bin mit meinem Mercedes sehr zufrieden. Nein, den BMW will ich gar nicht haben, das ist ein Totalschaden. Der ist längst auf dem Schrottplatz.«

»Oder ist er bei der kriminaltechnischen Untersuchungsstelle? Hatte Senhor Enke keine Feinde?« Jorge do Amaral konnte das H nicht aussprechen. »Jeder erfolgreiche Mann hat heutzutage Feinde«, bekräftigte er. »Das war schon immer so, sonst taugt er nichts.«

»Haben Sie Feinde, Senhor Jorge?«

»Aber sicher doch. All diejenigen, die meinen, ich sollte ihre Fracht schneller abfertigen, ohne sich erkenntlich zu zeigen.« Er machte mit den Fingern die Geste des Geldzählens.

»Ich dachte, Sie wären mit Ihrem Verdienst zufrieden. Wird man beim Zoll so schlecht bezahlt?«

»Bestimmt schlechter als Sie in Ihrem neuen Job. Ich bin portugiesischer Beamter, habe drei Kinder zu ernähren, Senhor Andres, wenn Sie wüssten, was die kosten. Und dann die Ehefrau mit ihren vielen Wünschen und eine kleine Freundin mit extremen Ansprüchen, dazu die kranke alte Mutter, die Arztrechnungen, verstehen Sie? Alle wollen befriedigt werden.«

»Sie Ärmster. Ja, so hat jeder seine eigenen Sorgen.«

»Fünftausend reichen fürs Erste, dann sprechen wir noch einmal darüber.«

»Das ist durchaus ein Angebot, über das sich reden lässt. Das Wohl Ihrer Mutter liegt mir natürlich am Herzen.« Fechter erkannte, dass er handeln musste, dieser Mann in Uniform verspekulierte sich gerade. Er meinte wohl, etwas gegen ihn in der Hand zu haben, dabei hatte er die Regeln des Geschäfts nicht begriffen.

»Ich will nicht reden, Senhor Andres.« Jorge do Amaral bedeutete dem neuen JEO, mit in den Schatten des Reedereigebäudes zu treten. »Ich brauche das Geld, und zwar morgen, spätestens übermorgen. Das dürfte für Sie kein Problem sein.«

»Keineswegs, *de jeito nenhum*«, sagte Fechter leutselig und klopfte Jorge auf die Schulter. »Wir kriegen das hin, *nós vamos conseguir!*« Er sah dem Kleingeist nach, als der sich davonmachte. Seine Frau und die Kinder taten ihm jetzt schon leid. Sie hatte den falschen Mann geheiratet, ähnlich wie Frau Henke.

Es gab ein kleines Kellerrestaurant in der Alfama, unterhalb der Mauern des Castelo de São Jorge, in dem die Bewohner der Altstadt wie auch Touristen verkehrten. Es gehörte einem Freund Ronaldos, einem erklärten Weinkenner, der im Gefängnis das Kochen gelernt und es danach zur Kunst weiterentwickelt hatte. Fechters bester Mann war häufig hier anzutreffen, nicht nur, weil der Weinkeller sehr gut sortiert war. Manchmal half Ronaldo auch aus, zapfte Bier oder öffnete Weinflaschen und bediente die Gäste an kleinen Tischen mit rot-weiß karierten Tischdecken. Fechter machte sich sofort auf den Weg dorthin, um eine Nachricht zu deponieren. So stellte er sicher, dass Ronaldo sie noch am selben Abend erhielt. Das letzte Stück zum Restaurant ging er zu Fuß, um festzustellen, ob ihm jemand folgte.

Ronaldo war nicht da. Da er ihn in seiner Wohnung niemals aufsuchen würde, ging Fechter zum Wirt und sagte ihm, dass er Ronaldo hier treffen müsse, es sei dringend. Der Mann mit dem langen grauen Haar und dem weißen, kurz geschnittenen Vollbart nickte nur, er wusste, was zu tun war. Fechter bestellte Sardinen und Salat, er liebte gebratene Sardinen, dazu trank er ein Glas eines herzhaften Alvarinho. Als er gehen wollte, kam Ronaldo ihm bereits auf den Treppenstufen entgegen.

»Was gibt's, Chef? Wenn du hier erscheinst, ist es eilig oder unangenehm. Welches von beiden gilt heute?«

»Beides.«

»Oh, *caralho*, dann wird's ernst. Um wen geht's?«

»Jorge do Amaral, der Typ vom Zoll spielt sich auf.«

»Was will das kleine Arschloch, will er mehr Geld?«

»Einen Teil sofort, später noch mehr. Er glaubt, er hätte was gegen mich in der Hand. Er machte Andeutungen, fragte, ob ich meinen Chef beerbt habe. Was grinst du so dämlich?«

Ronaldo schien sich diese Reaktion nicht verkneifen zu können. Außerdem befand er sich in einer Umgebung, in der er vollkommen entspannt war. Hier verkehrten weder Dealer noch Kriminelle, die Küche war sauber, der Wirt rechnete korrekt mit dem Fiskus ab, und in den Flaschen war das drin, was draufstand. »Das kleine Arschloch liegt gar nicht mal so falsch, aber – klar, das hätte er nicht sagen dürfen. Ich lasse mir was einfallen. Oder hast du eine Idee?«

»Ich gebe ihm erst mal Geld, dann hält er für eine Weile sein Maul, und du hast Zeit, kannst Erkundigungen über ihn anstellen …«

»Gib ihm kein Geld«, unterbrach Ronaldo, »denn falls sie ermitteln, finden sie die Scheine und stellen womöglich Fragen.«

Ihr weiteres Gespräch drehte sich um den Ablauf der angekündigten Zwischenlieferung. Ronaldo würde sich bei Paulo Oliveira erkundigen, ob er genügend Wein hatte, um Bags für sieben- bis achthundert Kilo zu füllen. »Muss es immer die Reserva da Fonte sein?«

»Wenn nicht genügend da ist, nehmen wir einen anderen, Paulo muss dafür neue Umkartons drucken lassen, und zwar schnell. Wir sollten sowieso einen zweiten Wein dafür aussuchen, für den Fall, dass wir in Zukunft generell mehr Kapazität benötigen.«

Rosalie hatte er für den Abend abgesagt, denn immer wieder hatte er tagsüber an die Blonde denken müssen – und an diese Deutsche, Johanna, die Surferin, die scharfe Professorin. Eigentlich war sie viel zu alt für ihn, mindestens zehn Jahre, doch sie reizte ihn, und warum nicht? Erfahrende Frauen hatten auch ihren Charme, einen ganz besonderen. Denen kam es nicht mehr auf Kinkerlitzchen an, und sie besaßen mehr Selbstvertrauen. Diese Johanna konnte sich mit ihrer sportlichen Figur sehen lassen. Außerdem musste er sich ja nicht für eine von beiden entscheiden – entscheidend war das Spiel. Wie lange es dauerte, ließ sich vorher nie absehen. Aber jetzt noch rausfahren zur Quinta da Joana, bis nach

Alenquer? Nein. Er würde es erst bei der Blonden versuchen. Bis zum Jachtclub war der Weg auch bedeutend kürzer. Doch auch dazu war es zu spät, er musste es auf morgen vertagen.

Die Woche über war der Parkplatz am Ufer leer. Fechter blieb an der Brüstung oberhalb der Liegeplätze des Jachtclubs stehen. An Wochenenden wimmelte es hier von Menschen, aber heute lagen fast alle Motorboote und Segeljachten sicher vertäut an den Stegen, und die wenigen weißen Segel unter den letzten Sonnenstrahlen hielten Kurs auf den sicheren Hafen. Ein friedliches Bild, eines, an dem Fechter sich kaum sattsehen konnte. So ein Segelboot wie die dort unten, ein kleiner Zweimaster mit Heckkajüte, der würde ihm und sicher auch Helena gut gefallen. Für Susanne wäre das Segeln zu einsam, zu wenig Trubel, und ihr würde der Tennislehrer fehlen, dachte er voller Häme. Auf einem solchen Boot hätte er vor allem seine Ruhe, niemand würde ihm auf den Geist gehen, kein Reeder, kein Kunde und kein Mexikaner. Nicht einmal die latente Unzufriedenheit der 'Ndrangheta würde eine Gefahr für ihn bedeuten. Diese verdammten Italiener hatten immer was zu meckern. Bei der letzten Lieferung nach München war ein Karton gerissen und aus einem der Bags Wein ausgetreten, was weder seine noch die Schuld seines Teams war, sondern die des Spediteurs. Sie hatten Schwein gehabt, dass es kein Bag mit der Ware im Inneren gewesen war.

Der Wind im Gesicht erinnerte ihn wieder daran, dass er hier am Wasser stand. Es sollte Leute geben, sogar Frauen, die einhändig über den Atlantik segelten. In gewissem Sinne segle ich auch, sagte sich Fechter selbstzufrieden. Nicht vollständig einhändig, aber er hatte sozusagen eigenhändig das Schiff gebaut und steckte den Kurs in einem Fahrwasser voller gegenläufiger Strömungen, Hurrikans und gefährlicher Untiefen ab. Und ständig trieben Wracks vorbei, wie dieser Idiot vom Zoll, der ihm fast die Laune verdorben hätte.

Fechter ging eine schmale Brücke hinunter, vorbei am Clubhaus, auf dessen Terrasse es nicht anders zuging als in Susannes Tennisclub. Das war nicht seine Szene. Ihn zog es zum Wasser, zu den Booten mit Segeln statt Motoren.

Da war sie tatsächlich. Sie saß auf dem Kajütdach und putzte an der Reling aus Edelstahl herum und sah toll aus mit dem im Wind wehenden blonden Pferdeschwanz, ihrem schmalen, von der Sonne gebräunten jungen Gesicht, den dunklen Augen unter deutlichen Brauen. Sie trug eine geblümte Bluse locker über einer weißen Hose, die bei der Arbeit nicht sauber geblieben war.

Fechter ging auf sie zu. »Nehmen Sie mich mit auf Ihren Segeltörn?«

Verblüfft sah sie auf und ließ von ihrer Arbeit ab, erstaunt, angesprochen zu werden, oder über so viel Frechheit?

Ihr Blick schlug ein, so wie damals bei Susanne, ach, was für ein herrliches Gefühl – und Fechter glaubte in diesem Moment, für diese Frau müsste er alles tun, was in seiner Macht stand.

»Wenn es mein Schiff wäre, dann sehr gern.« Sie hatte eine angenehme Stimme und ließ sich auf das Geplänkel ein. »Aber die *Bellatrix* gehört einem Freund.«

»Ihrem Freund?« Das war eine wichtige, vielleicht entscheidende Frage.

Ein skeptischer Blick traf ihn, sie hatte verstanden. »Nein, *einem* Freund.« Die Schöne auf dem Schiff dachte nach. »Ich könnte ihn fragen, was er vorhat. Er ist recht zugänglich und guten Ideen gegenüber aufgeschlossen. Verstehen Sie etwas vom Segeln?«

»Noch nicht, aber ich bin sicher, Sie werden es mir beibringen. Von einer so charmanten Lehrerin lerne ich bestimmt schnell.« War das zweideutig? »Ich bin recht gut im Umgang mit dem Kiteschirm«, fügte er erklärend hinzu.

»Dann wissen Sie zumindest, was Wind und Wellen bedeuten, das sind schon mal hilfreiche Voraussetzungen. Trotzdem, stellen Sie sich das Segeln nicht zu einfach vor, besonders nicht mit diesem Schiff. *Bellatrix* heißt ›Kriegerin‹, sie hat ihre Launen, reagiert bei jedem Wind und jeder Welle anders.« Die junge Frau zögerte, warf einen schnellen Blick zur Terrasse, dann lächelte sie. »Wenn Sie die Schuhe ausziehen, dürfen Sie an Bord kommen.«

Nichts hörte Fechter lieber, und als sie die Hand ausstreckte, um ihm über die schmale Gangway an Bord zu helfen, ergriff er sie und wusste, dass er gewonnen hatte. »Ich heiße Andreas!«

»Und ich bin Sonia.«

Er war hingerissen. Diese hier, das war die Susanne von damals, sie stammte aus ähnlichen Kreisen, aber sie packte zu, und sie war nicht der Typ, der sich mit billigen Ausreden abspeisen ließ, nicht einmal mit teuren. Die Eroberung würde nicht einfach werden.

Sie setzten sich ins Cockpit, sie bot ihm ein Bier an, was er ablehnte, da er noch fahren müsse, was sie mit Wohlwollen registrierte. Die Bar an Bord hatte Tonic und Ginger Ale zu bieten, dabei war es Fechter gleichgültig, was er trank, solange er sich mit Sonia unterhalten und ihr in die Augen schauen durfte. Jedes Wort brachte ihn einen Schritt näher.

Sie studierte im letzten Semester Medizin, würde bald an einem Krankenhaus arbeiten, ihre Mutter war Portugiesin, der Vater Engländer, daher die Begeisterung fürs Segeln. Sein Schiff, ebenfalls ein Eintonner, lag in einer anderen Marina, weiter flussabwärts, noch hinter der Brücke des 25. April.

Auch Sonia hörte ihm interessiert zu, als er von seinem Beruf und seiner Begeisterung für das Meer erzählt, das sie beide verband.

»Du bist verheiratet«, sagte sie unvermittelt und schielte auf seinen Ehering, den er aus Prinzip bei keinem seiner Abenteuer ablegte.

»Verheiratet ist ja nicht tot«, sagte er und blinzelte, als blendete ihn die jetzt flach hinter dem gegenüberliegenden

Ufer stehende Sonne, und ließ dabei alles offen. Verheiratet zu sein, ließ seine Annäherungsversuche nicht allzu vordergründig erscheinen. »Ich habe auch eine Tochter, Helena, ein wunderbares Mädchen.« Jetzt wusste sie, worauf sie sich einließ.

Fechter brachte das Gespräch auf sein Lieblingsthema Wein. Er prahlte nicht mit seinen Kenntnissen, wollte jedoch den Eindruck bei ihr erwecken, einen Experten vor sich zu haben. »Machen wir es doch konkret«, sage er mit einladender Stimme. »Morgen findet auf der Rua Augusta die jährliche Weinprobe statt, unter freiem Himmel. Ich treffe ein paar Geschäftsfreunde. Ich würde mich wirklich sehr freuen, dich dort zu sehen. Trinkst du gern Wein? Ich plane, mir ein Weingut zuzulegen.« So was wirkte immer gut, hörte sich einerseits bodenständig, andererseits romantisch an.

Zu seiner Erleichterung seufzte sie und hob entschuldigend die Schultern. »Ich würde gern mitkommen, Wein macht mich neugierig, aber leider bin ich verhindert. Doch ich werde versuchen, William an einem Wochenende zu einem Törn zu überreden. Einverstanden?«

»Wunderbar«, erwiderte Fechter, der insgeheim mit einer Absage gerechnet hatte. Er rückte näher, und Sonia rückte nicht weg.

»Vielleicht doch ein Bier oder etwas Gin ins Tonicwater?«
Fechter ließ sich nicht zweimal auffordern.

Johanna Breitenbach

Die Weinprobe von Lissabon

»Ich glaube, meine Mutter ist so sauer, weil sie meine Zukunft mehr in ihrem Bereich sieht, im Hotel- und Weintourismus.« Joana sah sich um, vergewisserte sich, dass es außer Johanna keine Zuhörer gab. »Ich bin es leid, mit ihr zu streiten, aber ich bin nun mal nicht so, wie sie mich haben will«, fuhr sie fort, zwischen Zorn und Zweifel schwankend. »Wenn ich bei ihr einsteige, jetzt, da ich fast mit der Schule fertig bin, hätte sie mich unter Kontrolle. Aber da hat sie Pech, ich habe nicht die geringste Lust, Gäste zu bedienen und immer zu lächeln, auch wenn mir nicht danach zumute ist. Und schon gar keine Lust habe ich auf ihre Anweisungen. Meine Mutter misstraut jedem, hat immer das Gefühl, dass unsere Angestellten sie beklauen.« Mit jedem Satz wurde Joana heftiger. »Alles muss haarklein so ablaufen, wie sie sich das vorstellt. Das ist mit den Sonnenkollektoren auf dem Dach so und mit mir auch. Aber das geht nicht mit mir, verstehst du? Ich werde studieren, Weinbau und Kellerwirtschaft! Da kann sie sich auf den Kopf stellen!«

Einerseits konnte Johanna den Wutausbruch verstehen, andererseits fand sie ihn überzogen. »Glaubst du, dass es deiner Mutter wirklich darum geht? Und schau mal, was du gerade machst.« Sie sah sich um. »Du stehst hier auf der Rua Augusta hinter einem Tisch mit Weinflaschen und Gläsern und einem Spucknapf und schenkst Wein an deine Gäste aus. Und mir scheint, du tust es gern.«

Rechts und links der beiden Frauen zeigte sich das gleiche

Bild: eine unendlich lange Reihe von Tischen mit Gläsern, Flaschen, Spucknäpfen und Prospekten, dahinter die Winzer, die jedem neuen Gast immer wieder dasselbe erklärten, davor drängelnde Menschen, die ihre Nasen in die Gläser steckten.

»Ist das nicht auch eine Art des Bedienens? Jeder von uns bedient irgendwann immer irgendwen in irgendeiner Weise.«

»Nein, das hier ist etwas anderes! Ich erkläre den Leuten, was wir machen, wie wir es machen und was wir uns dabei gedacht haben. Und dann können sie selbst beurteilen, ob wir es auch erreicht haben.«

»Ähnlich macht es eine Sommelière im Restaurant, wenn sie bedient«, entgegnete Johanna und freute sich insgeheim über Joanas Widerspruchsgeist. Junge Frauen wie sie waren ihr die liebsten Studentinnen, mit ihnen konnte man richtig arbeiten und wurde selbst gefordert. Die stummen und braven Mitschreiberinnen hingegen langweilten sie.

Johanna hatte ihre junge Freundin und den Vater zur Weinprobe nach Lissabon begleitet, wo Flávio dos Santos wie zahlreiche andere Winzer der Região Lisboa seine Weine der Öffentlichkeit vorstellte. Es war eine Weinmesse unter freiem blauem Himmel für jedermann, bei der auch Wein verkauft wurde, allerding nur einzelne Flaschen. Größere Mengen mussten beim Weingut geordert werden.

Die Messe war sehr gut besucht, die Innenstadt zwar belebt, doch nicht überlaufen, was Joana darauf zurückführte, dass kein Kreuzfahrtschiff vorne am Terminal de Cruzeiros festgemacht hatte. Verächtlich verzog sie das Gesicht. »Wenn die ihre Ladung dicker, reicher alter Leute löschen, ist hier kein Durchkommen mehr. Ich glaube, die wissen nicht mal, wo sie eigentlich an Land gehen!«

Die Tische zogen sich durch die Fußgängerzone bis zum Triumphbogen an der Praça do Comércio, der die Fußgängerzone überspannte und von ihrem Standort aus gut zu sehen war. Der Marquês de Pombal, ein wichtiger Modernisierer der portugiesischen Wirtschaft unter der Monarchie, hatte ihn

1755 bauen lassen, wusste Joana zu erzählen. Nach seiner Abdankung wurde der Bogen auf Geheiß der Königin 1777 abgerissen und hundert Jahre später wiedererrichtet. Joana wusste auch, dass es der Marquês gewesen war, der als Erster feste Regeln für den Weinbau in Portugal durchgesetzt hatte und die kontrollierte Herkunft einführte. »Er führte auch die Todesstrafe für Weinpanscher ein. Die haben damals ihren Portwein mit dem Saft von Holunderbeeren gefärbt. Deshalb hat der Marquês sämtliche Holunderbüsche oben am Rio Douro abholzen lassen. Gepanscht wird heute selten, stattdessen wird billiger Wein mit teuren Herkunftsbezeichnungen und gefälschten Etiketten verkauft. Darin sind die Italiener einsame Spitze.«

Ähnliches hatte Johanna zwar der deutschen Fachpresse entnommen, aber ein derart pauschales Urteil zu fällen, lag ihr nicht. Als sie protestieren wollte, wurde ihre Unterhaltung von einem Ehepaar unterbrochen. Sie wollten probieren, Joana beeilte sich, die ihr entgegengestreckten Gläser zu füllen, und freute sich über den für die Probe eingenommenen Euro. Gleichzeitig erklärte sie die Weine, sprach locker und frei über die Rebsorten und ihre Bedeutung in dieser Cuvée, sei es als Farbgeber eines zu hellen Weins, sei es für die Beigabe von Tanninen, als Säurespender oder um die Alkoholgrade zu senken. Das war kein Panschen, das war der kreative Prozess des Assemblierens, des Zusammenfügens von zwei, drei oder mehreren Rebsorten.

Dort, wo – wie an ihrem Tisch – bereits viele Gäste probierten, versammelten sich immer mehr Neugierige, vor anderen Tischen hingegen herrschte Leere, und entsprechend lang waren dort die Gesichter. Johanna staunte über das Wissen ihrer jungen Freundin. Es gab kaum eine Frage, auf die Joana nicht zu antworten wusste. Um die Zukunft der Quinta da Tia Joana brauchte sich der Vater keine Sorgen zu machen, eine würdigere Nachfolgerin als seine Tochter konnte Flávio dos Santos nicht finden.

Als er an den Tisch zurückkam und Johanna ihm das sagte, strahlte er, zog aber sofort die Augenbrauen hoch. »Glauben Sie nur nicht, Johanna, dass man es einfach mit ihr hat. Sie beharrt stur auf ihrer einmal gefassten Meinung und ist zu wenig diplomatisch.« Letzteres bezog sich wahrscheinlich auf die Konflikte zwischen Mutter und Tochter.

Johanna erinnerte sich nur zu gut an das, was Dona Sofia ihr über die Dächer der Quinta gesagt hatte. Wie sollte sie unter diesen Bedingungen ihre Arbeit machen?

Flávio dos Santos bot sich an, den Tisch für eine Weile allein zu übernehmen. »Seht euch um und analysiert die Weine der Konkurrenz. Eine Gelegenheit wie diese kommt selten.« Mit diesen Worten schob er seine Tochter vor den Tisch. »Du erstattest mir hinterher Bericht.«

Johanna schlenderte mit Joana an den Tischen der anderen Aussteller bis zum Triumphbogen entlang, den Blick auf die Namensschilder der Quintas gerichtet. Ihre junge Freundin kannte viele, aber längst nicht alle. Plötzlich hielt sie Johanna zurück. »Meine Mutter sperrt sich immer gegen alles Neue. Das ist kein böser Wille, das ist mehr ihre Angst, dass sie die Aufgaben, die auf sie zukommen, nicht bewältigt. Ihr fehlt das Vertrauen und auch das Selbstvertrauen. Sie will alles perfekt machen, in der Beziehung bin ich ihr ähnlich, aber ich glaube immer daran, dass ich es schaffe und gut mache. Meiner Mutter hingegen sitzen die Zweifel im Nacken, sie klagt ständig über Nackenschmerzen, pausenlos rennt sie zur Krankengymnastik.«

Johanna unterbrach den Redeschwall des Mädchens und lenkte sie auf ein anderes Thema. »Sag mal, was haben wir jetzt eigentlich vor?«

»Ich will mit dir zur Quinta da Lua, die stehen auch hier, weiter hinten in der Reihe. Und die Quinta da Fonte ist auch da. Da können wir gleich vorbeigehen. Bei Lua ist gerade dieser deutsche Winzer vom Rio Douro zu Besuch, Nicolas Hollmann, der berät sie, weil der Chef, Senhor Herbert, im

Krankenhaus liegt. Der Deutsche macht auf seiner Quinta Bioweine, nur nennt er sie nicht so.«

»Wieso denn nicht?« Johanna fragte sich, wieso er einen eindeutigen Vorteil seiner Weine nicht herausstellte.

»Das müssen wir ihn fragen. Ich habe mir überlegt, dass wir auf der Quinta da Lua, weil sie die größeren Räume hat, eine Art Seminar über Umweltmanagement und Energieeinsatz veranstalten, und der deutsche Winzer spricht über biologischen Weinbau. Was hältst du von der Idee? Wir laden die Nachbarwinzer ein, aber wir sagen meiner Mutter nichts davon, erst hinterher, wenn es ein Erfolg war. Wäre das auch in deinen Sinne? Wir diskutieren über das Klima, tauschen Erfahrungen aus, sprechen über Klimaschutz und was man dafür tun kann. Und du gewinnst vielleicht neue Kunden, Winzer, die beraten werden möchten, die nicht so spießig und so stur, so antiquiert sind wie ...«

Auf Johannas mahnenden Blick hin verschluckte sie den Rest des Satzes. Aber die Idee mit dem Seminar war nicht schlecht, das Mädchen explodierte geradezu vor Tatendrang, und ein wenig Werbung konnte Johanna gut gebrauchen. Oder war es eine Geste der Opposition gegen die Mutter?

»Und wer soll das organisieren? Wer lädt die Winzer ein?«

»Na – ich selbstverständlich, zusammen mit unserer Sekretärin. Mein Bruder hilft bestimmt auch, aber nur heimlich, der scheut den offenen Konflikt mit unserer Mutter. Meinen Vater überzeuge ich sofort. Der ist froh, dass du hier bist, Johanna, deine Ideen findet er toll. Was ist, machst du mit?«

»Abends oder am Wochenende?«

»Das werden wir sehen, kommt darauf an ...«

Nachdem sie wieder zum Präsentationstisch der Quinta da Tia Joana zurückgekehrt waren, ging Joana neues Eis besorgen, denn die Weißweine mussten gekühlt präsentiert werden. Also machte sich Johanna allein ans Probieren.

Portugiesische Weine waren ihr kaum bekannt, sie kannte die Weine aus dem Rheingau und vom Kaiserstuhl, der Pfalz,

Rheinhessens und der Mosel, aber ausländische Weine fachlich zu bewerten, stellte sie vor eine neue Aufgabe. Das einzige ausländische Weinbaugebiet, mit dem sie sich vor Jahren näher befasst hatte, war das französische Gigondas am Fuß der Dentelles de Montmirail an der Rhône.

Am Nebentisch wurden keine Winzerweine präsentiert, sondern die einer riesigen Kellerei mit einer Jahresproduktion von sechs Millionen Flaschen. Die hier vorgestellte Linie Portada von DFJ Vinhos machte nur einen winzigen Teil davon aus. Die Weine stammten alle aus der Região de Lisboa, dabei verarbeitete DFJ Vinhos Trauben an mehreren Standorten aus ganz Portugal. Ausgeschenkt wurde auch nicht vom verantwortlichen Önologen, José Neiva Correa, dessen Name für das Haus stand, sondern von Mitarbeitern.

Wie gewohnt begann Johanna mit einem Weißwein, einer Cuvée aus vier verschiedenen Rebsorten, von denen nur Chardonnay ihr etwas sagte. Der erste Eindruck dieses blassgoldenen Weins war der vom Ausbau im Holzfass, der typische Duft des Lignins, doch der Geschmack von frischen grünen Früchten, von einem nicht zu schmeichelhaften Schmelz umgeben, war überraschend angenehm. Sie war immer vorsichtig bei der Beurteilung, schließlich wurde die Wahrnehmung auch von der Tagesform und der Umgebung beeinflusst, doch dieser Wein gefiel ihr.

Die Winemaker's Selection setzte sich aus sieben roten Rebsorten zusammen. Die Erfahrung, Cuvées zu beurteilen, fehlte Johanna, denn in Deutschland wurde meist rebsortenrein ausgebaut. So war es ihr bei diesem Wein nicht möglich, irgendeine Traube herauszuschmecken. Der Wein wirkte im Ansatz alkoholisch, eine Wirkung, die durch die kräftige Farbe verstärkt wurde, blieb aber mit seinen dreizehn Volumenprozent Alkohol im normalen Rahmen. Die Melange von reifen roten Früchten, Brombeere stach heraus, wirkte voll, aber nicht hart, da war eine starke Süße, die von der Säure gemildert wurde.

Bei der Portada Medium Sweet zuckte sie leicht zurück, halbtrockene Weine waren nichts für sie, auch wenn sie neuerdings im Trend lagen. Doch die Süße dieses Rotweins war durchaus genießbar, Holunder und Cassis meinte sie herauszuschmecken – und dann gab es noch ein verwirrendes Aroma: War es das von Honig? Diesen Wein konnte sie sich gut zu kräftig gewürztem Essen oder zur asiatischen Küche vorstellen, doch in der Kombination von Wein und Essen war Carl eindeutig besser.

Die fünf Jahre alte Portada Reserva hätte ihm gefallen: Heidelbeere und Brombeere waren deutlich, ein Hauch von Rose kam hinzu, ließ die Reserva opulent, aber nicht schwer wirken. Mit der leichten Säure, einer gefälligen Süße und dem leichten Tannin ordnete Johanna diesen Wein zwischen elegant und rustikal ein. Alle vier waren produzierte Weine, so schien es ihr, Weine für den Markt, für ein großes Publikum.

Zwei Tische weiter war eine Lücke entstanden, eine Gelegenheit für sie, dort zu probieren, jedoch vertrat ihr jemand freudestrahlend den Weg. Obwohl Fechter angekündigt hatte, dass sie sich hier treffen würden, hatte sie es nicht erwartet. Freudig – und zu vertraulich für ihren Geschmack – umfasste er Johanna, küsste sie auf beide Wangen und hielt sie einen Moment zu lange im Arm.

»Ich wusste es, wir würden uns wiedersehen. Wie geht es dir? Wie kommst du mit deiner Arbeit voran? Wie reagieren die Winzer auf deine Vorschläge? Wohnst du eigentlich auf diesem Weingut Quinta da Joana? Wie lange wirst du bleiben?«

Fechter zeigte keinerlei Attitüde des coolen Managers, er überschüttete Johanna mit einem Schwall freundlicher Fragen. »Auch an Land machst du eine tolle Figur.« Er strahlte sie an und trat einen Schritt zurück, um sie besser begutachten zu können. Sie trug ein taubenblaues Shirt mit rundem Halsausschnitt und Spitze an den halblangen Ärmeln. Die cremefarbenen Jeans waren ein wenig kurz für ihren Geschmack, aber das war momentan modern. Die Tasche aus grob gewebtem Leinen trug sie locker über der Schulter. Ihr Haar hatte der Wind durcheinandergebracht, aber das schien Fechter nicht zu stören.

Eigentlich war sein Verhalten eine Unverschämtheit. Diese Art von Beschau mochte bei anderen Damen Wirkung zeigen, bei Johanna erzeugte sie lediglich Abneigung, und als er sich zu dem Tisch des Winzers umwandte, schickte sie ihm einen finsteren Blick hinterher. Fechter redete dort auf eine blonde, junge Frau mit einem Pferdeschwanz ein, die ihre Nase tief in ein Glas gesteckt hatte, dann den Kopf hob und in Johannas Richtung schaute. Er schien überrascht, sie hier zu treffen.

Dieser Typ passt besser zu dir, dachte Johanna, solchen Mädchen mögen die billigen Komplimente gefallen und die vordergründige Bewunderung, damit kommt man bei denen gut an. Oder war es einfach nur Fechters Art, so mit Frauen umzugehen, und kein ziel- oder zweckgebundenes Verhalten? Wo war eigentlich die junge Frau vom vergangenen Sonnabend, diese Rosalie?

Breit lächelnd kam er zurück. »Ich bin zum dritten Mal bei der Weinprobe, ich finde es wunderbar, jedes Jahr aufs Neue, vor allem die vielen spannenden Weine. Man trifft interessante Menschen, solche wie dich. Und dann diese Kulisse.« Er wies mit einer ausholenden Geste auf die neoklassizistischen Fassaden mit schmiedeeisernen Laternen und hohen Fenstern, als wäre das alles nach dem großen Erdbeben eigens für ihn wieder aufgebaut worden. Ohne Johanna eine Pause oder die Möglichkeit zu gönnen, etwas zu erwidern, redete Fechter weiter: »Hast du bisher viele Weine probieren können? Welcher ist deiner Meinung nach gut, welchen darf man auf keinen Fall vergessen? Welchen würdest du empfehlen? Bei deinem fachlichen Hintergrund muss man deine Urteile sehr ernst nehmen.«

War das wieder eines jener überflüssigen Komplimente?

Jetzt war sie an der Reihe, zu fragen, wobei sie tatsächlich auf die Antworten gespannt war.

»Willst du dich nicht lieber um die junge Dame kümmern, die dort am Tisch probiert?« Sie sagte es mit einem Lächeln. »Sie schaut recht erwartungsvoll herüber.« Vielleicht ließ er sie dann in Ruhe.

»Sie kann ein Weilchen warten. Sonia ist die Tochter eines britischen Geschäftsfreundes, dessen Schiff im Jachthafen liegt.«

Johanna war sofort klar, dass die Art, wie diese Sonia herüberschaute, nicht die der Tochter eines Geschäftsfreundes war. Der lässt nichts anbrennen, dachte sie amüsiert.

Die Rua Augusta hatte sich mittlerweile gefüllt, das Gedränge an den Tischen zwischen dem Triumphbogen und dem Rosário-Platz nahm beängstigend zu, die Passanten traten sich gegenseitig auf die Füße, quetschten sich aneinander vorbei. Das Publikum hatte sich während der letzten halben Stunde merklich verändert, es war gealtert, die Leute waren urlaubsmäßiger gekleidet, mehr und mehr sonnenverbrannte Nasen unter Basecaps tauchten auf, über Bäuchen sich spannende T-Shirts und schlabberige Kleider, die man eher am Strand erwartet hätte. Insgesamt wirkte die Menge deutlich weniger portugiesisch als zuvor.

Fechter bemerkte Johannas Irritation. »Das ist immer so, wenn ein Kreuzfahrtschiff seine Fracht an Land kippt. Das sind die deutschen Edel-Rentner. Ein Kollege aus der Reederei nennt sie die KDFler, aber so bösartig muss man nicht sein. Für dich als ... Umweltaktivistin sind diese Touristen sicherlich ein Gräuel.« Als er Johannas verständnislosen Blick bemerkte, der sich mehr auf die Umweltaktivistin als auf die Touristen bezog, fügte er erklärend hinzu: »Ihre Schiffe werden vom dreckigsten Treibstoff angetrieben, den man sich vorstellen kann oder eben nicht vorstellen mag, es ist ein Abfallprodukt, das bei der Raffinierung von Diesel anfällt ...«

»... und drei Prozent aller weltweiten Kohlendioxid-Emissionen in die Luft bläst«, wusste Johanna. »Bist du nicht in der gleichen Branche? Dann kommen dreizehn Prozent Schwefeldioxid und fünfzehn Prozent der globalen Stickoxid-Emissionen dazu. Das dürfte dir geläufig sein, Andreas, wo du so gern mit Schiffen spielst. Besonders die Hafenstädte leiden darunter. Was macht ihr eigentlich mit dem Müll? Die Leute an Bord produzieren doch unaufhörlich Müll und Abwasser, die Schornsteine der Schiffe qualmen sogar im Hafen weiter ...«

»Oh, da geschieht viel. Es gibt Abgaswäscher und Katalysatoren und Filter gegen den Partikelausstoß. Dann wird über die Entwicklung von neuen Antriebssystemen nachgedacht, über Flüssiggas als Treibstoff. Es gibt Wiederaufbereitungsanlagen für Wasser an Bord. Der Müll wird gesammelt, getrennt, an Land gebracht, recycelt oder verbrannt ...«

... oder auf See über Bord gekippt, und das dreckige Wasser wird außerhalb der Hoheitsgewässer abgelassen, dachte Johanna. Selbstverständlich denken sie über vieles nach, bilden Kommissionen und Ausschüsse, geben Erklärungen ab, unterschreiben Urkunden, verpflichten sich freiwillig, veröffentlichen Memoranden, erwägen und beraten – aber konkret fordern sie weiteres Wachstum und widerholen ständig ihre Forderungen, dass man damit nicht nachlassen dürfe.

»Wenn alles so gut funktioniert, wie du meinst, Andreas, wo kommen dann die gewaltigen, im Meer treibenden Plastikteppiche her? Vermehren sie sich untereinander? Die Cola-Flasche treibt es mit der Cremedose?«

»Das wird in Asien von den Flüssen ins Meer getragen ...«

»Ja, angeblich stammt der Müll aus Asien, ja, ja, da hat ihn irgendein Idiot ins Wasser geschmissen.« Hatte es überhaupt einen Zweck, mit den Verursachern zu diskutieren? Und zu denen zählte sie Andreas. Johanna war kurz davor, wieder in ihre pessimistischen Grübeleien zu verfallen. »Ich weiß, was der Deutsche Naturschutzbund dazu sagt: dass die Reeder viel versprechen und etwas mehr als nichts tun, genau wie überall, wo es um Geld geht.« Johanna hielt inne. Die Debatte war müßig, das Thema verdarb ihr die Laune und der Mann ihr gegenüber auch.

»Wir sehen uns«, sagte Fechter galant, ohne auf ihre Entgegnung einzugehen und bereits wieder seiner Sonia zugewandt. »Ich besuche dich da oben auf deinem Weingut. Quinta da Tia Joana, nicht wahr? Der Name passt doch, Johanna! Bei einem Glas Wein macht die Debatte mehr Spaß. Ich glaube nämlich, dass du auf dem Holzweg bist.«

Ruckartig hob er den Kopf und starrte über die Menge hinweg, dann entspannte er sich, winkte jemandem zu und fasste Johanna am Arm. »Da kommt jemand, den ich dir gern vorstellen möchte, ein Landsmann von uns. Gut möglich, dass du ihn kennst, und bestimmt habt ihr euch viel zu sagen. Nicolas Hollmann, ein deutscher Winzer vom Rio Douro. Leider war der Anlass, bei dem wir uns kennengelernt haben, recht traurig und zutiefst unangenehm.«

Bevor Johanna fragen konnte, um welchen Anlass es sich gehandelt hatte, drängelte Fechter sich rücksichtslos zu einem Mann durch, auf den er kurz einredete und den er dann mit sich zog. War das dieser Hollmann, von dem Joana gesprochen hatte? Mit dem sie ein Seminar abhalten wollte? Sympathisch war er, ehrliche Augen hatte er auch, doch er wirkte übermüdet. Er mochte die vierzig erreicht haben, war groß und schlank, hatte erste graue Strähnen im Haar und war sonnenverbrannt. Zu anderen Zeiten wäre Johanna einem Flirt nicht abgeneigt gewesen, aber die anderen Zeiten waren vorbei und sie für jüngere Männer längst nicht mehr attraktiv – Fechter ausgenommen, aber der zählte nicht.

Freudestrahlend, als hätte er seinen besten Freund getroffen, präsentierte er den »Landsmann« vom Rio Douro. »Das ist Nicolas Hollmann vom Frankfurter Baukonzern Hollmann, sein Großvater war der Firmengründer, und sein Vater hält im hohen Alter noch die Aktienmehrheit. Und der Sohn hier hat sich dem Konzernstress verweigert und das ruhige

Landleben und den Wein gewählt, nicht wahr, mein Lieber? Ist es nicht so? Ich finde das bewundernswert. Er ist zurzeit ganz bei dir in der Nähe. Und mir wird er dabei helfen, ein Weingut zu finden, und mich beim Kauf beraten. Er weiß nur noch nichts davon!« Fechter lachte, als hätte er einen besonders guten Witz gemacht, und klopfte Hollmann auf die Schulter.

Muss ja ein berühmter Mann sein, ständig höre ich seinen Namen, dachte Johanna und empfand so etwas wie Mitleid mit Hollmann, der verständnislos von ihr zu Fechter und zurück blickte. Sie sah ihm an, dass er sich deplatziert vorkam und Fechters Einführungsrede gerne unterbrochen hätte.

»Sie haben meinen Hintergrund recht gut recherchiert, lieber Herr Fechter«, sagte Hollmann leicht angesäuert. »Nur sollte man sich nicht allein aufs Internet verlassen, da kann jeder Schwachkopf reinschreiben, was er will.«

»Stellen Sie sich nicht an, Hollmann, Sie recherchieren doch auch, jeder recherchiert heutzutage im Internet, bei Facebook und Konsorten, erkundet sofort den Hintergrund seiner Gesprächspartner. Und da ich fest damit rechne, dass wir uns häufiger treffen und ich Sie überzeugen kann, nicht nur die Quinta da Lua zu beraten, sondern auch mich ...«

»Was ich für die Vollmers mache, ist ein reiner Freundschaftsdienst«, sagte Hollmann an Johanna gewandt. »Es ist schwer genug, sich während der Zeit der Lese tageweise freizuschaufeln. Das ist nur möglich, weil ich zu Hause mit zuverlässigen Leuten arbeite, die den Betrieb aufrechterhalten. Außerdem habe ich eine sehr kluge und umsichtige Frau.«

Was er über seine Frau sagte, gefiel Johanna, es klang respektvoll. Sie hatte derweil Gelegenheit gehabt, Hollmann genauer in Augenschein zu nehmen. Dass Joana ihn empfahl, sprach für ihn, auch wenn es das Urteil eines siebzehnjährigen Mädchens war. In dem Alter war man leicht zu beeindrucken. Dass er Fechter kannte, den sie immer mehr für einen Schaumschläger hielt, war ein Minuspunkt. Die Weinprobe war nun die Gelegenheit, ihm auf den Zahn zu fühlen. Bereits nach den ersten fünf Gläsern würde sie wissen, was er fachlich zu bieten hatte. Mit den Kollegen der Hochschule hatte sie unzählige Male probiert, sie hatte gelernt, zwischen Klugscheißern, Blendern und wirklichen Fachleuten zu unterscheiden, die allein schon an ihrem zögerlichen Urteil zu erkennen waren.

Hollmann trug einen naturfarbenen Leinenanzug, das dunkelblaue Polohemd mit dem Aufdruck »Quinta do Amanhecer« passte farblich sehr gut, darunter stilisiert in einem offenen Rechteck ein Berg, ein Haus und ein Fluss. Johanna musste sich vorbeugen, um die Elemente zu erkennen, was Hollmann schmunzeln ließ.

»Die Traube finden Sie auf dem Rücken. Soll ich die Jacke ablegen?«

»Nein, nein, lassen Sie ruhig, ich habe es auch so begriffen.«

Fechter hatte nicht verstanden, worum es ging. »Ich hätte euch beide nachher gern zum Essen eingeladen, ich kenne ein hervorragendes Restaurant in der Nähe, auch die Weine sind exzellent, aber ich muss mich leider dringend um die Tochter eines britischen Geschäftsfreundes kümmern.« Gequält verdrehte er die Augen. »Wir sehen uns später? Ich komme vorbei, morgen, ach nein, morgen ist Sonntag, und der gehört der Familie. Sind Sie nächste Woche noch hier, Herr Hollmann?«

»Eher zum Wochenende, die Woche über bin ich am Douro. Die roten Trauben sind bald an der Reihe.«

»Ach, Arinto und Fernão Pires sind schon gelesen? Also gut, nächstes Wochenende dann …« Fechter schwirrte ab.

Johanna blickte ihm nach.

»Kennen Sie ihn näher?«, fragte Hollmann in einem Ton, als hätte es ihn verwundert.

»Nicht unbedingt«, antwortete Johanna und erzählte von ihrem ersten Treffen. »Unfreundlich ist er nicht, hilfsbereit auch, aber halten wir uns nicht mit Herrn Fechter auf. Ich habe ihn übrigens auch sofort gegoogelt.« Sie zwinkerte Hollmann zu. »Er ist stellvertretender Leiter der hiesigen Niederlassung einer deutschen Reederei, der Overseas Shipping Company, deutsches Kapital.«

»Ja, seit drei Tagen hat er den Job«, warf Hollmann ein. »Die Website muss sofort aktualisiert worden sein. Sein Chef ist bei einem Autounfall ums Leben gekommen.« Hollmann berichtete vom Geschehen in der Klinik und schloss: »Die arme Frau hat dann als Witwe das Krankenhaus verlassen.«

»Und Fechter ist sein Nachfolger? Was für grauenvolle Umstände. Daher kennen Sie sich?«

»Wie das Leben so spielt – oder vielmehr der Tod. Mein Onkel verstarb vor zehn Jahren, von ihm habe ich die Quinta geerbt. Ich bin eigentlich Architekt und wollte nie Winzer werden, ich verstand damals nichts von diesem Handwerk. Mittlerweile machen wir recht trinkbare Weine und einen schönen Portwein, zumindest sind die Fachleute dieser Ansicht.« Er zuckte verlegen mit den Achseln, dann schaute er auf, denn in der Nähe ertönte die Sirene eines Krankenwagens.

Unruhe ergriff die Menge, sowohl Passanten als auch die Besucher der Weinprobe drängten auseinander, um dem Fahrzeug Platz zu machen, was in der überlaufenen Rua Augusta kaum möglich war. Eingekeilt blieb der Wagen im Gewimmel stecken, Rufe wurden laut, es wurde geschimpft, dann erschien die Polizei und bahnte Sanitätern mit einer Trage unter sanfter Gewalt einen Weg durchs Gewühl.

»Es scheint, als könnten einige Menschen nicht mit dem Alkohol umgehen.« Das sei nicht als Kritik gemeint, betonte Hollmann. »Ich sehe das eher als einen bedauerlichen Zustand. Die Dosis macht die Droge.«

»Seine Wirkung können viele nicht einschätzen«, bestätigte Johanna, »obwohl Wein nichts ist, um sich volllaufen zu lassen. Unsere Hochschule bietet Kurse für Eltern zur Alkoholprävention an. Ich glaube eher, dass hier jemand die Enge und Hitze nicht ertragen hat. Ohne diese Touristen wäre es ein angenehmer Nachmittag. Hätte ich gewusst, wie das hier abläuft, wäre ich auf der Quinta geblieben.«

»Was tun Sie dort eigentlich? Worin genau besteht Ihre Arbeit?«

Johanna war froh, dass Hollmann das Thema aufgriff. »Geformt wurde ich in der Anti-AKW-Bewegung, daher gab es für mich nichts anderes, als Umweltmanagement zu studieren. Einige Jahre später bin ich von meinem Weg abgekommen« – Genaueres wollte sie zu diesem Thema nicht sagen – »fand dann aber zurück, und durch die Weinaffinität meines Mannes und eines sehr engagierten Studenten landete ich an der Hochschule in Geisenheim und spezialisierte mich auf Energiemanagement auf Weingütern.«

»Da könnte ich wahrscheinlich noch einiges von Ihnen lernen.«

»Und ich von Ihnen. Sie betreiben ökologischen Weinbau? Wie mir meine junge Freundin von der Quinta da Joana sagte, stellen Sie das in Ihrer Werbung gar nicht heraus. Weshalb das?«

Hollmann blickte suchend über die Köpfe der Menge hinweg. »Beim Reden sollten wir uns besser setzen.« Sie arbeiteten sich an den Hauswänden entlang an der Menschenmenge vorbei und fanden einen Tisch am Rande des Gewimmels. Hier erzählte Hollmann von seinem Onkel Friedrich, der die Quinta do Amanhecer bereits auf den Weg zum integrierten Weinbau gebracht hatte. »Er hat die Umweltbelastung vermindert, Kunstdünger abgeschafft, die Vielfalt des Ökosystems bedacht und sich um den Erhalt der Bodenfruchtbarkeit gekümmert. Wir haben das nur weitergetrieben.«

»Hin zum umweltschonendem Weinbau und letztlich dem ökologischen?«, warf Johanna ein.

»Genau. Glyphosat braucht niemand, auf Agrogifte lässt sich verzichten, doch Rudolf Steiners Biodynamik geht mir zu weit. Ich bin zwar von der Bedeutung natürlicher Kreisläufe überzeugt, aber ich vergrabe keine mit Mist gefüllten Kuhhörner. Stattdessen pflanzen wir Bäume und Sträucher zwischen den Flurstücken, auch wenn Vögel sich unsere Beeren holen. Bei vierundvierzig Hektar haben wir genug.«

»Das ist viel«, bemerkte Johanna, »in Deutschland liegt der Durchschnitt bei unter zehn Hektar.«

»Unsere Trockenmauern sind wahre Biotope für Kleinlebewesen, Eidechsen, Insekten und so weiter. Ich habe jedoch keine Nerven, mich mit Kontrolleuren und Vorschriften der EU, den Statuten von Sativa oder der deutschen Ecovin oder Bioland auseinanderzusetzen. Ich erkläre meinen Kunden, was wir tun, wie wir arbeiten und vermeide dabei tunlichst Begriffe wie ›nachhaltig‹, denn das kann alles oder nichts bedeuten, das Wort dient lediglich zum Verwirren der Öffentlichkeit.«

Dem konnte Johanna nur beipflichten. »Und im Energiebereich, wie gehen Sie da vor?«

Hollmann lachte. »Mein ökologischer Fußabdruck? Der ist eine Katastrophe, trotz aller Bemühungen. Ein Flug zur Düsseldorfer Weinmesse oder die Autofahrt zur Vinexpo nach Bordeaux macht alles zunichte, die Fahrten mit dem Wagen hierher, ich bin jetzt schon zum dritten Mal hier, die Weintransporte zu unseren europäischen Kunden, auch nach Deutschland …«

Damit traf er Johannas wunden Punkt. »Ich fahre ein Elektroauto, wir kompostieren zu Hause alles, was möglich ist, Mülltrennung findet statt, und ich benutze zum Beispiel keine Plastiktüten mehr, und trotzdem wächst die Kunststoffproduktion von Jahr zu Jahr. Da kann ich es auch bleiben lassen.«

»Nein, das kann man nicht!« Hollmann wurde energisch. »Portugal hat es an einigen Tagen dieses Frühjahres verstanden, seinen Strom zu einhundert Prozent aus erneuerbaren Energien zu erzeugen, aus Wasser und Wind! Wenn wir den Konzernen und ihren Lobbyisten die Welt überlassen, richten sie den Planeten in den nächsten dreißig Jahren zugrunde. Früher nutzten wir Plastikfolien, um Weinkartons auf der Palette zu sichern, jetzt nehmen wir wiederverwendbare Netze ...«

»Die aber später vom Empfänger zurückgeschickt werden müssen, das kostet auch Energie.« Und eine Million toter Seevögel pro Jahr durch Plastiknetze.

Wieder unterbrach eine Sirene ihr Gespräch.

»Das nächste Alkoholopfer?«, fragte Johanna, als Hollmann aufgestanden war und sich umsah. Er schien wirklich besorgt zu sein.

»Das lässt sich von hier aus schwer sagen. Ich bin gleich wieder da ...« Damit tauchte er im Menschenstrom unter.

Ein ziemlicher Eigenbrötler, dieser Hollmann, dachte Johanna, aber eine ehrliche Haut. Der Beruf des Winzers passt zu ihm. Sie konnte sich gut vorstellen, wie er tagelang mit offenen Augen durch seine Weinberge stromerte und darüber nachdachte, wie er den Boden beleben konnte, wie er Raubmilben auf die Milben hetzte, um keine Spritzmittel einsetzen zu müssen, und Pheromonfallen gegen Traubenwickler an die Spanndrähte hängte. Aber er war kein Öko-Freak, einer, der seine Ideologie wie eine Parteifahne vor sich hertrug. Während sie noch versuchte, sich darüber klar zu werden, ob es sinnvoll sei, mit ihm Joanas Seminar zu bestreiten, trat er zurück an den Tisch.

»Irgendein Irrer, der randaliert, scheint kaum zu bändigen. Für mich ist es ungewöhnlich, dass jemand derart heftig auf Alkohol reagiert, der Mann machte äußerlich nicht den Eindruck eines Radaubruders.«

»Wem sieht man schon an, was in ihm vorgeht«, unkte Johanna und dachte an die Mutter ihrer jungen Freundin Joana. »Sehen Sie von hieraus etwas? Sie sind größer.«

»Man bringt ihn weg, zum Ausnüchtern. An einem der Tische sehe ich unseren gemeinsamen Freund Fechter.«

»Und – was ist mit ihm?«

»Er spricht mit dem Kellermeister der Quinta da Lua, um die ich mich kümmere.«

»Sind die ausgeschenkten Weine unter Ihrer Ägide entstanden? Das interessiert mich, lassen Sie uns rübergehen und probieren.« Johanna wollte aufstehen, doch Hollmann hielt sie zurück.«

»Ich glaube, jetzt ist nicht unbedingt der geeignete Moment.«

»Nicht unbedingt? Was wollen Sie damit sagen?«

Ein prüfender Blick traf Johanna. »Sie können sich denken, dass es einem Kellermeister nicht gefällt, wenn ihm jemand vor die Nase gesetzt wird, der seine Entscheidungen kritisiert und der ihm sagt, was er zu tun hat, erst recht nicht, wenn es sich um einen Ausländer handelt. Wissen Sie, woher Fechter Tavares kennt?« Hollmann blickte Johanna eindringlich an.

»Woher? Ich weiß gar nicht, wer dieser Tavares ist. Ich sollte Sie mal besuchen, oder Sie kommen zu uns auf die Quinta da Joana, Herr Hollmann, zumal die Tochter des Hausherren uns beide seminartechnisch verkuppeln will. Die boxt sich hier auch irgendwo durch.« Jetzt stand Johanna auf und schaute sich um. Dann erzählte sie Hollmann von Joanas Vorschlag. Während sie selbst der Idee skeptisch gegenüberstand – wie allem gegenwärtig –, stieß der Vorschlag bei Hollmann sofort auf offene Ohren.

»Es sind immer die Jungen, die uns weiterbringen, wie diese Schwedin, Greta Thunberg, und ihre Fridays for Future.«

»Mal sehen, wann denen die Puste ausgeht.« Johanna war zu oft enttäuscht worden, zu realistisch, als dass sie noch an den Erfolg von Demonstrationen glaubte. Sie erinnerte sich an ein Interview mit dem Dichter und Schriftsteller Günter Kunert, der die Schülerbewegung lediglich für ein Ventil hielt, und aus der Studentenbewegung der Sechzigerjahre seien ausschließlich saturierte Bürger geworden. Seines Erachtens sei Hoffnung »lediglich der Schaum auf der menschlichen Existenz«.

Hollmann reagierte mit verständnislosem Kopfschütteln. »Entschuldigen Sie, aber wie pessimistisch sind Sie denn drauf? Erzählen Sie das auch Ihren Studenten? Kann man denen mit einer derart negativen Haltung gegenübertreten?«

»Nicht negativ, Herr Hollmann, einfach realistisch!«

»Dann raten Sie mir mal, was ich meiner Tochter sagen soll: Lebe so wie bisher, mach weiter so viel Dreck wie wir alle, lass das Licht brennen, fahre deinen SUV-Diesel, nimm die schweren Flaschen für den Wein und stell dich darauf ein, dass es in dreißig Jahren vorbei ist? Dann schwemmen Starkregen die Weinstöcke weg, die Hitze verbrennt unsere Trauben und das Gemüse? Der Rio Douro trocknet aus, und Wirbelstürme decken unsere Dächer ab? Rebecca wäre dann siebenunddreißig. Ach, und Kinder verkneift sie sich unter diesen Umständen besser auch ...«

Johanna schüttelte unwillig den Kopf. »Seien wir ehrlich, Herr Hollmann, zumindest untereinander. Ich halte Sie nicht für einen Apologeten der kapitalistischen Industriekultur. Sehen Sie sich um: Die Lobbyisten im Ministerrang regen sich über das Schuleschwänzen der Freitags-Protestierer auf, statt die richtigen Gesetze durchzubringen. Die planen stattdessen ihren lukrativen Absprung in die Automobil- und Energiewirtschaft, zur Bahn oder zu Chemie-Riesen. Und die deutsche Landwirtschaftsministerin geht zu Monsanto oder legt sich mit dem Nestlé-Konzern ins Bett.«

»Ja, da passt sie hin«, sagte Hollmann, das Gesicht verziehend. »Doch die Proteste und das Engagement der Schüler finde ich großartig. Ich wünschte, meine Tochter wäre ...«

»Glauben Sie tatsächlich, dass jemand derartige Proteste ernst nimmt? Die in Berlin, Brüssel und New York, auch in Beijing, die sitzen das aus, denen geht es gar nicht mehr um Geld, die haben so viel davon, dass es nicht einmal ihre Urenkel ausgeben können. Denen geht es um Zahlen und um Macht! Wenn es wirklich ernst werden sollte, kommt die Polizei mit Knüppeln und Gummigeschossen, ich kenne das aus eigener Erfahrung. Wenn es ganz ernst wird, hilft nur noch die Lösung vom Platz des Himmlischen Friedens.«

Hollmann ging nicht weiter darauf ein. »Die Polizei ist bereits da«, sagte er seufzend und machte einen langen Hals. Ein weiterer Polizeiwagen mit Blaulicht schob sich von einer Seitenstraße in die Rua Augusta. Ihm folgte eine Ambulanz. »Ist schon wieder jemand umgekippt? Was ist denn heute hier los?«

»Möglich, dass es an den Weinen liegt, manche von den Roten haben an die fünfzehn Prozent Alkohol. Oder die Touristen vertragen nichts.«

Plötzlich stand Joana neben ihnen. »Der Mann, den sie eben aufgelesen haben, war Portugiese, kein Tourist. Es ist der Vierte, den sie abholen. Letztes Jahr hat es so was nicht gegeben. Warum haben Sie sich hier versteckt, Johanna? Wer ist das?« Sie zeigte auf ihren Begleiter.

Johanna stellte die beiden einander vor.

Erfreut streckte Joana Hollmann die Hand entgegen. »Hat sie Ihnen von unserem Seminar erzählt?«, fragte sie, schaute sich nach einem Stuhl um, fand einen Hocker und setzte sich zu ihnen.

»Herr Hollmann würde mitmachen, doch du solltest auch ihm deine Ideen vorstellen. Wir müssen jetzt alle Englisch sprechen.«

Joana grinste, sie griff in die Innentasche ihrer Jeansjacke und holte drei zerknitterte, enge beschriebene Blätter hervor und reichte sie Hollmann. »Ist auch auf Englisch: *A concept for our environment workshop on energy management on wineries and environmental protection*«, las sie stolz vor. »Heute muss alles international sein, die Verschmutzung und die Verschmutzer sind es auch. Das hier ist mein Konzept. Änderungen sind möglich. Ich nehme fünfzehn Euro pro Person als Kostenbeteiligung.«

»Wenn du einen Job suchst«, sagte Hollmann lachend, »dann melde dich bei mir. Solche Leute brauchen wir.« Gut gelaunt überflog er die Seiten, ihm war anzusehen, dass der Text ihm gefiel. Alles, was dort geschrieben stand, war zweifelsohne richtig. Er reichte die Zettel an Johanna weiter.

Sie las, nickte wie zur Bestätigung, dann sah sie seufzend auf. Was hatte das alles für einen Sinn, wenn man nicht an den Erfolg glaubte?

»Ich bin dabei, wenn ich es zeitlich einrichten kann«, sagte Hollmann. »Aber ohne Frau Breitenbach geht es nicht. Die scheint ihre Zweifel zu haben. Das Motivieren musst du übernehmen, Joana.«

»Ich kriege das hin, Herr Hollmann, verlassen Sie sich darauf.«

»Na gut«, sagte Johanna, »ich mache mit.« Sie sagte es weniger aus Überzeugung als aus Angst vor der Leere.

Nicolas Hollmann verabschiedete sich, wollte sich allein den präsentierten Weinen widmen, begleitete jedoch Johanna und ihre junge Freundin zum Tisch der Quinta da Joana. Gemeinsam bahnten sie sich einen Weg durch die sich lichtende Menschenmenge.

Wieder tauchte Fechter aus dem Gewühl auf, diesmal mit einem Fremden an seiner Seite, den er in einen Hausflur zog, wo beide die Köpfe zusammensteckten. Fechter schien ärgerlich auf seinen Begleiter einzureden.

Johanna blieb stehen. »Kennt du den Mann dort drüben im Hauseingang?«

»Den mit der Glatze?«, fragte Joana. Sie reckte sich, um besser sehen zu können. »Nein, aber den anderen habe ich schon mal gesehen.«

»Den kenne ich«, sagte Hollmann hintergründig, »das ist Tavares, der berühmte Kellermeister der Quinta da Lua, über den wir vorhin sprachen.«

Johanna versuchte, über die Köpfe der Menge hinweg einen

Blick auf Tavares zu erhaschen. »Was hat der mit Fechter zu tun?«

»Das wüsste ich auch gern«, antwortete Nicolas. »Ich kann ihn ja fragen.«

»Und wer ist der Dritte?«

Ein weiterer Mann im dunklen Anzug war hinzugetreten. Fechter drückte ihm etwas in die Hand, woraufhin der Fremde sofort weiterging.

Nicolas Hollmann

Eine weitere Meldung betraf einen namenlosen Zöllner

Wie auf ein geheimes Zeichen hin zogen sich die Landungs-truppen der Aida vollständig auf ihr Schiff zurück. War es Zeit fürs Abendessen? Die Speisung der Fünftausend be-ginnt, dachte Nicolas boshaft und schaute auf die Uhr. Das Dinner an Bord durfte nicht versäumt werden, schließlich hatte man dafür bezahlt. Wieso, fragte er sich, blieben die Frührentner nicht zu Hause und brachten ihren Enkelkin-dern richtig lesen und schreiben bei, fuhren mit ihnen (mit dem Rad) zum Bauern und zeigten den Kleinen, dass ihr Essen nicht in durchsichtigen Plastikschalen, sondern in und auf der Erde wuchs oder auf der Wiese graste? Dazu hät-ten die lieben Kleinen die Finger vom Touchscreen nehmen müssen, was ihnen kaum zuzumuten war. Aber wer an Bord täglich die totale Rundumbedienung genoss, dem fehlte dazu sicher auch die Fantasie.

Nicolas war froh, dass die Rua Augusta sich wieder ihrem Normalzustand näherte, dass Lissabon, die Schöne, wieder ihren Bewohnern gehörte und er jetzt Weine verkosten durfte, ohne ständig angerempelt oder unhöflich abgedrängt zu werden. Er nahm sich vor, Tavares zu fragen, was er mit Fechter zu schaffen hatte, und Fechter beim nächsten Tref-fen, ob es eine Möglichkeit gebe, die exakte Position von Schiffen abzufragen. Sollte dann einer dieser Massengutfrach-ter für Touristen in Lissabon oder Porto angelegt haben – die Stadt war inzwischen ähnlich überlaufen –, würde er in seinem

Haus oben auf dem Berg am Fluss bleiben. Dort gab es alles, was er brauchte. Aber er wusste auch, dass dieses Leben nur möglich war, weil es andere gab, die genug verdienten, um seine Weine zu kaufen. Genau das sagte er sich, als er an den nächsten Tisch trat, um die ausgestellten Weine zu probieren, denn diesem Winzer hier erging es nicht anders als ihm.

Er bot charaktervolle Weißweine an, Gewächse aus den DOC-Gebieten Torres Vedras, Rabo de Ovelha, Vital und seine Lieblingssorte Alvarinho. Damit hatte er auch experimentiert, doch seine Versuche waren im Vergleich zu diesem hier zwar nicht kläglich, so doch gescheitert. Den Weinen von Torres Vedras war die Nähe zur Küste anzumerken, sie waren leichter und frischer als die, die auf der Quinta da Lua weiter landeinwärts produziert wurden. Sie zeigten eine angenehme gelbe, nicht überreife Frucht und schon gar keine Schwere. Um die Unterschiede zu bemerken, musste man die einen wie die anderen kennen, sie nebeneinander probieren, einen jeden in seinem Glas, nie mehr als sieben. Genau so hatte er sich auf Anraten seines Lehrmeisters Otelo herangetastet, vielmehr heranprobiert. Er hatte die Unterschiede zwischen blumig, erdig, würzig, fruchtig und lebhaft entdeckt und zu beschreiben gelernt, und er hatte begriffen, was aufdringlich und wuchtig war, welcher Wein sich intensiv zeigte und welcher eher verhalten wirkte und wo leicht salzig anmutende Mineralität auf Kalk im Boden verwies.

Wie der Boden beschaffen war, auf dem die Trauben der Quinta da Fonte wuchsen, war ihm bekannt. Er hatte die Weinberge der Nachbarn in Augenschein genommen, die Oliveiras von Ferne begrüßt, aber sich bisher nie länger als zwei Minuten mit einem der Familienmitglieder unterhalten. Die Söhne Paulo und Pedro Oliveira waren meistens übel gelaunt und abweisend, die Alten bekam man noch seltener zu Gesicht und wenn, dann gingen sie grußlos vorüber. Angeblich hatten sie noch immer Einfluss auf die Ausprägung ihrer Weine.

Alle Tische in der langen Reihe der Rua Augusta zierten Tischdecken, die im Laufe des Nachmittags reichlich mit Rotwein getränkt worden waren. Sie reichten fast bis auf den Boden. Darunter stapelten sich die Kartons mit vollen und leeren Wein- und Wasserflaschen. Nicht anders war es bei Paulo Oliveira. Als Nicolas auf den Tisch zuging, bemerkte er, wie der Winzer mit einer leeren Weinflasche unter den Tisch tauchte und mit einer fast vollen Flasche in der Hand wieder hervorkam. Stand unter dem Tisch seine stille Reserve, von der niemand wissen sollte? Oder füllte er seine Flaschen aus einem größeren Behältnis heimlich nach? Schließlich kostete jede Flasche Geld.

»Was treibt Sie denn zu uns?«, fragte Paulo Oliveira, schlecht gelaunt wie immer. »Auf Spionagetour?«

»Wieso sollte ich bei Ihnen spionieren, Senhor Oliveira? Wir leben unter derselben Sonne, bauen unsere Trauben auf gleichem Boden an, haben ähnlich viel Niederschlag, setzen auf die gleichen Rebsorten, leiden unter demselben feucht-kalten Wind, und der Rest ist Technik.«

»Da sind Sie uns mit Ihrem ausländischen Kapital sicher weit voraus.«

»Man sollte die Technik nicht überbewerten«, korrigierte Nicolas sich schnell, damit Paulo Oliveira sich nicht auf die Rolle des von ausländischem Kapital abgedrängten Winzers zurückzog, der es mit seinen Vinhos Regionais nur bis in die Discounter geschafft hatte, während die Quinta da Lua ausschließlich DOC-Qualität lieferte. »Sie hilft uns lediglich, das bestmöglich aufzubereiten, was wir von draußen reinholen.«

»Na, wenn Sie das so sehen …« Damit war die Unterhaltung beendet. »Welchen Wein wollen Sie probieren?«

Nicolas begann mit dem Arinto, den er mit dem unter seiner Ägide nebenan produzierten vergleichen konnte. Er wusste, was der Weinberg zu geben bereit war. Das Urteil über Paulo Oliveiras Wein behielt er für sich und verschanzte sich hinter seinem Pokerface. Der Wein war gut, ordentlich gemacht, hatte Geschmack und Frische, wies keinen Fehler auf, aber ihm fehlte der Pfiff, das Besondere, die Strahlkraft. Die war auch beim Fernão Pires nur mit viel Wohlwollen zu entdecken, obwohl sich die Zitrus- und Orangenaromen gut mit dem mit ihm verschnittenen Chardonnay vertrugen, doch leider fehlte es an Säure. Oliveira hatte zu spät gelesen, Fernão Pires verlor in der Reife zu schnell die Säure und damit sein Leben.

Die Rebsorten Castelão, Tinta Roriz und Touriga Nacional bauten sie sowohl hier wie auch am Rio Douro an. Mit diesen Reben kannte Nicolas sich aus. Das Ergebnis fiel genauso aus wie das vorherige, Oliveira hatte beim Vinho Regional mit Touriga Nacional als Hauptrebsorte alles richtig gemacht, doch nicht besonders gut. Daher war Nicolas auf die Reserva da Fonte gespannt, Oliveiras einzigem DOC-Wein mit Touriga Nacional und Castelão.

Erneut griff Oliveira unter die Tischdecke. Womit er hantierte, ließ sich nicht erkennen, jedenfalls war er grantiger als zuvor.

»Ich musste eine Flasche finden, in der noch ein Rest vorhanden war«, entschuldigte er sich mit rotem Kopf. »Alle wollen die Reserva probieren, seit wir dafür mit 92 Punkten ausgezeichnet wurden. Dabei braucht sie noch einige Jahre, bis sie richtig da ist.«

Zur Bestätigung nickte er heftig und füllte Nicolas' Glas eher beiläufig, um sich einem anderen Kunden zuzuwenden. Das Glas war über den Punkt des größten Durchmessers gefüllt, darüber sollte es nie hinausgehen, für eine Probe reichte bedeutend weniger, aber da am Tisch bezahlt wurde, wollten die Besucher auch etwas im Glas haben.

Der Wein war opulent, wies komplexe Aromen auf, zeigte Noten von Cassis, Lakritz und Pflaume. In den Tanninen war er kräftig, was sich mit der Zeit jedoch harmonisieren würde – aber etwas war bei diesem Wein anders. Es war nicht der Duft, der Nicolas verwirrte, es waren nicht die Aromen, es lag mehr an der Farbe, die er als ein wenig trüb empfand, als läge ein hauchzarter Schleier über dem sonst brillanten Rot. Oder war es das Licht des beginnenden Abends? Die ersten Laternen an den Hauswänden brannten, obwohl die Sonne noch nicht untergegangen war.

Nicolas probierte erneut, bewegte den Wein im Mund, mischte schlürfend Wein und Luft, kaute fast darauf herum. Er wollte wissen, was anders war und was er nicht ergründen konnte. Er trank, schwenkte den Wein im Glas und trank erneut. Lag es daran, dass sich auf dem Grund des Glases das Depot abgesetzt hatte, winzige rote Kristalle? Dann war der Wein nicht gefiltert worden? Verdammt, er kam nicht darauf, was es war, und das ärgerte ihn. Aber wieso ärgerte er sich, woher kam die Ungeduld? Er war doch sonst so gut beim Probieren. Wieso jetzt diese Schwierigkeiten? Er probierte erneut. Woher kam die leicht bittere Note, völlig ungewöhnlich für Touriga Nacional und Castelão? Wieso fühlte sich die Mundschleimhaut so fremd an, fast taub, sodass er die Tannine nicht spürte? Verdammt, was war es, das er nicht begriff? Was hatte dieser Paulo Oliveira mit dem Wein gemacht, dass er sich jetzt so schwertat? Aber er wollte auch nicht fragen und sich nicht mit diesem unwirschen Kerl auseinandersetzen, davon hätte niemand etwas. Er wollte gehen, andere Weine probieren, er wollte bleiben, diesem Wein auf die Spur kommen, denn er zeigte auf jeden Fall einen Fehler, einen, den er verdammt noch mal finden wollte, oder einen, den er nicht kannte? Das ärgerte Nicolas, das gab es nicht, oder doch? Ihn störte seine wachsende Ungeduld, und er hasste es, auf diese Art verunsichert zu werden, es machte ihn nervös, es brachte ihn auf. Nur wogegen? Er musste weiter, aber was hatte Oliveira da unter dem Tisch hervorgeholt? Der beachtete ihn nicht und redete weiter auf den neuen Kunden ein.

Nicolas bückte sich, nestelte an seinem Schuh herum, hob

kurz das Tischtuch an, blickte darunter und entdeckte die Kartons. Dieser Wein, den er eben probiert hatte, eine Reserva, stammte aus einem Bag-in-Box? Wie lange war der schon im Weinschlauch? Eine Frechheit, ihm Derartiges vorzusetzen. Das hatte er bislang noch nie erlebt. Man stellte das, was man anbot, auch auf den Tisch. Jeder musste es sehen können. Aber warum eigentlich nicht Bag-in-Box? Es war eine praktische und günstigere Variante, für die er selbst sich jedoch nie und nimmer entschieden hätte, nie und nimmer ... er könnte ... er würde ... sollte er nicht auch?

Wütend knallte er sein Glas auf den Tisch, es wäre ihm egal gewesen, wenn es zersprungen wäre (so ein Mist, dieser Wein!), und bedankte sich, erleichtert, dass Oliveira damit beschäftigt war, anderen die Gläser zu füllen.

»Bei Gelegenheit komme ich mal vorbei, dann unterhalten wir uns.« Ein freundliches Lächeln würde sein positives Ansinnen unterstreichen, dachte Nicolas, oder reichte es nur zu einer Grimasse? Er wusste nicht, welchen Ausdruck sein Gesicht annahm. Er ahnte es mehr. Egal! Seine Empörung behielt er für sich.

Auch mit Freundlichkeit war bei Oliveira nichts zu machen. »Wir empfangen auf unserem Weingut keine Besucher, wir haben zu arbeiten.« Er war miesepetrig wie immer. »Die Lese hat begonnen, und wir sind personell unterbesetzt, das sollten Sie eigentlich wissen. Weinbau ist hart genug. Wir verfügen auch nicht über entsprechende Einrichtungen für touristische Lustbarkeiten wie die Quinta da Lua.«

Eine unfreundlichere Absage hatte Nicolas selten erfahren. Trotzdem schüttelte er Oliveira kräftig die Hand, der sie unwillig zurückzog, und wandte sich ab, dem nächsten Tisch zu. Leider war der von Neugierigen belagert. Nicolas sah sich gezwungen, weiterzugehen, doch überall standen ihm Leute im Weg, redeten dummes Zeug über Wein, taten sich wichtig, und sich dazwischen zu drängeln, lag ihm gar nicht. Nicolas war es gewohnt, Platz zu bekommen, genug Raum, um sich zu bewegen. Er fühlte sich eingeengt, und gleichzeitig verstärkte sich dieses widerliche Gefühl im Mund. Er kannte es von seiner Reise durch Südamerika. In Brasilien hatte er ein indianisches Gericht gegessen, Ente in Tucupí, einer Soße, aus bitterem Maniok gewonnen, die ein Flimmern auf den Lippen hinterließ und das Gefühl von Taubheit auf der Zunge. Wenn Tucupí nicht lange genug gekocht wurde, starb man daran.

Er bewegte den Mund, riss ihn auf, formte die Lippen wie zum Pfeifen und presste sie zornig aufeinander, um das entsetzliche Kribbeln loszuwerden. Was war nur los mit ihm? Er war längst nicht in dem Alter für einen Schlaganfall. Wie konnte er derartigen Blödsinn auch nur denken? Außerdem wurde er richtig wütend – auf sich selbst, auf die vielen Leute ringsum, auf diese Stadt und Oliveira. Er sollte verschwinden, sollte sich aus dem Staub machen, diese Betonwüste endlich hinter sich lassen. Er hatte mit alledem nichts zu schaffen.

Doch die Vorstellung, jetzt mit dem Wagen zurückzufahren, erbitterte ihn noch mehr, denn nirgendwo war ein Durchkommen, und er wusste nicht, wohin mit den Händen. Wo zuerst probieren – den bekannten Namen nach oder bei Winzern, von denen er bereits gehört hatte? Nein. Das Herzklopfen wurde stärker, er lehnte sich an eine Hauswand, das Schwindelgefühl nahm zu, etwas wie Panik keimte in ihm auf.

Als er zurück zum Tisch der Quinta da Joana stolperte, kam er wieder bei Fonte vorbei und bemerkte, dass Tavares auf Oliveira zustrebte, aber sofort abdrehte, als er seiner gewahr wurde. Tavares! Der Gauner hatte ihm in seinem Zustand gerade noch gefehlt. Der würde sich noch wundern, der Lump, sie würden ihn einsperren, eine Schande, den eigenen Chef unverfroren zu beklauen. Nicolas wollte auf ihn losgehen, da schoben sich andere Menschen dazwischen, fremde Gesichter, Körper, die ihn abdrängten, eine Masse, die ihn am Vorwärtskommen hinderte.

Erstaunt blickte ihm Joana entgegen, sie half ihrem Vater

beim Bedienen der Besucher. Sie schien sofort zu bemerken, dass mit ihm etwas nicht stimmte.

»Was ist mit Ihnen, geht es Ihnen nicht gut? *Pai*, sieh mal, er ist ganz blass, er taumelt … Was haben Sie?«

»Mit mir ist wirklich etwas nicht in Ordnung«, sagte Nicolas, griff hektisch nach einem Glas und der Wasserflasche, schüttete mit zittrigen Fingern beim Eingießen die Hälfte daneben und zog unter dem Tisch eine Weinkiste heraus, schob sie ein Stück vom Tisch weg und setzte sich, den Kopf in die Hände gestützt. Verdammt, wo hatte er den Wagen stehen lassen? Er sprang wieder auf, er wollte zurück zum Wagen, zurück an den Rio Douro, man brauchte ihn auf der Quinta, oder zur Quinta da Lua, hier in diesem Gewühl war es nicht länger zum Aushalten!

»Sollten wir besser einen Arzt rufen?« Flávio dos Santos beugte sich zu ihm herunter und sah ihm ins Gesicht, ehrlich besorgt.

»Nein, nein, es geht gleich wieder, keine Ahnung, mir ist schwindlig, irgendetwas rast in mir, mein Puls, mein Mund fühlt sich taub an, und dabei weiß ich nicht, wohin mit … mit … meiner Kraft? Ich bin so fürchterlich aufgeregt …« Verstört sah er seinen Helfer an, der ihm ein neues Glas Wasser reichte, das Nicolas gierig austrank und dos Santos leer entgegenstreckte. »Noch eines, bitte!«

»Sollen wir nicht doch einen Krankenwagen …« Das war Joanas helle Mädchenstimme. »Vielleicht ist es besser, es hat heute schon einige erwischt.«

»Haben Sie viel getrunken?«

Die Frage von dos Santos war Nicolas peinlich; er als Profi hätte sich niemals derart gehen lassen dürfen. Aber er hatte lediglich probiert, geschnuppert, nichts getrunken, doch, zuletzt, bei diesem Idioten Oliveira. Was war mit dem Wein gewesen? »Sie meinen, zu viel getrunken?«

»Es geht ihm überhaupt nicht gut, ich glaube, wir müssen etwas unternehmen.«

Es schien Nicolas, als hätte dos Santos es zu jemand anderem gesagt, und so war es, denn als Nicolas aufsah, stand Johanna Breitenbach vor ihm.

»Ich fahre Sie zurück, Herr Hollmann. Kommen Sie, sofort! Können Sie gehen?« Sie streckte hilfsbereit die Hand aus. »Bis Senhor Tavares den Tisch abgebaut hat, wollen Sie bestimmt nicht warten. Wo steht Ihr Wagen?«

Nicolas starrte sie an, als hätte sie gefragt, ob er mit ihr in die Bank einbrechen wolle, deren vergitterte Fenster wenige Schritte hinter ihnen lagen. »Mein Wagen? Ja, der steht im Parkhaus an der …« Er erinnerte sich nicht mehr. »Doch, ich weiß es, wir gehen ein Stück, ich muss mich nur erinnern, von wo ich vorhin gekommen bin. Ich bin mit der Straßenbahn gefahren, mit der Linie 28, bin von diesem Platz gekommen, von dem mit dem Denkmal von diesem Schriftsteller, ach ja, Camões. Genau, von der Praça Luis de Camões bin ich gekommen, da bin ich losgefahren, eingestiegen, dann steht der Wagen da im Parkhaus … Ja, da müsste er stehen, da müssen wir hin. Und am Largo Belas Artes bin ich ausgestiegen.«

Habe ich eben gestammelt, rede ich dummes Zeug? Meine Güte, wie peinlich. Was ist nur mit mir los, wieso bin ich so aufgeregt? Aber es ist gut, dass diese Frau Breitenbach hier ist. Nur gut, dass mich Tavares nicht so sieht, in diesem Zustand … Den werde ich mir vorknöpfen, oder sollte das besser Karin Vollmer tun? Nein, sie ist nicht hart genug, nicht energisch genug, man muss entschieden sein … durchgreifen … »Ja, durchgreifen«, sagte er laut.

Johanna Breitenbach fasste nach seinem Arm, den er erstaunt zurückzog. Was wollte sie von ihm? Oh, ja, sie wollten zur Praça Camões! »Da auf dem Platz steht mein Wagen«, sagte er und verstand nicht, wieso ihn drei Personen befremdet, ja beinahe ängstlich ansahen. »Was ist los? Ist was nicht in Ordnung?«

In dem Maß, wie die Zeit verging, wie er von der Landschaft auf dem Heimweg abgelenkt wurde, verging auch der unbegreifliche Zustand, in dem er sich befand. Die eklige Betäubung seiner Lippen ließ nach, sein Herz schlug ruhiger, er redete weniger und fühlte sich deutlich weniger gehetzt. Während er sich beruhigte, wuchs das unsäglich peinliche Gefühl, das er Flávio dos Santos und seiner Tochter gegenüber empfand, und auch Johanna Breitenbach hatte er auf dem Rückweg zum Parkhaus an der Praça Camões mit unwichtigem und wirrem Zeug vollgequatscht. Wenn er nur wüsste, was er geredet hatte? Die Ärmste hatte es über sich ergehen lassen.

An einer Tankstelle versorgte sie ihn mit einem Sandwich, mit Kaffee und Wasser. Bei Arruda dos Vinhos bog sie von der A10 ab und folgte im letzten Tageslicht der sich um jeden kleinen Hügel windenden Landstraße. Er hatte ihr das Steuer seines Wagens bereitwillig überlassen, er war dankbar, dass sie ihm die schwierige Aufgabe des Fahrens abgenommen hatte. Wer weiß, wo ich mit meinem wirren Kopf gelandet wäre, sagte er sich, wahrscheinlich halb tot in einem Trümmerhaufen am Fuß eines der vielen steilen Abhänge – wie dieser Mann, den sie ins Hospital eingeliefert hatten.

Er dachte an Fechter, erinnerte sich an das befriedigte Lächeln, das über dessen Gesicht geglitten war, als der Arzt die Nachricht vom Tod seines Chefs überbracht hatte. Etwas wie Hohn meinte er darin gelesen zu haben. Oder hatte er sich das nur eingebildet? Auf alle Fälle war Fechter mit seiner aufgesetzten oder angestrengten Freundlichkeit ein undurchsichtiger Mensch. Auf weitere Kontakte mit ihm konnte er gut verzichten, aber der Mann würde ihm mit seinem Wunsch nach Beratung weiter auf den Wecker gehen. Irgendwie empfand er es als vorgeschoben, aber mit *irgendwie* kam man nirgends weiter.

Nicolas schob diese Gedanken beiseite, Rebstöcke mit ihrem dunkelgrünen Laub bedeckten die Hügel ringsum, senkten sich in die Täler, und genau dieses Bild brachte sein Selbstvertrauen zurück. Auch Johanna Breitenbachs Sorge gab ihm Ruhe, er atmete entspannt, vergaß die Aufregung, das innere Zittern, und genoss es, gefahren zu werden. Er mochte sie gut leiden, auch wenn er ihre Zukunftsängste überspannt fand. Dabei fürchtete er insgeheim – nur verbot er sich, diesen Gedanken bis zu Ende zu verfolgen –, dass sie mit ihren Bedenken richtig lag. Wurden deshalb derart viele Milliarden in die Raumforschung gesteckt, weil man einen Planeten suchte, den man anschließend verfeuern und zuscheißen konnte? Was für ein schreckliches Wort, dachte Nicolas, doch wie sollte man es sonst nennen? Verpesten, austrocknen, niederbrennen und vermüllen? Nein, das war auch nicht besser, aber weniger ordinär. Von der Vernichtung des Regenwaldes hatte er vor dreißig Jahren zum ersten Mal gehört. Dabei ging es munter weiter – es ging um Soja für deutsche Schweine zu Billigpreisen bei Netto, Aldi, Penny und Lidl.

»Ich nehme an, es geht Ihnen besser?« Wenn Johanna sprach, nahm sie den Blick nicht von der Straße, sonst hätte sie den grimmigen Ausdruck in seinem Gesicht bemerkt, der seine bösen Gedanken begleitete. »Wir sollten unbedingt klären, was diesen Zustand bei Ihnen hervorgerufen hat. Hatten Sie jemals zuvor eine derartige Reaktion?«

»Nein, noch nie. Ich war außer mir, ich habe geglaubt, mir platzt der Kopf, ich wusste weder, wohin mit meinen Gedanken noch mit meinen Händen.«

»Versuchen Sie zu rekonstruieren, bei wem und was Sie verkostet haben.«

Nicolas griff nach dem Notizblock in der Innentasche seiner Jacke. Er hatte vier Kellereien notiert, jedoch nicht die Quinta da Fonte. Dazu war er nicht mehr gekommen.

»Ist es möglich, dass jemand Ihnen etwas in den Wein, ins Glas getan hat?«

»Wer sollte das tun? Und wozu? Es müsste einen Grund geben.«

Der einzige Grund, den er sich vorstellen konnte, war der alte Hass de Limas, alias Dr. Veloso. Der war vor zehn Jahren, als er die Quinta do Amanhecer übernommen hatte, spurlos verschwunden. De Lima war der einzige Mensch auf dieser Welt, dessen Rache er fürchtete. War er nach Verbüßen seiner Gefängnisstrafe bei einer der vier Kellereien, bei denen er verkostet hatte, untergetaucht, womöglich unter falschem Namen? Doch Johanna Breitenbach zu erzählen, was damals geschehen war, würde zu weit führen.

»Allerdings hatten ja andere Besucher auch mit Schwierigkeiten zu kämpfen«, fuhr er fort. »Wir haben doch beide die Sirenen gehört.«

»Man müsste wissen, ob deren Symptome ähnlich waren. Bei Ihnen als erfahrenem Verkoster setze ich voraus, dass Sie verstehen, mit den Mengen richtig umzugehen. Klar, ich erinnere mich an die Sirenen und die Ambulanzen. Möglich, dass es Passagiere vom Kreuzfahrtschiff waren, eine Lebensmittelvergiftung ist nie auszuschließen.«

»Wie sollen wir das herausfinden? Ich war zu weit entfernt. Mir wäre es allerdings lieb, wenn wir das Thema wechseln könnten.« Es war nicht nur die Peinlichkeit des eigenen Verhaltens, es war auch das Versagen seiner Selbstkontrolle und Nicolas' Ärger darüber, dass ihm irgendetwas Wichtiges entgangen war. »Wir werden das alles klären, aber bitte nicht jetzt. Mich würde vielmehr interessieren, ob Sie erfolgreich waren. Haben sich neue Kontakte für Ihre Arbeit ergeben?«

Johanna hielt ihm ihre rechte Hand hin, ließ die kurvenreiche Straße aber keinen Moment aus den Augen. »Ich heiße Johanna. Das Du wird vieles leichter machen, wenn wir demnächst zusammen ein Seminar bestreiten, die Theoretikerin und der Praktiker. Okay?«

»Sehr gern, Johanna. Wenn's mir wieder besser geht, trinken wir einen darauf.«

»Wenn du auf so was kommst, geht's dir bestimmt schon wieder besser.«

Ja, es ging ihm wirklich besser, der Kopf funktionierte wieder, und so ließ er die Frage, ob ihm jemand etwas in den Wein getan hatte, an sich heran. Was hatte Paulo Oliveira unter dem Tisch hervorgekramt? War in dem Weinschlauch etwas anderes gewesen als in den Flaschen? Aber Paulo Oliveira wusste, wer er war. Gewiss hätte der Winzer lieber den Teufel bewirtet, als ihm schlechten Wein anzubieten. Oder kannte er womöglich Dr. Veloso alias de Lima? War das der Grund, weshalb er ihm die Besichtigung seines Betriebs verwehrte? Was gab es zu verheimlichen? Irgendwie musste er herausfinden, wer die anderen vier Betroffenen waren und was ihnen zugestoßen war. Sollte er sich an die Polizei wenden oder besser an die Ärzte? Aber weder die einen noch die anderen würden ihm Auskunft geben.

Doch er hatte eine Idee: über die Ärzte des Krankenhauses, in dem Herbert Vollmer lag, würde er weiterkommen, oder Herbert müsste das Fragen übernehmen. Bewegungslos im Gipsbett zu liegen, war nichts für ihn, Bewegung im Kopf hingegen wäre heilsam, er wäre sicher dankbar für jede Aufgabe. Nicolas nahm sich vor, ihn gleich morgen anzurufen. Besser noch wäre es, hinzufahren.

Johanna wechselte das Thema und riss ihn dabei aus seinen Gedanken. »Ich habe drei Winzer kennengelernt, die wünschen, dass ich mir ihre Betriebe anschaue und mögliche Verbesserungen hinsichtlich des Energieeinsatzes untersuche. Auch nahezu alle anderen wären an einem Seminar interessiert, sagen sie zumindest. Joana hat ihrerseits herumgefragt. Dich habe ich selbstverständlich als erfahrenen Biowinzer angepriesen.«

»Unmöglich. Unser Betrieb ist nicht zertifiziert!«

»Gerade das hat sie interessiert«, widersprach Johanna. »Vor der Bürokratie aus Brüssel und bürokratischem Aufwand fürchten sich alle, nicht aber vor den Maßnahmen und Veränderungen. Joana hat sich angeboten, die Organisation zu übernehmen und Einladungen zu verschicken. Bei dir auf der Quinta da Lua gibt es einen großen Seminarraum, sprich mit Frau Vollmer, Nicolas, ob der Raum frei ist. Ob Joanas Mutter Schwierigkeiten macht, muss uns nicht interessieren.« Johanna erzählte, wie Dona Sofia über Veränderungen im Allgemeinen und Sonnenkollektoren auf den Dächern ihrer Quinta im Besonderen dachte. »Mit derartigen Schwierigkeiten muss man immer rechnen.« Aber Joana würde sich durchsetzen, davon war sie überzeugt. »Der Machtkampf zwischen den beiden ist in vollem Gang. Dabei weiß sie Vater und Bruder auf ihrer Seite.«

Bei völliger Dunkelheit erreichten sie die Quinta da Lua, wo Johanna Nicolas vor dem Haupttor absetzte. Der Unterschied zu dem hell erleuchteten Lissabon war extrem, die Schwärze der Nacht schien greifbar, sie kroch zwischen den Bäumen hervor und fast bis in den Wagen hinein. Ein andermal hätte Nicolas Johanna auf ein letztes Glas eingeladen, heute jedoch war ihm mehr nach Kamillentee zumute, und er wollte allein sein und bald schlafen gehen. Vorher musste er allerdings noch zu Hause anrufen. So bat er Johanna, den Wagen mitzunehmen und ihn morgen bei Gelegenheit zurückzubringen. Er würde sie dann wieder zurückfahren. Er dankte ihr überschwänglich für ihre Geduld und ihre Hilfe und winkte ihr nach, bis die beiden roten Rücklichter zwischen den Eukalyptusbäumen verschwanden. Die müssen weg, die Bäume, dachte Nicolas und wandte sich dem Tor zu, und dann pflanzen wir neue, bessere …

Er betrat sein Zimmer, öffnete das Fenster, schob den einzigen Sessel davor, setzte sich und legte die Beine auf die Fensterbank, den Blick in die Nacht und die Sterne gerichtet. Es war ein wenig wie zu Hause, wenn er auf der Terrasse saß und mit Lovely Rita telefonierte, wenn sie mit ihren Weintouristen irgendwo im Land unterwegs war. Lovely Rita, so nannte er sie häufig, wenn er an sie dachte, mit diesem Namen und dem Song der Beatles war sie in sein Leben getreten.

Er berichtete ihr von den Ereignissen des Tages und beschrieb, so gut es ging, seinen Zustand, nachdem er die Weine der Quinta da Fonte probiert hatte.

»Danach?«, fragte sie. »Dann wird da etwas im Wein gewesen sein ...«

»Nicht zwangsläufig. Ich könnte versuchen, das rauszukriegen ...«

»Das lässt du bleiben, mein Lieber«, unterbrach ihn Rita energisch. »Misch dich nicht wieder in irgendetwas ein, damit machst du dir keine Freunde.«

»Aber ich will wissen, was mit mir los war. Das kenne ich nicht, innerlich so aufgewühlt, so unsicher und nervös zu sein, viel weniger noch das taube Gefühl im Mund. Ich wusste nicht, wohin mit meiner Energie.«

»Komm nach Hause, dann reden wir darüber, gleich morgen, und du gehst hier zu unserem Arzt. Den kannst du fragen.«

Wusste Rita nicht, dass es müßig war, einem Dickkopf wie ihm derartige Vorschläge zu unterbreiten? Er würde ihnen sowieso nicht folgen. Wie würde er je erfahren, ob ihn jemand vergiften wollte? War Dr. Veloso alias de Lima tatsächlich zurückgekehrt? Diese Vermutung durfte er Rita gegenüber auf keinen Fall erwähnen, nicht mal einen Verdacht durchschimmern lassen. Sie würde ihn in Ketten zurück an den Rio Douro schleifen.

»Du musst sowieso schleunigst zurückkommen, Henry Meyenbeeker aus Rioja hat sich bereits für Dienstag angesagt.«

»Er wollte erst Mittwoch kommen.«

»Er tut dir damit einen riesigen Gefallen. Außerdem vermissen wir dich.«

Meyenbeeker, der ehemalige Weinjournalist, leitete mittlerweile das Marketing der Kellerei Peñasco in La Rioja, die seiner Frau gehörte. Ab und an packte ihn das Reisefieber, und er schrieb Artikel oder Reportagen über Wein, über bestimmte Regionen und über Winzerfamilien. Gegenwärtig arbeitete er am Thema Quereinsteiger im Weinbau, zu denen auch Nicolas gehörte. Außerdem stand die Kooperation bezüglich des Transports ihrer Weine nach Deutschland an. Nicolas würde seine Lieferungen nach La Rioja schicken, sie dann mit denen der Kellerei Peñasco kombinieren oder dort eine Art Zwischenlager einrichten. Sie waren sich nicht klar darüber, ob es sich finanziell lohnte und ökologisch sinnvoll wäre. Sein ökologischer Fußabdruck war der eines Riesen. Vielleicht hatte Johanna Breitenbach noch hilfreiche Ideen in dieser Hinsicht.

»Ich komme am Dienstag zurück. Lourdes fährt bereits morgen Abend, wir müssen uns noch klar darüber werden, wie wir mit dem Traubendiebstahl hier umgehen, ob wir die Polizei einschalten oder das unter uns regeln. Deshalb muss ich zu Herbert ins Krankenhaus und mit ihm reden. Er muss das letztlich entscheiden.«

»Und – hat der Kellermeister nun geklaut?«

»Ja, das hat er, reichlich, und Lourdes hat genügend Material gefunden, um es zu beweisen.«

Rita murrte noch ein Weilchen, vergrätzt darüber, dass er bis Dienstag bleiben wollte, und richtigerweise zweifelte sie daran, dass er seine Finger nicht wieder in fremde Angelegenheiten steckte. Sie kannten sich lange genug. »Bei der nächsten Fahrt gebe ich dir den Hund mit, der wird dann auf dich aufpassen!«

Sie hatten in Ruhe zusammen gefrühstückt, und Karin, Lourdes und Nicolas nutzten das Zusammensein, um den Fall Tavares zu besprechen. Die Polizei einzuschalten, hätte bedeuten können, dass auch gegenüber Karin und Herbert Vollmer ein Verdacht entstehen konnte. Tavares musste nur unisono mit der Sekretärin behaupten, dass sie Anweisungen befolgt hätten. Wenn sie dann noch konsequent bei der Behauptung blieben, sähe es schlecht aus. Man konnte beiden nur drohen. Es würde sich kaum jemand finden, der zu einer Aussage bereit war, mit Tavares Geschäfte gemacht zu haben, denn das würde denjenigen selbst belasten. Eine andere Lösung musste her. Das Arbeitsverhältnis hatte zwei Jahre bestanden, also betrug die gesetzliche Kündigungsfrist einen Monat. Dem Mann fristlos zu kündigen und sein Gehalt weiter zu bezahlen, war unmöglich, denn wer hätte an seiner Stelle die Lese kontrolliert? Sie hatten keinen Ersatz, also durfte er vorerst nicht angetastet werden. Es war heikel, sich ihm gegenüber nichts anmerken zu lassen, zumal er die Abwesenheit des Chefs für seine Zwecke nutzen würde. Ob die beiden fest angestellten Arbeiter Tavares ergeben waren oder bereit wären, ihn zu kontrollieren, wagte niemand zu beurteilen. Auch unter der Lesemannschaft waren keine Zeugen zu finden, sie war von Tavares angeheuert und damit ihm verpflichtet.

Sie hatten sich noch nicht zu einem Vorgehen durchgerungen, als Johanna Breitenbach Nicolas' Wagen zurückbrachte, sodass er sie zurück zur Quinta und Lourdes ins nahe Carregado zum Bahnhof bringen konnte. In Peso da Régua würde sie abgeholt.

Vom Bahnhof brachte er sich die Sonntagszeitung mit und setzte sich damit in den Garten. Touriga Fanca war erst in der nächsten Woche reif, daher genossen alle den Ruhetag.

Der Mord an einer Lehrerin nahm im Jornal de Notícias breiten Raum ein. Ihr Alter war genannt, der volle Name, dazu ein Foto. Daneben war das vermutliche Mörderpärchen abgebildet, die Ziehtochter der Toten und deren Freund – auch sie wurden mit vollem Namen genannt. Sie hatten es aufs Erbe abgesehen, ein Haus, zwei Wohnungen und das Auto, von dem sie nun nichts mehr haben würden. Aber da hatte sich schon ein Cousin gemeldet und erhob Anspruch auf die Immobilien.

Eine weitere Meldung betraf einen namenlosen Zöllner aus dem Containerterminal von Alcântara, der im Hafen von Setúbal zwischen Kaimauer und dem Rumpf eines Frachtschiffes zu Tode gekommen war. Breiten Raum widmete das

Blatt den Folgen der Bankenkrise und den strategisch wichtigen Unternehmen, die dadurch in die Hände französischer, spanischer und vor allem chinesischer Investoren geraten waren. Dem, was Nicolas am meisten interessierte, war nur wenig Raum gewidmet: Die Universität von Porto hatte den Leugnern des Klimawandels ihre Räume zur Verfügung gestellt. Nicolas hätte gern gewusst, wer dafür verantwortlich war, aber gerade hier war auf die Nennung des Namens verzichtet worden. Sein Freund Louís hatte dort studiert, er würde genau wissen, wer der Ansicht war, dass Stickoxide, CO_2-Emissionen, Feinstaub und Treibhausgase keine Auswirkungen aufs Klima hätten.

Joana hatte sich vertan und kam zu ihrem Treffen eine Stunde zu früh. Nicolas vermied es, das Debakel des Vortags, das er als peinlich empfand, anzusprechen, allerdings erwähnte er, dass sich Paulo Oliveira entschieden dagegen verwahrt habe, ihn auf der Quinta da Fonte zu empfangen. »Was hat der Mann für ein Problem? Bist du oder seid ihr, dein Vater und du, mal dort gewesen? Haben sie euch reingelassen?«

»Was glauben Sie?« Joana lächelte verschmitzt.

»Deinem Gesichtsausdruck nach warst du da, sicherlich nicht auf dem offiziellen Weg, oder?«

»Natürlich nicht. Kinder finden immer einen Weg, irgendwo reinzukommen, wo es verboten ist. Überall gibt es Bäume, die einem über die Mauern helfen, herausgebrochene Steine. Soll ich es Ihnen zeigen? Und wenn man keinen Krach macht, entdecken sie einen auch nicht. Wir hatten immer große Angst vor Paulo und Pedro, aber sie haben uns nie erwischt. Außerdem haben die Oliveiras keinen Hund. Aber seit einiger Zeit passen sie sehr auf. Wir haben uns gewundert, dass sie sogar nachts Steine auf den Weg rollen, damit niemand mit dem Wagen die Zufahrt benutzt. Alles und jeder scheint verdächtig. Dabei wird hier viel weniger eingebrochen als in Lissabon. Es gibt eine psychische Krankheit …«

»Du meinst Paranoia, Verfolgungswahn?«

»Das passt ganz gut, in den letzten beiden Jahren ist es besonders schlimm geworden. Die Alten verlassen kaum noch das Haus, ein Sohn ist abgehauen, scheint mir das einzig Vernünftige. Dann beschäftigen sie noch zwei Arbeiter und eine Bürokraft, die wohnen in Alenquer. Wollen Sie auf die Quinta? Ich könnte Ihnen den Weg zeigen.« Bei dem Gedanken leuchteten ihre Augen.

Nicolas hatte sich gewehrt, aber Joana war derart begeistert von der Idee, dass er ihr durch den Weinberg und schließlich in den Wald folgte, der die beiden Güter voneinander trennte. Nach zwanzig Minuten gelangten sie schließlich an die von Eukalyptus eingerahmte Quelle, nach der die Quinta benannt worden war. Der Boden ringsum war derart ausgetrocknet, dass der kleinste Funke genügte, um alles in Brand zu setzen. Jetzt folgte ein leichter Anstieg zwischen einigen Felsbrocken, bis sie zuletzt vor der Mauer standen, die das Weingut umschloss.

Ein Teil der Mauer stach deutlich von den übrigen Natursteinen ab, dort waren Lücken mit Hohlsteinen geschlossen worden, darüber hatte man Stacheldraht gespannt.

»Das ist neu«, wunderte sich Joana. »Die Paranoia ist schlimmer geworden.« Als sie weiter der hinteren Mauer folgten, wies Joana Nicolas darauf hin, dass die Äste abgesägt worden waren, von denen aus man auf das Grundstück hätte gelangen können. »Und die von innen über die Mauer ragenden Äste haben sie auch abgesägt. Wozu? Hier gibt es keine Räuber. Ich war lange nicht hier, aber die zugemauerten Lücken sehen frisch aus. Und mit dem Mörtel haben sie ziemlich gekleckert.« Sie wies auf die aus den Fugen gequollenen und auf den Boden gefallenen Mörtelreste.

Nicolas konnte sich keinen Reim auf diese Befestigungsanlage machen. Er kannte viele Weingüter, die von Mauern umschlossen waren, die aber mehr die Wände der einzelnen

Gebäude verbanden. Gegen wen richteten sich diese martialischen Armierungen? Wer sollte hier am Eindringen gehindert werden?

»Weißt du, ob die Oliveiras sich mit dem Gedanken tragen, das Weingut zu verkaufen?« Er dachte an Fechters Interesse. Was er mit der Quinta wollte, konnte er sich aber nicht vorstellen. Höchstens, dass sie seinem Prestige dienen sollte. Hatte er von dieser Quinta gesprochen? Mit Fechter zusammen käme er vielleicht hinein.

Es war an der Zeit, umzukehren, denn Johanna Breitenbach konnte jeden Moment erscheinen. Außerdem war es müßig, sich hier in Spekulationen zu ergehen.

»Eine Woche werde ich noch aushalten müssen«, sagte Herbert Vollmer, vom Nichtstun im Gipsbett vollkommen entkräftet. »Du scheinst klarzukommen? Die ersten Leseergebnisse sind wie erwartet schlecht, ein Drittel weniger, wie mir Tavares am Telefon sagte. Wie stellt er sich an? Kooperiert er? Mit dir käme er gut aus, wie er meinte.«

»Das hat er gesagt, um dich zu beruhigen. Nein.« Das Thema war extrem heikel, Nicolas musste Herbert gegenüber eine Eröffnung machen, die seiner Gesundheit nicht unbedingt zuträglich war. Am besten kurz und schmerzlos.

»Bleib ruhig liegen und reg dich nicht auf. Alles wird gut. Wir haben rausgefunden, dass Tavares und deine Sekretärin im letzten Jahr etwa zwanzig Prozent deiner Trauben unterschlagen, in deinen Tanks ausgebaut und auf Flaschen gezogen haben. Anschließend wurden sie auf Tavares' Rechnung verkauft. Wir sind über Fehlbestände an Korken und Kapseln draufgekommen und über den Vergleich mit der Produktion der letzten vier Jahre.«

Herbert Vollmer stöhnte, wollte sich aufrichten …

Nicolas legte ihm die Hand auf die Brust. »Bleib liegen, bitte, reg dich nicht auf, alles lässt sich klären.«

Fassungslos starrte Herbert Nicolas an. »Um die zwanzig

Prozent? Das sind achtzig- bis hunderttausend Euro Umsatz! Dann stehen wir ja viel besser da als erwartet. Wieso habe ich das nicht gecheckt?«

»Weil er nicht das vermerkt hat, was aus dem Weinberg gekommen ist. Er wird ein zweites Kellerbuch geführt haben, die Tanks hat er mit anderen Mengen belegt als angegeben … sozusagen doppelte Buchführung.«

»Können wir das beweisen?«, unterbrach Herbert Vollmer, der mit der Katastrophenmeldung besser als erwartet umging.

»Wir haben sämtliche relevanten Unterlagen kopiert, alles geschah nachts, damit die beiden nichts davon mitbekamen.«

»Schmeiß ihn raus, ich unterschreib sofort die Kündigung.«

»Das geht nicht. Wir haben niemanden, der die Lese überwacht. Das kann er, zwar nur mittelmäßig, wie ich finde ….«

»Aber dann klaut er weiter.«

»Nein, das habe ich bedacht. Mein Freund Louís hat Kontakte zur Uni, die uns einen fähigen Studenten aus dem letzten Semester schickt. Der wird Tavares die Lese über begleiten und überwachen und ihm nicht von der Seite weichen.«

»Und was wird Tavares dazu sagen?«

»Der wird den Mund halten. Wir sagen ihm, dass der Student seine Masterarbeit schreibt und du vergessen hast, Tavares rechtzeitig davon zu informieren.«

»Wieso schmeißen wir ihn nicht sofort raus und zeigen ihn an?«

»Weil er dann behauptet, du hättest ihn dazu veranlasst, oder er geht zum Weinbauverband und zeigt dich wegen gefälschter Erntemengen an, Fälschung des Kellerbuchs und Steuerhinterziehung. Wenn die Lese vorüber ist und wir einen neuen Mann oder eine neue Frau haben, werfen wir ihn raus. Also, bist du mit dem Einsatz eines Studenten einverstanden?«

Da Nicolas berichten konnte, dass Karin Vollmer damit einverstanden war und niemand sonst von den Vorfällen wusste, stimmte Herbert zu. Während sie noch über mögliche Folgen diskutierten, betrat der behandelnde Chirurg das Krankenzimmer, und Nicolas bedeutete ihm, dass er ihn dringend sprechen müsse.

Als er nach der Kurzvisite die Tür zum Krankenzimmer wieder geschlossen hatte, eilte Nicolas ihm auf den Flur nach. Der relativ junge Arzt machte den Eindruck, als könnte man mit ihm reden. Nicolas stellte sich vor und schilderte ihm die Vorfälle rund um die Weinprobe vom Vortag. Dabei legte er besonderes Gewicht auf die Beschreibung der eigenen Symptome.

»Taubheit der Lippen und der Mundschleimhaut? Dazu Hyperaktivität und beschleunigter Puls?« Der Chirurg griff nach Nicolas' Handgelenk, um den Puls zu fühlen. »Völlig normal«, sagte er. »Das hört sich für mich weniger nach Alkohol als vielmehr nach Kokain an! Haben Sie damit – Erfahrung?«

»Nein, so was ist nicht nötig, ich komme auch ohne Drogen bestens voran.«

»Das dachte ich mir. Aber was konkret wollen Sie von mir?«

Viermal seien Besucher der Weinprobe mit dem Krankenwagen abtransportiert worden, erklärte Nicolas, und er wüsste gern, ob sie ähnliche Symptome gezeigt hätten wie er. Dann müsste man feststellen, bei welchen Winzern sie probiert hätten, und falls sich Überschneidungen ergäben …

»Weshalb wenden Sie sich nicht an die Polizei?«

»Sollte es sich tatsächlich um Kokain handeln, geht es um verdammt viel Geld, da kann man niemandem mehr trauen.«

»Nicht einmal der Polizei?«

»Ich will nur wissen, ob es bei den anderen zu ähnlichen Reaktionen kam wie bei mir, den Rest erledige ich dann.«

»Ich denke Sie sind Winzer und kein … Detektiv?«

Andreas Fechter

Vertrauen war ein Fehler

Ausgeruht und bester Laune erschien Andreas Fechter am Montag im Büro. Sie waren am Meer gewesen, er hatte die Fahrt dazu genutzt, in Praia do Baleal den Fortschritt am Bau seiner Feriensiedlung zu begutachten, und hatte gleichzeitig den Wunsch seiner Tochter Helena erfüllt, an den Strand zu fahren. Es war eine gute Gelegenheit, Susanne davon zu berichten, dass er plane, sich in diese Anlage einzukaufen. Es sei eine hervorragende Kapitalanlage mit hoher Rendite, was sie nur zu gern hörte. Aber eigentlich kümmerte sie sich nicht um finanzielle Dinge, solange sie sich nicht in ihren Shoppingwünschen einschränken musste.

Anschließend waren sie über Nebenstraßen eine landschaftlich schöne Strecke nach Santarém gefahren, hatten dort zu Mittag gegessen und danach in Ribatejo eine Stierfarm besucht. Helena war begeistert, fand alles überaus spannend, besonders die *vaqeiros* und ihre Pferde. Susanne hingegen hatten die Viehhüter gelangweilt. Sie hätte es vorgezogen, in Santarém durch die Rua Serpa Pinto zu schlendern, obwohl die dortigen Modeläden nichts anderes zu bieten hatten als die in Lissabon. Zum ersten Mal hatte Fechter einen leichten Widerwillen ihr gegenüber empfunden und mehr an Sonia gedacht. Johanna rumzukriegen, wäre hingegen eine echte Herausforderung. Aber alles Schwierige reizte ihn besonders.

Befriedigt nahm er wahr, dass jetzt seine Bilder an den Wänden des Büros hingen, ein deutliches Zeichen für die

Inbesitznahme des neuen Postens. Noch hing ein fremder Geruch im Raum, doch auch das würde sich ändern. Nach einem ersten Blick auf die Schriftstücke, die sich auf seinem Schreibtisch stapelten, trat Fechter ans Fenster und blickte hinab, im fünften Stock ein Stück weiter über den Dingen als bisher und in gewisser Weise auch näher dran. Die letzten Maßnahmen waren richtig gewesen.

Die kleine Meldung in der Zeitung hatte er mit Befriedigung zur Kenntnis genommen. Der Hafen von Setúbal war weit genug vom Geschehen entfernt, außer man fragte sich, was ein Zöllner, der in Alcântara eingesetzt war, im dortigen Hafen zu suchen gehabt hatte. Setúbal war nicht geplant gewesen, aber Ronaldo hielt sich an die Absprachen. Zu kurz durfte Fechter die Zügel dennoch nicht halten, Ronaldo brauchte eine gewisse Selbstständigkeit, um seine Kreativität zu bewahren. Er war unersetzlich und für ausschließlich grobe Arbeiten viel zu intelligent. Das war es, was ihn gefährlich machte. Er konnte eigenständig denken, Schlüsse ziehen und planen. Ich sollte mich mehr mit ihm beschäftigen, mehr Zeit mit ihm verbringen, seine Gedankengänge besser ergründen. Eine Zeit lang wird er noch tragbar sein, irgendwann jedoch werde ich ihn mit einem besonderen Auftrag, der absolutes Vertrauen erfordert, nach Mexiko schicken. Die da drüben wissen viel besser, was mit solchen Leuten zu tun ist.

Frau Sampaio-Mertens, seit einigen Tagen seine Sekretärin und mit einem Portugiesen verheiratet, betrat, ohne anzuklopfen, den Raum.

Fechter schnellte herum, starrte sie an. »Bitte klopfen Sie in Zukunft, bevor Sie hereinkommen!« Er wollte schon lospoltern, hatte sich aber gerade noch im Griff.

»Es tut mir leid, Entschuldigung, aber Herr Henke …«

»Was Herr Henke tat oder wünschte, ist Vergangenheit. Mir ist es lieber, Sie klopfen. Gut?« Er wartete auf ihr Nicken. »Worum geht's?«

»Wir wurden von der Hafenverwaltung angesprochen, wegen des Unglücksfalls in Setúbal. Sie wissen davon? Ein Zollbeamter ist verunglückt.«

»Ja, ich las es in der Zeitung. Warum?«

»Sie fragen, ob wir uns an der Sammlung für die Witwe beteiligen. Der Mann hat eine Frau und drei Kinder hinterlassen, außerdem sollte jemand von uns an der Trauerfeier teilnehmen.«

»Selbstverständlich beteiligen wir uns an der Sammlung, der Zoll ist äußerst wichtig. Jemand vom dritten Stock«, so nannte Fechter seine ehemalige Abteilung, »wird hingehen. Was ist eigentlich mit … äh …«, Henkes Leiche, hatte er sagen wollen, was ihm jetzt pietätlos vorkam. »Was geschieht mit den sterblichen Überresten meines Vorgängers?«

»Frau Henke hat die Überführung in die Wege geleitet. Er wird in Deutschland beigesetzt. Wir werden diese Woche hier im Hause eine Trauerfeier für ihn abhalten, danach wird Frau Henke abreisen, ihre Kinder sind bereits von der Schule abgemeldet. Sie will nicht einen Tag länger als nötig in Portugal bleiben. Der Schmerz ist zu groß, wie sie sagt.«

»Absolut verständlich, dass sie diese schrecklichen Momente rasch hinter sich lassen will.« Fechters Rechner gab einen Ton von sich, eine E-Mail war eingetroffen, er entschuldigte sich und wartete, bis Frau Sampaio-Mertens den Raum verlassen hatte. Dann setzte er sich und öffnete sein Postfach. Es war die Mail eines Reisebüros mit mehreren Hotelangeboten, eines davon mit drei Sternen. Von diesem 3-Sterne-Hotel in Lissabon sollte er zu einer bestimmten Uhrzeit in Mexiko anrufen. Die Mexikaner hatten die neuen Koordinaten erhalten. Es war eine absolut sichere Verbindung. Jedes Gespräch wurde zu einer anderen Zeit auf einer anderen Leitung geführt.

Und dann folgte der Schock: (f -1). Mehr war es nicht, nur dieses Zeichen via E-Mail, lediglich (f -1) als Chiffre in einer Transportanfrage. Das hatte es noch nie gegeben. Bei den

Italienern in Frankfurt (f) war ein Kilo zu wenig (-1) eingetroffen. Er hatte den Fehler nicht begangen, aber er war unter seiner Kontrolle passiert. Demnach war er verantwortlich. Das Problem war nicht das fehlende Kilo, das ließ sich ersetzen, das Problem war, dass dieses Kilo hier verschwunden sein musste. Wegen eines Kilos machten die Italiener kein Theater, sie bekämen bei der nächsten Lieferung eines mehr. Aber was war auf der Quinta passiert? Nur dort konnte der Fehler entstanden sein. Und vor allem – wer hatte sich nicht beherrschen können und ein Kilo abgezweigt? Wer war so dumm, zu meinen, er käme damit durch?

Fechter setzte sich in seinen Schreibtischsessel und wippte leicht. Der Sessel war ungemein bequem, und das Wippen half beim Denken. In jener Nacht waren sie zu sechst gewesen: die beiden Arbeiter, Paulo Oliveira, Tavares, Ronaldo und er selbst. Alles sah er vor sich. Hatte Tavares geklaut, der Idiot? Hatte er seine Finger nicht still halten können? Nebenan auf der Quinta klaute er auch. Kokste der Idiot etwa selbst, oder wollte er mal eben reich werden? Reich werden – mit einem Kilo? Was für ein hirnverbrannter Vollidiot! In dieser Branche war jeder Fehler tödlich. Reichte es ihm nicht, seinem Chef die Trauben zu klauen? Musste er sich auch an dieser Ware bereichern? War ihm nicht klar, dass er mit dem Feuer spielte, ach was, mit dem Feuer, mit Dynamit und Semtex. Wenn es so war, würde sich ihr Verhältnis grundlegend ändern, er würde zukünftig in die Kategorie neutral bis feindlich fallen. Allerdings durfte Fechter sich nicht auf Tavares versteifen, es waren noch vier andere dabei.

Da erreichte ihn Hectors Anruf. Der Fitnesstrainer hatte mal wieder finanzielle Probleme, er konnte die nächste Rate seines Kredits nicht bedienen und flehte Fechter an, ihm zu helfen. Er würde ihm auch einen Schuldschein unterschreiben. Auf eine schlechte Nachricht folgt eine gute, dachte Fechter und fühlte sich der Übernahme des Fitnesscenters wieder einen bedeutenden Schritt näher. Bald würden ihm einund fünfzig Prozent der Anlage gehören. Hector hätte dann nichts mehr zu entscheiden. Als Trainer war er hervorragend, als Unternehmer jedoch eine Niete. Laut der Auskunft der Bank von Portugal war er völlig überschuldet und keinesfalls kreditwürdig.

Wie üblich zierte Fechter sich, er sei momentan nicht flüssig und müsse erst mit seinem Bankberater sprechen. Er werde ihm helfen, das sei selbstverständlich, das tue er gern für einen Freund. Es bleibe allerdings nur die Möglichkeit, Wertpapiere zu verkaufen.

Und dann kam der Satz, auf den Fechter hingearbeitet hatte: »Ich kann dich noch stärker am Center beteiligen, dann hätte ich den Finanzberater direkt im Haus, und du hast deine Sicherheit.«

»An wie viel Prozent hast du gedacht?«, fragte Fechter lauernd.

»An zwanzig ...«

Dreißig Prozent gehörten Fechter bereits jetzt. Die Zahl, die Hector genannt hatte, zeigte ihm, dass der längst den Überblick verloren hatte. »Wir werden eine bessere, eine langfristige Lösung finden, aber lass uns das nicht am Telefon besprechen. Das Geld kriegst du, verlass dich drauf, ich bringe es vorbei.«

»Nein, es muss als Darlehen über die Bücher laufen, es muss offiziell sein.«

Fechter versprach, alles wie gewünscht zu regeln, und sagte, dass Hector sich keine Sorgen machen müsse, morgen könne er mit der Überweisung rechnen und bereits heute ruhig schlafen.

Ein kleines Licht, dieser Hector, das niemals hell leuchten wird, aber sich unendlich viel auf seine Leuchtkraft einbildet dank des weißen Pulvers, dachte Fechter befriedigt und bestellte bei Frau Sampaio-Mertens einen Kaffee. Jetzt musste er sich ihn nicht mehr selbst holen.

Der neue Status war nur nach außen hin wichtig, er selbst

konnte darauf verzichten und sich den Kaffee selbst machen. Als die Tasse mit der hellbraunen Crema vor ihm stand, sah er die Korrespondenz durch. Darunter befand sich eine Einladung zur nächsten Sicherheitskonferenz der Hafenbehörde. Die Capitania dos Portos hatte die großen Reedereien, Hafenpolizei, Lagerhausgesellschaften, Zoll und Drogenfahndung eingeladen. Zugelassen war jeweils nur ein Mitglied der Geschäftsleitung. Das war die zweite gute Nachricht. Dass er an der Konferenz teilnehmen durfte, verdankte er ausschließlich seinem Aufstieg. Er würde einen besonders großen Kranz mit einer schönen Schleife zu Henkes Beerdigung schicken.

Alles gut – dachte er, wenn da nicht die Nachricht aus Mexiko wäre: (f -1)! Ronaldo und Paulo Oliveira kannten mehr oder weniger das Prozedere, den genauen Ablauf, hatten bereits einige Male das Umpacken, das Einschweißen und Stapeln der Ware besorgt und anschließend die Paletten der Spedition übergeben. Sie wussten, was sie taten. Und sie wussten auch, dass ein Protokoll von jedem Arbeitsschritt angefertigt wurde, sodass sich feststellen ließ, an welcher Stelle ein Fehler aufgetreten war. Tavares hatte von allen die geringste Erfahrung. Er war zurzeit ziemlich unkonzentriert und bibberte fast vor Angst, dass dieser Hollmann ihm auf die Schliche kam. Am Samstag bei der Weinprobe war es recht deutlich geworden.

Bringt ihn dieser deutsche Winzer vom Rio Douro derart in Bedrängnis?, fragte Fechter sich. Hollmann *esconde leite*, wie man hier sagte, er versteckt die Milch, was bedeutete, dass er mit seinen Fähigkeiten hinter dem Berg hielt. Fechter nahm sich vor, nach Feierabend zur Quinta da Lua zu fahren und sich auch Tavares vorzunehmen, am besten in Begleitung von Ronaldo. Fechter war es zuwider, sich die Hände schmutzig zu machen, obwohl er durchaus in der Lage war, Tavares notfalls selbst eine aufs Maul zu hauen. Genau deshalb übte er in Hectors Center mit dem Punchingball. Nur mit dem Schießen haperte es. Aber dazu würde es nicht kommen. Sie waren hier nicht in Mexiko. Und hier wurde ein Mord nur verfolgt, wenn er als solcher erkannt wurde.

Die größten Fahndungserfolge erzielte die Polizei beim Abhören und an den Rechnern, das wusste Fechter. Sollte sie ihm jemals auf die Schliche kommen, würde er sich als Kronzeuge anbieten oder Undercover für die Fahnder weiterarbeiten. Das wäre sein Angebot. Damit ließe sich sein bisheriges Leben weiterführen, statt ins Gefängnis zu gehen, obwohl manch einer der Großen sogar von dort aus seine Geschäfte betrieb. Lieber hielt Fechter alle Vorsichtsmaßnahmen ein, und dazu gehörte zuallererst das Telefonieren, an zweiter Stelle der Verzicht auf verräterische E-Mails. Seit die Behörden auch im Darknet herumstöberten, war TOR, das Netzwerk zur Anonymisierung von Verbindungsdaten, nicht länger ein sicheres Portal.

Daher waren Telefonate, die von unauffälligen Mittelklassehotels aus geführt wurden, die sicherste Verbindung. Es war unwahrscheinlich, dabei abgehört zu werden, außer natürlich von Spionen, die für die DEA oder ähnliche Organisationen arbeiteten. Aber die Mexikaner hatten ihre Verbindungsleute unter den mehr als zehntausend Mitarbeitern der DEA, der Drug Enforcement Administration, die nach den Kartellchefs das große Geld verdienten.

Auf dem Weg zum Hotel hinterließ Fechter im Verbindungscafé die Nachricht für Ronaldo, er solle nach Feierabend mit ihm raus zur Quinta fahren. Den Grund werde er ihm unterwegs erklären. Treffpunkt war wie üblich der Parkplatz von Aldi in der Rua Frederico George, der auf dem Weg lag.

Er wusste, wie er im »Hotel Ramalho« ungesehen in die Telefonkabine kam. Auch wenn keine Kameras auf den Parkplatz gerichtet waren, setzte er die Perücke auf, dazu die Sonnenbrille, was ihm ein gänzlich anderes Aussehen verlieh.

Auf die Sekunde genau rief er in Guadalajara an. Sie sprachen sich nie mit Namen an, man erkannte sich an der Stimme.

Über das fehlende Kilo verloren er und sein Partner lediglich zwei Sätze.

»Du gleichst den Fehlbetrag aus?«

»Das tun wir und klären den Sachverhalt auf. *Qué pasa ahí*, was gibt es sonst?«

Der Partner kündigte die Reise zweier Cousinen nach Salvador da Bahia an. »Irgendwer muss sie abholen. Du kennst die Stadt gut. Kennst du auch einen zuverlässigen Taxifahrer, der das übernehmen kann?«

Fechters Gedanken rasten. Das war die zweite schlechte Nachricht des Tages. Zwei Cousinen bedeuteten die doppelte Liefermenge, also tausend Kilo. Die gute Nachricht war: vierhunderttausend Euro für ihn und zehn Kilo für ihn, Ronaldo und die Mannschaft. Salvador da Bahia benutzten sie als Synonym für den Hafen von Santos, das Taxi waren die von ihnen präparierten Container. Die Ware war nicht das Problem, die Frage war, ob die entsprechende Menge Reserva da Fonte bei Oliveira vorhanden war. Kartons ließen sich innerhalb weniger Stunden drucken. Doch sie würden zweitausend Liter Wein dafür benötigen, und Paulo war gewiss nicht willens, bereits abgefüllten Wein zu opfern, von getätigten Bestellungen einmal abgesehen. Die zusätzlichen Bags-in-Boxes konnten andere Weine enthalten. Doch als Erstes musste der Verbleib des fehlenden Kilos geklärt werden.

»Ich kenne einen vertrauenswürdigen Taxifahrer. Wenn man ihn anruft, macht er sich sofort auf den Weg.« Der zweite präparierte Container war, mit Wein gefüllt, auf dem Weg nach Santos. Der dritte stand in Lagos. Fechter könnte den Container, der gegenwärtig hier in Lissabon stand, sofort auf den Rückweg schicken. Aber leer? Nein, das würde Fragen aufwerfen. Wie schnell bekäme er einen mit Wein beladenen Container von Lissabon nach Santos? Dann mussten die Mexikaner eben warten.

»Du sagst mir, wann die Cousinen in Salvador sind, und ich rede mit dem Taxifahrer.«

»Er muss unbedingt vertrauenswürdig sein, gerade bei so jungen Frauen. In drei Tagen sprechen wir uns wieder. Sonst geht es dir gut? Frau und Kind sind wohlauf?«

»Alles bestens, ich habe sie ans Meer geschickt, damit ich in Ruhe arbeiten kann, du weißt, wie die Familie einen ablenkt ...«

Fechter fuhr sofort ins Büro zurück und stieg übers Internet ins Track-and-Trace-System ein. Damit ließ sich der Frachter orten und die Position seines Containers genau bestimmen.

Willbrand trat ein, ohne zu klopfen, und sah ihm über die Schulter. »Track and Trace? Weshalb das?«

Es wäre auffällig gewesen, wenn Fechter das Bild sofort gewechselt hätte, eine Erklärung war sinnvoller. »Ein alter Vorgang, den ich abschließen muss. Ich will ihn nicht meinem Nachfolger hinterlassen.«

Genau darüber wollte Willbrand mit ihm reden. »Wer ist Ihrer Ansicht nach dafür geeignet? Sie werden ihn einarbeiten müssen.« Willbrand schob den Besuchersessel heran und nahm ihm gegenüber Platz. Die Unterhaltung konnte sich hinziehen. Fechter hatte noch weitere zeitraubende Themen auf seiner Agenda, aber war es nicht das, was er gewollt hatte? An den Entscheidungen, auch den strategischen, teilzuhaben? Jetzt war es an ihm, seine eigene Positionsbestimmung vorzunehmen.

Ronaldo wechselte aus seinem schwarzen Alfa Romeo sofort auf den Beifahrersitz von Fechters Mercedes, als der bei Aldi vorfuhr. »Du bist spät dran, Chef. Frisst dich der neue Job auf?«

»Mich frisst keiner auf, außerdem bin ich unverdaulich. Ich habe eben keinen Nine-to-five-Job mehr. Das ist einerseits hilfreich, andererseits wird dadurch einiges schwieriger. Schnall dich an, wir haben eine heikle Aufgabe vor uns.« Ausführlich berichtete er von den Geschehnissen des Tages, die auch Ronaldo betrafen.

»Die Konferenz ist die positive Nachricht. Wenn Henke noch da wäre, hätten wir diese Möglichkeit nicht. Die schlechte Nachricht: In Frankfurt ist ein Kilo zu wenig angekommen. Wenn eines fehlt, können es auch zwei werden, dann fünf. Nicht ein Gramm darf fehlen. Wir sind für die Fracht verantwortlich, letztlich bin ich es.«

»Wie kann das sein?«

»Das werden wir sehen.«

»Wo fahren wir hin?«, wollte Ronaldo wissen.

»Dorthin, wo das Kilo verschwunden ist. Was glaubst du, wer es war?«

Ronaldo sog hörbar die Luft ein, dann atmete er prustend aus. »Da fällt mir nur einer ein.«

»Ich kann mir nicht vorstellen, dass Paulo seine Einnahmequelle trockenlegt.«

»Da wäre ich mir nicht so sicher, Chef. Ein Kilo auf der Straße sind keine zwanzigtausend, nein, wenn er die richtigen Abnehmer hat, sind es dreißigtausend für ihn, vierzigtausend oder mehr für seine Kunden. Bei solchen Summen setzt das Gehirn aus. Unsere beiden Arbeiter kommen für mich übrigens nicht infrage, sie haben zu viel Angst. Und sie kennen mich.«

Da hatte Ronaldo etwas angesprochen, das Fechter zu denken gab. Das große Geld hatte gewiss auch auf Ronaldo eine besondere Wirkung, und ab einer gewissen Höhe hörte die Loyalität gegenüber dem Chef auf. Bei ihnen war es anders als bei den italienischen Familien, die hielten zusammen, egal, was kam. Aber er, Ronaldo, Paulo, Aparecida und Rosalie, Tavares und die Arbeiter – sie waren keine Familie, sie waren eine Zweckgemeinschaft.

»Weißt du, bis wann Tavares arbeitet?«, fragte Fechter. Sie hatten inzwischen Bucelas hinter sich gelassen, im Feierabendverkehr wurden aus zehn Kilometern leicht zwanzig.

»Die Lese läuft, auch auf der Quinta da Lua. Da kann es bis spät in die Nacht gehen, bis alles in den Gärtanks ist.«

»Weißt du, ob sie mehrere Lesegänge durchführen? Warten sie, bis sie von einer Rebsorte alles zusammenhaben?«

»Keine Ahnung, wie dieser Deutsche vorgeht.« Ronaldo klang beleidigt.

»Dann kläre das! Was geschieht mit den vorher gelesenen Trauben?« Fechter fragte aus zwei Gründen. Zum einen konnte er das Gehörte bei Gelegenheit als Thema anbringen, zum anderen konkretisierte sich seine Vorstellung vom eigenen Weingut.

»Muss man das wissen?«, fragte Ronaldo unwillig.

»In Etappen gelesene Trauben lagern in einen Kühlraum, damit die Gärung nicht einsetzt. Man kann auch einen Kühlwagen nehmen, das ist billiger. Danach wird alles zusammen vergoren.«

»Einen Kühlcontainer habe ich bei da Lua gesehen.«

»Dann hat dieser Hollmann weintechnisch ziemlich viel drauf ...«

»... und Tavares muss ihm parieren! Das geht ihm total gegen den Strich.« Ronaldo lachte gehässig. »Ich gönne ihm das, der sitzt auf dem hohen Ross, *o fanfarrão*, dabei kann er gar nicht reiten, der Angeber.«

»Vielleicht fällt er ja heute runter?«, meinte Fechter in Anbetracht der bevorstehenden Konfrontation mit Tavares. »Ruf ihn an«, befahl er. »Sag ihm, wir warten auf der Zufahrt im Wäldchen auf ihn. Wir müssten was wegen des Seminars besprechen, das die beiden Deutschen veranstalten wollen. Er wird hoffentlich kapieren, dass er kommen muss!«

Kaum war Tavares aus seinem Wagen gestiegen, kam Fechter sofort zur Sache. »Ein Kilo fehlt. Rück das Kilo sofort raus – oder gib mir die Fünfundzwanzigtausend.«

Tavares machte einen Schritt zurück und riss entsetzt die Augen auf. »Ein Kilo? Ich habe kein Kilo! Mann, ich bin doch nicht lebensmüde. Ihr beide wart die ganze Nacht dabei, wann hätte ich es denn nehmen sollen?« Er fing sich, warf den Kopf in den Nacken und erwiderte Fechters drohenden Blick. Dann wies er auf Ronaldo. »Frag doch mal ihn, wahrscheinlich hat er es!«

»Du scheinst nicht begriffen zu haben, worum es hier geht. Ein Kilo fehlt! Hast du es schon verkauft?« Fechter machte einen Schritt auf Tavares zu. »Dann rück die Fünfundzwanzigtausend raus.«

»Fünfundzwanzigtausend? Bist du irre? Von wem soll ich die bekommen haben?«

»Gib ihm das Geld.« Ronaldo trat hinter Tavares, der sich ängstlich umdrehte.

»Ihr seid ja wahnsinnig. Was wollt ihr? Ich habe nichts genommen. Das hättet ihr doch gemerkt!«

Fechter stieß Tavares vor die Brust, der taumelte zurück, Ronaldo fing ihn auf und riss ihm die Arme auf den Rücken.

»Ich habe nichts geklaut.« Tavares schien jetzt den vollen Ernst der Lage zu begreifen.

Ronaldo ließ Tavares' Arme los und legte ihm einen Arm um die Schultern. »Wie hast du es angestellt? Erklär's mir. Wir wollen's nur wissen!«

Tavares wand sich unter Ronaldos Arm heraus. »Wie kann ich was erklären, das ich nicht gemacht habe?«

»Die Italiener wollen das Kilo zurückhaben.« Fechter gab sich plötzlich freundlich. »Ich leg's erst mal für dich aus, *meu coitadinho*, mein armes, kleines Würstchen.«

»Schlag mich tot, ich habe nichts geklaut, ich bin doch nicht blöd.«

Fechter hakte sich mit hartem Griff bei Tavares unter, Ronaldo übernahm die andere Seite und drückte ihm den Handballen auf die Nase, bis er röchelnd in die Knie ging. »Was weißt du, *coitadinho*?«

»Nichts, ich weiß nichts.«

»Lass ihn«, beschwichtigte Fechter Ronaldo, »er wird uns bei der Aufklärung helfen und die Fünfundzwanzigtausend abarbeiten.«

»Ich habe nichts abzuarbeiten, denn ich habe auch nichts gestohlen!«

»Aber du bist ein Dieb, Tavares. Wie viel hast du deinem Winzer geklaut, diesem Vollmer? Wir wissen mehr, als du denkst.«

»Dieses Jahr geht das nicht, ich kann nichts abzweigen, ich kriege einen Aufpasser, einen Studenten.«

»Einen Studenten? Und du bist nicht in der Lage, einen Studenten auszutricksen? Wer hat dir denn diesen Aufpasser besorgt?« Fechter ahnte bereits, wer, doch er wollte es genau wissen.

»Der Deutsche!«

Hollmann, schon wieder Hollmann. Der Kerl ist lästig, dachte Fechter. Ich werde herausfinden, was er wirklich hier macht. Wenn er ein Ermittler ist, dann hat auch er seinen Preis. Er sah wieder zu Tavares. Was für ein Schwächling. Der wurde zunehmend nervöser, sein Blick gehetzt, er leckte sich über die Lippen. Es ist gut, wenn die Leute Angst vor mir haben, aber nicht so viel, dass sie Fehler machen. »Was ich dich noch fragen wollte«, sagte Fechter sanft. »Wo hast du das Geld, das aus dem Wein?«

Mit gesenktem Blick stand Tavares da und wischte sich das Blut von der Nase. »Ich habe es in den Bau meines Hauses gesteckt.«

»Ein eigenes Haus hat er, der Herr? Wie großartig. Hast du eins, Ronaldo? Nein? Lass eine Hypothek eintragen, Tavares, dann kriegen wir unser Geld, nicht wahr, Ronaldo?«

»Siehst du, mein Freund«, bei diesen Worten lächelte Ronaldo, »der Chef findet immer eine für alle Seiten befriedigende Lösung.«

»Ich habe das Kilo aber ...«

»Fängst du schon wieder an? Willst du noch mal was auf die Nase?« Ronaldo hob die Hand. »Geh wieder arbeiten. Die Weintrauben vermissen dich.«

»Und wenn er es wirklich nicht war?«

»Macht nichts«, sagte Ronaldo, »dann weiß er jetzt, mit wem er es zu tun hat. Wie komme ich nach Hause? Du willst doch noch bei der Quinta da Lua vorbei.«

Fechter setzte Ronaldo bei Paulo Oliveira auf der Quinta da Fonte ab und versprach, ihn später wieder abzuholen. Er könne inzwischen Paulo schon mal auf den Zahn fühlen. Möglich, dass er mit Tavares gemeinsame Sache gemacht habe.

Allein im Wagen, überlegte Fechter, ob Ronaldo mit drinsteckte. Nein, er hielt es für ausgeschlossen, und doch nagte der Verdacht an ihm. Vertrauen war ein Fehler.

Kurz darauf fuhr er durch das offen stehende Tor der Quinta da Lua. Die Anlage machte ihrem Namen alle Ehre, denn der aufgehende Mond legte einen neblig-silbernen Schleier über die Dächer und den Garten. Als besonders eindrucksvoll empfand Fechter die beiden großen Fächerpalmen an der Einfahrt, es schien, als tropfte Silber von den lang herunterhängenden Wedeln. Das Wohnhaus, bis zum Dach von Weinlaub umrankt, wirkte lebendig, denn ein leichter Wind bewegte die Blätter. Die Fenster standen offen, um die abendliche, nach Kräutern duftende Brise hereinzulassen.

Fechter stieg aus und schaute am Haus empor. In einer solchen Umgebung zu wohnen, würde ihm gefallen. Er musste die Quinta da Fonte in die Hände bekommen. Er würde sie umbauen, die Kellerei modernisieren, sich eine gute Mannschaft zusammensuchen. Dieser Hollmann konnte ihm dabei helfen, falls er nicht für die Gegenseite arbeitete. Aber Susanne würde sich nie auf einen derart einsamen Wohnort einlassen. Er könnte sie auszahlen, und Helena würde er zu sich nehmen. Sonia hingegen würde es auf einer Quinta gefallen, und er würde mit ihr auf dem Tejo segeln gehen.

Die Confeitaria und die Wohnungen gehörten ihm bereits, Hectors Fitnesscenter käme bald dazu. Den Kaffeeimport würde er weiter betreiben, denn die alten Brücken zu schnell abzureißen, konnte ihm übelgenommen werden, besonders in Mexiko. Er war überzeugt, dass die Italiener in Deutschland längst daran arbeiteten, seine Route unter ihre Kontrolle zu bringen, ähnlich wie die Nigerianer in Lagos, obwohl es noch keine konkreten Anzeichen dafür gab. Aber was wäre mit seinen Schiffen? Ob ihm der Weinbau jemals so viel Vergnügen bereitete wie seine Frachter und Containerschiffe, wie dieses großartige Gefühl, an einem weltumspannenden System mitzuarbeiten? Was für ein wunderbarer Anblick, eines seiner Schiffe den Tejo heraufkommen zu sehen, fast armselig dagegen der Traktor mit dem Hänger voller Trauben. Er würde sich entscheiden müssen.

Sie saßen einträchtig beieinander, hinter dem Haus, vertieft in ein leises Gespräch, eine helle Lampe auf dem runden Tisch, Papiere neben Weingläsern, eine Flasche im Weinkühler: Hollmann, die sportliche Johanna, ein sehr hübsches junges Mädchen, vom Typ her Portugiesin, das ihm bekannt vorkam. Die Frau neben ihr sah nordeuropäisch aus, sie war etwa vierzig, sommerlich leger gekleidet und weniger sein Typ.

Hollmann bemerkte ihn als Erster. »Herr Andreas Fechter, Logistiker, Kaffeeimporteur und Weinfreund!«

Alle sahen ihm entgegen.

Kaffeeimporteur? Verdammt, woher wusste Hollmann das? Bestimmt nicht von ihm, aber Fechter fasste sich schnell. »Was ist das hier, eine nächtliche Verschwörung?« Gut gelaunt trat er an den Tisch. »Noch ein Plätzchen für mich frei, oder störe ich? Das sieht verdammt nach Arbeit aus. Zu dieser Stunde?« Da er meinte, etwas wie Ablehnung zu spüren, entschuldigte er sich für das späte Eindringen. »Ich hatte in der Gegend zu tun und wollte Sie, Herr Hollmann, gern um Rat fragen. Ich werde mich auch bald wieder verdrücken.«

Hollmann stellte alle vor, Johanna bekam ein Küsschen

zur Begrüßung. Joana brachte einen weiteren Stuhl, und die Frau des Hauses stellte ein zusätzliches Weinglas auf den Tisch. »Oder trinken Sie nur Wasser?«, fragte sie auf Deutsch. »Fahren Sie später nach Lissabon zurück?«

Gegen ein Gläschen sei nichts einzuwenden, das Navi werde ihm den Weg schon zeigen.

Joana erklärte kurz auf Englisch, dass ein Seminar, das sie gemeinsam veranstalten wollten, der Grund für ihre Zusammenkunft sei. Sie seien dabei, ein Konzept zu entwickeln, und da Herr Hollmann morgen abreise, müsse er vorher wissen, auf was er sich vorzubereiten habe.

»Darf denn auch ein Laie wie ich daran teilnehmen?«

»Nur weil du es bist«, sagte Johanna, und Fechter schenkte ihr ein überaus dankbares und ein etwas anzügliches Lächeln. War es die Abwehr dieser Frau, die ihn so sehr reizte? Es war etwas ganz Besonderes, sich das intime Zusammensein mit einer Frau vorzustellen, die wusste, was sie wollte.

Da bis auf Frau Vollmer alle an der Weinprobe in Lissabon teilgenommen hatten, ergab sich rasch ein gemeinsames Thema. Johanna brachte die Sprache auf Hollmanns Unpässlichkeit.

Fechter stutzte und erinnerte sich an die Sirenen der Krankenwagen, sagte, er habe es dem unverantwortlichen Umgang einiger Besucher, Schiffstouristen vermutlich, mit Alkohol zugeschrieben.

Hollmann beschrieb seine Reaktionen genauer, und als er von der Taubheit im Mund sprach, von dem Gefühl, in seiner Haut beengt zu sein, über zu viel Kraft und einen unbändigen Tatendrang zu verfügen, wurde Fechter still. Wieso war das ausgerechnet Hollmann passiert? Oder war es eine Falle?

Ihm wurde heiß im Nacken, gleichzeitig gefror sein Lächeln, als Hollmann ihm erklärte, dass er inzwischen sicher sei, die Symptome seien nach der Probe eines Weins von der Quinta da Fonte eingetreten. Er habe einen Wein aus einer Bag-in-Box-Verpackung von Paulo Oliveira vorgesetzt bekommen. Hollmann beschrieb, wie Oliveira unter dem Tisch herumgekramt habe und mit einem gefüllten Glas wieder aufgetaucht sei. »Unter dem Tisch standen noch weitere Kartons.«

War eine der für Frankfurt bestimmten Boxes unter den Tisch gelangt und die Verpackung des Kokains beschädigt gewesen? Von jetzt an würde Fechter sich jedes einzelne Wort genauestens überlegen. »Das ist gut möglich, diese Gebinde findet man allenthalben, mehr für die schlichteren Weine. Ich erinnere mich aber auch an die Sirenen. Wissen Sie, ob die Personen, die in einer Ambulanz abtransportiert wurden, ähnliche Reaktionen zeigten?«

Das wusste Hollmann nicht, meinte aber, er werde der Sache auf jeden Fall nachgehen. Der Arzt, den er auf seine Symptome angesprochen habe, habe sie auf Kokain zurückgeführt.

Da war sie, die Katastrophe! Den Namen des Arztes musste Fechter unbedingt erfahren. Diese Geschichte durfte nicht weiter ins Rollen kommen. Er und Ronaldo mussten sich gleich noch Paulo vornehmen. Und Hollmann würde er von seinem Vorhaben abbringen. Er musste ihn beschäftigen.

Als Frau Vollmer eine weitere Flasche holte, bat Fechter, Nicolas einen Moment allein zu sprechen zu dürfen. »Eine reine Privatangelegenheit«, entschuldigte er sich und zog Hollmann ein Stück zur Seite. »Ich möchte Sie um einen großen Gefallen bitten. Ich weiß, Ihre Zeit ist kostbar, aber ich kenne sonst niemanden, an den ich mich wenden kann. Ich sprach bereits davon, dass ich ein Weingut erwerben möchte. Dafür brauche ich Kellerausrüstung, Tanks, Pumpen, Maschinen, Fahrzeuge …«

»Haben Sie ein bestimmtes Weingut im Auge?«

»Ja, das habe ich, ist aber noch nicht spruchreif.« Fechter verschwieg, dass er dabei an die Quinta da Fonte dachte. Wenn Paulo Oliveira aus dem Weg war, würden die Alten sofort verkaufen. »Sie haben einen Blick für die Dinge. Das

Material darf auch gebraucht sein, für den Anfang reicht's allemal. Wir können auch über inoffizielle Zahlungen reden, und Sie wären über eine Provision beteiligt.« Hollmann als Sohn des Chefs eines Baukonzerns war mit solchen Dingen sicher bestens vertraut.

Hollmann wand sich, brachte Einwände vor, wollte Genaueres über das Objekt wissen, berief sich auf Zeitmangel. »Ich werde sehen, wie die Lese bei uns läuft«, sagte er schließlich. »Samstag bin ich wieder hier, dann reden wir weiter. Lassen Sie uns jetzt zurück zu den anderen gehen. Wir haben noch einiges zu besprechen, und morgen muss ich früh aufbrechen.«

Fechter setzte sich wieder an den Tisch und hörte dem Gespräch zu. Das Konzept für das Winzerseminar entstand. Hollmann würde einen kurzen Abriss über den Ökoweinbau in Portugal geben und dann von seinen eigenen Erfahrungen berichten. Johanna wollte ihre Eindrücke von den Weingütern wiedergeben, die sie bisher besucht hatte. Und Joana würde als Übersetzerin fungieren. Als Abschluss planten sie einen Imbiss und eine Probe der von den Teilnehmern mitgebrachten Weine.

»Da will ich unbedingt dabei sein«, sagte Fechter, schließlich sei auch er künftig Winzer. Er gab Joana seine Visitenkarte. »Sie benachrichtigen mich bitte, wann und wo genau das Seminar stattfindet.« Dann öffnete er seine Brieftasche noch einmal und entnahm ihr zwei Fünfzig-Euro-Scheine, die er vor Joana auf den Tisch legte. »Betrachten Sie das als meinen Kostenbeitrag. Sie werden Ausgaben haben. Aber ich muss mich leider verabschieden, ich habe noch einen Weg vor mir.«

»Andreas, warte!« Johanna war aufgesprungen. »Ich bin morgen Nachmittag auf der Quinta von André Manz in Cheleirós. Wenn du Lust und Zeit hast, treffen wir uns dort.«

Fechter heuchelte Begeisterung. »Um wie viel Uhr? Ich kann nicht so früh aus dem Büro weg.«

»Cheleirós ist nicht weit von Lissabon entfernt«, erklärte Joana. »Man fährt etwa eine halbe Stunde.«

Die Runde löste sich auf. Fechter ging zu seinem Wagen, Johanna und Joana folgten ihm. »Darf ich euch nach Hause fahren?«, fragte er. Es wäre eine gute Gelegenheit, sich ein Bild von dem Mädchen zu machen.

Joana bedankte sich artig. »Sehr lieb von Ihnen, aber wir sind mit Johannas Auto hier.« Der Audi stand neben Fechters Mercedes im Schatten.

Fechter wartete, bis sie das Grundstück verlassen hatten, dann fuhr er im Schritttempo zur Quinta da Fonte.

Was sollte dieses Seminar? Gingen jetzt alle auf den Ökotrip? Glaubten diese drei Weltverbesserer tatsächlich, dass die Gattin des Frauenarztes darauf verzichtete, ihre Blagen mit dem Allrad-SUV zur Schule zu bringen? Was dachten diese Dummköpfe? Wir werden sämtliche Tankerflotten, die die Weltmeere befahren, stilllegen sowie Hunderte Bohrinseln, die dann am Meeresgrund verrotten? Was war der Treibstoff für Kriegsschiffe, wenn nicht Öl? Sollten sie doch mal bei marinetraffic.com den Shiptracker anklicken, dann hätten sie eine Vorstellung vom Schiffsverkehr! Und womit sollten die Autos betrieben werden? Millionen von Tankstellen wären überflüssig. Wo tankten dann die Lastwagen, die ihren Wein nach Deutschland brachten? Etwa an der nächsten Steckdose? Glaubten die Ökos wirklich an Elektroautos oder dass eine Fluggesellschaft freiwillig den Betrieb einstellte, außer sie machte pleite, und dass China den größten Flughafen der Welt schließen würde, kurz nach der Eröffnung? Lächerlich, einfach lächerlich, dachte Fechter und lachte laut auf.

Wer wollte den freien Welthandel und damit den internationalen Frachtverkehr unterbinden? So eine Regierung würde schnell beseitigt, vom Wähler oder vom Militär. Die Bauwirtschaft brauchte Land, also wurden Flächen weiter bebaut und versiegelt. Raps und Mais wurden in Monokulturen angebaut, um den Treibstoffdurst zu stillen, Palmöl wurde benötigt, also wurden weiter Wälder gerodet, in Asien, Regenwälder in Südamerika – auch für den Coffee-to-go, für Zebu-Rinder und Sojafelder.

Wie sollte das alles geregelt werden? Mit einer Trockenmauer für Käferlarven, Salamander und Schmetterlinge? Mit einer Bio-Kläranlage hinter dem Häuschen und Radieschen im Balkonkasten? Lächerlich. Urban Gardening auf dem Flachdach, der Trend für Großstädter, war auch nur Teil der Show zur Beschwichtigung der Unruhigen. Die Mehrheit hielt sowieso das Maul.

Das Ding ist gelaufen, Freunde. Fechter grinste bei dem Gedanken an die Runde der Weltverbesserer. Das System fuhr zwar auf den Abgrund zu, doch ihm war es egal. Er war überzeugt, dass zu seinen Lebzeiten genug für ihn blieb, auch für Töchterchen Helena. Die großen Katastrophen ereigneten sich sowieso in der Dritten Welt, in Asien und Afrika. Da tobten die Stürme, in Ozeanien stieg der Pegel. Das konnte den Europäern egal sein, für diese Länder würde sich auch in Zukunft niemand wirklich interessieren. Klimawandel? Die Weinbaugrenze verschob sich nach Norden? Schön. Sollten sie doch in Niedersachsen Riesling anbauen und Cabernet Sauvignon oder Touriga Nacional rund um Frankfurt.

Das Ding war wirklich gelaufen, doch für ihn lief es gut, und nur darauf kam es an. Das allerdings würde er niemandem sagen. Er hielt sich beileibe nicht für einen Pessimisten, nein, er betrachtete sich als ehrlichen Realisten. Und er brauchte Treibstoff für seine Schiffe, musste sie beladen über die Meere schicken, am besten mit der wertvollsten Fracht, die es gab, das Kilo zu zwanzigtausend!

Johanna Breitenbach

Die Grenze zum Unmöglichen

Johanna hatte soeben den Wagen abgestellt und war mit Joana auf dem Weg zur Quinta, als die junge Frau sie zurückhielt.

»Noch immer nicht müde?«, fragte Johanna erstaunt.

»Doch, müde wie ein Stein, obwohl es ein sehr spannender Abend war. Aber ich muss dir noch was sagen.«

Sie setzten sich nebeneinander auf eine kleine Mauer, die einen blühenden Mimosenstrauch umfasste, seine leuchtend rosa Blüten, groß wie Tennisbälle, fügten sich in den von Sternen übersäten Himmel und komplettierten das Naturfeuerwerk. Hier draußen war die Strahlkraft der Sterne nicht von Straßenlaternen gebrochen.

»Was hast du auf dem Herzen?«, fragte Johanna.

Die junge Frau neben ihr zierte sich ein wenig, dann neigte sie sich ihr vertraulich zu. »Wie gut kennst du diesen Senhor Fechter? Ist er ein … Freund von dir?«

Johanna schmunzelte, es erstaunte sie nicht, dass Joana sie danach fragte, doch dass sie annahm, dass sie befreundet wären, wunderte sie. »Ich hab es dir angesehen, du magst den Mann nicht besonders.«

»Magst du ihn denn?« Empörung schwang in Joanas Stimme mit.

»Man wird nicht oft gefragt, ob man jemanden leiden kann oder nicht.« Sie wollte sagen, dass man oft nicht umhin komme, mit den Wölfen zu heulen, aber sie bezweifelte, dass Joana diese Redewendung auf Englisch – *howl with the pack* –

richtig verstand. »Mir geht es häufig bei den Studenten so. Manche kann ich gut leiden, andere wiederum sind mir egal, und es gibt mehrere Varianten von Unsympathischen. Ich bemühe mich, möglichst objektiv zu urteilen. Da gibt es Burschen, die kommen breitbeinig daher, als hätten sie den Weinbau erfunden, der Papa führt das Weingut, bringt den guten Namen mit, und der Bengel im Mercedes glaubt, er wäre bereits ein international anerkannter Önologe. Andere wieder, die Stillen, die man fälschlicherweise missachtet, vielleicht sogar für dumm hält, legen bemerkenswerte Leistungen vor ...«

»Ich finde, du redest dich raus«, unterbrach Joana und schien aufgebracht zu sein. »Ich spreche von diesem Fechter, nicht von Studenten. Jeder hat einen ersten Eindruck, sagte meine Großmutter immer, davon kann sich niemand freimachen, die ersten Momente, Sekunden einer Begegnung sind entscheidend. Mir jedenfalls geht es so. Fechter hat zwar gelächelt, aber ich fand, dass sein Lächeln falsch war, auf Wirkung bedacht. Seine Augen waren durchdringend. Die Hand hat er mir nicht gegeben, als wäre das bei einem siebzehnjährigen Mädchen nicht nötig. Für so jemanden bin ich völlig unwichtig. Und seine Haltung, von sich und seiner Bedeutung so überzeugt, dass er dabei fast auf den Rücken fällt, und seine herablassende Art – ich glaube ihm kein Wort. Weshalb will er an unserem Seminar teilnehmen?«

Es freute Johanna, dass Joana von »unserem Seminar« sprach. »Er will ein Weingut kaufen, so wie Senhor Vollmer, bei dem Nicolas, ich meine Senhor Hollmann, arbeitet. Da muss man sich mit allem auseinandersetzen.«

»Senhor Hollmann ist anders, dem glaube ich, aber Senhor Fechter glaube ich nicht, der versteckt sich.« Joana blickte vor sich auf den Boden, sie wirkte deprimiert. »Kennst du viele Manager? Sind die alle so ... so kalt und arrogant?«

»Mit solchen Menschen habe ich weniger zu tun, aber in diesem Geschäft wird man so – gnadenlos.« Johanna wusste nicht recht, was sie sagen sollte, ihr kam es so vor, als redete sie sich heraus. Aber durfte sie ein Urteil über Fechter abgeben? Sie kannte ihn ja kaum und wusste nicht, wie Joana damit umgehen würde. Junge Leute trugen das Herz oft auf der Zunge. »Das Geschäftsleben ist ein Schlachtfeld. Der Sieg des einen ist die Niederlage des anderen. Wer sich anders verhält, passt da nicht rein.« Das jedenfalls war ihre Erfahrung.

»Meine Großmutter, die unser Weingut gegründet hat, sagte auch immer, das ganze Leben sei ein Kampf. Mir gefällt das nicht. Man kann zusammenarbeiten, sich gegenseitig helfen, voneinander lernen, das macht auch viel mehr Spaß!«

Das sah Johanna ähnlich, doch was man sich wünschte und wie die Wirklichkeit sich darstellte, was sie von einem verlangte, konnte völlig verschieden sein. »Es ist eine Kunst, die richtigen Partner dafür zu finden«, sagte Johanna und merkte, dass sie sich einem heiklen Thema näherte: ob sich in einer auf Konkurrenz und Macht aufgebauten Gesellschaft überhaupt noch Zukunft gestalten ließ, und das nicht nur im ökologischen Sinne.

»Was hältst du denn nun von Fechter?«

Das Nachbohren, das sich nicht mit einfachen Antworten Zufriedengeben zeichnete die Jugend aus. Die Alten hatten es sich längst abgewöhnt. Also bin ich auch alt, sagte sich Johanna und suchte nach einer diplomatischen Antwort zu Fechter. »Er interessiert mich wenig, er ist für meine Arbeit unwichtig, wir haben bisher kaum miteinander zu tun gehabt. Ob jemand etwas taugt, zeigt sich erst im Laufe der Zeit. Wenn du ihm nicht traust, dann vertrau auf dein Gefühl und halte dich fern von ihm … Und wenn dir etwas Besonderes auffällt, sagst du es mir«, schob sie nach, um Joana nicht gänzlich frustriert in die Nacht zu entlassen. »Ich sehe ihn morgen, wir treffen uns ja bei André Manz. Also, morgen weiß ich mehr, und dann reden wir wieder, *está bem*?«, hängte sie auf Portugiesisch dran. »*Boa noite, durma bem.*«

Johanna war müde, sie musste dringend duschen und dann

schlafen. Nach einem heißen Tag zu fühlen, wie das kühle Wasser über Schultern und Rücken rann, war herrlich. Trotz des Gefühls der Frische gelang es ihr aber nicht, einzuschlafen. Joanas Bedenken gegenüber Fechter und ihre eigene Unfähigkeit, ehrlich darauf zu antworten, ließen sie nicht zur Ruhe kommen. Es war zweiundzwanzig Uhr und längst nicht zu spät, um Carl anzurufen. Leider war er »vorübergehend nicht erreichbar«. Sie empfand es als ungewöhnlich, dass er um diese Uhrzeit noch unterwegs war, machte sich jedoch keine weiteren Gedanken darüber. Mit der Eifersucht war es seit dem Drama am Neusiedler See glücklicherweise vorbei.

Johanna ließ sich wieder aufs Bett sinken und starrte auf das dunkle Viereck des offenen Fensters. An Schlaf war nicht zu denken. Das Gespräch mit Joana hatte sie unruhig gemacht, weniger deren Urteil über Fechter als vielmehr die generelle Frage nach der Beurteilung eines Mitmenschen und der Rolle des Gefühls dabei. Im Grunde gab sie dem Mädchen recht. Wen man als sympathisch oder unsympatisch empfand, hatte immer mit einem selbst zu tun, mit der eigenen Persönlichkeit, aber auch mit der momentanen Stimmung. Ihre Begegnung mit Fechter war ein Zufall gewesen. Aber irgendetwas mussten sie gemein haben, sonst wären sie sich nicht begegnet.

Die Straße vom Hügelland hinunter ins kleine Dorf Cheleirós war außergewöhnlich steil. Johanna parkte vor der Brücke über den Rio Lizandro, um auf Fechter zu warten. Diese Brücke über das kaum wasserführende Bächlein war um die Wende vom 18. zum 19. Jahrhundert gebaut worden. Nur wenige Meter weiter oben streckte sich ihre Vorgängerin aus dem Mittelalter in einem eleganten Bogen und nicht einmal wagenbreit über das Rinnsal. Der starke Bewuchs und die giftige Farbe der Wasserpflanzen deuteten auf eine Überdüngung des Bodens hin und auf den übermäßigen Einsatz von Pflanzenschutzmitteln, *agrotóxicos*, wie Joana sie nannte.

Als Johanna sich nach einem Café umsah, um sich die Wartezeit zu verkürzen – sie waren für siebzehn Uhr verabredet –, hupte hinter ihr jemand in einem silbergrauen Mercedes Kombi. Es war Fechter, und er strahlte sie an. Sie hatte ihn in einem silbernen Porsche Cayenne oder in einem schwarzen Allrad-Audi erwartet, aber sein Fahrzeug wirkte zivil, hinten mit einem Kindersitz.

Er fuhr voraus, sie schloss sich an. Wenige Meter hinter dem Ort überquerten sie eine weitere Brücke, tauchten in die schmalen Gassen des alten portugiesischen Dorfes ein und parkten neben dem Pelourinho. Die achteckige Säule – André Manz hatte sie bei Umbauarbeiten entdeckt, wie er später erzählte – war einst das Zeichen eigener Gerichtsbarkeit, Delinquenten wurden dort ausgepeitscht und Sklaven angekettet zur Schau gestellt.

»Was für Barbaren«, meinte Fechter, nachdem ihm Johanna den Sinn und Zweck der Säule erläutert hatte. »Gut nur, dass diese Zeiten hinter uns liegen.«

»Hinter *uns* schon«, sagte Johanna, »aber andernorts geht es weiter. Die Saudis hacken den Leuten auch heute gern die Köpfe ab.«

Fechter winkte angewidert ab. »Araber kann ich sowieso nicht leiden. Aber mit schrecklichen Themen werden wir uns jetzt nicht beschäftigen. Manz ist für seine schönen Weine bekannt, der einstige Fußballprofi ist ein Quereinsteiger ...«

Jetzt verstand Johanna, weshalb Fechter mitgekommen war. »Du willst von den Erfahrungen eines Quereinsteigers profitieren?«

»Wie auch Hollmann einer ist.« Fechter war an der Tür des Weinladens stehen geblieben, es war ein ehemaliges Kelterhaus, heute der kleine Laden des Weingutes. »Manz hat seinerzeit – ich glaube, 2004 hat er sich eingekauft – das Weinmachen lediglich als Hobby betrachtet, ein Geschäft sollte es erst später werden. Sein Geld hat er anderweitig verdient und in die Weinberge und neue Anlagen zur Weinbereitung gesteckt. Mit Wein, so viel weiß ich jetzt schon, kann man in den ersten Jahren kein Geld verdienen, der Spaß kostet ein Vielfaches von dem, was er einbringt.«

»Bist du sicher, dass du das nötige Kapital für den Spaß auftreibst und die Durststrecke von mehreren Jahren durchhältst?«

Ein mitleidiger Blick traf Johanna. »Was denkst du eigentlich von mir? Würdest du etwas beginnen, wenn du nicht vom Erfolg überzeugt wärst?«

Johanna begriff es als Statement und weniger als Frage. Eine Antwort fiel ihr schwer. Mit jedem Tag war sie weniger davon überzeugt, dass ihre Bemühungen von Erfolg gekrönt waren. Ach, was hieß »gekrönt«? Nein! Sie war immer mehr davon überzeugt, dass ihr Tun in Bezug auf die Zukunft überflüssig und nutzlos war. Ihr waren die Visionen ausgegangen, die Realität und ihr immer umfassenderes Wissen hatten sie allmählich vertrieben. Glücklicherweise erschien André Manz in der Tür seines Lagar Antigo, wie er sein altes, zweistöckiges Kelterhaus nannte, und vertrieb die schwarzen Gedanken.

Schon während des Händeschüttelns stellte sich der erste Eindruck ein. In Erinnerung an das nächtliche Gespräch mit ihrer jungen Freundin war Johanna gespannt. In manchem sah der gebürtige Brasilianer Fechter ähnlich, auch sein Kopf war kahl. Im Körperbau waren sie jedoch gänzlich unterschiedlich, der eine eher drahtig und leicht, ein Mann ohne jedes Gramm Fett, der andere muskulös und bullig, ein Kraftpaket, aber beide voller Energie. Für durchsetzungsstark hielt Johanna beide, wobei Manz mit seinem ruhigen Selbstbewusstsein bescheidener wirkte und eine Verbindlichkeit zeigte, die wohl von seinem Erfolg herrührte. Woher die Verbindlichkeit bei Fechter stammte, erschloss sich Johanna nicht. Doch ihr Gefühl sagte ihr, dass er deutlich unangenehmer werden konnte, wenn man ihm den Weg vertrat. Insofern musste sie Joana recht geben. Manz war ihr nach dem ersten Eindruck als Gesellschaft bedeutend lieber.

Der Raum, den sie betraten, war recht niedrig, geschaffen für den Menschen des 16. Jahrhunderts. Am Tresen rechts wurde Wein verkauft. Ein dicker, grob behauener Stamm ragte über ihren Köpfen hin zu einem Becken, dem Lagar, in dem einst die Trauben gepresst worden waren. Daneben führte eine neue Holzstiege ins Obergeschoss zur modern gestalteten Museumsetage. Dort waren Arbeitsgeräte früherer Winzergenerationen ausgestellt wie Hacken, kleine Fässer, geschmiedete Kannen und Scheren zum Beschneiden der Weinstöcke. Allein ihr Gewicht machte deutlich, um welche Knochenarbeit es sich damals gehandelt haben musste, verglichen etwa mit den leichten Akku-Scheren von heute.

André Manz habe Glück gehabt, wie er auf Englisch sagte. »Als mich nach den ersten Anfängen die Begeisterung für den Weinbau gepackt hatte und ich die ganze Geschichte professionalisieren wollte, entdeckten Fachleute auf meinem winzigen Stück Land eine unbekannte weiße Rebsorte. Bei Analysen stellte sich heraus, dass es sich um die Jampal handelte oder João Paulo, wie die Alten im Dorf sie bezeichnen. Zweihundert Rebstöcke waren es, mehr nicht, aber der Wein ihrer Trauben begründete unser Renommee.« Dabei sei ihm von Fachleuten geraten worden, die alten Rebstöcke auszureißen und durch die rote Castelão zu ersetzen.

»Wie hätte ich mich da von anderen unterschieden?«, fragte Manz mit seinem wachen Sinn fürs Geschäft. »Die gängigen Sorten kultiviert jeder. Man muss das schätzen, was die Natur uns gibt, und das sind in Portugal mehr als zweihundert autochthone Rebsorten, manche sprechen sogar von dreihundert, also alles Sorten, die nur in Portugal vorkommen.«

Johanna versuchte, in Fechters Gesicht zu lesen, was er von dem Gesagten hielt, denn es würde ihn betreffen, aber sein freundliches Pokerface blieb undurchdringlich.

Manz holte ein Exemplar des Dona Fátima genannten Jampal aus dem Klimaschrank, füllte drei Gläser und blickte seine Besucher beim Verkosten erwartungsvoll an.

Bei Johanna lief das erprobte Schema ab: sehen, riechen, schmecken, urteilen. Der Wein war klar und von einem hellen Gelb, er duftete nach Quitte, ein Hauch Zitrone war zu spüren wie auch eine leicht buttrige Note. Johanna meinte, den Kalk des Bodens an der Salzigkeit zu erkennen, dazu kam eine leichte Bitternote, aber deutlich und bestechend war die angenehme Säure, die den Wein lebendig machte und ihn von den üblichen schweren, von der Sonne verwöhnten Weißweinen abhob.

»Wer bitte ist Dona Fátima?«, fragte Fechter. »Weshalb der Name?«

Manz schmunzelte, als hätte er auf die Frage gewartet. »Wie Sie bemerkt haben, hat die Rebsorte Jampal eine starke Säure, insofern ist die Namensgebung ein Gedenken an meine Schwiegermutter.« Wie sie auf die Ehrung reagiert hatte, ließ er offen.

Er erzählte, wie er Weinberge hinzugekauft hatte und auch den lokalen Weinbauern der überalterten Gemeinde ihre Produktion per Handschlag abgenommen hatte, was ihnen das Überleben gesichert und ihm Sympathie im Dorf eingebracht hatte. Zuerst seien die Bewohner gegen alles gewesen (Johanna dachte dabei an Joanas Mutter), dann seien sie seinem Beispiel gefolgt und hätten sogar ihre Häuser wieder aufgebaut oder renoviert. Als Manz merkte, dass Fechter besonders an der wirtschaftlichen Seite des Geschäfts interessiert war, erklärte er, mit hundertfünfzigtausend Flaschen den Break-Even zu erreichen, an dem Kosten und Erlöse gleich hoch waren. Mittlerweile produzierte Manz jährlich an die dreihundertfünfzigtausend Flaschen und zählte sich damit noch zu den kleinen Produzenten. Lediglich siebentausend Flaschen davon waren Jampal, gewonnen aus nachgezüchteten Reben.

Auf der Halbinsel Setúbal südlich von Lissabon hatte der umtriebige Brasilianer Rebanlagen gekauft, auch am oberen Rio Douro in einer klimatisch gänzlich anderen Zone, und hatte begonnen, die konventionell gängigen Rebsorten zu keltern: Castelão, Touriga Nacional, Syrah und Tinta Roriz.

Fechter stellte wenig Fragen, vielleicht um sich nicht als Laie zu verraten. Weinverstand allerdings hatte er, denn Johannas Beurteilung deckte sich mit seiner. Der Pomar do Espírito Santo, eine Assemblage dreier roter Rebsorten, gefiel beiden sehr gut mit seiner Kraft und Dichte, mit den Aromen schwarzer Beeren und einem guten Tanningerüst. Gleicher Meinung waren sie auch beim Wein vom Rio Douro, in Fechters Augen war es Manz' bester. Aber eine Begründung, was den Wein dazu machte, war von dem Logistiker, wie Johanna ihn im Stillen nannte, nicht zu hören. Er würde es lernen, davon war sie überzeugt. Er schien Johanna sowieso ein Mann zu sein, der seine Ziele erreichte, komme, was wolle – wenn auch, wie sie meinte, mit zu viel Härte. Seine Härte irritierte sie, schuf Distanz, es war ein Gefühl, das sich immer stärker aufbaute, je länger sie ihn beim Probieren beobachtete. Alles an ihm schien einem Kalkül zu entstammen, war Selbstkontrolle und methodisches Vorgehen, auch seine Verbindlichkeit, das Auftreten, sein zuvorkommendes Lächeln.

Über Ökologie, über Energiemanagement oder die Techniken des integrierten Weinbaus hatte Manz bisher nicht gesprochen. Für Johanna war es ein Hinweis, dass konventionell gearbeitet wurde, denn die meisten Winzer, bis auf diesen Eigenbrötler Hollmann, stellten die integrierte oder ökologische Produktion als Vorteil ihrer Produkte heraus.

Als Johanna nach der Weinprobe an ihrem Wagen stand, rief sie mit ihrem Smartphone nochmals die Homepage von Manz auf. Auch dort fand sich kein Hinweis auf ökologische Produktion, wohl aber mehrfach die Einschätzung, dass seine Weine zum Premiumsegment gehörten.

»Der Mann imponiert mir.« Fechter zeigte sich von dem Besuch sehr angetan. »Ich werde ihn sicherlich nochmals aufsuchen. Er geht sein Geschäft sehr enthusiastisch an und ist gleichzeitig ein kluger Geschäftsmann, eine ideale Verbindung. Außerdem hat er richtig Schwein gehabt: Der Jampal hat ihm viel Presse eingebracht, ihn schlagartig bekannt gemacht. Sonst hätte es wesentlich länger gedauert, sich zu etablieren. Ich hoffe, ich finde auch einen Jampal.«

»Fortes fortuna adiuvat«, sagte Johanna vor sich hin, dabei war sie sich nicht sicher, ob Fechter in Bezug auf Wein auch dazugehörte.

Er sah sie verständnislos an. »Was hast du gesagt?«

»Oh, Entschuldigung, das war Latein: Das Glück ist mit den Tüchtigen.« Sie sah ihn an, sah das Flackern in seinen Augen, eine derartige Reaktion hatte sie bei ihm bislang nicht bemerkt.

»Was ist dein nächstes Ziel, Johanna?« Fechter hatte sich wieder gefasst. »Welcher Winzer steht als Nächstes auf dem Programm? Nur falls du mich noch mal dabeihaben willst. Ich habe nicht viel beigetragen, ich muss mich erst hineinfinden.«

»Das ist völlig normal.« Johanna nannte ihm den Namen des Weingutes und den vereinbarten Termin.

Tagsüber sei er unabkömmlich, meinte Fechter. »Wie sieht es am Wochenende aus? Ich würde mich freuen, wenn wir auch mal wieder zusammen surfen.«

Der Vorschlag gefiel Johanna, auch wenn sie es sich nicht eingestand. Es war sicherer, jemanden wie ihn in der Nähe zu wissen, sie konnte mehr ans Limit gehen, sich weiter hinauswagen. Das Meer reizte sie, es forderte sie, verlangte anderes von ihr als der Rhein oder die Kieskuhlen Hessens. Sie hoffte nur, dass er diese Rosalie nicht mitbrachte.

»Am Samstag findet unser Seminar statt, du willst doch daran teilnehmen.«

Fechter sah das nicht so eng. »Ich hole dich morgens ab,

wir fahren am frühen Nachmittag gemeinsam zurück und essen unterwegs eine Kleinigkeit. Ich hätte dich auch jetzt gern eingeladen, aber ich habe Verpflichtungen in Lissabon – die Familie!« Er schaute auf die Uhr, drückte der verdutzten Johanna einen schnellen Kuss auf den Mund und wandte sich seinem Wagen zu. »Samstag um sieben Uhr, okay?«

Bevor Johanna widersprechen konnte, sprang er in den Wagen und lehnte sich noch mal aus dem Fenster. »Fahr zurück über Mafra, da kommst du an dem berühmten Palast vorbei. Dann nimm die Straße nach Torres Vedras, sie führt nach Murgeira. Das ist die ideale Serpentinenstrecke für starke Nerven, da fahre ich hin, wenn ich mit meinem Rennrad trainiere, bergauf zum Schwitzen und bergab für den Rausch. Da macht das Schnellfahren richtig Spaß, immer am Limit, ist aber saugefährlich.« Fechter lachte triumphierend und brauste los, dass die Steinchen unter den Reifen hervorspritzten.

Was der Kerl alles macht, dachte Johanna, küsst mich auf den Mund und überredet mich, mit ihm zu surfen. Eigentlich wollte sie sich am Samstag vorbereiten, mit Joana nochmals die englische Übersetzung durchgehen und auch mal ein paar Stunden gar nichts tun. Während sie über das Nichtstun nachdachte, das sie wieder in schwarze Gedanken hüllen würde, die immer irgendwo lauerten, machte sie sich auf den Rückweg. Mit Wonne würde sie sich in den Pool stürzen, den die wenigsten Gäste der Quinta benutzten. Und auch wenn sie Fechter skeptisch gegenüberstand, sie freute sich auf den gemeinsamen Ausflug ans Meer. Auf dem Surfbrett über die Wellen zu gleiten, die Gischt hinter sich zu lassen, war die beste Therapie gegen die schwarzen Gedanken. Dann würde sie halt an den nächsten Abenden mehr arbeiten und Joana gleich miteinbeziehen. Am Freitag wollte Nicolas Hollmann wieder auf der Quinta da Lua sein, dann konnten sie abends ihre Beiträge aufeinander abstimmen. Sie hatte ihm einen Abriss ihres Konzepts geschickt, jetzt wartete sie auf seinen Teil.

Unabsichtlich war sie den Wegweisern nach Mafra gefolgt, ohne viel über den berühmten Palast nachzudenken, den Fechter erwähnt hatte. Als sie den riesigen, gewaltig wirkenden Komplex plötzlich neben sich entdeckte, erschrak sie. In keinem der Fenster spiegelte sich das Licht. Es schien, als verdunkelte eine Wolke die helle Fassade und gäbe dadurch der Kolossalfront ein bedrohliches, geradezu gespenstisches Aussehen. Größenwahn und Verschwendungssucht des Absolutismus des frühen 18. Jahrhunderts fanden hier ihren architektonischen Ausdruck: in einer mehr als zweihundert Meter langen Fassade, mittig unterbrochen von der Klosterkirche, an beiden Enden begrenzt von Pavillons, jeder von einer Kuppel gekrönt. War auch dieser Palast von Sklaven gebaut worden wie das Mosteiro dos Jerónimos, die mächtige Klosteranlage westlich von Lissabon, die allerdings deutlich früher entstanden war? Die »Fragen eines lesenden Arbeiters«, das Gedicht von Bert Brecht, hatte Johanna einst dazu gebracht, sich zu fragen, wer ein imposantes Gebäude wirklich gebaut hatte und dabei vom Gerüst gestürzt war.

Kein einziger Mensch hielt sich zu dieser Zeit auf dem weiten, asphaltierten Platz vor dem Palast auf, kein Reisebus wartete auf dem Parkplatz, was die Einsamkeit dieser monströsen Anlage noch unterstrich. Anschauen sollte sie sich das architektonische Ungetüm wohl, pflichtgemäß, doch bei der Zahl von Zimmern, Höfen und Sälen nebst entsprechenden Kunstwerken und Bibliotheken würde sie Tage dafür benötigen. Aber wann? Ihre Zeit war knapp, und ihr Auftrag hier lautete anders.

Da meldete sich ihr Smartphone, und sie hielt am Straßenrand.

»Wo bist du gerade?« Die aufgeregte Stimme gehörte eindeutig Joana.

»Ich bin soeben am Palast von Mafra vorbeigefahren …«

»Und? Gefällt er dir?«

»Nein, zu unmenschlich, zu protzig und bedrohlich.«

»Die Könige wollten sich damals alle gegenseitig über-
bieten, aber deshalb rufe ich nicht an.«

»Das habe ich mir gedacht …«

»Ich muss dich dringend sprechen.«

»Es ist hoffentlich nichts passiert?« Johanna merkte, dass
sie sich inzwischen für Joana verantwortlich fühlte, schließlich war sie hier ihre wichtigste Assistentin und Gleichge-
sinnte.

Das junge Mädchen atmete tief und hörbar ein. »Meine
Mutter macht Stress, wie üblich, sie wehrt sich gegen jede
Veränderung, besonders gegen die Sonnenkollektoren, aber
wir reden gleich. Wo bist du? Ach ja, in Mafra, dann fährst
du am besten …«

»… über Enxara do Bispo und weiter Richtung Sapataria
nach Sobral, dann bin ich in … vierzig Minuten bei euch,
sagt mein Navi.«

»Ich warte vorn auf dich, vorn an der Straße. Falls du
früher ankommst, warte bitte da auf mich.«

Die Dringlichkeit in Joanas Stimme beunruhigte Johanna.
Am Palast war sie vorbei, jetzt suchte sie nach einem Wegweiser. Das Navi ignorierend, fuhr sie Richtung Murgeira.
Fechters Serpentinen interessierten sie. War er ein Tausend-
sassa, ein Teufelskerl oder ein Desperado, der siegessicher
am Rand des Abgrunds balancierte? Wenn sie ehrlich war,
fühlte sie sich durch seine Aufmerksamkeit geschmeichelt,
andererseits verunsicherte es sie, dass sie ihn nicht durch-
schaute. Aber bei wem tat man das schon?

Die Serpentinen waren für Autofahrer ungefährlich, wenn
sie nicht zu schnell und strikt rechts fuhren. Aber für Rad-
fahrer, die mit siebzig Stundenkilometern den Berg hinab-
rasten? Rollsplitt auf der Fahrbahn, Schlaglöcher, ein un-
befestigter Randstreifen, dahinter dichter Wald und steile

Abhänge, dann die entgegenkommenden Autos … Man musste über eine gewisse Todessehnsucht verfügen, um sich darauf einzulassen. Vielleicht war es das, was Fechter ausmachte: Er lotete die Grenze zum Unmöglichen aus, ohne zu wissen, wann der Absturz kam, wo das Steinchen lag, das sein Vorderrad aus der Spur brachte. Es brauchte nur ein Steinchen …

Sie war erleichtert, als sie die Serpentinen hinter sich gelassen hatte und das Dörfchen Gradil erreichte. Sie bemerkte den Wegweiser zur Quinta de Sant'Ana, dem sie einfach folgte, doch erst, als sie vor einem schmiedeeisernen Tor halten musste, erkannte sie die gewaltigen Ausmaße des Anwesens und hob sich einen Besuch für einen späteren Zeitpunkt auf. Vielleicht hatte Joana die Betreiber sogar zum Seminar eingeladen?

Es dunkelte bereits, als sie in den Weg einbog, der sie zur Quinta da Tia Joana führte. Joana trat zwischen den Bäumen hervor, ihr Mountainbike auf der Schulter. Eigentlich sollte Dona Sofia dos Santos über eine derart selbstständige und aktive Tochter hocherfreut sein. Jemanden wie Joana hätte Johanna gern unter ihren Studierenden, sie wäre eine Bereicherung.

Joana stellte das Rad ab und fiel ihr um den Hals, was Johanna äußerst unangenehm war. Je mehr Joana sich an ihr orientierte, desto schwieriger wurde der Umgang mit ihrer Mutter und damit ihr Auftrag, die auf dem Weingut anstehenden Veränderungen anzugehen. Würde man sie um des lieben Friedens in der Familie willen bezahlen und unverrichteter Dinge nach Hause schicken? Johanna hielt es für möglich. »Was ist los?«

»Können wir nicht nach Alenquer fahren und da reden? Ich kenne ein schönes Café …«

»Wenn du deiner Mutter ausweichen willst, finden wir sicher auch hier ein ungestörtes Plätzchen. Ich bin müde und habe keine Lust mehr auf Landstraßen.«

Murrend ließ sich Joana darauf ein und folgte Johanna mit dem Mountainbike. Vor dem Gästeparkplatz hatte Flávio dos Santos einen Tisch und zwei Bänke aufstellen lassen, von wo aus man den Blick über seine Weinberge bis ins hintere Tal und auf den grandiosen Sternenhimmel hatte. Während Joana eine Flasche Wasser besorgte, dachte Johanna darüber nach, wie unterschiedlich Arbeitsplätze sein konnten. Einmal hier, in dieser wunderbaren Umgebung, oder in Gummistiefeln den ganzen Tag bei Kunstlicht im kalten Keller schwere Schläuche von Fass zu Fass ziehen oder bei sengender Hitze tagelang die Trauben schneiden. Und wenn dann einer die Arbeit vereinfachen wollte, so wie sie, wurde er angegriffen.

Aber gab es nicht bei jeder Neuerung die Gegner, die Quertreiber, die Ängstlichen, jemanden, der sich überfahren fühlte, und die, die aus Prinzip Nein sagten? Weil das Gefüge, in dem man sich eingerichtet hatte, womöglich durcheinandergeriet? Was davon traf auf Joanas Mutter zu?

Joana kam mit einer großen Plastikflasche Wasser, Gläsern und einem Windlicht zurück. Sein Lichtschein streifte Johannas Gesicht.

»Ich weiß«, sagte Joana gequält, »Mikroplastik. Auch davon will meine Mutter nichts wissen. Sie würde es am liebsten sehen, wenn ich gleich nach der Schule heirate, am besten einen Mann mit viel Geld, dann wäre sie mich los. Uns geht es gut, und meine Mutter will keine Veränderung. Alles, was neu ist, macht ihr Angst. Je älter sie wird, desto schlimmer wird's. Sie stammt aus einer alten, vornehmen Familie, musst du wissen, die hatten sogar noch so was wie Leibeigene bis zur Revolution von 1974. Jeder, der irgendwas Soziales macht, ist für meine Mutter gleich ein Kommunist. Dabei kennt sie gar keinen …«, Joana lachte freudlos. »Und sie weiß gar nicht, was das ist, Ökologie oder Energiemanagement, oder was du machst, Johanna.« Sie schob die Unterlippe vor und schüttelte energisch den Kopf. »Gastgeberin sein, Gäste empfangen, ihnen unsere Salons zeigen, das ist ihre Welt. Schlimm genug, dass sie dafür Geld nimmt, und da entgeht ihr auch kein Cent. Mein Vater, mein Bruder und ich dagegen, wir sind uns einig. Wir machen, was wir für richtig halten, wir reden nicht laut darüber, und meine Mutter bleibt dabei außen vor. Das macht mich traurig. Sie will hier keine Sonnenkollektoren, behauptet, bei deren Anblick würden die Gäste wegbleiben. Den Leuten würde mit Naturkatastrophen Angst gemacht, die Proteste wegen der Klimaveränderung findet sie lächerlich. Dass wir dieses Jahr fast ein Drittel unserer Ernte verlieren, empfindet sie als normal, es gebe immer mal einen heißen Sommer. Über die Windräder oben auf den Bergspitzen lässt sie sich jeden Tag aus. Sie würden die Landschaft verschandeln, den Ausblick, die alten Verteidigungstürme kämen gar nicht mehr zur Geltung.«

Wehrtürme hatten mehr Charme als Windkraftanlagen? Eine merkwürdige Art, die Dinge zu sehen.

»Und die Aktivisten gegen Jugendarbeitslosigkeit, die *geração à rasca*, die Generation in der Klemme, wie es bei uns heißt, die seien zu faul und zu bequem, irgendeinen Scheißjob anzunehmen. Sie will wieder zu der Zeit zurück, in der es Knechte gab, die für Essen und eine Bettstelle arbeiteten und dem Patron nur mit gesenktem Blick gegenübertreten durften. Dann kommst du hierher, Johanna, und stellst alles auf den Kopf.«

Johanna stand ärgerlich auf und breitete die Arme aus. »Bitte, wo steht hier etwas auf dem Kopf? Es ist gar nichts passiert, nicht eine einzige alte Glühbirne wurde gegen eine LED-Lampe ausgetauscht, die Wegebeleuchtung ist nicht auf Solarlampen umgestellt, das Abwasser der Gästezimmer wird nicht aufbereitet. Eure Gäste bekommen nach wie vor Wasser in Plastikflaschen auf den Nachttisch gestellt. Zu Hause benutzt von denen niemand täglich frische Handtücher …«

»Das entscheide nicht ich, das entscheidet meine Mutter, bitte, versteh mich nicht falsch.«

Das wusste Johanna, aber sie hatte keine Lust, ihren Ärger länger zu verstecken. »In der Kellerei habe ich noch gar nicht angefangen. Die Belüftung ist nach wie vor viel zu groß dimensioniert. Dann liegen eure Flächen zu weit auseinander, die Fahrwege sind zu lang, da verbraucht ihr viel Sprit, bei der Pflege sowie bei der Ernte, besonders bei mehreren Lesegängen. Wie nutzt ihr die Wärme, die bei der Gärung entsteht? Was ist mit einer Wärmepumpe? Wie ist der Verbrauch eurer Fahrzeuge eingestellt? Mit welchem Reifendruck fahren eure Schlepper in den steilen Lagen bergauf?«

Johanna hatte sich derart in Rage geredet, dass sie ihr Gesicht rot anlaufen spürte. »Hat deine Mutter irgendetwas unternommen, um unser Seminar zu verhindern?«

»Nein, das geschieht alles vom Büro meines Vaters aus, aber sie erfährt es haarklein. Es hat bereits Anmeldungen gegeben, viel mehr, als ich erwartet habe.«

»Warum dann die Aufregung?«

»Das gefällt ihr nicht. Meine Eltern streiten sich so oft wie nie zuvor. Wahrscheinlich sagt sie plötzlich, dass sie dein Apartment dringend braucht. Meine Mutter will im Grunde, dass du gehst, das würde sie aber nie offen sagen.«

»Dann sollte ich gehen. Ich bin nicht gekommen, um Menschen gegeneinander aufzubringen.«

»Nein, *pelo amor de Deus*, bitte, bleib, um Himmels willen, darum geht es nicht.« Joana rang theatralisch die Hände.

»Dann sag mir endlich, worum es geht!« Johanna hatte es nicht nötig, sich vorführen zu lassen. Sie war hergekommen, trotz ihrer Zweifel, um anderen einen Gefallen zu tun, auf das Honorar war sie nicht angewiesen. Was sie hier sah, bestätigte ihre Vorurteile: Wenn sich schon Ehepaare nicht über minimale Umweltschutzmaßnahmen einigen konnten, wie sollten es dann Länder schaffen? Und wie erst eine Staatengemeinschaft, die weit davon entfernt war, eine Gemeinschaft zu sein? Es würde Krieg geben, das einzig probate Mittel der Dummköpfe, erst um bebaubares Land, dann um

weniger überschwemmte Flächen, um Rohstoffe, um sauberes Wasser. Bei der allgemein vorherrschenden Wachstums-
und Vernichtungsideologie gab es keinen anderen Ausweg.
Dabei besaß die Menschheit alles Wissen, um in Frieden und
Wohlstand auf diesem Planeten zu leben.

»Hat es damit angefangen«, Johanna stellte die Frage mehr
sich selbst, »dass der Mensch sich die Erde untertan machen
solle? Was muss das für ein dummer Gott gewesen sein, statt
zu sagen: Begreift endlich, worauf ihr lebt! Und wie gut ihr es
haben könntet.«

Joana sah sie verständnislos an. »Was hat wie angefangen,
wer …«

»Ach, nichts«, sagte Johanna, »ich habe nur laut gedacht.
Also, was ist das Problem deiner Mutter?«

»Sie ist eifersüchtig, sie erträgt es nicht, dass ich mich an
dir orientiere, beruflich, das habe ich dummerweise laut gesagt. Und wir reden zu oft darüber, was du gesagt hast, was
du geraten hast, was du ändern würdest. Sie fühlt sich …
übergangen? Beiseitegedrängt?«

Johanna hätte sich noch gern an die Bar am Swimmingpool
gesetzt, ein wenig der alten brasilianischen Musik gelauscht,
Caetano Veloso, Chico Buarque und Elba Ramalho, es war
Musik zum Tanzen und Träumen, aber Chico, der Barmann,
räumte bereits die Flaschen zusammen und verrammelte
seine Bude. Als Johanna sich auf den Weg zu ihrem Apartment machte, erkannte sie, dass sich im Dunkel der Garten-
anlage eine weibliche Gestalt näherte. Es war Joanas Mutter.
Sie musste sie abgepasst haben.

Johanna atmete tief durch. Hoffentlich wurde das Streitge-
spräch nicht zu heftig. Sie würde hier das Feld räumen müssen, aber auf das Seminar würde sie nicht verzichten. Jetzt
klein beizugeben, war nicht ihre Art. Und es war auch nicht
ihre Art, sich lächerlich zu machen. Wahrscheinlich war es
besser, wenn sie morgen auf die Quinta da Lua umzog, wo

das Seminar stattfinden würde. Möglich, dass man dort noch ein Zimmer für sie hatte.

Anfangs war das Gespräch wie erwartet verlaufen. Beim Frühstück erinnerte sich Johanna fast an jedes Wort, an jeden bewegenden Moment. Dona Sofia hatte sie mit Vorwürfen überhäuft, die Familie auseinanderzubringen, die Tochter gegen sie aufzuhetzen, sich als Fremde in ihre Angelegenheiten einzumischen, sie von ihrem Mann zu entfremden. Außerdem würden all die geplanten Investitionen die Familie in den Ruin stürzen.

Johanna hatte sich alles ruhig angehört, während Dona Sofia sich derart aufgeregt hatte, dass sie schließlich in Tränen ausgebrochen war. Von da an hatten sie miteinander reden können.

Es war ganz einfach. Johanna hatte ein Fass zum Überlaufen gebracht: Dona Sofia kam nicht mehr mit. Alles ging ihr zu schnell. Sie brauchte mehr Zeit, sich auf Neues einzustellen, egal, ob es die sozialen Medien waren, ihr Smartphone, Computertechnik, neue Verordnungen aus Brüssel, politische Veränderungen im Allgemeinen oder jetzt ökologische Fragen. Sie begriff nicht, was der Klimawandel bedeutete, wie er entstanden war, und schämte sich für ihr Unwissen. Ihre Tochter war ihr weit voraus, Mann und Sohn ebenso, mit niemandem wagte sie darüber zu reden, um sich nicht zu blamieren, und sie fühlte sich allein gelassen, wie ein abgekoppelter Güterwagen auf dem Weg zum Abstellgleis. »Und die anderen fahren ohne mich weiter.« Das war ihr Schlusswort.

Danach hatten sie lange geredet, bis morgens um drei Uhr, und entsprechend müde war Johanna. Doch es hatte sich gelohnt. Ein Zeichen dafür war, dass Dona Sofia sich verschämt lächelnd zu ihr an den Frühstückstisch setzte, sich hundertmal entschuldigte und sich bedankte. Bevor Johanna aufbrach, um das nächste Weingut in der Nähe von Arruda dos

Vinhos in Augenschein zu nehmen, kamen sie überein, das Gespräch am Abend fortzusetzen. »Und Sie bleiben auf jeden Fall bei uns wohnen!« Das gab die Frau des Hauses Johanna mit auf den Weg.

Die nächsten Tage waren mit den Besuchen mehrerer Weingüter ausgefüllt, die Abende mit therapeutischen Sitzungen, wie Joana es heimlich nannte, die der Veränderung nicht so ganz traute. Doch allen Beteiligten war deutlich geworden, wie sehr sich die Stimmung auf der Quinta da Joana gebessert hatte. Johanna war darüber sehr froh, auch weil ihr ein möglicher Umzug erspart blieb. Mehrmals telefonierte sie mit Nicolas Hollmann, um ihr Konzept für das Seminar mit ihm abzustimmen und am Sonnabend möglichst viel Zeit fürs Surfen zu haben.

Aus irgendeinem Grund war Nicolas bedrückt. Er redete sich mit dem Stress heraus, verursacht durch das ständige Hin und Her zwischen seinem Weingut und der Quinta da Lua. Johanna fragte nicht nach, so eng waren sie nicht befreundet, und eine Klientin auf der Therapiecouch war genug. Sie wollte sich auch nicht die Vorfreude aufs Meer verderben lassen, auf den Wind und die Wellen und den Rausch, darüber hinwegzugleiten.

Joanas Bedenken gegen Fechter versuchte sie zu zerstreuen, indem sie, so gut es ging, über ihn und seine Firma recherchierte. Sie setzte sich sogar mit der Deutsch-Portugiesischen Handelskammer in Verbindung, die nach anfänglichem Zögern auch nichts Nachteiliges zu berichten wusste.

Am Samstag holte Fechter sie pünktlich um sieben Uhr morgens ab und war wie immer bester Laune. Nur leider hatte er seine Freundin Rosalie wieder mitgebracht. Sie hatte auf dem Beifahrersitz Platz genommen, wohl um ihren Status deutlich zu machen. Während der Fahrt zum Strand unterhielten sich die beiden auf Portugiesisch. Johanna bekam lediglich mit, dass es in ihrem Gespräch um Kapitalanlagen und Geld ging; das portugiesische Wort dafür, *dinheiro*, hatte sie bereits am zweiten Tag ihrer Reise aufgeschnappt. Was *investimentos* bedeutete, war nicht schwer zu erraten, genauso wenig, dass *ações* Aktien waren, und das portugiesische *transferir* unterschied sich kaum vom deutschen Wort »transferieren«. Auch benutzten die beiden internationale Begriffe wie Bonds, Shares, Commodities, Securities und Real Estate – alles Begriffe, um die man kaum herumkam, wenn man aufmerksam den Wirtschaftsteil der Zeitung las. Da Rosalie bei einer Bank arbeitete, war das Thema verständlich, und Fechter war sicher kein armer Mann.

Aber er fuhr wie der Teufel, daher brauchten sie nur eine Stunde bis zum Atlantik. Der Tag war strahlend, der Wetterbericht gut, der Westwind sollte zunehmen, vier bis fünf Windstärken waren angesagt, was Johanna freute, denn noch herrschte lediglich ein leichter ablandiger Wind. Er würde etwa gegen elf Uhr in die entgegengesetzte Richtung drehen, wenn sich die Landmasse aufheizte, was beim Wasser länger dauerte. Die Ausrüstung bekam sie, bis auf den Neoprenanzug, vom selben Verleiher wie beim letzten Mal. Sicherheitshalber ließ sie sich wieder eine Notrakete mitgeben.

Fechter trug den Koffer mit dem Kiteschirm cool auf der Schulter und sein Board unter dem Arm. Rosalie und Johanna dackelten mit ihren geliehenen Surfbrettern und Segeln hinter ihm her. Dem Material war anzusehen, dass es häufig von ungeschickten Händen benutzt worden war. Dem Knacken beim Einstecken des Segels in den Mastfuß schenkte Johanna keine Beachtung.

Sie war vor ihren Begleitern auf dem Wasser, doch während sie gemächlich gegen den leichten Wind ankreuzte, sauste Fechter, an seinem Schirm hängend, kurz darauf an ihr vorbei, eine Schaumspur hinter sich herziehend. Rosalie schien im seichten Wasser mit den Tücken ihres Segels zu kämpfen, was Fechter veranlasste, zu ihr zurückzukehren.

Johanna fühlte sich bald sicher, der Wind frischte auf, die Wellen gewannen an Ausdruck, sie fand den richtigen Winkel, sie anzuschneiden, und ehe sie zu weit draußen war, fuhr sie zurück, denn Rosalie war noch immer nicht erschienen. Andererseits, falls sie Probleme hatte, war Fechters Erfahrung sicher hilfreicher und Johannas Anwesenheit eher peinlich. Daher suchte sie die Weite, wagte sich bis zum Rand der hufeisenförmigen Bucht, bevor der Atlantik begann.

Da kam Fechter wieder angerauscht, glitt an ihr vorbei, rief etwas über die gefährliche Strömung, erhob sich vor ihr in die Luft, vier, fünf Meter über die Wellen, sank zurück und rauschte in einem Bogen weiter. Es war faszinierend, ihm zuzusehen, doch noch spannender war es inzwischen für sie. Die weite Bucht hatte sie hinter sich gelassen, aber sie fühlte sich sicher, obwohl es weiter aufbriste und die Wellen höher wurden. Es machte ihr Spaß, hinaufzugleiten und auf der anderen Seite wieder hinab. Fast hatte sie das Gefühl, sie zu reiten, als es unvermittelt krachte, sie rücklings ins Wasser fiel und das Segel mit sich riss.

Die Schrecksekunde war kurz. Sie war unter Wasser, musste sich vom Segel freimachen, das sie mit jeder Welle wieder unter Wasser presste, sie kämpfte, doch das Segel drückte ungewöhnlich stark von oben, es schien sich selbstständig gemacht zu haben. Erleichtert tauchte sie auf. Aber da war kein Surfbrett mehr am Mastfuß. Das Segel ließ sie hinter sich, es hob und senkte sich in der Dünung, während das Surfbrett sich weit vor ihr über den Wellenkamm reckte. Wie konnte das sein? War der Mast gebrochen? Das Knacken beim Aufrichten des Mastes – jetzt fiel es ihr wieder ein. Ein Defekt? Wahrscheinlich. Panik? Nein. Sie kümmerte sich nicht weiter ums Segel und schwamm zum Brett, fühlte sich gerettet, als sie es erreichte, und zog sich halb hinauf. Es trug sie.

Sie streckte den Arm aus und bekam eine für die Füße vorgesehene Schlaufe zu fassen. Mit Mühe schob sie sich gänzlich auf das taumelnde Brett, das jetzt mit ihrem Gewicht wesentlich ruhiger lag. Doch an Ruhe war bei dem Seegang nicht zu denken. Sie versuchte, ihre Position zu bestimmen, was nur möglich war, wenn das Brett auf einem Wellenkamm trieb.

Das Wasser war kalt, deutlich kälter als in der Bucht, den Wind spürte sie sogar im Wellental. Bei dem Wellengang und dem Wind war es beschwerlich, das Brett zu steuern, und sie ermüdete schnell. Schwimm langsam, sagte sie sich, die Kälte entzieht dir die Kraft, teil sie gut ein, es ist nicht weit bis zum Ufer, das Brett trägt dich. Obwohl die Dünung nicht hoch war, sah sie den Uferstreifen nur, wenn eine Welle sie in die Höhe hob.

Sie wurde abgetrieben, das begriff sie schnell, parallel zur Küste. Die Strömung hatte sich ihrer bemächtigt, deshalb war das Wasser auch so kalt. Sie suchte in der Tasche des Neoprenanzugs nach der Notrakete. Nur gut, dass sie danach gefragt hatte. Sie zerrte den dicken roten Stift aus der Tasche, musste für einen Moment beide Hände vom Brett nehmen, wobei sie beinahe wieder abrutschte, und betätigte die Zündung. Sie wartete auf den Knall, den langen Feuerschweif, das rote Licht – das internationale Notsignal, das dann an einem Fallschirm langsam zurücksank. Doch zu ihrem Schrecken tat sich nichts, gar nichts. Sie begriff es zuerst nicht, wagte nicht, weiterzudenken, sich irgendetwas auszumalen, sie wusste, dass hier draußen niemand mehr war, kein Mensch, kein Schiff. Ihr stockte der Atem, sie versuchte, ruhig zu atmen, wehrte sich gegen die Panik, die unweigerlich nach ihr greifen würde …

Plötzlich hatte sie Angst vor dem Wasser, zum ersten Mal in ihrem Leben. Niemand würde sie hier sehen. Da waren so viele Segel in der Bucht, winzige, ein fehlendes fiel niemandem auf. Wie viele Stunden konnte man liegend auf einem Surfboard überleben? Salzwasser – das durfte man nicht trinken. Hätte sie nur dem Knacken mehr Beachtung geschenkt. Für einen Moment glaubte sie, ohnmächtig zu werden, und stellte sich vor, dass das alles hier nicht wahr wäre. Eine hohe Welle verdarb die Illusion und riss sie vom Brett. Mühsam kroch sie wieder hinauf und krallte sich erschöpft fest. Wäre es irgendwann das Beste, sich einfach fallen zu lassen? Vom Brett zu gleiten, wenn die Kraft fehlte, sich festzuhalten? Wie schrecklich war es, zu ertrinken? Aber sie war eine gute Schwimmerin. Doch sollte sie das Brett fahren lassen und versuchen, das Ufer schwimmend zu erreichen?

Niemals aufgeben, sagte sie sich, niemals, und verfluchte ihre Dummheit, sich in ein unbekanntes Revier begeben zu haben. Plötzlich hasste sie ihren Wagemut, ach, ihre Selbstvergessenheit. Sie wollte leben, sie wollte zurück, wollte das Ufer erreichen! Wohin trieb die Strömung sie? An der Küste entlang nach Norden? Abends war auflandiger Wind. Trieb er sie zurück? Aber da war die Strömung. Dann die Sonne, sie laugte aus, sie tötete.

Johannas Gedanken überschlugen sich, sie überlegte, wog ab, nur um nicht die Besinnung zu verlieren. Sie krallte sich am Brett fest und merkte, wie ihre Finger schmerzten, taub wurden, und zum ersten Mal fragte sie sich, wie tief das Wasser hier war, eine Frage, die sie sich niemals gestellt hatte. Es war Wahnsinn gewesen, allein so weit hinauszufahren …

Sie hörte ein Rauschen, dachte, dass ein Brecher auf sie zukam, eine der großen Wellen, die ab und an über den Ozean rollten. Sie wartete, dass der Brecher über ihr zusammenschlug oder sie in die Höhe hob, aber nichts Dergleichen geschah. Stattdessen kam das Rauschen wieder näher, ein Schatten raste über sie hinweg, ein Ruf, da war ein Mensch! Es war Fechter mit seinem Schirm, und er ließ sich direkt neben ihr fallen, keinen Meter entfernt, versank und tauchte prustend auf.

»Ich bringe dich zurück! Keine Angst, Johanna. Alles gut!« Eine Welle raubte ihm den Atem und trennte sie. Er schwamm um sie herum, ordnete den Schirm. »Wir machen ein Tandem. Hab's bisher nie gemacht …« Wieder eine Welle. Er kam näher heran, auf Tuchfühlung, streifte sie. »Halt dich beim nächsten Mal an mir fest, wie ein Affe, ein Klammeraffe!«, schrie er.

Sie tat es, aber sie rutschte an seinem nassen Neoprenanzug ab. Ein zweiter Versuch – wieder ein Fehlschlag. Er rauschte erneut heran, sank neben ihr ins Wasser. Sie schmiss sich ihm an den Hals, schlang die Beine um seine Hüfte, der Schirm zog an, zog beide aus dem Wasser, und sie stand hinter ihm auf dem kurzen Brett.

»Du erwürgst mich«, röchelte er. Da umklammerte sie stattdessen seinen Brustkorb. Er schaffte es, einen ruhigen Kurs zu fahren, beinahe im Wasser versunken, fast parallel zu den Wellen, nur im leichten Winkel zur Wellenrichtung. Der rettende Wind hielt stetig an.

Johannas Griff lockerte sich, je näher sie dem Strand kamen. Andere Kiter begleiteten sie, als sie das Tandem erblickten. Dann rauschten sie an den Strand.

»He, lass mich los«, sagte Fechter und machte sich aus der Umklammerung frei. »Ist zwar schön, von dir umarmt zu werden, wir können es heute Nacht wiederholen, aber wir sind da!«

Johanna torkelte an den Strand, hockte sich hin, die Hände auf dem Sand, als müsste sie sich versichern, wieder festen Boden unter sich zu haben. Dann drehte sie sich langsam um, scherte sich nicht um die Menschen mit erhobenen Smartphones. Sie ging zu Fechter zurück, sah zu ihm auf und nahm sein Gesicht in die Hände. »Du hast mir das Leben gerettet, weißt du das?«

Er tat gleichgültig, zuckte mit den Achseln und grinste dann verlegen. »Na, wie schön. Dann habe ja wenigstens mal was Nützliches getan …«

Nicolas Hollmann

Harte Kindheit oder harter Job?

Nicolas hatte sich abgehetzt, um rechtzeitig auf seinem Weingut zu sein, denn Henry Meyenbeeker hatte sich für den Nachmittag angemeldet. Der ehemalige Journalist musste mal wieder »raus«, musste mal wieder schreiben. »Ich werde zu bequem«, hatte er am Telefon gesagt, er wolle deshalb für eine Serie über Quereinsteiger im Weinbau recherchieren, und Nicolas sei dafür sein erstes »Opfer«. Sie kannten sich, seit Nicolas die Quinta do Amanhecer von seinem Onkel geerbt und Meyenbeeker wesentlich dazu beigetragen hatte, die Machenschaften aufzuklären, mit denen Nicolas um sein Erbe gebracht werden sollte.

Henry war am Morgen im spanischen Logroño abgefahren und rechnete mit sechs Stunden Fahrzeit. Inzwischen war es später Nachmittag und Henry längst überfällig. War es Zeit, sich Sorgen zu machen? Meyenbeeker kannte sich auf Spaniens und Portugals Autobahnen, Landstraßen und Pisten bestens aus, vierzehn Jahre lang war er hier unterwegs gewesen von einem Weingut zur nächsten Kellerei, von einer Quinta zur nächsten Bodega, hatte Artikel geschrieben, einen Newsletter herausgegeben und sich als Weinmakler betätigt. Bequem war er seiner Ansicht nach geworden, seit er sich hatte breitschlagen lassen, das unstete Leben aufzugeben und für Bodegas Peñasco, die Kellerei seiner Frau, Marketing und Vertrieb zu übernehmen. Doch mit Mitte Fünfzig durfte man es auch ruhiger angehen lassen.

Dummerweise hatte sich für diesen Abend auch der Student angesagt, der Tavares auf die Finger sehen sollte. Ob Tavares begriff, dass ihm ein Aufpasser an die Seite gestellt wurde, und wie er damit klarkam, war Nicolas gleichgültig. Tavares' Tage auf der Quinta da Lua waren ohnehin gezählt. Für Vollmers Sekretärin, die mitgeholfen hatte, die Bestände zu manipulieren, wurde bereits ein Ersatz gesucht.

Gleich nach seiner Ankunft zu Hause hatte Nicolas wie üblich eine Runde durch seine Weinberge gemacht. Tiago, einer seiner Mitarbeiter, der eine Gruppe von Lesehelfern anführte, hatte ihm unterwegs zugerufen, dass er ihn dringend wegen eines Fremden sprechen müsse, der sich hier in den Weinbergen herumtrieb. Nicolas hatte Tiago gebeten, nach Feierabend im Büro vorbeizukommen.

Jetzt ließ sich der junge Mann müde und verschwitzt Nicolas gegenüber auf einen Bürostuhl fallen, schüttete einen Liter Wasser in sich hinein und berichtete von dem Leseergebnis des Tages, der Qualität der geernteten Trauben und wie sich die Lesehelfer angestellt hatten. Adão, der Kellermeister, kam hinzu, und wie immer, wenn er hier war, dauerte es nicht lange, bis auch Rebecca hereinschneite – ein Wort, bei dessen Gebrauch Nicolas sich stets amüsierte, denn in den zehn Jahren seines Hierseins hatte niemand je eine Schneeflocke gesehen.

Mit ihrem Bewacher Guardião an der Seite hockte sich Rebecca still in eine kühle Ecke, kraulte den Hund und hörte den Erwachsenen zu. Das waren Momente, in denen Nicolas sich glücklich schätzte: wenn Arbeit und Leben zusammenfielen, wenn an einem gemeinsamen Ziel gearbeitet wurde, wenn man miteinander nach Lösungen suchte und sie auch fand. Irgendwer wusste immer, wie es weiterging. Nur Rita konnte heute nicht teilnehmen, sie war mit Reisevorbereitungen beschäftigt, da sie für eine Woche mit einer Gruppe Weintouristen unterwegs wäre.

Tiago rollte derweil unruhig mit dem Bürostuhl hin und her.

»Nun red endlich«, sagte Adão. »Er hält es kaum noch aus«, meinte er dann, an Nicolas gewandt.

Tiago hatte sein Smartphone vor sich liegen und schob es Nicolas zu. »Dieser Mann war heute in unseren Weinbergen, hat uns bei der Lese beobachtet und mit einer Kamera fotografiert.«

Für Nicolas war das kein ungewöhnliches Verhalten. »Wird ein Journalist gewesen sein, der was über die Lese schreibt.«

Auf der Aufnahme war das Gesicht des Mannes nicht zu erkennen, die Entfernung war zu groß.

»Wäre er ein Journalist«, gab Tiago zu bedenken, »hätte er uns angesprochen. Nicht einmal Touristen haben da Hemmungen. Als ich auf ihn zuging, winkte er ab, so nach dem Motto: Alles gut, bleib mir vom Leib.« Tiago wies auf sein Smartphone. »Das Foto ist nicht besonders, ich weiß. Dann ging er zu seinem Wagen, und bevor er wegfuhr, ist es mir wenigstens gelungen, sein Kennzeichen zu fotografieren. Am Weinberg Árvore Caida n° 12, wo wir Touriga Franca lesen, sah ich ihn wieder, da wiederholte er das Spiel. Und aus der dritten Gruppe erzählte jemand, dieser Kerl sei auch bei ihnen aufgetaucht. Aber keiner von uns hat mit ihm geredet, und er nicht mit uns.«

»Da kommt jemand«, bemerkte Lourdes, die von ihrem Schreibtisch aus den Bildschirm im Blick hatte, der an der Zimmerdecke angebracht war. Eine Kamera war auf die steile und sandige Zufahrt gerichtet und übertrug das Bild ins Büro.

»Das ist der Wagen!« Tiago war sich sicher.

»Dann werden wir gleich erfahren, um wen es sich handelt«, beruhigte Nicolas seine Mitarbeiter.

Der Wagen hielt, ein Mann mit Sonnenbrille, in weißem Oberhemd und schwarzer Hose stieg aus und fotografierte die Quinta von Weitem.

»Das ist der Mann, ganz sicher, ich erkenne ihn an der Art, wie er sich bewegt, wie er die Kamera hält. Er geht wie ein Jäger auf der Pirsch, seht euch das an, leicht geduckt, angespannt und lauernd.«

»Woher willst du wissen, wie Jäger gehen?« Lourdes schien der Gedanke zu amüsieren.

»Mein Onkel ist einer. Ab und zu hat er mich mal mitgenommen auf die Jagd. Alle Jäger gehen so. Die haben dann allerdings ein Gewehr in Händen …«

»Das könnte ich mir bei dem Typen sogar vorstellen«, meinte Adão, und alle starrten gebannt auf den Bildschirm.

Nicolas blieb nach außen hin gelassen. Seit Tiago von der Begegnung im Weinberg gesprochen hatte, kreisten seine Gedanken wieder um Dr. Veloso alias de Lima. Hatte dieser Albtraum nie ein Ende? Dr. Veloso alias de Lima war verschwunden, doch noch immer verfolgte ihn dieses Gespenst. Wahrscheinlich existierte es nur noch in seinem Kopf. Er schaute zu Rebecca hin und war beruhigt, dass der Hund vor ihr saß.

In dem erwartungsvollen Schweigen waren die festen Schritte auf dem Kies gut zu hören. Alle blickten zur Tür, als es klopfte. Lourdes rief »*entre!*«, und als der Mann hereinkam, blieb er verdutzt stehen. Wer rechnet schon damit, auf einem Weingut von gleich fünf Personen und einem Hund angestarrt zu werden?

Der Fremde, er hatte ein dunkles Sakko übergezogen, entschuldigte sich höflich für sein spätes Eindringen. »Ich dachte, ich könnte bei Ihnen noch die eine oder andere Flasche bekommen. Unter anderem soll Ihr Portwein sehr gut sein. Kann man denn um diese Zeit noch probieren? Ich konnte ja nicht wissen, dass hier 'ne Betriebsversammlung stattfindet.«

»Wir besprechen nur ein paar offene Fragen nach Feierabend. Sie stören nicht.« Nicolas stand auf, glaubte, einen kurzen Laut des Unwillens von Guardião gehört zu haben, und schüttelte dem Fremden die Hand.

Wen er da vor sich hatte, konnte Nicolas nicht sagen. Der Mann war zweifelsohne Portugiese, er konnte ein junger Geschäftsmann sein, andererseits war seine Figur dafür zu bullig. Er trug das Haar sehr kurz und hatte ein kantiges Gesicht, das der Dreitagebart freundlicher erscheinen ließ. Den vollen Lippen zufolge war er ein Genussmensch, doch verflüchtigte sich dieser Eindruck, als der Fremde die Sonnenbrille abnahm und Nicolas in zwei sehr hart blickende Augen sah. Die kräftigen Hände waren auch eher die eines Arbeiters. Harte Kindheit oder harter Job, dachte Nicolas – oder ein böser Mensch? »Sie interessieren sich für Wein und Weinbau? Sie können gern probieren, dafür sind wir da.« Er bat Lourdes, das freundlicherweise zu übernehmen.

Seine Sekretärin nickte, sie hatte verstanden, dass sie dem Fremden auf den Zahn fühlen sollte. Nicolas schätzte ihr gutes Gespür für Menschen.

»Sie haben draußen den Tisch gesehen und die Stühle? Nehmen Sie schon mal Platz, dort ist es schattig und kühl, und genießen Sie die grandiose Aussicht. Dona Lourdes bringt Ihnen die Weine.« Mit diesen Worten reichte Nicolas dem Mann den Prospekt der Quinta. »Suchen Sie sich aus, was Sie interessiert.«

»Was nehmen Sie für die Probe?«

Diese Frage zeigte Nicolas, dass andere Weingüter sich das Verkosten bezahlen ließen. »Das ist im Preis für den Wein inbegriffen.«

Alle sahen sich schweigend an, als der Fremde das Büro verließ.

»Eine merkwürdige Figur!« Das war Adãos Kommentar, wenn er jemanden nicht leiden mochte. In den Jahren ihrer Zusammenarbeit hatte sich ein Code herausgebildet, den jeder verstand.

»Guardião mag ihn auch nicht«, murmelte Rebecca, die im Schneidersitz in ihrer dunklen Ecke saß und den Hund kraulte. »Seine Nackenhaare haben sich aufgerichtet. Und geknurrt hat er auch, aber nur ganz leise.«

»Frag den Gast diskret aus«, sagte Nicolas, bevor Lourdes

hinausging, um die Probe zu besprechen. »Vielleicht wird es nicht leicht, aber du kannst das.«

Lourdes verzog das Gesicht. »Er ist aus Lissabon, das höre ich am Akzent.« Sie stöhnte gequält. »Hätte ich gewusst, was hier und heute noch auf mich zukommt, wäre ich längst nach Hause gegangen.«

»Unsinn, wir hätten dich sofort geholt, und fünf Minuten später wärst du hier gewesen.« So wie Tiago wusste jeder, dass Lourdes oberhalb der Quinta in dem Neubau mit dem Swimmingpool wohnte. Tiago hatte dort seinen beiden Kindern das Schwimmen beigebracht.

»Da kommt der nächste!«

Wieder glitten die Blicke zum Bildschirm.

Diesmal war sich Nicolas sicher, dass es Meyenbeeker war. Er hatte es eilig wie immer, preschte den Weg herauf in einem staubbedeckten Seat, eine grauweiße Staubwolke hinter sich lassend. Obwohl es als Arbeitsbesuch gedacht war, hatte sich Nicolas bereits den ganzen Tag auf das Wiedersehen gefreut. Es gab Fragen, die er nur mit Meyenbeeker besprechen konnte.

»Ihr müsst leider noch bleiben«, sagte er, zu den anderen gewandt. »Ich möchte, dass wir uns gemeinsam den Studenten ansehen, ich muss wissen, ob er der Aufgabe gewachsen ist.«

In wenigen Worte erklärte er ihnen den Sachverhalt und verdonnerte Adão, Tiago und Fabião zum Schweigen; Lourdes wusste ja längst Bescheid.

»Bin gespannt, wen Louís uns schickt. Das muss ein gewiefter Junge sein. Kein Kellermeister lässt sich in die Karten gucken, besonders wenn er krumme Sachen vorhat«, sagte Adão.

»Sprichst du aus Erfahrung?« Tiago grinste ihn an, Fabião, der Jüngste, verkniff sich ein Lachen.

Adão blickte finster in die Runde, manchmal fehlte ihm der Humor. »Dieser Tavares wird versuchen, ihn auszutricksen.«

»Das besprechen wir, wenn der Student hier ist.« Nicolas erwartete Louís und seinen Begleiter jeden Moment. Er trat an die Tür, Rebecca folgte ihm. Sie kannte Henry, er kam nie ohne ein Geschenk für sie.

Meyenbeeker bremste so heftig, dass die Reifen über den Sand rutschten, und sprang aus dem Wagen. Doch statt gleich ins Büro zu kommen, begrüßte der Journalist zuerst Lourdes und ihren Gast. Erst dann ging er, steif vom langen Sitzen, schwerfällig auf Nicolas zu und umarmte ihn. »Es wäre angenehmer, wenn du ein wenig näher wohnen würdest. Autofahren ist eine Tortur für mich.« Er umarmte Rebecca – um sie hochzuheben, war sie inzwischen zu groß geworden – und drückte ihr ein Päckchen in die Hand.

Nicolas geleitete Meyenbeeker ins Büro.

»Was ist hier los?«, fragte Meyenbeeker überrascht, als er die komplette Mannschaft dort sitzen sah. »Schwierigkeiten? Immer wenn ich komme, gibt's ein Problem …«

Lourdes kam wieder herein und bekam einen Kuss. Sie drängte an Meyenbeeker vorbei, um aus dem Klimaschrank die von dem Besucher gewünschten Weine zu holen. Fabião sprang auf, um ihr beim Tragen der Flaschen und Gläser zu helfen.

»Wer ist das da draußen am Tisch?« Meyenbeeker wies mit dem Daumen über die Schulter. »Wieso starrt der mich so … so durchdringend an?«

»Ein später Kunde«, sagte Lourdes. Lustlos nahm sie die Flaschen aus dem Klimaschrank. Ihr war anzusehen, wie wenig erpicht sie darauf war, dem Fremden ihre Weine vorzustellen. Der Tag war lang und sehr heiß gewesen, und der Kunde wirkte wenig charmant. »Aber was hilft's!«, knurrte sie. »Angeblich heißt er Pedro Ferreira, so heißt hier jeder Zweite. Na, wir werden's sehen, wenn er beim Bezahlen die Kreditkarte zückt, vorausgesetzt, er kauft was.« Sie verdrehte die Augen und ging hinaus.

Der nächste Wagen holperte die staubige Zufahrt herauf.

Da der Wind sich gelegt hatte, hing Meyenbeekers Staubwolke noch immer in der trockenen Luft. Alles und alle lechzten nach Regen.

»Hier ist sie!« Mit diesen Worten schob Louís eine junge Frau in den Raum. »Unsere Kontrolleurin. Er würde mir die Beste ihres Jahrgangs anvertrauen, versicherte mir der Dekan.«

Eine Frau? Und noch dazu so jung und so hübsch? So jemand sollte Tavares überwachen? Nicolas seufzte innerlich, er hielt die Studentin für höchstens Mitte Zwanzig. Wenn sie hässlich gewesen wäre, grobschlächtig, vierschrötig – aber groß, schlank und blond? Sie machte einen sehr freundlichen Eindruck, zugewandt, offen und keineswegs eingeschüchtert von den vielen unbekannten Gesichtern, die sie erwartungsvoll anstarrten. Ob sie sich von Tavares einschüchtern ließ? Der würde es versuchen, sicher auf seine sehr grobe Art und Weise, denn es ging um seine Kompetenz, seinen Status auf dem Weingut und seinen Spielraum. Sogar Vollmer, seinen Chef, hatte er hinters Licht führen können. Doch Nicolas würde Tavares schon die passenden Worte sagen.

Er bat Meyenbeeker, sich zu setzen und einen Augenblick zu gedulden, sie würden sich später unterhalten. Fabião kümmerte sich um Kaffee und kalte Getränke, und die angehende Önologin, Maria Alcina, gab einen Abriss über ihr Studium und ihr önologisches Wissen. Sowohl der Dekan wie auch Louís hätten lange mit ihr gesprochen, und sie wisse, was auf sie zukomme. Aber als jüngstes von fünf Kindern – die anderen allesamt Jungen – habe sie früh gelernt, sich zu behaupten und sich nicht einschüchtern zu lassen.

Kellermeister Adão stellte Maria Alcina die meisten Fragen. Er kannte die Arbeit in all ihren Facetten, vom Bepflanzen neuer Weinberge bis zur Assemblage der verschiedenen Qualitäten des Portweins, vom Tawny zum Ruby über die Colheita bis zum Late Bottled Vintage und Stillweinen. Adão quetschte die junge Frau so lange aus, bis Nicolas die Befra-

gung abrupt beendete. Er war von ihren Fähigkeiten überzeugt und hatte keine Vorurteile gegenüber Frauen im Weinbau wie sein Kellermeister.

»Ich erwarte Sie Samstag früh um sechs Uhr hier, wir fahren dann gemeinsam zur Quinta da Lua. Sie wohnen dort,
ich werde Sie einweisen, mit allen bekannt machen, und am
späten Nachmittag veranstalten eine deutsche Dozentin und
ich ein Seminar über Ökoweinbau und Energiemanagement.
Dabei lernen Sie gleich eine Reihe lokaler Winzer kennen.
Sie bekommen nicht die übliche Vergütung für Praktikan-
ten, sondern den Mindestlohn, das sind siebenhundert Euro
pro Monat plus Krankenversicherung. Einverstanden?«

Ihrer Freude nach schien es mehr zu sein, als Maria Alcina
erwartet hatte.

»Ich muss mich jetzt um unseren Gast aus La Rioja
kümmern«, Nicolas wies auf Meyenbeeker. »Ich hoffe, er hat
einige Weine von Peñasco oder von der Kooperative Lagar
mitgebracht, die probieren wir dann morgen. Dona Firmina
geht es momentan nicht so gut«, Nicolas machte sich ernst-
lich Sorgen um ihre alte Haushälterin, »deshalb müsst ihr
eine Kleinigkeit mitbringen, wenn ihr dazu etwas essen
wollte.«

»Ich habe Zeit«, sagte Meyenbeeker auf Spanisch, das alle
verstanden, »ich fahre nach Régua und besorge etwas.«

»Damit ist die Versammlung aufgehoben.« Nicolas
wünschte einen schönen Feierabend. »Wir sehen uns morgen früh hier bei Sonnenaufgang wieder!« Er erinnerte sich,
dass er Mitarbeiter gehabt hatte, denen das zu anstrengend
gewesen war und die bald darauf gekündigt hatten, denn
während der Lese wurde auch sonntags gearbeitet und, falls
nötig, sogar bei Nacht. Sie begannen so früh wie möglich,
um die Trauben kühl in die Tanks zu bekommen, bevor die
Gärung in den Beeren einsetzte und den Geschmack negativ
beeinflusste.

Während seine Mitarbeiter den Raum verließen, kam der

Besucher herein. Er hatte im Prospekt einige Weine ange-kreuzt, die er mitnehmen würde, und wollte bezahlen.

»Auf wen soll ich die Rechnung ausstellen?«, fragte Lour-des, sich an den Computer setzend. »Es macht insgesamt 326,80 Euro.«

»Ich zahle bar.« Der Blick des Fremden zeigte nicht die geringste Regung, kein Zeichen, ob ihn die Weine wirklich erfreut hatten. »Ist es möglich, die Quinta zu besichtigen?«

»Normalerweise ja, meine Frau oder ich machen die Füh-rungen, doch während der Lese ist es leider unmöglich, wir brauchen jede Hand«, erwiderte Nicolas.

Tiago hatte gewartet, holte die Weinkartons aus dem Lager und brachte sie zum Wagen des Fremden.

»Ein merkwürdiger Vogel«, bemerkte Meyenbeeker, als er mit Nicolas und Lourdes allein war. »Kein Kommentar, kein freundliches Wort, nicht ein Lächeln … völlig unportugie-sisch. Wie sah der Kofferraum aus?«, fragte er Tiago, nach-dem dieser sich wieder zu ihnen gesellt hatte.

»Nichts drin, sauber wie geleckt.«

Lourdes schaltete ihren Rechner ab, nachdem sie den Wa-renbestand aktualisiert hatte. »Beim Verkosten war es ähn-lich. Er wich jedem Gespräch aus und gab nur nichtssagende Antworten. Er sagte, er komme aus Lissabon, ein Geschäfts-freund habe uns empfohlen. Ja, die Welt ist voller komischer Vögel, *cheio de pássaros engraçados*.« Sie schüttelte befrem-det den Kopf. »So, ich gehe lieber, sonst komme ich hier nie weg. Jetzt könnt ihr in Ruhe reden.« Lourdes wusste, dass es meist um heikle Fragen ging, wenn Meyenbeeker auftauchte.

Es war Dienstag, und Nicolas sollte noch bei Vollmers Chirurg anrufen, der bereit gewesen war, ihm bei der Klä-rung der Vorfälle während der Weinprobe zu helfen. Nicolas erzählte Meyenbeeker, was dort geschehen war, und sprach von seiner Bekanntschaft mit Johanna Breitenbach und dem Logistiker Fechter.

»Der verfügt anscheinend über viel Geld oder verdient so

gut, dass er sich mit dem Gedanken trägt, ein Weingut nebst Ländereien zu kaufen. Er hat mitbekommen, dass ich die Quinta da Lua berate. Jetzt soll ich ihm helfen, was Entsprechendes zu finden. Möglich, dass er die Nachbarquinta ins Auge gefasst hat. Allerdings wird die noch von einer Familie betrieben.«

»Versteht er was von Wein, dein Fechter?«

»Nein, es ist aber auch kein Topbetrieb. Da kam übrigens der Koks-Wein her … Also, nachdem ich bei denen probiert habe, ging's mir so dreckig.«

»Was für ein Wein? Ein Koks-Wein? Was ist das?«

Nicolas schilderte, wie es ihm ergangen war und wie elend er sich gefühlt hatte. Die Symptome beschrieb er sehr genau. Für ihn stehe die Frage im Raum, sagte er, ob die anderen Betroffenen wegen ähnlicher Symptome von der Ambulanz abgeholt worden seien. Damit sei jedoch nicht geklärt, wo sie verkostet hatten, ob es die Reserva der Quinta da Fonte gewesen sei, an der sie sich vergiftet hatten.

Meyenbeeker unterbrach ihn. »Wieso kamen die anderen ins Krankenhaus und du nicht?«

»Ich kann nur vermuten, dass es Laien waren, und die trinken die Gläser aus, die probieren nicht nur.«

»Könntest recht haben, ich spucke auch alles wieder aus.«

»Ja, und ich soll Fechter die Ausrüstung beschaffen, Tanks, Maschinen, Geräte, nicht zu meinem Schaden, wie er andeutete. Entweder ist er ein Abstauber, ein Gangster oder ein Prahlhans.«

»Für ganz sauber hältst du ihn nicht? Woher kennst du ihn?«

Nicolas erzählte von der ersten Begegnung im Hospital Santo Bonifácio, in dem Vollmer operiert worden und in dem nach der Notoperation Fechters Chef gestorben war.

»Gestorben? Und vermutlich hat dieser Fechter dessen Job gekriegt? Kokain? Provision für dich unter der Hand? Nic …«, Meyenbeeker schüttelte ungläubig den Kopf, »mach die Augen auf, *hombre*! In was für eine Sache schlidderst du da mal wieder rein?« Er betrachtete sinnend das Glas mit dem Alvarinho, ein Weißwein von Nicolas' nördlichster und kühlster Lage. »Wenn das mit dem Kokain sich bewahrheiten sollte, dann ist das eine sehr harte Nummer. Kokain in Wein? War das ein Test, oder wollte jemand auf diese Weise Kokain schmuggeln? Hat die Flaschen dann vertauscht oder verwechselt? Aber einen Anschlag auf dich schließt du aus, oder?«

»Wozu? Aus welcher Richtung? Ich bin völlig unwichtig.« Nicolas sah Meyenbeeker an. »Hast du Erfahrung mit Kokain?«

Meyenbeeker brummte unwillig. »Probiert habe ich mal, aus Neugier, das ist ewig her, aber mir war dieses Gefühl zuwider, besonders das Gefühl der Taubheit in Hals und Nase. Ich bin total nervös geworden. Es gibt wahrlich schönere Erlebnisse. Außerdem arbeite ich nicht in der Finanzbranche, du glaubst kaum, wie viele Leute dort koksen. Wir haben so einen Fall in der Familie, du weißt … Diego …«

»Ach, der Bruder deiner Frau?«

»Ja, mein Schwager, der immer noch in Valencia einsitzt. Dem hat das Kokain das Gehirn weggeblasen. Der Dummkopf hat auch im Knast das Dealen nicht gelassen. Den Handel da drinnen kontrollieren selbstredend die Kolumbianer, und die haben Diego angeblich gewarnt. Das hat aber nichts gefruchtet. Er war lange im Krankenhaus, bis alles wieder zusammengewachsen war.«

»So schlimm?«

»Er kann froh sein, dass sie ihn nicht umgebracht haben. Wäre vielleicht besser gewesen … «

»Bist du nicht zu hart, mein Freund?«

Meyenbeeker schüttelte entschieden den Kopf. »Mein Schwiegervater grämt sich jeden Tag, inzwischen leidet er unter Herzrhythmusstörungen, eine Art Dauerschmerz darüber, dass sein Sohn ein Mörder und Dealer ist. Wäre Diego tot, dann könnte Don Sebastián trauern. Aber so? Keiner weiß, was Diego sich noch alles einfallen lässt. Aber zurück zum Koks im Wein. Ruf den Arzt an!«

Der Chirurg war zu Hause, er hatte sich um die Angelegenheit gekümmert, die Vorfälle schienen ihn auch zu interessieren. Über Kollegen war er weitergekommen, denn alle Patienten waren in dasselbe Hospital gebracht worden. Die Fälle wiesen Parallelen auf, alle Patienten hatten über ähnliche Symptome geklagt, konnten aber nach wenigen Stunden wieder entlassen werden. Und alle waren bei der Weinprobe gewesen.

»Nur fragen Sie mich nicht, wo sie das Zeug zu sich genommen haben«, sagte der Arzt. »Alle stimmten einem Drogentest zu, der erwiesen hat, dass keiner von ihnen drogenabhängig ist. Das alles darf ich Ihnen eigentlich gar nicht sagen.«

Doch Nicolas fragte weiter, von Meyenbeekers Blicken ermutigt. »Wissen Sie zufällig, an welchen Tischen die Leute probiert haben?«

»Da verlangen Sie zu viel, lieber Senhor Hollmann. Das ist Sache der Polizei, des Drogendezernats. Wenden Sie sich an die Behörden. Außerdem – auf der Praça do Comércio und der Rua Augusta, wo die Weinprobe stattgefunden hat, bin sogar ich schon von Straßendealern angesprochen worden. Das ist Alltag in unseren Großstädten.«

»Darf ich offen sein? Bei der Polizei bin ich sehr, sehr vorsichtig. Wenn es um größere Beträge, sprich Mengen geht, ist meistens einer der Fahnder verwickelt, und die Korruption reicht bis nach ganz oben.«

In dieser Sache stimmte der Chirurg ihm zu. »Weitere Auskünfte darf ich Ihnen nicht erteilen. Ich kann Ihnen leider nicht weiterhelfen.«

Meyenbeeker schob Nicolas einen Zettel zu: Frag nach dem Hospital!

Nicolas nickte. »Vielleicht können Sie mir wenigstens sagen, wie das Hospital heißt, in das die Leute eingeliefert … ?«

»Sie waren bei uns, hier im Hospital Santo Bonifácio ... Wenn Sie mehr wissen, geben Sie mir bitte Bescheid. Und passen Sie auf sich auf!«

»Einen kleinen Schritt weiter«, sagte Meyenbeeker nachdenklich, »der kann zu einem größeren führen. Ich hätte da eine Idee.« Er erzählte von seiner Freundschaft mit José Maria Salgado, einem ehemaligen Polizisten, den er kennengelernt hatte, als er seinerzeit nach La Rioja gekommen war, und mit dem er alle zwei Wochen auf dem Schießstand trainierte, »aus reiner Vorsicht«. Mehr ließ er dazu nicht verlauten. »Damals war José Maria noch bei der Internen Ermittlung. Dabei kompromittierte er einige wichtige Leute, fiel in Ungnade und hat sich selbstständig gemacht. Heute wird er nur für heikle Aufgaben engagiert, bei denen es um Fingerspitzengefühl geht und man sich auf dem schmalen Grat zwischen legalen und illegalen Methoden bewegt. José Maria weiß, wie man Leute zum Reden bringt. Man muss ja nicht an die Ärzte und an ihre Schweigepflicht ran, Krankenpfleger sind wahrscheinlich viel zugänglicher ...«

»Du meinst empfänglicher für gewisse Zuwendungen?«

»Bei ihrer miserablen Bezahlung würde ich davon ausgehen.« Meyenbeeker griff nach seinem Mobiltelefon. »Ich rufe José an. Wenn er Zeit hat ...« Er war momentan nicht erreichbar, würde sich aber bestimmt melden.

Während Nicolas das Büro aufräumte, holte Meyenbeeker seine Reisetasche aus dem Wagen und ging nach oben, um Rita zu begrüßen.

Beim Essen sprachen sie hauptsächlich über die Familien, über Meyenbeekers Eltern, die in Deutschland lebten, über Henrys Schwiegervater, und Nicolas erzählte von den Beschwerden ihrer alten Köchin, Dona Firmina. Währenddessen probierte Rebecca ihr Geschenk aus: ein wasserdichtes Fernglas für Kinder. Sie lag auf der Brüstung der Veranda und beobachtete still die Umgebung, nun mit ganz anderen Augen. Da die Quinta am Hang weit oberhalb des Flusses lag, war das Panorama gewaltig, und trotz der einsetzenden Dämmerung war die Straße entlang des Rio Douro stellenweise einzusehen.

Beim Kaffee und Portwein drehte sich das Gespräch selbstverständlich um die diesjährige Lese und die Entwicklung der Trauben während des Sommers. Meyenbeeker beklagte, dass sie in La Rioja wegen der Hitze früher hatten lesen müssen. Der Regen im Juni habe das Wachstum beschleunigt und den Reifeprozess verkürzt, daher fehle es den Beeren an physiologischer Reife. Während der Lese war die Temperatur bis auf vierzig Grad gestiegen, man war zur nächtlichen Lese übergegangen, was die Lohnkosten hatte steigen lassen. Dafür brauchten die Trauben, die sonst tagsüber bei fünfunddreißig Grad Celsius in die Bodega kamen, nicht auf siebzehn Grad heruntergekühlt werden. Der Wassermangel machte beiden Ländern, Spanien wie Portugal, gleichermaßen zu schaffen.

»Die Erdbeerbauern weiten ihre Anbauflächen permanent aus«, beklagte sich Meyenbeeker. »Sie verbrauchen immer mehr Wasser, einer gräbt es dem anderen ab. Die Konflikte nehmen zu.« Damit waren sie beim eigentlichen Grund für seinen Besuch angekommen: der Reportage über Quereinsteiger im Weinbau. »Was war das Schwierigste für dich, als du die Quinta hier übernommen beziehungsweise geerbt hast?«

Nicolas zögerte nicht mit der Antwort: »Die Menschen, die Mitarbeiter hier. Ich bekam nur Knüppel zwischen die Beine geworfen und traf ansonsten auf eine Mauer des Schweigens.« Hätte er das Erbe ausgeschlagen, hätten die Mitarbeiter und die Lebensgefährtin seines Onkels die Quinta geerbt. »Die Geschichte kennst du.«

»Und in technischer und weinbaulicher Hinsicht?«

»Die Entscheidung zu treffen, wann ich die Roten von der Maische nehme, und ihre Entwicklung vorherzusagen ...«

»Papa, was macht der da unten?« Rebecca war an den Tisch

getreten und hielt Nicolas ihr neues Fernglas hin. »Ich glaube, da ist wieder der Mann, der vorhin hier war.«

Noch bevor Nicolas das Glas an die Augen führte, galt sein Blick dem Hund. Der lag zu seinen Füßen, und das war gut so. Dann hob er das Fernglas und schaute hinunter zur von Laternen beleuchteten Uferstraße. »Du hast recht, er ist es. Langsam wird es mir …« Bei Ritas kritischem Blick schluckte er die letzten Worte hinunter.

Er ging ins Büro, kehrte mit seinem Feldstecher zurück und suchte die Straße ab. Ja, da war der Wagen, daneben stand der Mann, der sich Pedro Ferreira genannt hatte.

»Sag mir mal das Kennzeichen.« Meyenbeeker hatte bereits das Mobiltelefon in der Hand.

Bereits am folgenden Vormittag kam von José Maria Salgado die Meldung, dass das angegebene Kennzeichen in Portugal nicht vergeben sei. Auf Meyenbeekers Bitte um Hilfe hin sagte er sein Kommen zu und versprach, sich um das Hospital Santo Bonifácio zu kümmern. Er kenne Lissabon gut, es sei immer eine Reise wert. Das Finanzielle würden sie später regeln.

Nach der Arbeitsbesprechung im Morgengrauen waren die Leseteams zu den entsprechenden Lagen aufgebrochen. Nicolas würde die Trauben abholen, so verschaffte er sich einen Überblick über deren Qualität und die Mengen. Auch er musste mit einem Rückgang der Erntemenge um etwa ein Fünftel im Vergleich zum Vorjahr rechnen. Einige Rebsorten vertrugen die Hitze, bei denen war das Ergebnis ein wenig besser, bei anderen schlechter. Aber insgesamt mussten alle den Gürtel enger schnallen. Da Nicolas sein Betriebsergebnis offenlegte, hatten seine Mitarbeiter durch ihren Status als Teilhaber keinen Grund, über ihn zu murren.

Nicolas brachte Rita zur Bahn nach Porto, wo sie ihre Touristen treffen würde. Anschließend nahm er sich Zeit, ausgiebig mit seiner Tochter und Meyenbeeker auf der Terrasse zu frühstücken, ab und an das Fernglas an die Augen setzend. Erst als Rebecca sich zusammen mit dem Hund verdrückt hatte, sprachen sie wieder über den unbekannten Besucher und das Kokain. Wegen der Verstrickung seines Schwagers in dieses lukrative Business kannte der Journalist sich aus.

»Mehr als 1700 Tonnen Kokain produziert Kolumbien jährlich auf 170 000 Hektar Fläche«, referierte er. »Irgendwo muss es ja bleiben. Und obwohl immer größere Mengen beschlagnahmt werden, ist der Preis konstant, was auf eine Zunahme der Produktion hinweist. Hinzu kommt Peru mit weiteren 45 000 Hektar. Bei ähnlicher Produktionsmenge sind das noch einmal 450 Tonnen. Jetzt will man die Pflanzungen mit dem Unkrautvernichter Glyphosat bekämpfen, da hat wahrscheinlich ein findiger Vertreter des Bayer-Konzerns Morgenluft gewittert, aber das hilft der Aktie auch nicht aufs Fahrrad«, vermutete Meyenbeeker. In Mexiko, dem wichtigsten Verteiler, sollten fünfzigtausend Soldaten im Kampf gegen Drogenhändler sein, aber man komme nicht voran. Von den europäischen Häfen seien die spanischen und italienischen am wichtigsten, in Deutschland seien es Hamburg und Bremerhaven. »Und aus dem, was in Kolumbien für fünfzehn Millionen Dollar produziert wird, werden im Straßenverkauf zwölf Milliarden«, rechnete Meyenbeeker vor. »Wir sind im falschen Geschäft, mein lieber Freund!«

»Dafür sind wir meistens an der frischen Luft!«

»Das ist mein Schwager Diego auch – beim täglichen Hofgang«, frotzelte Meyenbeeker.

Dann war es wieder Zeit, die nächste Fuhre Trauben abzuholen. Überall wurde wegen der Steigung und terrassierter Flurstücke von Hand gelesen. Auch ging es Nicolas um Qualität. Er brachte die gefüllten Kisten schleunigst zur Quinta, wo Kellermeister Adão sie entgegennahm. Für Rebecca war es ein Fest, während der Ferien ihren Vater und »Tio Henry«

zu begleiten, was Meyenbeeker jedoch nicht daran hinderte, Nicolas nebenbei über seine Erfahrungen in den ersten Jahren als Winzer zu befragen, um mit seiner Recherche voranzukommen.

Erst nach der Mittagspause kamen sie dazu, sich über die Bedeutung von Salgados Nachricht zu unterhalten. Weshalb beobachtete ein Mann, der mit einem nicht registrierten Autokennzeichen unterwegs war, die Quinta?

»Du lässt die Finger von der Sache, Nic!« Es war Meyenbeeker ernst damit. »Denn sollte diese Quinta da Fonte irgendetwas mit Kokain zu tun haben, kann es für jeden, der auch nur in die Nähe dieser Geschäfte gerät, äußerst gefährlich werden. Ich hoffe, das ist dir klar. Lebensgefährlich. In dem Business sind Leute unterwegs, die keine Gnade kennen, da bringen sich sogar Brüder gegenseitig um.«

»Wie soll ich die Finger von der Sache lassen, wenn mich jemand, wie soll ich sagen – ausspioniert?«

»Das muss nichts heißen. Da ist vielleicht jemand an deiner Quinta interessiert …«

»Wer mit gefälschtem Kennzeichen rumfährt, ist nicht hier, um mir ein freundliches Übernahmeangebot vorzulegen.«

Die Antwort auf diesen Einwand blieb Meyenbeeker schuldig. »Warten wir auf José Maria, er wird die Antwort finden …«

Nicolas änderte seinen Plan. Er bestellte Maria Alcina bereits für den Freitag, denn er wollte auf dem Hinweg die Quinta do Sanguinhal in Bombarral aufsuchen. Das Weingut lag zwar ein wenig abseits der Strecke, aber er brauchte Vergleiche mit Weinen aus der Region, und bei einer Weinprobe ließ sich Maria Alcinas Weinverstand testen. Sollte Rita nicht rechtzeitig zurück sein, würde er notgedrungen Rebecca und den Hund mitnehmen.

Dazu kam es nicht, denn besagter Spanier traf am Donnerstag ein, als Meyenbeeker bereits wieder unterwegs war. Nicolas fand José Maria Salgado auf den ersten Blick unauffällig, farblos und leise. Er schien ein Mensch zu sein, den man leicht übersehen konnte. Er war weder groß noch klein, weder kräftig noch schwächlich, trug eine Brille, hatte eine Halbglatze und wirkte so grau wie sein Anzug. Aber wer ihm in die Augen blickte, hielt es kaum aus und glaubte, vor ihm nicht einen einzigen Gedanken verstecken zu können. Daran musste sich Nicolas erst einmal gewöhnen.

Im ersten Gespräch hielt sich José Maria Salgado bedeckt, doch anhand seiner Fragen merkte Nicolas, wie ernst er die Sache nahm. Sich bereits jetzt an die Polizei zu wenden, hielt der Ermittler auch für verfrüht und zu gewagt. Als Erstes werde er versuchen, etwas mehr von dem Chirurgen zu erfahren oder auf anderem Wege an die Namen der Betroffenen zu kommen. Das werde vieles leichter machen, entweder den Verdacht zerstreuen oder … ja … ihn erhärten.

Sollten die Betroffenen ebenfalls die Quinta da Fonte erwähnen, wollte er versuchen, sich dort – unauffällig – einen Überblick zu verschaffen. Nicolas solle sich mit den Besitzern kurzschließen, unter dem Vorwand der Kostenersparnis durch Kooperation, und die Einladung zum Seminar persönlich überbringen, so komme er direkt an die Familie Oliveira heran beziehungsweise an den Sohn Paulo, der die Geschäfte führte.

José Maria – sie duzten sich gleich – kam auf Fechter zu sprechen und ließ sich von Nicolas genau schildern, welchen Eindruck er von dem Mann gehabt habe. Wieder kam Nicola das kalte Lächeln der Befriedigung in den Sinn, als Fechter im Hospital die Nachricht vom Tod seines Vorgesetzten erhalten hatte.

»Ihn und die Spedition werde ich genau in Augenschein nehmen«, erklärte Salgado »Wer weiß, vielleicht hat er sogar eine Verbindung zur Quinta da Fonte. Und ich bin selbstverständlich auch bei deinem Seminar dabei.«

Maria Alcina stand am Freitag pünktlich mit einem großen Koffer in Peso da Régua am vereinbarten Treffpunkt. Die Fahrt nach Bombarral war kurzweilig. Nicolas ließ sich von der Studentin berichten, wie sie ihr Studium gestaltete, danach diskutierten sie das Optimieren der Weinlese und den Umgang mit einzelnen Rebsorten während der Gärung. Das Gespräch brachte ihm die Erinnerung an die ersten schwierigen Jahre auf der Quinta do Amanhecer zurück, wo er in Otelo, dem Kompagnon und besten Freund seines Onkels Friedrich, den optimalen Lehrer gefunden hatte. Wenn Maria Alcina tatsächlich so versiert war, wie sie sich gab, taugte sie möglicherweise als Ersatz für Tavares.

Im Vergleich zu Nicolas' Quinta war die Companhia Agricola do Sanguinhal mit ihren einhundert Hektar eigener Fläche und sechshunderttausend abgefüllten Flaschen jährlich mehr als doppelt so groß. Drei Weingüter umfasste Sanguinhal, alle zur DOC Óbidos gehörig: Cerejeiras, São Francisco und Sanguinhal. Letzteres war der Hauptsitz, hier wurden die Gäste empfangen, hier wurde verkostet.

Der Eintritt durch das spätbarocke Tor war bereits beeindruckend, die riesige Halle, in der früher die Trauben in großen Becken getreten und gepresst worden waren, noch mehr. Quer durch den mehr als zehn Meter breiten Raum ragten mehrere Baumstämme, die einst als Hebel für die Pressen gedient hatten. Gegenüber den Becken waren Sitzgruppen für die Weintouristen arrangiert, die Sanguinal bis in den Herbst hinein empfing. Auf die Idee, hier vorbeizuschauen, hatte Rita Nicolas gebracht, sie kannte das Anwesen von ihren Reisen her. Noch waren Maria Alcina und er allein, aber das würde sich ändern, sechzig Personen waren für den späten Nachmittag angemeldet.

Als das Unternehmen 1926 gegründet worden war, hatte man neue Rebsorten anpflanzen lassen und auf an Drähten gezogene Weinstöcke statt Buschziehung gesetzt, eine absolute Neuerung, wie Carlos Pereira da Fonseca erklärte. Er war Mitinhaber des Familienunternehmens und gehörte gleichzeitig zum Direktorium des Weinbauverbandes CVR Lisboa. Französische Rebsorten wie Merlot, Petit Verdot, Cabernet Sauvignon und Syrah gab es allerdings erst seit zwanzig Jahren hier, seit die EU entsprechende Gesetze erlassen hatte. Und man kaufte sowohl Trauben wie auch Wein diverser Produzenten auf, um mit einem breiten Angebot den Anforderungen des sogenannten »Marktes« gerecht zu werden. Der Betrieb war zu groß, um sich Sperenzchen zu erlauben, wie Nicolas es tat, der seinen Wein nicht nach dem Markt, sondern nach dem eigenen Gusto kreierte. Manch einer nannte es hochtrabend »seinen Stil«.

Das Sortiment umfasste zwanzig verschiedene Weine, fünf Brandysorten und drei Likörweine. Diese Probe würde mitnichten ein Vergnügen, vielmehr harte Arbeit werden, denn ein Vergnügen endete für Nicolas bei sieben Weinen. Wie würde die junge Studentin das verkraften? Müsste er sie danach ins Auto tragen?

Bereits der erste Wein überzeugte: Es war eine Cuvée aus Moscatel und der Rebe Vital, ein sehr schlichter und doch aromatischer Weißwein mit einer ausgeprägten Säure, was dem Wein Leichtigkeit verlieh und ihn als Aperitif geeignet machte. Danach kam die Assemblage von Arinto und Chardonnay ins Glas, wobei sich die Holznote vom Ausbau des Chardonnay im Holzfass zeigte. Von goldgelber Farbe war der Peninsula: Sauvignon Blanc plus Arinto plus Moscatel, der Weißwein schlechthin. Die leichte Bitternote als letztes Geschmacksbild gab ihm bei aller Leichtigkeit und seinem Duft nach gelben Blumen das nötige Gewicht.

So ging es weiter. Man spielte hier mit den Rebsorten, wobei keine Partie verloren ging. Nicolas überließ es Maria

Alcina, die entsprechenden Begriffe zu finden, ob diskret oder fein, aromatisch oder mineralisch, erdig oder blumig, samtig, rustikal oder warm. Und wenn sie mit den Achseln zuckte, half er weiter. Als herausragend empfand Nicolas die Verbindung von Castelão mit Aragonez und Touriga Nacional, ebenso die Cuvée ohne Aragonez, doch sie wirkte recht anders, da die Trauben auf anderem Boden gewachsen waren und die Klone genetische Unterschiede aufwiesen.

Zwei Dinge empfand Nicolas als besonders gelungen. Zum einen waren auf den Etiketten die Rebsorten angegeben, zum anderen war man hier mit dem Begriff des Terroir-Weins sehr vorsichtig. Dazu sei der Einfluss des Atlantiks zu stark, wie Carlos Pereira da Fonseca erklärte, und die Böden wiesen entweder Kalk auf sowie Sand, Ton und/oder entsprechende Mischformen.

Aber die Probe war noch nicht vorbei. Eine Botrytis-Spätlese aus von Pilzen befallenen Trauben wurde probiert, ein Likörwein, der stark an Portwein erinnerte, und als wäre nicht längst genügend Alkohol in seinem Blut, musste Nicolas noch zwei Brandys, Aguardentes, probieren, bei denen Maria Alcina lediglich die Nase ins Glas steckte.

Von der alten Schnapsbrennerei, ihren Rohrleitungen und Kupferkesseln bekam Nicolas wenig mit, der Wunsch nach Kaffee war größer, der nach einem guten Essen auch. Sie gönnten es sich in einer kleinen Dorfschänke an der Landstraße, denn in seinem Zustand vermied Nicolas besser jedes größere Verkehrsaufkommen und wartete die Dunkelheit ab.

Im Büro der Quinta da Lua brannte noch Licht, als Nicolas und Maria Alcina auf dem Weingut eintrafen. Zu seinem Erstaunen saß Tavares an einem der Schreibtische. Erschrocken, als wäre er bei etwas Verbotenem ertappt worden, legte er ein Blatt Papier über die Liste, die vor ihm lag, und ließ ein Kühlkissen in die offene Schreibtischschublade fallen.

»Ich bin's nur«, sagte Nicolas spottend, »der Schrecken aller Kellermeister. Wen haben Sie denn erwartet?«

Warum war Tavares derart erschrocken? Fürchtete er die Entdeckung seiner Unterschlagungen? Nein, da steckte etwas anderes dahinter. Tavares' Gesicht war verschwollen, als hätte er Prügel bezogen, das rechte Auge zierte ein Bluterguss.

Nicolas, inzwischen wieder nüchtern, stellte ihm Maria Alcina vor. »Diese junge Dame wird Sie von jetzt an bei der Lese und danach begleiten und sämtliche Arbeitsschritte für ihre Abschlussarbeit protokollieren. Dazu gehören der Eintrag der Erntemengen, die Zuckerwerte, Belegung der Tanks, Schwefelung und so weiter. Ich erwarte von Ihnen absolute Kooperation. Sie verstehen mich?«

Jetzt wich der letzte Rest Farbe aus dem verschwiemelten Gesicht des Kellermeisters. Er schluckte und nickte.

Der wird allem Anschein nach auch anderen auf die Füße getreten haben, dachte Nicolas – er spürte Maria Alcinas fragenden Blick auf sich –, und sicher Leuten, die weniger zimperlich sind als ich.

Andreas Fechter

Beobachte ihn, er gehört nicht hierher

Er hatte erwartet, dass sie ihm aus Dankbarkeit um den Hals fallen würde, doch nichts Dergleichen geschah. Johanna begrüßte ihn so freundlich distanziert wie jeden anderen Teilnehmer ihres Seminars. Mit keiner Regung zeigte sie, dass sie es ihm zu verdanken hatte, dass sie heute hier stand und kein Fest für die Fische geworden war.

Leider hatte Johanna die defekte Signalrakete nicht aufgehoben. Als der Verleiher der Surfausrüstung darauf bestanden hatte, Segel sowie das Board ersetzt zu bekommen, hatte Fechter ihm sofort aufs Maul gehauen. Der Mann war umgefallen wie ein Baum. Das hatte Johanna entsetzt, dabei hatte der Verleiher ihr Leben in höchste Gefahr gebracht und sich mit keinem Wort dafür entschuldigt. Sie war eben ein Sensibelchen. Die anderen Signalraketen, die Fechter sich dann hatte zeigen lassen, hatten ebenfalls das Verfallsdatum überschritten.

»Morgen sind neue hier, oder dein Laden wird geschlossen, verstanden?« Dann hatte er den Verleiher beiseitegenommen und den Mund an sein Ohr gelegt. »Oder soll ich deinen Laden auseinandernehmen lassen?« Der Mann hatte sich das Blut vom Mund gewischt, zu Boden geblickt und nur mit dem Kopf geschüttelt.

Im Gegensatz zu Johannas knappem Händedruck war Nicolas Hollmanns Begrüßung geradezu herzlich. Falls der Winzer spielte, spielte er gut. Auch Gastgeberin Karin Vollmer begrüßte ihn. Sie erinnerte sich an seinen Besuch auf der Qinta da Lua, als sie an der Planung des Seminars gesessen hatten. Nun hatte er die Gelegenheit, im Voraus nachbarschaftliche Kontakte zu intensivieren, die nützlich sein konnten.

Das, was Ronaldo von Hollmanns Quinta zu berichten gehabt hatte, war nicht dazu angetan, Fechters Verdacht ihm gegenüber zu zerstreuen, zumal sich dort zwei weitere Personen aus Spanien eingefunden hatten. Über ihre Identität wusste Ronaldo nichts, und Mitarbeiter der Quinta danach zu fragen, wäre zu riskant gewesen. Ronaldo zufolge musste es ein ziemlich geschlossener Haufen sein, und Fechter vertraute Ronaldos Gespür für derartige Situationen vollkommen. Leider hatte er den Auftrag, im Büro ein Mikrofon anzubringen, nicht ausführen können. Es habe eine abendliche Besprechung stattgefunden, alle hätten ihn geradezu feindlich angestarrt und nach draußen geschickt. Auch während der Weinprobe sei Hollmanns Sekretärin äußerst distanziert gewesen. Sechs verschiedene Weine hatte Ronaldo mitgebracht, lediglich einen davon hatte Fechter bislang probieren können, und der war ausgezeichnet.

Im Seminarraum hatte man die Tische zu einem Hufeisen arrangiert, Fechter suchte sich einen Platz, von dem aus er alle Teilnehmer im Blick hatte. Dort hängte er seine Jacke über den Stuhl und ging zu dem Tisch neben der gläsernen Eingangstür, wo die Tochter der dos Santos die von den Winzern mitgebrachten Flaschen entgegennahm. Ein junger Mann, ein wenig älter als sie, öffnete die Flaschen und schenkte je nach Wahl ein. Fechter entschied sich für einen Weißwein des Hauses. Die meisten der Anwesenden schienen sich zu kennen, sie plauderten in Dreier- oder Vierergruppen und nahmen erst nach mehrmaliger Aufforderung Platz.

Fechter fühlte sich fremd, er fühlte sich unwohl unter den Winzern, mit denen ihn nichts verband – aber mit wem verband ihn eigentlich etwas? Nicht sie gaben ihm das Gefühl, ausgeschlossen zu sein, er selbst sonderte sich ab, und so war es immer gewesen.

Die Winzer, obwohl Konkurrenten, gingen freundlich miteinander um, tauschten sicherlich Informationen über den augenblicklichen Stand der Lese aus und äußerten ihre Erwartungen an den heutigen Abend. Das Wort »beneidenswert« kam Fechter in den Sinn. Noch drei oder vier Lieferungen aus Santos, dachte er, dann hatte er genug zusammen, um das Hotel aufzubauen. Die Ferienanlage würde sehr viel einbringen, sie kostete auch am meisten. Einige der Häuser ließen sich verkaufen, wodurch der Erlös mit einem Schlag sauber wäre, falls er ihn versteuerte.

Die Welt der Winzer um ihn herum war längst nicht so nervenaufreibend und bei Weitem nicht so gefährlich wie seine. Den Männern sah man zwar an, dass sie hart arbeiteten, aber im Vergleich zu seinem Einkommen für einen Hungerlohn – ein Gedanke, der ihn still und überlegen lächeln ließ. Wenn das Café weiterhin gut lief und die Apartments viel sauberes Geld abwarfen, ließ sich die Ferienanlage auf sichere Beine stellen. Dann war da noch Hectors Fitnessbude. Durch eine fingierte Auslastung ließ sich mühelos jede Menge Geld waschen. Wenn Hector so weiterkokste, wovon Fechter ausging, besäße er mittels seiner Schuldscheine in Kürze die Mehrheit an dem Laden. Dann würde Hector stören. Es war schon so mancher an einer Überdosis Anabolika zugrundegegangen, eigentlich ein Abgang, der zu Hector passte und der niemand zu falschen Schlussfolgerungen verleiten würde.

Der Seminarraum füllte sich weiter, Fechter zählte fünfundzwanzig Personen. Tavares, obwohl hier offiziell der Kellermeister, schien sich zu verspäten, eigentlich ein Affront gegen die Inhaber und dumm. Innerlich grinste Fechter. War es Tavares mit seinem aufgeschwollenen Gesicht peinlich, sich unter die Gäste zu mischen? Dabei hatte Ronaldo nur mit der offenen Hand statt mit der Faust zugeschlagen. Doch

Tavares hatte nichts zugegeben. War es Paulo Oliveira gewesen, der das Kilo geklaut, sprich: beiseitegelegt oder sich beim Verladen vertan hatte? Mit ihm musste er eine andere Sprache sprechen als mit Tavares. Das ganze Problem würde sich lösen, wenn Fechter die verdammte Quinta da Fonte in die Hände bekäme. Nur die Alten und Paulo störten.

Sein Augenmerk galt jetzt wieder Hollmann und seiner wahren Rolle. Einen Betrieb professionell zu führen, war kein Widerspruch zur Tätigkeit eines verdeckten Ermittlers. So wie einer vom Zoll und der Polizei ihn mit Informationen versorgte, hatte die Drogenfahndung sicher auch Leute bei der 'Ndrangheta eingeschleust. Hollmanns Schwachstelle war sicherlich seine Tochter, da ließ sich ansetzen, vielleicht auch seine Frau.

Obwohl Hollmann heute hier sprechen würde, eröffnete Joana dos Santos zu Fechters Erstaunen die Veranstaltung. Das Mädchen, das häufig mit dem Mountainbike hier durch die Gegend geisterte, kam ihnen manchmal gefährlich nahe. Er hatte sie bislang für ein Kind gehalten, doch hier trat eine junge Frau selbstbewusst ans Rednerpult: Sie erzählte, wie es zu diesem Seminar gekommen sei und wie sie durch die Dozentin Breitenbach auf den Winzer Hollmann aufmerksam geworden sei. Beide hielt sie für wichtige Meinungsbildner. Und da sich ihre Altersgenossen nicht nur im sonstigen Europa, sondern auch in Portugal um ihre Zukunft sorgten und des Klimawandels wegen protestierten, sei es an der Zeit, dass auch die Winzer ihren Beitrag leisteten, ihre Güter zukunftsfest zu machen.

Als Beispiel führte sie die Champagne an. Dass die Herstellung einer Flasche Champagner das Klima im Vergleich zum Jahr 2000 um zwanzig Prozent weniger belaste, hielt sie nicht für den großen Durchbruch, aber immerhin für einen Anfang. Dass allerdings inzwischen fünfzig Prozent weniger Stickstoffdünger und Agrogifte eingesetzt würden, sei ein deutlicher Fortschritt. Die Hälfte der verwendeten Agrogifte sei für den Bioweinbau zugelassen. »In den nächsten fünf Jahren werden alle sechzehntausend Winzer und dreihundertvierzig Champagnerhäuser nachhaltigen oder biologischen Weinbau betreiben.« Sie machte eine längere Pause und ließ den Blick durch den Saal streifen. »Und wie wird das bei uns in fünf Jahren aussehen?« Diese Frage offen lassend, verließ sie unter dem Murren der Zuhörer das Rednerpult und überließ es Hollmann.

Ein mutiges Mädchen, dachte Fechter und sah sich die Gesichter der Anwesenden genauer an. Es waren nicht die alten, knorrigen Bauern – solche waren auch dabei, im Arbeitskittel direkt aus dem Weinberg gekommen –, in der Mehrzahl handelte es sich um Städter, moderne Menschen, studierte Önologen, Agronomen und Weinbautechniker. Paulo Oliveira war nicht erschienen, dabei hätte es ihm nicht schlecht zu Gesicht gestanden, gut Wetter mit den Nachbarn zu machen. Strategisches Denken war ihm fremd. Jemand wie er musste geführt werden.

Tavares glänzte noch immer durch Abwesenheit. Es musste ihm fürchterlich gegen den Strich gehen, dass dieser Hollmann ihn kontrollierte und er den Chef nicht mehr wie bisher beklauen konnte. Hollmann, der missratene Sohn eines Frankfurter Konzernchefs, in gewisser Weise sicher ein kluges Kerlchen, würde es verhindern. Fechter hatte sich ja längst mit seinem Hintergrund beschäftigt, wozu gab es schließlich das Internet? Ihm kam in den Sinn, Tavares einen Flug nach Mexiko zu spendieren, ein One-Way-Ticket, dann konnte er denen da drüben auf den Wecker gehen oder sich irgendwie nützlich machen, und er, Fechter, hätte seine Ruhe. Denn wenn sie dem Kellermeister auf die Schliche kämen, er sich vor Angst in die Hose schiss und sich ausquatschte – wovon man ausgehen musste –, würde er mehr preisgeben, als von ihm verlangt wurde. Er wusste zu viel. Ronaldo musste ihn im Auge behalten.

Hollmann begann seinen Vortrag mit dem Ökosystem

Weinberg, einem Lebensraum, der zur Monokultur verkommen war, überdüngt und totgespritzt, obwohl er eigentlich eine Heimstatt für eine artenreiche Flora und Fauna sein könne. Von Artenvielfalt respektive Biodiversität würden wechselseitig alle profitieren. Daher sei die standortgerechte Begrünung entscheidend und die Pflege durch Mähen, Walzen und Mulchen. Er erzählte, wie er den ererbten Betrieb vorgefunden und ihn schrittweise neuen Ideen angepasst habe.

Hier unterbrach Johanna und berichtete von dem vielfach prämierten Winzer Peter Jakob Kühn aus dem Rheingau. Der kompostiere alle im Anbau und bei der Verarbeitung der Trauben anfallenden organischen Stoffe sowie Mist aus der Viehhaltung in riesigen Mieten. Sie erinnere sich, wie sie die Hände in eine dieser Mieten gesteckt und nur noch Humus und Regenwürmer in Händen gehalten habe. Dieser Boden werde zur Ernährung der Reben in den Weinbergen ausgebracht.

Begleitet wurde ihr Vortrag von einer Power-Point-Präsentation. Jetzt wurden auf dem großen Bildschirm die Mittel zur Bodenverbesserung und Düngung angezeigt, von Ernterückständen wie Trester bis hin zu Magnesiumsulfat. Das Ziel sei eine Kreislaufwirtschaft, erklärte Johanna, bei der alle anfallenden Stoffe wiederverwendet würden. »Denn was beispielsweise mit unseren Gewässern geschieht, ist Ausdruck von Dummheit, Ignoranz und Überheblichkeit. Den guten ökologischen Zustand unserer Gewässer, den die EU fordert, erreichen lediglich acht Prozent unserer Flüsse und Seen. Schuld an der Verunreinigung sind wir, durch die Einleitung von Düngemitteln, Mikroplastik, Pestiziden und Hormonen sowie durch Eingriffe in die Struktur des Verlaufs und der Ufer.«

Hollmann übernahm wieder und sprach von Bodenbearbeitung und Pflanzgut und kam schließlich zum Einsatz von Raubmilben gegen Milben, von Jauchen und Pflanzenextrakten zur Schädlingsbekämpfung, von biologischen Agrogiften gegen Pilzbefall. Doch das A und O sei der starke und gesunde Rebstock. Seine Methoden zur Rückbesiedlung der Rebflächen mit allerlei Getier durch das Anlegen von Hecken sowie Trockenmauern und das Bepflanzen von Brachen mit Bäumen traf der Vögel wegen auf wenig Gegenliebe der Zuhörer.

Großes Interesse hingegen fanden Hollmanns Schritte zur Ausrichtung seiner Produktion auf den Klimawandel. »Ausgangspunkt ist die Morphologie, die Beschaffenheit der Reben und Trauben.« Die Blätter verschlössen ihre Oberfläche gegen Hitze, nicht aber die Beeren, deren Wachsabsonderung die Poren unbeweglich und damit verwundbar mache. Südliche Rebsorten wie Garnacha und Airén seien ihrer dickeren Haut wegen der Hitze gegenüber toleranter. »In die Gruppe gehört auch Marselan, eine Kreuzung von Cabernet Sauvignon und Garnacha. Es gibt auch die Rebe Argaman aus Israel, die ich in einer besonderen Parzelle meines Weingutes gepflanzt habe, die derartigen Versuchen vorbehalten ist. In Frankreich beschäftigt man sich mit dem Einkreuzen von Tafeltrauben, darüber hinaus gibt es die Möglichkeit zum Aufsäuren, wenn bei starker Sonne während der Photosynthese zu viel Zucker produziert worden ist. Früh reifende Reben werden durch spät reifende ersetzt. Und auch die Ausrichtung der Rebzeilen ist entscheidend für die Widerstandskraft gegen Hitze. Das sollte bei Neuanlagen bedacht werden.«

Darauf kannst du dich verlassen, dachte Fechter. Das Thema faszinierte ihn, so tief hatte er sich noch nie in diese Materie hineinziehen lassen. Für einen Moment sah er sich bereits als Besitzer der Quinta da Fonte und stellte sich vor, was er alles ändern und wie er sie zu einem ökologischen Musterbetrieb umgestalten würde. Einen Augenblick lang träumte er, inmitten dieses Paradieses zu leben statt Schiffe über die Weltmeere zu schicken, die nichts als Dreck im

Kielwasser hinterließen, wenn er ehrlich war. Auf Susanne konnte er bei diesem Leben gut verzichten, sie hasste jede Art von Dreck, und dazu gehörte auch Erde. Seiner Tochter würde es gefallen, denn sie legte längst nicht denselben Wert auf Äußeres wie ihre Mutter. Als zur Pause gerufen wurde, wachte er auf.

»Und? Was Neues erfahren? Alles verstanden?« Johanna stand vor ihm, strahlte ihn an und reichte ihm ein gefülltes Weinglas. »Du hast etwas gut bei mir, nicht nur etwas, sondern sehr viel. Ich werde es dir nie vergessen, Andreas.«

Es war ehrlich gemeint, Fechter sah es ihr an und fühlte sich geschmeichelt. »Es war das erste Mal, dass ich jemanden beim Kiten Huckepack genommen habe.«

»Ja, ich weiß!« Johannas Gesicht verdunkelte sich bei der Erinnerung. »Und trotzdem hat es so gut geklappt.«

»Ich mach's gern noch mal. Wie wär's?«

»Oh nein, bitte nicht.«

»Wir zwei wären bestimmt gut. Ich hab das mal in einem Video gesehen, die Frau war allerdings nackt. Ich musste dich zurückholen, denn bis ich am Strand ein Rettungsboot benachrichtigt hätte, wärst du weiter abgetrieben und von einem Brecher vom Board gewaschen worden.«

Was hatte sie gesagt? Er habe was gut bei ihr? Na, bitte sehr, dann sollte sie mal mit ihm ein Wochenende verbringen. Fechter verbannte den Gedanken einstweilen und wechselte das Thema. »Wenn all dieses Wissen um natürliche Vorgänge vorhanden und in der Praxis erprobt ist, wieso wird es dann nicht angewendet?«

»Wieso fahren deine Schiffe noch immer mit dem schmutzigsten Treibstoff, den es gibt, obwohl andere Möglichkeiten längst bekannt sind und bereits eingesetzt werden?«

»Atomantrieb?«

»Du nimmst mich nicht ernst.«

»Doch sehr, vielleicht zu sehr«, sagte er scherzend und setzte sein charmantes Lächeln auf. »War übrigens gut, dein

Vortrag, er macht Lust, sich sofort in den Weinbau zu stürzen.«

»Wart's ab, ich bin noch nicht fertig. Wir sehen uns nachher.«

Er blickte ihr nach und dachte daran, wie er sie auf seinem Rücken gespürt hatte. Es war fantastisch gewesen, er hätte sie lieber vor sich gehabt, schade, dass sie keine Gedanken lesen konnte …

Er trat auf Karin Vollmer zu und fragte sie nach einem Telefon. Es stand in einem Nebenraum. Von dort rief er Ronaldo an und ließ ihm ausrichten, dass »der Bruder«, so Paulo Oliveiras Deckname, sofort zur Qinta da Lua kommen solle. »Es ist dringend, und es eilt!«

Noch bevor Johanna ihren Vortrag fortsetzte, traf Paulo ein und tat, als ob er ihn nicht kenne. Fechter war zufrieden, aber solange die Sache mit dem fehlenden Kilo nicht restlos geklärt war, würde er sich nicht auf ihn verlassen.

Johanna setzte ihren Vortrag in perfektem Englisch fort, die kleine Joana dos Santos übersetzte, es ging so reibungslos vonstatten, als hätten sie zuvor geübt. Als Einstieg wählte Johanna den unstrittig eingetretenen Klimawandel, sie zitierte internationale Wissenschaftler, die vor vierzig Jahren bereits vor der industriell bedingten Erderwärmung gewarnt hatten.

Zu Fechters Erleichterung fehlte jeglicher moralischer Unterton und das übliche politische Geschwafel. Johanna konnte man zuhören, klar, von einer Dozentin sollte nichts anderes zu erwarten sein. Die Frau könnte ich gut gebrauchen, dachte Fechter, Frauen waren einfach besser, zuverlässig, genau, loyal und gewissenhaft, sie waren weniger gewalttätig (fürs Harte hatte er ja Ronaldo), und sie fanden elegantere Lösungen.

Johanna referierte weiter über Energieeinsatz und -verbrauch auf Weingütern. Sie sprach über Dämmung und alte Bausubstanz, über Schlepper, ihre Bereifung und den richtigen Gripp im Weinberg, erwähnte Maschinen, die mit Ölen auf pflanzlicher Basis betrieben wurden, redete über Belüftungsventilatoren, die Berechnung von Rauminhalten und Wärmetauscher zur Kühlung frei stehender Gärtanks. Für Fechter war das alles Neuland. Er betrachtete von Ferne die junge Frau, die an Hollmanns Seite saß. Ein hübsches Ding, das sich dem Winzer ab und an vertraulich zuneigte und das Gesagte zu kommentieren schien. Offensichtlich verstand sie etwas von Weinbau.

Waren die Zuhörer anfangs noch unruhig gewesen, so lauschten sie jetzt gebannt. Sie waren es nicht gewohnt, so lange zuzuhören und stillzusitzen, was für sie sicher mit Nichtstun gleichkam. Der eine oder andere schrieb mit, würde darüber nachdenken, die vorgeschlagenen Methoden zumindest zu erproben, während Johanna sich über die Errechnung des Energiebedarfs ausließ. Sie sprach von Photovoltaik und Lithiumspeicher, von Kosten, Umbaumaßnahmen, Krediten und mangelnder Unterstützung vonseiten der Regierungen.

»Wenn wir nichts tun, wird die Hitze so unerträglich, dass wir die Iberische Halbinsel in dreißig Jahren aufgeben müssen. Ihre Kinder, meine sehr verehrten Damen und Herren, spätestens Ihre Enkel werden sich in Nordeuropa einen neuen Wohnsitz suchen müssen. Hoffentlich nicht im Lager für Klimaflüchtlinge. Diese Worte stammen nicht von mir, sie stammen von einem bekannten deutschen Wissenschaftler. Leider werden im Zeitalter der Fake News solche Aussagen nicht mehr ernst genommen.«

Als sich der Protest, fast ein Aufschrei, gegen diese Aussicht gelegt hatte, begann die Diskussion, und einzelne Winzer berichteten von ihren Erfahrungen. Doch die Meinungen prallten hart aufeinander, sie reichten von totaler Ablehnung (»Schwachsinn, es gibt keinen Klimawandel!«) über die Zauderer (»Wer soll das bezahlen?«) bis zu verhaltener Zustimmung (»Das musste längst gesagt werden.«). Die beiden Referenten wurden danach weiter bestürmt, und Fechter konnte sich nur ein neues Glas Wein holen und warten. Da ihm langweilig wurde, stellte er sich dazu und betrachtete die Winzer.

Wer von ihnen könnte die Quinta da Fonte ersetzen, wo sonst ließen sich die Lieferungen aus Mexiko versandfertig umpacken? Einer der Diskutanten, dicklich und behäbig, sprach besonders häufig vom Geld, von den Kosten, die nicht wieder hereinkämen, und der Unbezahlbarkeit der Investitionen. Fechter verwickelte ihn in ein Gespräch über seine Quinta, stimmte ihm zu, obwohl er anderer Meinung war, und bestätigte seine konservativen Ansichten.

Vieles an diesem Abend Gesagte hatte Fechter sich gemerkt, und so formulierte er seine Fragen möglichst fachmännisch. Die Quinta des Dicken lag verkehrsgünstig, war von Lissabon aus gut zu erreichen, die Nachbarn waren weit weg, also war man unbeobachtet. Die Größenordnung stimmte, auch Bag-in-Box-Weine wurden produziert, und mit einer möglichen Geschäftsbeziehung zu deutschen Weinhändlern in Frankfurt, Berlin, Hamburg und München ließe der Dicke sich ködern. Es würde eine Weile dauern bis er ihn dort hatte, wo er ihn haben wollte. Zuvor müsste er sich noch andere Quintas und ihre Betreiber ansehen, um ein abschließendes Urteil zu fällen.

»Ich werde Sie demnächst aufsuchen.« Mit diesen Worten verabschiedete Fechter sich eilig, denn seine Aufmerksamkeit galt jetzt einem Mann, der ihm bislang nicht aufgefallen war. Der Mittfünfziger war so unscheinbar und farblos, dass man ihn übersehen musste. Er hatte Hollmann beiseitegenommen, und sie hatten sich in einer Ecke so weit von den Winzern entfernt, dass niemand ihr Gespräch hören konnte. Der Mann mit dem Durchschnittsgesicht war einfach zu unauffällig, um Fechter nicht aufzufallen. Wenn seine Vermutung richtig und der Fremde ein Ermittler war, dann musste er dringend Abstand zu Hollmann gewinnen. Die beiden hatten die Köpfe zusammengesteckt und lachten sogar, also kannten sie sich. Fechter holte sich ein drittes Glas Wein – auf mögliche Kontrollen pfiff er – und behielt die beiden im Auge. Eine Körpersprache verband sie, die sich von allen anderen hier im Saal unterschied. Keiner der beiden schaute ein einziges Mal zu ihm herüber.

Als sein Glas leer war, stand er auf und steuerte auf den Ausgang zu. Seine Schritte führten ihn an Paulo Oliveira vorbei. »Beobachte ihn«, raunte er ihm zu. »Er gehört nicht hierher. Du verstehst? Finde sein Autokennzeichen heraus. Fotografier ihn, du hast dein Smartphone dabei?«

Paulo Oliveira senkte zustimmend den Blick.

»Komm übermorgen nach Lissabon, zum Mercado, wir müssen reden.«

Paulo Oliveira nickte kaum merklich.

Von jetzt an muss ich doppelt auf der Hut sein, sagte sich Fechter, als er langsam nach Lissabon zurückfuhr, am Himmel der Schein der großen Stadt. Sie schlafen nicht, weder die Mexikaner noch die Nigerianer, und es gibt einige hellwache Deutsche, obwohl sie in Sachen Drogenhandel und Mafia-Aktivitäten die Augen verschließen. Womöglich war Hollmann einer von denen, die sie offen hielten, oder zumindest sein unbekannter Gesprächspartner. Leider hatte er dessen Augen nicht gesehen. Der schaute nirgendwo hin oder durch einen hindurch. Ich hätte mich von Hollmann verabschieden sollen, dachte er und überlegte kurz, umzukehren. Nein, wenn Hollmann das ist, was ich vermute, würde er den Grund erkennen.

Fechter öffnete die Wagenfenster und genoss die laue Nachtluft. Morgen würde er sich mit all dem lästigen Kram nicht befassen, der Sonntag gehörte der Familie, insbesondere seiner Tochter. Er hatte versprochen, mit Helena in den Dinosaurierpark Lourinha zu fahren, und Versprechen seiner Tochter gegenüber hielt er. Susanne würde zu Hause bleiben, sie gruselte sich vor dem lebensgroßen Tyrannosaurus. Vielleicht gab es ja auch einen neuen attraktiven Tennislehrer, jünger als der bisherige.

Aber auch das, was er heute gehört hatte, konnte einen das Fürchten lehren. Fechter war überzeugt, dass die Zahlen wie auch die Beispiele stimmten, weder Johanna noch Hollmann würden sich Fehler leisten. So war es eben. Damit mussten sie alle leben. Doch bis es zur endgültigen Klimakatastrophe käme, wäre er nicht mehr hier, dann müsste sich eben seine Tochter mit den Problemen herumschlagen. Er würde ihr genug hinterlassen, um sich ein ruhiges Plätzchen zu suchen.

Fechter blickte in den Rückspiegel, er meinte, Scheinwerfer gesehen zu haben, und war sofort hellwach. Folgte ihm jemand? Unter der Abdeckung der Lenksäule steckte seine Waffe. Die Sig Sauer war ein Geschenk, sie war mit einer der Lieferungen gekommen. Ein freundlicher Hinweis seiner mexikanischen Partner? Er würde nicht zögern, sie zu gebrauchen, registriert war sie nicht. Da war ein Schatten gewesen, ein Schemen. Langsam fuhr er weiter, dann hielt er in einer Einfahrt und schaltete die Scheinwerfer aus. Nichts. Hatte der Verfolger das Gleiche getan? Er sah hinter sich die Lichter eines anderen Fahrzeugs näher kommen, es fuhr vorbei und verschwand hinter dem nächsten Hügel. Dann fuhr auch Fechter weiter, immer ein Auge auf den Rückspiegel gerichtet. Ich lasse mich verrückt machen, dachte er, genau das ist es, was sie beabsichtigen.

Der Einzige, der das Format besaß, ihn zu beerben, war Ronaldo. Doch er war schlau genug, nichts gegen Fechter zu unternehmen, denn er wusste, dass er die Transporte niemals allein organisieren konnte, ebenso wenig wie Aparecida oder Rosalie. Die Nigerianer würden seine Lieferkette übernehmen, sich eine neue Route und Methode ausdenken. Ob die Mexikaner ihnen das gestatteten?

Sie trafen sich nach Feierabend an einem der Essensstände im Mercado da Ribeira. Gegen Abend war die Markthalle an den Cais do Sodré längst nicht so überfüllt wie am Mittag, die Touristen waren noch in den Hotels, bevor sie die Restaurants überschwemmten. Das Wesentliche im Markt war nicht mehr der Verkauf von fangfrischem Fisch oder bestem regionalem Gemüse, sondern die vielfältige kulinarische Abteilung. Ronaldo und er trafen sich stets an einem anderen Stand, heute war es der von Miguel Castro e Silva, dort wurden die besten Meeresfrüchte angeboten. Abends fand man immer freie Plätze, sie hatten sogar einen Tisch für sich.

In der Halle war es unübersichtlich und bei dem Stimmengewirr und dem Klappern von Geschirr und Besteck nahezu unmöglich, ein Gespräch mit einem Richtmikrofon herauszufiltern. Fechter war immer auf der Hut. Er kannte die Spielregeln, aber sollte er eines Tages entdeckt werden, würde er ohne jeden Skrupel die Seite wechseln und mit den Behörden zusammenarbeiten. Das war kein neuer Gedanke, und was denkbar war, war auch möglich. Doch dazu würde es nicht kommen.

Wenn die Mexikaner meinten, dass Lieferungen in Gefahr wären, oder wenn sie – noch vor ihm selbst – Unsicherheiten bei ihm zu erkennen glaubten, war sowieso alles vorbei. Sie schossen lautlos und verschwanden. Darüber war er sich im Klaren. Bei den Italienern wurde man als abschreckendes Beispiel zusätzlich »aufgebahrt«. No risk – no fun!

Doch da waren noch die Nigerianer, die versuchten, auf allen Ebenen das Geschäft in die Hände zu bekommen und die Afrika-Route zu monopolisieren, nicht anders als jeder Konzern. Erst gestern hatte ihm der Konzernchef von OSC in einer Videokonferenz die strategischen Ziele ihres Unternehmens erläutert.

Ronaldo machte Fechter auf die drei Schwarzen aufmerksam, die nach ihnen gekommen waren und sich drei Tische weiter niedergelassen hatten. Er hatte sie längst gesehen. Sie saßen nebeneinander und schauten in ihre Richtung. Wegen der kolonialen Vergangenheit Portugals gab es viele Schwarze in Lissabon. Aber wie zum Teufel sollte er Nigerianer von Kenianern unterscheiden, wie erkannte man, ob jemand in Sierra Leone oder Mosambik geboren war?

»Mach dir keinen Kopf, Chef, wenn's so weit ist, merken wir das.« Ronaldo hatte seine Augen überall, und er kannte viele Leute, die ihn mit Informationen versorgten, Leute, an die Fechter wegen der sozialen Unterschiede niemals herangekommen wäre.

»Wir müssen es wissen, *bevor* es so weit ist, sonst ist es zu spät, klar?«

Paulo Oliveira kam als Letzter in die Markthalle, man sah ihm an, wie unangenehm ihm das Treffen war. Er hatte Angst. Das Blatt mit den Speisen und Getränken offenbarte das Zittern seiner Hände.

»Wenn wir alles aufklären, wovon ich ausgehe, kannst du mit dem Zittern aufhören«, sage Fechter versöhnlich. »Ich will lediglich wissen, was genau passiert ist und wie das geschehen konnte – für die Zukunft. Wieso kann ein Karton gefehlt haben?«

Ronaldo grinste. »Zwei aus unserem Team müssen sich verzählt haben«, sagte er. »Der Chef und ich haben die Pakete gezählt: fünfhundert. Die Weinschläuche waren gezählt: fünfhundert. Das hat der Mann vor dem Einschweißen gemacht, der Bruno. Nur 499 kamen an. Wie also ist das fehlende Kilo verschwunden?«

»Du kennst den Wert?«, fragte Fechter lauernd. »Sie stellen mir dafür zwanzigtausend in Rechnung. Hast du zwanzigtausend mitgebracht?«

Paulo Oliveira atmete heftig, er starrte auf die Venusmuscheln auf Fechters Teller, als wollte er sie wieder zum Leben erwecken, und wischte sich den Schweiß von der Stirn. »Die Sache ist anders.« Das waren die einzigen Worte, zu denen er sich durchrang.

Erwartungsvoll blickten ihn seine Tischgenossen an. »Was ist anders?«

Paulo Oliveira griff unter dem Tisch nach der Sporttasche, die er mitgebracht hatte. »Hier ist das Kilo!«

»Bist du geisteskrank, das Zeug mitzubringen?« Fechter packte wütend die Hand mit der Tasche und drückte sie gewaltsam unter den Tisch. »Das Kilo ist da drin?« Er sah sich diskret nach allen Seiten um. »Bist du irrsinnig? Eine Verkehrskontrolle auf dem Weg hierher, und du sitzt für zehn Jahre …«

»Du hast noch viel zu lernen«, sagte Ronaldo seufzend, und Fechter sah ihm an, was er dachte: Paulo war auf Dauer für sie nicht mehr tragbar. »Wie ist denn die Sache nun, wenn sie anders ist?«

Paulo Oliveira berichtete stammelnd und fast unter Tränen, was sich bei der Weinprobe ereignet hatte: dass dieses »verirrte Kilo« im falschen Umkarton gewesen sei, nur deswegen habe er ihn mitgenommen, und der Plastikmantel müsse sich »irgendwie« gelöst haben, sodass Wein ins Kokain gelangt sei. »Und jetzt ist das weiße Zeug knallrot.«

Ohne die Miene zu verziehen, beschäftigte sich Fechter jetzt mit seinen Venusmuscheln, Ronaldo bekam seinen Schwertfisch vorgesetzt und wusste nicht so recht etwas damit anzufangen. Er sah Fechter an, der ihm mit einem Blick signalisierte, dass Paulo Oliveira von jetzt an nicht mehr zum Team gehörte. Er hatte einen entscheidenden Fehler gemacht.

»Anima-te, Kopf hoch, es war nicht deine Schuld, Paulo. Wir werden das hinbiegen, so wie wir alles hinbiegen. Wir sind schließlich ein Team, nicht wahr?« Vertraulich legte Fechter ihm die Hand auf die Schulter und sah ihm in die Augen. »Also, mach dir keine Sorgen. Außerdem weißt du, dass wir dich brauchen, ja geradezu auf dich angewiesen sind. Du bist das entscheidende Glied in der Kette.«

»Wirklich?« Paulo Oliveira klang nicht überzeugt.

»Klar doch, Mann, da die nächste Lieferung bereits Lagos verlassen hat. Übermorgen wird sie eintreffen. Dann ist wieder Nachtarbeit angesagt. Diesmal sind es siebenhundert Kilo, entsprechend größer ist auch dein Anteil, Paulo. Danach sind noch mal tausend Kilo avisiert. Die Nachfrage steigt, wir müssen liefern. Also, Mann, alles gut!«

»Haben viele von dem ... Wein probiert?« Für Ronaldo war das Thema noch nicht erledigt. Für Fechter zwar auch nicht, aber er hielt es für sinnvoller, Paulo Oliveira nicht weiter zu ängstigen. Aus Angst konnten kopflose Reaktionen entstehen, und panische Mitarbeiter wurden rasch zu einer Belastung.

»Ist jemandem etwas aufgefallen?« Ronaldo ließ nicht locker. »Hat sich jemand beschwert? Hat es Nachfragen gegeben? Möglich, dass jemand kollabierte, oder was meinst du, Andres?«

Fechter erinnerte sich daran, dass Hollmann ihm von der Weinprobe erzählt hatte und auch von den Auswirkungen der Probe des nachbarlichen Weingutes. Aber es war, wie es war: Sie brauchten Paulo, zumindest so lange, bis Fechter das Weingut gehörte und ein neues »Logistikzentrum« gefunden war. »Wenn nichts weiter geschehen ist, lasst uns die nächste Lieferung ins Auge fassen, sie ist unterwegs«, sagte er deshalb. »Man muss nach vorn schauen. Wer sollte schon auf die Idee kommen, dass mit dem Wein was nicht in Ordnung war? Da ist schließlich Alkohol drin, und der führt bekanntlich zu den merkwürdigsten Reaktionen.« Fechter lachte, und die beiden anderen stimmten ein. »Du, Paulo, sorgst dafür, dass die richtigen Umkartons vorhanden sind, in ausreichender Stückzahl, zähle lieber dreimal! Und wir brauchen siebenhundert Schläuche. Ich benachrichtige die Spedition, und du, Ron«, Fechter benutzte die Kurzform immer, wenn er mit seinem besten Mann Vertraulichkeit demonstrieren wollte, »du trommelst die übliche Mannschaft zusammen, bringst sie hin, und ihr legt die Folien aus.«

»Was ist mit Tavares?«, fragte Paulo Oliveira.

»Der wird diesmal nicht gebraucht.«

Für diesen Spruch bekam Ronaldo von Fechter einen Fußtritt unter dem Tisch. »Gebraucht würde er schon, aber er kann wegen der Lese nicht weg, dieser Deutsche sitzt ihm im Nacken. Du sorgst bitte dafür, dass deine Lesemannschaft verschwunden ist, wenn wir kommen!«

Das Schiff aus Luanda näherte sich Lissabon, die Ware befand sich wie üblich im Boden des Containers mit dem umdeklarierten brasilianischen Kaffee, die Vorbereitungen kamen voran, alles würde wie üblich über die Bühne gehen. Doch mit dem Volumen an Arbeit, Besprechungen und Treffen, die Fechters neue Position in der Spedition mit sich brachte, hatte er nicht gerechnet. Er stand morgens um fünf Uhr auf, hatte gerade mal Zeit für ein schnelles Mittagessen, meist geschäftlicher Natur, und fiel gegen Mitternacht todmüde ins Bett. Für Privates blieb keine Zeit. Da war es ihm geradezu lieb, dass sich das Schiff um einen Tag verspätete und er sich stattdessen einen Abstecher zum Weingut Chocapalha in Aldeia Galega da Merceana erlauben konnte. Er fuhr ohne Begleitung, wollte testen, inwieweit er den möglichen Gegenfragen der Winzer gewachsen war. Er hatte sich unter dem Vorwand angemeldet, über Handelsbeziehungen nach Deutschland zu verfügen und auf der Suche nach Lieferanten zu sein. Kein Winzer würde diese Gelegenheit ausschlagen.

Unterwegs ertappte er sich, wie er wieder und wieder in den Rückspiegel schaute, was er sonst kaum tat, und er ärgerte sich darüber. Eigentlich ärgerte ihn mehr, dass er sich vom Erscheinen Hollmanns und seines unbekannten Begleiters hatte verunsichern lassen. Es nagte an ihm und machte ihn nervös, und das war neu für ihn.

Da war ein Seat, der mehrere Hundert Meter hinter ihm konstant Abstand hielt. Er wechselte sich mit einem Hyundai ab, beides unauffällige Autotypen, aber genau das Unauffällige war es, das ihm auffiel. Gleichzeitig war es nicht außergewöhnlich, denn die Geschwindigkeit war auf einhundertzwanzig Stundenkilometer begrenzt, und genau darauf hatte er seinen Tempomat eingestellt. An der Mautstelle waren beide Wagen noch hinter ihm; sie mussten zahlen, bei ihm wurde elektronisch abgerechnet. Damit waren beide verschwunden.

Vom Dorf Aldeia Galega da Merceana aus führte der Weg zwischen eng stehenden Häusern und auf einem staubigen Weg zur Quinta. Paulo Tavares da Silva und seine Frau Alice hatten Chocapalha 1987 gekauft, um sich den Traum vom Familienweingut zu erfüllen. In der Nelkenrevolution von 1974 hatten viele Großgrundbesitzer das Land aus Angst vor den Arbeitern verlassen, und als sie später zurückkamen, mussten sie selbst arbeiten. Wer das nicht gewohnt war, verkaufte. Aber die Familiengeschichte interessierte Fechter weniger, auch nicht, dass eine der drei Töchter erst als Model gearbeitet und sich dann zur Önologin weiterentwickelt hatte. Spannend war vielmehr, dass auf der Quinta bereits seit dem 14. Jahrhundert Wein angebaut worden war. Da Silva hatte sie fast verlassen vorgefunden und ließ sechsundvierzig Hektar gänzlich neu bepflanzen. Es wäre unhöflich und indiskret gewesen, die Hausherrin zu fragen, wo das Kapital dazu hergekommen war. Als Offizier der portugiesischen Marine zur Zeit der Kolonialkriege und danach würde da Silva kaum so viel verdient haben.

Die Anlage der Quinta war spannend: Es gab den alten Gebäudeteil in der typischen Architektur des 19. Jahrhunderts, alle Wände des nach vier Seiten geschlossenen Hofes in Weiß gehalten, mit gelb abgesetzten Simsen und Türeinfassungen, dazu die roten Ziegeldächer, was sehr gepflegt, ja geradezu gediegen wirkte. Wie verwohnt und heruntergekommen wirkte dagegen die Quinta da Fonte; er würde viel Geld in die Hand nehmen müssen, um sie seinen Vorstellungen entsprechend umzugestalten. Von der Weinbergfläche her war Chocapalha ein wenig größer, hinzu kam hier die

Produktion von Birnen. Da sie sehr viel Wasser brauchten, war eigens ein kleiner Stausee angelegt worden.

Der neue Teil, die eigentliche Produktionsanlage, war hypermodern in den Hügel hineingebaut, und ähnlich wie auf da Silvas einstiger Kommandobrücke durchzog eine Fensterreihe den Bau über die gesamte Breite. Kühl war es hier, klinisch sauber, grau die Betonwände und die Architektur den Arbeitsabläufen sinnvoll angepasst. Die Romantik des Weinbaus blieb ausgespart und für Werbebroschüren mit Familienfotos vor den barocken Giebeln der alten Quinta aufgehoben.

Ein freundlicher junger Mann, der soeben sein Studium der Önologie beendet hatte, begleitete ihn durch die das Gut umgebenden Weinberge und bei der Weinprobe. Er war einer von elf Angestellten, darunter zwei Traktoristen, ein Verkäufer, die Bürokraft, Kellermeister und Weinbergarbeiter, bei den niedrigen Löhnen in Portugal durchaus bezahlbar. Hier, fünfunddreißig Kilometer vom Atlantik entfernt, wehte meist ein kühlender Wind, der besonders nachts die Reife verlangsamte und damit hinauszögerte. Sechshundert Millimeter Regen pro Jahr reichten, die Reben auf dem ton- und kalkhaltigen Boden zu ernähren. Fünf weiße und sieben rote Rebsorten wurden angebaut, darunter die internationalen Sauvignon Blanc, Cabernet Sauvignon und Syrah. 180 000 Liter Wein ergaben 250 000 Flaschen.

Man sei auf dem Weg zum Biowein, offiziell jedoch beim integrierten Weinbau stehen geblieben, da man dreieinhalb Jahre auf die Genehmigung zur biologischen Produktion habe warten müssen, erklärte der junge Önologe. Zu viele Beamte säßen noch zu bequem auf ihren überholten Privilegien.

Fechter war froh, dass er die Weine nicht laut interpretieren musste. Er wusste nicht, wie die vermeintlichen Experten darauf kamen, dass ein Wein nach Holunder roch, ein anderer erdige Noten aufwies, wie Erdbeermarmelade in

Weinform schmeckte oder Kakao und Baumrinde zu riechen waren. Sogar tierische Noten sollten vorkommen, Pferdeschweiß war ihm da in übler Erinnerung. Wie eklig. Er empfand die Weine mal dicker oder dünner, mal kräftig oder fein, nach roten Früchten rochen alle Rotweine, und die Weißen waren blumig, mehr oder weniger säuerlich und fruchtig. Der Arinto, den man ihm vorsetzte, war leicht, bei heißem Wetter erfrischend und gut zu trinken. Aber dann kam eine Cuvée aus Arinto, Viosinho und Verdelho, die viel kräftiger erschien, zitroniger, vielleicht waren bei gutem Willen frische Kräuter zu erahnen. Dann hatte man Arinto mit Chardonnay kombiniert, das süßliche Aroma vom Ausbau im Eichenfass war ihm bekannt und hier sehr deutlich. Zu deutlich, wie der Önologe meinte, der Ertrag sei zu hoch, man ernte zehntausend Kilo pro Hektar. Fechter erinnerte sich daran, dass Hollmann auf seiner Quinta von einem Hektar lediglich die Hälfte hereinholte. Aber seine Weine waren auch teurer.

Der erste Rote war der Castelão, rebsortenrein, und Fechter meinte, bei gutem Willen den Duft von Kirschen oder Himbeeren wahrzunehmen. Was nun? Himbeer oder Kirsche oder beides? Egal, der Wein schmeckte ihm sehr gut. Der Chocapalha Tinto war aus fünf Rebsorten zusammengesetzt (hatten sie zu viel davon?), ein geradezu opulenter Wein. Da waren die schwarzen Beeren, Brombeere oder Cassis, eventuell auch Heidelbeere? Was es mit der Gerbsäure oder dem Tannin auf sich hatte, war vergessen, doch dieser Wein machte die Mundschleimhaut nicht so stumpf, dass man sich nach einem Bier sehnte. Beim letzten Wein dann, dem Vinha Mãe, meinte er, Schokolade zu riechen, auch Tabak und Kakao, aber nur, wenn er sich die Dinge vorstellte, und auf Brombeere kam er erst, als er eine Reihe von roten Früchten vor seinem geistigen Auge passieren ließ.

Er ließ sich von allen verkosteten Weinen je eine Flasche mitgeben, um sie »in der Agentur mit meinem Team« erneut zu probieren und die endgültige Entscheidung zu treffen. Es war erstaunlich, wie leichtgläubig die Menschen waren, als Beweis seiner Tätigkeit hatte er lediglich eine gefälschte Visitenkarte abgegeben und Weinagent sowie Frachtmakler angegeben.

Gut gelaunt machte er sich auf den Rückweg, doch kaum auf der Autobahn, waren sie wieder da: der Seat und der Hyundai. Oder bildete er es sich ein? Einer war silbern, einer blau – oder umgekehrt? Verdammt – der Wein in seinem Kopf … Litt er unter Verfolgungswahn, seit Ronaldo vom Rio Douro zurückgekehrt war? Er griff nach der Klappe unter dem Armaturenbrett. Sie war da, die Sig Sauer, nur für den äußersten Notfall. Er gab Gas und hatte nach wenigen Augenblicken die beiden Wagen abgehängt.

Die Vorbereitungen waren zur Zufriedenheit aller verlaufen. Das Schiff war entladen worden, der Container war unbeschädigt und ohne Kontrolle aus dem Hafen gelangt. Das einzige Problem war, die Mengen an Kaffee zu lagern. Der Verkauf lief zwar wie immer, aber diese Lieferung war außerhalb der Reihe gekommen. Nur gut, dass sie in Luanda einen präparierten Container als Reserve hielten, der in beide Richtungen hin einsetzbar war. Die Ware war wie üblich einwandfrei, es waren siebenhundert Pakete bester Qualität. Sie zählten während des Umpackens in den Transporter dreimal.

Die Pakete wurden flach auf den Boden gelegt, obenauf kamen alte Teppiche und Möbel. Die Fahrt zur Quinta da Fonte war der risikoreichste Teil des langen Wegs. Die Rushhour war vorbei. Ronaldo fuhr allein, er nahm das Risiko auf sich, Fechter fuhr mit seinem Wagen fünf Minuten voraus, um mögliche Hindernisse zu entdecken. Sie transportierten einen Großhandelswert von vierzehn Millionen. Aber wenn etwas schiefging, würden sie keine ruhige Minute mehr haben. Noch vier oder fünf Transporte, dann wäre genug Geld zusammen, dann würde er den Laden schließen.

Unbehelligt kamen sie zur Quinta und luden den Sprinter aus. Die Mannschaft hatte alles bestens vorbereitet, die Fenster verdunkelt, die Türen abgeklebt, Wände und Boden mit Plastikplanen verkleidet.

Doch irgendwo schlug eine Tür, kurz darauf kam Paulo Oliveira hereingestürmt. »Da war jemand, die Tür ist sonst immer geschlossen!«

Sie schraubten unauffällig die Schalldämpfer auf ihre Waffen und suchten das Gebäude und die Umgebung ab. Da war niemand. Auch die Wachen an der Straße hatten nichts bemerkt, Paulo Oliveira in seiner Paranoia musste sich geirrt haben. Fechter bemühte sich, seine wachsende Unruhe nicht zu zeigen. Morgen kam der Spediteur, dann wäre alles auf dem Weg nach Deutschland. Er selbst sollte sich dringend mit Hollmann treffen und ihn als Berater gewinnen. Dann hätte er ihn unter Kontrolle. Und Paulo Oliveira war definitiv eine Schwachstelle.

Fechter nahm Ronaldo beiseite. »Du kennst Paulos Weinkeller, den mit der steilen Treppe? Wenn jemand eine Kiste Wein da runterwirft und fällt selbst in die zerbrochenen Flaschen, meinst du, der übersteht das?«

»Wenn er richtig fällt? Auf keinen Fall!«

Johanna Breitenbach

Will der überhaupt verkaufen?

Es war längst nicht mehr so heiß wie in den Tagen nach ihrer Ankunft. Vom Atlantik wehte häufig ein angenehmer und kühlender Wind. Morgens hatte sie erste Nebelfetzen bemerkt, die der Wind von Westen ins Inland trieb. Es war ein Aufatmen, sowohl für die Reben wie auch für die Menschen, die sich morgens in die Weinberge aufgemacht und die Arbeit eingestellt hatten, bevor die Mittagshitze zu stark wurde.

Johanna passte sich diesem Rhythmus an, obwohl es wegen der Lese schwieriger war, Termine mit den Winzern zu machen, um ihre Weingüter auf ihre Energieeffizienz hin zu prüfen und entsprechende Spar- respektive Umbaumaßnahmen vorzuschlagen. Das Seminar am Samstag war ein voller Erfolg gewesen. Es hatte einen Prozess in Gang gesetzt, der hoffentlich noch eine Weile andauerte. Mit ihren Bedenken hielt Johanna sich zurück. Auch weil sie den Beitrag Joanas für diesen Fortschritt nicht kleinreden wollte, den Erfolg eines siebzehn Jahre altes Mädchens, in wenigen Tagen zur jungen Frau geworden.

Joana hatte sich in der Familie durchgesetzt, besonders gegen die konservative Mutter, sie hatte die Einladungen verschickt und persönlich bei den benachbarten Winzern für das Seminar geworben. Es war schön zu sehen, wie die Winzer an dem Abend auf sie zugegangen waren und sie als Gesprächspartnerin ernst genommen hatten. Johanna freute sich, dass sie das Mädchen hatte motivieren können und etwas davon auf sie selbst abstrahlte.

Am Sonntag entschloss sie sich, die Rückreise zu verschieben und eine Woche an ihren Aufenthalt dranzuhängen. Ihr Mann Carl hielt es ebenfalls für sinnvoll und hatte beim abendlichen Telefonat von dem Eisen gesprochen, das man schmieden musste, solange es glühte.

»Denn wenn du erst weg bist, werden alle zum gewohnten Trott zurückkehren«, hatte er geunkt. »Von selbst wird sich der Prozess sicher nicht beschleunigen, dazu gibt es noch zu wenige, die deine Gedanken weitertragen und umsetzen. Ich fürchte, dass er sich verlangsamt und schließlich einschläft, wenn du weg bist. Das Mädchen allein kann das nicht schaffen.«

Carl war aus Bozen nach Stuttgart zurückgekehrt; er würde sie zwar vermissen, doch einstweilen würde er – wie angekündigt – bei einem befreundeten Geologen und Winzer im badischen Kenzingen den Lesehelfer spielen. Von Andreas Fechter und ihrem beinahe fatalen Surfabenteuer erzählte Johanna nichts, kein Sterbenswörtchen, niemandem gegenüber erwähnte sie es. Allerdings war es nur eine Frage der Zeit, bis es in den sozialen Netzwerken auftauchte, wenn sie an die mit Smartphones Bewaffneten dachte, die sie am Strand erwartet hatten.

In Bezug auf ihre Gefühle für Fechter, für Andreas, herrschte in ihr das völlige Chaos. Sogar ihr Inneres wehrte sich dagegen, ihn beim Vornamen zu nennen. Einzig stand fest, dass er, Andreas, dass Fechter ihr das Leben gerettet hatte. Weil er ein anständiger Mensch war? Aus Spaß? Um ihre Dankbarkeit auszunutzen und sie ins Bett zu kriegen? Um vor sich selbst gut dazustehen? Für selbstlos hielt sie ihn keineswegs. Seine Blicke ließen es an Eindeutigkeit nicht fehlen. Es war ihm nicht schwer gefallen, er hatte sogar gelacht, hatte die Rettungsaktion als Abenteuer aufgefasst, sie auf seinem Rücken, und welche Gedanken ihn dabei bewegten, hatte er klar gesagt.

Oder sollte sie das alles völlig gleichgültig lassen? Schließlich zählte nur die Tatsache, dass sie da draußen nicht irgendwann vor Schwäche vom Surfboard gerutscht und ertrunken war. Mit aller Kraft wehrte sie sich gegen die Bilder, die mit Macht aus ihrer Erinnerung an die Oberfläche drängten und drohten, wie die Atlantikwellen über ihr zusammenzuschlagen und sie in eine ganz andere Tiefe zu reißen. Wenn sie daran dachte, nahm die Beklemmung in ihrer Brust zu, ihr wurde übel. Sie schnappte nach Luft.

An diesem Morgen hatte sie sich nicht am Pool unter den anderen Gästen bewegen wollen und ihr Frühstück mit hinauf auf den winzigen Balkon ihres Apartment genommen. Die nächste Kellereibegehung stand erst für elf Uhr auf dem Plan.

Sie wusste nicht, wie sie ihm, Fechter, in Zukunft begegnen sollte. Sie konnte es doch nicht bei einem einfachen »Dankeschön, lieber Andreas« bewenden lassen. Eine Einladung zu einem Essen stand in keinem Verhältnis zu dem, was er für sie getan hatte. War er jetzt ihr Freund, einer auf Lebenszeit? Dankbarkeit bedeutete aber nicht, sich vor dem Retter zu erniedrigen oder ihm große Geschenke zu machen. Was erwartete er von ihr? Wer war er überhaupt? Was war er? Worüber freute er sich? Geld schien er zur Genüge zu besitzen. Was war es, das er sich nicht kaufen konnte?

Sie empfand ihn als oberflächlich, als egoistisch, als jemanden, dem eigentlich nichts etwas bedeutete bis auf die Karriere und das Kiten. Oder war Letzteres nur eine Möglichkeit zur Selbstdarstellung? Er ist verheiratet, dachte sie, und hat gleichzeitig eine Freundin. Oder was war diese Rosalie? Machte ihn das zu einem schlechten Menschen, zu einem der vielen verlogenen Männer, die ein Doppelleben führten?

Mit wem kann ich über diese Fragen sprechen?, fragte sich Johanna verzweifelt. Ihre Gastgeber waren mit ihren Weinbergen und der Lese beschäftigt, mit den Verlusten durch die Hitze. Hinzu kam die Angst vor Waldbränden, es hatte seit

Monaten nicht geregnet, und Eukalyptus brannte wie Zunder. Der kleinste Funke entzündete das Laub, jede Glasscherbe wirkte wie ein Brennglas, und Grundstücksspekulanten zündeten den Wald an, um Bauland zu gewinnen. Joana war zwar ein lieber Mensch, nur leider mit zu wenig Lebenserfahrung. Und ihre Mutter ging ihr weiter aus dem Weg, inzwischen wohl mehr aus Scham. Da blieb ihr nur noch Nicolas Hollmann …

Johanna stürzte ihren kalt gewordenen Kaffee achtlos hinunter. Sie erinnerte sich an das Seminar und die darauffolgenden Gespräche, die sich bis tief in den Abend gezogen hatten. Das Seminar hatte ihr Auftrieb gegeben, sie hatte kurzzeitig in ihre kämpferische Rolle zurückgefunden, doch jetzt, wieder allein, kehrten die Zweifel zurück wie ein Schwarm Krähen, sie schrien laut und umkreisten sie, als wären sie drauf und dran, nach ihr zu hacken.

Fechter war nach dem Seminar rasch verschwunden, aber Hollmann war geblieben – Nic, wie sie ihn inzwischen nannte. Mit ihm konnte man offen reden, aber sie würde ihn mit ihren Zweifeln langweilen. Er hatte sein Leben bestens eingerichtet, führte eine gut gehende Kellerei, verstand sich bestens mit seiner Frau und hatte eine Tochter, die sich wahrscheinlich ähnlich entwickeln würde wie Joana. Nic schien ein glücklicher Mensch zu sein – oder steckte er mit seinem ökologischen Wissen sicherheitshalber den Kopf in den Sand, um sein Gleichgewicht nicht zu gefährden? Er reagierte auf den Klimawandel, hatte Ideen, setzte sie um und glaubte noch daran, dass sich bei entsprechenden Maßnahmen und gewaltigen Anstrengungen das Ruder herumreißen ließ. Oder war es lediglich Zweckoptimismus? Er war gestern zurück an seinen Fluss gefahren und würde erst am kommenden Wochenende wiederkommen, wenn Herbert Vollmer aus dem Krankenhaus entlassen wurde.

Dass es möglich wäre, das Ruder herumzureißen, daran glaubte Johanna nicht. Lediglich für einen Abend, während des Seminars, hatte sie daran geglaubt, aber die Halbherzigkeit und das freudlose Gerangel des sogenannten deutschen Klimakabinetts, das Geschwätz der Parteien und die Sorge der Industrie um Profite machten sie wieder mutlos. So hatten sie bereits vor zehn Jahren geklungen.

Die Politik warf immer nur Begriffe in den Ring und kaute so lange darauf herum, bis sie inhaltsleer geworden waren. Dann wurde alles auf die europäische Ebene verschoben … Dabei war die Trockenheit in Frankreich inzwischen so groß, dass das Wasser zum Kühlen der Atomkraftwerke ausging. Die CO_2-Abgabe, in der Schweiz eingeführt, hatte nichts gebracht, Gleiches galt für den Emissionshandel, die Zertifikate für Verschmutzungsrechte wurden inflationär und viel zu billig ausgegeben. Die Autolobby stellte den Verkehrsminister, die Agrarlobby die Landwirtschaftsministerin, die sich nicht schämte, als Nummerngirl für den Nestlé-Konzern aufzutreten. Die Umweltministerin mit ihrer Leutseligkeit wäre als Fachkraft einer Kita besser aufgehoben, und der angeblich mündige Bürger war nicht bereit, auf einen einzigen Ferienflug zu verzichten. Der portugiesische Schriftsteller Fernando Pessoa, in dessen »Buch der Unruhe« sie jeden Abend einige Absätze las, zählte den Menschen zur Gattung der bekleideten Tiere. »Was wir sehen, ist nicht, was wir sehen, sondern was wir sind«, so der Autor. Was also war von einem derartigen Wesen zu erwarten?

Doch seit Samstag hatte sie einige Winzer für ihre Ideen gewonnen, sie akzeptierten Johannas Vorschläge, waren bereit, sie umzusetzen, ihre Empfehlungen aufzugreifen. Durfte sie diese Menschen enttäuschen, ihnen den Mut nehmen? Dieselbe Frage trieb sie um, lähmte sie teilweise, wenn sie vor den Studierenden stand. War das Mutmachen nicht auch eine Lüge? Wo zwischen diesen Polen steckte ihre Verantwortung? Auch Johanna konnte ohne Perspektive schlecht leben.

Ihr Smartphone, das neben dem Frühstücksteller lag, riss

sie aus den Grübeleien. Es war Nicolas Hollmann, wie sie seufzend feststellte.

»Geht es dir nicht gut?«, fragte er vorsichtig, obwohl sie nichts als ihren Namen gesagt hatte. Er musste ein feines Gespür haben.

»Nein, alles bestens«, log sie und versuchte, ihrer Stimme einen fröhlichen Klang zu geben. »Ich sitze auf meinem Balkon in der Sonne und frühstücke.« Doch an seinem Schweigen spürte sie, dass Nic es ihr nicht abnahm.

»Du erinnerst dich an den Zustand, in dem du mich nach der Weinprobe in der Rua Augusta aufgesammelt hast?«

Johanna erinnerte sich sehr gut. Nic war aufgebracht, redselig und hyperaktiv, ja sogar aggressiv gewesen, was so gar nicht zu seinem Wesen passte.

»Ich habe mit Vollmers Arzt gesprochen. Der wiederum hat sich mit einem Experten für Suchtkranke in Verbindung gesetzt, für den alle meine Symptome eindeutig auf Kokain hinweisen. Außerdem hat der Arzt erfahren, dass die anderen, die im Krankenwagen abtransportiert wurden, ähnliche Symptome wie ich zeigten, allerdings wesentlich stärker oder deutlicher.«

»Du bist es doch hoffentlich nicht gewohnt?«

Hollmann lachte. »Das hat mich der Arzt auch gefragt. Nein. Aber die anderen Betroffenen waren im Hinblick auf das Probieren Laien, das heißt, sie tranken den Wein, während ich rieche, verkoste und alles wieder ausspucke. Also habe ich weniger abbekommen.«

»Und was bedeutet das?«

»Die Betroffenen scheinen alle den Wein der Quinta da Fonte probiert zu haben, den eurer Nachbarn ...«

»Und das lässt nur den Schluss zu, dass in deren Wein Kokain war? Das willst du damit sagen?« Johanna war entsetzt.

»Aber das ist sicher noch nicht alles.« Sie dachte mit Schrecken an Fechter und seine Beziehung zu Fonte. »Hast du noch mehr herausbekommen?«

»Ich habe zu jemandem Kontakt, der sich mit Ermittlungen auskennt.«

»Dieser unscheinbare Mann, mit dem du dich nach unserem Seminar so diskret unterhalten hast?«

»Wie kommst du darauf?« Hollmann zögerte, er schien sich die nächsten Worte genau zu überlegen. »Wir beschäftigen uns mit einer bestimmten Person, die in Verbindung zu Fonte beziehungsweise Paulo Oliveira steht.«

»Etwa mit Andreas Fechter?« Johanna hatte während des Telefonats darauf gewartet, dass der Name fiel, sie hatte es befürchtet. Andreas, Oliveira, da Fonte – und Kokain? Hölle. Was für eine Verbindung? Und Andreas, der Mann, der sie gerettet hatte, sollte, könnte, irgendwie ... Nein, er mochte ein windiger Hund sein, aber ... ja, aber was?

»Was ist? Weshalb schweigst du? Weißt du etwa mehr? Dann sag es bitte, es kann hilfreich sein.«

Er mochte ein Angeber sein, ein Filou, ein geiler Bock, der seine Frau betrog, aber ... Drogen? Nein, Andreas war immerhin leitender Manager, der Junior Executive Officer einer renommierten Reederei, ein erfahrener Schiffsmakler, ein guter Sportler. »Was bringt euch zu dem Schluss, dass Andreas ...«

»Du nennst ihn beim Vornamen? Wieso das?«

»Wir haben uns am Strand von Baleal bei Peniche kennengelernt, ich gehe Windsurfen, er ist ein erfahrener Kiter.« Sie erinnerte sich an das nächtliche Zusammentreffen. »Die erste Begegnung allerdings hat hier stattgefunden. Ich hatte mich verfahren, bin auf den Weg zur Quinta da Fonte geraten ...«

»Wann war das?« Hollmanns Stimme war härter geworden.

Der insistierende Ton gefiel Johanna nicht. Unwillig gab sie die Antwort, dass es am Tag ihrer Ankunft gewesen sei. »Ich hoffe, ihr verdächtigt niemanden zu Unrecht! So was kann ein Leben zerstören.«

Hollmann schlug einen beruhigenden Ton an. »Erstens ist dieser Ermittler ein sehr erfahrender Mann, und zweitens gehen wir äußerst diskret vor. Und du, versprich mir: Kein Wort, zu niemandem über das, was ich dir anvertraut habe, bitte, kein Wort!«

»Ja, natürlich, selbstverständlich.«

»Es ist mir wirklich ernst! Auch kein Wort zu deiner jungen Freundin, bitte!«

»Ja, ich habe verstanden«, antwortete sie unwillig.

»Es kann gefährlich werden, sollten sich gewisse Hinweise verdichten.«

»Ist ja gut, ich hab's kapiert.« Johanna merkte, wie sich Unwille gegen das Gesagte in ihr breitmachte. Verdächtigte Nic etwa den Mann, der ihr das Leben gerettet hatte? Sie wechselte das Thema, sprach über die mehrheitlich positiven Ergebnisse des Seminars und welche Möglichkeiten sich daraus für sie ergaben. »Ich muss jetzt Schluss machen, habe gleich eine Verabredung in einer Quinta …«, sie suchte in ihrem Kalender nach dem Namen, »… Quinta de Pancas bei Porto da Luz. Kennst du die zufällig?«

»Nur dem Namen nach, ist ein uraltes Weingut, von 1495, es gehörte dem Entdecker von Madeira, Bartolomeu de Perestrello«, sprudelte Nicolas los. »Ich weiß davon, weil sie damals die Land- und Seekarten fälschten, um die Feinde, besonders Franzosen und Spanier, in die Irre zu führen. Von den Weinen dort habe ich keine Ahnung. Dann viel Spaß. Wir sehen uns am Wochenende. Also, wie gesagt, schweig bitte über das, was ich dir anvertraut habe.«

Johanna drückte auf das rote Feld, um gleich darauf die Nummer ihres Kollegen Stefan in Geisenheim zu wählen, der ihr den Aufenthalt bei Flávio dos Santos vermittelt hatte. Sie erzählte Stefan ausführlich vom zähen Anfang und dass erst durch die Vermittlung der engagierten Tochter die Winzer sich bewegt hätten. Jetzt, da das Interesse gewachsen sei, müsse sie noch mindestens eine Woche bleiben.

»Dann hast du deine Einstellung hoffentlich geändert?«, fragte Stefan.

»Wir werden sehen, was dabei rauskommt«, antwortete Johanna vorsichtig, sich das Ja oder Nein ersparend. »Es ist zäh. Es ist mir natürlich klar, dass neue Ideen Zeit brauchen, sich durchzusetzen, doch so neu sind die Ideen nicht. Vielleicht kapiert es die nächste Generation …«, wenn es dann nicht längst zu spät ist, dachte sie grimmig und drückte das Gespräch weg. Aber es war nicht Stefan, der ihr die Laune verdarb, es war Nicolas Hollmann mit seinen Verdächtigungen. Wie leicht es war, Gerüchte in die Welt zu setzen, hatte sie damals erlebt. Kaum war bekannt geworden, dass die Polizei den Studenten Manuel Stein wegen des Mordes an seiner Kommilitonin Alexandra Lehmann verhaftet hatte, war alle Welt über ihn hergefallen.

Über ihr Reisebüro in Wiesbaden verschob Johanna den Rückflug. Sie zahlte lieber das Reisebüro, als ewig im Internet herumzugeistern, letztlich doch über irgendwelche Klauseln oder vergessene Buttons zu stolpern und hohe Stornogebühren zahlen zu müssen.

Porto da Luz, der Hafen des Lichts, war ein kleines Dorf kurz vor Alenquer. Eine steile Einbahnstraße führte hinunter zu einer schmalen Brücke, hinter der ein staubiger Schotterweg um mannshohe Gräser herum auf einen Komplex recht unansehnlicher, scheunenartiger Bauten zuführte. Die Zypressen entlang der ehemals weißen Mauern verdeckten kaum, dass ihnen ein neuer Anstrich gut getan hätte. War sie verwöhnt, was die gepflegten Bauten anging, die sie bislang gesehen hatte?

Ein Unternehmer hatte 2006 die Anlage mitsamt der dreiundsiebzig Hektar Land gekauft, von denen fünfzig für den Weinbau genutzt wurden. Die Weinberge erstreckten sich über die Hänge rings um das Dorf, zogen sich in die flachen Täler hinab und bedeckten die nahen Hügelkuppen. Angeblich war hier kolumbianisches Kapital hineingeflossen, was sofort einen gewissen Verdacht nährte. Aber längst nicht jeder Kolumbianer handelte mit Kokain, dachte Johanna und ärgerte sich darüber, dass es ihr nach dem morgendlichen Telefonat sofort in den Sinn gekommen war. Wieso glaubte Nic, was dieser Arzt sich da mit seinen Kollegen zusammengereimt hatte? Andererseits … Sie schob den Gedanken beiseite.

Als beispielhaft empfand sie diese Quinta keineswegs, weder die Gebäude noch die Installationen oder gar die gemauerten Tanks. Der sehr sympathische Önologe jedoch, Gilberto Marques, ein Mann um die dreißig, nahm sich Zeit für sie. Es tat ihr leid, dass er in dieser heruntergekommenen Umgebung arbeiten musste. Als sie mit einem schrottigen Jeep über Schotterpisten durch die Weinberge rumpelten, war er freundlich, zuvorkommend und beantwortete ihr alle Fragen. Er erwähnte auch, dass man Glyphosat zwischen die Weinstöcke spritzte, um das Unkraut zu vernichten. Anders als Johanna hatte er damit kein Problem, genauso wenig wie mit maschineller Lese, denn die Flächen waren wenig geneigt und daher einfach zu bearbeiten.

Beim Önologen war die Idee eines ökologischen Weinbaus zwar angekommen, anscheinend aber nicht bei seinen Chefs. Angeblich warf die Quinta de Pancas gerade genug ab, um sie zu erhalten, auch bei den diesjährigen Ernteverlusten von dreißig Prozent. Bedeutete das nicht, dass in anderen Jahren dreißig Prozent Überschuss entstanden waren, mit denen man die entsprechende Modernisierung hätte vornehmen können? Oder zeigte sich hier die südamerikanische Mentalität, nach der erst renoviert wurde, wenn alles zusammengebrochen war?

Die Weine hingegen waren eine Überraschung. Die Cuvée aus Chardonnay und Arinto gehörte in die Kategorie fruchtigharmonisch. Die Farbe war stark, die Aromen von Zitrone und gelben Blumen recht ausgeprägt, und dreizehn Prozent

Alkohol, viel für einen Weißwein, gaben dem Wein ein starkes Volumen. Der rebsortenreine Arinto kam leider ein wenig zu warm ins Glas, das Holzfass, in dem der Weißwein ausgebaut war, zeigte sich zu deutlich und überlagerte so die fruchtigen Aromen von grünem Apfel und Stachelbeere. Doch die starke Säure rettete ihn.

Komplexität und Eleganz zeigten sich in der Assemblage von Cabernet Sauvignon mit Merlot und Touriga Nacional als einziger einheimischer Rebe. Es war ein interessanter, vielseitiger Wein mit einer guten Struktur, bei dem das Kirscharoma überwog. Auch die fünf Jahre alte Reserva aus den französischen Rebsorten Cabernet, Syrah und Alicante Bouschet war sehr gelungen. Hier fiel Johanna die Würze auf, das Aroma von Cassis, es war ein Wein mit Gewicht, aber doch nicht zu schwer. Die Grande Reserva gehörte auch nicht unbedingt zum Geschmacksbild der Region Lissabon, obwohl ein Teil Touriga Nacional enthalten war. Ähnlich Kraftvolles und Opulentes hatte sie zwar auch andernorts probiert, aber dieser Qualität tat das keinen Abbruch. Dieser Wein hatte Klasse, doch ohne Essen, etwa einen Rinderbraten oder ein Steak, war er kaum zu genießen, er brauchte einen starken Partner auf dem Teller.

Der Besuch zeigte ihr, dass es falsch war, vom Äußeren einer Kellerei auf die Weine zu schließen, aber der Widerspruch zwischen beidem ließ sie nicht los. Mit gemischten Gefühlen trat sie die Heimfahrt an. Oder hing ihr immer noch das Gespräch mit Hollmann vom Morgen nach? Bei Gelegenheit würde sie sich die Quinta da Fonte genauer ansehen, wohl auch, um Fechter von jedem Verdacht zu befreien – oder sich von ihren Zweifeln?

Zunächst aber wurde sie von Flávio dos Santos mit Beschlag belegt. Ein Architekt war gekommen, mit dem sie den Rest des Tages die nötigen Umbaumaßnahmen besprachen. Später gesellten sich Joana und ihr Bruder hinzu, während ihre

Mutter durch Abwesenheit glänzte, vermutlich weil es um Vorschläge zur Umgestaltung der Quinta ging. Waren die nächtlichen Beichten unaufrichtig gewesen?

Als sie die Besprechung bei einem Glas Wein ausklingen ließen, betrat Dona Sofia den Raum. Ohne auf die Anwesenden Rücksicht zu nehmen, unterbrach sie das Gespräch und redete auf ihren Gatten ein, immer wieder böse Blicke in Richtung ihrer Kinder schleudernd.

Sie sollte besser Medea statt Sofia heißen, dachte Johanna, obwohl sie kaum ein Wort des Gesagten verstand. Es war aber nicht zu überhören, dass es auch um sie ging, denn ihr Name fiel, und sie verstand einige Fachbegriffe. Eine seriös geführte Debatte klang anders.

»Sie will, dass du auszieht«, sagte Joana zutiefst empört auf Englisch. »Dein Apartment sei nur bis gestern reserviert, sagt sie, du hättest ja abreisen wollen.«

»Das habe ich ganz anders verstanden«, warf Johanna ein.

»Nein, morgen kommen neue Gäste, sagt meine Mutter, ein Ehepaar aus Frankreich, und meine Mutter weiß angeblich nicht, wo sie dich unterbringen soll. Sie will dir ein Zimmer in einem Hotel in Alenquer besorgen.« An der Tür drehte Joana sich noch einmal um. »Sie hat nur Angst um ihr beschissenes Dach, *the fucking roof*!« Mit diesen Worten knallte sie die Tür hinter sich zu.

Flávio dos Santos, der einen eher hilflosen Eindruck machte, entschuldigte sich wortreich, der Architekt schaute peinlich berührt zu Boden, während Sohn Alvaro der Mutter hinterherlief und sich vor der Tür eine hitzige Debatte mit ihr lieferte.

Kurz darauf kam Joana zurück, unter dem Arm das Reservierungsbuch. Sie schlug es auf. Es folgten ein aggressiver Sermon auf Portugiesisch und die kurze englische Übersetzung: »Nichts, hier ist kein Eintrag, keine Reservierung. Meine Mutter hat sich das nur ausgedacht. Sie will nicht, dass sich was ändert, sie denkt nur an sich und nicht an uns, dabei macht sie unsere Zukunft kaputt, unsere! Alles soll so hübsch bleiben wie bisher, egal, ob das Wasser steigt, unsere Trauben verbrennen und die Bäume vertrocknen, ob unser Brunnen Wasser führt! Hauptsache, ihre Gäste fühlen sich wohl. Und der Wein? Der war ihr immer egal. Alvaro soll an der Bar die richtige CD einlegen, er kann ruhig dabei verblöden, nur die Drinks müssen gut gekühlt sein.«

Wütend riss Joana die Tür auf und trat ihrer Mutter entgegen, blickte ihr geradewegs in die Augen, die Fäuste in die Hüften gestemmt und den Kopf angriffslustig vorgestreckt.

»*Ela divide a nossa família*«, kreischte Dona Sofia mit rotem Gesicht, den Tränen nahe zeigte sie auf Johanna. »*Ela deve sair! Agora!*«

Joana ging nicht darauf ein, sondern wandte sich an Johanna. »Sie, meine Mutter, bringt die Familie auseinander, nicht du. Mein Vater, mein Bruder und ich wollen, dass du bleibst und dass wir weitermachen. Basta! Zur Not kriegst du mein Zimmer, und ich schlaf im Kelterhaus.«

Allein auf dem kleinen Balkon ließ Johanna sich müde in den Korbstuhl fallen. Was war mit Dona Sofía los? Ihr Verhalten war absolut unverständlich. Hatten ihre nächtlichen Aussprachen nichts bewirkt? War der Ausbruch ein Rückfall in ihre vorherige Ignoranz? War er das letzte Aufbäumen gegen bevorstehende und notwendige Veränderungen, wirtschaftliche wie ökologische, und das Ganze verbunden mit dem Erwachsenwerden ihrer Tochter? Bewertete sie das lediglich als Verlust und nicht als Chance?

Johanna gelangte zu dem Entschluss, dass es für den Frieden in dieser Familie besser wäre, wenn sie auf den Vorschlag von Dona Sofia einging und sich ein Zimmer in Alenquer besorgte. Für die Arbeit hingegen war es sicher hinderlich und für ihr Ansehen bei den Winzern auch. Außerdem musste sie sich mit der Quinta da Fonte beschäftigen, was von hier aus einfacher war und sich unauffällig gestalten ließ. Wenn sie darüber nachdachte, wie schwierig es war, eine einzige Familie von dringend nötigen Maßnahmen zu überzeugen, wie viel schwieriger war es dann, eine ganze Gesellschaft umzukrempeln und von ihren zur Sucht gewordenen Gewohnheiten abzubringen?

»Wenn wir es nicht versuchen, werden wir es nicht schaffen.« Das war die schlichte Antwort Joanas, die später zu ihr heraufkam. »Sie glauben, dass ihr gesamter beschissener Kapitalismus zusammenbricht, wenn er nicht pausenlos wächst. Mir wär's recht. Wein wird immer getrunken, der Mensch braucht ab und an einen kleinen Schwips, wir Winzer werden bestimmt nie arbeitslos, außer die Spirituosenkonzerne enteignen uns.«

Während Joana von ihrer kämpferischen Großmutter erzählte und sich über das Verhalten ihrer Mutter gegenüber den Mitarbeitern beklagte, überlegte Johanna, wie sich das Gespräch auf die Quinta da Fonte bringen ließ. »Dann wird deine Großmutter das alte Ehepaar von der Quinta da Fonte gekannt haben, die Oliveiras?«

»Sicher, aber wie ich gehört habe, sollen die schon immer ziemliche Eigenbrötler gewesen sein. Es wundert mich nicht, dass der eine Sohn genauso geworden ist. Der lässt sich nicht in die Karten gucken. Dabei könnte man gut kooperieren, denn die Weine von denen sind nicht schlecht, und unsere Weinberge grenzen aneinander, der Boden ist identisch und die Größe in etwa auch.«

»Meinst du, die würden mich reinlassen?«

»Niemals.« Joana grinste hinterhältig. »Aber ich kenne einen Weg hinein, schon lange, mein Bruder auch. Was interessiert dich da so besonders?« Joana war neugierig geworden.

Das war es, was Johanna bezweckt hatte. »Du kennst diesen Andreas Fechter, den Spediteur?«

»Bäh, diesen unsympathischen Kerl?«

»Ja, du magst ihn unsympathisch finden, Joana, mir ist er

egal. Er will die Quinta kaufen und hat mich gebeten, mich dort mal umzusehen.«

»Den hätten wir dann als Nachbarn?« Joana machte aus ihrer Abneigung keinen Hehl. »Entsetzlich, *horrível*, nein, den will ich hier nicht. Da sind mir die alten Oliveiras lieber. Der … der … Fechter, der ist so … besitzergreifend. Ich glaube, alles, was er sieht, will er haben.«

Dem wollte Johanna nicht widersprechen. »Der wird doch niemals selbst hier sein«, versuchte sie, die junge Frau zu beruhigen. »Der will ein Weingut besitzen, das ist schick, vielleicht hat er zu viel Geld und braucht ein Abschreibungsobjekt, um Steuern zu sparen. Der wird sich eine Mannschaft zusammensuchen, glaub mir, und es werden bestimmt nicht die dümmsten Leute sein. Ihr hättet sicher auch was davon. Nicolas könnte mit von der Partie sein.«

»Glaubst du das wirklich?«

»Ja, der Fechter macht einfach nur Geschäfte, egal, was es ist.« Johanna erschrak über ihre eigenen Worte. Dann war es auch möglich, dass Hollmanns Verdacht begründet war?

Es kostete Johanna einige Überredungskunst, doch letztlich ging Joana auf ihren Wunsch ein. »Ich zeige dir einen Schleichweg, aber rein gehe ich da auf keinen Fall.«

Johannas Sommergarderobe bestand ausschließlich aus hellen Kleidungsstücken. Da sie für ihr Vorhaben aber unpassend waren, besorgte sie sich in Alenquer eine leichte schwarze Jeans und eine dunkelblaue Bluse. Darin würde sie weniger auffallen. Das feste Schuhwerk, für den Weinberg geeignet, war für den Schleichweg, wie Joana ihn genannt hatte, zu schwer. Also entschied sie sich für ein Paar Sneaker.

Gegen zwanzig Uhr machten sie sich auf den Weg, das letzte Licht des Tages ausnutzend, der bereits merklich kürzer geworden war. In der Umfassungsmauer der Quinta da Joana gab es eine selten benutzte Eisentür, für die Joana den Schlüssel besaß. Dahinter trat man direkt in den Weinberg,

»Touriga Nacional«, Joana wies auf die Rebstöcke, deren Blätter sich schon verfärbten. Dann schlug sie mit schnellem Schritt den abfallenden Weg zwischen den Reben zum Waldrand ein.

Inzwischen kannte Johanna sich ein wenig aus und erinnerte sich an ihren ersten Ausflug. Bergab ging es in den lichten Wald zu dem Felsen an der ausgetrockneten Quelle. Auf dem Pfad, dem sie nun wieder hügelan folgten, kam sie trotz der abendlichen Kühle ins Schwitzen und verlor die Orientierung, bis sie plötzlich vor einer Mauer standen.

Joana zeigte auf eine zugemauerte Lücke. »Das war unser Einstieg, der muss erst vor Kurzem ausgebessert worden sein, wird schwer, irgendwo anders rüberzuklettern. Die beiden Einfahrten sind rechts und links von uns, eine im Osten, die andere im Westen. Die wird meistens benutzt, da fahren sie mit den Autos rein.« Joana wandte sich nach links, der westlichen Einfahrt zu. Johanna folgte ihr, in der mannshohen Mauer vergeblich nach einem Durchlass suchend.

»Die meinen wirklich, jemand würde ihnen was klauen.« Joana zeigte auf eine andere ausgebesserte Lücke. Steine und Mörtel waren neu. Sogar die Äste der Bäume, die bis an die Mauer herangereicht hatten, waren gekappt, zu nahe stehende Bäume gefällt worden. »Damit sie niemand als Leiter benutzt?«

»Das muss erst kürzlich geschehen sein«, bemerkte Johanna, ihre Finger glitten über die recht frischen Schnittflächen. »Hunde haben sie hier nicht?«

Joana lachte. »Würde mich nicht wundern. Aber bislang habe ich keinen bellen hören. Hast du Angst vor Hunden?«

»Manche sind mir nicht sympathisch.«

Sie schlichen entlang der Mauer bis zur Einfahrt mit dem eisernen Tor. Im rechten Pfosten war eine Gegensprechanlage angebracht, das Auge der Videokamera glänzte feindlich und dunkel.

»Die lassen sich ihre Sicherheit aber was kosten. Oder sie

haben was zu verbergen. Aber was sollte das bei den beiden Alten und bei Paulo schon sein?«, meinte Joana verächtlich. »Lass uns weitergehen. Vielleicht finden wir eine Stelle, wo man zumindest rüberschauen kann.«

Kurz hinter der nächsten Ecke entdeckte Joana einen Baum, der ihr als Ausguck geeignet erschien. »Du musst mir aber raufhelfen, Johanna.« Die Situation entbehrte nicht einer gewissen Komik, als Johanna die Hände zu einer Räuberleiter formte und Joana auf den Baum half, damit sie von dort auf die Mauer gelangte.

»Was willst du eigentlich bei denen?«, fragte Joana von oben. »Warum gehen wir nicht einfach hin und fragen Oliveira, ob wir die Quinta besichtigen dürfen? Schließlich war er bei deinem Vortrag. Will der überhaupt verkaufen?«

»Er wird mich nicht reinlassen. Und ob er verkaufen will? Ich weiß es nicht, Fechter hat das angedeutet.«

»Soll der sich doch drum kümmern.«

Joana saß inzwischen rittlings auf der Mauer, von wo aus sie offenbar einen guten Überblick über die Anlage gewann. Flüsternd berichtete sie Johanna, was sie sah. Ein Stück rechts von ihr war das Haupttor, ihr direkt gegenüber lag ein kleines Gebäude, in dem sich jemand an den Fenstern zu schaffen machte. Sofort legte sie sich flach hin.

»Pass auf, du brichst dir die Knochen, wenn du da runterfällst!«

»Still, da ist jemand. Sieht so aus, als würde jemand an den beiden Fenstern Vorhänge anbringen. Nein, es sind Pappen oder Bretter, die den Fensterrahmen ganz ausfüllen.«

Aus der Höhe der Halle links schloss Joana, dass dort die neuen Gärtanks standen, sicher gab es auch in den Boden eingelassene Tanks aus Zement zum Reifen oder zur Lagerung der Weine. Durch eine Lücke zwischen den Gebäuden sah sie einen Teil der Remise, dort lagerten Paletten neben einem Traktor. Wenn sie an eine der Paletten herankomme und sie an die Mauer lehne, könne sie aufs Grundstück und auch wieder zurück. Aber Johanna war strikt dagegen und drängte sie, wieder herunterzukommen. Es war mittlerweile fast gänzlich dunkel, und aus der Ferne war Motorengeräusch zu hören.

Mit einem gewagten Satz sprang Joana herunter. Rasch und umsichtig bewegten sie sich gebückt im Schutz der Bäume in Richtung des Tors. Ein Mann in einem hellen Schutzanzug mit Kapuze öffnete und winkte einen Wagen durch. Der Lichtschein der Lampe über dem Tor fiel dem Mann ins Gesicht.

»Den habe ich hier noch nie gesehen.« Joana umklammerte ängstlich Johannas Arm. »Der gehört bestimmt zur Lesemannschaft.«

Johanna fragte sich, wofür die Schutzanzüge dienten, solche sah man im Fernsehen, wenn die Spurensicherung an einem Tatort arbeitete oder gefährliche Güter verladen wurden. Was ging hier vor?

Ein weiteres Fahrzeug näherte sich ohne Licht, es war ein Lieferwagen, der sich taumelnd bewegte, als wäre er beladen. Der Mann am Tor gab mit der Lampe irgendein Zeichen. Der Lieferwagen fuhr in den Hof, Türen klappten, gesprochen wurde jedoch nicht. Johanna war näher an die Einfahrt herangeschlichen, darauf achtend, dass sie außerhalb jedes Lichtscheins blieb. Auch das dritte Fahrzeug, ein Pkw, fuhr ohne Licht und kroch auf das Tor zu. Johanna meinte, den Fahrer zu kennen, irgendwo hatte sie ihn schon mal gesehen, irgendetwas an ihm kam ihr bekannt vor – eine Bewegung, das Profil, oder war es die Körperhaltung? Aber da war auch etwas, das nicht passte, das anders war, ein Bart, langes Haar … Hinter dem Wagen, dem letzten dieses gespenstischen Konvois, wurde das Tor geschlossen, und wieder klappten Autotüren – dann herrschte Stille.

Joana schien die Szene unheimlich zu sein, sie packte Johannas Arm und zog sie hinter sich her, gemeinsam stolperten sie durch den tiefen Schatten des Waldes zurück. Der

Mond war aufgegangen, doch unter den Bäumen blieb es dunkel.

Aufatmend erreichten sie die Quinta, die einladend im Mondlicht strahlte wie ein verwunschenes Schloss.

Vor dem nächsten Termin am Freitag blieb noch Zeit, also fuhr Johanna gegen zehn Uhr zur Quinta da Fonte, gekleidet wie für einen offiziellen Besuch. Sie stellte den Wagen vor dem Tor ab und drückte den Klingelknopf, nannte ihren Namen und fragte nach Paulo Oliveira.

»Warten Sie, Paulo holt Sie am Tor ab!«

Ein Traktor mit einem Anhänger voller Trauben näherte sich der Quinta. Die werden für den schlichten Wein sein, schloss Johanna, andernfalls würden sie in Kisten transportiert. Der Fahrer kletterte herunter, um das Tor zu öffnen, und als er das Gespann auf den Hof fuhr, schlüpfte Johanna ebenfalls hindurch. Sie trat hinter das Gebäude, bei dem gestern die Fenster verdunkelt gewesen waren. Die Bretter oder Pappen waren wieder entfernt worden, sodass Johanna hineinsehen konnte. Es handelte sich um einen großen Laborraum, wie sie viele gesehen hatte. Wofür dann die Schutzanzüge? Wurde der Wein manipuliert? Hatte das mit Hollmanns Warnung zu tun?

Mit wenigen Schritten war sie wieder am Tor und ging weiter, links war, wie Joana es beschrieben hatte, die Gärhalle, rechts die Remise. Unter dem Dach standen vier Paletten mit Bag-in-Box-Weinen, alle transportfertig mit Plastikfolie regen- und diebstahlsicher verpackt.

»*O que você ta fazendo aqui?*«, fragte hinter ihr eine ungehaltene Männerstimme. Jemand griff nach ihrem Arm. Es war Paulo Oliveira persönlich. Er trat zwischen sie und die Paletten und breitete die Arme aus, als wollte er seine Weine vor ihr abschirmen.

»Guten Morgen, Senhor Oliveira.« Johanna schenkte ihm ihr freundlichstes Lächeln. »Wir haben am Abend des Seminars leider nicht miteinander gesprochen, deshalb wollte ich Sie gern treffen, um Ihnen einen Vorschlag zu machen.«

»Das ist jetzt ganz schlecht«, beeilte sich Paulo Oliveira zu sagen und schob sie zurück. »Wir sind mitten in der Lese, außerdem ist mein Englisch sehr schlecht. Wir verabreden uns ein andermal, vielleicht zusammen mit Flávio und seiner Tochter.«

Johanna ließ sich nicht abwimmeln. Sie zeigte auf die Paletten und trat näher, um zu sehen, worum es sich bei der Lieferung handelte. »Es geht auch um den Transport, wie ich beim Seminar erklärte, man könnte einen gemeinsamen Lieferpool …«

»Wie ich schon sagte«, Paulo Oliveira vertrat ihr jetzt wütend den Weg, »ich habe keine Zeit!«

Johanna merkte, dass sie nahe dran war, eine Grenze zu überschreiten. Das war nicht ihre Absicht. Sie hatte gesehen, was sie sehen wollte: Die Lieferung war für Deutschland bestimmt, je eine Palette für Hamburg und München. Die Beschriftung auf den beiden anderen Paletten konnte sie nicht erkennen.

»Kommen Sie ein andermal vorbei, wenn es besser passt. Rufen Sie vorher an.« Paulo drängte sie mit vorgehaltenen Händen ab, rührte sie aber nicht an.

Johanna wich zurück und machte kehrt. Hinter ihr fiel das eiserne Tor ins Schloss, und ein Riegel wurde vorgeschoben.

Nicolas Hollmann

Ob der Mann ihm weiter folgte?

Lediglich zwei Tage blieb Herbert Vollmer nach der Entlassung aus dem Krankenhaus zu Hause, bevor ihn seine Frau zur Reha brachte. Nicht nur deshalb sah sich Nicolas gezwungen, ein weiteres Wochenende der Quinta da Lua zu opfern. Freitagmittag machte er sich erneut auf den Weg, am späten Nachmittag traf er ein.

Zwei weitere Gründe waren für die Reise entscheidend gewesen: Er musste mit Maria Alcina darüber sprechen, wie sie mit ihrer Examensarbeit vorankam, vielmehr mit der Observation von Tavares, von der sie lediglich etwas ahnte. Zwar rief dies bei Nicolas ein schlechtes Gewissen hervor, aber solange er wusste, was auf der Quinta vor sich ging, und für die Studentin keine Gefahr bestand, dass Tavares übergriffig wurde, brauchte er sich keine Sorgen zu machen.

Der andere Grund war weitaus schwerwiegender. Er musste dringend José Maria Salgado treffen. Der hatte die Woche genutzt, sich mit der Person Fechter und seinen Geschäften zu befassen. Salgado meinte, selbst beobachtet worden zu sein, was für den Spanier recht befremdlich gewesen sein musste. Normalerweise war er der Schatten, der anderen folgte, aber dieser Unbekannte ging anscheinend sehr professionell vor. Seine Beschreibung ähnelte der des Mannes, der oben am Rio Douro spioniert hatte.

Die letzten Wochen waren für Nicolas alles andere als angenehm gewesen. Er ärgerte sich inzwischen, dass er Vollmer zugesagt hatte, sich um seine Weingut zu kümmern –

ein Versprechen, das er nicht zurücknehmen konnte, doch mit derartigen Komplikationen und dem ständigen Pendeln zwischen Lissabon und dem Douro hatte niemand rechnen können. In letzter Zeit schlief er zu wenig, und das wirkte sich auf seine Laune aus. Nur gut, dass Rita mit ihren Touristen unterwegs war. Die Woche über raste er durch seine Weinberge, am Wochenende ärgerte er sich mit Tavares herum. So unkompliziert die Lese auf seiner Quinta voranging, so zäh gestaltete sie sich auf der Quinta da Lua.

Karin Vollmer war für ihn auch keine Entlastung, zumal sie wegen der Vorbereitung eines Mode-Events am Wochenende momentan unansprechbar war. Achtzig Gäste wurden für morgen erwartet, selbstverständlich ganz wichtige und bedeutende Leute. Ein Laufsteg war bereits im Garten aufgebaut worden sowie das Podium für die Band. Eine Eventmanagerin raste aufgeregt durch den Garten, hatte alle fünf Minuten neue Ideen, die unbedingt umgesetzt werden sollten, und kommandierte mit theatralischen Gesten alle herum, bis die Elektriker streikten und die Beleuchter es satt hatten, die Scheinwerfer von einem zum anderen Standort zu schleppen. Karin Vollmer jedoch genoss den Trubel.

Nicolas hatte sich in einem alten Regiestuhl weit genug entfernt niedergelassen, dass ihm die aufgeregte Meute nicht auf den Geist ging und er mit dem nötigen Abstand sowohl die Handwerker wie auch die Wichtigtuer und deren Hilfskräfte beobachten konnte. Eine Glas des weißen Hausweins, ein Arinto, half ihm, den Puls zu senken, und belebte das Denken. Morgen würde er Salgado treffen. Henry Meyenbeeker hatte erzählt, dass sie alle zwei Wochen auf einem Schießstand mit automatischen Pistolen trainierten. Meyenbeeker übte, seit am Kaiserstuhl auf ihn geschossen worden war. Ob ihm das Training etwas nützte? Höchstens seinem Selbstvertrauen. Wer wirklich töten wollte, hatte die Waffe sowieso zuerst im Anschlag.

Nicolas fuhr zusammen, als er in den Sträuchern rechts eine Bewegung wahrnahm. Er sprang auf, Wein schwappte aus dem Glas und verfehlte knapp seine Hose.

»Schleichen Sie sich immer so an?«, fragte er erbost, als er Maria Alcina erkannte.

»Bei welchen bösen Gedanken habe ich Sie gerade ertappt?«, konterte sie.

»Setzen Sie sich her«, er atmete erleichtert auf, »und trinken Sie ein Glas mit mir, erzählen Sie mir, wie die Woche war. Oder haben Sie etwas Besseres vor? Sie könnten sich dort drüben unter die Modemacher mischen.«

»Besten Dank, aber mir liegen die Bauern mehr. Ich gehe gern auf Ihren Vorschlag ein.«

Kurz darauf kam sie mit Stuhl und Glas zurück, setzte sich und starrte auf das Treiben vor dem Gästehaus. Sie schwieg, als würde sie auf Nicolas' Fragen warten.

Er war gespannt, was sie am meisten bewegte, ob sie auswich oder die Dinge direkt anging. Er vermutete Letzteres.

Aber Maria Alcina war vorsichtig. Zuerst sprach sie über die Chance, fast ohne eigenes Zutun an das Thema ihrer Abschlussarbeit gekommen zu sein, eine Art zweites Praktikum zu absolvieren und dafür auch noch bezahlt zu werden. »Haben Sie das eingefädelt?«

Es war für Nicolas das Stichwort, ihr die Organisation seines Weingutes unter Beteiligung der Mitarbeiter zu erklären, die aus einer unkonventionellen Gemengelage heraus entstanden war. Er als Architekt sei als Quereinsteiger an den Rio Douro gekommen und habe damals rein gar nichts vom Weinbau verstanden. »Die Mitarbeiter, eigentlich mehr Kollegen, und ein erfahrener Provador, der inzwischen leider verstorben ist, haben mir alles beigebracht, was ich heute weiß.« Hilfreich sei auch, dass er auf dem ererbten Weingut eine umfassende Fachbibliothek vorgefunden habe, »auf Deutsch und auf Portugiesisch. Das hat mir die Einarbeitung leicht gemacht.«

»Mir macht man es hier nicht leicht«, sagte Maria Alcina, als wäre es für sie das Stichwort gewesen.

»Sie meinen Tavares?«

Die Studentin seufzte hörbar. »Die Sekretärin ignoriert mich, oder sie beäugt mich misstrauisch, und Tavares blockt nur ab. Er lässt mich hängen, gibt mir nur halbe Antworten und hält Informationen zurück, er lässt mich bei den Kollegen auflaufen. Dann gibt er mir blödsinnige Anweisungen. Dabei scheint mir, dass er ...«, sie zögerte und schwieg, als hätte sie bereits zu viel gesagt.

»Er fühlt sich beobachtet, überwacht? Er fürchtet, dass Sie seine Inkompetenz bemerken? Nur zu, keine Hemmungen, ich gebe es nicht weiter und bin auch kein Professor, der Zensuren verteilt.«

Es kostete die Studentin Überwindung, sich offen zu äußern. »Wie kann ich annehmen, dass ein gestandener Kellermeister Angst vor mir haben sollte?«

»Es gibt weitaus bessere als ihn. Er weiß das, und genau das macht ihn unsicher und bösartig.« Dass er Angst hatte, dass seine Unterschlagungen ans Licht kamen, sagte Nicolas ihr besser nicht, jedenfalls jetzt noch nicht. Er würde abwarten, wie sich das Wochenende entwickelte, denn die Lese durfte keinesfalls unterbrochen werden, die Trauben reiften, ohne nach den Feiertagen zu fragen.

»Er hat mich aufgefordert, ihm meine Aufzeichnungen zu zeigen. Als ich ihm gesagt habe, dass ich ihm später gern die Arbeit zeige, ist er wütend geworden. Es sei dumm von mir, er könne mir vieles beibringen und helfen, Fehler zu finden. Bei jeder Gelegenheit schickt er mich weg, irgendetwas zu holen, als wollte er ungestört sein, und gestern ist er spät nachmittags verschwunden, dabei war der Pressvorgang noch nicht ganz beendet. Das Schwefeln hat er mir überlassen. ›Du kannst das!‹, sagte er nur und war weg. Dabei waren die Traubenpresse und die Lesekörbe noch nicht gereinigt, er meinte, dazu brauche man ihn nicht.«

»Haben Sie in den paar Tagen wenigstens was gelernt? Ich möchte nicht, dass Sie Ihre Zeit hier unnütz vertun.«

»Doch, auf jeden Fall, jede Menge!« Sie zählte auf, womit sie sich beschäftigt hatte. »Außerdem habe ich mich mit Joana von der Quinta da Joana angefreundet, ich war auch vorgestern zum Abendessen dort. Tolle Leute sind das.« Sie zögerte kurz. »Wieso ist Tavares eigentlich nicht zu Ihrem Vortrag gekommen?«

»Wahrscheinlich hatte er was Besseres zu tun«, sagte Nicolas und dachte an die Informationen, die José Maria Salgado zusammentrug.

Die Nacht war um fünf Uhr vorbei. Der wenige Schlaf und das ständige Reisen machten Nicolas mürbe. Dabei war das Gästezimmer sehr bequem, mit alten Möbeln eingerichtet, und es besaß ein eigenes Bad. Am liebsten hätte er Tavares noch an diesem Morgen rausgeschmissen, aber das konnten sie sich erst leisten, wenn alles gelesen und die Gärung durch war und alles in den Tanks beziehungsweise in den Barriques lag und reifte. Lourdes war bereits damit beschäftigt, sich nach einem neuen Kellermeister zu erkundigen, und Karin Vollmer suchte in der Region nach einer Sekretärin.

Nicolas' schlechte Laune rührte auch daher, dass er sich vor José Maria Salgados Eröffnungen fürchtete. Alles, was daraus entstand, waren Komplikationen und Meyenbeekers Andeutungen nach auch gefährlich. Wenn es um Kokainschmuggel in großem Stil ging, musste man damit rechnen, dass die Betroffenen zurückschlugen.

Nicolas bewegte sich im Haus wie einer der Bewohner und war erfreut, Maria Alcina und Karin Vollmer in der Küche zu treffen. Es war langweilig, allein zu frühstücken. »Wann kommt Tavares?«, fragte er und sah auf die Uhr an der Wand. »Die ersten Lesehelfer sind bereits da. Und unsere Leute haben längst alles vorbereitet.« Er meinte die drei Arbeiter, die ganzjährig auf der Quinta da Lua arbeiteten.

»Die Modeleute sind für neun Uhr angemeldet.« Karin Vollmer verdrehte die Augen. »Die machen mich wahnsinnig, ununterbrochen haben sie extravagante Wünsche. Tavares? Der kommt, wann er will, er meint immer, er weiß, was er tut.«

»Das glaube ich ihm sogar«, entgegnete Nicolas. »Nur hat er jetzt zu tun, was wir wollen, vielmehr, was ich ihm sage. Trinken Sie Ihren Kaffee aus, Maria! Wir warten nicht länger.« Nicolas stand auf und stellte sein Frühstücksgeschirr in die Spülmaschine. Er merkte, dass die beiden Frauen ihn anstarrten. »Was guckt ihr so?«

»Das hat Tavares noch nie getan.«

»Ich bin ja auch nicht er«, sagte Nicolas ärgerlich und verließ die Küche. Maria Alcina folgte ihm eilig.

Draußen begrüßten sie die Arbeiter mit Handschlag, Nicolas inspizierte kurz die Lesekisten, den Hänger und den Lieferwagen. Alles war komplett und sauber. Maria Alcina hatte in kluger Voraussicht einen Arbeitsplan für diesen Tag vorbereitet und teilte die Teams ein. Eine Gruppe bestand nur aus Frauen. »Da brauchen sie sich keine dummen Sprüche anzuhören.«

»Aber so lernen die Kerle es nie, sich zu benehmen. Trotzdem, gute Arbeit«, sagte er leise zu ihr. »Ich glaube, Sie wollen hier nach dem Examen anfangen, oder?«

Maria Alcina schien sich ertappt zu fühlen, dann strahlte sie ihn an.

In diesem Moment meldete sich Nicolas' Smartphone. Auf dem Display erschien keine Nummer, aber eine feste Stimme sagte: »Salgado hier! Wir müssen dringend miteinander reden!«

»Guten Morgen, ja, haben Sie Erfolg gehabt?«

»Steigen Sie bitte um 13:18 Uhr in Castanheira do Ribatejo in den Zug nach Lissabon Santa Apolónia. Ich sitze im zweiten Waggon in Fahrtrichtung rechts. Haben Sie's?«

Nicolas drehte sich zur Seite und wiederholte die Daten,

und ehe er eine weitere Frage stellen konnte, hatte José Maria Salgado das Gespräch wieder beendet. Gedankenverloren starrte Nicolas auf die Oberfläche des Gerätes, bis er merkte, dass alle Umstehenden ihn anstarrten, und nach einigen Sekunden des Schweigens nahmen alle ihre Arbeit auf.

Während der Fahrt zum Weinberg ließ Nicolas sich von Maria Alcina berichten, welche Arbeiter man im nächsten Jahr wieder um Mithilfe bitten sollte. Eine halbe Stunde nach Aufnahme der Lese tauchte Tavares auf – natürlich nicht bei den Terrassen, auf denen Touriga Nacional gepflanzt war und wo Nicolas und Maria Alcina mithalfen. Nicolas bat, ihm auszurichten, er möge bitte sofort zu ihm kommen.

Es war gut, dass eine Weile verging, bis der Kellermeister eintraf, bis dahin war Nicolas' Ärger verraucht. »Wir beginnen um sechs Uhr, Senhor Tavares, und nicht um halb acht!«

»Ich war leider verhindert«, plusterte Tavares sich auf. »Ich hatte etwas Wichtiges zu erledigen.«

»Und Sie können uns nicht Bescheid sagen? Wozu gibt es Telefone? Im Übrigen muss ich Sie bitten, unsere angehende Önologin kollegialer zu behandeln. Ich sage es nochmals, Sie sind verpflichtet, mit ihr zu kooperieren! Habe ich mich klar ausgedrückt?«

Tavares bekam schmale Lippen. »Sie rauschen hier am Wochenende herein, tun so, als hätten Sie was zu sagen, geben Befehle, als wäre das hier Ihr Weingut.« Er kochte vor Wut.

»Sie haben von Senhor Vollmer eine schriftliche Anweisung erhalten.«

»Als wenn der irgendeine Ahnung hätte – genauso wenig wie Sie. Am Rio Douro, da mögen Sie eine Figur sein, aber wir sind in der Region Lissabon, und hier sind Sie ein Fremder. Wozu drücken Sie mir Ihre kleine Studentin aufs Auge, die nicht einmal ihr Studium hinter sich hat? Als Aufpasserin? Oder was stellt sie sonst dar?«

Nicolas grinste innerlich. Wieso nur blies sich der Mann

so auf? Meinte er, dass er unabkömmlich wäre? Kannte er die Machtverhältnisse nicht? Ein Wort von Nicolas, und er konnte sich einen anderen Job suchen. Das musste er ohnehin bald. Denn irgendwas lief zwischen ihm und der Quinta da Fonte. Hatte er denen die geklauten Trauben geliefert?

»Senhor Tavares, machen Sie einfach Ihre Arbeit, kooperieren Sie auf jeder Ebene, ich wiederhole, auf jeder Ebene mit Maria Alcina, dann funktioniert hier alles bestens. *Um bom dia para você*!«

»Sie haben ihm auch noch einen schönen Tag gewünscht«, wunderte sich Maria Alcina kopfschüttelnd, als Nicolas zu seinem Wagen ging und sie außer Hörweite waren.

»Warum nicht? Soll er ihn genießen. Seine Tage hier sind sowieso gezählt.«

Als er von der Landstraße in den Weg zu den Quintas einbog, kamen ihm im Halbdunkel zwischen den hohen Eukalyptusbäumen ein Pkw und der Lastwagen einer Spedition entgegen. Nicolas fuhr rechts ran, um die Fahrzeuge vorbeizulassen. Der Fahrer des Pkw machte eine blitzschnelle Bewegung und schob sich mit der flachen Hand eine Sonnebrille über die Augen. War das nicht der Mann, der bei ihnen am Douro die Weine probiert und sie beobachtet hatte? Der Wagen war vorbei, bevor Nicolas sich Gewissheit verschaffen konnte. Stattdessen grüßte der Fahrer der Spedition freundlich.

Noch in Gedanken an die Begegnung holte Nicolas seine uralte Aktentasche – sie stammte noch aus Studententagen – und die Kamera aus seinem Zimmer und machte sich auf den Weg nach Aldeia Galega da Merceana zur Kellerei von Santos Lima, es war lediglich eine Viertelsunde Fahrtzeit. Nach dem SOGRAPE-Konzern war Santos Lima mit vierhundert Hektar Weinland die zweitgrößte Kellerei Portugals und die größte der Region Lissabon. Vierhundert Hektar waren für deutsche Verhältnisse kaum vorstellbar, in Südeuropa hingegen nicht ungewöhnlich. Es war die zehnfache Fläche dessen, was er zu Hause am Douro bearbeitete.

Als Ende des 19. Jahrhunderts die aus Amerika einge-schleppte Reblaus die Wurzeln der Rebstöcke wegfraß und viele Weinbauern verarmten, hatten sie ihr Land zu Spott-preisen verkaufen müssen. Da hatte die Familie Santos Lima zugegriffen. Aber mit so jemandem tauschen, der sich mit zweihundert Angestellten herumschlug? Nein, niemals, die Vorstellung war für Nicolas grauenvoll. Aber spannend war der Besuch eines derartigen Betriebs allemal: Zwanzig Milli-onen Flaschen wurden jährlich dort abgefüllt!

Die Casa Santos Lima war in Sachen Weinbau und -verar-beitung auf dem höchsten Stand der Technik. Überirdisch ein zweigeschossiger Flachbau, der strahlend weiß in der Morgensonne lag, dunkel die tief liegenden Fensterfronten, das Ganze eingebettet oder besser, eingegraben in die Kuppe eines Hügels, umgeben von Weinbergen, in denen sich die ersten Blätter gelb färbten. Die Zufahrt sowie die Installatio-nen der aufgereihten Zweihunderttausend-Liter-Tanks, zu denen man sprichwörtlich aufschauen musste wie zu den Säulen des Herakles, lagen im Rücken der großzügigen An-lage, auf der sich jeder Fünfundzwanzig-Tonner bequem rangieren ließ. Das Barriquelager war beeindruckend, in Sechserreihen und zum Teil übereinander lagen die vielen hundert Fässer mit reifenden Weinen. An der vollautomati-schen Abfüllstraße wurde mit Schutzkleidung gearbeitet. Auch Nicolas kam nicht umhin, sich eine Plastikhaube auf-zusetzen und einen durchsichtigen Kittel anzuziehen, um keine Verunreinigungen hereinzutragen. Flaschen klirrten, Maschinen brummten, Kontrolllampen flackerten, Gabel-stapler sausten umher, Automaten füllten ab, verkorkten, eti-kettierten und verpackten die Flaschen, die in fünfzig Län-der exportiert wurden.

Die Großzügigkeit des Äußeren setzte sich im Inneren fort, doch obwohl man in der Werbung von einem Familienbetrieb sprach, fehlte die persönliche Note, eine Atmosphäre des Vertrauens, wie Nicolas sie in seinem Büro genoss, auch wenn er nicht über einen derart gewaltigen Ausblick verfügte. Vier oder fünf Weiler lagen vom Besprechungsraum aus im Blickfeld, dazu eine Landschaft, die nur aus Weinreben bestand, deren Reihen sich im nächsten Tal, hinter dem nächsten Hügel und unter dem Horizont verloren.

Man sprach Französisch und Englisch, es wurden Buggy-Fahrten durchs Gelände angeboten oder zu viert in der offenen Kutsche, verschiedene Arten von Weinproben, Führungen durch Weinberge und Produktionsanlagen, und zuletzt konnte man sich mit dem Chef des Ganzen, mit José Luís Santos Lima Oliveira da Silva vor der umfangreichen Sammlung historischer Korkenzieher ablichten lassen. Er war ein kleiner, ernster und konzentriert sprechender Mann, der den Eindruck vermittelte, nicht eine Minute seiner Zeit vertrödeln zu dürfen. Ob ihm die Arbeit Freude machte? Wahrscheinlich fragte er sich das nicht mehr. Wachstum war das Ziel. Über Ökologie wurde nicht gesprochen. Waren sie alle wahnsinnig?

Mit Nicolas traf er sich im Besprechungsraum an einem Tisch, an dem außer ihnen weitere vierundzwanzig Personen bequem Platz gefunden hätten. José Santos Lima sprach über die Entstehungsgeschichte des Unternehmens, den permanenten Prozess der Modernisierung, seine Exporte und die Genossenschaften der Region, die mangels Professionalität hatten aufgeben müssen. Er würde gern weitere Weinberge kaufen, den bepflanzten Hektar zu dreißigtausend Euro, aber leider werde nichts mehr angeboten.

Es gebe kein Problem, an dessen Lösung José nicht mitarbeite, sagte sein Neffe, der Nicolas zur Weinprobe begleitete, keine Frage, die ihn nicht interessiere, kein Etikett, zu dessen Gestaltung er sich nicht äußere, keinen der hundertfünfzig verschiedenen Weine, den er nicht probiert habe. Besonders günstige Weine seien ihm wichtig, »die Leute sollen was Anständiges trinken und Freude haben und es sich auch leisten können«. Also ganz im Dienste des Kunden?

Wie immer begann die Probe mit einem Weißwein, einem Fernão Pires aus dem Vorjahr, recht blumig und mit dem Aroma von reifen Äpfeln und einer nicht zu spitzen Säure. Der Arinto aus demselben Jahr war leichter und eher grasig und kräuterig, und im Verhältnis zum Volumen empfand Nicolas die Säure als zu stark.

Der nach den Regeln der AOC Alenquer angebaute Wein trug den Namen Seteencostas, eine Cuvée aus den Rebsorten Castelão, Preto Martinho, Camarate und Tinta Miúda, wobei die beiden letzteren Nicolas unbekannt waren. Aber auch dieser Wein traf nicht seinen Gusto. Das Holz war zu deutlich, er wirkte gekocht, die Tiefe schien ihm fingiert zu sein. Die Colossal Riserva hingegen, auch ein Verschnitt aus vier Rebsorten, war sehr schön, ein Wein zwischen Alltag und Anspruch, schwarze, reife Beeren waren deutlich, dabei blieb der Wein leicht im Duft und weich im Tannin, wobei Süße und Säure in schmeichelhaftem Gleichgewicht standen.

Der Palha-Canas war auch ein gutes Beispiel, wie in diesem Hause durch die Komposition von Rebsorten (in diesem Fall fünf!) unterschiedliche Weine und Geschmacksbilder erzeugt wurden, statt sich auf ein definiertes Terroir zu beziehen. Körper, Struktur, Wärme und Tannin, alles war da und in einem ausgewogenen Verhältnis.

Auf den Spätburgunder, hier Pinot Noir, war Nicolas gespannt, denn in diesen Breiten der Rebsorte gerecht zu werden, war sicher nicht einfach. Aber dieser Wein, wenn auch anders in Farbe und Aroma als im Burgund oder an der Nahe, war angenehm zu trinken. Er zeigte zumindest einen Hauch der Eleganz dieser Rebe. Dennoch: Alle diese Weine wirkten *gemacht*, während seine *entstanden*, so wie die Rebe sich gab.

Der letzte Wein – es war inzwischen an der Zeit, sich auf das Treffen mit Salgado einzustellen – war ein rebsortenreiner Touriga Nacional. Es war Nicolas' Lieblingsrebe, die er für seine besonderen Portweine reservierte. Dieser hier, obwohl bereits drei Jahre alt, hätte noch gut weitere drei vertragen, obwohl er alles zeigte, was die Rebe zu bieten hatte: Kraft, Farbe, Aromen von Tabak, Cassis, ein Hauch Schokolade und Brombeere.

Das, was man mir vorgesetzt hat, dachte Nicolas auf dem Weg zum Wagen, war für einen derart großen Betrieb erstaunlich gut. Allerdings hat man gewusst, wer zur Probe kommt, und die Weine entsprechend ausgewählt. Aber bei dem Preisgefüge konnte man nicht das verlangen, was er oder was die Quinta da Lua produzierte. Ihre Preise begannen dort, wo sie bei Santos Lima aufhörten.

Kaum verließ er das Firmengelände und bog auf die Landstraße ein, senkte diese sich steil ins Tal. Beim ersten Blick in den Rückspiegel meinte er, den Wagen zu sehen, dem er am Morgen begegnet war. Nicolas trat das Gaspedal durch, raste bergab, nahm Geschwindigkeit auf, die ihn auf die nächste Hügelkuppe brachte, und bremste dahinter scharf ab, um sich Gewissheit zu verschaffen. Der Fahrer des Wagens hinter ihm bremste ebenfalls scharf, begriff dann aber, was Nicolas bezweckt hatte. Von jetzt an bis nach Castanheira do Ribatejo blieb der Verfolger weit zurück, tauchte jedoch immer wieder im Rückspiegel auf.

Nicolas fuhr zum Bahnhof und weiter in eine Nebenstraße, wo er den Wagen abstellte und sich mit schnellem Schritt wieder dem Bahnhof zuwandte. Ob der Mann mit der Sonnenbrille, den er am Morgen gesehen hatte, ihm weiter folgte? Ließ Salgado ihn deshalb den Zug nehmen? Damit er den Verfolger abschüttelte? Wenn dieser Mann, den Meyenbeeker in den höchsten Tönen gelobt hatte, ein derartiges Vorgehen vorschlug, musste die Angelegenheit sehr ernst sein. Er musste Salgados Rat befolgen, vielleicht sogar zu seinem eigenen Schutz.

Nicolas löste eine Rückfahrkarte und setzte sich in das

kleine Kaffee im Bahnhofsgebäude. Von draußen hatte er bemerkt, dass sich wegen der Lichtreflexe auf den Scheiben nicht hineinsehen ließ, aber dass er von drinnen den Vorplatz überblicken konnte. Auch der Verfolger kam zu Fuß. Jetzt hatte Nicolas Gewissheit: Es war der Mann, der bei ihm probiert und Wein gekauft hatte. Aber weshalb wurde er ausgespäht, weshalb verfolgt? Weil er bei der Weinprobe zufällig an das Kokain im Wein geraten war? Was hatte dieser Fechter damit zu tun? Beim Blick in den schwarzen Kaffee erinnerte Nicolas sich an seinen Gesichtsausdruck, als er vom Tod seines Chefs erfahren hatte. Befriedigung hatte sich darauf gezeigt, fast das Lächeln eines Siegers. Er musste Fechter zeichnen. Wenn er Linien aufs Papier brachte, begriff er die Strukturen, die der Pflanzen genau wie die der Menschen. Hingen diese Dinge zusammen? Was war mit der Quinta da Fonte von Paulo Oliveira? Doch der Ärger mit Tavares reichte ihm, er hatte wenig Lust, sich auch noch mit den Nachbarn anzulegen.

Der Zug wurde angekündigt, Nicolas zahlte und ging zum Bahnsteig. Als der Regionalzug einfuhr, benahm er sich, als erwartete er jemanden, blickte suchend in die Fenster, bewegte sich nervös von einem Waggon zum nächsten, schaute den Aussteigenden nach und postierte sich vor einer der Türen. Etwa zwanzig Meter weiter links stand sein Verfolger und beobachtete ihn. Jetzt stiegen die neuen Fahrgäste zu, aber Nicolas blieb stehen. Als er das Geräusch der sich schließenden Türen vernahm, sprang er hinein, musste sich durchquetschen, um ins Innere zu gelangen, aber er hatte es geschafft. Sein Verfolger auch? Die beiden hinteren Waggons waren schnell durchschritten. Hier war er nicht, vorn konnte er nicht eingestiegen sein. Damit war Nicolas sicher und machte erleichtert kehrt.

Er fand Salgado sofort. Der grinste ihn an. Lächelnd war er wesentlich sympathischer. »Gut gemacht, *bien hecho*, ah, ich vergaß, *bem feito* auf Portugiesisch, oder sprechen wir

Englisch? Ich habe Sie auf dem Bahnhof beobachtet. Haben Sie Erfahrung mit derartigen Aktionen?«

Salgado sprach recht gut Portugiesisch, Nicolas war ein wenig des Spanischen mächtig, aber um die Verständigung zu gewährleisten, einigten sie sich auf Englisch.

»Es gab vor Jahren mal eine recht heikle Situation, man wollte mich daran hindern, mein Erbe anzutreten. Ich nehme an, Meyenbeeker hat Sie darüber informiert, bevor Sie herkamen?«

»Ich bin im Bilde. Das hat Sie anscheinend sehr mitgenommen, wie er sagte.«

»Ich hab's überlebt.« Nicolas zuckte mit den Achseln. »Aber deshalb wollten Sie mich nicht sprechen. Was ist los?«

»Sie haben bemerkt, dass Sie überwacht werden?«

»Allerdings, verfolgt wäre treffender. Was geht hier vor? Geht es um …«

Salgado hob die Hand und sah sich um, der Zug war recht leer. »Sprechen wir trotzdem leise. Ich erzähle Ihnen, was ich weiß. Zuerst: Der Mann, der Sie verfolgt, heißt Ronaldo Malvedos, er arbeitet für Fechter. Soweit ich weiß, bekommt Malvedos von ihm seine Anweisungen. Dieser Malvedos hat einen üblen Ruf, wovon er lebt, weiß man nicht. Bislang war ihm nie etwas nachzuweisen, bis auf Körperverletzung in jungen Jahren. Ich sah ihn in der ›Confeitaria Luanda‹ in Lissabon. Das Café gehört diesem Fechter, er importiert angeblich Kaffee aus Angola auf eigene Rechnung. Dort sind Kameras installiert, ich bemerkte es zu spät, daher kennt man mich, und seitdem hängt mir dieser Malvedos im Nacken. Er war dort oben bei Ihnen am Douro?«

Nicolas erzählte Salgado von dessen Besuch auf seiner Quinta.

»Mir scheint, man will sich ein Bild von Ihnen machen, da Sie häufig die Quinta da Lua aufsuchen …«

»… als Berater«, warf Nicolas ein.

»… und damit als Nachbar der Quinta da Fonte. Auch

dorthin besteht eine Verbindung von Fechter und Malvedos, und dadurch kommt Paulo Oliveira ins Spiel.«

»Fechter will eine Quinta kaufen und mich als Berater, er versteht nichts vom Weinbau.«

»Ich vermute, er will nur näher ran an Sie.«

»Aber weshalb?«

Salgado bat Nicolas um Geduld. »Das Ganze nahm Fahrt auf, als Sie und andere bei der Weinprobe in Lissabon Kokain im Wein hatten und Sie der Sache nachgegangen sind. Und Paulo Oliveira hat den Wein eingeschenkt ...«

»Weiß etwa die Polizei etwas?«, fragte Nicolas. Er war sich nicht sicher, ob der Arzt den Mund gehalten hatte.

Salgado wiegte den Kopf. »Könnte sein. Ich gehörte einst selbst dem Verein an. Sonst wäre ich nicht so weit. Aber zurück zu Fechter. Er ist verheiratet, hat eine Tochter und eine Geliebte, die bei einer Bank im Investmentgeschäft arbeitet und wohl auch für ihn. Seine Geschäftsführerin in der Confeitaria verwaltet seine Immobilien. Außerdem ist er im Begriff, ein Fitnescenter zu übernehmen.«

»Dann muss er ziemlich viel Geld aus anderen Quellen haben«, vermutete Nicolas.

Das nahm auch Saldgado an, denn auch bei einem Gehalt von hundertzwanzigtausend Euro im Jahr plus Auslandszulage sei das alles nicht zu bezahlen, meinte er. Allein der Wert seiner Wohnungen belaufe sich auf weit mehr als acht Millionen. Was Fechter das Kaffeegeschäft einbringe, wisse er noch nicht. »Was läuft eigentlich zwischen ihm und Johanna Breitenbach, dieser deutschen Professorin?«

Nicolas erschrak. »Wie meinen Sie das?« Er hatte Johanna gewarnt, sich auf Leute wie Fechter einzulassen, aber lediglich aus dem Gefühl heraus.

»So wie ich es sagte!« In Salgados Tonfall schimmerte eine Härte durch, die Nicolas bis jetzt nicht bemerkt hatte. Einen Mann wie Salgado wollte man nicht als Gegner haben.

»Ich weiß nur, dass sie mit ihm surft oder vielmehr sie

beide am selben Ort surfen, in der Bucht von Baleal. Sie geht Windsurfen, er kitet wohl, das passt auch eher zu einem Draufgänger wie ihm.«

»Von einer Ferienanlage wissen Sie nichts?«

»Nein, woher sollte ich? Senhor Fechter hat lediglich die Absicht geäußert, eine Quinta zu kaufen, da frage ich nicht nach seinen Vermögensverhältnissen.«

»Und – werden Sie ihn beraten?«

Nicolas meinte, eine gewisse Feindseligkeit aus der Frage herauszuhören. »Im Grunde ist mir die Arbeit für Vollmer bereits zu viel. Ich habe Fechter hingehalten, ich halte seine Pläne für eine Marotte. Heißt das, Sie vermuten, dass er irgendwie mit Kokain …?«

»Wenn man das, worüber wir gesprochen haben, zusammenfügt, ist der Eindruck kaum von der Hand zu weisen.«

»Was soll ich Ihrer Meinung nach jetzt tun?«

Bevor er antwortete, schaute Saldgado lange aus dem Fenster.

Nicolas sah ebenfalls hinaus. Breit und ruhig floss der Tejo neben ihnen her, flach die schilfbestandenen Niederungen auf der Flussseite, die ersten Möwen segelten dicht über dem Wasser. Hochspannungsleitungen vermittelten zusätzlich den Eindruck von Weite, darüber der blaue, wolkenlose Himmel. Die landwirtschaftlichen Flächen auf der anderen Seite der Bahnstrecke endeten gleich an den Hügeln.

»Sie haben meinem Freund Meyenbeeker einiges erzählt, er hat mich gerufen, um Sie zu schützen. Dazu muss ich wissen, woher ein möglicher Angriff kommen kann. Sie werden beobachtet, demnach sind Sie ins Fadenkreuz geraten. Irgendwann kommt es zum Angriff, man wird wissen wollen, was Sie wissen, ob Sie für gewisse Leute eine Gefahr darstellen.«

Wer diese Leute waren, konnte Nicolas sich denken.

Er solle die Augen offen halten, sagte Salgado, aber sich nicht zu viele Sorgen machen. »Wenn etwas geschehen sollte, bin ich da.«

»Was werden Sie als Nächstes tun?«

»Ich frage mich, wie Fechters Chef ums Leben kam. Die Polizei war bei der Spurensuche an seinem Fahrzeug nachlässig. Obwohl es wohl Hinweise auf eine Kollision gab, geht sie davon aus, dass er lediglich von der Straße abkam und die hohe Böschung hinabstürzte. Die Schäden rühren zwar vom Absturz her, doch ich vermute, dass es zuvor einen Zusammenstoß mit einem anderen Fahrzeug gab. Und ich werde mir genau ansehen, was er auf seinen Schiffen transportiert.«

Salgado bestieg am Bahnhof Santa Apolónia ein Taxi, Nicolas ging zu Fuß zu Ritas ehemaligem Apartment im Alfama-Viertel, es war lediglich ein Katzensprung. Sie nutzten die winzige Wohnung, wenn sie in Lissabon zu tun hatten. Nicolas sah nach dem Rechten und goss die vertrocknenden Pflanzen auf der großen Terrasse, bereitete sich in der winzigen Küche einen Kaffee und setzte sich nach draußen, um die Aussicht über die Altstadt zu genießen. Nach einer Weile holte er Zeichenblock und Bleistifte. So wie er einst die Weinstöcke gezeichnet hatte, um ihre Struktur zu begreifen, so zeichnete er Fechter aus der Erinnerung. Über die Augen kam er nicht hinaus, sie waren dunkel, böse, kalt, habgierig – und gleichzeitig verloren. Der Mann war mit Vorsicht zu genießen. Er würde niemals mit ihm oder für ihn arbeiten.

Am späten Nachmittag fuhr Nicolas zurück nach Castanheira do Ribatejo. Eine halbe Stunde später war er auf der Quinta. Keine Spur von seinem Verfolger. In der Werkstatt zog er sich einen Blaumann über und kroch, als der Motor abgekühlt war, unter den Wagen. Dieser Ronaldo Malvedos hatte sich wenig Mühe gegeben, den GPS-Tracker zu verstecken. Es knackte laut, als Nicolas ihn zertrat. Wenn dieser Lump wissen wollte, wo er sich befand, sollte er sich verdammt noch mal selbst an ihn dranhängen. Dann machte Nicolas die obligatorische Runde durch den Gärkeller. Der

Anschiss vom Morgen hatte seine Wirkung getan, Tavares hatte funktioniert. Oder war es Maria Alcina gewesen?

Johanna Breitenbachs Vorschlag eines gemeinsamen Abendessens war Nicolas sehr recht. Dabei konnte er sie über Fechter ausfragen, ohne einen Vorwand zu erfinden. Er hätte sie gerne auf die Quinta da Lua eingeladen, aber im Garten war die Hölle los beziehungsweise die Modebranche. Menschen jederlei Geschlechts, Selbstdarsteller, verhungerte Models, Vorstadt-Rapper, gut bezahlte Edel-Punker, verkleidete Hard-Rocker und affektierte Designer tobten ausgelassen auf dem Laufsteg zu monotonen Technoklängen und schienen sich alle gegenseitig ewige Liebe geschworen zu haben.

Nicolas floh regelrecht zur Qinta da Joana, wo Johanna bereits auf ihn wartete. Sie schlug ein Restaurant in Alenquer vor, »das ›Casta 85‹, direkt am Fluss, eine schöne Aussicht, da gehen die Winzer mit ihren Gästen hin, also muss es gut sein«.

Kurz bevor sie sich auf den Weg machten, kam Joana aus dem Haus gelaufen. »Bitte nehmt mich mit, ich bezahle auch selbst.«

Zwanzig Minuten später hielten sie an der Calçada Francisco Carmo und bekamen im Restaurant sogar einen Platz am Fenster. Während sie die Speisekarte studierten, erzählte Joana, wie sehr ihr das Gastgeberin-Getue ihrer Mutter und der permanente Streit mit ihr auf die Nerven ging.

»Und wie war deine Woche, Johanna?« Nicolas interessierte sich weniger für Mutter-Tochter-Konflikte, obwohl er Ähnliches auf Rita zukommen sah, je älter Rebecca wurde. »Haben sich durch unser Seminar neue Möglichkeiten eröffnet?«

Sie habe Johanna in der vergangenen Woche kaum zu Gesicht bekommen, mischte Joana sich begeistert ein. »Sie ist von einer Quinta zur nächsten gerast. Euer Seminar hat

Augen geöffnet, einige Kollegen haben meinen Vater angerufen und gefragt, ob Dona Johanna nicht länger bleiben oder wiederkommen könne, für ein neues Seminar.«

»Ist gut, Joana«, meinte Johanna. »Ja, der Zuspruch ist groß, was nicht heißen will, dass unsere Vorschläge auch verwirklicht werden, weder die energetischen noch die ökologischen.«

»Also noch immer auf dem pessimistischen Trip?« Nicolas verstand nicht, dass Johanna den Erfolg ihrer Bemühungen nicht sah. Er schüttelte den Kopf. »Dann wird die Welt bald untergehen? Die Gletscher werden weiter abschmelzen, die sibirischen Wälder brennen, der Meeresspiegel steigt unaufhörlich, und 1,3 Milliarden Chinesen fliegen zum Shoppen nach Mailand? Dann konsumieren wir uns zu Tode und bauen letztlich aus den Baumstämmen, die uns der Borkenkäfer übrig lässt, die Arche Noah? Dann hat die Bibel doch recht?«

Jetzt mischte sich Joana ärgerlich ein. »Sie nehmen Johanna nicht ernst, Senhor Nic. Das finde ich gar nicht gut! Alles, was Sie gerade gesagt haben, passiert jeden Tag. Wir waren letztes Jahr in Venedig. Haben Sie mal gesehen, wie viele Chinesen dort rumlaufen? Dann kommt noch der Plastikmüll dazu, CO_2, die Flächenversiegelung, überall werden die Wälder abgeholzt, Autoabgase, die Agrogifte, Artensterben, hier überall fehlt Wasser, die Hitze, unsere Trauben sind verbrannt …«

»Stimmt, stimmt alles.« Nicolas hatte nicht mit diesem heftigen Ausbruch gerechnet. »Die Lage ist mehr als ernst, auch wir hatten am Rio Douro hohe Verluste. Aber wir stellen auf hitzeresistente Rebsorten um, wir richten die Rebzeilen anders aus und verringern so die Sonneneinstrahlung, pflanzen an den Wegen Bäume und Büsche, damit die Reben weniger der Sonne ausgesetzt sind und Wasser im Boden gehalten wird. Wir ersetzen früh reifende Sorten durch spät reifende, halten die Trockenmauern in Schuss, alle Rebanlagen sind begrünt, haben einen eigenen Gemüsegarten für alle Mitarbeiter.« Er wandte sich wieder an Johanna. »Und was soll deiner Meinung nach geschehen? Sollen wir nichts tun und jammern? Dann hätten wir uns das Seminar sparen können.« Nicolas spürte, wie sein Unmut zunahm. »Warum hast du dann mitgemacht, Johanna, wenn du glaubst, dass es doch nichts bringt? Ich habe eine Tochter, die ist sieben Jahre alt, zehn Jahre jünger als du, Joana. Du willst eine Zukunft, ich will eine für Rebecca und deshalb lieber Lösungen präsentieren.«

»Wozu das alles, Nicolas?« Johanna breitete ungeduldig die Hände aus. »Sei doch ehrlich! Erklärungen werden abgegeben, ein nutzloser Kongress jagt den nächsten, die Politiker suchen nach sogenannten ›fairen Lösungen‹, einem Zehn-Punkte-Plan, der niemandem wehtut, besonders nicht ihren Sponsoren in den Konzernen. All das soll ›zügig vorangetrieben‹ werden, natürlich in einer ›breit angelegten Diskussion‹, selbstverständlich auf ›internationaler Ebene‹. Das leere Gerede führt letztlich zur Untätigkeit, und bei allem sind sie dauernd ›der festen Überzeugung‹.«

»Warum hast du das bei dem Seminar nicht unseren Winzern erzählt?« Joana blickte sie kopfschüttelnd an.

»Um euch nicht zu enttäuschen, um die Winzer nicht zu verprellen und um mir selbst Mut zu machen. Es ist nicht einfach, mit zu viel Wissen umzugehen.«

Nicolas hielt es für angebracht, das Thema zu wechseln. »Aber heute blieb hoffentlich genügend Zeit zum Surfen«, meinte er hintergründig. »Der Atlantik ist sicher reizvoller als der Rhein.«

»Er ist sehr anders und auf andere Art sehr gefährlich.« Johanna lächelte süß-sauer und schien froh über den Themenwechsel. »Nein, heute habe ich die Quinta de Sant' Ana in Gradil besucht, das liegt bei Mafra, das kennst du sicher. Endlich konnte ich mal wieder Deutsch sprechen, der Inhaber, James Frost, hat bei der Britischen Armee in Deutschland als Panzerkommandant gedient. Der ist bestimmt eins neunzig groß. Wie ein Mann von dieser Größe in einen Panzer passt ...«

»Das ist ja spannend«, meinte Joana. »Wie kommt so jemand an ein Weingut?«

»Er ist der Sohn eines Bauern, die Familie seiner Frau, sie ist Portugiesin, hatte wohl das nötige Geld. Die Quinta ist wunderschön, eine schlichte barocke Anlage, ähnlich wie eure, Joana, dann eine Kapelle aus dem Jahr 1630. Alles soll total heruntergekommen gewesen sein, als sie das Weingut übernahmen. Sie verstanden nichts vom Wein, die Rebstöcke waren alt, gemischter Satz, alle Rebsorten durcheinander, dann wurde alles neu gepflanzt, neben portugiesischen Reben Pinot Noir, Sauvignon blanc und sogar Riesling. Das geht nur, weil der Atlantik so nah ist. Frost hatte zuerst Bed and Breakfast angeboten, dann richtete er Hochzeiten und andere Events aus. Sie produzieren so an die fünfzigtausend Flaschen jährlich. Bei den Weißen ernten sie siebentausend Kilo je Hektar, bei den Roten sind es vier- bis fünftausend.«

Das entsprach in etwas Nicolas' Erntemenge, wie er bemerkte, es hörte sich gut an. »Und wie waren die Weine?« Gradil war nicht weit, vielleicht sollte er auf dem Rückweg mal vorbeifahren.

»Dafür haben sie einen Önologen. Sehr begeistert war ich nicht. Der Riesling hatte bereits Alterungsnoten oder war zu früh oxidiert, der Alvarinho war mir zu stark in der Säure, dann hatten sie noch ..., ja, eine Cuvée mit Merlot, die sehr schön war, warm und dicht, wird in alten Barriques ausgebaut. Davon habe ich auch die Reserva probiert, das war ein richtig guter Wein.«

Die Weinprobe sei ein wenig kurz gewesen, meinte Johanna, aber der Boss habe erklärt, das sei bei ihnen üblich. »Ich vermute, die verdienen ihr Geld mit den Events und verkaufen dabei ihren Wein. Aber eins habe ich nicht verstanden: Dieser Mister Frost lebt hier in Portugal und ist für den Brexit. Wie geht das zusammen?«

»An Irren ist kein Mangel auf dieser Welt.« Nicolas zuckte mit den Achseln. »Ich hatte vor Kurzem einen Briten auf meiner Quinta, der meinte, sein Vater habe nicht gegen die Deutschen gekämpft, um sich heute von Angela Merkel sagen zu lassen, was zu tun sein. Aber sollen die Briten doch gehen, solange sie unsere Weine kaufen.«

Die beiden Frauen blickten ihn verständnislos an. »Das meinst du doch nicht ernst?« Johanna war entsetzt.

Nicolas stöhnte. »Klar war das nicht ernst gemeint, aber das mit den Irren schon. Lasst uns nicht streiten, ich bin ja eurer Meinung. So! Und der Herr Fechter musste sich heute ganz allein dem Wind und den Wellen entgegenstellen?« Nicolas fürchtete, dass Johanna die Frage als Provokation auffasste. War da ein Ausdruck von Unmut in Johannas Gesicht, als er Fechters Namen erwähnte? Oder war es Unsicherheit?

»Das musste er wohl«, antwortete Johanna kurz angebunden. »Und wird es auch in Zukunft tun müssen. Am Mittwoch reise ich ab.«

»Willst du das nicht verschieben?«, fragte Joana entgeistert. »Gerade jetzt, wo wir vielleicht rauskriegen, was die auf Fonte machen?«

»Was machen die?«, fragte Nicolas, sofort hellhörig geworden.

Johanna wiegelte ab. »Ach, nichts, Betrieb wie überall.«

»Das finde ich gar nicht«, sagte Joana empört, »wenn die da Fenster zukleben und in weißen Schutzanzügen rumlaufen.«

»Wer läuft in Schutzanzügen rum?« Nicolas versuchte, seiner Stimme einen beiläufigen Klang zu geben. Schutzanzüge? Wozu? Die waren lediglich bei besonderen Reinigungsarbeiten nötig, aber erst nach der Lese.

Joana berichtete vom abendlichen Ausflug zur Quinta da Fonte und von dem Konvoi, den sie hatten einfahren sehen.

Johanna tat indessen, als ginge sie das nichts an, kramte des-interessiert in ihrer Handtasche, betrachtete eingehend das Flüsschen, das am Restaurant vorüberfloss und Alenquer durchzog, und widmete ihre Aufmerksamkeit dann ganz den Vorspeisen, die der Ober auf den Tisch stellte: Gambas in roter Soße, gebackene Auberginenscheiben, daneben ge-füllte Tomaten und gegrillte Spitzpaprika in Öl und Knob-lauch.

»Seid ihr sicher, dass ihr nicht gesehen wurdet?« Nach allem, was Nicolas von Salgado gehörte hatte, musste er be-sorgt sein, besonders um Joana. »Hattet ihr eine Idee, was in dem Lieferwagen transportiert wurde? Habt ihr die Fahrer erkannt?«

»Dazu war es zu dunkel«, sagte Johanna schnell.

»Du hast mir doch gesagt, dass du noch mal dort warst«, Joana reagierte empört, »gestern Morgen, und dass du vier Paletten gesehen hast, von denen zwei nach Deutschland gingen!«

»Ja, sicher, aber was ist so Besonderes dran? Hier expor-tiert jeder in alle Welt, auch nach Singapur und São Paulo.«

Johannas Verhalten gab Nicolas Rätsel auf. Sonst hatte sie sich äußerst zugänglich gezeigt, jetzt aber, da es um Fechter und Fonte ging, war sie zugeknöpft und wiegelte ab. Lief da etwas zwischen ihr und dem Logistiker? Es hätte ihn zutiefst erstaunt, wenn nicht entsetzt, aber nichts war unmöglich. Handelte es sich bei der Lieferung womöglich um die Weine aus den Trauben, die Tavares bei Lua abgezweigt hatte, oder waren die längst verkauft? »Konntest du erkennen, worum es sich handelte? Waren das normale Weinkartons oder Um-kartons für Bag-in-Box-Verpackungen?«

»Das konnte ich nicht sehen, war alles dick mit Plastik-folie umwickelt.« Johanna zögerte, dann schwieg sie.

»Hast du gesehen, für wen die Paletten bestimmt waren?«

Ihr entschiedenes Nein hatte Nicolas geradezu erwartet. Von jetzt an würde er sich ihr gegenüber bedeckt halten. Anscheinend war auf Joanas Beobachtungsgabe mehr Verlass. Dass er am Morgen dem Spediteur begegnet war und was Salgado ihm berichtet hatte, behielt er besser für sich.

Andreas Fechter

Du bist ein Schweinehund

Sie waren in einer Confeitaria verabredet, ganz in der Nähe der Büros von OSC. »Hat alles gut geklappt?« Gegen seine sonstige Gewohnheit fand das Gespräch zwischen Fechter und Ronaldo am Sonntagmorgen statt. Mit Frau und Tochter war heute nur ein ausgiebiges Frühstück geblieben. »Außerplanmäßige Zollformalitäten«, wie er sagte, würden seine Anwesenheit im Hafen erfordern.

»Die Bande ist gestern Abend ausgeflogen. Sie waren im Restaurant ›Casta 85‹ in Alenquer. Ich bin ihnen bis dahin gefolgt.«

»Wieso gefolgt? Du hast doch den GPS-Tracker.«

Ronaldo zierte sich mit der Antwort. »Der Scheißer muss mich bemerkt haben, hat mich am Bahnhof von Castanheira abgehängt und ist in den Zug nach Lissabon gestiegen. Das lässt nur den Schluss zu, dass er ein wichtiges Treffen hatte und nicht wollte, dass ich seine Kontakte kenne.«

Fechter runzelte bei den letzten Worten die Stirn. »Dich abgehängt? Das dürfte das erste Mal gewesen sein, Ronaldo. Wirst du alt? Oder bezahle ich dich zu schlecht?« Er durfte seinen Unmut nicht zeigen, er musste gut Wetter machen, Ronaldo war unersetzlich – einstweilen. Er würde sich aber umsehen. »Unterschätzen wir Hollmann?«

»Dein Verdacht war von Anfang an berechtigt. Aber er ist kein Profi. Also, ich habe den Tracker angebracht, er kam zurück, fuhr zur Quinta da Lua und wird ihn da entdeckt und abgeschaltet haben.«

»Dann hat er dich am Bahnhof gesehen, mein Freund.«
Fechter dachte einen Moment nach, was zu tun wäre. »Wir
müssen wissen, wo er sich bewegt, mit wem er sich trifft, wer
dieser Unbekannte ist. Normalerweise fährt Hollmann sonntags oder montags zurück in seinen Laden. Bring den nächsten Tracker besser an, irgendwo innen, im Motorraum, was
weiß ich. Nächster Punkt: Was ist mit Paulo?«

»Was soll die Frage?« Ronaldo wurde ärgerlich. »Du weißt,
Chef, dass ich keine Fehler mache. Die Sache mit Hollmann
hat nichts zu sagen. Er hat mich nicht erkannt. Ich bin mit
dem anderen Wagen zu Paulo gefahren. Der war verwundert, dass ich nochmals kam, weil wir ja morgens die Paletten abgeholt haben.«

Fechter war überrascht, da der Abtransport für Freitag
vorgesehen war. Wieder etwas, das nicht nach Plan lief. »Das
hättest du mir sagen müssen. Weshalb nicht am Freitag?«

»Fehler der Spedition, ein Lkw ist ausgefallen. Sie legen
zwei Lieferungen zusammen, die zweite geht erst am Dienstag ab. Es wäre auffällig gewesen, wenn ich Druck gemacht
hätte.«

»Weißt du, wo der Lkw bis dahin steht?« Fechter wurde
nervös, aber er durfte es nicht zeigen. »Ist er da sicher? Die
klauen längst komplette Lastzüge, auch die mit Wein.«

»Der Hof der Spedition wird bewacht, ich habe einen Mann
dort, außerdem ist alles längst anders geregelt.« Ronaldo
lachte leise und erklärte, dass er die vier Paletten umgeladen
und mit einem Kleinlaster auf die Reise geschickt habe. »Die
Großen dürfen am Wochenende in Frankreich nicht fahren.«

»Sehr gut, genau richtig.« Fechter fühlte sich bei der Entscheidung zu dieser Maßnahme zwar übergangen, doch ihm
war klar, dass er ohne Ronaldo längst nicht dort stünde, wo
er jetzt war, dass Ronaldo vieles regelte und er nicht selbst
eingreifen musste. Gewalt war ihm zuwider, aber nötig. Für
Aktionen wie mit Paulo war er ihm äußerst dankbar, er
musste ihn gut belohnen.

Er, Fechter, gab die Linie vor, entwickelte die Strategie, organisierte den Überseetransport und koordinierte seine Mitarbeiter. Die konkreten Maßnahmen diskutierte er mit Ronaldo, der checkte die Situation, suchte die Helfer zusammen und war danach für die Ausführung verantwortlich. Er war genau, vergaß nichts, und seine Berichte waren sehr detailliert. Er war loyal, wie Rosalie und Aparecida ihm versicherten. Sogar seine Spesenabrechnungen stimmten. Wieso war er dann bei dem Tracker nachlässig gewesen?

»Was hältst du davon, wenn ich dir das Fitnesszentrum von Hector überlasse? Könnte zu dir passen. In zwei Monaten habe ich ihn so weit, dass er aufgeben muss. Ich bringe ihn dazu, die Schuldscheine in Geschäftsanteile umzuwandeln, dann gehören mir mehr als fünfzig Prozent von dem Laden, und die kriegst dann du.«

Ronaldo schien erfreut zu sein, aber Fechter wusste, dass er in Cais do Sodré, früher ein berüchtigtes Armenviertel Lissabons, gelernt hatte, niemals seine Gefühle nach außen dringen zu lassen – außer Hass und Verachtung. »Wie hast du das mit Hector hingekriegt?«

Er mache es wie die Banken, erklärte Fechter, er gebe Kredite und nehme das Geschäft oder die Immobilie als Sicherheit. »Dann musste ich ihn nur noch dazu bringen, mehr auszugeben, als er einnimmt. Das war einfach, er steht auf Koks, was diese Entwicklung beschleunigte. Er fühlt sich großartig und allen überlegen, hat Stich bei den Mittelstandsweibern, die dort verkehren, und meint, er könnte alles wuppen.«

»Du bist ein Schweinehund.« Ronaldo lachte.

»Und du erst.« Fechter stand auf, steckte Ronaldo ein Paket Fünfhunderter-Scheine in die Jackentasche, bezahlte an der Bar. Dann traten die beiden Männer auf die Straße in die Sonne und umarmten sich.

»Gib Bescheid, wenn du mehr weißt, das Nachspiel auf Fonte interessiert mich und ob unsere Freunde in Erscheinung treten. Ich bin sicher, dass Tavares sich meldet. Der schlottert bereits jetzt vor Angst. Was ist nun, willst du das Fitnessstudio übernehmen? Denk an deine Zukunft. Auf die Italiener ist auf Dauer kein Verlass, wenn sie mehr verdienen können, werden sie sich an die Nigerianer wenden. Und unsere Route bleibt nicht immer sicher.«

»Mit dem größten Vergnügen, Chef.«

Jeder ging zu seinem Wagen, es war vereinbart, die Autos weit auseinander und mindestens einen halben Kilometer vom Treffpunkt entfernt zu parken. So ließ sich beobachten, ob man verfolgt wurde. Fechter nahm einen schmalen Durchgang zwischen zwei Hochhäusern, wo ihm kein Fahrzeug folgen konnte, stieg in seinen Wagen und wartete. Es war niemand hinter ihm, er konnte sorglos nach Hause fahren, Susanne und seine Tochter abholen und zur Marina fahren. Er war gespannt, was für eine Segeljacht den beiden gefallen würde.

Mit Blick auf den Tejo, die Hände in den Hosentaschen, diktierte Fechter am Montagvormittag seiner Sekretärin einen Brief an den OSC-Vorstand. Ein erstickter Ton drang aus der Schreibtischschublade, wo er sein privates Mobiltelefon ablegte. Er nahm das Gerät, schaute aufs Display – es war eine unbekannte Nummer, aber eine aus Deutschland. Hoffentlich war niemand auf die Idee gekommen, die offizielle Leitung dazu zu benutzen, um sich nach der Lieferung zu erkundigen. Er nahm das Gespräch an. Zu seiner großen Überraschung meldete sich Johanna Breitenbach.

»Mit deinem Anruf habe ich heute überhaupt nicht gerechnet, aber ich freue mich sehr ...«

»Ich muss dringend mit dir reden.« Johanna Breitenbach verzichtete auf jede Anrede, auf jede Floskel, sie kam direkt zur Sache, anders als er sie kannte.

Er hob die Hand und bedeutete seiner Sekretärin, ihn

allein zu lassen. Es war viel einfacher in der neuen Position und ein gutes Gefühl. Aber was wollte Johanna? Seine innere Alarmglocke schrillte. Ihr Anruf bedeutete nichts Gutes. »Weshalb kommst du nicht her? Wir könnten heute Abend …«

Sie unterbrach ihn. »Ich kenne mich in Lissabon nicht aus.«

»Ach, es ist einfach. Wo bist du?«

»Auf der Quinta da Joana natürlich.«

»Ist Kollege Hollmann noch da?« Falls nicht, wäre das ein Zeichen für Entwarnung.

»Er ist gestern zurück an den Douro gefahren. Wieso?«

Also Entwarnung. Fechter atmete aus. »Worum geht es?«

»Das möchte ich am Telefon nicht sagen.«

»Wieso nicht?« Er wusste, weshalb, fragte aber trotzdem. Sofort fuhr der Alarm wieder hoch.

»Dein Telefon könnte abgehört werden.«

Also war der Alarm berechtigt. Er nannte ihr den Treffpunkt: »Wenn du von der A9 kommst, nimmst du die Ausfahrt Tojal. An der ersten Tankstelle warte ich auf dich.«

War heute der Tag gekommen, mit dem er immer gerechnet hatte? Er durchsuchte konzentriert seinen Schreibtisch, obwohl er Unterlagen, die ihn hätten kompromittieren können, niemals im Büro aufbewahrte. Dann sah er sich im Bewusstsein um, diesen Raum vielleicht nie wieder zu betreten, ging ans Fenster und warf einen Blick über den Tejo – hoffentlich nicht zum letzten Mal, er hatte den Blick liebgewonnen. Sein Anfangsverdacht war nicht unbegründet gewesen. Wäre Johanna in jener Nacht nicht auf dem Weg aufgetaucht … Ach, was soll's, derartige Gedanken waren müßig. Hollmann und dieser Unbekannte waren das Problem.

Fechter riss sich nur mit Macht vom Anblick des blauen Stroms und des noch viel weiteren und tiefblaueren Himmels los. Auch andernorts gab es blauen Himmel, eine Sonia zum Segeln, und sowohl in São Paulo wie auch auf den Bahamas kam er an sein Vermögen. Geld war reichlich vorhanden, er konnte überall auf der Welt sorglos leben und Helena auf eine gute Schule schicken.

»In zwei Stunden bin ich zurück«, sagte er zu seiner Sekretärin, wiederholte den Satz am Empfang und ging zu seinem Wagen.

Wenn Johanna ihm am Telefon nicht sagen wollte, worum es sich handelte, verfügte sie über Wissen, das sie nichts anging. Was wollte sie damit, was hatte sie vor? Weiter in ihn dringen und ihn zur Rede stellen? Lächerlich. Ihn warnen? Absurd. Andererseits – er hatte was gut bei ihr, ziemlich viel sogar. Sie stand tief in seiner Schuld. Wäre es besser gewesen, sie da draußen den Atlantikwellen zu überlassen? Das zu fragen war genauso müßig wie alles andere. Wart's ab, Andreas, sagte er sich, das Risiko war dir immer bewusst, und in einer Stunde weißt du mehr.

Aber das Gehirn gab keine Ruhe, und Fechter war nicht der Typ, der jammerte oder sich beklagte. Er handelte. Der Notkoffer stand bereit, die zweite Waffe lag zu Hause im Safe, sein Töchterchen würde er aus der Schule holen, nur Susanne war ein ernstes Problem. Ronaldo und die beiden Mädels wussten, was zu tun war. Paulo Oliveira, der das Prozedere und die Strukturen am besten kannte, stellte kein Problem mehr dar. Der konnte nicht mehr reden, und Tavares war dumm. War es Paulos Fehler gewesen, Tavares mit hineinzuziehen? Doch keiner würde geredet haben, jeder hatte zu viel zu verlieren. Schuld waren die dusseligen Zufälle, die kaum auszuschließen waren. Sollte sich sein Verdacht bewahrheiten, würde Ronaldo das Problem Tavares auf seine Weise lösen, bevor auch er sich auf die Reise machte.

Die Tankstelle bei Tojal war wenig frequentiert. Johanna wartete bereits draußen hinter dem Gebäude an einem der Tische. Schade, dachte Fechter, es hätte ihm besser gefallen, sie würden sich abends treffen und ein nettes Hotel aufsuchen. Er fand sie nach wie vor begehrenswert und erinnerte sich daran, wie sie sich an ihn gekrallt hatte, nur leider von der falschen Seite.

Heute lächelte sie nicht, sie machte vielmehr einen bedrückten und gehetzten Eindruck. Er umarmte sie, was sie nur halbherzig über sich ergehen ließ, danach sah sie ihn prüfend an, in ihrem Gesicht wechselten sich Skepsis mit Zuneigung und Besorgnis ab.

Fechter zog einen der roten Blechstühle heran, der dabei laut schepperte, und setzte sich.

»Ich weiß nicht genau, was du machst, Andreas, doch alles deutet darauf hin, dass du in illegale Aktivitäten verstrickt bist.« Es schien, als kostete es sie unsägliche Mühe, diesen Satz hervorzubringen. »Man hat dich beobachtet, man hat über dich gesprochen – in Zusammenhang mit dem Kokain bei der Weinprobe. Dann sind da noch die Weinlieferungen nach Deutschland. Irgendein Inspektor tauchte gestern auf und wollte auf der Quinta da Fonte die Frachtpapiere einsehen.«

Fechter erstarrte, sein Inneres fühlte sich plötzlich an wie kalter, harter Stahl. Es war nicht seine Art, kampflos aufzugeben. Sonst hätte er es nie aus dem Mief seines Elternhauses bis hierher geschafft. Er musste weg, verschwinden, möglichst schnell.

»Von wem weißt du das alles? Wer hat dir das erzählt?« Statt laut zu werden, flüsterte er beinahe. »Wer setzt derart niederträchtige Lügen über mich in die Welt?« Er gab jetzt den Fassungslosen.

Johanna meinte, das spiele keine Rolle. »Andreas, bitte, geh einfach zur Polizei und stell die Dinge richtig, hilf, sie aufzuklären, oder …«

»Oder was? Du glaubst doch hoffentlich den Unsinn nicht? Hat Hollmann diese Gerüchte in die Welt gesetzt? Wollen etwa er und Vollmer die Quinta da Fonte kaufen und denunzieren deshalb mich? Paulo verunglückt, und Hollmann verschwindet am selben Tag? Ist er wirklich zurück an den Douro?«

»Woher soll ich das wissen?« Johanna wirkte verzweifelt, den Tränen nahe. »Wieso misstraust du mir? Ruf Nicolas an! Aber die Quinta kaufen? Nein, davon war nie die Rede. Nic ist glücklich, dass Vollmer nächste Woche zurückkehrt und er nicht mehr kommen muss.«

Nic nannte sie ihn, also standen sie sich näher.

»Außerdem ist dieser Tavares verschwunden.«

Tavares, die Ratte, wusste mehr, Ratten krochen vor dem Erdbeben aus den Löchern. War er der Denunziant? »Weshalb erzählst du mir das alles, Johanna?« Fechter schüttelte ungläubig den Kopf. »Und was soll ich deiner Meinung nach jetzt machen?«

»Du hast mich gerettet, da draußen, vor dem Ertrinken, dafür bin ich dir unendlich dankbar, auf ewig, glaub mir. Vielleicht ist das hier meine Revanche, nein, meine Wiedergutmachung, meine … ach, ich weiß es nicht«, stammelte sie. »Rette dich und deine Familie! Sieh zu, dass ihr so schnell wie möglich verschwindet, bevor sie dich vielleicht einsperren.« Johannas Augen waren feucht geworden.

Stumm saßen sie sich eine Weile gegenüber, er hatte ihre Hand ergriffen und streichelte sie. Johanna ließ es geschehen, wirkte wie abwesend, verzweifelt, Tränen in den Augen.

»Warum tust du das?« Er verstand es nicht. Was hatte sie davon, ihn zu retten? Wie viel wusste sie wirklich, was wussten Hollmann und dieser farblose Unbekannte? Er sah sich um. Wurden sie beobachtet? Nein, bis auf das Personal der Tankstelle waren sie allein. »Ich danke dir jedenfalls. Ich wünsche dir viel Glück und dass du nicht an der Umwelt und den Menschen verzweifelst.« Er meinte es ernst. »Erwarte nichts von ihnen, sie sind dumm, sie sind feige und rennen immer den größten Arschlöchern hinterher. Und mach dir meinetwegen keine Sorgen, ich schlage mich durch.«

Er setzte sein strahlendes Lächeln auf und ging zu seinem Wagen. Er winkte nicht, schaute nicht zurück, er musste wichtige Entscheidungen treffen, jetzt war die Zeit zum raschen und überlegten Handeln gekommen. Irgendwann auf seinem Weg hatte er einen Fehler gemacht, er hatte sich nicht schnell genug auf die Veränderungen in seinem Umfeld eingestellt …

Eine halbe Stunde später hielt er vor seinem Haus. Von unterwegs hatte er Aparecida verständigt, sie würde Ronaldo wie auch Rosalie informieren und alles Nötige in die Wege leiten. Von jetzt an war jeder auf sich gestellt, und auch der Rückzug war geplant. Alles war besprochen, die Konsequenzen waren klar, Geld war genug vorhanden.

Fechter ließ den Wagen in der Einfahrt stehen und ging ins Haus. Helena war in der Schule, heute spielte Susanne dummerweise mal nicht Tennis. War ihr Trainer unpässlich?

»Was ist passiert? Wieso kommst du jetzt nach Hause?«, fragte Susanne erstaunt, doch nicht wirklich interessiert. »Wieso lässt du den Wagen in der Einfahrt stehen? Ich komme nicht aus der Garage, ich will gleich weg, ich bin verabredet.«

Wann nicht?, wollte er fragen, doch er verkniff es sich. »Wir müssen weg, wir beide, mit Helena, sehr weit weg. Ich habe einen Fehler gemacht. Unsere Abreise duldet keinen Aufschub. Pack sofort das Wichtigste zusammen!« Er hob die Stimme: »Sofort!«

Sie sah ihn an, verächtlich, wie er meinte. »Bist du verrückt? Und das alles hier?« Sie schaute in die Runde. »Hast du in der Firma Geld unterschlagen?« Sie klang eher angewidert als geschockt, beinahe gelangweilt und schon gar nicht besorgt. »Es geht mich nichts an, was für Geschäfte du betreibst. Ich habe dir da nie reingeredet. Also gehe ich auch nicht mit dir. Wieso sollte ich? Und Helena bleibt bis zum Nachmittag in der Schule. Und dann kommt sie nach Hause und bleibt bei mir!« Für Susanne war es das Ende der Debatte.

Fechter war ins Wohnzimmer gegangen und hatte den Safe geöffnet. Darin lagen fünfzigtausend Dollar, ein mexikanischer Pass, ausgestellt auf den Namen Sanchez Antonio Fonseca, daneben lagen die Pässe von Frau und Tochter, Susanna und Elena Fonseca Diaz. Seine Waffe, ein kurzläufiger Revolver, war geladen, er hatte ihn zuletzt vor einem halben Jahr benutzt. Weitere fünfzigtausend Dollar befanden sich in der Doppelwand seines Notkoffers. Das reichte für den Anfang. Als er sich umdrehte, stand Susanne direkt hinter ihm und blickte ihm über die Schulter.

»Dass deine Geschäfte nicht koscher sind, habe ich mir immer gedacht, aber ich wollte dich nicht nervös machen. Was ist da sonst noch drin? Wozu der Revolver?«

Er merkte, dass sie den Ernst ihrer beider Situation nicht begriff. Er musste es ihr härter beibringen. Er wandte sich ihr zu, sah ihr direkt ins Gesicht. »Das ist Fluchtgeld, mein Schatz, da liegt auch ein Pass für dich. Aber wenn du nicht mitkommst«, er zögerte, es so klar auszusprechen, weil er die Antwort kannte, »dann gehe ich allein – und unsere Tochter nehme ich mit! Darüber diskutiere ich nicht mit dir! Ich hoffe, du verstehst mich. Geh packen!«, brüllte er. »In zehn Minuten bist du fertig!«

Jetzt hatte sie begriffen. »Das tu ich nicht«, sagte sie mit seltener Heftigkeit, »ich packe nichts.« Entschieden wie nie und voller Verachtung kniff sie die Augen zusammen. »Was bist du wirklich? Ein Gangster? Du kannst von mir aus gehen, wohin du willst, kannst ja eines von deinen Weibern mitnehmen, aber Helena bleibt hier bei mir. Verstanden?!«

Sie hatte sich langsam dem Tresor genähert, griff blitzschnell hinein und hatte die Waffe gepackt, bevor Fechter begriff, was die plötzliche Bewegung bedeutete. Sie stieß ihm den Revolver in die Rippen. »Helena bleibt hier!«

Als er versuchte, ihre Hand wegzuschlagen, hörte er den Knall, spürte den Schlag an der Brust und gleichzeitig den flammenden Schmerz. Er taumelte zurück, schnappte nach

Luft, starrte Susanne an, wartete auf irgendetwas – darauf, umzufallen, keine Luft mehr zu bekommen –, schob die Hand unters Sakko, legte sie auf die schmerzenden Rippen, zog sie zurück. Sie fühlte sich heiß und klebrig an, und sie war rot von Blut, von seinem Blut. Jetzt packte er die Hand mit der Waffe, bog sie nach unten. Susanne trat nach ihm, griff mit der Hand in sein Gesicht, er sah ihre langen roten Fingernägel auf seine Augen zukommen und riss den Kopf zurück. Sie biss ihn in die Hand, kämpfte lautlos und verbissen, aber er lockerte seinen Griff um ihre Hand nicht. Dann stieß er sie um, sie riss ihn mit, und wieder löste sich ein Schuss.

Susanne bewegte sich nicht mehr. Er sah sie an und blickte in ein schmerzverzerrtes Gesicht. Zwei fremde Augen starrten ihn voller Entsetzen an. Er rüttelte sie, mehr wie einen Gegenstand, der nicht mehr funktionstüchtig war, dann ließ er sie los und kümmerte sich um seine Wunde.

Die Kugel musste an den Rippen entlanggeschrammt sein und hatte eine große, stark blutende Wunde gerissen. Er ging ins Badezimmer zum Sanitätsschrank und legte sich mit zusammengebissenen Zähnen einen Druckverband an. Dann wechselte er die Kleidung und steckte das blutverschmierte Hemd und die Jacke in eine Plastiktüte.

Er ergriff seinen Fluchtkoffer, ging zum Tresor und steckte die Fünfzigtausend ein, nahm Susannes und Helenas Pässe und warf einen letzten Blick auf die leblose Frau am Boden. War das noch Susanne, die Frau, die er so sehr begehrt hatte? Nein, das war sie längst nicht mehr. Eigentlich war sie für ihn immer eine Fremde geblieben. Aber selbst leblos sieht sie noch gut aus, dachte er kalt. Er hätte sie mitgenommen, er hatte es ihr angeboten. Der Rest war ihre Schuld.

Jetzt musste er schnell handeln. Per Smartphone buchte er Flüge nach Madrid, um bewusst eine Spur zu legen. Die Flüge nach Mexiko für sich und seine Tochter würde er bar bezahlen. Wenn sie außer Landes waren, bevor die Ermittlungen begannen, war alles gut. Doch vor morgen oder übermorgen würde niemand das Haus betreten.

Er warf ein starkes Schmerzmittel ein und schaffte Susannes lebsosen Körper ins Schlafzimmer, legte sie aufs Bett. Dann holte er eine Flasche Kakao aus dem Kühlschrank und gab eine halbe Beruhigungstablette hinein. Das Röhrchen mit den Tabletten nahm er mit, es war wichtig, dass Helena auf der bevorstehenden Reise ruhig blieb. Dann packte er ihren Koffer, schnappte den kuscheligen, gefleckten Jaguar, ihr Lieblingstier, und fuhr los. Den Revolver und die Waffe aus dem Wagen sowie die blutige Kleidung warf er unterwegs in einen Müllcontainer.

In der Schule gab er vor, Helena zu einem Arzttermin begleiten zu müssen, da die Mutter unpässlich sei. Es gefiel der Lehrerin, dass mal ein Vater Zeit fand, sich um seine Tochter zu kümmern. Helena freute sich über sein unerwartetes Erscheinen, die überraschende Reise und auch über den Kakao, ihr Lieblingsgetränk. Sie glaubte ihrem Vater, dass Mama bereits am Flugplatz warte, skeptisch war sie wegen des Reiseziels und dass sie die Großeltern besuchen würden, doch als das Beruhigungsmittel wirkte, stellte sie keine weiteren Fragen. Schläfrig trottete sie neben ihm her zum Abflug, ihren bunten Kinderrolli hinter sich herziehend, Miguel, ihren kleinen Jaguar an der Wange.

In der Schlange vor dem Sicherheitscheck verbannte Fechter jeden negativen Gedanken aus seinem Hirn, jeden Gedanken, der sich um ein Scheitern seiner Pläne drehte. Es war nicht damit zu rechnen, dass Susanne innerhalb der nächsten zwei Tage gefunden wurde, zwei Tage Vorsprung hatte er also allemal. Am Mittwoch würde er in Mexiko sein, die Lieferung war unterwegs, würde spätestens morgen bei den Empfängern eintreffen. Die Mexikaner konnten ihm keinen Vorwurf machen. Sie würden zahlen. Und ein Weingut konnte er sich auch in Mexiko oder Chile kaufen. Es gab zwar ein Auslieferungsabkommen mit Mexiko, doch nicht für einen mexikanischen Staatsbürger mit Namen Fonseca.

Schrittweise ging es auf die Sicherheitsschleuse zu. Sie hatten nichts als Handgepäck, die Waffen waren entsorgt, Helena schlief fast im Stehen. Dann waren sie an der Reihe. Er legte Jackett, Armbanduhr und Gürtel sowie seine Brieftasche in die graue Kiste, Helena legte den Tiger dazu und ging an seiner Hand durch die Schleuse. Im Duty-Free-Shop kaufte er ihr Süßigkeiten und erklärte ihr wieder und wieder, dass Mama bereits abgeflogen sei und auf sie warte. Sie setzten sich an ein Fenster, von dem aus sie das Gate ihres Abflugs wie auch die Maschine sehen konnten, die sie über Madrid nach Mexiko bringen würde.

Es machte ihm nichts aus, dass er aus Lissabon verschwinden musste. Schade war es nur um die Blonde mit dem Pferdeschwanz. Er trauerte nicht um Susanne. Zwar wiesen alle Spuren des Kampfes und der Tat auf ihn, aber seit er eingecheckt hatte, war er als Andreas Fechter verschwunden. Dass er nach Europa zurückkommen würde, hielt er für wenig wahrscheinlich, aber es war ihm egal, in diesem Geschäft musste man immer mit allem rechnen. Aus der Quinta da Fonte hätte er was machen können, mit Hollmanns Hilfe, wenn der nicht so ein spießiges Arschloch wäre und sich nicht in Angelegenheiten eingemischt hätte, die ihn einen Dreck angingen.

Auch wenn er das Kokain künftig nicht mehr ins Land brachte, tat es ein anderer, die Nigerianer waren um vieles brutaler, aber die Kunden verlangten weiter nach der Ware. Die Gehirne brauchten Kokain, denn das Leben wurde immer schneller, nach G5 kam G6 und danach noch schelleres Internet. Knapp zweitausend Tonnen Kokain waren vor einem Jahr produziert worden, nächstes Jahr würden es bei steigender Nachfrage zweitausendfünfhundert Tonnen sein. Die im Straßenverkauf erzielten achtzig Milliarden, scheißegal, ob Dollar oder Euro, mussten gewaschen und in die Wirtschaft investiert werden.

Der Aufruf zum Abflug unterbrach seine Gedanken. Passagiere mit Kindern hatten Vorrang, und so stand Andreas Fechter alias Antonio Sanchez Fonseca auf, aber Helena war eingeschlafen. Er musste sie tragen und beide Koffer durch die Schlange der anderen Wartenden bugsieren. Er hob sie hoch, setzte sie sich wie gewohnt auf die Hüfte. Als er die Bordkarten und Pässe vorlegte, fiel Helena der kleine Jaguar aus dem Arm, und als er sich danach bückte, löste sich der Verband. Er spürte, wie es an seiner rechten Hüfte feucht wurde und das Jackett nach hinten rutschte.

»*Pelo amor de Deus!*«, rief die Stewardess entsetzt aus, Fechters Bordkarten und die Pässe in Händen, »um Himmels willen, Señor, Sie bluten, *usted sangra*«, sagte sie dann auf Spanisch. »So dürfen wir Sie keinesfalls an Bord lassen. Sie brauchen Hilfe. Ich rufe sofort nach einem Arzt.« Sie griff nach dem Telefon, während eine zweite Stewardess Fechter das Mädchen aus dem Arm nahm.

»Es ist nichts«, sagte er laut und befehlsgewohnt, »*no es nada*, es ist nichts, nur eine Schramme, *solo un rasguño*«, geistesgegenwärtig ebenfalls ins Spanische fallend. »Lassen Sie mich vorbei, ich muss nach Madrid, ihre Mutter«, er streckte die Arme nach Helena aus, »ihre Mutter wartet dort bereits auf uns.«

»Nein, Señor, ich lasse Sie in diesem Zustand nicht an Bord«, wiederholte die Stewardess und winkte einen Sicherheitsbeamten heran, der sich jetzt Fechter in den Weg stellte und seinen Rollkoffer packte. »Begleiten Sie ihn zum Flughafenarzt!«

Einen Schmerz spürte Fechter nicht. Er schlug das Sakko zurück und schaute an sich herunter: Sein Hemd, die Jacke und auch der Hosenbund waren blutgetränkt. War es das? War es gelaufen? Nein, noch nicht. Er blieb ruhig und verbindlich. »Ich komme selbstverständlich mit«, sagte er zu den Sicherheitsleuten, inzwischen waren es drei, die ihn zum

Arzt begleiteten. Ihm würde eine Erklärung für die Wunde einfallen. Ja, er war im Weinberg auf einen der Pfähle gestürzt, die die Spanndrähte hielten.

Helena trottete immer noch schlaftrunken hinter ihnen her, in einer Hand ihren bunten Kinderrolli, in der anderen den kleinen gelb gefleckten Jaguar.

Aparecida, Rosalie und Ronaldo

Er ist nicht so böse, er tut nur so

»Weißt du, wie wir Ronaldo erreichen?«

Aufgeschreckt von Fechters Alarm war Rosalie sofort nach Hause gefahren, hatte sich in Schale geworfen, zwanzigtausend Euro in den doppelten Boden ihrer braunen Louis-Vuitton-Handtasche gesteckt, den kleinen Koffer und ihren Laptop geschnappt und war zum Treffpunkt geeilt. Atemlos vor Aufregung traf sie im Hotel gegenüber vom Flughafen ein. Am Revers ihres dunklen Blazers steckte die Brosche mit dem eingearbeiteten Datenstick mit allen wichtigen Zahlen und den verschlüsselten Zugangscodes. Aparecida war etwas schneller gewesen und wartete bereits.

Mit dem Abschalten ihres Computers in der Bank hatte Rosalie ein Programm ausgelöst, das alle Transaktionen und Geschäftsvorgänge, die nichts mit ihrer offiziellen Tätigkeit zu tun hatten, überschrieben, verschoben oder gelöscht wurden, sodass nichts mehr auffindbar war noch wiederhergestellt werden konnte. Sie selbst hatte das Programm geschrieben. Aparecida hatte das gleiche Programm in Gang gesetzt, bevor sie die »Confeitaria Luanda« verlassen hatte. Auch sie hatte sich in ihr teuerstes blaues Kostüm geworfen und glich einer Geschäftsfrau auf Businesstrip.

Die Daten auf dem Stick, die sämtliche überseeischen Konten Fechters betrafen, konnten nur mithilfe eines Codes aktiviert werden, über den außer Fechter lediglich Ronaldo verfügte. Ronaldo war auch im Besitz der falschen Pässe für alle drei. Fechter hatte es für den Notfall so eingerichtet:

Jeder brauchte jeden, um spurlos zu verschwinden und später an die Millionen heranzukommen, die ihnen im Exil ein angenehmes Leben ermöglichten. Es war vereinbart, dass jeder auf anderem Weg das Land verließ und dass man sich in Mexiko wiedersah, wo das vorhandene Kapital aufgeteilt werden sollte.

Die Geschäfte in Lissabon durften ruhig zusammenbrechen, es war inzwischen genug Geld vorhanden, dass sich jeder eine neue und langfristig stabile Existenz aufbauen konnte. In Guadalajara gab es eine Rechtsanwältin, Dr. Maria Valeria Flores Beltrán, die sie dabei beraten würde und sich in der mexikanischen Bürokratie auskannte, was im Klartext hieß, wer mit welchem Betrag bestochen werden musste, um gewisse Prozesse zu beeinflussen. Die Anwältin hatte Fechter beim Aufbau seiner verschiedenen Offshore- und Briefkastenfirmen beraten, die als Finanziers der Lissaboner Aktivitäten auftraten.

»Ich erreiche den Kerl nicht!«, schimpfte Aparecida und ließ ihr Smartphone verzweifelt in die Handtasche gleiten. Sie zweifelte an Fechter, fragte sich, ob er sie alle womöglich ausgetrickst hatte. Sie hatte zwar einiges beiseitegelegt, aber es reichte nicht, um länger in der Illegalität zu leben und dann auf elegante Weise in eine neue Legalität hineinzuwachsen. War Fechter zusammen mit Ronaldo abgetaucht? Und scherte sich nicht weiter um sie, die letztlich für das Funktionieren ihrer Organisation gesorgt hatten?

Besonders Rosalie war anzusehen, wie sie gegen die aufsteigende Panik ankämpfte – und gegen ihre Angst vor Ronaldo. Anders als für Aparecida, die ihn täglich sah, war er für sie der große, brutale Unbekannte, der gnadenlose Killer, der skrupellose Mörder, ein gewissenloser Gewaltmensch, den sie bislang nur kurz zu Gesicht bekommen hatte.

Rosalie hatte sich zu Aparecida an einen Tisch auf der Hotelterrasse gesetzt. Von hier aus ließen sich der Haupteingang und die Zufahrt zur Tiefgarage überblicken. Aparecida ließ sich ihre Unruhe nicht anmerken. Sie überspielte ihre wahren Gefühle mit Bravour. Sie hatte lange genug den Umgang mit Fechter wie auch mit Ronaldo geübt, für sie war Rosalie die große Unbekannte, der anscheinend erst jetzt bewusst wurde, dass es ab heute nicht mehr nur um Zahlen ging, sondern darum, dass ihr Leben in Gefahr war. Allerdings hatte Aparecida auch Angst um Fechter. Liebte sie ihn noch immer? Er hatte lediglich den Alarm ausgelöst, kein Anruf, kein Hilferuf, vermutlich wusste Ronaldo mehr, doch aus ihm war so gut wie nie etwas herauszukriegen. Er war loyal, sie vertraute ihm beinahe mehr als Fechter, der sich immer neue Tricks bezüglich des Geldes ausdachte, die Rosalie in Algorithmen übersetzte.

Ron, wie sie ihn nannte, würde kommen, er verfügte zwar über einen Haufen Geld (»schließlich erledige ich für euch die Drecksarbeit«), aber das war nichts im Vergleich zu der Summe, die jeden von ihnen erwartete.

Für Rosalie wurden die Minuten zu Stunden, jeden Moment rechnete sie mit dem Auftauchen bewaffneter Sondereinheiten. Unruhig wie ein kleines Kind zappelte sie auf ihrem Stuhl herum, trank einen Kaffee nach dem anderen, was sie noch nervöser machte, bis Aparecida ihr unter dem Tisch heftig gegen das Schienenbein trat. »Reiß dich verdammt noch mal zusammen. Du ziehst die Aufmerksamkeit auf dich. Wie soll das erst drüben werden, wenn du jetzt bereits ausflippst? Kann man dich überhaupt allein reisen lassen?«

»Das werden wir bald erfahren«, sagte eine tiefe, freundliche Stimme hinter ihnen, und zwei große Hände legten sich auf die Schultern der beiden Frauen.

Rosalie fuhr mit einem Schrei auf. Doch Ronaldo drückte sie zurück auf ihren Stuhl und lachte aus vollem Halse, was jeden Argwohn der anderen Gäste auf der Terrasse zerstreute. Er zog einen Stuhl heran und setzte sich.

Alle drei musterten sich, versteckt hinter Sonnenbrillen

sah niemand die Augen des anderen, und in keinem Gesicht war zu lesen, was in den Köpfen vor sich ging.

»Du hast die Pässe?« Aparecida legte ihre Hand auf die Ronaldos. Sie war wie er lange genug im Geschäft, um in dieser kritischen Situation die Nerven zu behalten.

Ronaldo nahm die Brille ab. Jetzt sahen die Frauen, dass er siegessicher grinste. »Die Pässe, sogar mit hiesigen Einreisestempeln, reichlich Geld für euch und für mich, eurem neuen Lebenslauf, den ihr lernen solltet, und die Tickets, ausgestellt auf die neuen Namen.« Er lachte in sich hinein.

»Und wie entscheiden wir, wie jeder das Land verlässt?«

»Das hat Andres bereits entschieden. Du, *querida*«, damit meinte er Aparecida, »fliegst über London nach Mexico City, dein Weg, Rosalie, führt über Rom, und ich nehme von hier aus Frankfurt als Zwischenstation.«

»Und Andres? Was ist mit ihm? Wie fliegt er? Wo ist er überhaupt? Ist er verhaftet? Was ist mit seiner Frau, mit der Tochter?« Rosalie gab sich keine Mühe, ihre Besorgnis zu verstecken oder sie gar mit Gleichgültigkeit zu überspielen. »Ist er verhaftet? Wieso hat er den Alarm ausgelöst?«

»Wer viel fragt, bekommt viele Antworten«, meinte Ronaldo lapidar. »Und wer zu viel weiß, kann sich leicht verplappern. Das ist nicht gut.« Sein Gesicht verhärtete sich. »Wir stehen einer nach dem andern auf, in Abständen von fünf Minuten, ich bleibe bis zuletzt. Von jetzt an kennen wir uns nicht mehr, auch falls einer tot umfällt. Jeder zahlt sein Flugticket in bar, von Mexico City aus fliegt jeder nach Guadalajara, ihr könnt natürlich auch den Bus nehmen, wenn ihr's unbequem haben wollt. Wir treffen uns bei Dr. Valeria Flores im Büro ...« Er händigte den Frauen die Adresse aus. »Lernt sie auswendig und werft die Zettel ins Klo!«

Es folgte eine lange Zeit des Schweigens, nur der Verkehrslärm und das Dröhnen startender Flugzeuge waren zu hören.

»Was ist mit der Quinta, mit Tavares und Paulo Oliveira?«, fragte Aparecida in die Stille hinein.

»Ich weiß es wirklich nicht«, antwortete Ronaldo und seufzte, eine Reaktion, die er, soweit Aparecida sich erinnern konnte, nie gezeigt hatte. »Andres gab das Zeichen, und ich halte mich an die Absprachen, den Rest muss jeder mit sich selbst ausmachen. Ihr beide seid lange genug dabei, um zu wissen, dass das hier kein Spiel ist.«

»Heißt dass, wir können nicht nach Portugal zurück?« Rosalie schluckte, sie war den Tränen nahe. Für sie war die Endgültigkeit der Entscheidung am schwierigsten.

»Wenn du das Frauengefängnis von Lissabon vorziehst und wochenlange Verhöre, dann kannst du es ja mal ausprobieren. Lass dir nicht einfallen, die Seite zu wechseln. Das ist ein gut gemeinter Rat.« Doch es klang wie eine eiskalte Drohung. »Macht euch klar, dass sie unsere Wohnungen und die Geschäftsräume auf den Kopf stellen, sich an euch hängen, dass sie die Telefone eurer Eltern und Freunde abhören, dass sie euren Eltern folgen, falls ihr euch mit ihnen irgendwo auf der Welt treffen wollt – und das auf Jahre. Auf jeden Einzelnen von uns werden Zielfahnder angesetzt. Das alles wurde längst besprochen, ihr wisst es. Also beklagt euch nicht!«

Rosalie starrte bleich auf ihre leere Kaffeetasse. Ihr wurde erst jetzt die Tragweite ihres Handelns bewusst und worauf sie sich eingelassen hatte.

»Sei nicht so hart mit ihr.« Aparecida tätschelte begütigend Ronaldos Hand und sah dabei Rosalie an. »Er ist nicht so böse, er tut nur so. Wir treffen uns in Guadalajara, ich bleibe bei dir, und wir bauen uns gemeinsam etwas auf. Bei deinen Fähigkeiten wird uns bestimmt was einfallen.« Sie lachte, um gute Laune zu verbreiten. »Wir müssen nicht in Mexiko bleiben, in der Karibik gibt es viele wunderbare Inseln, tolle Drinks, heiße Musik und schöne Männer. Und sollte es hart werden, haben wir schließlich Ronaldo, nicht wahr, mein Lieber?« Mit diesen Worten stand sie auf und gab ihm einen Kuss auf den Mund. »Bis dann, *hasta luego, compañeros*, wir sehen uns in Guadalajara …«

Johanna Breitenbach

Es soll vorkommen, dass jemand über den eigenen Schatten springt

Das Aufgebot war gewaltig. Kriminalpolizei, Drogenfahndung, der Zoll und die Männer und Frauen der Spurensicherung hatten im Morgengrauen die Quinta da Fonte gestürmt und traten sich gegenseitig auf die Füße. Die einzige Gegenwehr, auf die sie trafen, ging vom alten Hund der Oliveiras aus, dessen heiseres Knurren jedoch niemanden schreckte, schon gar nicht den putzigen Drogenspürhund, den Johanna später auf der Quinta zu Gesicht bekam. Sie hatte einen Deutschen Schäferhund erwartet, doch das Tier war irgendeine Wald- und Wiesenmischung unbestimmter Provenienz. Möglicherweise war das der Grund, weshalb es zwar auf Kokain anschlug, aber nicht ein Gramm davon fand.

Die beiden fest angestellten Mitarbeiter der Oliveiras waren von dem bewaffneten Sonderkommando festgesetzt worden, das die Tore blockierte, als sie gegen sieben Uhr zur Arbeit erschienen waren. Jetzt saßen die Weinbergarbeiter unter Bewachung in zwei verschiedenen Räumen des Wohnhauses. Die Lese werde kurzfristig unterbrochen, wie der Einsatzleiter verlauten ließ, da auch die Lesehelfer verhört werden müssten.

Johanna erfuhr das alles von zwei Polizisten, die José Maria Salgado zu ihr geschickt hatte mit dem Auftrag, sie wegen einer Befragung auf die Quinta da Fonte zu begleiten. Sie war dabei gewesen, ihren Koffer zu packen, denn am Nachmittag würde sie zurück nach Frankfurt fliegen.

Dann hat Andreas es nicht geschafft, dachte Johanna verdrossen und enttäuscht von sich selbst, dann war ihr Versuch vergebens gewesen. Aber sie hatte es zumindest versucht. Ein leiser, nagender Vorwurf blieb dennoch. War es richtig gewesen, ihn zu warnen? Andererseits hielt sie ihr Verhalten auch nicht für falsch. Es war ähnlich wie bei anderen wichtigen Fragen – sie war uneins mit sich selbst. Wenn das, was sie über Andreas gehört hatte, der Wahrheit entsprach, war er ein Verbrecher, ein Drogenhändler in ganz großem Stil. Und doch hatte er ihr das Leben gerettet! Weil er mich nie rumgekriegt hätte, wenn ich ertrunken wäre? Nein, so zynisch wird er nicht gewesen sein. Es war ihr lieber zu glauben, dass noch ein Funke Anstand in ihm war.

Von dem, was Andreas nach ihrer kurzen Begegnung gemacht hatte, ob er ihrem Rat gefolgt war, die Koffer zu packen, wusste sie nichts. Es sieht nicht danach aus, dachte sie, als sie im Polizeiwagen durch das Tor der Quinta rollte und die martialisch aufgemotzten Polizisten mit kugelsicheren Westen, Gesichtsmasken und Maschinenpistolen erblickte.

Sie wurde zu dem gesichtslosen Spanier gebracht, den sie bei ihrem Seminar zum ersten Mal getroffen hatte. Doch, er hatte ein Gesicht, wenn man ihm näher kam, besaß sehr kluge dunkle Augen und einen verschlossenen Mund. Seine Hände waren schlank und gepflegt, sein Händedruck war lang und insistierend, als wollte er fühlen, was in ihr vorging. Um ein Athlet zu sein, war Salgado zu rundlich, aber um ihn einen Pykniker zu nennen, war er zu schlank. Jetzt, da er ihr gegenübersaß, wurde das Bild von ihm deutlicher. Um Sympathie für ihn zu entwickeln, war die Situation für sie zu angespannt und er zu ernst. Sein provisorisches Büro – ein Tischblatt mit zwei Böcken diente als Schreibtisch – hatte er im Labor aufgeschlagen. War das nicht der Raum, dessen Fenster verklebt worden waren? Er bat sie höflich, auf dem Stuhl ihm gegenüber Platz zu nehmen, was bei ihr das Gefühl auslöste, als Verdächtige betrachtet zu werden.

»Wann haben Sie Andreas Fechter – Sie kennen ihn – zuletzt gesehen? Und wo war das?« Salgado sprach ein klares
Englisch und hielt sich mit keiner Vorrede auf.

Inquisitorische Fragen – das war nicht die Art, in der
Johanna mit sich umgehen ließ. »Was geht hier vor?«,
fragte sie aufgebracht. »Wen oder was suchen Sie? Wieso
sind wir auf der Quinta da Fonte? Muss ich Ihnen antworten?«

Salgado stöhnte hörbar. »Nein, das müssen Sie nicht. Ihr
Freund, Nicolas Hollmann, bat mich zu helfen, zu seiner und
zu Ihrer Sicherheit, Señora. Sie wissen, dass er beobachtet
wurde, dass seine Quinta ausgespäht wurde, alles nach dieser Weinprobe in Lissabon?«

Johanna schüttelte den Kopf.

Ungläubig sah er sie an. »Selbstverständlich müssen Sie
mir nicht antworten, aber so machen Sie es uns allen schwerer. Wir suchen Andreas Fechter, und wir suchen Kokain
und wollen herausbekommen, wie es hierherkam und wie es
von hier abtransportiert wurde. Sie scheinen nicht überrascht?«

»Kokain? Oh doch. Aber hier? Senhor, hier gibt es nichts
als Wein.« Sie lachte und dachte gleichzeitig an den Mann im
Schutzanzug, den Joana von der Mauer aus entdeckt hatte.
Sie musste vorsichtig sein mit dem, was sie sagte. »Und wo
ist Paulo Oliveira? Soweit ich informiert bin, führt er die
Quinta, seine Eltern …«

»Paulo Oliveira ist tot. Es war ein Unfall oder Mord, die
Polizei ermittelt. Und sein Vater hat deswegen eine Herz-
schwäche erlitten. Er ist in ein Hospital in Vila Franca de
Xira eingeliefert worden.«

»Paulo Oliveira ist tot? Wie ist das geschehen?« Ihr Entsetzen war echt, obwohl sie ihn vom Seminar her nur vage in
Erinnerung hatte. Es wäre grauenhaft, wenn Andreas damit
zu tun hätte, kaum auszuhalten. Sie schlug die Hand vor den
Mund. »Wann war das? Wie ist es passiert?« Es entging ihr

nicht, dass Salgado bei allem, was er sagte, genauestens auf ihre Reaktionen achtete.

»Am Sonntag.« Er schilderte kurz, dass man ihn am Fuß der Kellertreppe zum Barriquelager gefunden habe, tot, inmitten von Scherben, in einer Lache aus Wein und Blut. »Der Anblick hat seinen Vater umgeworfen.« Und vorgestern, am Montag, habe Fechter sein Büro am Hafen verlassen und sei seitdem nicht wieder aufgetaucht. Sein Arbeitgeber habe ihn suchen lassen, und schließlich sei letzte Nacht in seinem Haus der leblose Körper seiner Frau gefunden worden. »Angeschossen, aus nächster Nähe. Es scheint ein Kampf stattgefunden zu haben. Es ist fraglich, ob sie überlebt. Die Tochter ist auch verschwunden. Wir nehmen an, dass Fechter sich mit dem Kind abgesetzt hat.«

Das war zu viel für Johanna, das Grauen ließ sie frösteln, es lähmte sie, ihre Zunge gehorchte ihr kaum. »Hat er ... weiß man, ob ... wer ... ich meine ... ob er ...?«, stammelte sie.

»Das alles scheint Sie sehr betroffen zu machen. Sie wissen sicherlich mehr darüber?«

»Wieso sollte ich?« Johanna versuchte, sich zu beruhigen. »Nein, ich bin ... einfach nur fassungslos. Herr Fechter, ein Krimineller? Ein Mörder?« Mehr brachte sie nicht heraus. Sie sah ihn vor sich, ernst, gefasst, auf dem roten Blechstuhl an der Tankstelle, lachend an seinem Kiteschirm wie ein toller Junge. Ihr kam in den Sinn, ihn verteidigen zu müssen, aber es war besser zu schweigen, Salgado die nächste Frage zu überlassen

Der ließ ihr eine Minute, sich von den Schocks zu erholen. »Sie wurden mir von Nicolas Hollmann als eine Frau geschildert, die sich ihrer Verantwortung bewusst ist, die weiß, was sie sagt, und dafür auch die Konsequenzen in Kauf nimmt. Ist das so richtig?«

Johanna wusste nicht, worauf er hinauswollte und was sie darauf antworten sollte. Sie zuckte mit den Achseln, es konnte Zustimmung oder Ablehnung bedeuten, es war ihr egal.

»Ich möchte es Ihnen leicht machen, Señora. Ich weiß alles, was mein Freund Meyenbeeker weiß ...«

»Wer ist Meyenbeeker?«, unterbrach sie.

»Das ist ein Freund von Nicolas Hollmann, und der wiederum hat Meyenbeeker über das informiert, was bei der Weinprobe in Lissabon vorgefallen ist. Ich kenne also die ganze Geschichte von Fechter, von dieser Quinta, dem Kokain im Wein, und ich weiß auch, dass Sie Hollmann am Tag der Weinprobe benebelt zurückbrachten. Also tun Sie nicht so überrascht bei dem Wort ›Kokain‹. Hollmann warnte Sie, und wir überprüfen, ob Fechter etwas mit dem Tod seines Chefs zu tun hat. Ich sprach außerdem mit Joana dos Santos, Ihrer jungen Nachbarin. Sie erzählte mir von ihrem kleinen Ausflug hierher, von ihren Beobachtungen, sie sprach über das Abdunkeln der Fenster, den Mann in Schutzkleidung sowie den Konvoi. Haben Sie dem noch etwas hinzuzufügen?« Er stützte die Ellenbogen auf den improvisierten Tisch, faltete die Hände und sah sie darüber hinweg treuherzig an. »Weiterhin muss ich Sie bitten, in den nächsten Tagen für die Polizei erreichbar zu bleiben.«

»Ich habe den Rückflug für heute gebucht«, sagte Johanna aufbegehrend und verzweifelt zugleich.

»Dann stornieren Sie ihn – bitte.«

Auch das noch. Und dann Fechter. Sollte das, was Salgado da angeführt hatte, alles wahr sein, alles in einem Zusammenhang stehen? Wenn ja – es wäre eine Katastrophe, dann hatte ein Mörder ihr das Leben gerettet und sie einen Mörder vor der Verhaftung bewahrt. Das durfte sie niemals und niemandem gegenüber jemals zugeben, vorausgesetzt, auch er hielt dicht. Es war richtig, Nic hatte sie vor ihm gewarnt. Joana mochte Fechter nicht leiden. Aber er hatte ihr das Leben gerettet! Nur das zählte für sie, im Moment jedenfalls. Was gibt es mehr als das eigene Leben? Hätte er es nicht getan, säße sie nicht hier, und mit Schaudern sah sie sich bäuchlings an das Surfbrett geklammert. Mit dem anderen

Kram sollten andere sich auseinandersetzen, dieser Salgado, die Polizei, Drogenfahndung, wer auch immer. Sie jedenfalls hatte ihre Schuld beglichen. Was jetzt kam, ging sie nichts mehr an.

Sollten sie sich doch mal fragen, weshalb so viel und überall Koks konsumiert wurde. Weil alles immer schneller gehen, dringend optimiert werden musste, weil Gewinne wachsen mussten, Zahlen in schwindelerregende Höhen stiegen, weil die Zocker in den Konzernen und Banken jede Bodenhaftung verloren hatten und sich die Nasenscheidewände wegkoksten, weil die Startup-Bubis meinten, die Nächte durcharbeiten zu müssen, um sich nicht von künstlicher Intelligenz verdrängen zu lassen, und weil sich kaum noch etwas durchschauen ließ? Wachstum, höhere Dividende, mehr Daten, schnelleres Internet, um den Schwachsinn von Twitter und Facebook in noch größerem Tempo auf den Schirm zu kriegen und sich über Apps steuern und bei jeder Lebensäußerung abhören zu lassen? Dann erinnerte Johanna sich an die Frau von Fechter.

»Ich war am Tag darauf noch mal am Tor bei Fonte, alleine«, hörte sie sich sagen. »Ich habe in den Hof hineingeschaut. Dort standen vier transportfertige Paletten, ich glaube, es waren Umkartons für Bag-in-Box-Verpackungen darauf, alles in Folie, bei zweien habe ich Hamburg und München als Bestimmungsort erkannt … Und ein Fahrzeug der Spedition verließ den Hof.«

»Haben Sie den Fahrer erkannt?«

Ein Uniformierter kam in den Raum gestürzt: »Wir haben ihn! Er ist …« Als er Johanna erblickte, brach er mitten im Satz ab.

Salgado stand auf, entschuldigte sich mit einem Lächeln: »Manches scheint sich von allein zu lösen. Ich bin gleich zurück. Möglicherweise erübrigt sich die Fortsetzung unseres Gesprächs.«

Sie hatten ihn? Wen? Es konnte sich nur um Andreas handeln. Sie musste zu »Fechter« zurückkehren, der Vorname Andreas durfte ihr nicht herausrutschen, das machte sie verdächtig, vielleicht sogar zur Komplizin. Wird man bestraft, wenn man jemanden vor der Verhaftung warnt? Sie wusste lediglich von einem Verdacht ...

Salgado kam zurück, er schien bester Laune zu sein. »Andreas Fechter wurde in einem Hospital in Lissabon aufgegriffen. Er hat eine Schussverletzung, nicht sehr ernst. Er wollte mit seiner Tochter nach Madrid fliegen, und als er an Bord gehen wollte, brach anscheinend die Wunde auf. Sie blutete so stark, dass die Airline den Transport verweigerte. Stattdessen brachte man ihn mit seiner Tochter ins Krankenhaus. Vater und Tochter reisten mit mexikanischen Pässen, da fragte man sich später im Krankenhaus, wieso das Töchterchen kein Spanisch sprach, sondern Deutsch und Portugiesisch. Pech für ihn, ein dummer Zufall ... Wie gesagt, Sie bleiben bitte einstweilen in der Region, zu tun haben Sie jedenfalls genug, wie mir Nicolas Hollmann mitteilte. Die Winzer scheinen von Ihren Vorschlägen recht angetan zu sein.«

Damit war sie entlassen. Sie lehnte es ab, im Polizeiwagen zurückgefahren zu werden, stattdessen nahm sie den verschlungenen Pfad, den Joana ihr gezeigt hatte. Bei der ausgetrockneten Quelle angelangt, setzte sie sich und starrte in das staubige Bachbett. Genau so ausgetrocknet fühlte sie sich auch. Ob hier irgendwann wieder Wasser sprudeln würde, wenn mit anderen Bäumen als Eukalyptus aufgeforstet würde? Wie viele Jahre oder Jahrzehnte sollte das dauern? Gehörte dieser künstliche Eukalyptuswald auch der portugiesischen Inapa-Gruppe, dem größten Papiervertrieb Westeuropas? Die Vorstände würden einer Umforstung niemals zustimmen, etwas anderes als Eukalyptus wuchs den Aktionären zu langsam. Auf die Dividende kam es an, auf Zahlen, nicht auf die Atemluft. Fechter hatte leider recht, es würde sich nichts ändern, er sich nicht und die Welt auch nicht.

Das Auto stehen lassen und mit dem Rad zum Einkaufen

fahren? Quatsch. Ökowein trinken? Allein das Wort klang nach Wollsocke. Vom Drehverschluss zum Korken zurückkehren, weil bei der Herstellung der Drehverschlüsse das Einundzwanzigfache an CO_2 gegenüber den Korken anfiel? Dabei speicherten Korkeichen zusätzlich CO_2. Nein, auf keinen Fall, denn sich mit feststeckenden Korken abrackern war frauenfeindlich. Die Böden entsiegeln, den Asphalt wegreißen und wieder Kies streuen, damit der Regen ablaufen konnte? Das war so unmöglich, wie auf billiges Fleisch und Flüge zu verzichten.

Es ist nicht mein Tag, dachte Johanna und wusste für den Moment absolut nichts mit sich anzufangen. Sie stand wieder da, wo sie vor der Reise gestanden hatte. Eine weiterreichende Perspektive tat sich nicht auf. Es war Unsinn, schlicht überflüssig, auf den Kollegen gehört zu haben und hergekommen zu sein. Es änderte sich nichts, und die Sache mit Fechter belastete sie zusätzlich.

Johanna schlenderte weiter, betrachtete die Eukalyptusbäume, sah, wie die Rinde sich abschälte und dem kleinsten Funken Nahrung geben würde. Sollte es hier brennen, wären auch die Weingüter in Gefahr, die Bewohner müssten fliehen. Möglicherweise wäre das ein Thema für die Winzer, das sie bislang außer Acht gelassen hatte. In Kaliforniern hatten Brände jüngst auch auf die Weinberge übergegriffen und die Reben vernichtet. Jetzt brannte es rings um Los Angeles. Vierzigtausend waren auf der Flucht!

Als sie zu ihrem Apartment hinaufgehen wollte, saß Joana lesend am Fuß der Treppe. »Heute nicht in der Schule?«

»Nein, ich schwänze, nicht Friday for Future, sondern Wednesday for Johanna. Ich habe auf dich gewartet. Du fliegst doch heute?« Bevor Johanna das richtigstellen konnte, stand Joana auf und fiel Johanna um den Hals. »Wir haben gewonnen!«, stieß sie jubelnd hervor. »Mama hat ihren Widerstand aufgegeben, es kommen Sonnenkollektoren auf die Dächer, und wir werden ein vorbildliches Öko- und Energieweingut. Sie hat nur zugestimmt, weil sich das gut in ihrer Werbung verwenden lässt, als Beispiel für fortschrittliches Denken, ein Vorteil gegenüber der rückständigen Konkurrenz. Und dann hat ein Winzer aus Dois Portos angerufen und einer aus Ventosa; alle wollen, dass du kommst. Schade, dass du jetzt zurückfliegen musst.«

»Ich bleibe«, sagte Johanna zerknirscht, »nicht freiwillig, die Polizei zwingt mich dazu.« Sie berichtete von der Begegnung mit Salgado. »Du hast auch mit ihm gesprochen?«

»Dass Fechter ein Gangster ist, habe ich ihm gleich angesehen, und das mit Paulo ist für mich ganz schrecklich. Auch wenn er komisch war, ziemlich verstockt, so war er doch unser Nachbar. Hat er von dem Kokain gewusst?«

Johanna erzählte, was sie über Paulo Oliveiras Tod gehört hatte.

»Dann ist er mit der Weinkiste im Arm auf der Kellertreppe ausgerutscht und in die Scherben gefallen?«

»Oder er wurde hinuntergestoßen.«

»Von wem?«, fragte Joana entsetzt. »Doch nicht von Fechter?«

»Man weiß es noch nicht, wir werden es sicher bald erfahren, aber ich kann mir nicht vorstellen, dass er es war.« Wie bitter wäre es für Johanna, wenn sie mit dem Gedanken leben musste, dass er seine Frau angeschossen und sie selbst gerettet hatte. Wer sollte das verstehen? Noch hatte sie nicht die geringste Idee, wie sie mit diesem Gedanken fertigwerden sollte, an wen sie sich wenden durfte, der sie nicht denunzierte. Da gab es nur Carl, ihren Mann.

»Weiß man schon, wie es auf der Quinta ohne Paulo weitergehen soll, da auch sein Vater im Krankenhaus ist?«

»Der ist sowieso zu alt«, eiferte sich Joana. »Zwar sind zwei Drittel aller Trauben gelesen, aber Paulo war Kellermeister, Önologe und Geschäftsführer in einem. Halbtags haben sie jemanden zum Rechnungschreiben, eine Frau für den Papierkram. Trotzdem muss jemand am Wein dranbleiben, die Gärung überwachen, die Trauben entgegennehmen, das Kellerbuch führen, sonst gibt es nur Stunk mit den Behörden. Und Tavares ist weg? Hat der auch mit der Sache, ich meine mit Fechter zu tun?«

»Darüber hat Salgado nicht gesprochen«, sagte Johanna entnervt. »Daran habe ich auch nicht gedacht. Senhor Vollmer ist bei der Rehabilitation, aber er darf sich nach der Operation nicht einmal nach einem Blatt Papier bücken, und ob er die Lese organisieren kann, wage ich zu bezweifeln.«

»Er wird es mit Nic besprochen haben. Der muss auch die Lesezeitpunkte der verschiedenen Trauben bestimmen. Mein Vater wird sicher auch helfen. Genau«, mit einem Mal strahlte Joana. »Nicolas muss herkommen, ich rufe ihn an.« Sie griff nach ihrem Smartphone.

Hollmann meldete sich sofort, und Joana schilderte ihm in aller Dramatik die gegenwärtige Situation der drei Quintas, wobei auf der ihrer Eltern die Lese bis auf die Ertragsverluste durch die Hitze alles bestens verlief. »Aber nicht bei Fonte und Lua! Sie müssen unbedingt herkommen, sonst geht hier alles schief.«

Der Meinung war Hollmann nicht, es gebe schließlich Maria Alcina, mit der er ständig in Kontakt stehe und die sich als sehr kompetent zeige, und Joanas Vater nebst Kellermeister und Mannschaft. Dann fragte er noch, ob Johanna Breitenbach heute abreisen würde, was Joana verneinte. »Sie ist nur eine Armlänge weit weg.« Joana reichte das Smartphone weiter.

Dagegen konnte Johanna sich schlecht wehren. Sie glaubte noch nicht in der Lage zu sein, Debatten zu führen, sich zu verteidigen und Pläne zu machen. Fechters Angriff auf seine Frau lag wie eine Zentnerlast auf ihrer Seele.

Hollmann merkte sofort, was mit ihr los war. »Mach dir keinen Kopf, es wird alles geregelt. Salgado ist hart, gnadenlos, aber er ist auch gerecht, wie mir unser Freund Meyenbeeker versicherte. Dem soll er bereits zweimal recht unkonventionell aus der Patsche geholfen haben. Immerhin ist durch seine Intervention alles aufgeflogen, nun gut, es kamen da Informationen aus Abuja hinzu, der Hauptstadt Nigerias, aber das soll eine sehr obskure Quelle sein. Doch ohne Salgados Intervention weiß ich nicht, ob wir beide ungeschoren davongekommen wären.«

Johanna wollte das Gespräch möglichst rasch von den kritischen Fragen wegbringen und leitete zum Wein über, die Situation auf der führungslosen Quinta da Fonte schildernd.

»Wie soll ich das verstehen? Ihr drei Frauen, du, Joana und Maria Alcina, seid nicht in der Lage, das zu meistern? Sprecht mit Paulos Mutter, ich kenne sie nicht, aber als Winzerfrau, auch wenn sie nicht mehr ganz jung ist, wird sie vieles wissen. Außerdem seid ihr dann zu viert!«

Vier Stunden später fuhr Nicolas Hollmann durch das Tor der Quinta. Johanna sah ihn vom Balkon ihres Apartments aus. Sie hatte sich zurückgezogen, um in Ruhe nachzudenken. Kaum war Nicolas ausgestiegen, tauchte Joana an seiner Seite auf, als hätte sie am Tor auf ihn gewartet. Hollmann setzte sich, müde von der Fahrt, vor dem Wohnhaus in den Schatten und wurde mit Kaffee und Wasser bewirtet.

Johanna war im Zweifel, ob er mehr über sie und Fechter wusste oder etwas ahnte. Doch aus Salgados Fragen schloss sie, dass niemand sie während des letzten Treffens mit Fechter beobachtet hatte. Nach einer Weile ging sie hinunter, begrüßte Nicolas und setzte sich dazu. »Du bist wahrscheinlich besser informiert als jeder andere hier. Gibt's was Neues in Sachen Fechter?« Sie pirschte sich vorsichtig heran.

»Man fragt sich natürlich, ob ihm jemand den Tipp gegeben hat, sich abzusetzen, oder ob er spürte, dass seine Zeit abgelaufen ist. Aufmerksam wurde man durch die missglückte Weinprobe in der Rua Augusta und meine Fragen. Und dann kam die Nachricht aus Nigeria. Salgado vermutet, dass es Konkurrenten sind, die ihn denunzieren, um sein

Geschäft in die Hände zu kriegen. Hast du schon mitbekommen, dass in seinem Haus ein Kampf stattgefunden hat, bei dem die Schüsse gefallen sind?«

»Hat man denn bei ihm eine Waffe gefunden?« Johanna bemühte sich, so unbefangen zu fragen wie nur möglich. Sie durfte auf keinen Fall zeigen, wie nah ihr die Angelegenheit ging.

»Nein, es geht auch niemand davon aus, sie zu finden. Fechter ist ein Fuchs.«

»Was ist mit dem Mann, der dich überwacht hat, der bei dir oben am Douro war? Weiß man, wer das ist?«

»Man weiß nur, dass Spuren beseitigt wurden, aber man weiß weder, was beseitigt werden sollte, noch, wo und von wem. Das Netzwerk, es muss eines geben, wurde noch nicht aufgedeckt. Die Finanzen zu finden, wird am schwierigsten sein, Fechter ist ein gewiefter Hund, in der Spedition hätte er es weit bringen können, aber das hat ihm wohl nicht gereicht. Die Ermittlungen stehen erst am Anfang. Fechter soll gesagt haben, dass er mit den Behörden kooperieren will, aber nur, wenn er seine Tochter sehen darf. Was für ein schöner, menschlicher Zug.«

Das war Nics einzige sarkastische Bemerkung. Nichts in seinem Verhalten oder in seinem Ton ließ darauf schließen, dass er Johanna verdächtigte. Er erkundigte sich anschließend bei Joana nach dem Stand der Lese und der Qualität ihrer Trauben. Viele hatten unter dem Hitzestress und der Wasserknappheit gelitten. »Wo bleibt Maria Alcina, ist sie benachrichtigt?«

Joana hatte es längst getan und sie bereits mit dem Wagen aus dem Weinberg geholt. Maria Alcina sei nur noch mal schnell unter die Dusche geschlüpft.

Nicolas machte große Augen. »Du fährst Auto? Deine Eltern lassen das zu?«

»Ich fahre nur hier und auf den Feldwegen«, entschuldigte sie sich grinsend auf die Frage hin, ob sie eine Fahrerlaubnis besitze. Hollmann sah es als großen Vorteil der Kinder von Winzern, dass sie fast spielend lernten, was später mal der Beruf von ihnen verlangte.

Dann erschien Pedro Oliveira, der Bruder des Ermordeten, der alles hasste, was mit Wein zu tun hatte. Er war längst zum Stadtmenschen in Schlips und Anzug mutiert, wie Joana bei seinem Erscheinen im Garten flüsternd in die Runde gab. »Von einem Weinbauern hat der nichts mehr.«

Nur aufgrund von Johannas Intervention bei seiner Mutter war er zu dem Treffen bereit, um die diesjährige Lese nicht zu verlieren und den Besitz der Familie zu erhalten. Es war verständlich, dass sich seine Stimmung auf einem Tiefpunkt befand nach der schrecklichen Nachricht über seinen Bruder und was er vermutlich aus der Quinta gemacht hatte: einen Umschlagplatz für Rauschmittel und einen Tatort. Zusätzlich deprimierte ihn, dass er laut Polizei, die ihn am Nachmittag vernommen hatte, zum Kreis der Verdächtigen zählte. Dass er nichts von den Vorgängen auf dem elterlichen Weingut bemerkt haben sollte, nahm ihm keiner ab. Aber bislang war auch das Gegenteil nicht zu beweisen.

Maria Alcina hingegen bewegte sich auf der Quinta da Lua mit einer Selbstverständlichkeit, als wäre sie bereits die hier verantwortliche Önologin. Die Arbeit machte ihr Freude, und, was besonders wichtig war, sie hatte ein deutlich kollegialeres Verhältnis zu den Arbeitern und der Lesemannschaft gefunden als Tavares, von dem weiterhin jede Spur fehlte. Und sie verstand sich bestens mit dem Chef – nach bestandenem Examen wahrscheinlich ihrem neuen Arbeitgeber –, ein wenig zu gut für Karin Vollmers Empfinden.

Johanna war froh, dass Nicolas sofort die Initiative ergriff. »Egal, was die Polizei, die Drogenfahndung oder sonstwer sagt, der Betrieb auf Fonte wird aufrechterhalten.« Er hatte sich das Vorgehen während der Fahrt überlegt, einen Arbeitsplan aufgestellt und die Aufgaben unter den Anwesenden verteilt. »Morgen machen wir gemeinsam eine Runde durch die Weinberge und anschließend eine Bestandsaufnahme. Maria Alcina und ich weisen die Leseteams je nach Reife der Trauben ein, die meisten Lagen sind bereits abgeerntet. Joana, du nimmst dir noch heute das Kellerbuch vor, und morgen nimmst du mit Johanna die Trauben in Empfang und sorgst fürs Abbeeren, Pressen der Trauben und nach Absprache mit mir die Belegung der Gärtanks. Für die Entscheidung, was zum Reifen ins Barrique kommt, haben wir später noch Zeit. Sie, Senhor Oliveira«, Nicolas wandte sich an Pedro Oliveira, der zu allem schwieg, »Sie kümmern sich um den administrativen Teil, Bestellungen, Abrechnungen, Buchhaltung und so weiter. Schließlich ist es Ihr Weingut. Bringen Sie in Erfahrung, welche Unterlagen die Polizei beschlagnahmt hat. Es ist möglich, dass Konten eingefroren werden, falls Unregelmäßigkeiten entdeckt werden, was ich nicht glaube. Es wurden bislang weder illegale Konten noch Kokain gefunden. Fechter und Ihr Bruder müssen ein perfektes System aufgezogen haben. Ich glaube, dass Paulo im Rahmen der Aktion *Queima de Arquivo* umgebracht wurde, beim Verbrennen der Archive und Beseitigen der Mitwisser. Das wurde bereits im feudalistischen Portugal so gemacht, und in den Exkolonien wie Brasilien wird es bis heute praktiziert. Wie Sie das Administrative regeln, Senhor Oliveira, ist Ihre Sache. Finanzielle Entscheidungen müssen Sie treffen. Reden Sie mit José Maria Salgado, er hilft bei den Ermittlungen, er ist so eine Art Polizei-Consultant und kennt die Gepflogenheiten des Weinbaus bestens.«

Als alle stumm und erschöpft in die Runde blickten, stand Joana auf. »*Acontece que alguém se ultrapasse a si próprio*«, sagte sie.

Nicolas übersetzte für Johanna: »Es soll passieren, dass jemand über den eigenen Schatten springt. Wer gesprungen ist, wird sie uns sicher gleich sagen.«

»Meine Mutter, sie hat uns alle zum Abendessen eingeladen, also gehen wir, bitte!« Joana wies den Weg zum hinteren

Eingang mit der Hand. Vor der Treppe hielt sie Johanna und Nicolas auf. »Ich muss euch was fragen. Zuerst Sie, Nic. Ich bin im nächsten Jahr mit der Schule fertig. Und vor dem Studium muss ich ein Praktikum machen. Kann ich das bei Ihnen am Douro machen?«

Nicolas war erstaunt und gleichzeitig erfreut, das zu hören. »Ja sicher kannst du das, sehr gern ...«

»Ich habe eine bessere Idee.« Johanna schob sich zwischen die beiden. War es Eifersucht, die sie trieb? »Freunde von mir betreiben in Rheinhessen ein Weingut, Thomas, der Jungwinzer, hat bei mir studiert, seine Freundin führt mit ihrem Patenonkel ein Weingut in Saint-Émilion bei Bordeaux. Thomas fährt alle vier Wochen hin. Mach bei Thomas dein Praktikum. Dann lernst du zum einen Deutschland kennen, und in Bordeaux wird sich danach sicher auch was ergeben.«

Joana strahlte. »Ja, das ist wirklich eine super Idee, *ótima ideia*, und wenn ich dann Deutsch gelernt habe, kann ich danach bei dir in Geisenheim studieren?«

Johanna nickte und lächelte, und ihre Eifersucht verflüchtigte sich, als sie die Enttäuschung in Nicolas' Gesicht bemerkte. Aber es war egal. So kamen sie doch noch zu einer Tochter, wenn sie auch schon ziemlich erwachsen war. Sie war gespannt, was Carl dazu sagen würde ...

Danksagung

Es war ein schwieriges und ein extrem heißes Jahr. In Portugal herrschte im Lesemonat eine Hitze wie nie zuvor. Da brachte leider auch der Wind vom Atlantik wenig Abkühlung in das küstennahe Weinbaugebiet nördlich von Lissabon, bis vor einigen Jahren »Estremadura« genannt.

Vielleicht lag es an dem extremen Klima des Monats September, dass sich die Kontaktaufnahme mit den Winzern schwieriger als in den anderen Jahren gestaltete. Möglich, dass es auch die Nähe zur Großstadt Lissabon war, wo Unbekannten erst einmal Misstrauen entgegenschlägt. Dabei habe ich Portugal bei mehreren Reisen bislang als sehr gastfreundliches Land erlebt.

Im Grunde genommen verdanke ich es Carlos Pereira da Fonseca, dass mir die Türen zu den Weingütern und Kellern geöffnet wurden. Als Mitglied im Vorstand des regionalen Weinbauverbandes arrangierte er meine Besuchstermine – auch den auf seinem klassischen Weingut Quinta do Sanguinhal.

José Manuel Ferreira Bento dos Santos von der Quinta do Monte d'Oiro outete sich als Liebhaber französischer Rebsorten. Wie der Önologe Gilberto Marques von der Quinta de Pancas es fertigbekommt, auf diesem renovierungsbedürftigen Weingut derart überzeugende Weine zu keltern, bleibt mir ein Rätsel.

Eine der wenigen Frauen im portugiesischen Weinbau ist Senhora Rita Cardoso Pinto. Ihr hingegen stehen neben eigener Erfahrung und Wissen beste technische Möglichkeiten zur Verfügung. Hinter dem Weiler gegenüber traf ich eine Kollegin von ihr, Senhora Alice Tavares da Silva. Sie stellte mir die hochmoderne Quinta da Chocapalha und die dort produzierten Weine vor.

Die Casa Santos Lima ist sehenswert, gehört sie doch mit dreihundert Hektar eigener Rebfläche und zweihundert Mitarbeitern zu den ganz Großen in Europa. Dort werden mehr als hundertfünfzig »Marken« unter seiner Ägide geschaffen, wie mir José Carlos Lima versicherte, »bei niedrigen Preisen, damit die Leute was Anständiges zu trinken kriegen!«

James Frost, Sohn eines englischen Farmers, hat vom Panzerkommandant in Bergen-Belsen auf Winzer umgesattelt, eine Portugiesin geheiratet und die Quinta de Sant'Ana wieder zum Leben erweckt. Wieso er für den Brexit eintrat, aber seinen Lebensmittelpunkt in Portugal gewählt hat, wollte oder konnte er mir nicht erklären.

André Manz entwickelte sich vom Profi-Fußballer zum Edelwinzer. Sein als Fußballspieler in Brasilien erworbenes Kapital brachte er mit und investierte es in Weinberge, in moderne Produktionsanlagen und die Rekonstruktion der historischen Gebäude des Dorfes Cheleirós.

Dann wäre noch Bernardo Gouvéa zu erwähnen, Präsident des Weinbauverbandes, ebenso die Genossen der Kooperative von Dois Portos und Erich Meixner aus Berlin, der die Hintergrundrecherchen unterstützte.

Ihnen allen meinen aufrichtigen Dank.